BASTEI
LÜBBE

Über die Autorin:

P. D. James, von der Presse als »Königin des Kriminalromans« gefeiert, heißt mit bürgerlichem Namen Phyllis Dorothy White und wurde 1920 geboren. Nach dem Zweiten Weltkrieg arbeitete sie in einer Krankenhausverwaltung und später in der Kriminalabteilung des Britischen Innenministeriums. Seit 1980 widmet sie sich ausschließlich der Schriftstellerei. Sie lebt in London oder in ihrem Cottage in Suffolk. »Wenn sie heute ... als die *Queen of Mystery Writers* und die literarisch überlegene Nachfolgerin von Agatha Christie und Dorothy Sayers anerkannt wird, dann bedeutet das, dass es ihr durch ihre frappierende Kenntnis des Menschen und seiner Abgründe wie durch ihre fast religiös zu nennende Vertrautheit mit dem Tod gelungen ist, den Kriminalroman in den Bereich der hohen Literatur zu führen.« *Süddeutsche Zeitung*

P.D. JAMES

Wer sein Haus auf Sünden baut

Roman

Aus dem Englischen
von Christa E. Seibicke

BASTEI
LÜBBE

BASTEI LÜBBE TASCHENBUCH
Band 25 947

1. Auflage: August 2003

Vollständige Taschenbuchausgabe

Bastei Lübbe Taschenbücher ist ein Imprint
der Verlagsgruppe Lübbe

Titel der englischen Originalausgabe: Original Sin

Lizenzausgabe mit Genehmigung der
Droemerschen Verlagsanstalt
Th. Knaur Nachf. GmbH & Co., München
Umschlaggestaltung: HildenDesign, München
Satz: hanseatenSatz-bremen, Bremen
Druck und Verarbeitung: Nørhaven Paperback A./S.
Printed in Denmark
ISBN 3-404-25947-5

ANMERKUNG DER VERFASSERIN

Der vorliegende Roman spielt an der Themse, und Freunden dieses Flusses werden viele der hier dargestellten Schauplätze in und um London bekannt sein. Das Verlagshaus Peverell Press sowie alle Figuren des Buches existieren dagegen nur in der Phantasie der Autorin und haben keinerlei Bezug zu Orten oder Personen des wirklichen Lebens.

ERSTES BUCH

VORSPRUCH ZUM MORD

1

Daß eine Aushilfsstenotypistin eine neue Stelle antritt und dort gleich am ersten Tag Zeuge eines Leichenfundes wird, ist, wenn schon nicht einmalig, dann zumindest ungewöhnlich genug, um nicht mehr als Berufsrisiko durchzugehen. Fest steht, daß Mandy Price, mit neunzehn Jahren und zwei Monaten bereits anerkannter Star in Mrs. Crealeys Agentur »Nonplusultra«, am Morgen des 14. September, einem Dienstag, auf der Fahrt zum Vorstellungsgespräch beim Verlagshaus Peverell Press nicht mehr Herzklopfen verspürte als vor jedem anderen Job, ein Herzklopfen, das nie arg war und auch weniger der Sorge entsprang, sie könne die Erwartungen des künftigen Arbeitgebers nicht erfüllen, als vielmehr umgekehrt er nicht die ihren. Von der neuen Stelle hatte sie erfahren, als sie letzten Freitag gegen sechs in der Agentur vorbeischaute, um den Lohn für zwei Wochen stumpfsinniger Plackerei bei einem Direktor zu kassieren, der sich eine Sekretärin als Statussymbol hielt, ohne daß er ihre Fähigkeiten sinnvoll zu nutzen verstand. Um so mehr freute sie sich jetzt auf einen neuen, möglichst aufregenden Job, wenn auch vielleicht nicht gar so aufregend, wie er sich dann entpuppen sollte.

Mrs. Crealeys Agentur, für die Mandy schon seit drei Jahren arbeitete, war eigentlich bloß eine bescheidene Zwei-Zimmer-Wohnung über einem Zeitungs- und Tabakladen gleich hinter der Whitechapel Road – in günstiger Lage, wie sie ihren Mädchen und auch den Kunden gegenüber gern betonte, sowohl für die City als auch für die Bürotürme in den Docklands. Zwar hatte diese Nachbarschaft sich geschäftlich bisher noch in keiner Richtung ausgezahlt, aber während andere Agenturen im Strudel der Rezession untergingen, konnte Mrs. Crealeys kleines, unzulängliches Schiffchen sich immerhin, wenn auch schwankend, über Wasser halten. Wenn nicht gerade eins der Mädchen frei war und ihr zur Hand ging, führte sie die Agentur ganz allein. Das vordere Zimmer war ihr Büro, in dem sie unzufriedene Kunden beschwichtigte, Vorstellungsgespräche mit Neuzugängen führte und allwöchentlich den Einsatzplan zusammenstellte. Hinter dem Büro lag ihr privates Refugium, ausgestattet mit einem Schlafsofa, auf dem sie hin und wieder übernachtete, obwohl das gegen den Mietvertrag verstieß, ferner mit einer kleinen Bar, einem Kühlschrank, einer winzigen, verblendeten Einbauküche, einem großen Fernsehapparat und zwei Clubsesseln vor einem Gasofen, in dem hinter künstlichen Holzscheiten ein grellrotes Licht flackerte. Mrs. Crealey nannte diesen Raum ihre »Oase«, und Mandy gehörte zu den ganz wenigen unter ihren Mädchen, die dieses Allerheiligste betreten durften.

Vermutlich war es die Oase, die Mandy bei der Stange hielt, auch wenn sie sich nie und nimmer zu so einem Bedürfnis nach Nestwärme bekannt hätte, das einem Mädchen wie ihr kindisch und albern vorkommen mußte. Ihre Mutter hatte die Familie verlassen, als Mandy sechs Jahre alt war, und sie selbst hatte mit Ungeduld ihren sechzehnten Geburtstag herbeigesehnt, an dem sie sich endlich von einem Vater trennen konnte, der unter elterlicher Fürsorge kaum mehr verstand als die Beschaffung zweier Mahlzeiten pro Tag (die sie kochen mußte) und ihrer Kleidung. Vor einem Jahr hatte sie ein Zimmer in einem Reihenhaus in Stratford East gemietet, wo sie seitdem in ruppiger Kameraderie mit einer Freundin und einem Pärchen lebte; Hauptstreitpunkt war Mandys stures Beharren darauf, ihre Yamaha in dem engen Hausflur abzustellen. Aber für Mandy war die Oase hinter der Whitechapel Road, wo es nach Wein und chinesischem Essen vom Home-Service roch, wo der Gasofen zischte und wo sie sich in einem der beiden tiefen, zerschlissenen

Sessel zusammenkuscheln und ein Nickerchen halten konnte, der Inbegriff dessen, was sie unter Geborgenheit und einem gemütlichen Zuhause verstand.

Die Sherryflasche in der linken und einen Notizzettel in der rechten Hand, kaute Mrs. Crealey so lange an ihrer Zigarettenspitze herum, bis die ihr in den Mundwinkel gerutscht war und dort, wie gewöhnlich dem Gesetz der Schwerkraft trotzend, klebenblieb. Mit zusammengekniffenen Augen überflog die Chefin ihre fast unleserliche Schrift.

»Wir haben einen neuen Kunden, Mandy, Peverell Press. Ich hab' im Verlagsverzeichnis nachgeschlagen. Er ist einer der ältesten, vielleicht sogar *der* älteste Verlag von ganz England, Gründungsjahr 1792. Liegt direkt an der Themse: Peverell Press, Innocent House, am Innocent Walk in Wapping. Falls du schon mal mit dem Ausflugsdampfer in Greenwich warst, hast du Innocent House bestimmt gesehen – der reinste venezianische Protzpalast. Nobler Laden: Die Angestellten werden mit dem verlagseigenen Motorboot vom Charing Cross Pier abgeholt, aber da du in Stratford wohnst, bringt dir das nicht viel. Dafür liegt die Peverell Press an deinem Themseufer, immerhin etwas. Nimm dir am besten ein Taxi, aber vergiß nicht, dir die Fahrt erstatten zu lassen, bevor du gehst.«

»Ach, das ist nicht nötig, ich fahr' mit dem Motorrad.«

»Wie du willst. Dienstag morgen um zehn sollst du dort sein.«

Mrs. Crealey wollte eigentlich noch sagen, daß bei einem Kunden von diesem Prestigewert vielleicht eine eher dezente Kleidung angebracht sei, aber das verkniff sie sich dann doch vorsichtshalber. Soweit es die Arbeit und das Verhalten den Kunden gegenüber betraf, ließ sich Mandy durchaus etwas sagen, aber bei den exzentrischen, ja bisweilen bizarren Modeschöpfungen, mit denen sie ihrem Selbstbewußtsein und ihrem überschäumenden Temperament Ausdruck verlieh, durfte man ihr nicht dreinreden.

»Wieso erst Dienstag?« fragte sie jetzt. »Arbeiten die denn montags nicht?«

»Keine Ahnung. Das Mädchen, das hier angerufen hat, sagte jedenfalls Dienstag. Vielleicht hat Miss Etienne vorher keine Zeit. Sie gehört zur Geschäftsleitung und möchte das Einstellungsgespräch gern persönlich führen. Miss Claudia Etienne. Hier, ich hab' dir alles aufgeschrieben.«

Mandy fragte: »Wozu das ganze Brimborium? Wieso muß ich mich bei der Chefin persönlich vorstellen?«

»Miss Etienne ist nicht *die* Chefin, sondern nur ein Mitglied der Geschäftsleitung. Diese Verlagsfritzen wollen eben nicht einfach eine x-beliebige Tippse. Jedenfalls haben sie meine beste Kraft verlangt, und die sollen sie kriegen. Natürlich könnte es auch sein, daß sie eine feste Anstellung zu vergeben haben und die Betreffende erst mal testen wollen. Du wirst dich doch nicht überreden lassen zu bleiben, oder, Mandy?«

»Hab' ich mich schon mal von wem ködern lassen?«

Mandy bekam ein Glas süßen Sherry in die Hand gedrückt, kuschelte sich in einen Sessel und studierte Mrs. Crealeys Notizen. Daß ein potentieller Arbeitgeber ein Vorstellungsgespräch mit einer Aushilfskraft wünschte, war selbst dann ungewöhnlich, wenn der Kunde, wie in diesem Fall, noch nie mit der Agentur zusammengearbeitet hatte. Das übliche Verfahren war allen Beteiligten wohlvertraut. Ein Chef in Nöten bat Mrs. Crealey telefonisch um eine Teilzeilkraft und flehte sie an, ihm diesmal ein Mädchen zu schicken, das des Lesens und Schreibens kundig sei und wenigstens annähernd so flink in Steno und Maschineschreiben, wie es die Agentur in ihrer Werbung garantierte. Mrs. Crealey versprach Wunder an Pünktlichkeit, Pflichtbewußtsein und Fleiß, schickte dasjenige ihrer Mädchen, das gerade verfügbar war und sich den Job aufschwatzen ließ, und hoffte im übrigen darauf, daß die Erwartungen von Kunde und Arbeitskraft dieses eine Mal übereinstimmen würden. Spätere Reklamationen parierte sie mit der Standardklage: »Ich verstehe das einfach nicht. Andere Chefs haben ihr glänzende Zeugnisse ausgestellt. Sharon wird andauernd verlangt.«

Der Kunde, der glauben mußte, selbst an dem Fiasko schuld

zu sein, legte dann seufzend den Hörer auf und mahnte, ermunterte und litt fortan so lange, bis die beiderseitige Qual zu Ende war und die hauseigene Sekretärin sich bei ihrer Rückkehr aufs schmeichelhafteste hofiert sah. Mrs. Crealey kassierte ihre Provision, die bescheidener war als bei den meisten anderen Agenturen, was vermutlich die Krisenfestigkeit ihres Geschäfts erklärte, und damit war der Fall erledigt, bis die nächste Grippewelle oder die großen Ferien dafür sorgten, daß abermals die Hoffnung über besseres Wissen triumphierte.

Jetzt sagte Mrs. Crealey: »Den Montag kannst du dir frei nehmen, Mandy, natürlich als bezahlten Urlaubstag. Ach, und stell ein bißchen was zusammen über deinen Werdegang, Ausbildung und so. Schreib drüber ›Curriculum vitae‹, das macht sich gut und schindet Eindruck.«

Mandys Lebenslauf und Mandy selbst machten – trotz ihres exzentrischen Äußeren – eigentlich immer Eindruck. Und das verdankte sie ihrer Englischlehrerin, Mrs. Chilcroft. Diese Mrs. Chilcroft hatte sich damals vor ihrer Klasse elfjähriger Trotzköpfe aufgebaut und kategorisch erklärt: »Ihr werdet lernen, ein sauberes, korrektes und halbwegs stilgerechtes Englisch zu schreiben und es obendrein so zu sprechen, daß ihr nicht gleich unten durch seid, sowie ihr den Mund aufmacht. Diejenigen von euch, die im Leben mehr erreichen wollen, als mit sechzehn unter der Haube zu sein und dann in einer Sozialwohnung einen Haufen Kinder großzuziehen, sind darauf angewiesen, sich anständig ausdrücken zu können. Und wenn ihr keinen anderen Ehrgeiz habt, als euch später von einem Mann oder vom Staat ernähren zu lassen, dann seid ihr erst recht darauf angewiesen, schon allein damit ihr euch bei der Fürsorge oder beim Gesundheits- und Sozialamt durchsetzen könnt. Aber lernen werdet ihr's so oder so.«

Mandy wußte nie so recht, ob sie Mrs. Chilcroft nun haßte oder bewunderte, aber in deren sendungsbewußtem, wenn auch unorthodoxen Unterricht hatte sie gelernt, ihre Muttersprache in Wort und Schrift zu beherrschen und sich darin nicht nur klar, sondern auch einigermaßen gewandt und flüssig auszudrücken. Die meiste Zeit verheimlichte sie allerdings ihr Können. Sie fand nämlich, auch wenn sie diesen ketzerischen Gedanken nie aussprach, daß es wenig Sinn habe, in Mrs. Chilcrofts Welt heimisch zu sein, wenn sie es sich dadurch mit ihrer eigenen verscherzte. Ihre Sprach- und Stilkenntnisse, die sie je nach Bedarf zum Einsatz brachte, waren ein berufliches, mitunter auch gesellschaftliches Kapital, das Mandy noch dadurch mehrte, daß sie ungeheuer flink in Steno und Maschineschreiben war und sich mit verschiedenen Textverarbeitungssystemen auskannte. Sie wußte, daß sie mit ihren Qualifikationen jederzeit eine feste Anstellung hätte finden können, aber sie blieb Mrs. Crealey treu. Abgesehen von der Oase war es auch sehr vorteilhaft, in so einer Agentur als unentbehrlich zu gelten; zum Beispiel durfte man sich garantiert immer die besten Jobs rauspicken. Hin und wieder versuchte ein Chef, ihr eine Dauerstellung schmackhaft zu machen, wobei die Herren des öfteren mit Anreizen lockten, die wenig mit jährlicher Gehaltserhöhung, Essensbons oder großzügigem Rentenzuschuß zu tun hatten. Aber Mandy blieb bei »Nonplusultra«, und ihre Treue wurzelte längst nicht nur in materiellem Kalkül. Manchmal empfand sie für ihre Chefin ein fast etwas frühreifes Mitleid. Mrs. Crealeys Probleme erwuchsen nämlich hauptsächlich aus dem Dilemma, daß sie einerseits von der Falschheit der Männer überzeugt war, andererseits aber nicht ohne sie auskommen konnte. Abgesehen von dieser unguten Dichotomie war ihr Leben beherrscht von dem Kampf darum, die wenigen vermittelbaren Mädchen bei der Stange zu halten, und von einem endlosen Zermürbungskrieg gegen ihren Ex-Mann, den Steuerprüfer, den Filialleiter ihrer Bank und ihren Vermieter. In all diesen traumatischen Kämpfen war Mandy ihr Bundesgenosse, ihre Vertraute und Trösterin. Soweit es Mrs. Crealeys Liebesleben betraf, stand sie ihr freilich eher aus Gutmütigkeit als aus Verständnis bei, denn die Vorstellung, daß es ihrer Chefin tatsächlich Spaß machte, mit den alten – manche waren sicher mindestens fünfzig – und wenig attraktiven Männern ins Bett zu gehen, die gelegentlich im Büro herumhingen, war für Mandys neunzehnjährigen Verstand einfach zu grotesk, um ernsthaft in Betracht zu kommen.

Nachdem es eine Woche lang fast ununterbrochen geregnet hatte, versprach der Dienstag schön zu werden; schon am frühen Morgen lugten vereinzelte Sonnenstrahlen durch die tiefhängenden Wolkenbänke. Es war keine lange Fahrt von Stratford East, aber Mandy hatte vorsichtshalber reichlich Zeit eingeplant, und so war es erst Viertel vor zehn, als sie von The Highway in die Garnet Street einbog und über Wapping Wall rechts ab in den Innocent Walk gelangte. Im Schrittempo holperte sie die breite, kopfsteingepflasterte Sackgasse entlang, die nach Norden hin von einer drei Meter hohen Ziegelmauer und im Süden von den drei Gebäuden des Verlagshauses Peverell Press begrenzt wurde.

Auf den ersten Blick war Mandy enttäuscht von Innocent House, einem stattlichen, aber wenig bemerkenswerten georgianischen Bau, dessen architektonische Anmut sie mehr vom Kopf als vom Gefühl her erkannte und der sich kaum von anderen Zeugnissen der gleichen Epoche unterschied, die sie schon in vornehmen Londoner Wohnvierteln gesehen hatte. Die Vordertür war verschlossen, auch hinter der vierstöckigen Fassade mit den achtfach unterteilten Fenstern, deren zwei untere Reihen mit eleganten, schmiedeeisernen Gittern eingefaßt waren, konnten sie kein Lebenszeichen entdecken. Rechts und links vom Hauptgebäude stand je ein kleines, schlichtes Haus, beide etwas zurückversetzt wie zwei arme Verwandte, die respektvoll Abstand halten. Mandy, die sich jetzt vor dem ersten davon, der Nummer 10, befand (ohne daß weit und breit etwas von Nummer 1 bis 9 zu sehen gewesen wäre), sah, daß zwischen diesem und dem Haupthaus die Innocent Passage verlief, ein kleiner Durchgang, den ein schweres Eisentor zur Straße hin versperrte und den die Verlagsangestellten offenbar als Parkplatz benutzten. Im Augenblick stand das Tor offen, und Mandy sah, wie drei Männer mittels eines Flaschenzugs große Pappkartons aus einem der oberen Stockwerke herunterließen und auf einen Kleintransporter luden. Einer der drei, ein schmächtiges dunkles Kerlchen, zog seinen zerbeulten Holzfällerhut und machte Mandy eine spöttische Verbeugung. Auch die beiden anderen musterten sie mit unverhohlener Neugier. Mandy klappte das Visier hoch und bedachte alle drei mit abschätzigem Blick.

Das Nebengebäude auf der anderen Seite war durch die Innocent Lane vom Haupthaus getrennt. Hier sollte sich, nach Mrs. Crealeys Beschreibung, der Eingang zum Verlag befinden. Mandy stieg vom Motorrad und schob die Maschine auf der Suche nach einem möglichst unauffälligen Parkplatz übers Kopfsteinpflaster. Und dann erhaschte sie den ersten Blick auf den Fluß, ein wellenbewegtes Glitzerband unter aufklarendem Himmel. Sie parkte die Yamaha, nahm den Sturzhelm ab, kramte ihren Hut aus der Satteltasche, setzte ihn auf und ging, den Helm unterm Arm und ihre Tasche geschultert, aufs Wasser zu, wie magisch angezogen vom starken Sog der Gezeiten und dem schwachen, salzigen Duft des Meeres.

Sie kam auf eine geräumige, mit schimmernden Marmorfliesen ausgelegte Terrasse, eingefaßt von einem niedrigen Gitter aus filigranem Schmiedeeisen, dem je eine Glaskugel, getragen von zwei ineinander verschlungenen Delphinen, als Eckpfeiler diente. Von einer Öffnung inmitten der Gitterfront führte eine Treppe zum Fluß hinunter. Sie konnte das rhythmische Plätschern des Wassers gegen das steinerne Fundament hören. Langsam, in trancehaftem Staunen, so als hätte sie den Fluß noch nie gesehen, ging Mandy dem Geräusch nach. Und dann lag sie vor ihr, eine weite, wogende, sonnengefleckte Wasserfläche, die alsbald vor ihren Augen von einer auffrischenden Brise zu millionenfachem Wellenspiel angeregt wurde, ja sich gleichsam wie ein rastloses Binnenmeer gebärdete, um dann, kaum daß der Wind abflaute, wieder zum geheimnisvoll unbewegten, glatten Spiegel zu erstarren. Mandy drehte sich um und erblickte es zum erstenmal wirklich, das hoch aufragende Wunder von Innocent House, vier Stockwerke aus farbigem Marmor und goldglänzendem Stein, der sich dem Wechsel des Lichts anzupassen schien, indem er bald heller wurde, bald in noch satterem Goldton erstrahlte. Der stattliche, überwölbte Haupteingang war von schmalen Bogenfenstern flankiert, darüber erhoben sich zwei Stockwerke mit steingemeißelten Balkonen und, ihnen vorgelagert, eine Marmorkolonnade, deren schlanke Säulen anmutige Kleeblattbögen trugen. Über dem Portikus mit seinen hohen Bogenfenstern lag, unter dem Fries des Flachdachs, noch ein letztes, schmuckloses Obergeschoß. Mandy verstand nichts von den architektonischen Feinheiten, aber sie hatte schon ähnliche Häuser gesehen: als Dreizehnjährige auf einer ausgelassenen, schlecht organisierten Klassenfahrt nach Venedig. Von der Stadt hatte sich ihr wenig mehr eingeprägt als der hochsommerliche Gestank der Kanäle, vor dem die Kinder sich, in gespieltem Ekel kreischend, die Nase zuhielten, und die überfüllten Museen und Paläste, die man sie bewundern hieß, obschon sie doch ganz baufällig wirkten und aussahen, als könnten sie jeden Moment einstürzen und im nächsten Kanal versinken. Mandy hatte Venedig gesehen, als sie noch zu jung und vor allem unzureichend darauf vorbereitet gewesen war. Hier im Angesicht von Innocent House spürte sie zum erstenmal ein Echo auf jenes Kindheitserlebnis, eine Mischung aus Ehrfurcht und Entzücken, die sie überrascht und auch ein bißchen erschrocken zur Kenntnis nahm.

Eine Männerstimme weckte sie aus ihrer Trance: »Suchen Sie jemand?«

Als sie sich umdrehte, sah sie einen Mann durchs Gitter spähen, der wie durch Zauberei aus dem Fluß aufgetaucht zu sein schien. Doch als sie näher trat, erkannte sie, daß er im Bug eines Motorboots stand, das links von der Treppe festgemacht war. Er hatte die Mütze auf dem schwarzen Lockenschopf weit ins Genick geschoben, und seine Augen funkelten wie helle Schlitze aus dem wettergegerbten Gesicht.

Mandy sagte: »Ich bin hier wegen einer Stelle. Hab' mir nur rasch mal den Fluß angesehen.«

»Ach, der Fluß läuft Ihnen nicht weg. Da drüben geht's rein.« Er wies mit dem Daumen Richtung Innocent Lane.

»Ja, ich weiß.«

Betont unbeeindruckt sah Mandy flüchtig auf die Uhr, wandte sich um und betrachtete noch zwei volle Minuten lang die Fassade von Innocent House. Erst dann ging sie, mit einem letzten Blick zurück auf den Fluß, zur Innocent Lane hinauf.

An der Tür prangte ein Schild: PEVERELL PRESS – BITTE TRETEN SIE EIN. Mandy drückte die Klinke und ging durch ein verglastes Foyer zum Empfang. Gleich links neben einem bauchigen Schreibtisch bediente ein grauhaariger Mann mit freundlichem Gesicht die Telefonzentrale. Er begrüßte Mandy lächelnd und hakte ihren Namen auf einer Liste ab. Als sie ihm ihren Sturzhelm zur Aufbewahrung gab, griffen seine kleinen, altersfleckigen Hände so vorsichtig danach, als hätte sie ihm eine Bombe gereicht. Zuerst schien er nicht recht zu wissen, wo er damit hin sollte, dann legte er ihn einfach neben sich auf den Tisch.

Als er sie telefonisch angemeldet hatte, sagte er: »Miss Blackett wird gleich herunterkommen und Sie zu Miss Etienne führen. Wenn Sie inzwischen Platz nehmen möchten?«

Mandy setzte sich an einen niedrigen Tisch, auf dem neben drei Tageszeitungen etliche Literaturzeitschriften und Kataloge ausgebreitet waren. Ohne einen Blick daran zu verschwenden, sah sie sich in dem Raum um, der anscheinend früher einmal sehr elegant gewesen war. Jedenfalls paßten der Marmorkamin mit dem Ölgemälde vom Canal Grande in der Täfelung darüber, die feine Stuckdecke und das Schnitzdekor ganz und gar nicht zu der modernen Empfangstheke, den zwar bequemen, aber unschönen Allzweckstühlen, dem großen, mit Boi bespannten Anschlagbrett und dem Aufzug rechts vom Kamin. An den sattgrün gestrichenen Wänden hingen eine Reihe sepiafarbener Porträts. Mandy, die darin die Peverellsche Ahnengalerie vermutete, war gerade aufgestanden, um sich die Bilder aus der Nähe anzusehen, als ihre Eskorte erschien, eine stämmige, unansehnliche Frau, die wohl Miss Blackett sein mußte. Sie begrüßte

Mandy ohne jedes Lächeln, warf einen überraschten, ja fast entsetzten Blick auf ihren Hut und bat sie dann, ohne daß sie sich selbst vorgestellt hätte, ihr zu folgen. Mandy ließ sich durch diese Frostigkeit nicht beirren. Offenbar hatte sie es hier mit der Privatsekretärin des Geschäftsführers zu tun, die von Anfang an ihren Status demonstrieren wollte. Mandy kannte den Typ.

Beim Betreten der Halle verschlug es ihr den Atem. Sie stand auf einem Mosaikfußboden aus farbigem Marmor, von dem sechs schlanke Säulen mit reichgeschnitzten Kapitellen zu einer verschwenderisch ausgemalten Decke emporstrebten. Ohne auf Miss Blackett zu achten, die ungeduldig am Fuß der Treppe wartete, blieb Mandy unbefangen stehen und drehte sich langsam im Kreis, den Blick starr nach oben gerichtet, wo die gewaltige illuminierte Kuppel sich scheinbar mit ihr drehte; Paläste sah sie dort, Türme mit wehendem Banner, Kirchen, Häuser, Brücken, unter denen sich, geschmückt mit den Segeln hochmastiger Schiffe, ein Fluß hindurchschlängelte, und kleine Putten, aus deren geschürzten Lippen in kleinen Pustewölkchen günstige Winde entströmten, wie Dampf aus einem Kessel. Mandy hatte schon in allen möglichen Büros gearbeitet, von chromblitzenden, lederbestückten Glastürmen, ausstaffiert mit den neuesten Wundern der Technik, bis hin zu besseren Besenkammern mit nichts als einer uralten Schreibmaschine auf einem Holztisch darin, und sie hatte beizeiten gelernt, daß das Ambiente eines Büros nicht unbedingt auf die finanziellen Verhältnisse der Firma schließen läßt. Aber ein Bürogebäude wie Innocent House hatte sie noch nie gesehen.

Schweigend stiegen sie die breite, doppelläufige Treppe hinauf. Miss Etiennes Büro im ersten Stock war offenbar früher einmal die Bibliothek gewesen, doch nun hatte man eine Schmalseite des Raums abgetrennt und daraus ein kleines Vorzimmer gemacht. Eine junge Frau mit ernstem Gesicht, die so dünn war, daß sie schon magersüchtig wirkte, streifte Mandy nur mit einem flüchtigen Blick, während sie etwas in ihren Computer eingab. Miss Blackett öffnete die Verbindungstür. »Mandy Price ist da, das Mädchen von der Agentur, Miss Claudia«, meldete sie und ging.

Nach dem schlecht proportionierten Vorzimmer kam Mandy das eigentliche Büro sehr groß vor, als sie jetzt über eine ausgedehnte Parkettfläche auf den Schreibtisch zuging, der rechts vom Fenster am anderen Ende des Raums stand. Eine hochgewachsene, dunkelhaarige Frau erhob sich, begrüßte sie mit Handschlag und bedeutete ihr, auf dem Stuhl vor dem Schreibtisch Platz zu nehmen.

»Sie haben Ihren Lebenslauf dabei?« fragte sie.

»Ja, Miss Etienne.«

Mandy war noch nie nach einem Lebenslauf gefragt worden, aber Mrs. Crealey hatte recht gehabt; hier gehörte so etwas offenbar dazu. Sie langte in ihre quastengeschmückte, knallbunt bestickte Umhängetasche, ein Souvenir vom letztjährigen Kreta-Urlaub, und reichte drei sauber getippte Seiten über den Tisch. Miss Etienne studierte den Text, und Mandy studierte Miss Etienne.

Jung war sie ihrer Schätzung nach nicht mehr, bestimmt schon über dreißig. Sie hatte ein scharf geschnittenes Gesicht mit blassem, empfindlichem Teint, flach in den Höhlen liegende Augen mit dunkler, fast schwarzer Iris unter schweren Lidern. Die Brauen waren zu hohen, schmalen Bögen gezupft. Das kurze, glänzend gebürstete Haar trug sie links gescheitelt, ein paar widerspenstige Strähnen hatte sie hinters rechte Ohr zurückgestrichen. An den Händen, die auf Mandys Lebenslauf ruhten, trug sie keinen einzigen Ring, die Finger waren lang und schlank, die Nägel unlackiert.

Ohne aufzublicken, fragte Miss Etienne: »Heißen Sie Mandy oder Amanda Price?«

»Mandy, Miss Etienne.« In jedem anderen Fall hätte Mandy darauf hingewiesen, daß, wäre ihr Vorname Amanda, es auch so in ihrem Lebenslauf stünde.

»Haben Sie schon einmal in einem Verlag gearbeitet?«

»Ungefähr dreimal in den letzten beiden Jahren. Auf Seite drei meines Lebenslaufs finden Sie eine Liste der Firmen, für die ich bisher tätig war.«

Miss Etienne las weiter, dann blickte sie auf, und die klugen, leuchtenden Augen unter den geschwungenen Brauen musterten Mandy mit größerem Interesse, als sie bisher gezeigt hatte.

»Sie waren sehr gut in der Schule«, sagte sie, »aber dann haben Sie ungewöhnlich oft den Arbeitsplatz gewechselt. Sie sind nirgends länger als ein paar Wochen geblieben.«

Drei Jahre Praxis als Aushilfskraft hatten Mandy gelehrt, die meisten Tricks der Männerwelt zu durchschauen und abzuwehren, doch im Umgang mit dem eigenen Geschlecht hatte sie weniger Übung. Aber sie besaß einen hellwachen Instinkt, und der riet ihr, diese Miss Etienne mit Samthandschuhen anzufassen. Während sie also heimlich dachte: Darum heißt es ja Aushilfe, du blöde Kuh, weil man heute hier ist und morgen da, sagte sie laut: »Gerade das gefällt mir an der Zeitarbeit. Ich möchte nämlich möglichst breitgefächerte Erfahrungen sammeln, bevor ich mich irgendwo fest anstellen lasse. Aber wenn es einmal soweit ist, dann will ich auch bei der Stange bleiben und mich bewähren.«

Das war glatt gelogen. Mandy dachte gar nicht daran, sich eine feste Stellung zu suchen. Sie fühlte sich ausgesprochen wohl mit ihren Teilzeitjobs, die ihr, ohne Verträge und Dienstvorschriften, Vielfalt und Freiheit garantierten und obendrein die Gewißheit, daß auch die gräßlichste Arbeit schlimmstenfalls nur bis zum nächsten Freitag dauern mußte. Wenn sie Pläne hatte, dann auf einem ganz anderen Sektor. Mandy sparte für den Tag, an dem sie sich, zusammen mit ihrer Freundin Naomi, einen kleinen Laden in der Portobello Road würde leisten können, wo sie dann ganz rasch reich werden würden: Naomi mit ihrem selbstgebastelten Schmuck und Mandy mit ihren Hutkreationen.

Miss Etienne wandte sich wieder dem Lebenslauf zu. »Wenn Sie eine feste Anstellung anstreben, in der Sie sich auch noch bewähren wollen, dann sind Sie in Ihrer Generation bestimmt eine Ausnahme«, sagte sie trocken. Und als hätte sie es plötzlich eilig, reichte sie Mandy den Lebenslauf zurück, erhob sich und sagte: »Also schön, machen wir einen PC-Test. Mal sehen, ob Sie wirklich so gut sind, wie Sie behaupten. In Miss Blacketts Büro im Erdgeschoß steht ein zweiter PC. Dort wäre ohnehin Ihr Arbeitsplatz, also können Sie da auch gleich den Test machen. Mr. Dauntsey, der in unserem Haus das Lyrikprogramm betreut, hat ein Band besprochen, das abgetippt werden muß. Es liegt im kleinen Archiv.« Und während sie hinter dem Schreibtisch hervortrat, setzte sie hinzu: »Kommen Sie, wir holen es gemeinsam. Dann lernen Sie auch gleich das Haus ein bißchen kennen.«

Mandy wiederholte skeptisch: »Lyrik?« Gedichte nach Tonbanddiktat zu schreiben war eine heikle Sache. Sie hatte die Erfahrung gemacht, daß sich zumindest bei moderner Dichtung kaum erkennen ließ, wo eine Zeile aufhörte und die nächste begann.

»Nein, nein, auf dem Band sind keine Gedichte. Mr. Dauntsey macht derzeit eine Bestandsaufnahme unseres Archivs und überprüft, welche Dokumente von bleibendem Wert sind und welche vernichtet werden können. Peverell Press publiziert seit 1792, und da besitzen wir natürlich allerhand interessantes Material aus den Gründerjahren, das sich zu katalogisieren lohnt.«

Mandy folgte Miss Etienne über die breite Freitreppe in die Halle hinunter und von dort zur Rezeption. Anscheinend würden sie den Fahrstuhl nehmen, und der ging nur vom Parterre aus. Wohl kaum der geeignete Weg, das Haus kennenzulernen, dachte sie. Trotzdem war das vorhin eine vielversprechende Bemerkung gewesen, die sich anhörte, als sei der Job ihr schon sicher, vorausgesetzt, sie wollte ihn. Und daß sie ihn wollte, wußte Mandy, seit sie vorhin von der Terrasse aus die Themse gesehen hatte.

Der Lift war eng, maß kaum mehr als anderthalb Quadratmeter, und als die Kabine ächzend aufwärts ruckelte, spürte Mandy die beklemmende Nähe der stummen, hochgewachsenen Gestalt, deren Arm fast den ihren streifte. Zwar hielt sie den Blick starr auf das Fahrstuhlgitter gerichtet, aber natürlich roch sie trotzdem Miss Etiennes Parfum, einen zarten, leicht exotischen Duft, dabei aber so schwach, daß es vielleicht gar kein Parfum, sondern nur eine teure Seife war. Alles an Miss Etienne dünkte Mandy teuer: die Bluse, deren matter Glanz verriet, daß sie aus Seide war, die zweireihige Goldkette und die goldenen Ohrstecker, die lässig um ihre Schultern drapierte Strickjacke mit dem flauschigen Kaschmir-Look. Doch ihr von all den aufregenden neuen Eindrücken hier in Innocent House geschärfter Instinkt erriet auch, daß Miss Etienne unsicher und gehemmt war. Seltsam, wenn jemand hätte nervös sein sollen, dann höchstens sie, Mandy: statt dessen konnte sie es in der klaustrophobisch engen Kabine, die noch dazu aufreizend langsam nach oben schaukelte, vor Spannung förmlich knistern hören.

Der Lift kam ruckartig zum Stehen, und Miss Etienne zog mit einiger Kraftanstrengung das Scherengitter zurück. Mandy betrat hinter ihr einen schmalen Gang, von dem direkt gegenüber eine Tür abging und etwas weiter links eine zweite. Die Tür vis-à-vis stand offen und gab den Blick frei auf einen großen, vollgestopften Raum, in dem sich auf bis zur Decke reichenden Metallregalen Aktenordner und Papierstöße türmten. Zwischen den Regalen, die von den Fenstern bis zur Tür gingen, blieb nur ein schmaler Durchgang frei. Es roch nach altem Papier, die Luft war muffig und verbraucht. Mandy zwängte sich hinter Miss Etienne zwischen Aktengestell und Wand durch bis zu einer kleinen Tür, die geschlossen war.

Miss Etienne blieb davor stehen und sagte: »Hier drinnen arbeitet Mr. Dauntsey an unserer Verlagsgeschichte. Wir nennen diesen Raum das kleine Archiv. Mr. Dauntsey wollte das Band auf dem Tisch bereitlegen.«

Mandy wunderte sich über diese eigentlich unnötige Erklärung, und ihr war, als ob Miss Etienne, die Hand schon auf dem Türgriff, sich nicht zu öffnen traute. Dann aber stieß sie mit einer so heftigen Bewegung, als erwarte sie von drinnen Widerstand, die Tür weit auf.

Wie ein böser Geist entwich der Gestank und quoll ihnen entgegen; es roch nach Erbrochenem, gar nicht einmal stark, aber Mandy war so wenig darauf gefaßt, daß sie im ersten Moment zurückschrak. Über Miss Etiennes Schulter hinweg erfaßte sie mit einem Blick ein kleines Zimmer mit bloßen Dielen, einem quadratischen Tisch rechts von der Tür und einem einzigen hohen Fenster, das eigentlich nur eine Art Oberlicht war. Darunter stand ein schmales Bett, und darauf lag, der Länge nach ausgestreckt, eine Frau.

Mandy hätte auch ohne den Geruch gewußt, daß sie eine Tote vor sich hatten. Sie schrie nicht, sie hatte noch nie aus Angst oder vor Entsetzen geschrien; aber eine gepanzerte Riesenfaust hielt ihr Herz umklammert und drückte zu, bis sie so heftig zu zittern begann wie ein Kind, das man aus eiskaltem Wasser gezogen hat. Wortlos, mit leisen, fast unhörbaren Schritten, näherten sie sich dem Bett, Mandy dicht hinter Miss Etienne.

Die Frau lag oben auf der buntgewürfelten Tagesdecke, unter der sie nur das Kissen vorgezogen hatte, um ihren Kopf darauf zu betten, als ob sie dieses letzten Trostes bedurft hätte, ehe sie das Bewußtsein verlor. Neben dem Bett standen auf einem Stuhl eine leere Weinflasche, ein benutztes Glas und eine Arzneiflasche mit Schraubverschluß. Ein Paar braune Schnürschuhe waren ordentlich nebeneinander unter den Stuhl geschoben. Vielleicht hat sie die Schuhe ausgezogen, weil sie die Decke nicht schmutzig machen wollte, dachte Mandy. Aber nun war die Decke doch versaut, und das Kissen auch. Erbrochenes klebte wie die Schleimspur einer Riesenschnecke an der linken Wange der Frau und war auf dem Kissenbezug zu einer steifen Kruste getrocknet. Hinter den halbgeöffneten Lidern der Toten war die Iris nach oben verdreht, die grauhaarige Ponyfrisur war kaum in Unordnung geraten. Die Frau trug einen braunen, hochgeschlossenen Pullover und einen Tweedrock, unter dem die dünnen, seltsam verrenkten Beine wie zwei Stöcke hervorragten. Ihr linker Arm war weit ausgestreckt und berührte fast den Stuhl, der rechte lag über ihrer Brust. Die rechte Hand hatte offenbar kurz vor dem Ende noch an dem dünnen Wollpullover herumgezupft und ihn dabei soweit hochgeschoben, daß jetzt ein paar Zentimeter des weißen Unterhemds herausschauten. Neben der leeren Arzneiflasche lag ein quadratischer Umschlag, der in energischer schwarzer Schrift adressiert war.

So ehrfürchtig, als wäre sie in der Kirche, flüsterte Mandy: »Wer ist das?«

Miss Etiennes Stimme klang gefaßt. »Sonia Clements. Eine unserer Lektorinnen.«

»Hätte ich für sie arbeiten sollen?«

Kaum daß sie die Frage gestellt hatte, begriff Mandy, wie überflüssig das jetzt war, aber Miss Etienne antwortete trotzdem. »Zu Anfang ja, aber nur kurze Zeit. Sie wäre zum Monatsende ausgeschieden.«

Als sie den Brief an sich nahm, schien Miss Etienne ihn einen Moment lang wie prüfend in der Hand zu wiegen. Mandy dachte: Sie würde ihn gern aufmachen, aber nicht in meiner Gegenwart. Nach kurzem Zögern sagte Miss Etienne: »Adressiert an den Coroner, den gerichtsmedizinischen Gutachter. Aber es ist ja auch so klar, was hier passiert ist. Tut mir leid, daß Sie das mit ansehen mußten, Miss Price. So ein Schock – wirklich rücksichtslos von ihr. Wenn man sich schon umbringen will, dann sollte man das in seinen eigenen vier Wänden tun.«

Mandy dachte an die enge Häuserzeile in Stratford East, an die Gemeinschaftsküche und das einzige Bad und an ihr kleines Hinterzimmer in einem Haus, in dem man schon eine Portion Glück bräuchte, um auch nur unbemerkt die Tabletten zu schlucken, geschweige denn daran sterben zu können, ohne daß einen vorher jemand fand. Sie zwang sich, der Frau noch einmal ins Gesicht zu sehen, und hatte plötzlich das Bedürfnis, ihr die Augen und den leicht offenstehenden Mund zu schließen. Das also war der Tod, oder vielmehr so sah er aus, bevor der Leichenbestatter Hand anlegte. Mandy hatte bis jetzt erst einmal eine Leiche gesehen – ihre Großmutter, die in ihrem Totenhemd mit dem gefältelten Stehkragen so adrett im Sarg gelegen hatte wie eine Puppe im Geschenkkarton; nur viel kleiner hatte sie ausgesehen, und ihr Gesicht war so friedlich gewesen wie zu Lebzeiten niemals, vielleicht weil man ihr die klugen, rastlosen Augen geschlossen und die überfleißigen Hände in beschaulicher Ruhe gefaltet hatte. Plötzlich überfluteten sie Trauer und Mitleid, ausgelöst durch einen verspäteten Schock oder die unerwartet lebhafte Erinnerung an die Großmutter, die sie wirklich geliebt hatte. Als die ersten heißen Tränen hinter ihren Lidern brannten, wußte sie nicht einmal genau, ob sie der Großmama galten oder dieser Fremden, die ihren Blicken so wehrlos ausgeliefert war. Mandy weinte nicht oft, aber wenn ihr einmal die Tränen kamen, dann gab es kein Halten mehr. Nur ja hier nicht die Fassung verlieren! Die Blamage wäre nicht auszudenken. Verzweifelt sah sie sich um, und da fiel ihr Blick auf etwas Vertrautes, etwas, vor dem man sich nicht zu fürchten brauchte und womit sie umgehen konnte, gleichsam ein Garant dafür, daß draußen, jenseits dieser Todeszelle, die normale Welt weiterbestand. Auf dem Tisch lag ein kleines Diktiergerät.

Mandy ging hin und nahm es so andächtig in die Hand, als wäre es eine Ikone. »Ist da das Band drin, das ich abschreiben soll?« fragte sie. »Ist es ein Verzeichnis? Möchten Sie es tabellarisiert?«

Miss Etienne musterte sie einen Moment lang schweigend und sagte dann: »Ja, schreiben Sie's tabellarisch. Und drucken Sie auch gleich zwei Kopien aus. Sie können den PC in Miss Blacketts Büro benutzen.«

Und in dem Augenblick wußte Mandy, sie hatte den Job.

2

Eine Viertelstunde vorher verließ Gerard Etienne, Vorstandsvorsitzender und Geschäftsführer von Peverell Press, den Sitzungssaal und wollte hinunter in sein Büro im Erdgeschoß. Plötzlich blieb er stehen, wich leichtfüßig wie eine Katze in den Schatten zurück und spähte hinter der Balustrade hervor. Unter ihm in der Halle drehte ein Mädchen Pirouetten und blickte dabei wie verzückt zur Decke hinauf. Sie trug nach oben ausgestellte Stiefel, die ihr bis weit über die Knie reichten, einen engen, beigefarbenen Minirock und eine mattrote Samtjacke. Ein schlanker, feingliedriger Arm war ausgestreckt und hielt den extravaganten Hut an der Krempe fest. Dieses anscheinend aus rotem Filz gefertigte Gebilde war mit dem wunderlichsten Putz garniert: Neben Blumen, Federn, Satin- und Spitzenbändern entdeckte Etienne sogar kleine Glasplättchen. Bei jeder Drehung des Mädchens blitzte, funkelte und glitzerte der Hut. Es müßte eigentlich lächerlich wirken, dachte er, dieses spitze Kindergesicht, halb verdeckt von zerzausten dunklen Haarsträhnen, und obendrauf so eine aberwitzige Kreation. Statt dessen sah das Mädchen bezaubernd aus. Unwillkürlich lächelte er, ja lachte beinahe, und plötzlich überkam ihn eine so verrückte Anwandlung, wie er sie seit seinem zwanzigsten Lebensjahr nicht mehr gespürt hatte: Am liebsten wäre er die breite Treppe hinuntergerannt, hätte sie in die Arme genommen und wäre mit ihr über die Marmorterrasse hinausgetanzt bis ans Ufer des schimmernden Flusses. Aber da hatte sie ihr gemessenes Menuett auch schon beendet und folgte Miss Blackett durch die Halle zur Treppe. Er blieb noch einen Moment stehen und genoß diesen närrischen Taumel, der, wie er meinte, durchaus keine sexuelle Konnotationen hatte, sondern nur dem Wunsch entsprang, sich ein Andenken an die Jugend zu bewahren, eine Erinnerung an erste Liebe, Lachen, Ungebundenheit, an schiere animalische Sinnenfreude. Nichts davon hatte heute mehr Platz in seinem Leben. Er lächelte immer noch, als er, sobald die Halle leer war, langsam in sein Büro hinunterschlenderte.

Zehn Minuten später ging die Tür auf, und er erkannte am Schritt, daß seine Schwester hereingekommen war. Ohne aufzublicken fragte er: »Wer ist denn die Kleine mit dem verrückten Hut?«

»Was für ein Hut?« Im ersten Moment schien Claudia gar nicht zu begreifen, doch dann sagte sie: »Ach, der Hut. Das ist Mandy Price, die neue Aushilfe.«

Ihre Stimme klang so merkwürdig gepreßt, daß er sich zu ihr umdrehte und sie ansah. »Claudia«, sagte er, »was ist passiert?«

»Sonia Clements ist tot. Sie hat sich umgebracht.«

»Wo?«

»Hier. Im kleinen Archiv. Dieses Mädchen und ich, wir haben sie gefunden, als wir Gabriels Diktiergerät holen wollten.«

»Die Kleine hat sie gefunden?« Nach kurzem Zögern setzte er hinzu: »Und wo ist sie jetzt?«

»Ich sag' dir doch, im kleinen Archiv. Wir haben die Leiche nicht angerührt. Wozu auch?«

»Ich wollte wissen, wo die Kleine ist!«

»Ach, die sitzt nebenan bei Blackie und schreibt das Band ab. Du brauchst sie übrigens nicht zu bedauern. Sie war ja nicht allein, außerdem ist die Sache zum Glück ganz unblutig abgegangen. Und dann ist diese Generation hart im Nehmen – die Kleine hat nicht mal mit der Wimper gezuckt. Ihr ging es bloß darum, daß sie den Job kriegt.«

»Und du bist sicher, daß es Selbstmord war?«

»Natürlich. Sie hat diesen Brief hinterlassen. Hier, er ist offen, aber ich habe ihn nicht gelesen.«

Sie reichte ihm den Umschlag, trat dann ans Fenster und sah hinaus. Nach kurzem Zögern schnippte er die Klappe aus dem Kuvert, zog vorsichtig das Blatt heraus und las laut vor: »›Ich bitte um Verzeihung für die Unannehmlichkeiten, aber dieser Raum schien mir am besten geeignet. Wahrscheinlich wird es

Gabriel sein, der mich hier findet, und er steht mit dem Tod auf so vertrautem Fuß, daß es kein allzu großer Schock für ihn sein wird. Jetzt, wo ich allein lebe, hätte man mich daheim womöglich erst entdeckt, wenn ich zu stinken anfange, und ich denke, ein gewisses Maß an Würde sollte der Mensch sich selbst im Tode noch bewahren. Meine Angelegenheiten sind geregelt, und auch an meine Schwester habe ich geschrieben. Ich bin nicht verpflichtet, meine Tat zu begründen, aber falls es irgendwen interessiert: Es ist ganz einfach so, daß ich ein rasches Ende dem Fortbestand dieses freudlosen Daseins vorziehe; meines Erachtens eine vernünftige Wahl und eine, die zu treffen uns allen freisteht.‹ Na, das ist eindeutig«, sagte er, »und noch dazu handgeschrieben. Wie hat sie's denn angestellt?«

»Mit Tabletten und Alkohol. Es sieht nicht sehr wüst aus, wie gesagt.«

»Hast du schon die Polizei verständigt?«

»Die Polizei? Dazu hatte ich noch gar keine Zeit. Ich bin ja gleich zu dir gekommen. Aber ist das denn wirklich nötig, Gerard? Selbstmord ist doch kein Verbrechen. Könnten wir nicht einfach Dr. Frobisher anrufen?«

Er sagte kurz angebunden: »Ich weiß nicht, ob es nötig ist, aber es ist auf jeden Fall ratsam. An diesem Tod darf nichts fragwürdig erscheinen.«

»Fragwürdig?« wiederholte sie. »Wer sollte denn daran etwas fragwürdig finden?«

Unwillkürlich hatten sie die Stimmen gesenkt, und nun flüsterten sie fast nur noch. Trotzdem strebten sie instinktiv von der Trennwand weg zum Fenster.

»Nenn es meinetwegen Tratsch«, sagte er, »Gerüchte, einen Skandal. Wir können die Polizei direkt von hier aus anrufen. Nicht nötig, das Gespräch über die Zentrale laufen zu lassen. Wenn man sie im Aufzug runterbringt, können wir sie womöglich aus dem Haus schaffen, bevor das Personal mitkriegt, was passiert ist. An George kommen wir natürlich nicht vorbei. Wahrscheinlich ist es sogar das beste, die Polizei bei ihm an der Pforte reinzulassen. Man muß George eben einschärfen, daß er den Mund hält. Wo ist die Kleine von der Agentur jetzt?«

»Hab' ich dir doch schon gesagt. Sie macht nebenan bei Blackie ihre Diktatprüfung.«

»Ich könnte mir eher vorstellen, daß sie Blackie und jedem, der sonst noch drüben reinschaut, brühwarm erzählt, wie sie nach oben geführt wurde, um ein Tonband zu holen, und dabei über eine Leiche gestolpert ist.«

»Ich habe beide zum Stillschweigen verpflichtet, bis wir das gesamte Personal unterrichtet haben. Aber wenn du glaubst, du könntest die Geschichte auch nur für ein paar Stunden geheimhalten, Gerard, dann irrst du dich gewaltig. Es wird eine gerichtliche Untersuchung geben, und das bedeutet Publicity. Außerdem muß man sie über die Treppe runterschaffen. Ein Leichensack auf einer Bahre paßt auf gar keinen Fall in den Aufzug. Das hat uns weiß Gott gerade noch gefehlt! Zusammen mit der anderen Geschichte wird sich das ganz fabelhaft auf unser Betriebsklima auswirken.«

Einen Moment herrschte Schweigen. Weder er noch sie machten Anstalten, zum Telefon zu gehen; dann schaute sie ihn an und fragte: »Als du sie entlassen hast, letzten Mittwoch, wie hat sie's da aufgenommen?«

»Sie hat sich jedenfalls nicht umgebracht, weil ich ihr gekündigt habe. Sie hatte genug gesunden Menschenverstand, um zu wissen, daß sie gehen mußte. Seit dem Tag, an dem ich die Geschäftsleitung übernahm, muß sie das gewußt haben. Ich habe von Anfang an keinen Hehl daraus gemacht, daß wir nach meiner Ansicht einen Lektor zu viel beschäftigen und daß ich die überschüssige Arbeit außer Haus geben möchte, an einen freien Mitarbeiter.«

»Aber sie war dreiundfünfzig. Es wäre nicht leicht für sie gewesen, woanders unterzukommen. Und sie ist immerhin seit vierundzwanzig Jahren bei uns.«

»Als Teilzeitkraft.«

»Laut Vertrag ja, aber gearbeitet hat sie praktisch ganztags. Der Verlag war ihr Leben.«

»Claudia, das ist doch sentimentaler Quatsch. Sie hatte sehr wohl ein Leben außerhalb dieses Hauses. Und was tut das überhaupt zur Sache, verdammt noch mal? Entweder sie wurde hier gebraucht oder nicht.«

»Und mit *dem* Argument hast du's ihr beigebracht? Daß sie nicht mehr gebraucht würde?«

»Ich war nicht brutal, wenn du das meinst. Ich habe ihr gesagt, daß ich einen Teil des Sachbuchlektorats einem freien Mitarbeiter übertragen möchte und daß ihre Stelle damit wegfallen würde. Aber ich habe ihr auch gesagt, daß wir, wenngleich sie rein rechtlich keinen Anspruch auf eine volle Abfindung hatte, finanziell bestimmt eine zufriedenstellende Regelung finden würden.«

»Eine finanzielle Regelung? Und was hat sie dazu gesagt?«

»Daß das nicht nötig wäre. Weil sie selbst eine Regelung treffen würde.«

»Was sie dann ja auch getan hat. Und zwar anscheinend mit Distalgesic und einer Flasche bulgarischem Rotwein. Na, wenigstens hat sie uns Geld erspart, aber ich hätte bei Gott lieber bezahlt, als nun mit so was konfrontiert zu sein. Ich weiß, ich sollte Mitleid mit ihr haben. Und das werde ich wohl auch, sobald ich den Schock überwunden habe. Aber im Moment tue ich mich noch schwer.«

»Claudia, es ist sinnlos, diese alte Diskussion noch mal zu führen. Ich mußte sie entlassen, und genau das hab' ich getan. Mit ihrem Tod hat das nichts zu schaffen. Ich habe nur getan, was im Interesse des Verlages getan werden mußte, und seinerzeit warst du ja auch mit mir einig. Für ihren Selbstmord kann man weder dich noch mich verantwortlich machen, genausowenig wie ihr Tod etwas mit dem anderen Unfug hier im Haus zu tun hat.« Er hielt inne und setzte dann hinzu: »Es sei denn, sie hätte selbst dahintergesteckt.«

Sein plötzlich so hoffnungsvoller Tonfall war Claudia nicht entgangen. Die Sache beunruhigte ihn also mehr, als er zugeben wollte. Erbittert sagte sie: »Dann wären wir fein raus, was? Aber wie könnte sie's denn gewesen sein, Gerard? Als an den Stilgoe-Druckfahnen rumgepfuscht wurde, war sie krank, falls du dich erinnerst, und als die Illustrationen für das Guy-Fawkes-Buch abhanden kamen, da besuchte sie einen unserer Autoren in Brighton. Nein, nein, sie kann's nicht gewesen sein.«

»Ja, natürlich, das hatte ich tatsächlich vergessen. Hör zu, ich werde jetzt die Polizei verständigen, und du kannst unterdessen die Runde machen und den Leuten erklären, was passiert ist. Das ist weniger dramatisch, als alle zu einer großangelegten Erklärung zusammenzutrommeln. Und sag ihnen, sie sollen in ihren Büros bleiben, bis die Leiche fortgeschafft ist.«

Sie entgegnete zögernd: »Da wäre noch was. Ich glaube, ich war die letzte, die sie lebend gesehen hat.«

»Na und, einer muß das schließlich gewesen sein.«

»Es war gestern abend, kurz nach sieben. Ich hatte etwas länger gearbeitet, und als ich im ersten Stock aus der Garderobe kam, da sah ich sie die Treppe raufgehen. Sie hatte eine Weinflasche und ein Glas in der Hand.«

»Und du hast sie nicht gefragt, was sie damit will?«

»Natürlich nicht. Sie war schließlich keine kleine Tippse. Ich dachte mir halt, sie würde den Wein mit rauf ins Archiv nehmen, um sich heimlich einen anzududeln. Und wenn sie das vorhatte, dann ging mich das ja kaum was an. Ich fand's zwar komisch, daß sie so lange Überstunden machte, aber das ist auch alles.«

»Hat sie dich gesehen?«

»Das glaub' ich nicht. Sie hat sich jedenfalls nicht umgeschaut.«

»Und sonst war niemand mehr da?«

»Nicht um diese Zeit, nein. Ich war die letzte.«

»Dann behalt's für dich. Es tut nichts zur Sache, und wenn du's erzählst, wäre damit keinem geholfen.«

»Ich hatte allerdings das Gefühl, daß sie sich irgendwie merkwürdig benahm. Sie hatte so was – na ja, Heimlichtuerisches. Und es schien mir fast, als ob sie's eilig hätte.«

»Das kommt dir bloß im nachhinein so vor. Du hast nicht vor dem Abschließen noch einen Rundgang durchs Haus gemacht?«

»Ich hab' einen Blick in ihr Büro geworfen. Aber da brannte kein Licht mehr. Und es lag auch nichts da, weder Mantel noch Tasche. Wahrscheinlich hatte sie die in den Schrank geräumt. Ich dachte natürlich, sie habe inzwischen Feierabend gemacht und sei heimgegangen.«

»Das kannst du bei der gerichtlichen Untersuchung erwähnen, aber mehr nicht. Sag nichts davon, daß du sie vorher auf der Treppe gesehen hast. Sonst kommt der Coroner womöglich noch auf die Idee, dich zu fragen, warum du nicht im Obergeschoß nachgesehen hast.«

»Aber warum hätte ich das tun sollen?«

»Eben.«

»Aber Gerard, wenn man mich nun fragt, wann ich sie zuletzt gesehen habe ...«

»Dann denk dir halt was aus. Nur lüg um Gottes willen überzeugend, und bleib vor allem auch dabei.« Er trat an den Schreibtisch und nahm den Telefonhörer ab. »Das beste wird sein, ich wähle 999. Sonderbar, aber soweit ich mich entsinnen kann, ist dies das erstemal, daß die Polizei nach Innocent House gerufen wird.«

Sie wandte sich vom Fenster ab und sah ihn offen an. »Wollen wir hoffen, daß es auch das letztemal ist.«

3

Im Vorzimmer saßen Mandy und Miss Blackett jede an ihrem PC und tippten, den Blick starr auf den Bildschirm gerichtet. Keine von beiden sprach. Anfangs hatten Mandys Finger sich der Arbeit verweigert und flatterten so unsicher über die Tasten, als wären die Buchstaben unerklärlicherweise vertauscht worden und hätten sich in einen Wirrwarr sinnentleerter Symbole verwandelt. Aber dann hielt sie die Hände eine halbe Minute lang fest im Schoß verschränkt und zwang sich mit äußerster Willensanstrengung, das Zittern zu unterdrücken. Als sie dann tatsächlich loslegte, kam ihr bald die Routine zu Hilfe, und alles war gut. Hin und wieder warf sie Miss Blackett einen verstohlenen Blick zu. Die Frau stand offenbar unter Schock. Das großflächige Gesicht mit den Hamsterbacken und dem kleinen, etwas starren Mund war so bleich, daß Mandy befürchtete, sie werde jeden Moment ohnmächtig vornüber auf die Tastatur sinken.

Miss Etienne und ihr Bruder waren vor über einer halben Stunde gegangen. Binnen zehn Minuten, nachdem sich die Tür hinter ihnen geschlossen hatte, steckte Miss Etienne erneut den Kopf zur Tür herein und sagte: »Ich habe Mrs. Demery gebeten, Ihnen einen Tee zu bringen. Das ist für Sie beide sicher ein Schock gewesen.«

Der Tee war binnen weniger Minuten gekommen, serviert von einer rothaarigen Frau mit geblümter Schürze, die, als sie das Tablett auf einem Aktenschrank absetzte, ausrief: »Ich darf nichts reden, also werd' ich den Mund halten. Aber wenn ich Ihnen sage, daß die Polizei eben gekommen ist, dann ist da ja wohl nichts dabei. Ist ganz schön flott gegangen. Bestimmt wollen die jetzt auch Tee haben.« Und dann war sie so eilig abgezogen, als wüßte sie, daß draußen bald mehr los sein würde als hier in dem kleinen Vorzimmer.

Miss Blacketts Büro war schlecht geschnitten, viel zu schmal für seine Höhe und auf keinen Fall der angemessene Rahmen für den prächtigen Marmorkamin mit der klassischen Einfassung und dem massiven Sims, getragen von den Häuptern zweier Sphinxe. Die häßliche Trennwand, im unteren Drittel aus Holz, darüber mit eingefaßten Milchglasscheiben, halbierte nicht nur eines der schmalbrüstigen Bogenfenster, sondern auch das rautenförmige Deckenormanent. Wenn es schon nötig war, dieses schöne große Zimmer zu teilen, dachte Mandy, dann hätte man dabei zumindest mehr Rücksicht auf die Architektur nehmen können, von Miss Blacketts Bequemlichkeit ganz zu schweigen.

Die jetzige Regelung erweckte den Anschein, als gönne man ihr nicht einmal einen ausreichenden Arbeitsplatz.

Ein Kuriosum ganz anderer Art war die lange Schlange aus grüngestreiftem Samt, die sich um die Griffe der zwei obersten Fächer des stählernen Aktenschrankes kringelte. Über ihren leuchtenden Knopfaugen thronte ein winziger Zylinder, und die gespaltene Zunge von rotem Flanell hing aus einem leicht geöffneten Maul, das anscheinend mit rosa Seide ausgelegt war. Mandy hatte schon ähnliche Schlangen gesehen; ihre Großmutter hatte zum Beispiel auch so eine gehabt. Sie dienten dazu, die Zugluft abzuwehren, indem man Tür- oder Fensterritzen damit abdichtete. Man konnte aber auch eine Tür damit offenhalten, wenn man die Schlange etwa um beide Klinkenhälften wickelte. Allerdings hätte sie nicht erwartet, so ein albernes Ding, das doch im Grunde eher ein Kinderspielzeug war, ausgerechnet in Innocent House zu finden. Gern hätte sie Miss Blackett danach gefragt, aber Miss Etienne hatte sich Stillschweigen ausbedungen, und Miss Blackett bezog dieses Gesprächsverbot offenbar auf jedes Thema, ausgenommen rein arbeitsbezogene Fragen.

Minuten verstrichen, ohne daß ein Wort gefallen wäre. Mandy war fast fertig mit ihrem Band, als Miss Blackett aufsah und sagte: »Das dürfte reichen. Ich werde Ihnen noch etwas diktieren. Miss Etienne hat mich gebeten, Ihre Stenographie zu prüfen.«

Sie nahm einen Verlagskatalog aus ihrer Schreibtischschublade, reichte Mandy einen Notizblock, rückte ihren Stuhl neben sie und begann mit leiser Stimme vorzulesen. Ihre fast blutleeren Lippen bewegten sich dabei kaum. Mandys Finger formten automatisch die vertrauten Kürzel, aber von den vorgestellten Neuerscheinungen aus dem Sachbuchprogramm bekam sie nur wenig mit. Miss Blacketts Stimme geriet von Zeit zu Zeit ins Stocken, und daran merkte Mandy, daß auch sie auf die Geräusche von draußen horchte. Nachdem es anfangs geradezu unheimlich still gewesen war, hörten sie jetzt Schritte, halb und halb erahntes Geflüster und dann lautere, auf dem Marmor widerhallende Schritte, begleitet von selbstsicheren Männerstimmen.

Miss Blackett, die unverwandt zur Tür sah, sagte tonlos: »Würden Sie mir jetzt bitte vorlesen, was Sie haben?«

Mandy las ihren stenographierten Text fehlerlos herunter. Abermals herrschte Schweigen. Dann öffnete sich die Tür, und Miss Etienne trat ein. »Die Polizei ist jetzt da«, sagte sie. »Die Beamten warten nur noch auf den Polizeiarzt, und dann werden sie Miss Clements wegbringen. Sie beide bleiben am besten hier, bis alles geregelt ist.« Und an Miss Blackett gewandt: »Sind Sie mit dem Test fertig?«

»Ja, Miss Claudia.«

Mandy reichte ihr den Block. Miss Etienne warf nur einen flüchtigen Blick darauf und sagte: »Gut, gut, Sie haben den Job. Morgen früh um halb zehn können Sie anfangen.«

4

Zehn Tage nach Sonia Clements' Selbstmord und genau drei Wochen vor dem ersten der Innocent-House-Morde aß Adam Dalgliesh mit Conrad Ackroyd im Cadaver Club zu Mittag. Ackroyd hatte ihn gebeten und am Telefon jenen verschwörerischen und leicht ominösen Ton angeschlagen, der jede seiner Einladungen begleitete. Selbst eine Dinnerparty, mit der er lediglich ausstehende gesellschaftliche Verpflichtungen einlöste, wurde den wenigen auserkorenen Gästen wie eine Verheißung auf Geheimnisse, Intrigen und Rätsel angekündigt. Der vorgeschlagene Tag kam nicht gerade gelegen, und während Dalgliesh mit einigem Widerstreben seinen Terminkalender umstellte, sagte er sich, daß zu den Nachteilen des Älterwerdens nicht nur die wachsende Abneigung gegen gesellschaftliche Verpflichtungen gehöre, sondern auch die schwindende Kraft und Wendigkeit, ohne die man um manch rettende Ausrede verlegen war. Ihrer beider Freundschaft – er nahm an, dies sei das passende Wort dafür, denn bestimmt waren sie mehr als bloß flüchtige Bekannte – ihre Freundschaft also gründete sich auf den Nutzen, den hin und wieder der eine vom anderen zog. Da diese Tatsache von beiden eingestanden wurde, hielten sie es auch nicht für nötig, sie zu rechtfertigen oder zu entschuldigen. Conrad, eines der berüchtigtsten und zuverlässigsten Klatschmäuler Londons, war Dalgliesh oft nützlich gewesen, vor allem im Fall Berowne. Diesmal wurde eindeutig von ihm erwartet, daß er sich revanchierte, aber Conrads Forderung an ihn würde vermutlich eher lästig als schwer zu erfüllen sein. Überdies war die Küche im Cadaver Club ausgezeichnet, und Ackroyd mochte einem zwar bisweilen albern vorkommen, war aber kaum je langweilig.

Im nachhinein erschienen ihm all die Greuel, die sich später ereigneten, wie Ausgeburten dieses ganz und gar alltäglichen Lunchs, und er ertappte sich immer wieder bei dem einen Gedanken: Wenn dies ein Roman und ich sein Autor wäre, dann würde die Geschichte genau hier ihren Anfang nehmen.

Der Cadaver Club genoß im Kreis der Londoner Privatclubs zwar kein allzu hohes Renommee, aber für seine Stammitglieder zählte er zu den funktionstüchtigsten. Das Clubhaus, ein Gebäude aus dem neunzehnten Jahrhundert, gehörte ursprünglich einem wohlhabenden, wenn auch nicht besonders erfolgreichen Rechtsanwalt, der es 1892, ausgestattet mit einer angemessenen Stiftungssumme, einem fünf Jahre zuvor gegründeten Privatclub vermachte, der sich bis dahin regelmäßig im Salon des Anwalts getroffen hatte. Der Cadaver Club war – und ist – ein reiner Herrenclub, und wer Mitglied werden möchte, muß in erster Linie ein berufliches Interesse für Mord nachweisen können. Damals wie heute zählen zu seinen Mitgliedern einige pensionierte Polizeibeamte aus dem höheren Dienst, praktizierende wie im Ruhestand befindliche Rechtsanwälte, fast alle wirklich hervorragenden Kriminologen (berufsmäßige wie Amateure), Gerichtsreporter und ein paar berühmte Kriminalschriftsteller, ausnahmslos männlichen Geschlechts und auch die nur geduldet, denn der Club vertritt die Ansicht, daß die Literatur, sofern es um Mord geht, nicht mit dem wirklichen Leben konkurrieren kann. Vor kurzem nun war der Club Gefahr gelaufen, aus der Kategorie der Exzentriker in jene überzuwechseln, die man als »in« bezeichnet, ein Risiko, das der Vorstand unverzüglich dadurch bekämpft hatte, daß er den nächsten sechs Anwärtern die Mitgliedschaft versagte. Ein Schachzug, der seine Wirkung nicht verfehlte. Denn, wie ein verstimmter Bewerber klagte: Vom Garrick abgelehnt zu werden, ist peinlich, aber eine Ablehnung vom Cadaver ist ganz einfach lachhaft. Der Club aber blieb klein und, nach den eigenen exzentrischen Maßstäben, exklusiv.

Der Tavistock Square lag im milden Septembersonnenschein, und während Dalgliesh den Platz überquerte, fragte er sich, wie wohl Ackroyd die Aufnahmebedingungen des Clubs erfüllt haben mochte. Doch dann fiel ihm das Buch ein, das sein Gastgeber vor fünf Jahren über drei berühmt-berüchtigte Mörder verfaßt hatte, nämlich über Hawley Harvey Crippen, Norman Thorne und Patrick Mahon. Ackroyd hatte ihm seinerzeit ein signiertes Exemplar geschickt, und Dalgliesh, der es auch brav gelesen hatte, war beeindruckt gewesen von den sorgfältigen Recherchen und der noch sorgfältigeren Schreibe. Ackroyds nicht eben brandneue These lautete, alle drei seien unschuldig in dem Sinne, daß keiner seine Opfer vorsätzlich getötet habe, und er hatte dafür plausible, wenn auch nicht ganz überzeugende Argumente geliefert, die sich auf eine detaillierte Untersuchung der gerichtsmedizinischen Gutachten stützten. Dalgliesh hatte aus dem Buch vor allem die Empfehlung herausgelesen, ein Mordangeklagter, der freigesprochen werden wolle, möge es tunlichst vermeiden, seine Opfer zu zerstückeln, eine Praxis, gegen die britische Geschworene immer wieder den heftigsten Widerwillen bekundet haben.

Sie hatten sich vor dem Lunch in der Bibliothek auf einen Sherry verabredet. Ackroyd war schon da und hatte sich in einem der hochlehnigen Ledersessel niedergelassen. Für einen Mann seiner Größe erhob er sich jetzt erstaunlich flink und kam Dalgliesh mit kleinen, ja fast tänzelnden Schritten entgegen. Er sah nicht die Spur älter aus als an dem Tag, da sie sich kennengelernt hatten.

»Danke, daß Sie sich die Zeit genommen haben, Adam«, sagte er. »Ich weiß ja, wie beschäftigt Sie im Augenblick sind. Sonderberater des Polizeipräsidenten, Mitglied der Spezialeinheit zur regionalen Verbrechensbekämpfung und hin und wieder ein echter Mordfall, damit Sie nicht aus der Übung kommen. Daß Sie sich nur nicht überarbeiten, mein lieber Junge! Jetzt werde ich erst mal nach dem Sherry läuten. Eigentlich wollte ich Sie in meinen anderen Club einladen, aber Sie wissen ja selbst, dort zu speisen ist zwar eine gute Gelegenheit, den Leuten zu zeigen, daß man noch lebt, nur wird man dann von lauter Clubmitgliedern bestürmt, die einem zu eben diesem Glück gratulieren wollen. Wir essen übrigens unten im kleinen Nebenzimmer.«

Ackroyd, der sich als schon recht betagter Junggeselle überraschend doch noch verheiratet hatte, was damals unter seinen Freunden zu Erstaunen, ja Bestürzung Anlaß gab, lebte nun in ehelicher Selbstgenügsamkeit in einer hübschen Gründerzeitvilla in St. John's Wood, wo und er Nelly Ackroyd sich neben Haus und Garten noch ihren beiden Siamkatzen widmeten sowie Ackroyds größtenteils eingebildeten Krankheiten. Er war Besitzer, Herausgeber und, vermöge stattlicher Privateinkünfte, auch Finanzier von *The Paternoster Review,* jener ikonoklastischen Mischung aus Essays, Rezensionen und einer Klatschkolumne, die stets sorgfältig recherchiert und bisweilen dezent, öfter jedoch ebenso bösartig wie treffsicher formuliert war. Wenn Nelly sich nicht um die Hypochondrie ihres Mannes kümmern mußte, dann sammelte sie mit Begeisterung Schulgeschichten von Mädchen aus den zwanziger und dreißiger Jahren. Es war eine glückliche Ehe, auch wenn Conrads Freunde immer noch Gefahr liefen, sich nach den Katzen zu erkundigen, *bevor* sie fragten, wie es Nelly ging.

Bei seinem letzten Besuch in der Bibliothek des Cadaver

Clubs war Dalgliesh dienstlich gekommen und hatte Informationen einholen wollen. Aber da war es auch um Mord gegangen, und es hatte natürlich auch keinen Sherry gegeben. Ansonsten schien sich wenig verändert zu haben. Die Fenster gingen nach Süden, auf den Platz hinaus, und an diesem Morgen schien die Sonne so warm durch die dünnen weißen Vorhänge, daß man fast auf das kleine Feuer im Kamin hätte verzichten können. Ursprünglich hatte sich hier der Salon befunden, doch jetzt diente das Zimmer gleichzeitig als Aufenthaltsraum und Bibliothek. An den Wänden reihten sich Bücherschränke aus Mahagoni, welche die wohl umfassendste kriminalistische Privatsammlung ganz Londons enthielten, darunter die vollständige Ausgabe der Reihen *Bedeutende Prozesse Großbritanniens* und *Berühmte Gerichtsverhandlungen,* sowie Standardwerke der Gerichtsmedizin, Studien zur forensischen Pathologie und ihren Richtlinien nebst einigen Erstausgaben, die der Club von Conan Doyle, Poe, Le Fanu und Wilkie Collins besaß, welch letztere aber, wie um die angestammte Minderwertigkeit der Literatur gegenüber der Realität zu demonstrieren, separat in einem kleineren Regal untergebracht waren. Die große Mahagonivitrine mit den Raritäten, die der Club im Lauf der Jahre gesammelt hatte oder die ihm gestiftet worden waren, stand ebenfalls noch am alten Platz. Unter den Exponaten waren das Gebetbuch mit Constance Kents Namenszug auf dem Vorsatzblatt; die Duellpistole mit Steinschloß, mit der Reverend James Hackman angeblich den Mord an Margaret Wray, der Geliebten des Earl of Sandwich, begangen hatte; ein Fläschchen weißen Pulvers, angeblich Arsen, das im Besitz von Major Herbert Armstrong gefunden worden war. Seit Dalgliesh' letztem Besuch war ein weiteres Souvenir hinzugekommen, das, zusammengerollt und unheimlich wie eine todbringende Schlange, den Ehrenplatz einnahm und auf dem dazugehörigen Hinweisschildchen als Crippens Henkersseil ausgewiesen wurde. Als Dalgliesh sich anschickte, Ackroyd aus der Bibliothek zu folgen, gab er in sanftem Plauderton zu bedenken, daß es barbarisch sei, dieses widerliche Ding öffentlich zur Schau zu stellen, eine Kritik, die Ackroyd ebenso sanft zurückwies.

»Vielleicht könnte man's eine Spur morbid nennen, aber barbarisch geht denn doch ein bißchen zu weit. Schließlich sind wir hier nicht im Athenaeum. Und ein paar von den älteren Mitgliedern dürfte es ganz guttun, hin und wieder daran erinnert zu werden, wozu ihre früheren beruflichen Aktivitäten in letzter Konsequenz geführt haben. Wären Sie denn noch bei der Polizei, wenn wir die Todesstrafe nicht abgeschafft hätten?«

»Das weiß ich nicht. Aber aus der moralischen Zwickmühle hilft mir persönlich die Abschaffung der Todesstrafe nicht heraus, denn was mich angeht, so wäre mir der Tod lieber als zwanzig Jahre Haft.«

»Aber doch nicht der Tod durch den Strang?«

»Das freilich nicht, nein.«

Ihm war das Erhängen immer besonders grauenvoll erschienen, und er nahm an, den meisten Menschen ging es genauso. Trotz aller Gutachten königlicher Untersuchungskommissionen zum Thema Hinrichtung, die das Erhängen als humane, äußerst rasche und unfehlbare Methode befürworteten, war und blieb es für ihn eines der scheußlichsten Exekutionsverfahren, befrachtet mit Horrorvisionen, die so klar und deutlich waren wie auf einer veritablen Federzeichnung: das Heer Gehängter im Gefolge siegreicher Armeen; die bejammernswerten, halb wahnsinnigen Opfer der Justiz des siebzehnten Jahrhunderts; der gedämpfte Trommelwirbel auf dem Achterdeck eines Schiffes, wo die Marine mit bekannt harter Hand durchgriff und Exempel statuierte; die Frauen, die man im achtzehnten Jahrhundert als Kindsmörderinnen verurteilte; das alberne, gleichwohl aber unheimliche Ritual, dem Richter für die Verkündung des Todesurteils feierlich ein kleines schwarzes Vierecktuch über die Perücke zu breiten; und endlich die täuschend harmlos wirkende Geheimtür, die von der Todeszelle auf jenen letzten kurzen Gang hinausführte. Wie gut, daß all dies der Vergangenheit angehörte. Einen Augenblick lang schien Dalgliesh der Cadaver Club kein so angenehmer Ort zum Mittagessen, und seine Exzentrizität dünkte ihn eher abstoßend als amüsant.

Das kleine Nebenzimmer im Cadaver Club trägt seinen Namen zu Recht: »The Snug« ist wirklich ein sehr behagliches Plätzchen im Souterrain. Es liegt nach hinten, und seine zwei Fenster nebst einer Terrassentür gehen auf einen schmalen, gepflasterten Hof hinaus, der von einer drei Meter hohen, efeubegrünten Mauer begrenzt wird. In diesem Hof hätten bequem drei Tische Platz, aber die Clubmitglieder legen keinen Wert darauf, im Freien zu speisen. Daran ändert auch eine Hitzewelle nichts, wie sie hin und wieder selbst über einen englischen Sommer hereinbricht. Offenbar betrachtet man diese Sitte hier als ausländischen Spleen, unvereinbar mit der gebührenden Würdigung der Speisen oder jener Ungestörtheit, derer ein gutes Tischgespräch bedarf. Und um der Versuchung einzelner Mitglieder, die womöglich doch solch kontinentalem Luxus frönen möchten, vorzubeugen, ist der Hof mit Terrakottakübeln verschiedener Größe bestückt, in denen Geranien und Efeu wuchern. Für weitere Platzbeschränkung sorgt eine riesige Steinkopie des Apoll von Belvedere, der vor der Mauerecke lehnt und dem Club angeblich von einem der ersten Mitglieder gestiftet wurde, nachdem dessen Frau die Statue aus ihrem Garten am Stadtrand verbannt hatte. An diesem Tag standen die Geranien noch in voller Blüte, und die fröhlichen Rosa- und Rottöne, die zum Fenster hereinleuchteten, verstärkten den Eindruck gutbürgerlicher Gastlichkeit, der den Besucher hier stets empfängt. Früher einmal war im »Snug« die Küche untergebracht gewesen, wovon heute noch der eingebaute eiserne Kochherd an einer Wand zeugte, dessen Ringe und-Ofenklappen jetzt auf Hochglanz poliert waren. An dem rußgeschwärzten Balken über dem Herd hingen stählerne Gerätschaften sowie eine ganze Reihe Kupferpfannen, verbeult, aber funkelnd. Die gegenüberliegende Wand wurde zur Gänze von einer eichenen Anrichte eingenommen, in der man all die Geschenke und Vermächtnisse von Clubmitgliedern ausstellte, die für die Bibliotheksvitrine ungeeignet oder gar unwürdig erschienen.

Dalgliesh erinnerte sich, daß der Club einem ungeschriebenen Gesetz huldigte, demzufolge keine Stiftung eines Mitglieds, egal wie unpassend oder bizarr, abgelehnt werden durfte. Die Anrichte und mit ihr der ganze Raum waren beredtes Zeugnis dafür, welch eigenartige Blüten Geschmack und persönliche Marotten treiben können. Da stand feines Meißener Porzellan in unziemlicher Nachbarschaft zu schleifengeschmückten viktorianischen Souvenirs mit Ansichten von Brighton und Southend-on-Sea; ein Figurkrug, der aussah wie ein Kirmesmitbringsel, prangte zwischen einem viktorianischen Flachrelief, offenbar original Staffordshire-Keramik, auf dem Wesley als Kanzelprediger dargestellt war, und einer erlesenen Büste des Herzogs von Wellington aus Elfenbeinporzellan. Eine Sammlung Krönungsbecher und frühe Staffordshire-Tassen hing gefährlich unsicher an den dafür bestimmten Haken. Neben der Tür zeigte ein Glasgemälde die Bestattung der Prinzessin Charlotte; der ausgestopfte Elchkopf darüber, an dessen linker Geweihschaufel ein Panamahut baumelte, richtete seinen glasigen Blick traurig und mißbilligend auf den Druck eines blutrünstigen Schlachtengemäldes.

Die heutige Küche lag offenbar irgendwo ganz in der Nähe; Dalgliesh hörte mitunter leises, angenehmes Klappern und dazwischen hin und wieder das Rumpeln des Speiseaufzugs, der vom Speisesaal im ersten Stock herunterkam. Von den vier Tischen war nur der am Fenster gedeckt, natürlich mit blütenreiner Tischwäsche, und Dalgliesh und Ackroyd nahmen dort Platz.

Speise- und Weinkarte lagen schon rechts von Ackroyds Platz bereit. Er nahm sie zur Hand und sagte: »Die Plants sind in Rente gegangen, aber dafür haben wir jetzt die Jacksons, und Mrs. Jackson ist womöglich eine noch bessere Köchin. Mit den beiden haben wir wirklich einen Glückstreffer gelandet. Früher hat sie mit ihrem Mann zusammen irgendwo in der Provinz ein privates Pflegeheim geleitet, aber eines Tages waren sie des Landlebens müde und wollten nach London zurück. Eigentlich bräuchten sie nicht mehr zu arbeiten, doch ich glaube, der Posten hier ist genau das Richtige für sie. Sie führen die Tradition des Hauses fort und bieten zum Lunch wie zum Dinner täglich nur je ein Hauptgericht an. Sehr vernünftig. Heute gibt's weiße Bohnen und Thunfischsalat, gefolgt von Lammschulter mit frischen Gemüsen und grünem Salat. Und als Nachtisch Zitronencremetorte und Käse. Die Gemüse sind garantiert frisch. Eier und Gemüse liefert uns nach wie vor der junge Plant von seinem kleinen Bauernhof. Möchten Sie einen Blick in die Weinkarte werfen? Bevorzugen Sie eine bestimmte Sorte?«

»Da überlasse ich die Auswahl ganz Ihnen.«

Ackroyd überlegte laut, indes Dalgliesh, der sehr gern Wein trank, aber nicht darüber diskutieren mochte, den Blick wohlgefällig über diesen kunterbunt zusammengewürfelten Raum schweifen ließ, der trotz, oder vielleicht auch gerade wegen seines Flairs von exzentrischem, aber doch planvollem Chaos verblüffend gemütlich war. Die so gar nicht miteinander harmonierenden Trophäen waren nicht effektheischend ausgestellt, und mit der Zeit hatte man sich so an sie gewöhnt, daß sie nicht einmal mehr deplaziert wirkten. Nach einer ausgiebigen Würdigung der Weinkarte und ihrer vorzüglichen Angebote, einem Diskurs, bei dem Ackroyd anscheinend gar nicht mit der Beteiligung seines Gastes rechnete, entschied er sich für einen Chardonnay. Mrs. Jackson erschien wie auf ein heimliches Stichwort hin, begleitet vom Duft warmer Brötchen und umweht von selbstsicherer Geschäftigkeit.

»Ah, Commander, sehr erfreut. Heute mittag haben Sie das Nebenzimmer ganz für sich allein, Mr. Ackroyd. Um den Wein kümmert sich Mr. Jackson gleich.«

Als der erste Gang aufgetragen war, fragte Dalgliesh: »Warum trägt Mrs. Jackson denn Schwesterntracht?«

»Weil sie von Beruf Krankenpflegerin ist, nehme ich an. Sie war sogar Oberschwester und ich glaube, auch Hebamme, aber dafür besteht natürlich bei uns kein Bedarf.«

Kein Wunder, dachte Dalgliesh, bei einem Club, der keine Frauen aufnimmt. Laut sagte er: »Aber diese plissierte Haube mit den Bändern – geht das nicht ein bißchen zu weit?«

»Ach, finden Sie? Ich vermute, wir haben uns dran gewöhnt. Wer weiß, ob den Mitgliedern nicht etwas fehlen würde, wenn Mrs. Jackson sie auf einmal ablegte.«

Ackroyd verlor weiter keine Zeit, sondern kam, sobald sie wieder allein waren, ohne Umschweife auf den Zweck dieser Zusammenkunft zu sprechen. »Lord Stilgoe hat sich letzte Woche bei Brook's in einer delikaten Angelegenheit an mich gewandt. Er ist übrigens ein Onkel meiner Frau. Kennen Sie ihn?«

»Nein. Ich dachte eigentlich, er sei schon gestorben.«

»Kann mir nicht denken, wie Sie darauf kommen.« Ackroyd stocherte gereizt in seinem Bohnensalat herum, und Dalgliesh fiel ein, daß Ackroyd den Gedanken, jemand aus seinem Bekanntenkreis könne das Zeitliche segnen, verabscheute, insbesondere dann, wenn man ihn, Conrad, nicht vorher in Kenntnis gesetzt hatte. »Stilgoe ist jünger als er aussieht, noch keine achtzig. Und für sein Alter ausgesprochen rüstig. Er schreibt übrigens gerade seine Memoiren. Erscheinen nächstes Frühjahr bei Peverell Press. Und genau darüber wollte er mit mir reden. Es hat da nämlich einen haarsträubenden Vorfall gegeben. Seine Frau macht sich jedenfalls große Sorgen. Sie glaubt, Stilgoe hätte eine regelrechte Morddrohung bekommen.«

»Und, stimmt das?«

»Na ja, man hat ihm das da geschickt.«

Es dauerte eine Weile, bis Ackroyd das kleine rechteckige Blatt Papier aus seiner Brieftasche gefischt hatte und es Dalgliesh über den Tisch reichte. Der Text war auf einem PC geschrieben und trug keine Unterschrift.

»Halten Sie es wirklich für klug, Ihr Buch bei Peverell Press verlegen zu lassen? Denken Sie an Marcus Seabright, Joan Petrie und nun Sonia Clements. Zwei Autoren und Ihre eigene Lektorin

hat in weniger als einem Jahr der Tod ereilt. Wollen Sie das vierte Opfer sein?«

Dalgliesh sagte: »Das ist wohl eher ein übler Streich als eine Drohung und weniger gegen Stilgoe als gegen den Verlag gerichtet, scheint mir. Und diese Sonia Clements hat eindeutig Selbstmord begangen. Sie hat eine Nachricht für den Coroner hinterlassen und auch einen Abschiedsbrief an ihre Schwester. Die beiden anderen Todesfälle sind mir unbekannt.«

»Ach, an denen war meines Erachtens auch nichts Mysteriöses. Seabright war über achtzig und hatte ein schwaches Herz. Er starb an einem Herzinfarkt infolge einer Magen-Darm-Entzündung. Für Peverell Press war das kaum ein Verlust, denn er hatte seit zehn Jahren keinen Roman mehr geschrieben. Und Joan Petrie kam auf der Fahrt zu ihrem Landhaus ums Leben. Ein Unfall. Die Petrie hatte zwei Leidenschaften, Whisky und schnelle Autos. Verwunderlich ist höchstens, daß sie sich selber totgefahren hat, bevor ein Unschuldiger dran glauben mußte. Der anonyme Briefschreiber hat diese beiden Todesfälle sicher nur angeführt, um etwas mehr in die Waagschale werfen zu können. Aber Dorothy Stilgoe ist nun mal abergläubisch. Und sie vertritt den Standpunkt: Warum muß es Peverell sein, wenn's auch andere Verlage gibt?«

»Wer leitet denn jetzt eigentlich Peverell Press?«

»Na, Gerard Etienne. Und der hat die Zügel ganz fest in der Hand. Der ehemalige Geschäftsführer und Vorstandsvorsitzende des Verlages, der alte Henry Peverell, ist Anfang Januar gestorben und hat seine Unternehmensanteile zu gleichen Teilen seiner Tochter Frances und Gerard vermacht. Sein Partner, Jean-Philippe Etienne, war ein Jahr zuvor aus der Firma ausgeschieden, ein Rücktritt, der fast überfällig war. Auch seine Aktien fielen an Gerard. Die beiden Alten sahen in ihrem Verlag so eine Art privates Steckenpferd, hatten einfach keinen Geschäftssinn. Peverell senior vertrat ohnehin stets die Ansicht, daß ein Gentleman sein Geld ererbt und nicht mit eigener Hände Arbeit verdient. Jean-Philippe Etienne hatte sich schon seit Jahren nicht mehr aktiv ums Geschäft gekümmert. Seinen großen Auftritt hatte er ja im letzten Krieg, als Held der Résistance im besetzten Frankreich. Aber ich glaube nicht, daß er seither noch irgendwas Denkwürdiges geleistet hat. Tja, und Gerard lauerte lange Zeit als Kronprinz hinter den Kulissen. Jetzt, wo er glücklich die Bühne erobert hat, können wir uns auf Action gefaßt machen, wenn's nicht gar ein Melodrama wird.«

»Betreut Gabriel Dauntsey noch immer das künstlerische Programm – Lyrik und so?«

»Ich wundere mich, daß Sie das überhaupt fragen, Adam. Sie dürfen über Ihrer Passion für faszinierende Mörder nicht den Kontakt zum wirklichen Leben verlieren. Freilich ist Dauntsey noch da. Er selbst hat allerdings seit über zwanzig Jahren keine Zeile mehr geschrieben. Dauntsey ist der typische Anthologiendichter. Seine besten Sachen sind so gut, daß sie dauernd nachgedruckt werden, aber die meisten Leser halten ihn bestimmt längst für tot. Im letzten Krieg war er als Bomberpilot im Einsatz, mithin muß er inzwischen auch gut über siebzig sein. Längst reif für die Pensionierung. Aber er kümmert sich bei Peverell wohl nur noch um sein bißchen Lyrik. Die drei übrigen Gesellschafter sind Gerards Schwester Claudia Etienne, James de Witt, ein Oxford-Absolvent, der frisch von der Uni zum Verlag kam und dort hängen geblieben ist, und Frances Peverell, die letzte der Peverells. Aber Gerard ist derjenige, der den Laden schmeißt.«

»Wissen Sie was über seine Pläne?«

»Man munkelt, daß er Innocent House verkaufen und Peverell Press in die Docklands verlegen will. Frances Peverell würde das gar nicht gefallen. Die Peverells waren seit jeher geradezu besessen von Innocent House. Heute gehört es zwar nicht mehr der Familie, sondern dem Konsortium, aber für die Peverells ist und bleibt es nun einmal ihr Familiensitz. Gerard hat bereits etliche Veränderungen vorgenommen und auch ein paar Angestellte entlassen, darunter eben diese Sonia Clements. Natürlich hat er recht mit seiner Strategie. Entweder man befördert den Verlag mit Gewalt ins zwanzigste Jahrhundert, oder er geht den Bach runter. Aber gewiß hat der junge Etienne sich mit seiner Radikalkur auch Feinde gemacht. Bezeichnenderweise gab's bei Peverell keinen Ärger, bis Gerard die Geschäftsleitung übernahm. Dieses Zusammentreffen ist Stilgoe natürlich nicht entgangen, auch wenn seine Frau daran festhält, daß besagtes Pamphlet sich nicht gegen den Verlag richtet, sondern ihren Mann ganz persönlich bedroht, ihn und seine Memoiren.«

»Würde Peverell viel verlieren, wenn Stilgoe das Buch zurückzieht?«

»Kann ich mir kaum vorstellen. Natürlich wird der Verlag diese Memoiren bewerben, als ob sie genügend Zündstoff enthielten, um die Regierung zu stürzen, die Opposition in Mißkredit zu bringen und das Ende der parlamentarischen Demokratie einzuläuten. Aber ich denke, wie die meisten Politiker-Memoiren werden auch die von Stilgoe mehr versprechen als sie zu halten vermögen. Im übrigen weiß ich nicht, wie er sein Buch jetzt noch zurückziehen könnte. Der Verlag ist ja schon mitten in der Produktion, da wird man nicht kampflos auf den Titel verzichten. Und Stilgoe wird kaum vertragsbrüchig werden wollen, wenn er seine Gründe dafür öffentlich darlegen muß. Was Dorothy Stilgoe umtreibt, ist die Frage: War Sonia Clements' Tod wirklich Selbstmord, und hat sich womöglich jemand am Jaguar von der Petrie zu schaffen gemacht? Daran, daß der alte Seabright eines natürlichen Todes gestorben ist, dürfte wohl nicht einmal sie zweifeln.«

»Und was erwartet man nun von mir?«

»In den beiden jüngsten Fällen hat es bestimmt eine gerichtsmedizinische Untersuchung gegeben, und wahrscheinlich hat die Polizei auch Ermittlungen angestellt. Ihre Leute könnten sich doch die Akten noch einmal vornehmen, ein paar Takte mit den zuständigen Beamten reden und so weiter. Wenn Dorothy sich vergewissern kann, daß ein hohes Tier von der Londoner Kripo alle Beweismittel überprüft und keine Verdachtsmomente gefunden hat, wird sie ihren Mann – und Peverell Press – hoffentlich in Frieden lassen.«

Dalgliesh wandte ein: »Auf die Weise könnte man sie vielleicht davon überzeugen, daß Sonia Clements' Tod tatsächlich Selbstmord war. Aber wenn sie so abergläubisch ist, dürfte sie das kaum zufriedenstellen. Und ich wüßte da auch sonst kein Heilmittel. Sich gegen alle Vernunftgründe zu sperren, darin besteht nun einmal das Wesen des Aberglaubens. Sie wird sich womöglich auf den Standpunkt stellen, ein vom Pech verfolgter Verleger sei genauso schlimm wie einer mit Mordgelüsten. Ich nehme doch an, sie behauptet nicht ernsthaft, daß jemand vom Verlag ein unnachweisbares Gift in Sonia Clements' Wein geschüttet hat?«

»Nein, ich glaube nicht, daß sie so weit gehen würde.«

»Hoffentlich, denn sonst könnten die Tantiemen ihres Gatten leicht bei einem Verleumdungsprozeß draufgehen. Es wundert mich, daß er sich nicht gleich an den Polizeipräsidenten gewandt hat, oder meinetwegen auch an mich.«

»Wirklich? Ich finde das gar nicht so erstaunlich. Es hätte doch ein bißchen – na, sagen wir hasenfüßig ausgesehen, eine Spur überängstlich, nicht? Außerdem kennt er Sie nicht, ich dagegen schon. Ich verstehe durchaus, warum er zuerst bei mir vorgefühlt hat. Und natürlich ist es kaum denkbar, daß ein Lord Stilgoe aufs nächste Revier geht, sich einreiht in die Schlange von Hundebesitzern, denen ihr Köter entlaufen ist, von mißhandelten Ehefrauen und Autofahrern, die eine Panne haben, und daß er brav wartet, bis er drankommt, und dem Sergeant vom Dienst sein Malheur erklären darf. Ehrlich gesagt, fürchte ich, er hatte Bedenken, daß man ihn nicht ernst nehmen würde. Trotzdem hat nach seiner Auffassung die Polizei mit Rücksicht auf die Ängste seiner Frau und diesen anonymen Wisch allen Grund, Peverell Press mal unter die Lupe zu nehmen.«

Das Lamm war aufgetragen worden, ein Braten, so rosig, zart und saftig, daß man ihn fast hätte mit dem Löffel essen können. In den wenigen Minuten des Schweigens, die Ackroyd einem vollendet gelungenen Mahl als Ehrentribut zu zollen gewillt war, rief Dalgliesh sich seine früheste Erinnerung an Innocent House ins Gedächtnis.

Sein Vater war zur Feier seines achten Geburtstags mit ihm nach London gefahren. Zwei volle Tage wollten sie die Sehenswürdigkeiten der Stadt erkunden; übernachten würden sie bei einem Freund, der in Kensington eine Pfarrstelle hatte, und dessen Frau. Dalgliesh konnte sich noch erinnern, wie unruhig er die Nacht zuvor geschlafen und sich fast krank vor Aufregung im Bett gewälzt hatte; er entsann sich wieder der riesigen, gähnenden Weite und des Lärms in der alten Liverpool Street Station, der entsetzlichen Angst davor, den Vater zu verlieren, mitgerissen zu werden von der großen Armee graugesichtiger, zielstrebig dahinmarschierender Menschen. In den zwei Tagen, in denen sein Vater Vergnügen mit Bildung zu verknüpfen trachtete – für seinen Gelehrtenverstand gehörten die beiden ohnehin untrennbar zusammen –, hatten sie sich vielleicht zwangsläufig zuviel vorgenommen. Jedenfalls war für den Achtjährigen dieser London-Besuch einfach überwältigend gewesen, und zurück blieben verschwommene Erinnerungen an Kirchen und Museen, Restaurants mit fremdartigen Speisen, in Flutlicht getauchte Türme und den tanzenden Widerschein des Lichts auf der schwarzen, gekräuselten Wasseroberfläche der Themse, an stolz tänzelnde Pferde und die Silberhelme der Reiter, an den Glanz und Schrecken der Geschichte, wie sie sich in Stein gemeißelt präsentiert. Allein, London hatte ihn in Bann geschlagen, und kein späteres Erlebnis als Erwachsener, kein Streifzug durch andere prachtvolle Großstädte vermochte diesen Zauber mehr zu brechen.

Am zweiten Tag hatten sie St. Paul's Cathedral besichtigt und waren danach mit einem Flußdampfer vom Charing Cross Pier nach Greenwich gefahren. Bei diesem Ausflug hatte Dalgliesh Innocent House zum erstenmal gesehen. Wie eine goldene Fata Morgana schien es sich im gleißenden Licht der Morgensonne aus den glitzernden Fluten zu erheben, und er hatte es ganz ergriffen angestaunt. Sein Vater hatte ihm erklärt, daß der Name der Villa vom Innocent Walk, dem Steg der Unschuld, hergeleitet sei, der hinter dem Haus verlief und an dessen Ende zu Beginn des achtzehnten Jahrhunderts ein Schiedsgericht seinen Sitz hatte. Angeklagte, die nach der ersten Vernehmung inhaftiert wurden, kamen ins Fleet-Gefängnis; diejenigen aber, die mehr Glück hatten, spazierten über eben diesen kopfsteingepflasterten Weg in die Freiheit. Dalgliesh hatte eben angefangen, seinem Sohn etwas über die Baugeschichte des Hauses zu erzählen, als seine Stimme vom dröhnenden Organ ihres Reiseleiters übertönt wurde, der so laut brüllte, daß bestimmt alle anderen Bootsgesellschaften auf dem Fluß mithören konnten.

»Und hier gleich links, meine Damen und Herren, sehen wir eines der interessantesten Gebäude an der Themse: Innocent House, 1830 erbaut von Sir Francis Peverell, einem bekannten Verleger seiner Zeit. Sir Francis war in Venedig gewesen, wo ihm die Ca' d'Oro, das ›Goldene Haus‹ am Canal Grande, besonderen Eindruck machte. Wer von Ihnen schon einmal in Venedig war, erinnert sich bestimmt. Sir Francis jedenfalls kam auf den Gedanken, sich sein eigenes ›Goldenes Haus‹ an die Themse zu bauen. Bloß schade, daß er das venezianische Klima nicht importieren konnte.« Er machte eine kleine Pause, um die erwarteten Lacher einzuheimsen. »Heute befindet sich hier der Sitz einer Verlagsgesellschaft, Peverell Press, nach wie vor ein Familienunternehmen. Mit Innocent House, meine Damen und Herren, verbindet sich auch eine spannende Geschichte. Besagter Sir Francis war dermaßen in seinen Palast vernarrt, daß er darüber seine junge Frau ganz vernachlässigte, und das, obwohl er das Haus zum Teil mit ihrem Geld erbaut hatte. Die arme Frau stürzte sich schließlich vor lauter Gram vom höchsten Balkon. Sie war auf der Stelle tot. Dem Volksmund nach ist bis heute ein Blutfleck auf der Marmorterrasse zu sehen, der sich einfach nicht entfernen läßt. Und weiter heißt es, Sir Francis habe auf seine alten Tage vor lauter Gewissensbissen den Verstand verloren und sei jede Nacht hinausgeschlichen, um den verräterischen Fleck fortzuwischen. Angeblich sieht man noch heute zuweilen seinen Geist an dem Blut herumschrubben, und es gibt Fährleute, die nach Einbruch der Dunkelheit nicht gern zu nahe an Innocent House vorbeifahren.«

Bis jetzt waren alle Augen an Deck folgsam auf das Haus gerichtet gewesen, aber nun drängten sich die Passagiere, fasziniert von dieser blutrünstigen Geschichte, an der Reling zusammen; man tuschelte aufgeregt, und Köpfe reckten sich, als ob der sagenumwobene Fleck tatsächlich sichtbar wäre. Die übersteigerte Phantasie des achtjährigen Adam hatte ihm gar eine weißgekleidete Frau vorgegaukelt, die sich mit wehendem Blondhaar vom Balkon stürzte wie eine wahnsinnige Märchenheldin. Er hatte den dumpfen Aufprall gehört und nachgerade gesehen, wie das dünne Blutrinnsal sich sammelte, langsam über den Marmor floß und schließlich in der Themse versickerte. Noch Jahre später war ihm das Haus kraft seiner Geschichte, einem bewährten Gebräu aus Schönheit und Schrecken, ein schillernder Quell der Phantasie.

In einem Punkt freilich hatte sich der Reiseleiter geirrt, und auch die Selbstmordgeschichte war möglicherweise aufgebauscht oder vielleicht sogar erfunden. Adam wußte inzwischen, daß Sir Francis sein Herz nicht an die Ca' d'Oro verloren hatte, die ihm trotz ihres schönen Maßwerks und der filigranen Steinreliefs zu asymmetrisch erschien (so jedenfalls hatte Peverell sich in einem Brief an seinen Architekten geäußert). Er begeisterte sich vielmehr für den Palast des Dogen Francesco Foscari, und eine zweite Ca' Foscari war es denn auch, die sein Architekt auf sein Geheiß an diesem unwirtlichen, dem Wechsel der Gezeiten unterworfenen Fluß errichtete. Eigentlich hätte er wie ein Kuckucksei wirken müssen, dieser exzentrische Prachtbau, der unverkennbar venezianischen Ursprungs war und obendrein der italienischen Renaissance angehörte. Statt dessen aber fügte er sich wunderbar in seine Umgebung ein, ja, man hätte ihn sich in keiner anderen Stadt und an keinem anderen Platz mehr vorstellen können. Dalgliesh hatte immer noch Mühe zu begreifen, wie diese dreiste Anleihe an eine andere Epoche, ein anderes Land und ein milderes, wärmeres Klima gelingen konnte. Der Architekt hatte den Maßstab verändert, und das allein hätte Sir Francis' Traum als Anmaßung entlarven müssen, aber die Verkleinerung war hervorragend gelungen, ohne die Würde des Originals im mindesten zu schmälern. Hinter dem erlesenen Rankenwerk der Balkone im ersten und zweiten Stock befanden sich hier nur noch sechs große Fensterbögen anstelle der ursprünglichen acht, aber die Marmorsäulen mit ihren rankenverzierten Kapitellen glichen denen des venezianischen Palastes aufs Haar, und der vorgelagerte Portikus wurde hier wie dort von hohen, schmalen Fenstern kontrapunktiert, was der Fassade ihre ausgewogene Anmut verlieh. Die mächtige, gewölbte Tür ging auf eine Marmorterrasse hinaus, von der ein Landungssteg und eine Treppe zum Fluß hinunterführten. Flankiert wurde das Hauptgebäude von zwei Backsteintrakten im Regency-Stil mit kleinen Balkonen, die vermutlich als Quartier für die Kutscher und andere Bedienstete errichtet worden waren und sich wie bescheidene Wachposten neben dem zentralen Prachtbau duckten. Dalgliesh hatte Innocent House seit jenem achten Geburtstag noch oft vom Fluß aus gesehen, war aber nie drinnen gewesen. Ihm fiel ein, daß er von einem sehr schönen Deckengemälde, einem Matthew Cotes Wyatt, im großen Saal gelesen hatte, das er wirklich gern einmal sehen würde. Er fand, es wäre ein Jammer, wenn Innocent House in die Hände von Kunstbanausen geriete.

»Was genau ist eigentlich los bei Peverell Press?« fragte er. »Worum macht Lord Stilgoe sich außer dem anonymen Brief noch Sorgen?«

»Aha, Sie haben also doch von den Gerüchten gehört. Schwer zu sagen. Im Verlag gibt man sich recht zugeknöpft, und das kann ich ihnen nicht mal verübeln. Aber ein, zwei kleine Zwischenfälle sind doch bekanntgeworden. Das heißt, so klein waren die gar nicht. Die schlimmste Sache passierte kurz vor Ostern, als die Illustrationen zu Gregory Maybricks Buch über die Guy-Fawkes-Verschwörung verlorengingen. Ein populärwissenschaftliches Werk, gewiß, aber Maybrick gilt als Autorität für diese Epoche, und der Verlag hat sich einiges von dem Buch versprochen. Maybrick hatte ein paar interessante zeitgenössische Tafelbilder ausgegraben, die bislang unveröffentlicht waren, sowie weiterführende schriftliche Zeugnisse, und dieses ganze Material war auf einmal verschwunden. Maybrick hatte die Dokumente von den jeweiligen Besitzern als Leihgabe erhalten und quasi persönlich die Haftung dafür übernommen.«

»Verschwunden, sagen Sie? Heißt das, sie wurden verlegt? Oder gar vernichtet?«

»Angeblich hat Maybrick die Blätter persönlich bei James de Witt abgeliefert, der das Buch betreute. Er ist der Cheflektor des Hauses und eigentlich für Belletristik zuständig, aber der alte Peverell, dem das Sachbuchlektorat unterstand, war drei Monate zuvor gestorben, und ich nehme an, der Verlag hatte entweder noch nicht die Zeit gehabt, einen geeigneten Nachfolger zu finden, oder sie wollten die Stelle einsparen. Wie in den meisten Verlagen sind auch bei Peverell Neueinstellungen seltener als Entlassungen. In der Branche munkelt man ohnehin, daß Peverell sich nicht mehr lange über Wasser halten kann. Ist ja auch kein Wunder bei den Unterhaltskosten für diesen venezianischen Palast. Also um es kurz zu machen: Die Illustrationen wurden de Witt in seinem Büro übergeben, und er verschloß sie in Maybricks Beisein in seinem Schrank.«

»Nicht in einem Safe?«

»Mein lieber Junge, in einem Verlag geht es nicht zu wie bei Cartier. Wie ich die Peverells kenne, wundert es mich höchstens, daß de Witt sich die Mühe gemacht hat, den Schrank abzuschließen.«

»Und hatte er als einziger einen Schlüssel dazu?«

»Also wirklich, Adam, Sie sind doch hier nicht im Dienst! Aber es gab tatsächlich nur den einen Schlüssel. De Witt verwahrte ihn in einer zerbeulten alten Tabaksdose in seiner linken Schreibtischschublade.«

Wo sonst? dachte Dalgliesh. Laut sagte er: »Zu der jeder Mitarbeiter oder auch ein zufälliger Besucher sich leicht hätte Zugang verschaffen können.«

»Genau, und irgendwer hat es auch getan. James brauchte die nächsten Tage nicht an den Schrank. Die Illustrationen sollten in der Woche darauf per Boten beim Grafiker abgeliefert werden. Wußten Sie eigentlich, daß Peverell seine Grafikarbeiten außer Haus gibt?«

»Nein.«

»Ist wahrscheinlich billiger. Sie arbeiten schon seit fünf Jahren mit derselben Agentur zusammen. Sogar ziemlich gut. Gerade in der äußeren Gestaltung haben die Peverells immer Wert darauf gelegt, ihr hohes Niveau zu halten. Ein Peverell-Buch erkennt man auf den ersten Blick, man braucht es bloß in die Hand zu nehmen. Bis jetzt, wohlgemerkt. Könnte sein, daß Gerard Etienne auch das noch ändert. Aber zurück zum Thema: Also der Umschlag mit den Illustrationen war verschwunden, als de Witt das nächste Mal danach schaute. Es gab natürlich einen Mordsärger. Jeder einzelne Mitarbeiter wurde befragt, das ganze Haus haben sie auf den Kopf gestellt. Allgemeine Panik. Schließlich mußten sie es Maybrick und den Eigentümern beichten. Und wie die das aufgenommen haben, können Sie sich ja wohl vorstellen.«

»Sind die Sachen je wieder zum Vorschein gekommen?«

»Erst, als es zu spät war. Man war nicht sicher, ob Maybrick das Buch unter den Umständen überhaupt noch würde machen wollen, aber im Katalog war der Titel bereits angekündigt, und darum wurde die Produktion mit Ersatzillustrationen und einigen Textänderungen durchgezogen. Eine Woche nach Drucklegung tauchte dann der Umschlag samt Inhalt auf rätselhafte Weise wieder auf. De Witt fand ihn in seinem Schrank, genau da, wo er ihn seinerzeit deponiert hatte.«

»Was darauf schließen läßt, daß es dem Dieb nicht an Respekt vor der Wissenschaft fehlte und er nie die Absicht hatte, die Papiere zu vernichten.«

»Ach, daraus läßt sich alles mögliche schließen, sei es, daß der Täter Maybrick oder dem Verlag oder de Witt eins auswischen wollte, oder vielleicht hatte er auch bloß einen abartigen Humor.«

»Peverell hat den Diebstahl nicht angezeigt?«

»Nein, Adam, der Verlag hat nicht auf unsere tapferen Freunde und Helfer gebaut. Ich will Sie ja nicht kränken, aber die Aufklärungsrate bei Einbruchsdiebstahl ist nicht gerade ein Ruhmesblatt für die Polizei. Die Verlagsleitung jedenfalls war der Ansicht, daß sie genauso viel erreichen, dafür aber beim Personal weniger Aufregung verursachen würden, wenn sie ihre Ermittlungen auf eigene Faust durchführten.«

»Ja, aber wer kam als Täter in Frage? Waren denn nicht alle Gesellschafter verdächtig?«

»Klar, das ist die Schwierigkeit. Damals wie heute ist keiner ganz entlastet. Ich nehme an, Etienne wird sich die alte Paukerregel zu eigen gemacht haben. Sie wissen schon: ›Wenn der Schuldige nach der Stunde vertrauensvoll in mein Arbeitszimmer kommt und die Prüfungsunterlagen abliefert, ist die Sache erledigt.‹ Aber schon in der Schule hat der Trick nie funktioniert, und ich glaube kaum, daß Peverell mehr Erfolg damit hatte. Der Täter gehört ganz klar zum Haus, und die Belegschaft ist ja nicht groß, nur rund fünfundzwanzig Angestellte außer den fünf Gesellschaftern. Die meisten davon sind natürlich langjährige, vertrauenswürdige Mitarbeiter, und die wenigen Ausnahmen können, so heißt es, ein Alibi vorweisen.«

»Mit anderen Worten, das Rätsel ist nach wie vor ungelöst.«

»Genau wie im zweiten Fall. Im zweiten gravierenden Fall, sollte ich sagen, denn womöglich hat man dem Verlag noch andere, vergleichsweise harmlose Streiche gespielt, die sich aber vertuschen ließen. Diese zweite Sache nun betrifft Stilgoe, und es ist ein Glück, daß der Verlag sie bislang vor dem Alten hat geheimhalten können. Sonst hätte der wirklich noch Verfolgungswahn gekriegt. Also: Nachdem Stilgoe die Fahnen gelesen und mit seinem Lektor eine Reihe von Änderungen abgesprochen hatte, wurde das Manuskript verpackt und über Nacht am Empfang deponiert, wo es am nächsten Morgen von der Drukkerei abgeholt werden sollte. Aber irgendwer öffnete heimlich das Paket und pfuschte mutwillig an den Fahnen herum; etliche Namen wurden ausgewechselt, die Interpunktion verändert, ein paar Sätze gestrichen. Zum Glück gerieten die Fahnen an einen intelligenten Drucker, dem einige der Änderungen spanisch vorkamen, weshalb er im Verlag anrief, um sich zu vergewissern. Den Gesellschaftern ist es, weiß der Himmel wie, gelungen, diesen Schabernack vor dem Großteil der Belegschaft im Innocent House – und vor allem auch vor Stilgoe – geheimzuhalten. Natürlich hätte es dem Ansehen des Verlags empfindlich geschadet, wenn da was durchgesickert wäre. Offenbar werden seither alle Pakete und Manuskripte über Nacht eingeschlossen, und bestimmt hat man auch sonst die Sicherheitsvorkehrungen verschärft.«

Dalgliesh fragte sich, ob der Täter es wohl darauf angelegt hatte, daß seine Streiche entdeckt wurden. Anscheinend waren es doch ziemlich durchsichtige Eulenspiegeleien gewesen. Dabei hätte es durchaus nicht allzu schwer sein dürfen, die Fahnen so zu verändern, daß dem Buch ernsthafter Schaden entstanden wäre, *ohne* daß der Drucker Verdacht geschöpft hätte. Seltsam war auch, daß der anonyme Briefschreiber den Streich mit Stilgoes Fahnen gar nicht erwähnte. Entweder hatte er nichts davon gewußt, womit die fünf Gesellschafter aus dem Schneider wären, oder der anonyme Briefschreiber wollte Stilgoe Angst einjagen, ihm aber keine Handhabe geben, sein Buch zurückzuziehen. Das Ganze war in der Tat ein reizvolles kleines Rätsel, aber keines, mit dem ein leitender Polizeibeamter seine Zeit verschwenden durfte.

Es wurde nicht weiter über Peverell Press gesprochen, bis Ackroyd und Dalgliesh in der Bibliothek ihren Kaffee nahmen. Da beugte Ackroyd sich plötzlich vor und fragte ein wenig besorgt: »Nun, wie steht's? Darf ich Lord Stilgoe ausrichten, daß

Sie versuchen werden, die Bedenken seiner Frau zu zerstreuen?«

»Bedaure, Conrad, aber die Antwort ist nein. Ich werde ihm schriftlich mitteilen, daß die Polizei in keinem der ihn betreffenden Fälle Grund hat, wegen strafbarer Handlungen zu ermitteln. Ich glaube freilich kaum, daß das viel helfen wird, wenn seine Frau so abergläubisch ist, aber das ist leider ihr Pech und ihr Problem.«

»Und was ist mit den anderen Zwischenfällen in Innocent House?«

»Wenn Gerard Etienne glaubt, daß es sich dabei um Gesetzwidrigkeiten handelt, und wenn er deswegen eine polizeiliche Untersuchung wünscht, dann muß er sich mit dem zuständigen Revier in Verbindung setzen.«

»Wie jeder andere Bürger auch?«

»Genau.«

»Und Sie wären nicht bereit, mal nach Innocent House rauszufahren und sich, ganz inoffiziell, mit ihm zu unterhalten?«

»Nein, Conrad. Nicht einmal, wenn ich dafür die Wyatt-Decke zu sehen kriegte.«

5

An dem Nachmittag, an dem Sonia Clements eingeäschert wurde, fuhren Gabriel Dauntsey und Frances Peverell gemeinsam mit dem Taxi vom Krematorium zurück zum Innocent Walk Nummer 12. Frances, die während der Fahrt auffallend still war, saß etwas abgerückt von Dauntsey und blickte starr aus dem Fenster. Sie trug keinen Hut, und das hellbraune Haar, das ihren Kopf wie ein glänzender Helm umschloß, reichte, leicht nach außen gewellt, bis auf den Kragen ihres grauen Mantels. Ihre Schuhe, Strümpfe und Handtasche waren schwarz, ebenso der Chiffonschal, den sie am Hals geknotet trug. Genauso, erinnerte sich Dauntsey, war sie beim Begräbnis ihres Vaters angezogen gewesen. Diese moderne, unaufdringliche Trauerkleidung hielt den goldenen Mittelweg zwischen ostentativem Pomp und schicklicher Anteilnahme. Die grau-schwarze Kombination in ihrer tristen Sachlichkeit ließ sie blutjung erscheinen und betonte zudem das, was er am meisten an ihr schätzte, nämlich jene sanfte, altmodische Fröhlichkeit, die ihn an die Frauen seiner Jugend erinnerte. Distanziert und reglos saß sie in ihrer Ecke, nur die Hände waren unablässig in Bewegung. Er wußte, daß der Ring, den sie am Mittelfinger der rechten Hand trug und den sie nun unablässig unter dem schwarzen Wildlederhandschuh hin und her drehte, der Verlobungsring ihrer Mutter gewesen war. Einen Moment lang war er versucht, still nach ihrer Hand zu greifen, aber er unterdrückte den Impuls gerade noch rechtzeitig. Eine solch spontane Geste würde sie womöglich nur beide in Verlegenheit bringen. Außerdem konnte er ja wohl kaum die ganze Fahrt bis zum Innocent Walk ihre Hand halten.

Sie mochten einander gern; er wußte, daß er in Innocent House der einzige war, dem sie sich hin und wieder anvertraute; doch sie gehörten beide nicht zu den Menschen, denen es leichtfällt, ihre Gefühle zu zeigen. Ihre Wohnungen lagen nur durch ein paar Treppenstufen voneinander entfernt, aber sie besuchten sich nie ohne vorherige Einladung, beide ängstlich darauf bedacht, den anderen nicht zu stören oder ihm lästig zu fallen, oder womöglich gar eine Vertraulichkeit zu erzeugen, die dem anderen unangenehm sein und die er bereuen könnte. Folglich sahen sie sich, obwohl sie einander mochten und gern zusammen waren, seltener, als wenn sie meilenweit voneinander entfernt gewohnt hätten. Bei ihren gelegentlichen Treffen unterhielten sie sich hauptsächlich über Bücher, Gedichte, über Theaterstücke, die sie gesehen hatten, oder Fernsehprogramme – aber nur selten über andere Menschen. Für Frances hätte sich Klatsch ganz allgemein nicht mit ihrer guten Erziehung vertragen, und Dauntsey war fest entschlossen, sich auf keine Kontroverse über die neue Geschäftsführung einzulassen. Er hatte seine Arbeit, und er hatte seine Wohnung in den beiden unteren Etagen am Innocent Walk Nummer 12. Beides mochte ihm nicht mehr lange gehören, aber mit sechsundsiebzig war er zu alt, um sich noch zu wehren. Er wußte auch, daß ihre Wohnung über der seinen einen Reiz für ihn hatte, dem es klüger war zu widerstehen. Wenn er sich – nach einem ihrer seltenen gemeinsamen Abendessen – bei geschlossenen Vorhängen, hinter denen man das sanfte Plätschern des Flusses nur ahnen konnte, in dem bequemen Sessel zurücklehnte und die Füße vor dem Kamin ausstreckte, indes er sie leise draußen in der Küche mit dem Kaffeegeschirr hantieren hörte, dann überkam ihn ein verführerisches Gefühl der Ruhe und des Friedens, das sich nur zu leicht zu einem festen Bestandteil seines Lebens hätte machen lassen.

Ihr Wohnzimmer erstreckte sich über die ganze Länge des Hauses. Alles in diesem Zimmer gefiel ihm: die eleganten Proportionen des marmornen Kamins und das Ölgemälde darüber, auf dem ein Peverell des achtzehnten Jahrhunderts mit Frau und Kindern posierte, der kleine Queen-Anne-Schreibtisch, die Mahagoni-Bücherschränke zu beiden Seiten des Kamins mit den Ziergiebeln und den schönen Elfenbeinbüsten einer verschleierten Braut; der Eßtisch und die sechs Stühle im Regency-Stil; die satten Farben der Teppiche, die sich leuchtend vom Goldbraun des gewachsten Fußbodens abhoben. Wie einfach wäre es doch, hier eine Vertraulichkeit herzustellen, die ihm die Tür zu diesem behaglichen, femininen Reich öffnen würde, das sich so sehr von seinen öden, spärlich möblierten Räumen unten im Haus unterschied. Manchmal, wenn sie anrief, um ihn zum Essen einzuladen, schützte er – nur aus Angst vor der Versuchung – eine andere Verabredung vor und ging in irgendein Pub, wo er dann stundenlang in einer lauten, verräucherten Gaststube hockte, ängstlich darauf bedacht, nur ja nicht zu früh heimzukommen, denn seine Haustür an der Innocent Lane befand sich genau unter ihren Küchenfenstern.

Heute abend hatte er das Gefühl, daß ihr seine Gesellschaft willkommen wäre, sie ihn aber nicht darum bitten mochte. Er war nicht traurig deswegen. Die Trauerfeier war an sich schon deprimierend genug gewesen, auch ohne daß man sie hinterher noch in all ihren Banalitäten diskutieren mußte. Für heute hatte er genug vom Tod. Als das Taxi am Innocent Walk hielt, Frances fast hastig auf Wiedersehen sagte und dann, ohne sich auch nur einmal umzudrehen, ihre Tür aufschloß, war er direkt erleichtert gewesen. Aber zwei Stunden später, nachdem Suppe, Rührei und geräucherter Lachs verspeist waren, sein Leibgericht für den Abend, das er wie stets sorgfältig zubereitet hatte (auf niedriger Flamme köcheln, das Gemisch liebevoll von den Rändern der Pfanne zur Mitte hin häufeln und zur Krönung mit einem Löffel Sahne übergießen), danach also malte er sich aus, wie sie jetzt mutterseelenallein oben essen mußte, und bereute seinen Egoismus. An einem Abend wie diesem sollte sie nicht allein sein. Also rief er bei ihr an. »Ich wollte fragen, Frances, ob du nicht Lust hättest, mit mir eine Partie Schach zu spielen.«

Der freudige Tonfall und das Ansteigen ihrer Stimme verrieten ihm, daß sein Vorschlag ihr mehr als willkommen war. »Aber ja, sehr gern, Gabriel. Bitte komm doch rauf.«

Ihr Eßtisch war noch gedeckt, als er eintrat. Sie aß immer stilvoll, auch wenn sie allein war, aber er sah gleich, daß ihre Mahlzeit heute abend ebenso einfach gewesen war wie die seine. Käsebrett und Obstschale standen auf dem Tisch, und zuvor hatte sie offenbar nichts weiter als eine Suppe gegessen. Er sah auch, daß sie geweint hatte.

Sie lächelte und gab sich Mühe, ihrer Stimme einen heiteren Klang zu verleihen, als sie jetzt sagte: »Ich bin so froh, daß du noch heraufgekommen bist. Das gibt mir den Vorwand, eine Flasche Wein aufzumachen. Komisch, wie ungern man allein trinkt. Wahrscheinlich liegt es daran, daß man von jung auf davor gewarnt wird, wie leicht heimliche Trinker zu Alkoholikern abrutschen.«

Sie holte eine Flasche Château Margaux, und er erbot sich, sie zu öffnen. Beide schwiegen, bis sie es sich, jeder sein Glas in der Hand, vor dem Kamin bequem gemacht hatten. Dann sagte sie: »Er hätte dabeisein sollen. Gerard hätte wirklich dabeisein sollen.«

»Er mag halt keine Trauerfeiern.«

»Aber Gabriel, das geht uns doch allen so. Und es war ja auch wirklich schrecklich, nicht? Bei Daddy war's schon schlimm genug, aber das heute war noch ärger. Dieser bedauernswerte Pfarrer, der sich ja alle Mühe gab, aber eben weder sie noch einen von uns kannte – wie der Ärmste um einen aufrichtigen Ton gerungen hat und zu einem Gott betete, an den sie nicht glaubte, und wie er vom ewigen Leben redete, wo sie doch nicht mal hier auf Erden eins hatte, das es wert war, gelebt zu werden.«

»Das können wir nicht wissen«, wandte Dauntsey behutsam ein. »Es steht uns nicht zu, über Glück oder Unglück anderer Menschen zu richten.«

»Nun, sie wollte Schluß machen, ist das nicht Beweis genug? Zu Daddys Begräbnis ist Gerard immerhin gekommen. Aber dazu war er ja auch mehr oder weniger verpflichtet, oder? Der Kronprinz, der dem alten König Lebewohl sagt. Hätte nicht gut ausgesehen, wenn er da weggeblieben wäre. Und schließlich waren ja auch wichtige Leute dabei, Schriftsteller, Verleger, die Presse, Leute, bei denen er Eindruck schinden wollte. Heute ist niemand Wichtiges gekommen, also konnte er sich die Mühe sparen. Aber er hätte dabeisein müssen. Schließlich hat er sie doch umgebracht.«

Dauntsey versetzte in entschiedenerem Ton: »Frances, das darfst du nicht sagen. Es gibt nicht den geringsten Beweis dafür, daß irgend etwas, das Gerard getan oder gesagt hat, schuld sein könnte an Sonias Tod. Du weißt doch, was in ihrem Abschiedsbrief steht. Wenn sie sich hätte umbringen wollen, weil Gerard sie entlassen hat, dann hätte sie das, denke ich, auch geschrieben. Ihr Brief war unmißverständlich. Außerhalb dieser vier Wände darfst du so was nie wieder sagen, hörst du! Derlei Verdächtigungen können großen Schaden anrichten. Versprich mir, vorsichtig zu sein – mit so was ist nicht zu spaßen.«

»Schon gut, versprochen. Außer dir hab' ich ohnehin zu niemandem darüber geredet, aber ich bin nicht die einzige in Innocent House, die so denkt, und manche sprechen's auch unverhohlen aus. Als ich heute in dieser gräßlichen Kapelle kniete, habe ich versucht zu beten, für Daddy, für sie, für uns alle. Aber es ergab so gar keinen Sinn. Und ich mußte immerzu an Gerard denken, der neben uns in der ersten Bank hätte sitzen sollen, Gerard, der mein Geliebter war, Gerard, der nun nicht mehr mein Geliebter ist. Es ist alles so demütigend. Heute ist mir natürlich klar, wie es zu der Affäre kam. Gerard hat sich gedacht: ›Arme Frances, schon neunundzwanzig und immer noch Jungfrau. Da muß ich doch was tun. Ich werde ihr das große Erlebnis verschaffen, ihr zeigen, was sie versäumt hat.‹ Jeden Tag eine gute Tat – das heißt, in dem Fall waren's eher drei Monate, womit ich wahrscheinlich länger im Rennen war als die meisten seiner Gespielinnen. Nur das Ende war so schmutzig, so ekelhaft. Aber das ist wohl immer so. Gerard versteht sich sehr gut darauf, eine Affäre in Gang zu bringen, doch sie mit Anstand beenden, das kann er nicht. Ich freilich genausowenig. Und ich hab' mir wirklich eingebildet, daß er in mir was anderes sieht als in seinen üblichen Weibergeschichten, ich dachte: Diesmal meint er es ernst, ist verliebt, wünscht sich eine feste Bindung, will heiraten. Ich träumte davon, daß wir Peverell Press gemeinsam leiten und zusammen in Innocent House wohnen würden, stellte mir vor, wie wir hier unsere Kinder großziehen, ja sogar den Verlagsnamen ändern könnten. Ich dachte, das würde ihm gefallen: Peverell und Etienne. Etienne und Peverell. Ich habe es hin und her probiert, um rauszufinden, wie's besser klingt. Ich bildete mir ein, er habe die gleichen Wünsche wie ich: eine Ehe, Kinder, ein richtiges Zuhause, ein Leben zu zweit. Ist denn das wirklich zuviel verlangt? Ach Gott, Gabriel, ich komme mir ja so dumm vor! Und ich schäme mich entsetzlich.«

Noch nie war sie ihm gegenüber so offen gewesen, hatte ihm so unverhohlen das ganze Ausmaß ihrer Verzweiflung gestanden. Fast hätte man glauben können, sie habe die Rede im stillen geprobt und nur auf den passenden Moment gewartet, um einem

Menschen, dem sie vertrauen durfte, ihr Herz auszuschütten. Aber daß ausgerechnet Frances, die doch immer so vernünftig, diskret und auch stolz war, plötzlich ungehemmt all ihrer Bitterkeit und Selbstverachtung freien Lauf ließ, entsetzte Dauntsey. Vielleicht hatten die Trauerfeier und die Erinnerung an die Einäscherung ihres Vaters sie so aufgewühlt, daß nun all der aufgestaute Haß und die Demütigung aus ihr herausbrachen. Er wußte nicht genau, ob er dem gewachsen war, aber er mußte zumindest versuchen, damit fertig zu werden. Diesem beredten Schmerz war nicht beizukommen mit gängigen Trostfloskeln wie: »Er ist es nicht wert, vergiß ihn, die Zeit heilt alle Wunden.« Dabei war zumindest letzteres durchaus zutreffend, die Zeit heilte wirklich alle Wunden, egal ob sie einem durch Verrat zugefügt worden waren oder durch einen schmerzlichen Verlust. Wer hätte das besser wissen können als er? Die eigentliche Tragik, dachte er, ist nicht, daß wir uns über den Verlust eines geliebten Menschen grämen, sondern daß wir eines Tages aufhören, uns zu grämen, und vielleicht sind die Toten erst dann endgültig gestorben.

»Was du dir erträumst«, sagte er behutsam, »Kinder, eine Ehe, ein Heim – das sind durchaus berechtigte, manch einer würde sogar sagen, ganz natürliche Wünsche. Kinder sind unsere einzige Hoffnung auf Unsterblichkeit. Auf keinen Fall brauchst du dich deiner Sehnsüchte zu schämen. Es ist dein Pech, daß Etiennes Wünsche und die deinen nicht übereinstimmen, aber eine Schande ist es auf gar keinen Fall.« Er zögerte; vielleicht war es nicht klug, weiterzusprechen, womöglich würde sie seine Worte grob und gefühllos finden. Aber dann sprach er es doch aus: »James liebt dich.«

»Ja, das tut er wohl. Armer James. Gesagt hat er's mir nicht, aber das ist ja auch nicht nötig, oder? Weißt du, ich glaube, ich hätte James lieben können, wenn Gerard nicht gewesen wäre. Dabei mag ich Gerard nicht einmal. Nein, ich hab' ihn nie leiden können, nicht einmal in der Zeit, als ich schier verrückt nach ihm war. Das ist ja das Furchtbare am Sex, daß er ohne Liebe, ohne

Zuneigung, ja sogar ohne Achtung auskommen kann. O ja, ich habe versucht, mir etwas vorzumachen. Wenn er gefühllos war, egoistisch oder grob, dann habe ich ihn in Schutz genommen, indem ich mir vor Augen hielt, wie überaus intelligent er doch sei, wie gutaussehend und amüsant, und was für ein wunderbarer Liebhaber. Und das alles war – nein, ist – er ja auch wirklich. Ich habe mir gesagt, daß man Gerard nicht nach den gleichen kleinlichen Maßstäben beurteilen dürfe wie andere Menschen. Und natürlich liebte ich ihn. Wer liebt, urteilt nicht. Aber jetzt hasse ich ihn. Ich habe vorher nicht gewußt, daß ich imstande bin, einen anderen Menschen wirklich zu hassen. Das ist schließlich etwas anderes, als ein Abstraktum zu hassen, sagen wir eine politische Richtung, eine Philosophie, ein soziales Unrecht. Dieser Haß ist so geballt, und ich spüre ihn so deutlich, daß mir regelrecht übel davon wird. Er ist das letzte, woran ich abends vor dem Einschlafen denke, und das erste, was mir einfällt, wenn ich morgens aufwache. Aber dieser Haß ist unrecht, eine Sünde. Er muß unrecht sein. Ich spüre, daß ich im Zustand der Todsünde lebe, doch es gibt keine Absolution für mich, weil ich nicht aufhören kann zu hassen.«

Dauntsey sagte: »Ich denke zwar nicht in solchen Kategorien – Sünde, Absolution, das bedeutet mir nichts –, aber Haß ist in der Tat gefährlich. Er behindert den Lauf der Gerechtigkeit.«

»Ach, Gerechtigkeit! Davon habe ich mir noch nie viel versprochen. Aber der Haß hat mich so stumpfsinnig gemacht. Ich öde mich selber an. Und ich weiß, daß ich auch dich damit langweile, lieber Gabriel. Doch du bist der einzige, mit dem ich reden kann, und manchmal, an Tagen wie heute, habe ich das Gefühl, ich muß reden, um nicht den Verstand zu verlieren. Und du bist so klug, oder jedenfalls sagen das alle.«

»Der Ruf ist leicht verdient«, sagte er trocken. »Man braucht bloß lange zu leben, wenig zu reden und noch weniger zu tun.«

»Aber wenn du sprichst, lohnt es sich immer, dir zuzuhören. Gabriel, sag mir, was ich tun soll.«

»Um von ihm loszukommen?«

»Um diesen Schmerz loszuwerden.«

»Dafür gibt's die üblichen Hilfsmittel: Alkohol, Drogen, Selbstmord. Die beiden ersteren führen über kurz oder lang auch zum dritten, nur daß es langsamer geht, kostspieliger und demütigender ist. Ich würd's also nicht empfehlen. Du könntest ihn auch ermorden, aber davon würde ich ebenfalls abraten. Mach es von mir aus in deiner Phantasie so raffiniert wie du magst, aber nicht in Wirklichkeit. Es sei denn, du willst zehn Jahre deines Lebens im Gefängnis verbringen.«

»Könntest du das aushalten?« fragte sie.

»Zehn Jahre nicht, nein. Drei würde ich vielleicht ertragen, aber auf keinen Fall mehr. Im übrigen gibt es bessere Mittel gegen Schmerz als den Tod, egal, ob es nun deiner oder seiner wäre. Du mußt dir einfach sagen, daß der Schmerz zum Leben gehört, daß Schmerz zu empfinden lebendig sein bedeutet. Ich beneide dich, weißt du. Wenn ich noch so intensiv leiden könnte wie du, dann wäre ich vielleicht immer noch ein Dichter. Du darfst dich nicht kleinmachen, Frances. Dein Wert als Mensch wird um keinen Deut geringer dadurch, daß ein einziger arroganter, gefühlloser Egozentriker dich nicht liebenswert findet. Du hast es doch nicht nötig, dich den Wertvorstellungen irgendeines Mannes zu unterwerfen, am allerwenigsten denen eines Mannes wie Gerard. Mach dir bewußt, daß er nur soviel Macht über dich haben kann, wie du ihm gibst. Entzieh ihm diese Macht, und der Schmerz wird vergehen. Du solltest auch bedenken, daß du nicht unbedingt an den Verlag gebunden bist, Frances. Und komm mir jetzt bloß nicht damit, daß es bei Peverell Press immer einen Peverell gegeben hat.«

»Es stimmt aber. Seit 1792 ist das so, lange bevor die Familie nach Innocent House kam. Daddy hätte bestimmt nicht gewollt, daß die Tradition mit mir abbricht.«

»Einer muß und wird der letzte sein. Solange dein Vater am Leben war, hattest du ihm gegenüber vielleicht eine gewisse Verpflichtung, aber die ist mit seinem Tod erloschen. Wir dürfen uns nicht zu Sklaven des Todes machen.«

Kaum war es heraus, da hätte er seine Worte am liebsten wieder zurückgenommen. Wie, wenn sie ihn nun fragte: »Und was ist mit dir? Bist du denn etwa nicht der Sklave des Todes? Der Sklave deiner verstorbenen Frau und deiner armen Kinder?« Wie um ihr zuvorzukommen, fuhr er hastig fort: »Wenn du frei wählen könntest, was würdest du dann am liebsten tun?«

»Mit Kindern arbeiten, glaub' ich. Vielleicht als Grundschullehrerin. Das Examen hab' ich ja schon. Wahrscheinlich müßte ich nur noch ein Jahr für die pädagogische Ausbildung dranhängen. Und dann würde ich gerne auf dem Land arbeiten oder in einer Kleinstadt irgendwo draußen.«

»Dann mach das doch! Du kannst dich sehr wohl frei entscheiden. Nur versuche nicht, dem Glück hinterherzujagen. Such' dir den richtigen Job am richtigen Ort und richte dir dein Leben ein, wie es dir paßt. Dann kommt das Glück schon von ganz allein. Die meisten von uns kriegen ihr Teil davon ab. Manche sogar mehr als ihnen zusteht, auch wenn es dann nur allzu kurz währt, das Glück.«

»Fehlt bloß noch, daß du jetzt Blake zitierst«, sagte sie, »dieses Gedicht, in dem es heißt, das feine Gewebe von Freud und Leid sei für die göttliche Seele ein Kleid. Warte, wie geht das noch mal?

Es ist recht, es sollte so sein,
der Mensch ward gemacht für Freude und Pein,
und wer dies immer im Sinne behält,
geht unangefochten durch die Welt.

Aber du glaubst ja nicht an die göttliche Seele, oder?«

»Nein, das wäre der totale Selbstbetrug.«

»Trotzdem paßt das ›unangefochten durch die Welt gehen‹ gut auf dich. Und du bist imstande zu hassen. Ich glaube, ich hab' immer gewußt, daß du Gerard haßt.«

»Nein, du irrst dich, Frances. Ich hasse ihn nicht. Ich empfinde gar nichts für ihn, überhaupt nichts. Und damit bin ich für ihn sehr viel gefährlicher als du es je sein kannst. Aber sollten wir nicht langsam mit unserer Schachpartie beginnen?«

Als Frances zustimmend nickte, holte er das schwere Schachbrett aus dem Eckschrank, und sie schob den Tisch zwischen die Sessel und half Dauntsey dann, die Figuren aufzustellen. Als er ihr mit der Frage: »Na, schwarz oder weiß?« die geschlossene Faust hinstreckte, fügte er scherzhaft hinzu: »Ich finde, du könntest mir eine Vorgabe gönnen, als Tribut der Jugend an das Alter.«

»Unsinn, letztes Mal hast du mich geschlagen. Nein, nein, wir spielen gleich.«

Sie war selbst überrascht. Früher hätte sie in so einem Fall ohne weiteres nachgegeben. Es war ein erstes Anzeichen von Durchsetzungsvermögen, und sie sah, daß er lächelte, während er mit steifen Fingern die Figuren zurechtrückte.

6

Miss Blackett fuhr jeden Abend heim nach Weaver's Cottage in West Marling in Kent, wo sie seit neunzehn Jahren mit ihrer älteren, verwitweten Cousine Joan Willoughby zusammenwohnte. Die beiden Frauen waren sich zugetan, ohne daß sie je ein besonders herzliches Verhältnis zueinander gehabt hätten. Mrs. Willoughby hatte seinerzeit einen Pfarrer im Ruhestand geheiratet, und als der drei Jahre nach der Hochzeit starb – länger, so mutmaßte Miss Blackett insgeheim, hätten die beiden Ehepartner es wohl nicht miteinander ausgehalten –, da bot es sich einfach an, daß seine Witwe ihrer Cousine vorschlug, ihre schäbige Mietwohnung in Bayswater zu kündigen und zu ihr ins Cottage zu ziehen. In den neunzehn Jahren ihres Zusammenlebens hatte sich frühzeitig und eher beiläufig als geplant eine Routine herausgebildet, mit der beide zufrieden waren. Joan führte den Haushalt und kümmerte sich um den Garten, Blackie kochte am Sonntag die Hauptmahlzeit, die stets pünktlich um eins auf den Tisch kam, und dafür wurde ihr die Morgenandacht erlassen, der Abendgottesdienst allerdings nicht. Blackie, die als erste aufstand, brachte ihrer Cousine den Morgentee und kochte abends um halb elf Kakao oder Ovomaltine für den Schlummertrunk. In der zweiten Julihälfte fuhren sie gemeinsam in Ferien, meist ins Ausland, denn engere verwandtschaftliche Bindungen hatten beide nicht mehr. Im Juni freuten sie sich jedes Jahr auf die Tennismeisterschaften in Wimbledon, und am Wochenende leisteten sie sich hin und wieder einen Konzert-, Theater- oder Museumsbesuch. Jede für sich fand, auch wenn sie es nicht aussprach, daß sie es gut getroffen habe.

Weaver's Cottage lag am Nordrand des Dorfes. Ursprünglich waren es zwei solide Häuschen gewesen, aber in den fünfziger Jahren hatte eine Familie mit festen Vorstellungen davon, was den Charme ländlichen Wohnens ausmacht, beide zusammengelegt und komplett umgebaut. Das Ziegeldach wurde gegen eines aus Reet ausgetauscht, in dem wie vorquellende Augen drei Mansardenfenster saßen; die vormals schlichten Fenster waren jetzt längs unterteilt, und auf einer neu angebauten Veranda blühten im Sommer Kletterrosen und Klematis. Mrs. Willoughby liebte das Cottage, und mochten die längs unterteilten Fenster das Wohnzimmer auch mehr verdunkeln als ihr eigentlich lieb gewesen wäre, mochten die Eichenbalken auch nicht alle original sein, nie hätte sie diese kleinen Schönheitsfehler offen zugegeben. Das Cottage mit dem tadellosen Strohdach und sein Garten waren schon in zu vielen Kalendern abgebildet und zu oft von Besuchern fotografiert worden, als daß sie sich wegen kleiner architektonischer Unstimmigkeiten zu sorgen brauchte. Der größere Garten lag zur Straße hin, und hier verbrachte Mrs. Willoughby fast jede freie Stunde damit, den nach einhelligem Urteil stattlichsten Vorgarten von West Marling, gleichermaßen Augenweide für Passanten wie für die beiden Anwohnerinnen, zu bestellen, zu hegen und zu pflegen.

»Ich bemühe mich, das ganze Jahr über Abwechslung zu bieten«, pflegte sie den Leuten zu erklären, die bewundernd stehenblieben, und das gelang ihr großartig. Sie war aber auch eine geborene und obendrein einfallsreiche Gärtnerin. Alles, was sie anpflanzte, gedieh prächtig, und sie hatte ein gutes Gespür für Farben und Proportionen. Das Cottage mochte nicht ganz authentisch sein, aber der Garten war englisch durch und durch. Auf einem kleinen Rasen stand ein Maulbeerbaum, um den im Frühling Krokusse und Schneeglöckchen blühten, die später von leuchtenden Osterglocken und Narzissen abgelöst wurden. Im Sommer waren die dicht bepflanzten Beete vor der Veranda ein Rausch von Farben und Düften. Die Buchenhecke, kurzgeschoren, um nicht den Blick auf die Herrlichkeiten dahinter zu versperren, stand, angefangen von den ersten, noch zaghaft festen Knospen bis hin zur raschelnden, herbstlich rotgoldenen Blätterpracht, als lebendes Sinnbild für den Kreislauf der Jahreszeiten.

Von der alle zwei Wochen stattfindenden Pfarrgemeinderatssitzung kam Mrs. Willoughby jedesmal beschwingt und mit strahlenden Augen zurück. Manch einer, dachte Blackie, hätte sich durch das ewige Geplänkel mit dem Pfarrer wegen seiner kleinen Vergehen (etwa daß er der neuen Liturgie den Vorrang vor der alten gab) entmutigen lassen, Joan aber schien dabei aufzublühen. Sie setzte sich, beide Füße fest auf den Boden gepflanzt und die prallen Schenkel so weit auseinander, daß der Tweedrock sich darüber spannte, an den Chippendale-Tisch und goß zwei Gläser Amontillado ein. Ein trockener Keks zerbröckelte zwischen den starken weißen Zähnen, das geschliffene Glas, Teil eines wertvollen Satzes, sah in ihrer kräftigen Hand so zerbrechlich aus, daß man um den hauchzarten Stiel hätte fürchten können.

»Stell dir vor, jetzt will er gegen sexistische Tendenzen in der Sprache zu Felde ziehen. Für den Abendgottesdienst am kommenden Sonntag hat er ›O Nacht voll Arg und Weh‹ vorgesehen, aber statt ›Hand in Hand und brüderlich besiegen wir die nächt'gen Schatten‹ wünscht er sich einen geschlechtsneutralen Vers. Na, dank Mr. Higginsons Unterstützung konnte ich den Unfug gerade noch verhüten. Ich verzeih' dem Mann seine Speckpreise und sogar, daß er seine räudige alte Katze im Schaufenster auf den Cornflakes sitzen läßt, solange er dafür im Pfarrgemeinderat der Vernunft das Wort redet, was er Gott sei Dank meistens tut. Ach, weißt du, was Miss Matlock vorgeschlagen hat? ›Hand in Hand und schwesterlich‹!«

»Aber daran ist doch nichts auszusetzen, oder?«

»Nur, daß der Dichter es so nicht geschrieben hat. Und du? Hast du einen schönen Tag gehabt?«

»Nein, das kann ich wirklich nicht behaupten.«

Doch Mrs. Willoughby war in Gedanken immer noch bei der Pfarrgemeinderatssitzung. »Mir hat dieses Lied eigentlich nie besonders gefallen. Ich versteh' nicht, was Miss Matlock daran findet. Wahrscheinlich sentimentale Kindheitserinnerungen, weiter nichts. Von Arg und Weh ist ja in der Gemeinde St. Margaret nicht viel zu spüren. Dafür geht's den Leuten hier viel zu gut. Allerdings, wenn der Pfarrer tatsächlich versucht, die Abendmahlsfeier sonntags um acht abzuschaffen, wird sich das sehr schnell ändern. Dann gibt's jede Menge Arg und Weh in der Pfarrei.«

»Hat er denn so was angedeutet?«

»Nicht direkt, aber er schielt wie ein Luchs auf die Teilnehmerzahl. Wir beide müssen unbedingt weiter regelmäßig hingehen, und ich werde sehen, ob ich nicht im Dorf noch ein paar Leute mobilisieren kann. Dieser ganze neumodische Firlefanz kommt natürlich von Susan. Der Mann wäre ganz handsam, wenn seine Frau ihn nicht dauernd anstacheln würde. Neuerdings redet sie schon davon, daß sie irgendwo eine Ausbildung zum Diakon machen will. Demnächst kriegt sie womöglich noch die Priesterweihe. Die wären beide in einer Großstadtgemeinde viel besser aufgehoben. Da könnten sie ihre Banjos und Gitarren aufspielen lassen, und wahrscheinlich würde das den Leuten dort sogar gefallen. Wie war die Fahrt heute?«

»Es ging. Heute abend war's angenehmer als morgens. Da hatten wir in Charing Cross zehn Minuten Verspätung – ein schlechter Auftakt für einen schlimmen Tag. Heute war ja Sonia Clements' Beerdigung. Mr. Gerard ist gar nicht hingegangen. Zuviel Arbeit, hat er jedenfalls gesagt. Sollte wohl heißen, sie war ihm nicht wichtig genug. Natürlich hatte ich dann das Gefühl, daß ich auch dableiben müßte.«

»Na, das war kein Beinbruch«, sagte Joan. »Feuerbestattungen sind immer so deprimierend. Eine schöne Beerdigung kann ja ganz erhebend sein, aber eine Einäscherung bestimmt nicht. Dabei fällt mir ein, daß der Pfarrer beim Begräbnis vom alten Merryweather nächsten Dienstag doch wahrhaftig das *Alternative Gebetbuch* benutzen wollte. Na, das habe ich ihm aber ausgeredet! Mr. Merryweather war neunundachtzig, und du weißt ja, wie er sich gegen jede Veränderung gesträubt hat. Ohne den traditionellen Text von 1662 würde der Ärmste denken, er hätte kein anständiges christliches Begräbnis gekriegt.«

Als Blackie am Dienstag zuvor mit der Nachricht heimgekommen war, Sonia Clements habe sich umgebracht, da hatte Joan das erstaunlich gefaßt aufgenommen. Doch Blackie sah rasch ein, daß sie sich darüber eigentlich nicht zu wundern brauchte. Ihre Cousine verblüffte sie öfters mit einer unerwarteten Reaktion auf wichtige Nachrichten und Ereignisse. Kleine häusliche Unannehmlichkeiten brachten sie in Rage, aber eine ausgewachsene Tragödie nahm sie mit stoischem Gleichmut hin. Und Sonia Clements' Tragödie hätte sie schwerlich erschüttern können, denn schließlich hatte sie sie nicht gekannt, nicht einmal vom Ansehen.

Als sie Joan erzählte, was passiert war, hatte Blackie auch gesagt: »Ich tratsche natürlich nicht mit den kleinen Angestellten, aber soviel ich mitkriegen konnte, ist man im Verlag der Meinung, daß sie sich umgebracht hat, weil Mr. Gerard ihr gekündigt hatte. Ich kann mir auch nicht vorstellen, daß er dabei besonders taktvoll war. Anscheinend hat sie einen Abschiedsbrief hinterlassen, wo allerdings von der Entlassung nichts drinsteht. Trotzdem glauben die meisten, daß sie noch leben würde, wenn Mr. Gerard nicht wäre.«

Joan hatte darauf recht abgebrüht reagiert. »Aber das ist ja lächerlich! Eine erwachsene Frau nimmt sich wegen einer Kündigung doch nicht das Leben. Wenn das ein Grund zum Selbstmord wäre, dann bräuchten wir längst Massengräber. Nein, nein, diese Frau hat unüberlegt und rücksichtslos gehandelt. Wenn sie sich durchaus umbringen mußte, dann hätte sie das woanders tun sollen. Stell dir nur mal vor, du wärest als erste ins kleine Archiv gegangen und hättest sie gefunden. Das wäre doch schrecklich unangenehm gewesen.«

Darauf hatte Blackie erwidert: »Angenehm war's wohl auch für Mandy Price nicht, unsere neue Aushilfskraft. Aber ich muß sagen, sie war sehr gefaßt. Manch ein junges Mädchen hätte gewiß einen hysterischen Anfall bekommen.«

»Wegen einer Leiche braucht man nicht hysterisch zu werden. Tote sind harmlos. Die Kleine kann froh sein, wenn ihr im Leben nichts Schlimmeres widerfährt als der Anblick einer Leiche.«

Blackie nippte an ihrem Sherry und musterte ihre Cousine unter gesenkten Lidern hervor, als versuche sie zum erstenmal, sie objektiv zu betrachten. Den gedrungenen, fast taillenlosen Körper, die stämmigen Beine mit den ersten Krampfadern über erstaunlich wohlgeformten Knöcheln, das üppige, früher leuchtendbraune Haar, das auch heute noch dick und kaum ergraut war und das sie zu einem schweren Knoten geschlungen trug (die Frisur hatte sich, seit Blackie sie kannte, nicht geändert), das fröhliche, wettergegerbte Gesicht. Ein verständiges Gesicht, wie man so sagt. Das verständige Gesicht einer verständigen Frau, einer von Barbara Pyms großartigen Frauen etwa, nur daß ihr die Sanftmut und Zurückhaltung einer Barbara-Pym-Heldin fehlten, wenn sie mit nachgerade schonungsloser Nächstenliebe den Problemen des Dorfes, angefangen vom Trauerfall in der Nachbarschaft bis hin zu aufsässigen Chorknaben, zu Leibe rückte. Pflicht und Vergnügen waren in ihrem Leben so streng geregelt wie das Kirchenjahr, das ihrem Dasein Halt und Ziel gab. Auch Blackies Leben hatte einmal Halt und Ziel gehabt. Aber jetzt kam es ihr vor, als hätte sie nichts mehr im Griff, weder ihr Privatleben noch ihre Arbeit, geschweige denn ihre Gefühle, und als wäre bei Henry Peverells Tod ein wesentlicher Teil von ihr mit ihm gestorben.

Auf einmal hörte sie sich sagen: »Joan, ich glaube nicht, daß ich's bei Peverell noch lange aushalten kann. Gerard Etienne wird langsam unerträglich. Nicht einmal seine Privatgespräche darf ich annehmen. Sie gehen über einen Extraanschluß direkt in sein Büro. Mr. Peverell ließ unsere Tür immer angelehnt, mit Hissing Sid, du weißt schon, diese Anti-Zugluft-Schlange, also mit der hab' ich sie offengehalten. Bei Mr. Gerard muß die Tür geschlossen bleiben, und er hat sogar noch einen hohen Schrank vor die Glaswand rücken lassen, damit er mehr Privatsphäre hat. Das war nicht sehr rücksichtsvoll. Jetzt bekomme ich noch weniger Licht. Und nun soll ich auch noch die neue Aushilfe, diese Mandy Price, bei mir unterbringen, obwohl die doch ihre ganze Arbeit von Emma Wainwright, Miss Claudias Sekretärin, zugeteilt kriegt. Also sollte sie eigentlich auch bei Emma im Zimmer sitzen, nicht? Mein Büro ist schon für eine Person zu eng, seit Mr. Gerard die Trennwand hat versetzen lassen. Mr. Peverell hätte nie einen Raumteiler geduldet, der das Fenster und die Stuckdecke des ehemaligen Speisezimmers halbiert. Er mochte die Trennwand sowieso nicht und hat sich von Anfang an dagegen gesträubt.«

»Kann denn seine Schwester nichts machen?« fragte ihre Cousine. »Warum sprichst du nicht mal mit ihr?«

»Ich möchte mich nicht gern beschweren. Schon gar nicht bei ihr. Außerdem, was könnte sie schon dagegen machen? Mr. Gerard ist Geschäftsführer und Vorsitzender der Peverell Press. Er ruiniert den Verlag, aber von den anderen Gesellschaftern kann sich keiner gegen ihn behaupten. Ich weiß nicht mal, ob sie das überhaupt wollen, außer vielleicht Miss Frances, und auf die hört er bestimmt nicht.«

»Dann kündige eben. Du bist doch nicht auf die Arbeit angewiesen.«

»Nach siebenundzwanzig Jahren?«

»Na, das sollte für ein und denselben Job so oder so reichen. Geh in Vorruhestand! Als der alte Mr. Peverell die Pensionskasse für den Verlag einrichtete, da bist du doch beigetreten. Ich fand das sehr klug. Hab' dir ja auch zugeraten damals, wenn du dich erinnerst. Natürlich würdest du jetzt noch nicht die volle Rente kriegen, aber ein bißchen was käme schon zusammen. Du könntest dir aber auch eine nette kleine Teilzeitbeschäftigung in Tonbridge suchen. Bei deiner Berufserfahrung findest du da bestimmt leicht was. Bloß, warum solltest du überhaupt weiterarbeiten? Wir haben doch unser Auskommen. Und im Dorf gibt's genug zu tun. Solange du noch bei Peverell bist, hab' ich nie zugelassen, daß der Pfarrgemeinderat dich einspannt. Meine Cousine, hab' ich zum Pfarrer gesagt, meine Cousine ist Privatsekretärin und sitzt den ganzen Tag an der Schreibmaschine. Da kann man nicht erwarten, daß sie nach Feierabend und am Wochenende auch noch tippt. Ich habe es mir zur Aufgabe gemacht, dich abzuschirmen. Aber wenn du pensioniert wärest, sähe die Sache anders aus. Geoffrey Harding klagt schon lange, daß er sich als Schriftführer überfordert fühlt. Fürs erste könntest du seinen Posten übernehmen. Und dann haben wir ja noch die literarische und die historische Gesellschaft. Die wären sicher auch froh, wenn ihnen eine gelernte Sekretärin zur Hand ginge.«

Joans Worte oder vielmehr das Leben, das sie so präzise beschrieben, jagten Blackie Angst ein. Es war, als hätte die Cousine mit diesen wenigen, scheinbar harmlosen Sätzen eine lebenslange Freiheitsstrafe über sie verhängt. Zum erstenmal wurde ihr klar, welch untergeordnete Rolle West Marling in ihrem Leben eigentlich spielte. Sie hatte nichts gegen das Dorf; weder die Häuserzeilen eher langweiliger Cottages noch die schüttere Grünfläche neben dem übelriechenden Teich oder das moderne Pub, das sich mit gasbetriebenem offenen Kamin und künstlich geschwärzten Balken vergeblich auf siebzehntes Jahrhundert zu trimmen versuchte, ja nicht einmal die kleine Kirche mit der hübschen achteckigen Turmspitze weckten in ihr ein so starkes Gefühl wie Abneigung. Das war ganz einfach der Ort, an dem sie wohnte, aß und schlief. Der Mittelpunkt ihres Lebens aber hatte siebenundzwanzig Jahre lang anderswo gelegen. Nach der Arbeit war sie ganz gern heimgekommen nach Weaver's Cottage, wo alles so behaglich und geordnet war, heim zu der anspruchslosen Gesellschaft ihrer Cousine, wo ein schön gedeckter Tisch mit einem guten Essen wartete, im Winter ein würzig duftendes Holzfeuer und an lauen Sommerabenden ein Erfrischungsgetränk im Garten. Den Kontrast zwischen dem friedlichen Landleben und den Anforderungen im Büro, der pulsierenden Geschäftigkeit an der Themse, hatte sie ganz angenehm empfunden. Außerdem mußte sie ja irgendwo wohnen, da sie nun einmal nicht mit Henry Peverell zusammenleben konnte. Jetzt aber überkam sie schlagartig die Erkenntnis, daß ihr das Leben in West Marling ohne ihren Beruf unerträglich wäre.

In einem klickenden Reigen greller, unzusammenhängender Bilder lief dieses Leben vor ihrem inneren Auge ab; Stunden, Tage, Wochen, Monate, Jahre unausgefüllter, berechenbarer Monotonie. Die kleinen Hausfrauenpflichten, die ihr Nützlichkeit vorgaukeln würden; die Gartenarbeit unter Joans Aufsicht; Sekretariats- oder Schreibdienste für den Pfarrgemeinderat oder den Frauenverein; samstags der Einkauf in Tonbridge; sonntags Abendmahlsfeier und Gottesdienst, hin und wieder die Vorbereitung eines Ausflugs als Höhepunkt des jeweiligen Monats, und bei alledem keine Fluchtmöglichkeit, weil ihr dazu erstens das Geld fehlte, zweitens ein akzeptabler Grund und drittens ein Ziel. Warum sollte sie fortwollen? Ihre Cousine war mit diesem Leben zufrieden und hatte Erfüllung darin gefunden, sie war stolz auf ihre Stellung in der Dorfhierarchie, das Cottage, das ihr gehörte, und natürlich den Garten, ihren immerwährenden Quell der Freude und neuer Anregungen. Die meisten Leute würden sagen, Blackie könne sich glücklich schätzen, daß sie mietfrei hier wohnen durfte (im Dorf würde man das wissen, für derlei hatten die Leute einen Riecher), könne froh sein über ein so schönes Zuhause und die Gesellschaft ihrer Cousine. Doch sie wäre in diesem Duo geringer geachtet, weniger beliebt, eben nur die arme Verwandte. Ihre Arbeit, von der man im Dorf zwar nicht viel verstand, deren Bedeutung aber von Joan immer wieder herausgestrichen worden war, hatte ihr bislang Ansehen verschafft. Ansehen, Würde und Bedeutung – das alles stand und fiel mit dem Beruf. Warum sonst hatten die Leute Angst davor, arbeitslos zu werden, warum sonst war das Rentnerdasein für viele ein Trauma? Und die »nette kleine Teilzeitbeschäftigung«, von der Joan gesprochen hatte, wäre auch nichts für sie. Sie wußte, was sie davon zu erwarten hatte: ein Büro, in dem unreife junge Mädchen, die frisch von der Schule oder vom Sekretariatslehrgang kamen und nichts als Sex im Kopf hatten, ihr entweder ihre Berufserfahrung neiden oder sie als die sprichwörtliche alte Jungfer bedauern würden. Und überhaupt, wie könnte sie sich zu einer Teilzeitarbeit herablassen, sie, die doch einmal Henry Peverells Privatsekretärin und seine rechte Hand gewesen war?

Sie saß reglos vor ihrem halbvollen Sherryglas und starrte wie hypnotisiert auf die bernsteingelb funkelnde Flüssigkeit, indes ihr Herz vor Aufruhr bebte und mit stummer Stimme schrie: »Ach, mein Liebster, warum hast du mich verlassen? Warum nur hast du sterben müssen?«

Sie hatte ihn kaum je außerhalb des Büros gesehen, war nie nach Nummer 12 in seine Wohnung gebeten worden und hatte ihn umgekehrt auch nie nach Weaver's Cottage eingeladen, geschweige denn zu ihm über ihr Privatleben gesprochen. Und doch war er siebenundzwanzig Jahre lang ihr Lebensinhalt gewesen. Tagsüber hatte sie mehr Zeit mit ihm verbracht als mit irgendeinem anderen Menschen. Für sie war und blieb er Mr. Peverell, er hatte sie vor anderen Miss Blackett gerufen und Blackie, wenn sie allein waren. Sie konnte sich nicht erinnern, daß ihre Hände sich je wieder berührt hatten nach jener ersten Begegnung vor siebenundzwanzig Jahren, als sie, eine schüchterne Siebzehnjährige frisch von der Handelsschule, zum Vorstellungsgespräch nach Innocent House gekommen war und er sich lächelnd hinter seinem Schreibtisch erhoben hatte, um sie zu begrüßen. In Steno und Maschine war sie schon von seiner Sekretärin geprüft worden, die Peverell Press verließ, weil sie heiraten wollte. Aber als Blackie nun in sein schönes Gelehrtenantlitz und in diese unwahrscheinlich blauen Augen blickte, da wußte sie, daß jetzt erst die entscheidende Prüfung kam. Über die Arbeit sprach er nicht viel – warum auch? Schließlich hatte Miss Arkwright schon erschreckend detailliert aufgezählt, was man alles von ihr erwarten würde. Statt dessen erkundigte er sich, wie sie hergefunden habe, und sagte dann: »Wir haben eine Fähre, die einen Teil der Belegschaft zur Arbeit bringt. Sie könnten am Charing Cross Pier einsteigen und über die Themse ins Büro fahren – vorausgesetzt, Sie sind nicht wasserscheu.«

Und sie hatte gespürt, daß dies die eigentliche Testfrage war ...

Bei dem Gedanken, jeden Tag in diesen glanzvollen Palast zu kommen, hatte es ihr fast die Rede verschlagen, und die wenigen Sätze, die sie noch herausbrachte, waren wohl ziemlich wirr und zusammenhanglos gewesen. Er hatte das Gespräch schließlich mit den Worten beendet: »Na, wenn Sie meinen, daß Sie hier glücklich werden können, dann schlage ich vor, wir geben uns gegenseitig einen Monat Probezeit.«

Als der Monat um war, hatte er nichts gesagt, aber das war auch nicht nötig gewesen. Sie war bis zu seinem Todestag bei ihm geblieben.

Oh, wie schmerzhaft war immer noch die Erinnerung an den Morgen, an dem er den Herzanfall bekam. War das wirklich erst acht Monate her? Die Tür zwischen ihren Büros hatte wie gewöhnlich einen Spalt offengestanden, so wie er es gern hatte. Die Samtschlange mit der kunstvollen Rückenzeichnung und der gespaltenen Zunge aus rotem Flanell klemmte zusammengerollt zwischen Rahmen und Füllung. Mr. Peverell hatte einmal gerufen, aber mit einer ganz rauhen, erstickten Stimme, die kaum als menschlich zu erkennen war, so daß Blackie sie zuerst für die eines Fährmanns hielt, dessen Ruf vom Fluß herüberhallte. Erst nach ein paar Sekunden hatte sie begriffen, daß diese geisterhafte, fremde Stimme ihren Namen rief. Sie war aufgesprungen und stand nur einen Moment später neben seinem Schreibtisch und sah fassungslos auf ihn herab. Er saß noch im Sessel, aber so steif, als hätte ihn ein Starrkrampf befallen oder als habe er Angst, sich zu bewegen. Seine Hände hielten die Stuhllehnen so fest umklammert, daß die Knöchel weiß hervorsprangen, die Augen waren aus den Höhlen getreten, und auf seiner Stirn glitzerten Schweißperlen dick wie Eiter. »Der Schmerz, der Schmerz«, keuchte er. »Ein Arzt, rasch!«

Ohne das Telefon auf seinem Schreibtisch zu beachten, war sie zurück in ihr Büro gerannt, gerade so, als könne sie sich nur in diesem ihr vertrauten Bereich zurechtfinden. Fieberhaft suchte sie im Telefonbuch, bis ihr einfiel, daß Name und Anschluß seines Arztes ja in dem kleinen schwarzen Verzeichnis in ihrem Schreibtisch standen. Sie riß die Schublade auf und fuhr tastend mit der Hand hinein, während sie sich auf den Namen des Doktors zu besinnen suchte. Ihr Herz drängte zu dem Grauen nebenan, zugleich aber fürchtete sie sich vor dem Anblick dort drüben, und dabei wußte sie eigentlich nur, daß sie Hilfe holen mußte, und zwar rasch. Dann fiel es ihr ein. Natürlich, ein Krankenwagen. Sie mußte einen Krankenwagen rufen. Sie drückte am Telefon ein paar Tasten, hörte eine ruhige, entschiedene Stimme und machte ihre Angaben. Das Flehen und die Angst in ihrer Stimme schienen die Person am anderen Ende überzeugt zu haben. Ja, der Krankenwagen sei schon unterwegs.

An das, was weiter geschah, erinnerte sie sich nicht der Reihe nach, sondern nur in Form von unzusammenhängenden, gleichwohl lebhaften Szenen. An der Tür zu seinem Büro hatte sie gerade noch einen Blick auf Frances Peverell erhascht, die hilflos neben ihrem Vater stand, ehe Gerard Etienne dazukam und mit den Worten: »Wir können hier drinnen niemand mehr brauchen; er muß frische Luft haben« energisch die Tür schloß.

Das war die erste in einer langen Kette von Zurückweisungen gewesen. Sie erinnerte sich an die Geräusche, während die Sanitäter sich um ihn bemühten; seinen von ihr abgewandten Kopf, als sie ihn, eingehüllt in eine rote Decke, vorbeitrugen; an ein Schluchzen, das sehr wohl ihr eigenes gewesen sein mochte; an die Leere im Büro, so leer wie frühmorgens, wenn sie vor ihm zur Arbeit kam, oder wie des Abends, wenn er als erster gegangen war, nur daß jetzt alles, was diesen Räumen Sinn gegeben hatte, endgültig und für immer dahin war. Sie hatte ihn nie wiedergesehen. Als sie ihn besuchen wollte und sich bei Frances Peverell nach einer günstigen Zeit erkundigte, war sie mit den Worten abgewiesen worden: »Er liegt noch auf der Intensivstation. Nur die Familie und die Gesellschafter dürfen zu ihm. Tut mir leid, Blackie.«

Anfangs hatte das, was aus dem Krankenhaus zu erfahren war, ganz beruhigend geklungen. Es ging ihm besser, viel besser sogar. Man durfte hoffen, daß er bald aus der Intensivstation entlassen werden würde. Und dann, vier Tage nach dem ersten, kam der zweite, massive Infarkt, und er starb. Bei der Trauerfeier hatte sie in der Kapelle drei Reihen hinter den Angehörigen, bei der Belegschaft, gesessen. Niemand hatte sie getröstet; warum auch? Offiziell war sie ja keine der Hinterbliebenen, gehörte sie nicht zur Familie. Und als sie dann draußen angesichts der Kränze nicht mehr an sich halten konnte und zusammengebrochen war, hatte Claudia Etienne ihr einen halb verwunderten, halb gereizten Blick zugeworfen, der besagte: »Wenn seine Tochter und seine Freunde sich beherrschen können, warum dann nicht auch Sie?« Ihre tiefe Trauer war als geschmacklos abgetan worden, ebenso anmaßend wie ihr Kranz, der zwischen den schlichten Sträußen der Familie in der Tat aufdringlich protzig wirkte. Sie hatte Gerard Etiennes Bemerkung zu seiner Schwester nicht vergessen: »Mein Gott, Blackie hat aber maßlos übertrieben. Mit dem Kranz könnte sie ja bei einem Mafia-Begräbnis in New York noch Ehre einlegen. Was bezweckt sie damit? Will sie den Leuten etwa weismachen, sie wäre seine Geliebte gewesen?«

Tags darauf hatten die fünf Gesellschafter seine Asche in einer kleinen privaten Feierstunde von der Terrasse vor Innocent House in die Themse gestreut. Sie war dazu eigentlich nicht eingeladen gewesen, aber Frances Peverell hatte in ihrem Büro vorbeigeschaut und gesagt: »Vielleicht möchten Sie mit raus auf die Terrasse kommen, Blackie. Ich glaube, mein Vater hätte sich gewünscht, daß Sie dabei sind.« Sie hatte sich weit im Hintergrund gehalten, ängstlich darauf bedacht, ihnen nur ja nicht lästig zu fallen. Die fünf hatten in einigem Abstand voneinander hart am Rand der Terrasse Aufstellung genommen. Das weiße Knochenmehl – alles, was von Henry Peverell übriggeblieben war – befand sich in einer Urne, die sie komischerweise an eine Keksdose erinnerte. Die fünf reichten das Gefäß untereinander weiter und entnahmen ihm je eine Handvoll Staub, den sie dann mehr oder weniger beherzt in die Themse warfen. Sie erinnerte sich, daß Hochwasser gewesen war und eine frische Brise wehte. Ockerbraune Wellen hatten gegen die Mole geschlagen und feinen Gischt emporgesprüht. Frances Peverells Hände waren ganz feucht geworden, und Ascheflöckchen hatten sich darauf festgesetzt; hinterher hatte sie sich heimlich die Hände am Rock abgewischt. Sie war sehr gefaßt gewesen, als sie auswendig das Lied aus *Cymbeline* sprach, das mit den Versen beginnt:

Fürchte nicht mehr Sonnenglut
Noch des Winters grimmen Hohn!
Jetzt dein irdisch Treiben ruht,
Heim gehst, nahmst den Tageslohn.

Blackie hatte den Eindruck, sie hätten versäumt, die Rednerfolge festzulegen; jedenfalls trat eine kurze Pause ein, bevor James de Witt an die Brüstung trat und ein paar Worte aus den Apokryphen sprach. »Die Seelen derer, die da rechtschaffen sind, ruhen in Gottes Hand, allwo kein Peiniger ihnen mehr naht.« Danach hatte er seine Handvoll Asche so zaghaft zwischen den Fingern durchrieseln lassen, als gelte es, jedes Körnchen einzeln abzuzählen.

Gabriel Dauntsey hatte ein Gedicht von Wilfred Owen gelesen, das sie noch nicht kannte. Aber später hatte sie es nachgeschlagen und sich ein bißchen über seine Wahl gewundert.

Ich bin der Geist von Shadwell Stair.
Am Kai beim Wasserturm im Wind
Und durch das Schlachthauslabyrinth,
Als Schatten wandre ich umher.

Und doch bin ich aus Fleisch und Bein,
Hab' Augen, flackernd wie das Licht
Von Monden, Lampen, das sich bricht
Im Fluß, weht sacht die Nacht herein.

Claudia Etienne hatte mit nur zwei Zeilen den kürzesten Text ausgesucht:

Das Schlimmste, was nach rechtem Walten uns geschieht,
Ist eines langen Schlummers ewig gleiches Wiegenlied.

Sie hatte ihren Spruch laut, aber sehr schnell und so heftig zitiert, als mißbillige sie die ganze Zeremonie als Farce. Nach ihr war Jean-Philippe Etienne an der Reihe. Seit er sich im Jahr zuvor aus dem Geschäft zurückgezogen hatte, war er nicht mehr in Innocent House gewesen. Zu der Gedenkfeier kam er mit eigenem Chauffeur von seinem abgelegenen Privatsitz an der Küste von Essex herüber, traf im letzten Moment erst ein und fuhr hinterher, ohne an dem im Sitzungssaal vorbereiteten kalten Imbiß teilzunehmen, gleich wieder ab. Aber sein Geleitwort war das längste, und er hatte es mit schleppender Stimme vorgetragen und sich dabei Halt suchend auf eine der schmiedeeisernen

Kreuzblumen am Geländer gestützt. De Witt hatte ihr hinterher gesagt, das Zitat stamme aus den *Selbstbetrachtungen* des Marc Aurel, aber während des Vortrags hatte sich Blackie nur eine kurze Passage eingeprägt:

> *Des Menschenlebens Zeit nur ein Punkt, sein Wesen in ewigem Fluß ... Mit* einem *Wort, alles: im Bereich des Leibes ein Fluß, in dem der Seele Traum und Rauch. Das Leben ein Kampf und die Wanderschaft eines Fremdlings; der Nachruhm Vergessenheit.*

Gerard Etienne war als letzter an der Reihe. Er hatte seine Handvoll Asche von sich geschleudert, als gälte es, die Vergangenheit abzuschütteln, und dazu folgende Verse aus dem Prediger Salomo gesprochen:

> *Denn bei allen Lebendigen ist, was man wünscht: Hoffnung; denn ein lebendiger Hund ist besser als ein toter Löwe. Denn die Lebendigen wissen, daß sie sterben werden; die Toten aber wissen nichts, sie haben auch keinen Lohn mehr – denn ihr Gedächtnis ist vergessen, daß man sie nicht mehr liebt noch haßt noch neidet – und haben keinen Teil mehr auf der Welt von allem, was unter der Sonne geschieht.*

Danach hatte man sich schweigend zu kaltem Büfett und Wein hinauf in den Sitzungssaal begeben. Und um Punkt zwei Uhr war Gerard Etienne, ohne ein Wort zu sagen, durch Blackies Zimmer in das dahinterliegende Büro gegangen und hatte sich zum erstenmal in Henry Peverells Sessel gesetzt. Der Löwe war tot, und der lebende Hund hatte die Macht an sich gerissen.

7

Nach der Trauerfeier für Sonia Clements lehnte James de Witt dankend ab, als Frances ihn einlud, zu ihr und Gabriel ins Taxi zu steigen. Er wolle lieber ein Stück zu Fuß gehen, sagte er, und dann ab Golders Green die U-Bahn nehmen. Der Spaziergang vom Krematorium zum nächsten U-Bahnhof dauerte zwar länger als er geschätzt hatte, trotzdem war James froh, allein zu sein. Die Belegschaft von Peverell Press wurde von den Limousinen des Bestattungsinstituts zurückgefahren, und er wußte nicht, was schlimmer gewesen wäre – Frances ins unglücksstarre Gesicht zu sehen, ohne die leiseste Hoffnung, ihr Trost spenden zu können, oder sich mit einem Pulk junger Kollegen, denen selbst ein Begräbnis lieber gewesen war als ein öder Büronachmittag, in eine Nobelkarosse zu zwängen, wo seine Gegenwart die anderen daran gehindert hätte, nach dem erzwungenen Ernst in der Kapelle endlich ungeniert drauflloszuschwatzen. Sogar Mandy Price, die neue Aushilfe, war dagewesen. Eigentlich brauchte ihn das aber nicht zu wundern, denn schließlich hatte sie, zusammen mit Claudia, die Leiche entdeckt.

Die Trauerfeier war eine trostlose Veranstaltung gewesen, und es war typisch für ihn, daß er die Schuld daran bei sich suchte, ja manchmal dachte er schon, daß es doch eine arg unbequeme Idiosynkrasie sei, ein so übertriebenes Schuldbewußtsein zu haben, ohne die passende Religion, die das Gewissen per Absolution wieder reinwäscht. Wie durch ein Wunder war im letzten Moment auch noch Miss Clements' Schwester, die Nonne, aufgetaucht, hatte sich ganz hinten hingesetzt und war nach der Trauerfeier genauso eilig wieder verschwunden; kaum, daß sie sich die Zeit nahm, den Peverell-Mitarbeitern, die auf sie zukamen, um ihr mit gedämpfter Stimme zu kondolieren, die Hand zu geben. Zuvor hatte sie in einem Brief an Claudia den Verlag gebeten, das Begräbnis auszurichten, und dabei hätte Peverell sich wohl tatsächlich mehr engagieren sollen. *Er* hätte die Initiative ergreifen müssen, statt alles Claudia zu überlassen, die es im Endeffekt auf ihre Sekretärin abwälzte.

Es sollte, dachte de Witt, einen eigenen Ritus für Menschen ohne Religionszugehörigkeit geben. Wahrscheinlich gab es sogar längst etwas Vergleichbares, und wenn sie sich nur die Mühe gemacht hätten zu suchen, wären sie auch darauf gestoßen. So was könnte, überlegte er weiter, ein interessantes, vielleicht sogar lukratives Verlagsprojekt werden, ein Buch mit alternativen Beisetzungsriten für Humanisten, Atheisten und Agnostiker, ein Manifest der Erinnerung, ein Lobpreis des menschlichen Geistes ohne Relation zu einem möglichen Weiterleben nach dem Tod. De Witts langer, offener Mantel wehte ihm um die Knie, als er mit großen Schritten dem Bahnhof zustrebte und sich dabei insgeheim damit unterhielt, Prosa- und Versstellen auszuwählen, die für ein solches Buch in Frage kämen. De la Mares *Der Schönheit sag adieu* würde den gewissen nostalgisch-melancholischen Ton hineinbringen. Dann vielleicht Oliver Gogartys *Non Dolet,* von Keats die *Ode an den Herbst,* falls der Tote ein hohes Alter erreicht hatte, und Shelleys *An die Feldlerche,* wenn er jung gestorben war. Für den Naturfreund Wordsworth' meditative *Zeilen, geschrieben einige Meilen oberhalb von Tintern Abbey.* Statt der Choräle könnte man Chansons singen lassen, und der langsame Satz aus Beethovens 5. Klavierkonzert wäre ein würdiger Trauermarsch. Und natürlich konnte man notfalls auf das dritte Kapitel aus dem Prediger Salomo zurückgreifen, das paßte eigentlich immer:

> *Ein jegliches hat seine Zeit, und alles Vornehmen unter dem Himmel hat seine Stunde. Geboren werden und sterben, pflanzen und ausrotten, was gepflanzt ist, würgen und heilen, niederreißen und aufbauen.*

Ja, er hätte eine Gedenkfeier für Sonia ausrichten können, vielleicht mit ein paar eingestreuten Zitaten aus einem Buch, das sie in Auftrag gegeben und lektoriert hatte, eine Würdigung für vierundzwanzig Jahre Verlagsarbeit, wie sie der lebenden Sonia gefallen hätte. Eigentlich seltsam, dachte er, wie wichtig wir diese Nachrufe nehmen; dabei sind sie im Grunde doch nur eine barmherzige Erfindung zum Trost für die Hinterbliebenen, denn den Toten bedeuten sie ja nichts mehr.

In Notting Hill Gate lief er noch rasch in den Supermarkt und kaufte zwei Packungen fettarme Milch und eine Flasche Spülmittel, bevor er heimging. Zu Hause angekommen, schloß er die Tür leise hinter sich, denn Rupert hatte offenbar Besuch; man hörte deutlich Musik und Stimmen von oben. Eigentlich hatte er gehofft, daß Rupert heute einmal allein wäre, und wie so oft wunderte er sich, daß ein so schwerkranker Mensch soviel Krach verkraften konnte. Allerdings ging es dabei immer sehr vergnügt zu, und der Trubel dauerte jeweils nur eine gewisse Zeit. Mit den Reaktionen, die sich trotzdem zwangsläufig hinterher bei Rupert einstellten, mußte allerdings dann er, James, allein fertig werden. Plötzlich hatte er das Gefühl, daß er heute keinen von diesen Leuten sehen könne. Statt dessen ging er, noch im Mantel, in die Küche, machte sich einen Tee und nahm die Tasse mit hinaus in den Garten, wo er sich auf die Holzbank neben der Hintertür setzte und Stille und Dämmerung auf sich wirken ließ. Für Ende September war der Abend noch warm, und während er, keine hundert Meter weit vom Trubel und Lichterglanz von Notting Hill Gate entfernt, dasaß und zusah, wie es langsam finster wurde, war ihm, als flössen in der Stille dieses kleinen Gartens alle Süße des schwindenden Sommers und die ganze lehmige Schwere des nahenden Herbstes zusammen.

In den zehn Jahren, seit seine Patentante es ihm vermacht hatte, war er nicht müde geworden, sich an diesem Haus zu freuen. Dabei hätte er nie erwartet, daß ausgerechnet er sich so rückhaltlos an etwas Eigenem freuen könnte, er, der sich von Kindheit an der Täuschung hingegeben hatte, daß materieller Besitz ihm – mit Ausnahme seiner Bilder – nichts bedeute. Inzwischen wußte er, daß zumindest ein Besitztum, und zwar ausgerechnet das solideste und dauerhafteste, eben dieses Haus, mit die wichtigste Rolle in seinem Leben spielte. Er mochte die bescheidene Regency-Fassade, die Läden vor den Fenstern, die beiden ineinandergehenden Wohnzimmer im ersten Stock, wo man nach vorn auf die Straße schauen und hinten, von einem angebauten Wintergarten aus, den Blick auf den eigenen und die Nachbargärten genießen konnte. Er mochte auch die Möbel aus dem vorletzten Jahrhundert, die seine Patentante mitgebracht hatte, als es sie, relativ verarmt, hierher verschlug, in die damals noch ziemlich triste Straße, die, bis sie entdeckt und aufgewertet wurde, ein eher schäbiges Bild bot. Außer ihren Bildern hatte die Patin ihm alles vererbt, doch da ihrer beider Kunstgeschmack auseinanderging, machte er sich nichts daraus. Im Wohnzimmer waren ringsum ein Meter zwanzig hohe Bücherborde eingebaut, und über die hatte er seine eigenen Drucke und Aquarelle gehängt.

Im Haus war immer noch eine zarte, feminine Note spürbar, und de Witt hatte auch gar nicht das Bedürfnis, ihm einen mehr maskulinen Stempel aufzuzwingen. Jeden Abend, wenn er in den kleinen, aber eleganten Flur mit der verschossenen Tapete und dem sanft geschwungenen Treppenaufgang kam, hatte er das Gefühl, eine separate, abgeschirmte und rundum angenehme Welt zu betreten. Doch das änderte sich, als er Rupert aufnahm.

Rupert Farlow hatte vor fünfzehn Jahren seinen ersten Roman bei Peverell veröffentlicht, und James entsann sich heute noch der Mischung aus Spannung und Ergriffenheit, mit der er das Manuskript gelesen hatte, das nicht über eine Agentur eingereicht, sondern direkt an den Verlag geschickt worden war, fehlerhaft getippt auf schlechtem Papier und ohne Anschreiben, nur mit Ruperts Namen und Adresse versehen, als wolle der bislang unbekannte Autor den Lektor mit Gewalt auf die Qualität des Textes stoßen. Ruperts nächster Roman, der zwei Jahre später herauskam, war weniger überschwenglich aufgenommen worden, wie das nach einem spektakulären Erstling beim zweiten Buch oft der Fall ist, aber James war nicht enttäuscht gewesen. Er fand sein Urteil bestätigt, daß hier ein großes Talent heranwuchs. Und dann Funkstille. Rupert ließ sich in London nicht mehr blicken, Briefe und Anrufe blieben unbeantwortet. Es ging das Gerücht, er sei in Nordafrika, Kalifornien, Indien. Dann war er kurzfristig wieder aufgetaucht, aber ohne etwas Neues vorzuweisen. Er hatte überhaupt keinen Roman mehr geschrieben, und jetzt würde auch keiner mehr kommen. Es war Frances Peverell, die James erzählte, sie habe gehört, Rupert Farlow sei an Aids erkrankt und liege in einem Pflegeheim im Westen von London. Sie besuchte ihn nicht, James ging dafür regelmäßig zu ihm. In Ruperts Krankheitsbild war eine vorübergehende Besserung eingetreten, aber das Pflegeheim wußte nicht, was mit ihm geschehen sollte. Seine Wohnung war für einen Kranken ungeeignet, sein Vermieter zeigte wenig Mitgefühl, und Rupert selbst war die Kumpelhaftigkeit im Heim zuwider. Das alles schilderte er, ohne zu klagen; Rupert beklagte sich nie, außer über die Trivialitäten des täglichen Lebens. Seine Krankheit schien er nicht als grausam oder ungerecht zu empfinden, sondern als unabwendbares Schicksal, mit dem sich nicht hadern ließ und in das man sich fügen mußte. Rupert sah dem Tod mutig und mit Würde entgegen, aber er war gleichwohl immer noch der alte Rupert, boshaft oder verschlagen, launisch oder durchtrieben, je nachdem, wie man ihn beschreiben wollte. Eher zögernd und voller Angst, Rupert würde sein Angebot vielleicht mißverstehen oder gar übelnehmen, hatte James schließlich vorgeschlagen, Rupert könne doch zu ihm nach Hillgate Village ziehen. Aber Rupert war sofort einverstanden gewesen, und nun wohnte er schon seit vier Monaten bei ihm.

Ruhe und Frieden, Ordnung und Geborgenheit – mit alledem war es nun vorbei. Rupert fiel das Treppensteigen schwer, weshalb James ihm ein Bett im Wohnzimmer hergerichtet hatte, wo er den Großteil des Tages verbrachte; wenn die Sonne schien, konnte er von dort aus bequem in den Wintergarten wechseln. Im ersten Stock gab es eine Toilette und eine Dusche sowie eine Kammer, kaum größer als ein Schrank, die James mit Elektrokessel und Kocher zur Behelfsküche umrüstete, damit

Rupert sich über Tag einen Kaffee oder überbackenen Toast machen konnte. Der erste Stock war praktisch eine separate Wohnung geworden, die Rupert ganz mit Beschlag belegt und der er auch seinen chaotischen, boshaften und umstürzlerischen Charakter übergestülpt hatte. Paradoxerweise war das Haus, seit es einen Sterbenden beherbergte, längst nicht mehr so ruhig wie zuvor, vielmehr herrschte jetzt ein ständiges Kommen und Gehen: Ruperts alte und neue Freunde gaben sich die Klinke in die Hand, sein Therapeut für die Reflexzonenmassage kam und die Masseuse, nach deren Besuchen es überall nach ätherischen Ölen roch, Pater Michael, der laut Rupert nur auf seine Beichte aus war, dessen Fürsorge er jedoch anscheinend mit der gleichen belustigten Nachsicht über sich ergehen ließ wie die derjenigen, die sich seinen körperlichen Bedürfnissen widmeten. Die Freunde waren, außer am Wochenende, selten mit James zur gleichen Zeit im Haus, aber er fand allabendlich Spuren ihrer Anwesenheit vor – Blumen, Zeitschriften, Obst, Flaschen mit süßlich duftenden Ölen. Sie plauderten, kochten Kaffee, wurden mit Drinks bewirtet. Einmal fragte er Rupert: »Na, hat Pater Michael der Wein geschmeckt?«

»Jedenfalls weiß er genau, wo die besten Flaschen stehen.«

»Dann ist's ja gut.«

James gönnte dem Pater seinen Bordeaux, solange der Mann das, was er trank, zu schätzen wußte.

Er hatte Rupert auf dem Flohmarkt eine Tischglocke aus Messing besorgt, die schrill wie eine Schulglocke gellte und mit der Rupert ihn oben in seinem Schlafzimmer erreichen konnte, falls er nachts Hilfe brauchte. Seit sie die Glocke hatten, schlief James schlecht, war im Unterbewußtsein immer auf diesen lautstarken Weckruf gefaßt und träumte im Halbschlaf von Leichenkarren, die durch das pestverseuchte London rumpelten und deren Kutscher sich mit der Klagelitanei »Schafft eure Toten vors Haus« bemerkbar machten.

Wort für Wort erinnerte er sich an jenes Gespräch vor zwei

Monaten, an Ruperts wachsam spöttischen Blick und das herausfordernde Lächeln, mit dem er seinen Zweifeln trotzte.

»Genauso war es, glaub mir! Gerard Etienne wußte, daß Eric Aids hatte, und darum hat er uns zusammengebracht. Ich will mich weiß Gott nicht beklagen, nein, ich konnte mich schon noch selbst entscheiden. Es war ja nicht so, als ob Gerard uns miteinander ins Bett gesteckt hätte.«

»Leider hast du sie nur nicht genutzt, deine Entscheidungsfreiheit.«

»Oh, und ob! Gut, ich behaupte nicht, daß ich lange überlegt hätte. Du hast Eric nie kennengelernt, oder? Er war wunderschön. So was findet man nur ganz selten. Daß einer attraktiv ist, hübsch, sexy, gutaussehend und was der gängigen Adjektive mehr sind, ja, aber wo gibt es schon einen wirklich schönen Menschen? Eric war schön, und ich habe Schönheit schon immer unwiderstehlich gefunden.«

»Und das war alles, was du bei einem Lover gesucht hast, äußerliche Schönheit?«

Rupert hatte ihn nachgeäfft, sanften Spott in Blick und Stimme. *»Und das war alles, was du bei einem Lover gesucht hast?* Mein lieber James, in was für einer Welt lebst du denn, was bist du eigentlich für ein Mensch? Nein, das war nicht alles, was ich suchte. Aufgepaßt, Vergangenheitsform! Du könntest schon so taktvoll sein, ein bißchen mehr auf deine Grammatik zu achten. Nein, das war nicht alles. Ich wollte jemanden, dem ich auch gefalle und der über gewisse Talente im Bett verfügt. Aber ich habe Eric nicht gefragt, ob ihm Jazz lieber ist als Kammermusik, ob er die Oper dem Ballett vorzieht oder, ganz wichtig, welchen Wein er bevorzugt. Hier ging es um Liebe, Lust, Begehren. Aber du weißt ja gar nicht, wovon ich rede. Genausogut könnte ich jemandem, der kein Gehör hat, Mozart erklären. Also lassen wir das. Fest steht: Gerard Etienne hat uns absichtlich zusammengeführt, zu einer Zeit, als er bereits wußte, daß Eric infiziert war. Vielleicht hoffte er, daß wir uns ineinander verlieben, vielleicht hat er's sogar darauf angelegt, vielleicht war's ihm auch gleichgültig, was draus würde. Kann sein, daß er sich bloß einen Spaß machen wollte. Ich weiß nicht, was in seinem Kopf vorging. Und es ist mir auch egal. Ich weiß ja nicht mal, was in meinem eigenen abgelaufen ist.«

»Und Eric hat dir, obwohl er wußte, daß er infiziert war, nichts gesagt? Ja, was zum Teufel hat er sich denn dabei gedacht?«

»Zu Anfang hat er's mir verschwiegen, ja. Später dann hab' ich's schon gewußt. Ich mache ihm keinen Vorwurf, und wenn *ich* es nicht tue, dann kannst *du* dir deine moralische Entrüstung erst recht sparen. Was er sich dabei gedacht hat, weiß ich auch nicht. Ich spioniere nicht in den Köpfen meiner Freunde herum. Vielleicht wollte er einen Begleiter für die letzte Wegstrecke, bevor er aufbrach, das große Schweigen zu erkunden.« Und dann hatte er noch hinzugefügt: »Vergibst du denn deinen Freunden ihre Fehler nicht auch?«

»Vergebung wäre unter Freunden wohl kaum das richtige Wort. Im übrigen hat mich von meinen Freunden noch keiner mit einer todbringenden Krankheit angesteckt.«

»Aber dazu gibst du ihnen ja eigentlich auch gar keine Gelegenheit, oder, mein lieber James?«

Er hatte nicht lockergelassen, hatte Rupert weiter kühl und beharrlich, wie ein gelernter Detektiv, ausgefragt, denn er mußte unbedingt die Wahrheit aus ihm herausbringen. »Wie kannst du so sicher sein, daß Etienne von Erics Erkrankung wußte?«

»James, nimm mich nicht ins Kreuzverhör. Du hörst dich ja an wie der Staatsanwalt. Und du stehst auf Euphemismen, nicht? Er wußte es, weil Eric es ihm gesagt hat. Etienne erkundigte sich nach seinem nächsten Buch. Peverell hatte an seinem ersten Reiseführer nämlich recht gut verdient. Etienne hatte es günstig gekriegt und hoffte wahrscheinlich, mit dem nächsten Manuskript wieder so ein Schnäppchen zu machen. Aber Eric sagte ihm, daß es kein nächstes Buch geben würde. Weil er weder die Kraft noch die Lust hätte, eins zu schreiben. Weil er mit dem Rest seines Lebens andere Pläne hätte.«

»Und dazu gehörtest du.«

»Zum Schluß, ja. Zwei Wochen nach diesem Gespräch mit Eric arrangierte Etienne die Bootsfahrt. An sich schon verdächtig, findest du nicht? Ist doch eigentlich gar nicht sein Ding. Tucker, tucker die gute alte Themse runter, um die Flutbarriere zu besichtigen, tucker, tucker mit Räucherlachs-Sandwiches und Champagner wieder retour. Wie hast du dich übrigens vor diesem feuchtfröhlichen Ausflug gedrückt?«

»Ich war gerade in Frankreich.«

»Richtig, ja. Deine zweite Heimat. Komisch, daß es dem alten Etienne so gar nichts ausgemacht hat, all die Jahre in der Fremde zu leben, ohne das teure Vaterland je wiederzusehen. Gerard und Claudia fahren auch nie rüber, oder? Dabei sollte man doch meinen, sie wären irgendwann neugierig auf die Gegend, in der ihr Papa und seine Kameraden so einen Heidenspaß dabei hatten, die Deutschen aus dem Hinterhalt abzuknallen. Aber sie zieht es trotzdem nicht nach Frankreich, während du nicht genug davon kriegen kannst. Was treibst du da eigentlich, stellst du Nachforschungen über den Alten an?«

»Was? Wie käme ich dazu?«

»Das war nur so dahingesagt, ich hab' mir nichts dabei gedacht. Dem alten Etienne würdest du sowieso nichts anhängen können. Der hat Brief und Siegel darauf, daß er ein Held ist, daran ist nicht zu deuteln.«

»Erzähl mir lieber noch was von der Bootsfahrt.«

»Ach, das war der übliche Zirkus. Gackernde Tippsen. Miss Blackett ein bißchen beschwipst, rot und verquollen im Gesicht, dieses gräßlich neckische Altjungferngetue. Sie hatte diese Kindergarten-Schlange dabei. Hissing Sid, so haben die Mädchen im Lektorat sie getauft. Außergewöhnliche Person, die Blackett. Ich hätte geschworen, daß sie keinen Funken Humor hat, wenn diese Schlange nicht gewesen wäre. Ein paar von den Mädchen haben sie über die Reling gehalten und gedroht, sie zu ersäufen, und eine tat sogar so, als würde sie ihr Champagner einflößen. Zum Schluß wickelten sie sie Eric um den Hals, und der hat sie dann den ganzen Heimweg getragen. Aber das war erst später.

Auf der Fahrt flußaufwärts hatte ich mich vor dem Trubel an den Bug geflüchtet, und da stand Eric, ganz allein und reglos wie eine Galionsfigur. Dann wandte er sich um und sah mich.« Rupert stockte und wiederholte dann fast flüsternd: »Er wandte sich um und sah mich an. James, was ich dir eben erzählt habe, solltest du lieber vergessen.«

»Nein, das werde ich nicht tun. Aber sagst du mir auch die Wahrheit?«

»Natürlich, tu' ich doch immer, oder?«

»Nein, Rupert, nicht immer.«

Plötzlich wurde er aus seinem Tagtraum aufgeschreckt. Die Küchentür flog auf, und einer von Ruperts Freunden steckte den Kopf in den Flur. »Mir war doch so, als ob ich die Haustür gehört hätte. Wir wollten gerade verduften. Rupert hat schon nach Ihnen gefragt. Sonst gehen Sie doch immer gleich rauf.«

»Ja«, sagte er, »sonst geh' ich immer gleich rauf.«

»Und was machen Sie dann heute hier unten?«

Die Frage klang eher desinteressiert, aber James antwortete gewissenhaft: »Ich habe übers dritte Kapitel vom Prediger Salomo nachgedacht.«

»Ich glaube, Rupert wartet auf Sie.«

»Bin schon unterwegs«, sagte er und stieg, schwerfällig wie ein alter Mann, die Treppe hinauf zu dem überheizten, exotischen, überladenen Durcheinander, in das sich sein Wohnzimmer verwandelt hatte.

8

Es war neun Uhr abends, und im Obergeschoß eines Reihenhauses gleich hinter Westbourne Grove lag Claudia Etienne mit ihrem Geliebten im Bett.

»Ich möchte mal wissen«, sagte sie, »warum einen Begräbnisse immer so geil machen. Liegt wohl an der prickelnden Verbindung von Sex und Tod. Hast du gewußt, daß die Prostituierten in viktorianischer Zeit ihre Kunden im Kirchhof auf den Grabplatten bedient haben?«

»Muß reichlich hart, kalt und unheimlich gewesen sein. Hoffentlich haben sie sich Hämorrhoiden dabei geholt. Mich würde so was nicht anmachen. Ich müßte dauernd an den faulenden Leichnam unter mir denken und an all die prallen, fetten Würmer, die zu seinen Öffnungen rein- und rauskriechen. Trotzdem, was für erstaunliche Dinge du doch weißt, Schätzchen. Mit dir zusammenzusein ist wirklich lehrreich.«

»Ja«, sagte sie, »ich weiß.« Sie überlegte, ob er damit genau wie sie auf mehr als Geschichtswissen anspielte. »Mit dir zusammenzusein« hatte er gesagt, nicht: »dich zu lieben«.

Er wandte sich ihr zu und fragte, den Kopf in die Hand gestützt: »War das Begräbnis sehr scheußlich?«

»So, wie die's inszeniert hatten, war's öde und grausig zugleich: Musikberieselung vom Band, ein Sarg, der aussah wie recycelt, die Liturgie so gründlich revidiert, daß niemand sich mehr dran hätte stoßen können, nicht mal der liebe Gott, und ein Pfaffe, der alles tat, um den Eindruck zu erwecken, die Veranstaltung hätte irgendeinen Sinn.«

Er erwiderte: »Wenn's bei mir mal soweit ist, dann möchte ich auf einem Scheiterhaufen am Meer verbrannt werden, genau wie Keats.«

»Shelley.«

»Na, jedenfalls dieser Dichter. Eine laue, windbewegte Nacht, kein Sarg, jede Menge Alk, und all meine Freunde gehen nackt schwimmen und tanzen anschließend, von mir gewärmt, ums Feuer. Und die Asche würde die nächste Flut mit sich fortspülen. Ja, das wäre mein Wunschtraum. Glaubst du, wenn ich das in mein Testament reinschreibe, werden sich die Hinterbliebenen dran halten?«

»Verlassen würde ich mich nicht drauf, wenn ich du wäre. Wahrscheinlich landest du ganz normal in Golders Green, wie wir anderen auch.«

Sein Schlafzimmer war klein, und fast den ganzen Stellraum beanspruchte ein anderthalb Meter breites viktorianisches Messingbett mit Schnörkelzierat und hohen, knaufbewehrten Pfosten, zwischen denen Declan eine viktorianische Patchwork-Decke aufgespannt hatte, die an manchen Stellen schon arg zerschlissen war. Aber wenn sie sich liebten und die Nachttischlampe brannte, dann hing die Decke über ihnen wie ein reichgemusterter Baldachin aus schimmernder Seide und Satin. Ein paar lose Seidenfäden baumelten herunter, und plötzlich hatte Claudia Lust, daran zu ziehen. Die einzelnen Flicken waren von altmodischen Schriftzeichen gesäumt, schwarze, immer noch erkennbare Lettern erzählten hier eine Familiengeschichte mit all ihren Leiden und Freuden, obwohl die Hand, die sie gestickt hatte, längst vermodert war.

Declans Königreich – und in ihren Augen war es eins – lag eine Etage tiefer. Der Laden und das gesamte Inventar gehörten Mr. Simon – seinen Vornamen kannte sie bis heute nicht –, und der vermietete die beiden oberen Stockwerke zu einem lächerlichen Preis an Declan, entlohnte ihn allerdings umgekehrt ebenso sparsam für seine Dienste als Geschäftsführer. Um Stammkunden zu begrüßen, war Mr. Simon mit seinem schwarzen Scheitelkäppchen immer zur Stelle; gewöhnlich saß er im Laden an einem antiquierten Schreibtisch gleich hinter der Tür. Ansonsten beteiligte er sich wenig am An- und Verkauf, kontrollierte aber gewissenhaft die Einnahmen. Die Schaufenster und der vordere Ausstellungsraum wurden nach seinen Anweisungen dekoriert, und er achtete darauf, daß die schönsten Möbel, Bilder und Kunstgegenstände vorteilhaft zur Geltung kamen. Declan hatte seine Domäne im rückwärtigen Teil des Hauses, in einem langgestreckten Wintergarten aus verstärktem Glas mit je zwei Kunstpalmen an den Schmalseiten. Die schlanken Stämme waren aus Eisen und die Wedel, die leise zitterten, sobald eine Hand sie streifte, aus leuchtendgrün bemaltem Blech. Dieser südländisch frivole Touch kontrastierte mit der ansonsten eher weihevollen Aura des Wintergartens, die daher rührte, daß die Scheiben in den unteren Reihen vielfach durch bizarr geformte Buntglasscherben ersetzt waren, die von ausrangierten Kirchenfenstern stammten. Ein richtiges Puzzle war da zusammengekommen: flachshaarige Engel und Märtyrer mit Heiligenschein, lächelnde Apostel, Szenenausschnitte von einer Geburt Christi oder vom Letzten Abendmahl. Details aus pastoralen Gleichnissen, wie etwa eine Hand, die Wein in Krüge füllte, oder andere, die Brotlaibe emporhielten. Und mittendrin lagen Declans Funde kunterbunt auf einer Reihe von Tischen ausgebreitet oder auf Stühlen gestapelt, und hier kramten, staunten und bewunderten seine Kunden und machten ihre Entdeckungen.

Und es gab allerhand zu entdecken. Declan hatte, wie Claudia gern zugestand, einen guten Blick. Er liebte Schönheit, Vielfalt, Kurioses. Er war außerordentlich bewandert auf Gebieten, von denen sie kaum etwas wußte. Dabei staunte sie ebensosehr über die Dinge, in denen er sich auskannte, wie über die, von denen er keine Ahnung hatte. Hin und wieder wurden seine Funde von Mr. Simon befördert und kamen nach vorn in den Laden, worauf Declan prompt das Interesse an ihnen verlor, aber im Grunde war seine Liebe zu all seinen Errungenschaften wankelmütig. »Du verstehst doch, Claudia-Schatz, warum ich da einfach zugreifen mußte? Du siehst doch ein, daß ich daran nicht vorbeigehen konnte?« Er streichelte, bewunderte, erforschte jede Neuerwerbung, prahlte damit und gab ihr den Ehrenplatz. Aber drei Monate später war sie auf rätselhafte Weise verschwunden und durch eine neue Schwärmerei ersetzt. Von einer durchdachten Anordnung seines Sortiments konnte keine Rede sein; kunterbunt lagen die Stücke durcheinander, Wertgegenstände neben billigem Plunder. Eine Staffordshire-Gedenkfigur von Garibaldi zu Pferde, eine gesprungene Bloor-Derby-Terrine, Münzen und Orden, ausgestopfte Vögel unter Glasstürzen, kitschige viktorianische Aquarelle, Bronzebüsten von Gladstone und Disraeli, eine wuchtige viktorianische Kommode, ein Paar vergoldete Art-déco-Stühle, ein ausgestopfter Bär, eine vor Lametta strotzende Offiziersmütze der deutschen Luftwaffe.

Mit Blick auf letztere hatte sie scherzhaft gefragt: »Und als was verkaufst du die? Womöglich eine original Hermann Göring?«

Claudia wußte nichts über seine Vergangenheit. Einmal hatte er mit breitem irischen Akzent, der freilich nicht überzeugend klang, gesagt: »Menschenskind, ich bin doch mal bloß 'ne arme Waise aus Tipperary – Mama tot und Papa auf und davon.« Aber sie glaubte ihm nicht. Seine normalerweise klare, sorgsam kultivierte Sprache verriet nämlich nichts über Herkunft und Erziehung. Wenn sie erst verheiratet waren – falls es je zur Heirat kam –, würde er ihr wohl etwas über sich erzählen, und wenn nicht, würde sie ihm dann wahrscheinlich Fragen stellen. Im Moment aber hielt eine warnende innere Stimme sie zurück, die ihr sagte, es sei unklug, ihn zu bedrängen. Es fiel schwer, ihm eine konventionelle Vergangenheit zuzuordnen, ein Leben mit Eltern und Geschwistern, dann die Schule, die erste Anstellung. Manchmal kam er ihr vor wie ein exotischer Wechselbalg, der gleichsam aus dem Nichts in diesem vollgestopften Hinterzimmer aufgetaucht war und dort nun mit seinem ausgeprägten Sammlertrieb Relikte aus früheren Jahrhunderten hortete, während er selbst, wenn überhaupt, doch nur in der unmittelbaren Gegenwart des Augenblicks wirklich existierte.

Sie hatten sich vor sechs Monaten in der U-Bahn kennengelernt, wo sie zufällig nebeneinandersaßen, als die Central Line durch eine größere Betriebsstörung lahmgelegt wurde. Während der scheinbar endlosen Wartezeit, bis die Durchsage kam, alle Passagiere sollten den Zug verlassen und zu Fuß über die Gleise zum nächsten Bahnhof gehen, hatte er immer wieder nach ihrer Zeitung geschielt. Als ihre Blicke sich einmal trafen, lächelte er entschuldigend und sagte: »Verzeihen Sie, ich weiß, das ist unhöflich, aber ich kriege furchtbar leicht Platzangst. Und ich komme einfach leichter mit so einer Panne zurecht, wenn ich was zu lesen habe. Normalerweise hab' ich immer was dabei.«

Sie hatte ihm den *Independent* gereicht und gesagt: »Nehmen

Sie nur, ich bin mit der Zeitung schon durch, und ich hab' noch ein Buch in der Aktenmappe.«

Und so hatten sie nebeneinandergesessen, jeder still für sich in seine Lektüre vertieft, aber sie war sich seiner Gegenwart außerordentlich bewußt gewesen, was sie jedoch zunächst auf die Anspannung und die beklemmende Ungewißheit schob, die sie nervös machte. Als dann endlich die Anweisung kam, den Zug zu räumen, brach zwar keine Panik aus, aber es war doch eine sehr unangenehme und für manche Fahrgäste beängstigende Erfahrung gewesen. Ein, zwei Clowns waren der Nervosität mit einem Anflug derben Humors und lautem Gelächter begegnet, aber die meisten hatten schweigend ausgeharrt. Eine alte Frau ganz in ihrer Nähe war völlig aufgelöst, und sie hatten sie in die Mitte genommen und halb über die Schienen getragen. Sie hatte ihnen erzählt, daß sie herzkrank sei und obendrein noch an Asthma leide, und daß sie Angst habe, von dem vielen Staub im Tunnel einen Anfall zu bekommen.

Als sie den Bahnhof erreichten und die Frau in die Obhut einer der diensthabenden Notdienstschwestern übergeben hatten, hatte er zu ihr gesagt: »Ich finde, jetzt haben wir uns einen Drink verdient. Ich jedenfalls brauche einen. Suchen wir uns ein nettes Pub?«

Sie wußte, daß nichts so rasch zu Vertraulichkeiten führt wie eine miteinander bestandene Gefahr nebst gemeinsam vollbrachter guter Tat und daß es darum vernünftiger wäre, auf Wiedersehen zu sagen und ihrer Wege zu gehen. Trotzdem hatte sie eingewilligt. Als sie sich schließlich voneinander verabschiedeten, wußte sie, wo es enden würde. Aber sie hatte sich Zeit gelassen. Sie hatte noch nie eine Affäre begonnen, ohne sicher zu sein, daß sie in der Beziehung die Oberhand behalten würde, daß sie mehr geliebt würde als sie wiederliebte, eher Leid verursachen als selbst verletzt werden würde. Diesmal war sie sich da nicht so sicher.

Als ihr Verhältnis etwa einen Monat dauerte, hatte er gefragt: »Warum heiraten wir eigentlich nicht?«

Der Vorschlag – als Antrag betrachtete sie ihn eigentlich nicht – kam so überraschend, daß es ihr im ersten Moment die Sprache verschlug. »Was ist?« hakte er nach. »Hältst du das für keine gute Idee?«

Sie stellte fest, daß sie den Vorschlag ernst nahm, obwohl es vielleicht wieder bloß einer jener Einfälle war, mit denen er sie gelegentlich überraschte, ohne zu erwarten, daß sie ihm glaubte, worauf es ihm anscheinend auch gar nicht ankam.

Sie sagte zögernd: »Falls du's ernst meinst, muß ich dir sagen, daß es eine ganz schlechte Idee wäre.«

»Na schön, dann verloben wir uns. Ich finde eine Dauerverlobung was Schönes.«

»Unlogisch wäre das, weiter nichts.«

»Wieso? Dem alten Simon würde es gefallen. Ich könnte zu ihm sagen: ›Meine Verlobte kommt zu Besuch.‹ Er wäre dann nicht mehr so schockiert, wenn du über Nacht bleibst.«

»Das hat ihn nie auch nur die Spur schockiert. Ich glaube, ihn würde es nicht mal stören, wenn wir's im Laden treiben, vorausgesetzt, wir würden die Kunden nicht verschrecken und keine Waren beschädigen.«

Trotzdem nannte er sie vor dem alten Simon hin und wieder »meine Verlobte«, und sie sah kaum eine Möglichkeit, dagegen Einspruch zu erheben, ohne sie beide lächerlich zu machen oder dem Ganzen mehr Bedeutung zuzumessen, als es verdiente.

Er sprach nicht mehr vom Heiraten, aber sie mußte beunruhigt feststellen, daß sich der Gedanke bei ihr festgesetzt hatte.

Als sie an diesem Abend vom Krematorium kam, hatte sie Mr. Simon begrüßt und war dann gleich hinauf ins Hinterzimmer gegangen. Declan war gerade mit einer Miniatur beschäftigt. Sie beobachtete ihn gern im Umgang mit dem Objekt seiner jeweiligen Passion, auch wenn diese noch so vergänglich war. Diesmal hatte es ihm das Bildnis einer Dame aus dem achtzehnten Jahrhundert angetan, deren dekolletiertes Mieder und rüschenbesetztes Chemisett mit bewundernswert zarten Pinselstrichen ausgeführt waren, wogegen das Antlitz unter der hohen, gepuderten Perücke eine Spur zu herzig wirkte.

»Bestimmt hat das ein reicher Liebhaber bezahlt«, hatte er gesagt. »Sie sieht doch eher aus wie eine Kurtisane und nicht wie eine Ehefrau, oder? Ich glaube fast, es könnte von Richard Corey sein. Wenn ja, wär's echt ein Schnäppchen. Du siehst doch ein, Schatz, daß ich da nicht widerstehen konnte?«

»Wo hast du's denn her?«

»Von einer Frau, die mir ein paar Zeichnungen angeboten hatte, die sie für Originale hielt. Es waren leider keine, aber das hier ist echt.«

»Und wieviel hast du bezahlt?«

»Drei fünfzig. Sie hätt's mir auch für weniger gegeben. War ziemlich in Druck. Aber ich find's schön, die Leute ein bißchen glücklich zu machen, indem ich ihnen etwas mehr zahle, als sie erwarten.«

»Und die Miniatur ist vermutlich das Dreifache wert.«

»Ungefähr, ja. Wunderschön, nicht? Allein schon das Gehäuse. Im hinteren Deckel ist eine Locke von ihr. Ich denke, wir legen's besser nicht vorn in den Laden, es könnte zu leicht geklaut werden. Der alte Simon hat längst nicht mehr so gute Augen wie früher.«

»Ich finde, er sieht ziemlich angegriffen aus«, sagte sie. »Willst du ihm nicht raten, mal zum Arzt zu gehen?«

»Zwecklos, ich hab's versucht. Er kann Ärzte nicht ausstehen, außerdem hat er schreckliche Angst, daß man ihn ins Krankenhaus schicken könnte, und Krankenhäuser haßt er noch mehr als Ärzte. Er sagt, im Krankenhaus sterben die Leute, und er mag nun mal nicht an den Tod denken. Nicht verwunderlich für jemand, dessen ganze Familie in Auschwitz umgekommen ist.«

Jetzt, im Bett, rückte Declan von ihr ab, drehte sich auf den Rücken und sagte, den Blick auf die im sanften Schein der Nachttischlampe schimmernde gemusterte Seide über sich gerichtet: »Hast du schon mit Gerard gesprochen?«

»Nein, noch nicht. Aber ich mach's gleich nach der nächsten Vorstandssitzung.«

»Hör zu, Claudia, ich will diesen Laden haben. Ich muß ihn haben. Ich hab' ihn zu dem gemacht, was er ist. Von mir hat er seinen besonderen Touch. Der alte Simon darf ihn nicht an jemand anderen verkaufen.«

»Ich weiß. Wir müssen eben dafür sorgen, daß er's nicht tut.«

Seltsam, dachte sie, dieses Bedürfnis zu geben, dem Geliebten jeden Wunsch zu erfüllen, fast als müsse man ihn entschädigen für die Last, so geliebt zu werden. Oder steckte mehr dahinter? Vielleicht der törichte Glaube, er habe ein Recht auf das, was er sich wünschte, wann immer er danach verlangte, einfach weil er so liebenswert war? Wenn Declan etwas haben wollte, dann verlangte er es so hartnäckig wie ein verzogenes Kind, maßlos, ungeduldig und ohne jede Scham. Aber sie redete sich ein, dieser spezielle Wunsch sei vernünftig und durchdacht. 350 000 Pfund für das Haus mit den beiden Wohnungen, dem Laden und allem Inventar waren ein sagenhaft günstiger Preis. Simon wollte verkaufen, und er wollte an Declan verkaufen, nur konnte er nicht mehr allzulange warten.

»Hat er in letzter Zeit noch mal mit dir gesprochen?« fragte sie. »Wieviel Zeit gibt er uns denn noch?«

»Ende Oktober will er spätestens Bescheid haben, aber am liebsten wär's ihm natürlich früher. Er sehnt sich danach, die Koffer zu packen und seine alten Knochen irgendwo von der Sonne wärmen zu lassen.«

»Auf die Schnelle findet er aber auch keinen anderen Käufer.«

»Nein, aber er will annoncieren, wenn wir uns bis Ende Oktober nicht entschieden haben. Und auf dem freien Markt würde er natürlich mehr verlangen als jetzt von mir.«

»Ich werde Gerard vorschlagen, daß er mich auszahlt.«

»Du meinst, er soll dir deine sämtlichen Verlagsanteile abkaufen? Kann er sich das denn leisten?«

»Nicht so ohne weiteres, aber wenn er will, wird er das Geld auch auftreiben.«

»Und du hast keine andere Möglichkeit, es zu beschaffen?«

Sie dachte: Ich könnte die Wohnung im Barbican Center verkaufen und hierher zu ihm ziehen, aber was wäre das wohl für eine Lösung? Laut sagte sie: »Ich habe keine 350 000 Pfund auf der Bank, falls du das meinst.«

Er gab nicht auf. »Gerard ist dein Bruder. Er wird dir bestimmt helfen.«

»Ach, wir stehen uns nicht sonderlich nahe. Ist ja auch kein Wunder. Nach dem Tod unserer Mutter wurden wir auf zwei verschiedene Internate geschickt. Bis wir beide in Innocent House zu arbeiten anfingen, haben wir uns kaum noch gesehen. Nein, nein, er wird meine Anteile kaufen, wenn er sich einen Vorteil davon verspricht. Andernfalls können wir nicht mit ihm rechnen.«

»Und wann wirst du ihn fragen?«

»Gleich nach der Vorstandssitzung am 14. Oktober.«

»Warum so lange warten?«

»Weil dann der günstigste Zeitpunkt ist.«

Sie lagen ein paar Minuten schweigend nebeneinander.

Plötzlich sagte sie: »Hör zu, Declan, laß uns am 14. einen Ausflug machen, ja? Du kannst mich um halb sieben abholen, und dann fahren wir mit unserem Motorboot bis runter zur Themse-Barriere. Die hast du doch bestimmt noch nie bei Nacht gesehen.«

»Ich hab' sie überhaupt noch nicht gesehen. Aber ist es um die Zeit abends nicht schon ziemlich kalt auf dem Wasser?«

»Halb so schlimm. Zieh dich halt warm an. Ich bring' einen Thermosbehälter Suppe mit und Wein. Es ist wirklich sehenswert, Declan. Wenn diese silberglänzenden Kapseln aus dem Fluß vor dir aufragen, denkst du glatt, du fährst auf das Opernhaus von Sydney zu. Ach, bitte, sag ja. Wir könnten auch Greenwich anlaufen und dort in einem Pub zu Abend essen.«

»Na schön«, sagte er, »meinetwegen. Ich versteh' zwar nicht, warum wir das jetzt schon verabreden müssen, aber ich komme mit – allerdings nur unter der Bedingung, daß ich deinen Bruder nicht zu treffen brauche.«

»Bestimmt nicht, ich versprech's dir.«

»Dann also um halb sieben vor Innocent House. Von mir aus können wir auch schon früher losfahren.«

»Nein, früher geht's nicht. Das Motorboot ist vor halb sieben nicht frei.«

Er sagte: »Du tust ja gerade so, als ob das ein ganz wichtiger Termin wäre.«

»Ja«, sagte sie, »es ist auch wichtig, wichtig für uns beide.«

9

Gabriel verabschiedete sich von Frances, sobald die Partie zu Ende war, eine Partie, die er mühelos gewonnen hatte. Sie konstatierte mit schlechtem Gewissen, daß er sehr müde aussah, und überlegte, ob er wohl eher aus Mitleid heraufgekommen sei und nicht so sehr, weil er selbst das Bedürfnis nach Gesellschaft hatte. Die Trauerfeier war ihm bestimmt mehr zu Herzen gegangen als seinen vier Mitgesellschaftern, denn er war schließlich der einzige im Verlag gewesen, dem Sonia ein gewisses Maß an Zuneigung entgegenzubringen schien. Frances' zaghaftes Freundschaftsangebot hatte Sonia stets taktvoll zurückgewiesen, fast als stünde einer Peverell nicht das Recht auf solche Vertraulichkeiten zu. Vielleicht war Gabriel der einzige unter den Partnern, der wirklich um Sonia trauerte.

Das Schachspiel hatte Frances geistig angeregt, und wenn sie sich jetzt hinlegte, würde sie sich bestimmt die halbe Nacht rastlos im Bett wälzen, zwischendurch immer mal kurz einnicken und am nächsten Morgen noch zerschlagener sein, als wenn sie überhaupt nicht geschlafen hätte. Einer spontanen Eingebung folgend, holte sie ihren warmen Wintermantel aus dem Garderobenschrank, löschte das Licht und trat hinaus auf den Balkon.

Die Nachtluft duftete kühl und rein, gewürzt mit dem unverwechselbaren Geruch der Themse. Frances fühlte sich emporgehoben, schwebend, fast körperlos und klammerte sich unwillkürlich am Geländer fest. Über der Stadt lagerte ein tiefhängendes Wolkenband, hellrot gefärbt wie eine Mullbinde, vollgesogen mit Londons Blut. Dann teilten sich die Wolken langsam vor ihren Augen, und sie erblickte den klaren schwarz-blauen Nachthimmel und hoch oben einen einzelnen Stern. Wie eine mit Edelsteinen besetzte, metallische Libelle brummte ein Hubschrauber stromaufwärts. So wie sie jetzt hatte ihr Vater Abend für Abend vor dem Zubettgehen hier draußen gestanden. Wenn sie nach dem Essen mit der Küche fertig war und ins Wohnzimmer kam, lag der Raum bis auf eine schwach brennende Lampe im Dunkeln, und sie sah den schwarzen Schatten der stummen, reglosen Gestalt auf dem Balkon stehen und über den Fluß schauen.

Sie waren 1983 nach Nummer 12 gezogen, als der Verlag sich in einer Phase relativen Aufschwungs vergrößert hatte und man in Innocent House mehr Büroräume benötigte. Die Nummer 12 war langfristig vermietet gewesen, aber der Bewohner war gewissermaßen zum rechten Zeitpunkt gestorben, und so konnte man das Haus umbauen, oben eine Wohnung für sie und ihren Vater einrichten und unten eine kleinere für Gabriel Dauntsey. Ihr Vater hatte den Umzug gelassen hingenommen, ja schien ihn fast zu begrüßen, und sie argwöhnte, daß er erst nachdem sie 1985 nach dem Examen wieder zu ihm gezogen war, anfing, sich beengt zu fühlen und sogar über Platzangst klagte.

Ihre Mutter, eine von Haus aus zarte Natur, war plötzlich und unerwartet an einer Viruspneumonie gestorben, als Frances fünf Jahre alt war, und danach hatte sie ihre Kindheit allein mit dem Vater und einer Kinderfrau in Innocent House verbracht. Erst als Erwachsene hatte sie erkannt, wie ungewöhnlich diese frühen Jahre gewesen waren, wie wenig das Haus sich als Familienheim eignete, selbst wenn es sich um eine durch den Tod auf zwei Personen, sie und den Vater, geschrumpfte Familie handelte. Frances hatte keine gleichaltrigen Spielgefährten gehabt; nur wenige der stattlichen georgianischen Plätze im East End, die von den Bombenangriffen verschont geblieben waren, hatten sich zu vornehmen Enklaven der betuchten Mittelschicht entwickelt. Frances' Spielplatz waren die prunkvolle Marmorhalle und die Terrasse, auf der sie aber, trotz des schützenden Geländers, immer beaufsichtigt wurde und weder radfahren noch Ball spielen durfte. Auch die Straßen waren zu gefährlich für ein Kind, und so brachte man sie und Nanny Bostock, ihre Kinderfrau, auf dem Wasserweg (manchmal mit der verlagseigenen Fähre) hinüber nach Greenwich in eine kleine Privatschule, wo mehr Wert auf Etikette gelegt wurde als auf die Förderung kritischer Intelligenz, wo sie aber immerhin ein solides Grundwissen vermittelt bekam. Doch die Fähre wurde an den meisten Tagen gebraucht, um Mitarbeiter vom Themse-Pier abzuholen, und dann fuhr man sie und Nanny Bostock zum Fußgängertunnel in Greenwich, wo sie auf dem unterirdischen Gang aus Sicherheitsgründen jedesmal entweder vom Chauffeur oder von Frances' Vater begleitet wurden.

Die Erwachsenen kamen nie auf die Idee, daß sie sich vor dem Tunnel fürchtete, und sie wäre lieber gestorben, als es einzugestehen. Sie hatte von klein auf mitbekommen, daß ihr Vater Tapferkeit als die höchste aller Tugenden bewunderte. Also trippelte sie zwischen den Großen einher, die sie in gespielter kindlicher Anhänglichkeit an den Händen hielt, bemüht, sich ja nicht zu fest anzuklammern, die Augen niedergeschlagen, damit man nicht sah, wie fest sie die Lider zusammenkniff, und atmete den unverwechselbaren Tunnelgeruch, hörte das Echo ihrer Schritte und stellte sich die schweren Wassermassen über ihren Köpfen vor, eine furchterregend mächtige Gewalt, die eines Morgens die Tunneldecke durchbrechen und herunterkommen würde, erst in schweren Tropfen zwischen den berstenden Fliesen hindurchregnend und dann plötzlich in einer donnernden, schwarzen übelriechenden Woge, die ihnen die Beine unterm Leib fortreißen und in tosendem Strudel steigen und steigen würde, bis zwischen ihren zappelnden Körpern und schreienden

Mündern nur noch wenige Zentimeter Luft und Platz blieben. Und dann nicht einmal mehr das.

Fünf Minuten später schwebten sie mit dem Fahrstuhl hinauf ans Tageslicht, und vor ihnen lag das prunkvoll stattliche Ensemble des Royal Naval College, der Königlichen Marineschule, mit seinen Zwillingskuppeln und den Wetterfahnen mit vergoldeter Spitze. Dem Kind war dabei jedesmal zumute, als sei es eben der Hölle entflohen und stehe nun geblendet vom Glanz des Himmlischen Jerusalem. Hier lag auch die Cutty Sark im Trockendock, das pfeilschnelle, schnittige Segelschiff mit den stolzen Masten, dessen Name sich von einem schottischen Gedicht ableitete und soviel bedeutet wie »kurzes Hemd«, eine Anspielung auf die leichtgeschürzte Galionsfigur. Frances' Vater erzählte ihr vom Handelsmonopol der Ostindischen Kompanie im Fernen Osten und davon, wie die Cutty Sark und ähnlich wendige, auf hohe Geschwindigkeiten getrimmte Klipper sich im achtzehnten und neunzehnten Jahrhundert regelrechte Wettrennen auf den Ozeanen geliefert hätten, um die leicht verderblichen frischen Tee-Ernten aus China und Indien in Rekordzeit auf den heimischen Markt zu befördern.

Schon als sie noch ganz klein war, hatte der Vater ihr Geschichten über die Themse erzählt, diese bedeutende Verkehrsader, die in immerwährendem Wechsel ihres starken Gezeitenstroms Englands Geschichte entscheidend mitgeprägt hatte, was den alten Peverell fast bis zur Besessenheit faszinierte. Er beschrieb ihr die Flöße und die primitiven Ruderboote aus mit Leder bezogenem Flechtwerk, die als erste die Themse befuhren, die Rahsegel der römischen Frachtschiffe, die mediterrane Luxusgüter nach Londinium brachten, die Wikingerboote mit dem hochgewölbten Schnörkelbug. Und er schwärmte von der Themse des frühen achtzehnten Jahrhunderts, als London der größte Hafen der Welt war und die Werften und Kais mit ihren zahllosen hochmastigen Schiffen aussahen wie sturmentblätterte Wälder. Er schilderte ihr das rauhe Leben im Hafenviertel und zählte die vielen Berufszweige auf, die der Strom früher ernährte:

Schauermänner und Löscharbeiter, die Fährleute, die mit ihren Schleppkähnen die Überseedampfer versorgten, solange sie hier vor Anker lagen, Seiler und Ausrüster, Bootsbauer, Schiffsbäkker, Zimmerleute, Rattenfänger, Pfandleiher, Gastwirte, Trödler, kurz arm und reich, die alle ihren Lebensunterhalt dem Fluß verdankten. Er hatte ihr denkwürdige Ereignisse, die auf der Themse spielten, in lebhaften Farben ausgemalt: wie Heinrich VIII. in der königlichen Barkasse mit goldenem Wappen stromaufwärts nach Hampton Court gerudert wird, wo man ihm mit hochgezogenen Riemen den Ehrensalut erweist; wie Lord Nelsons Leichnam 1806 in der Barkasse, die ursprünglich für Charles II. gebaut wurde, von Greenwich in die City kommt; und er hatte ihr von Überschwemmungen und Katastrophen erzählt. Und die ganze Zeit über hatte sie sich – viel mehr noch als nach all den spannenden Geschichten – nach seiner Liebe und Anerkennung gesehnt. Sie hatte gehorsam zugehört, hatte die richtigen Fragen gestellt und instinktiv gespürt, daß er wie selbstverständlich davon ausging, sie würde sein lebhaftes Interesse teilen. Doch das ihre war nur vorgetäuscht gewesen, und heute wußte sie, daß die Gewissensbisse wegen dieses Betrugs ihre angeborene Zurückhaltung und Schüchternheit nur noch verstärkt hatten, daß der Fluß noch furchterregender wurde, weil sie ihre Angst davor nicht eingestehen konnte, und daß ihr Verhältnis zum Vater noch mehr erkaltete, weil es auf einer Lüge begründet war.

Aber sie hatte sich ihre eigene Welt geschaffen, und wenn sie nachts in ihrem prächtigen, aber ungemütlichen Kinderzimmer wachlag, wie ein Baby im Mutterleib unter der Decke zusammengerollt, dann entwich sie in die Geborgenheit dieser Phantasiewelt. In der hatte sie eine Schwester und einen Bruder, mit denen sie in einem großen Pfarrhaus auf dem Lande lebte. Dort gab es einen Garten mit Obstbäumen und einem Spalier und Gemüsebeeten, die durch sauber geschnittene Hecken von den weitläufigen Rasenflächen abgegrenzt waren. Jenseits des Gartens verlief ein Bach, aber der war nur knöcheltief, so daß sie ganz leicht drüberhüpfen konnten. Und am Bach stand eine alte Eiche mit einem Baumhaus, behaglich wie eine richtige Hütte, und dorthin verzogen sie sich mit ihren Büchern, lasen und aßen Äpfel dazu. Sie schliefen zu dritt im Kinderzimmer, mit Blick auf Rasengrün, Rosengarten und Kirchturm, und es gab weit und breit kein Geschrei, keinen Flußgestank, keine Schreckensbilder, nur Zärtlichkeit und Frieden. Auch eine Mutter hatte sie dort, und die war hochgewachsen und blond, trug ein langes, blaues Kleid und kam mit einem vage bekannten Gesicht über den Rasen auf sie zu und breitete die Arme weit aus, damit sie hineinspringen konnte, denn sie war die Jüngste und wurde von allen am meisten geliebt.

Sie wußte, daß ihr im Erwachsenenleben ein Pendant zu dieser angstfreien Welt durchaus offenstand. Sie konnte James de Witt heiraten, zu ihm in sein reizendes Haus in Hillgate Village ziehen und Kinder von ihm bekommen, die Kinder, die auch sie sich von Herzen wünschte. Sie konnte auf seine Liebe vertrauen, seiner Güte gewiß sein und sich darauf verlassen, daß es in ihrer Ehe, egal welche Probleme auch auftreten mochten, niemals Grausamkeit und kalte Zurückweisung geben würde. Und sie hätte lernen können – wenn schon nicht, ihn zu begehren, was sich ja nicht steuern ließ, so doch in Freundlichkeit und Güte einen Ersatz für Sehnsucht und Verlangen zu finden, so daß auch Sex mit ihm mit der Zeit möglich, ja sogar schön hätte werden können, im geringsten Fall der Preis, den sie für seine Liebe zahlte, und bestenfalls ein Pfand der Zuneigung und des Glaubens daran, daß wahre Liebe auf die Dauer auch Gegenliebe zu erzeugen vermag. Aber dann war sie drei Monate lang Gerard Etiennes Geliebte gewesen. Und nach diesem Wunder, dieser Offenbarung konnte sie es nicht einmal mehr ertragen, daß James sie auch nur berührte. Gerard, der sie wie beiläufig genommen und ebenso beiläufig wieder fallengelassen hatte, raubte ihr damit auch noch die Chance, sich mit der zweiten Wahl zu trösten.

Es waren immer die Schrecken des Flusses gewesen, nichts

Romantisches oder Geheimnisvolles, was ihre Phantasie beschäftigt hatte, und nach Gerards brutaler Zurückweisung kehrten diese Schrecken, die sie mit der Kindheit abgestreift zu haben glaubte, mit neuerlicher Kraft zurück. Für sie war die Themse ein dunkler Strom des Grauens: Da war das glitschige, algenverklebte Tor, das in die grimme Feste des Towers führte; das dumpfe Dröhnen der Axt und die Wellen, die gegen die Wapping Old Stairs schlugen, jene berüchtigte Ufertreppe, über die man einst die Piraten bei Ebbe ins Wasser zerrte und, an Pfähle gefesselt, dreimal täglich von der hereinkommenden Flut überspülen ließ; und da waren endlich die stinkenden Schiffsgefängnisse draußen in Gravesend mit ihrer angeketteten, elenden menschlichen Fracht. Selbst die Ausflugsdampfer, die flußaufwärts tuckerten und deren Decks widerhallten vom Gelächter ausgelassener Urlauber, waren ihr nur eine unliebsame Erinnerung an die größte aller Themse-Tragödien,die von 1878, als der Raddampfer *Princess Alice* auf der Rückfahrt von Sheerness von einem Kohlenschiff gerammt wurde und sechshundertvierzig Menschen in den Fluten ertranken. Ihr war mitunter, als höre sie die Hilferufe der Opfer im Kreischen der Möwen, und wenn sie nachts hinuntersah auf das fast schwarze, lichtgesprenkelte Flußbett, dann meinte sie darin die bleichen, nach oben gekehrten Gesichter der ertrunkenen Kinder zu erkennen, die, den Armen der Mütter entrissen, wie zarte Blütenblätter auf den dunklen Wellen trieben.

Mit fünfzehn hatte ihr Vater sie zum erstenmal mit nach Venedig genommen. Fünfzehn sei das früheste Alter, hatte er gesagt, in dem ein Kind die Architektur und Kunst der Renaissance verstehen könne. Sie aber hatte schon damals geargwöhnt, daß er lieber allein gereist wäre und sie eigentlich nur mitnahm, weil er keinen plausiblen Grund mehr hatte, sich dieser Pflicht zu entziehen, einer Pflicht, die dennoch ein Quentchen Hoffnung für sie beide verhieß.

Es waren die ersten und letzten Ferien, die sie gemeinsam verbrachten. Sie hatte sich auf Wärme gefreut, auf hellen Sonnenschein, schmucke Gondolieri auf blauem Wasser, prächtige Marmorpalazzi und darauf, in einem der neuen Kleider, die Mrs. Rawlings, die Haushälterin, eigens für den festlichen Anlaß ausgesucht hatte, mit ihm allein zu speisen und bei Tisch zum erstenmal Wein zu trinken. Sie hatte aus tiefstem Herzen gehofft, diese Reise möge zu einem Neubeginn werden. Aber es hatte schon schlecht angefangen. Sie mußten während der Schulferien fahren, und die Stadt war überfüllt. Dann hing die ganzen zehn Tage ein bleierner Himmel über der Lagune, und zwischendurch gingen heftige Regenschauer nieder und tüpfelten die Kanäle mit großen, schweren Tropfen so unansehnlich braun wie die Themse daheim. Was sich Frances einprägte, waren ständiger Lärm, heisere, fremdländische Stimmen, die entsetzliche Angst, ihren Vater in dem Gedränge zu verlieren, der Anblick dämmriger alter Kirchen, in denen der Küster zum Lichtschalter schlurfte und bald ein Fresko, bald ein Deckengemälde oder einen Altarflügel illuminierte und in denen die Luft schwer war von Weihrauch und der säuerlich-muffigen Ausdünstung nasser Kleider. Ihr Vater hatte sie zwischen den schubsenden Touristen nach vorn dirigiert und ihr flüsternd die Gemälde erklärt, während rings um sie vielsprachiges Stimmengewirr wogte und von fern die herrischen Rufe der Fremdenführer schallten.

Ein Gemälde war ihr noch immer lebhaft in Erinnerung. Eine Mutter stillt ihr Kind, ein einzelner Mann schaut zu, indes am Himmel ein Gewitter aufzieht. Sie spürte, da war etwas, worauf sie hätte ansprechen sollen, irgendeine geheimnisvolle Verquickung von Thema und Symbolik, und sie hätte gar zu gern die Begeisterung ihres Vaters geteilt und etwas gesagt, das, wenn es schon nicht klug sein konnte, ihn doch wenigstens nicht veranlassen würde, sich mit jener stummen Mißbilligung von ihr abzuwenden, die sie inzwischen gewohnt war. Und immer waren diese schmerzlichen Augenblicke begleitet gewesen von Worten, die von irgendwoher aus der Erinnerung auftauchten. »Madam ist nie mehr so richtig geworden nach der Geburt. Diese Schwangerschaft war ihr Tod, daran gibt's nichts zu deuteln. Und jetzt guck dir bloß mal an, was wir auf dem Hals haben.« Wer das gesagt hatte – eine Frau, an deren Namen und Stellung im Haus sie sich längst nicht mehr erinnerte –, hatte wahrscheinlich nur gemeint, daß es schier unmöglich sei, einen so großen Haushalt ohne die lenkende Hand einer Herrin zu führen, für das Kind aber hatten die Worte damals und später nur eines bedeutet: »Sie hat ihre Mutter umgebracht, und nun schau, was für einen schlechten Tausch wir gemacht haben.«

Noch eine Erinnerung an die Venedigreise blieb ihr über Jahre hinweg frisch im Gedächtnis. Sie waren zum erstenmal in der Accademia, er hatte ihr sanft den Arm um die Schulter gelegt und führte sie vor Carpaccios *Traum der heiligen Ursula*. Sie waren ausnahmsweise einmal allein, und als sie so neben ihm stand und den leichten Druck seiner Hand spürte, da blickte sie plötzlich geradewegs in ihr Schlafzimmer in Innocent House. Hier waren die Doppelbogenfenster mit den Butzenscheiben im halbmondförmigen oberen Drittel, die Tür in der Ecke stand einen Spalt offen, die beiden Vasen auf dem Fensterbrett glichen aufs Haar denen daheim, und auch das Bett erkannte sie wieder, ihr schönes Himmelbett mit dem hohen, geschnitzten Kopfteil und der quastengeschmückten Rüschenborte. »Siehst du«, hatte ihr Vater gesagt, »du hast ein Schlafzimmer aus dem Venedig des fünfzehnten Jahrhunderts.«

In dem Bett lag eine Frau, und sie hatte den Kopf in die Hand gestützt. »Ist die Lady tot?« hatte Frances gefragt.

»Tot? Warum sollte sie denn tot sein?«

Sie hatte den gewohnten scharfen Ton in seiner Stimme erkannt und keine Antwort gegeben. Sie hatte überhaupt nichts mehr gesagt. Das Schweigen zwischen ihnen zog sich in die Länge, bis er sie, die Hand noch immer auf ihrer Schulter, nur daß ihr Druck jetzt schwerer lastete (oder kam es ihr nur so vor?), weiterführte in den nächsten Saal. Aber sie hatte ihn wieder enttäuscht. Es war immer ihr Unglück gewesen, mit fast seismographischem Gespür jede seiner Stimmungen wahrzunehmen, ohne daß sie die Fähigkeit oder das Selbstvertrauen gehabt hätte, darauf einzugehen und seine Bedürfnisse zu erfüllen.

Sie waren sogar durch die Religion getrennt. Ihre Mutter war römisch-katholisch gewesen, aber ob und wie fromm sie gewesen war, das wußte Frances nicht und konnte es auch nicht in Erfahrung bringen. Mrs. Rawlings, eine Glaubensgenossin, die ein Jahr vor dem Tod ihrer Mutter eingestellt worden war, teils um der Kranken den Haushalt zu führen, teils um auf das Kind aufzupassen, hatte es nie versäumt, die Kleine sonntags zur Messe zu führen, aber ansonsten ihre religiöse Erziehung völlig vernachlässigt, ja dem Kind den Eindruck vermittelt, die Religion sei etwas, was der Vater nicht verstünde und nur eben so dulde, ein weibliches Geheimnis, über das man in seiner Gegenwart am besten schwieg. Sie gingen selten mehr als zweimal in dieselbe Kirche. Man hätte meinen können, Mrs. Rawlings sei eine Religionsprüferin, die von dem vielfältigen Angebot an Ritual, Architektur, Musik und Predigt Kostproben nahm, aber davor zurückschreckte, sich irgendwo dauerhaft zu binden, als fürchte sie, von der Gemeinde erkannt und vom Priester an der Tür als ein Mitglied begrüßt zu werden, von dem man Mitarbeit in der Pfarrei, ja womöglich sogar Einladungen nach Innocent House erwartete. Doch als Frances älter wurde, argwöhnte sie vielmehr, daß Mrs. Rawlings mit der Suche nach immer neuen Kirchen für die Sonntagsmesse gewissermaßen ihren Unternehmungsgeist erprobte und sich ein bißchen Abwechslung und Abenteuer zum Ausgleich für den langweiligen Alltagstrott verschaffte, nicht zu vergessen den anregenden Gesprächsstoff für den Heimweg.

»Der Chor war aber gar nicht gut, was? Mit dem Oratorium können die schwerlich mithalten. Sobald ich ein bißchen besser beieinander bin, gehen wir wieder zu den Oratorianern. Für jeden Sonntag ist's zu weit dorthin, aber dafür war wenigstens die Predigt schön kurz. Ich hab' nichts am Hut mit langen Predigten. Eine Seele, die sich nach den ersten zehn Minuten noch bekehrt, die kannst du mit der Laterne suchen.«

Ein anderes Mal: »Also ich mag diesen Pater O'Brien nicht.

So nennt er sich anscheinend. Die Kirche war ja halb leer. Kein Wunder, daß er sich an der Tür so freundlich verabschiedet hat. Wollte uns beschwatzen, damit wir nächsten Sonntag wiederkommen, verlaß dich drauf.«

Oder: »Hübsche Kreuzwegstationen haben sie ja. Ich mag die geschnitzten am liebsten. Die gemalten letzte Woche in St. Michael, die waren ja viel zu knallig bunt. Und die Chorknaben hatten wenigstens mal wirklich blütenweiße Vorhemden an, da muß wer mächtig fleißig gebügelt haben.«

Eines Sonntagmorgens, als sie in einer besonders unwirtlichen Kirche gelandet waren, wo die Regentropfen wie Hagelkörner auf das behelfsmäßige Blechdach prasselten – »Nicht unser Niveau. Hier gehen wir nicht mehr hin.« –, hatte Frances gefragt: »Warum muß ich eigentlich jeden Sonntag zur Messe?«

»Weil deine Mama römisch-katholisch war. Das hatte dein Vater ihr zugestanden. Die Söhne sollten in die anglikanische Kirche gehen, die Töchter in die katholische. Tja, und nun hat er ja bloß dich.«

Bloß sie. Das verschmähte Geschlecht. Die verschmähte Religion.

Mrs. Rawlings fuhr fort: »Es gibt sehr viele Religionen auf der Welt. Da findet jeder eine, die ihm zusagt. Du mußt dir nur merken, daß unsere die einzig wahre ist. Aber es lohnt nicht, sich darüber allzusehr den Kopf zu zerbrechen, jedenfalls nicht vor der Zeit. Ich glaube, nächste Woche gehen wir mal wieder in die Kathedrale. Kommenden Donnerstag ist Fronleichnam, da wird bestimmt ganz groß geschmückt, verlaß dich drauf.«

Beiden, dem Vater und Frances, war ein Stein vom Herzen gefallen, als sie mit zwölf Jahren auf die Klosterschule kam. Nach dem ersten Quartal war ihr Vater persönlich erschienen, um sie abzuholen, und als die Mutter Oberin ihnen an der Pforte auf Wiedersehen sagte, hatte Frances ihren kleinen Wortwechsel mit dem Vater zufällig mitbekommen. »Mr. Peverell, dem Kind mangelt es an nahezu jeglicher Unterweisung in seinem Glauben.«

»In dem Glauben meiner Frau. Nun gut, Mutter Bridget, dann schlage ich vor, Sie unterweisen sie.«

Das und noch viel mehr hatten die Nonnen mit Nachsicht und Geduld für sie getan. Ihnen verdankte sie eine kurze Zeit der Geborgenheit und das Gefühl, daß man sie wertschätzte, ja daß es möglich sein könne, sie zu lieben. Die Schwestern hatten sie auf Oxford vorbereitet, was wohl als Sonderdienst honoriert werden mußte, denn Mutter Bridget hatte ihr oft genug eingeschärft, daß eine wahrhaft katholische Erziehung darauf ausgerichtet sei, sie auf den Tod vorzubereiten. Die Nonnen hatten auch das getan, aber Frances war sich nicht so sicher, ob man sie auf das Leben vorbereitet hatte. Auf einen Gerard Etienne jedenfalls hatte sie ganz gewiß niemand vorbereitet.

Sie trat zurück ins Wohnzimmer und machte die Balkontür fest hinter sich zu. Vom Fluß hörte man jetzt nur noch ganz leises Gemurmel, wie ein zartes Säuseln in der Nachtluft. »Er hat nur soviel Macht über dich, wie du sie ihm gibst.« So ungefähr hatte Gabriel es formuliert. Irgendwie mußte sie den Willen und die Kraft aufbringen, diese Macht ein für allemal zu brechen.

10

Mandys erster Monat in Innocent House, der unheilträchtig mit einem Selbstmord begann und dramatisch mit Mord enden sollte, erschien ihr in der Rückschau trotz allem als einer der glücklichsten in ihrer Laufbahn. In den Büroalltag gewöhnte sie sich wie immer rasch ein, und mit ihren Arbeitskollegen verstand sie sich, von wenigen Ausnahmen abgesehen, auch sehr gut. Sie hatte reichlich zu tun, was ihr nur recht war, und die Arbeit war abwechslungsreich und interessanter als das, was ihr sonst geboten wurde.

Am Ende der ersten Woche hatte Mrs. Crealey gefragt, ob es ihr bei Peverell gefalle, und Mandy hatte geantwortet, es gebe schon auch schlechtere Jobs, mithin könne sie es ruhig noch ein Weilchen aushalten – das Äußerste, was sie je an Zufriedenheit mit einer Stelle bekundete. In Innocent House war sie sehr schnell akzeptiert worden; kein Wunder, denn gegen Jugend und Vitalität, verbunden mit großer Tüchtigkeit, kann sich selten jemand auf lange Sicht verschließen. Sogar Miss Blackett war, nachdem sie Mandy eine Woche lang gnadenlos und streng im Auge behalten hatte, anscheinend zu dem Schluß gelangt, daß ihr schon schlimmere Aushilfen untergekommen seien. Mandy, die immer schnell heraushatte, wo ihr Vorteil lag, schmeichelte Miss Blackett, indem sie sie mit einer Mischung aus Respekt und Vertrauen behandelte; sie holte ihr Kaffee aus der Küche, bat sie häufig um Rat, freilich ohne die geringste Absicht, ihn zu befolgen, und nahm ihr bereitwillig einige eher langweilige Routinearbeiten ab. Persönlich hielt sie die arme alte Schachtel für einen hoffnungslosen Fall; sie mußte einem einfach leid tun. Es war offensichtlich, daß zum Beispiel Mr. Gerard sie nicht ausstehen konnte. Und das war ja auch kein Wunder; nach Mandys persönlicher Ansicht gehörte Miss Blackett zum alten Eisen. Zum Glück hatten beide zuviel zu tun, um lange darüber nachzudenken, wie wenig sie doch gemeinsam hatten und wieviel jede an Kleidung und Frisur der anderen und an ihrem Ton im Umgang mit den Vorgesetzten auszusetzen hatte. Mandy mußte auch nicht jeden Tag in Miss Blacketts Büro sitzen. Oft wurde sie zu Miss Claudia oder Mr. de Witt gerufen, um ein Stenogramm aufzunehmen, und an einem Dienstag, als George wegen übler Magenbeschwerden nicht zum Dienst kommen konnte, übernahm sie den Empfang und meisterte selbst die komplizierte Telefonzentrale mit nur ganz wenigen fehlgeleiteten Gesprächen.

Den Mittwoch und Donnerstag ihrer zweiten Woche verbrachte sie in der Werbung, wo sie ein paar Lesereisen und eine Signierstunde organisieren half und von Maggie FitzGerald, der Werbeassistentin, über die Eigenheiten der Autoren aufgeklärt wurde, jener unberechenbaren und überempfindlichen Spezies, auf die, wie Maggie widerstrebend einräumte, der Verlag letzten Endes angewiesen war. Da gab es welche, die gern den starken Mann markierten und die man am besten Miss Claudia überließ, weil die ihnen gewachsen war; dann die schüchternen, unsicheren Kandidaten, die laufend Bestätigung brauchten, damit sie in einer BBC-Talk-Show auch nur ein Wort herausbrachten und die schon der Gedanke an einen Lunch im Literaturclub derart in Panik versetzte, daß Sprachvermögen und Verdauung streikten. Nicht weniger Ärger hatte man mit den Dynamischen, die, wenn man ihr übertriebenes Selbstbewußtsein nicht dämpfte, ihren Aufpassern glatt durchgingen, auf eigene Faust in den nächsten Laden rannten und dort anboten, ihre Bücher zu signieren, womit natürlich das sorgfältig vorbereitete PR-Programm beim Teufel war. Die Schlimmsten aber, so Maggie vertraulich, waren die eingebildeten Pinkel, in der Regel diejenigen, deren Bücher am wenigsten gut gingen, die aber Erster-Klasse-Fahrkarten verlangten und Fünf-Sterne-Hotels, eine Limousine und ein Mitglied der Geschäftsleitung als Eskorte, und die wütende Beschwerdebriefe losließen, wenn das Publikum bei ihren Signierstunden nicht bis um den Block Schlange stand. Mandy machten die beiden Tage in der Werbung großen Spaß; die jugendliche Begeisterung der Mitarbeiter, fröhliche Stimmen, die gegen das ständige Schrillen des Telefons ankämpften, lautstark begrüßte Vertreter, die auf einen Schwatz hereinschauten und mit denen man Neuigkeiten austauschte, das alles fand sie genauso spannend wie das rasante Tempo und die durch den ständigen Zeitdruck angeheizte Panikstimmung. Sie war schweren Herzens auf ihren Platz in Miss Blacketts Büro zurückgekehrt.

Weniger begeistert war sie, wenn Mr. Bartrum, der Leiter der Buchhaltung, sie zum Diktat rief, denn der war, wie sie Mrs. Crealey anvertraute, ein angejahrter Spießer, der sie wie Dreck behandelte. Die Buchhaltung befand sich in Nummer 10, und wenn sie bei Mr. Bartrum fertig war, entwischte Mandy auf einen kleinen Plausch und Flirt nebst den dazugehörigen Frotzeleien nach oben zu den drei Packern. Die hausten zwischen nackten

Dielen und Tapeziertischen in ihrer eigenen Welt, umgeben von Stapeln brauner Faltkartons, Tesafilm, riesengroßen Bindfadenknäueln und dem unverwechselbaren, erregenden Geruch druckfrischer Bücher. Mandy mochte sie alle drei; Dave mit dem Holzfällerhut, der trotz seiner schmächtigen Statur einen Bizeps prall wie ein Fußball hatte und unglaublich schwere Lasten stemmen konnte; Ken, der schweigsam und schwermütig war; und endlich Carl, den Lagerverwalter, der schon als ganz junger Bursche in den Verlag gekommen war. »Mit dem da werden sie kein Geschäft machen«, sagte er und schlug mit der flachen Hand auf einen Karton.

»Er hat immer den richtigen Riecher«, erklärte Dave bewundernd. »Carl kann dir genau sagen, was ein Bestseller wird und was ein Flop. Er merkt das schon, wenn er an 'nem Buch riecht, ganz ohne es zu lesen.«

Ihre Bereitschaft, Tee und Kaffee für die beiden Assistentinnen und die Chefs zu kochen, gab Mandy zweimal täglich Gelegenheit zu einem Ratsch mit Mrs. Demery, der Putzfrau. Mrs. Demerys Domäne war die große Küche mit angrenzendem kleinen Aufenthaltsraum im rückwärtigen Teil des Erdgeschosses. In der Küche standen ein rechteckiger Kiefernholztisch, an dem bequem zehn Leute Platz hatten, ein Gas- und ein Elektroherd und ein großer Kühlschrank. Eine Wand, mit unterteilten Einbauschränken bestückt, und eine Spüle mit zwei Becken sowie ein Mikrowellenherd waren ebenfalls vorhanden. Hier fand sich, mit Ausnahme der Geschäftsleitung, irgendwann zwischen zwölf und zwei die ganze Belegschaft ein, um eingehüllt von den unterschiedlichsten Kochdünsten, ihre Sandwiches zu essen, ofenfertige Pasta oder Curry in der Folie aufzuwärmen, sich ein Omelett zu machen, ein paar Eier zu kochen, den Speck für belegte Brötchen zu rösten und Tee oder Kaffee zu brühen. Die fünf Chefs ließen sich, wie gesagt, nie in der Küche blicken. Frances Peverell und Gabriel Dauntsey aßen nebenan in Nummer 12, wo ja beide ihre Wohnung hatten, und die beiden Etiennes und James de Witt fuhren zum Lunch entweder mit dem Motorboot ins Zentrum, oder sie gingen zu Fuß zum *Prospect of Whitby* oder in eins der Pubs an der High Street von Wapping. Und da man sich in der Küche vor jeder peinlichen Störung sicher wußte, hatte sich hier die reinste Klatschbörse etabliert, in der Neuigkeiten aufgeschnappt, endlos diskutiert, ausgeschmückt und weiterverbreitet wurden. Mandy saß in der Regel stumm und verlegen vor ihrem Sandwichpaket, wohl wissend, daß vor allem die mittleren Angestellten in ihrer Gegenwart jedes Wort auf die Goldwaage legten. Egal, was sie von dem neuen Geschäftsführer oder den Zukunftschancen des Verlages halten mochten, Loyalität und ein gewisses Standesbewußtsein machten es undenkbar, im Beisein einer Aushilfe offene Kritik zu üben. Aber wenn Mandy und Mrs. Demery allein in der Küche waren und den Morgenkaffee oder Nachmittagstee kochten, dann war Mrs. Demery von solchen Hemmungen frei.

»Wir dachten ja, Mr. Gerard und Miss Frances würden heiraten. Und sie hat's auch geglaubt, das arme Ding. Miss Claudia hat ja nun diesen grünen Jungen als Liebhaber.«

»Miss Claudia und ein grüner Junge! Nun machen Sie mal halblang, Mrs. D.«

»Na ja, vielleicht ist er schon trocken hinter den Ohren, aber er ist doch noch arg jung. Auf jeden Fall jünger als sie. Auf Mr. Gerards Verlobungsfeier hab' ich ihn ja gesehen. Sieht gut aus, das muß ich sagen. Miss Claudia hatte schon immer einen Blick für so was. Er macht in Antiquitäten. Angeblich sind sie ja verlobt, aber mir ist aufgefallen, daß sie keinen Ring trägt.«

»Sie ist aber doch schon ziemlich alt, oder? Und Leute wie Miss Claudia nehmen das mit dem Ring sowieso nicht so genau.«

»Diese Lady Lucinda hat aber trotzdem einen, stimmt's? Einen Mordssmaragd mit Brillanten besetzt. Der muß Mr. Gerard schon 'ne schöne Stange gekostet haben. Ich versteh' ja nicht, warum er unbedingt die Schwester von 'nem Earl heiraten will. Obendrein noch eine, die seine Tochter sein könnte. Ich finde, das gehört sich nicht.«

»Vielleicht möchte er gern eine Adlige zur Frau, Mrs. D. Lady Lucinda Etienne, vielleicht denkt er ja, daß das nach was klingt.«

»Ach, Mandy, das zählt längst nicht mehr soviel wie früher, kann ja auch nicht, so wie manche von diesen alten Familien sich heutzutage aufführen. Keinen Deut besser als unsereins. In meiner Jugend war das noch anders, da hatte man noch Achtung vor Herrschaften mit 'nem Titel. Mit diesem Bruder von ihr ist auch kein Staat zu machen, Earl hin oder her, wenn man den Zeitungen halbwegs trauen darf. Ach ja, es ist noch nicht aller Tage Abend.« Mit dieser Floskel pflegte Mrs. Demery fast jedes Gespräch zu beenden.

An ihrem ersten Montag, einem so strahlenden Sonnentag, daß sie fast hätte glauben können, der Sommer sei zurückgekehrt, hatte Mandy mit leisem Neidgefühl zugesehen, wie die erste Schicht um halb sechs das Motorboot Richtung Charing Cross bestieg. Spontan fragte sie Fred Bowling, den Bootsführer, ob sie eine Runde mitfahren dürfe. Er hatte nichts dagegen, und sie stieg ein. Auf der Hinfahrt saß er schweigend am Steuer, wie das vermutlich seine Gewohnheit war. Aber als die Passagiere ausgestiegen waren und sie wendeten, um flußabwärts nach Innocent House zurückzukehren, hatte sie angefangen, ihn über den Fluß auszufragen, und stellte überrascht fest, wie gut er Bescheid wußte. Es gab kein Bauwerk, das er nicht benennen, keine Geschichte, die er nicht erzählen konnte; unter seinen Kollegen war keiner, den er nicht erkannt, und bei den Schiffen kaum eins, dessen Namen er nicht gewußt hätte.

Von ihm erfuhr sie, daß Cleopatra's Needle, der Obelisk am Embankment, ursprünglich etwa 1457 v. Chr. vor dem Isis-Tempel in Heliopolis aufgestellt worden war und erst 1878 nach England gelangte. Es gebe ein Pendant dazu, sagte Fred, und das stehe im New Yorker Central Park. Mandy sah es direkt vor sich, wie der große Frachter mit seiner steinernen Last gleich einem Riesenfisch durch die stürmischen Gewässer am Golf von Biscaya pflügte. Fred zeigte ihr das Wirtshaus *Doggett's Coat and Badge* neben der Blackfriars-Brücke und erzählte ihr von der

Doggett's Coat and Badge-Skullboot-Regatta, der ersten der Welt, die zwischen dem *Old Swan Inn* an der London Bridge und dem *Old Swan Inn* in Chelsea ausgetragen wurde. Sein Neffe hätte auch einmal daran teilgenommen. Als sie zwischen den mächtigen Pfeilern der Tower Bridge durchstießen, konnte er die Spannweite jedes einzelnen Bogens angeben und wußte, daß der High Walk, der Damm, fast fünfzig Meter über Hochwasserhöhe verlief. Und als sie wieder nach Wapping kamen, erzählte er ihr von James Lee, einem Gärtner aus Fulham, dem im Jahre 1789 auf einer Fensterbank eine schöne blühende Pflanze aufgefallen war, die ein Matrose aus Brasilien mitgebracht hatte. James Lee kaufte sie für acht Pfund, pflanzte Ableger aus und wurde, als er diese im Jahr darauf zu einer Guinee das Stück verkaufte, ein reicher Mann.

»Was glauben Sie wohl, was das für eine Pflanze war?«

»Ich weiß nicht, Mr. Bowling, ich kenne mich mit Pflanzen nicht aus.«

»Aber dann raten Sie doch einfach mal, Mandy.«

»Eine Rose wird's wohl nicht gewesen sein, oder?«

»'ne Rose? Aber natürlich nicht! Rosen hat's in England doch schon immer gegeben. Nein, das war eine Fuchsie.«

Mandy blickte zu ihm auf und sah, daß auf seinem braunen wettergegerbten Gesicht, das unverwandt streng nach vorn gerichtet war, ein verklärtes Lächeln lag. Wie komisch doch die Menschen sind, dachte sie. Nichts, was er ihr über Pracht und Schrecken des Flusses erzählt hatte, war für ihn so außergewöhnlich und wunderbar wie die Entdeckung dieser einen Blume.

Als sie sich Innocent House näherten, erkannte Mandy die beiden letzten Passagiere, die noch am Pier warteten, es waren James de Witt und Emma Wainwright. Inzwischen war es dunkel geworden, und die Themse schimmerte glatt und dickflüssig wie Öl, ein pechschwarzer Strom, den die stetig dahintuckernde Fähre mit einem Fischschwanz weißer Gischt durchbrach. Mandy lief rasch und ohne stehenzubleiben über die

Terrasse zu ihrem Motorrad. Nicht, daß sie abergläubisch oder besonders schreckhaft gewesen wäre, aber nach Einbruch der Dunkelheit wurde Innocent House trotz der beiden Kugellampen, die den Marmorboden der Terrasse in warmes, weiches Licht tauchten, eben noch geheimnisvoller und auch ein bißchen unheimlich. Im Gehen schaute sie starr geradeaus, ja zwang sich, nicht nach unten zu sehen, für den Fall, daß auf den Fliesen der legendäre Blutfleck zum Vorschein käme, und schon gar nicht hinauf zum höchsten Balkon, von dem sich vor langer Zeit die arme verwirrte Frau in den Tod gestürzt hatte.

Und so vergingen die Tage. Hilfsbereit, pflichtbewußt und rasch akzeptiert wanderte Mandy von Büro zu Büro, und ihrem scharfen, geschulten Auge entging so gut wie nichts: Miss Blacketts Kummer und die kalte Verachtung, mit der Mr. Gerard sie behandelte; Miss Frances' angespanntes, bleiches Gesicht und ihre stoische Leidensmiene; der ängstliche Blick, mit dem George Mr. Gerard folgte, wann immer der am Empfang vorbeikam; Gespräche, von denen sie zufällig ein paar Brocken aufschnappte, die aber bei ihrem Eintreten immer sofort verstummten. Mandy wußte, daß die Belegschaft sich um die Zukunft sorgte. Über ganz Innocent House hing eine Atmosphäre der Beklommenheit, fast eine böse Vorahnung, die sie sehr wohl spürte und manchmal sogar ein bißchen genoß, weil sie sich, wie immer, als privilegierte Zuschauerin fühlte, als die Außenseiterin, die persönlich nicht bedroht war, wöchentlich ihren Lohn kassierte, niemandem Treue schuldete und gehen konnte, wann es ihr gefiel. Manchmal, gegen Ende des Tages, wenn die Dämmerung hereinbrach, der Fluß sich in eine schwarzglänzende, stille Fläche verwandelte und jeder Schritt auf dem Marmorboden in der Halle unheimlich widerhallte, fühlte sie sich unwillkürlich an die Stunden vor einem besonders schweren Gewitter erinnert, an die zunehmende Finsternis, die drückende Schwüle, den beißenden, metallischen Geruch und die Gewißheit, daß nichts diese Spannung lösen könne außer dem ersten Donnerschlag und einem gewaltigen Blitz, der den Himmel aufriß.

11

Es war Donnerstag, der 14. Oktober. Die Konferenz der Gesellschafter von Innocent House war auf zehn Uhr anberaumt, und wie es seine Gewohnheit war, hatte Gerard Etienne seinen Platz an dem ovalen Mahagonitisch im Sitzungssaal bereits eine Viertelstunde vorher eingenommen. Er saß auf der Seite, die die Fensterfront zur Themse hin im Blick hatte, und zwar genau in der Mitte. In einer Viertelstunde würden seine Schwester Claudia rechts und Frances Peverell links von ihm Platz genommen haben. James de Witt saß ihm gegenüber, mit Gabriel Dauntsey zu seiner Rechten. Die Sitzordnung hatte sich seit jenem Tag vor neun Monaten, als Etienne offiziell Vorsitz und Geschäftsleitung der Peverell Press übernommen hatte, nicht geändert. An dem Donnerstag hatten seine vier Kollegen vor dem Sitzungssaal herumgetrödelt, als widerstrebe es jedem von ihnen, als erster hineinzugehen. Als er dann zu ihnen stieß, hatte er ohne Zögern die Mahagoni-Doppeltür geöffnet, war selbstbewußt eingetreten und hatte in Henry Peverells Stuhl Platz genommen. Seine vier Partner folgten ihm geschlossen und setzten sich stumm, als gehorchten sie einem vorherbestimmten Plan, der ihre Stellung im Verlag zugleich etablierte und bestätigte. Er hatte an dem Tag Henry Peverells Platz eingenommen, als stünde ihm der von Rechts wegen zu, und so war es ja auch. Frances wohnte, so erinnerte er sich, bleich und fast stumm der kurzen Sitzung bei, und hinterher hatte James de Witt ihn beiseite genommen und gesagt: »Mußtest du dich denn unbedingt auf den Platz ihres Vaters setzen? Schließlich ist er erst seit zehn Tagen tot.«

Er spürte wieder jene Mischung aus Staunen und Verärgerung, die die Frage seinerzeit bei ihm ausgelöst hatte. Wo hätte er sich wohl sonst hinsetzen sollen? Was wollte James eigentlich? Kostbare Zeit damit vergeuden, daß alle fünf einander höflich den Vortritt ließen, daß sie darüber diskutierten, wer einen Platz mit Themseblick kriegen sollte und wer nicht und womöglich noch eine Art Reise nach Jerusalem ohne Musikbegleitung rings um den Tisch aufführten? Der Sessel mit den Armlehnen stand dem Geschäftsführer zu, und Geschäftsführer war nun einmal er, Gerard Etienne. Zu seinen Lebzeiten hatte Henry diesen Sessel und diesen Platz am Tisch innegehabt und gelegentlich, in einem seiner aufreizenden Momente stiller Einkehr, den Blick über den Fluß schweifen lassen, während die übrigen geduldig auf den Fortgang der Sitzung warteten. Aber Henry war tot. James konnte doch nicht im Ernst erwarten, daß der Stuhl wie eine Art Denkmal auf Dauer frei blieb, womöglich noch mit pietätvoller Schrifttafel auf dem Sitz.

Er sah in dem Vorfall zum einen ein typisches Beispiel für James' überentwickelte und maßlose Sensibilität, aber auch noch für etwas anderes, etwas, das ihn mehr verblüffte, an dem er freilich auch stärker interessiert war, da es ihn selbst betraf. Manchmal kam es ihm nämlich so vor, als unterscheide sich der Denkprozeß anderer Menschen so radikal von seinem eigenen, daß er und sie geradezu in verschiedenen Vernunftsregionen beheimatet waren. Tatsachen, an denen es für ihn nichts zu deuteln gab, wurden von seinen vier Partnern lang und breit überdacht und beraten, nur um dann am Ende, und auch da nur widerstrebend, doch akzeptiert zu werden. Sachdiskussionen wurden durch diffuse Gefühle und persönliche Rücksichtnahmen erschwert, die ihn ebenso belanglos wie unvernünftig dünkten. Zu einem Entschluß zu gelangen mußte für sie so ähnlich sein, wie mit einer frigiden Frau zum Orgasmus zu kommen, eine Leistung, die ein enervierendes Maß an Vorspiel und einen unverhältnismäßig hohen Energieaufwand erfordert. Hin und wieder hatte er schon erwogen, seine Mitgesellschafter mit diesem Vergleich zu konfrontieren, entschied dann aber, innerlich schmunzelnd, daß es wohl besser sei, wenn er den Scherz für sich behielt. Zumindest Frances würde ihn bestimmt nicht lustig finden. Dennoch würde heute vormittag wieder das gleiche alberne Spiel ablaufen. Sie standen vor einer harten, aber unausweichlichen Entscheidung: Entweder sie verkauften Innocent

House und nutzten das Kapital zur Sanierung und Expansion des Verlages; oder sie einigten sich mit einem anderen Verlag auf eine Fusion, bei der zumindest der Name Peverell Press erhalten blieb; oder sie machten gleich zu. Die zweite Möglichkeit war dabei nur die langwierigere und schleppendere Variante der letzten, ein Weg, der mit demonstrativem Optimismus begann und unweigerlich in schmachvollem Untergang endete. Und er hatte keineswegs die Absicht, diesem ausgetretenen Pfad zu folgen. Nein, das Haus mußte verkauft werden. Frances mußte einsehen, sie alle mußten einsehen, daß beides zugleich – Innocent House erhalten und als unabhängiges Verlagshaus weiterbestehen – unmöglich war.

Er stand vom Tisch auf und trat ans Fenster. Während er den Blick über die Themse schweifen ließ, versperrte ihm plötzlich und geräuschlos eine Jacht die Sicht. Das Boot fuhr so dicht vorbei, daß er einen Moment lang in ein erleuchtetes Bullauge sehen und in dem strahlend hellen Halbkreis den Kopf einer Frau erkennen konnte, zart wie eine Kamee und umrahmt von zwei milchweißen, emporgereckten Armen, wie sie sich eben mit den Fingern durch eine Aureole dunklen Haares fuhr. Er stellte sich vor, daß sich ihre Blicke in flüchtig überraschter Vertrautheit trafen, und überlegte kurz, aber ohne echte Neugier, wer wohl ihre Kabine teilte – Ehemann, Geliebter, Freund? – und was sie am Abend vorhatten. Er selbst hatte gar keine Pläne. Nach alter Gewohnheit arbeitete er Donnerstag abends länger. Lucinda würde er daher erst am Freitag anläßlich eines Konzerts in der Queen Elizabeth Hall am Südufer der Themse sehen. Anschließend war ein Abendessen in der *Bombay Brasserie* geplant, denn Lucinda hatte neuerdings eine Vorliebe für indische Küche bekundet. Der Gedanke an das Wochenende erregte ihn zwar nicht sonderlich, erfüllte ihn aber doch mit einer stillen Zufriedenheit. Einer von Lucindas Vorzügen war ihre Bestimmtheit. Frances hätte auf die Frage, wo sie gern dinieren würde, geantwortet: »Wo immer du willst, Darling«, und wenn das Essen enttäuschend ausfiel und er sich beschwerte, dann hätte sie sich an ihn gelehnt, ihren Arm durch den seinen geschoben und schmeichelnd, um ihn aufzuheitern, gesagt: »Es war doch durchaus genießbar, wirklich nicht schlecht. Außerdem, was macht das schon, Darling? Die Hauptsache ist doch, daß wir zusammen sind.« Lucinda dagegen hatte ihm nie das Kompliment gemacht, daß seine Gesellschaft ein schlecht zubereitetes, schlampig serviertes Dinner wettmachen oder entschuldigen könne. Manchmal fragte er sich, ob er bei ihr im Ernstfall den Test bestehen würde.

12

Etienne sagte: »Das ist eine Privatkonferenz, Miss Blackett. Wir haben vertrauliche Angelegenheiten zu regeln, und darum werde ich selbst das Protokoll führen. Sie sind ja ohnehin reichlich mit Schreibarbeiten eingedeckt.«

Es klang abweisend, und in seiner Stimme schwang eine Spur Verachtung mit. Miss Blackett wurde rot und sog lautlos die Luft ein. Der Block glitt ihr aus den Händen, und sie bückte sich steif danach, ehe sie aufstand und, kläglich um Haltung ringend, zur Tür ging.

»War das nötig?« fragte James de Witt. »Blackie hat die Gesellschafterkonferenz seit über zwanzig Jahren protokolliert. Sie war bei jeder Sitzung dabei.«

»Eine doppelte Zeitverschwendung.«

Frances Peverell sagte: »Du hättest es aber nicht so hinzustellen brauchen, als würden wir ihr nicht vertrauen.«

»Das hab' ich doch gar nicht gesagt. Aber wenn wir uns mit den jüngsten Schadensfällen hier beschäftigen, dann gehört auch sie zu den Verdächtigen. Ich sehe nicht ein, warum wir bei ihr eine Ausnahme machen sollten. Sie hat für keinen der Vorfälle ein Alibi. Und es mangelt ihr weiß Gott nicht an Gelegenheit.«

»Das«, sagte Gabriel Dauntsey, »trifft auf mich, ja auf uns alle fünf genauso zu. Außerdem haben wir doch wirklich schon lange genug über diesen Witzbold geredet, oder? Es kommt sowieso nichts dabei heraus.«

»Mag sein. Jedenfalls können wir das erst mal zurückstellen. Der wichtigste Punkt zuerst. Hector Skolling hat sein Gebot auf Innocent House noch einmal um 300 000 Pfund erhöht. Macht viereinhalb Millionen. Aber er hat auch zum erstenmal in unseren Verhandlungen den Begriff ›letztes Angebot‹ gebraucht, und wenn er das sagt, dann ist es ihm ernst damit. Sein Gebot liegt rund eine Million über dem Preis, mit dem ich glaubte, mich zufriedengeben zu müssen. Er bietet mehr als den Verkehrswert, aber der Wert von Grundbesitz beziffert sich nun einmal nach dem, was einer zu zahlen bereit ist, und Hector Skolling hat sich in das Haus verguckt. Sein Imperium, das darf man nicht vergessen, liegt in den Docklands. Aber natürlich besteht ein himmelweiter Unterschied zwischen den Wohngebieten, die er zu Vermietungszwecken erschließt, und der Kategorie von Haus, in der er selber wohnen möchte. Ich schlage vor, wir akzeptieren heute mündlich und beauftragen die Anwälte mit der Tüftelei am Kleingedruckten, so daß wir binnen eines Monats die Verträge austauschen können.«

»Ich war der Meinung«, sagte James de Witt, »wir hätten darüber schon auf der letzten Sitzung diskutiert, allerdings ohne zu einer Einigung zu kommen. Ich glaube, wenn du im Protokoll nachliest ...«

»Hab' ich gar nicht nötig. Ich leite doch dieses Unternehmen nicht auf der Basis dessen, was Miss Blackett ins Protokoll aufzunehmen beliebt.«

»Das du übrigens noch nicht unterzeichnet hast.«

»Genau. Ich schlage vor, daß wir dieses monatliche Meeting in Zukunft nach einer weniger offiziellen Tagesordnung abhalten. Ihr sagt doch immer, wir seien ein Team aus Freunden und Kollegen, und ich würde mich zu sehr auf Verfahrensfragen und überflüssige Bürokratie versteifen. Also, warum räumen wir nicht auf mit all diesen Formalitäten wie Tagesordnung, Protokoll und Resolutionen, wenn's um die monatliche Gesellschafterkonferenz geht?«

»Dieses System hat sich aber bewährt«, sagte de Witt. »Und was mich angeht, so glaube ich nicht, daß ich jemals eine Wendung wie ›Freunde und Kollegen‹ benutzt habe.«

Frances Peverell hatte bisher kerzengerade und kreidebleich im Gesicht dabeigesessen. Jetzt sagte sie: »Du kannst Innocent House nicht verkaufen.«

Etienne sah sie nicht an, sondern hielt den Blick auf seine Papiere gesenkt. »Ich kann, respektive wir können. Und wir müssen verkaufen, wenn das Unternehmen weiterbestehen soll. Einen leistungsfähigen Verlag kann man nicht von einem venezianischen Palazzo an der Themse aus führen.«

»Meine Familie hat das hundertsechzig Jahre lang getan.«

»Ich sprach von einem leistungsfähigen Verlag. Deine Familie war darauf nicht angewiesen, die waren durch Privatvermögen abgesichert. Zu Zeiten deines Großvaters war die Führung eines Verlages noch nicht einmal als Beruf für einen Gentleman akzeptiert, sondern galt bestenfalls als launiges Steckenpferd. Heute verdient ein Verleger Geld, und er wirtschaftet entweder marktgerecht oder geht baden. Willst du das etwa? Ich nicht. Ich hab' nicht vor, eines Tages Konkurs anzumelden. Ich will Peverell Press erst mal wieder auf Vordermann bringen, und dann, dann mach' ich den Verlag ganz groß.«

Gabriel Dauntsey fragte ruhig: »Damit du ihn hinterher besser verscherbeln kannst? Erst scheffelst du deine Millionen, und dann steigst du aus, wie?«

Etienne überging ihn einfach.

»Als erstes setze ich Sydney Bartrum an die Luft. Er ist ein ganz tüchtiger Buchhalter, ja, aber was wir brauchen, ist sehr viel mehr als das. Ich schlage vor, wir setzen einen Finanzplaner ein, dessen Aufgabe es ist, Kapital für neue Projekte aufzutreiben und ein anständiges Marketing-System zu entwickeln.«

»An unserem alten System ist aber doch nichts auszusetzen«,

sagte de Witt. »Die Rechnungsprüfer hatten jedenfalls noch nie etwas zu beanstanden. Und Sydney ist seit neunzehn Jahren bei uns. Er ist ein ehrlicher, gewissenhafter und sehr fleißiger Buchhalter.«

»Ganz recht. Das ist er, aber damit hört's leider auch schon auf. Und wir brauchen, wie gesagt, mehr. Zum Beispiel muß ich von jedem Buch, das wir rausbringen, über das Verhältnis von Produktionskosten zu Gewinnspanne Bescheid wissen. Andere Häuser haben diese Informationen abrufbereit parat. Wie können wir die unrentablen Autoren aussondern, wenn wir gar nicht wissen, welche es sind? Auch brauchen wir jemanden, der uns neue Geldquellen erschließt, statt uns nur jedes Jahr vorzurechnen, wie wir unser Geld ausgeben. Das weiß ich auch so. Wenn wir nichts weiter bräuchten als einen tüchtigen Buchhalter, dann könnte ich den Job ja gleich selber machen. Aber daß du Bartrum beispringst, habe ich erwartet, James. Er ist ein Jammerlappen, ein Kümmerling ohne Profil und Biß. Klar, daß du da sofort weich wirst. Denn der geringste unter seinen Brüdern rührt das Samariterherz. Du solltest wirklich mal was gegen deinen Caritas-Tick tun.«

De Witt wurde rot, aber er antwortete ganz gefaßt. »Mir ist der Mann auch nicht sonderlich sympathisch. Jedesmal, wenn er mich Mr. de Witt nennt, zucke ich zusammen. Ich hab' ihn mehrmals gebeten, er soll doch einfach de Witt oder James zu mir sagen, aber auf so einen Vorschlag schaut er mich immer an, als hätte ich ihm einen unsittlichen Antrag gemacht. Trotzdem ist er als Buchhalter tadellos, und er gehört seit neunzehn Jahren zu Peverell. Er kennt den Verlag, kennt uns und unsere Arbeitsweise.«

»Unsere bisherige Arbeitsweise, wenn ich bitten darf, James.«

»Außerdem hat er erst letztes Jahr geheiratet«, sagte Frances. »Seine Frau hat vor kurzem ein Baby bekommen.«

»Was um Himmels willen hat das damit zu tun, ob er der richtige Mann für den Job ist?«

De Witt fragte: »Hast du schon jemanden im Auge?«

»Ich habe Patterson & Macintosh, die Headhunter-Agentur, gebeten, uns ein paar Vorschläge zu unterbreiten.«

»Das wird uns ganz schön was kosten«, gab de Witt zu bedenken. Headhunter sind nicht billig. Merkwürdig, daß wir heute nicht mehr in der Lage sind, unseren Personalbedarf ohne solche Agenturen zu decken. Und nicht nur das – wir brauchen auf einmal Rentabilitätsstudien, um die Leistungsfähigkeit unserer Firmen zu steigern, und Management-Berater, die uns sagen, wie wir unsere Betriebe zu führen haben. Dabei sind diese sogenannten Experten doch in fünfzig Prozent der Fälle bloß Strohmänner mit dem Auftrag, die Belegschaft zu reduzieren, weil die Geschäftsleitung selbst nicht den Mut dazu hat. Oder ist dir je ein Management-Berater untergekommen, der nicht für Verschlankung plädiert hätte? Nein, denn dafür werden sie schließlich bezahlt, und für diese Typen ist es weiß Gott leicht verdientes Geld.«

»Zu alledem hätte man unsere Stellungnahme einholen müssen«, sagte Frances.

»Das tue ich ja hiermit.«

»In dem Fall können wir die Debatte gleich beenden. Es wird nicht soweit kommen. Innocent House wird nicht verkauft.«

»O doch«, triumphierte Etienne, »wenn nur einer von euch dem Verkauf zustimmt. Das genügt vollauf. Du hast wohl vergessen, wie viele Anteile ich besitze. Und das Haus gehört nicht dir, Fran. Erinnere dich, deine Familie hat es 1940 an die Verlagsgesellschaft verkauft. Zugegeben, der Konzern hat es zu billig gekriegt, aber vermutlich hat man damals, angesichts der Bombardierung des East End, die Chancen für den Fortbestand des Hauses nicht allzu hoch angesetzt. Es war unterversichert, und außerdem hätte man einen solchen Palazzo sowieso nicht ersetzen können. Du mußt endlich begreifen, Fran, daß dieses Haus nicht mehr den Peverells gehört. Und überhaupt, was regst du dich so auf? Du hast doch kein Kind. Es gibt also keinen Peverell mehr, der Innocent House erben könnte.«

Frances wurde rot und erhob sich halb von ihrem Stuhl, aber

de Witt sagte ruhig: »Nicht, Frances. Geh nicht. Wir müssen das alle gemeinsam besprechen.«

»Da gibt es nichts mehr zu besprechen.«

Das nachfolgende Schweigen wurde von Dauntseys ruhiger Stimme unterbrochen. »Muß meine Lyrik von jetzt an ihre 8,5 Prozent oder wieviel auch immer an Nettogewinn abwerfen?«

»Deine Gedichtbände bleiben selbstverständlich auch weiterhin lieferbar, Gabriel. Ein paar Titel müssen wir halt einfach mit durchziehen.«

»Da kann ich nur hoffen, daß die Last der meinen nicht zu schwer wiegen wird.«

»Ach, und mit dem Verkauf des Anwesens wirst du übrigens auch aus Nummer 12 ausziehen müssen. Skolling beansprucht den ganzen Besitz, die beiden Nebengebäude und das Haupthaus. Tut mir wirklich leid.«

»Aber ich wohne doch seit über zehn Jahren zu einer lächerlich niedrigen Miete in Nummer 12.«

»Nun, das war eine Abmachung zwischen Henry Peverell und dir, und du hattest natürlich das Recht zu nehmen, was er dir anbot.« Etienne hielt inne und setzte dann hinzu: »Und von dieser großzügigen Offerte zu profitieren, solange es ging. Aber du mußt doch einsehen, daß es nicht ewig so weitergehen kann.«

»O ja, das sehe ich freilich ein. So kann es nicht weitergehen.«

Etienne fuhr fort, als hätte er den Einwurf gar nicht gehört. »Und es wird Zeit, George loszuwerden. Wir hätten ihn schon vor Jahren in Rente schicken sollen. Die Person in der Telefonzentrale ist für Leute von draußen der erste Kontakt zum Verlag. Dafür braucht man ein junges, aufgewecktes, attraktives Mädchen, keinen Mann von achtundsechzig. Er ist doch achtundsechzig, oder? Und kommt mir jetzt bloß nicht damit, daß er seit zweiundzwanzig Jahren bei uns ist. Ich weiß sehr wohl, wie lange er hier arbeitet, aber das ist ja gerade das Problem.«

»George bedient doch nicht nur die Telefonzentrale«, sagte Frances. »Er schließt morgens auf, kümmert sich um die Alarmanlage und ist außerdem ein sehr geschickter Handwerker.«

»Was er auch sein muß. In diesem Haus geht ja dauernd was kaputt. Höchste Zeit, daß wir in ein modernes, zweckmäßig und gut organisiertes Bürogebäude umziehen. Und auch die moderne Technologie sollte endlich bei uns Einzug halten. Ihr habt es ja schon bedenklich innovativ gefunden, ein paar Schreibmaschinen durch PCs zu ersetzen, aber damit ist es längst nicht getan. Ach, und dann hab' ich noch eine gute Nachricht für euch. Es sieht so aus, als könnte ich Sebastian Beacher von seinem jetzigen Verlag abwerben. Er fühlt sich da gar nicht gut betreut.«

»Aber er ist ein grauenhafter Schriftsteller«, rief Frances empört. »Und als Mensch taugt er auch nicht viel mehr.«

»Ein Verleger hat die Aufgabe, dem Publikum zu geben, wonach es verlangt, nicht sich als Moralapostel aufzuspielen.«

»So könntest du auch als Zigarettenfabrikant argumentieren.«

»Würde ich auch, egal was ich herstelle – Zigaretten oder meinetwegen Whisky.«

»Der Vergleich hinkt aber«, sagte de Witt. »Du könntest immerhin behaupten, daß Whisky, in Maßen genossen, durchaus bekömmlich ist. Aber ein schlechter Roman wird nie was anderes sein als ein schlechter Roman.«

»Schlecht für wen? Und was verstehst du eigentlich unter schlecht? Beacher hat immer einen starken Plot, bietet Action und Tempo und vor allem jene Mischung aus Sex und Gewalt, auf die die Leser offenbar fliegen. Wer gibt uns das Recht, dem Publikum vorzuschreiben, was gut und was schlecht ist? Und hast du nicht immer gepredigt, das Wichtigste sei es, die Leute überhaupt zum Lesen zu bringen? Also sollen sie doch ruhig mit billigen Kitschromanen und Thrillern anfangen; vielleicht landen sie ja eines Tages bei Jane Austen und George Eliot. Ich persönlich sehe allerdings keinen Grund dazu – ich meine für diese Hinwendung zu den Klassikern. Das ist euer Anliegen, nicht meins. Was spricht gegen Thriller und Kitsch, wenn das den Leuten nun mal gefällt? Es ist ganz schön elitär zu behaupten, Trivialliteratur habe nur dann eine Berechtigung, wenn sie gewissermaßen als Sprungbrett zu Höherem dient. Oder was ihr dafür haltet, du und Gabriel.«

»Willst du damit sagen«, fragte Dauntsey, »man sollte keine Werturteile fällen? Das tun wir doch praktisch jeden Tag.«

»Ich meine nur, man sollte andere Menschen nicht bevormunden. Und ich finde, daß ich mich als Verleger mit meinem Werturteil zurückhalten muß. Andernfalls stehen wir nämlich vor mindestens einem unlösbaren Problem: Wenn ich mit gängigen Titeln, egal ob gut oder schlecht, kein Geschäft machen darf, wie soll ich dann die weniger populären Bücher für jene Minderheit finanzieren, die ihr als kritische Leserschaft verehrt?«

Frances Peverell wandte sich ihm jetzt direkt zu. Ihre Wangen glühten, und sie hatte Mühe, ihre Stimme unter Kontrolle zu halten. »Warum sprichst du immerfort in der ersten Person? Dauernd heißt es: ›Ich tue dies, ich verlege das.‹ Du magst hier der Geschäftsführer sein, aber deswegen bist du noch lange nicht der Verlag. Den repräsentieren wir alle fünf gemeinsam. Und wir haben jetzt keine Programmkonferenz. Die ist erst nächste Woche. Heute sind wir zusammengekommen, um über die Zukunft von Innocent House zu beraten.«

»Stimmt. Und darum schlage ich vor, daß wir das Angebot annehmen und die Verhandlungen in Gang setzen.«

»Und wo sollen wir deiner Meinung nach hinziehen?«

»In ein Bürogebäude in den Docklands. Vielleicht flußabwärts irgendwo. Wir müssen noch darüber reden, ob wir was kaufen oder einen langfristigen Mietvertrag eingehen. Beides ist möglich. Die Preise sind so niedrig wie nie zuvor. Vor allem in den Docklands waren Immobilien noch nie so günstig. Und seit die neue Bahn, die Docklands Light Railway, in Betrieb und der Ausbau der U-Bahn beschlossene Sache ist, kann man das Areal da unten ja auch problemlos erreichen. Wir bräuchten nicht mal mehr das Motorboot.«

»Sollen wir etwa Fred nach all den Jahren auf die Straße setzen?« fragte Frances.

»Meine liebe Frances. Fred ist ein erstklassiger Fährschiffer. Der findet problemlos einen anderen Job.«

»Du gehst das zu überstürzt an, Gerard«, sagte Claudia. »Ich sehe ja ein, daß wir das Haus wahrscheinlich nicht werden halten können, aber das müssen wir doch nicht unbedingt heute entscheiden. Gib uns was Schriftliches, die Zahlen zum Beispiel. Laß uns weiterreden, wenn wir uns die Sache in Ruhe überlegt haben.«

»Und wenn uns das Angebot vorher durch die Lappen geht?« fragte Gerard.

»Aber ich bitte dich, Gerard, das ist doch wirklich mehr als unwahrscheinlich. Wenn Hector Skolling das Haus unbedingt haben will, dann zieht er sein Angebot nicht zurück, bloß weil er eine Woche länger warten muß. Aber gut, sag ihm vorläufig zu, wenn du dich dann besser fühlst. Wir können das Haus immer noch vom Markt nehmen, sollten wir es uns anders überlegen.«

»Ich möchte gern noch auf Esmé Carlings neuen Roman zu sprechen kommen«, sagte James de Witt. »Bei der letzten Sitzung hast du angedeutet, daß du ihn eventuell ablehnen willst.«

»Tod auf Paradise Island? Den hab' ich schon abgelehnt. Ich dachte, das war abgemacht.«

Ruhig und bedächtig, als spräche er zu einem aufsässigen Kind, sagte de Witt: »Nein, das war nicht abgemacht. Wir hatten nur kurz darüber diskutiert und die Entscheidung dann vertagt.«

»Wie in so vielen Fällen. Ihr vier erinnert mich an diese alte Definition einer Konferenz: eine Versammlung von Leuten, die die Bereitschaft zu handeln oder Entscheidungen zu treffen durch Freude am Small talk ersetzen. So in dem Sinne. Ich habe gestern mit Esmés Agentin gesprochen und ihr Bescheid gegeben. Die schriftliche Bestätigung mit einer Kopie für die Carling ist auch schon raus. Ich darf doch annehmen, daß keiner von euch ernsthaft behaupten wird, Esmé Carling sei eine gute oder auch nur eine lukrative Schriftstellerin. Ich persönlich ziehe Autoren vor, die wenigstens eine dieser Bedingungen erfüllen, am liebsten natürlich alle beide.«

»Wir haben schon schlechtere im Programm gehabt«, sagte de Witt.

Etienne fuhr gereizt auf. »Gott allein weiß, wieso ausgerechnet du sie verteidigst, James«, spottete er. »Du bist doch sonst immer so scharf drauf, hochliterarische Romane zu publizieren, Booker-Prize-Kandidaten, einfühlsame kleine Werke, die bei der Literatenmafia Eindruck schinden. Erst vor fünf Minuten hast du es kritisiert, daß ich mich um Sebastian Beacher bemühe. Da kannst du doch jetzt nicht behaupten, *Tod auf Paradise Island* würde den Ruf von Peverell Press heben? Ich meine, ich geh' mal davon aus, daß auch du dieses Machwerk nicht als Whitbread-Buch des Jahres siehst. Und da wir schon mal beim Thema sind: Ich hätte sehr viel mehr für deine sogenannten Booker-Prize-Bücher übrig, wenn sie wenigstens ab und zu bis auf die Booker-Auswahlliste kämen.«

»Ich gebe ja zu«, sagte de Witt, »daß es wahrscheinlich an der Zeit ist, uns von ihr zu trennen. Wogegen ich mich verwahre, ist nur die Art und Weise, wie es geschieht. Wenn du dich erinnerst, habe ich auf der letzten Sitzung vorgeschlagen, daß wir diesen einen Roman noch drucken und ihr dann taktvoll beibringen, daß wir die Krimireihe einstellen.«

»Das würde sie kaum schlucken«, meinte Claudia, »wo sie die einzige Autorin dieser sogenannten Reihe ist.«

De Witt wandte sich weiter ausschließlich an Gerard. »Das Buch muß natürlich sorgfältig lektoriert werden, aber das wird sie akzeptieren, wenn wir diplomatisch vorgehen. Der Plot gehört stärker durchstrukturiert, und der Mittelteil hängt ziemlich durch. Aber der Schauplatz ist gut beschrieben. Sie versteht es meisterhaft, eine bedrohliche Atmosphäre zu kreieren. Und die Charaktere sind besser gestaltet als im letzten Buch. Der neue Roman wird bestimmt kein Verlustgeschäft für uns. Wir haben sie seit dreißig Jahren unter Vertrag, eine lange Zusammenarbeit. Die würde ich einfach gern harmonisch und einvernehmlich beenden.«

»Sie ist bereits zu Ende«, sagte Gerard Etienne. »Wir sind ein

Verlag und kein Wohlfahrtsinstitut. Tut mir leid, James, aber sie muß gehen.«

»Du hättest wenigstens bis zur Programmkonferenz warten können«, sagte de Witt.

»Das hätte ich wahrscheinlich auch, wenn nicht dieser Anruf von ihrer Agentin gekommen wäre. Die Carling wollte unbedingt wissen, ob wir schon ein Erscheinungsdatum festgesetzt hätten und wer alles zu der Party anläßlich der Buchpräsentation erwartet würde. Eine Party! 'ne Totenwache wäre passender. Ich sah keinen Sinn darin, noch länger Ausflüchte zu machen. Also hab' ich dieser Velma Pitt-Cowley, der Agentin, gesagt, daß das Buch nicht unseren Niveauvorstellungen entspricht und wir deshalb auf die Veröffentlichung verzichten. Und das habe ich gestern schriftlich bestätigt.«

»Das wird ein harter Schlag für sie.«

»Natürlich. Autoren reagieren immer sehr übel auf eine Ablehnung. Für sie ist das gleichbedeutend mit Kindermord.«

»Was ist mit ihrer Backlist?«

»Ja, mit der läßt sich vielleicht noch ein bißchen Geld machen.«

Frances Peverell schaltete sich unvermittelt wieder ein. »James hat recht. Wir hatten vereinbart, den Fall Carling noch einmal zu diskutieren. Du warst überhaupt nicht befugt, Esmé oder ihrer Agentin gegenüber als allein Entscheidungsberechtigter aufzutreten. Wir hätten sehr gut ihren neuen Roman noch bringen und ihr dann behutsam klarmachen können, daß es der letzte ist, der bei uns erscheint. Der Meinung bist du doch auch, Gabriel, oder? Meinst du, wir hätten *Tod auf Paradise Island* nehmen sollen?«

Die vier sahen Dauntsey abwartend an, als ob sein Urteil einer letzten Instanz gleichkäme. Der alte Mann hatte seine Notizen studiert, aber jetzt blickte er auf und lächelte Frances nachsichtig zu.

»Ich glaube nicht, daß das den Schlag gemildert hätte, oder? Man kann einen Autor nicht ablehnen. Was du ablehnst, ist immer nur das Buch. Wenn wir diesen Roman noch drucken, wird sie uns bald den nächsten präsentieren, und dann stehen wir wieder vor dem gleichen Dilemma. Gerard hat voreilig und wohl auch nicht gerade taktvoll gehandelt, aber ich glaube, die Entscheidung war trotzdem richtig. Entweder ein Roman verdient es, gedruckt zu werden, oder er verdient es nicht – dazwischen gibt es nichts.«

»Freut mich, daß wir wenigstens einen Punkt geklärt haben.« Etienne raffte seine Papiere zusammen.

»Hauptsache, dir ist klar, daß es nur dieser eine ist«, sagte de Witt. »Keine weiteren Verhandlungen über den Verkauf von Innocent House, bevor wir uns nicht noch einmal zusammengesetzt haben und du uns die Zahlen sowie einen umfassenden Geschäftsplan vorlegst.«

»Den Geschäftsplan habe ich euch schon vorigen Monat gegeben.«

»Aber den hat kein Mensch verstanden. Wir vertagen uns auf heute in einer Woche. Und es wäre hilfreich, wenn du die Unterlagen schon einen Tag früher verteilen könntest. Ach ja, wir brauchen natürlich alternative Vorstellungen, also einen Geschäftsplan für den Fall, daß Innocent House verkauft wird, und einen zweiten, der davon ausgeht, daß wir es behalten.«

»Den zweiten kann ich dir aus dem Stand geben«, sagte Etienne. »Entweder wir schließen mit Skolling ab, oder wir machen bankrott. Und Skolling ist nicht gerade ein geduldiger Mensch.«

»Dann halte ihn erst mal mit einem Versprechen hin«, schlug Claudia vor. »Sag ihm, falls wir uns zum Verkauf entschließen, dann hat er das Vorkaufsrecht.«

Etienne lächelte. »Nein, nein, das könnte ich ihm wohl nicht versprechen. Wenn sein Interesse erst mal publik wird, könnten die Gebote um weitere 50 000 Pfund steigen. Ich halte das zwar nicht unbedingt für wahrscheinlich, aber man weiß ja nie. Wie man hört, sucht das Greyfriars Museum nach einem würdigen Domizil für seine Sammlung von See- und Schiffahrtsbildern.«

»Wir werden Innocent House weder an Hector Skolling noch an irgend jemand sonst verkaufen«, sagte Frances Peverell. »Wenn dieses Haus verkauft wird, dann nur über meine Leiche – oder deine.«

13

Im Sekretariat blickte Mandy auf, als Blackie mit hochrotem Kopf eintrat, stocksteif zu ihrem Schreibtisch stakste, sich an den Computer setzte und zu schreiben begann. Binnen kurzem siegte in Mandy die Neugier über alle Vorsicht, und sie fragte: »Was ist los? Ich dachte, Sie führen bei der Gesellschaftersitzung immer das Protokoll?«

Blackies Stimme klang schroff, als sie antwortete: »Jetzt anscheinend nicht mehr.«

Aha, haben sie die arme alte Kuh also rausgeschmissen, dachte Mandy und sagte laut: »Und wozu die Heimlichtuerei? Was machen die denn da oben?«

»Was sie machen?« Blackies Finger hörten auf, ruhelos über die Tastatur zu flattern. »Sie sind dabei, den Verlag zu ruinieren, jawohl. Sie machen alles zunichte, wofür Mr. Peverell über dreißig Jahre lang gearbeitet, sich engagiert und eingesetzt hat. Sie wollen Innocent House verkaufen. Mr. Peverell hat dieses Haus geliebt. Es ist seit über hundertsechzig Jahren im Familienbesitz. Innocent House *ist* Peverell Press. Wenn eins dran glauben muß, sind beide dahin. Schon seit Mr. Etienne in den Ruhestand ging, hat Mr. Gerard das Haus abstoßen wollen, und jetzt, wo er der Chef ist, kann ihn keiner mehr aufhalten. Den anderen ist es ja auch egal. Miss Frances wird es zwar nicht gefallen, aber sie ist in ihn verliebt, und außerdem, wer hört schon auf Miss Frances. Miss Claudia ist seine Schwester, und Mr. de Witt ist ihm nicht gewachsen. Keiner kann sich gegen ihn behaupten, außer vielleicht Mr. Dauntsey, aber der ist inzwischen zu alt, ihn kümmert das alles nicht mehr. Nein, keiner von ihnen kann Mr. Gerard die Stirn bieten, aber er weiß, wie ich darüber denke. Darum wollte er mich nicht dabeihaben. Er weiß, daß ich dagegen bin und daß ich ihm Einhalt gebieten würde, wenn ich nur könnte.«

Mandy sah, daß Blackie den Tränen nahe war, doch es waren Zornestränen. Der Anblick machte sie verlegen, und hin und her gerissen von dem Wunsch zu trösten und der beklemmenden Gewißheit, daß Blackie diese ungewohnte Vertraulichkeit später bereuen würde, sagte sie: »Er kann schon ein echtes Arschloch sein. Ich sehe ja, wie er Sie manchmal behandelt. Warum schmeißen Sie ihm den Kram nicht vor die Füße und versuchen's mal mit Zeitarbeit? Verlangen Sie einfach Ihre Papiere und sagen Sie ihm, wo er sich seinen Job hinstecken kann.«

Blackie, die sich immer noch nicht in der Gewalt hatte, versuchte trotzdem tapfer, ihre Würde wiederzuerlangen. »Jetzt seien Sie aber nicht albern, Mandy. Ich habe keineswegs die Absicht zu kündigen. Ich bin Privatsekretärin und keine Aushilfstippse. So was war ich nie und werde es auch nie sein.«

»Ach, es gibt Schlimmeres als Zeitarbeit. Aber wenn nicht, dann nicht. Wie wär's denn mit einer Tasse Kaffee? Ich könnte gleich frischen brühen – warum bis zur Pause warten? –, und bestimmt haben wir noch ein paar Schokoladenkekse.«

»Gut, meinetwegen, aber vertratschen Sie sich nicht mit Mrs. Demery. Ich hab' nämlich noch was für Sie zum Abtippen, wenn Sie mit den Briefen da fertig sind. Ach, und Mandy, was ich Ihnen eben erzählt habe, ist streng vertraulich. Ich habe mich wohl hinreißen lassen und mehr gesagt, als ich eigentlich durfte, und ich möchte nicht, daß etwas davon aus diesen vier Wänden nach außen dringt.«

Bist du aber naiv, dachte Mandy. Wußte Miss Blackett denn nicht, daß die Geschichte ohnehin schon im ganzen Haus rum war? Laut sagte sie: »Ich kann den Mund halten, keine Angst. Und mich juckt's ja auch nicht, oder? Wenn Sie umziehen, bin ich doch längst nicht mehr hier.«

Sie war kaum aufgestanden, als das Telefon auf ihrem Schreibtisch klingelte. Sie nahm ab und erkannte Georges verängstigte Stimme. Aber er sprach in einem so verschwörerischen Flüsterton, daß sie ihn kaum verstehen konnte.

»Mandy, wissen Sie, wo Miss FitzGerald ist? Ich kann doch Blackie nicht aus der Gesellschafterkonferenz rausholen, und Mrs. Carling ist hier bei mir. Sie will unbedingt mit Mr. Gerard sprechen, und ich glaub' nicht, daß ich sie noch lange aufhalten kann.«

»Schon gut, George, Miss Blackett ist da, Augenblick.« Mandy reichte den Hörer hinüber. »Mrs. Carling ist am Empfang und macht einen Aufstand, weil sie unbedingt zu Mr. Gerard will.«

»Das geht jetzt aber wirklich nicht.«

Blackie nahm den Hörer, doch bevor sie sich melden konnte, flog die Tür auf, und Mrs. Carling stürmte herein, schubste Mandy beiseite und marschierte schnurstracks ins Chefbüro durch. Aber sie war im Nu zurück und herrschte die beiden an: »Also, wo steckt er? Wo ist Gerard Etienne?«

Blackie, um Würde bemüht, schlug ihren Terminkalender auf. »Ich glaube nicht, daß Sie angemeldet sind, Mrs. Carling.«

»Scheiß drauf, natürlich bin ich nicht angemeldet! Aber wenn ich seit dreißig Jahren für diesen Saftladen schreibe, dann brauche ich doch wohl keinen Termin, um meinen Verleger zu sprechen. Ich bin schließlich kein Vertreter, der ihm Anzeigenplatz aufschwatzen will. Also, wo ist er?«

»In der Gesellschafterkonferenz, Mrs. Carling.«

»Ich dachte, die ist immer nur am ersten Donnerstag im Monat.«

»Mr. Gerard hat sie diesmal vorverlegt.«

»Dann werden sie ihre Konferenz eben unterbrechen müssen. Ich nehme an, sie sind im Sitzungssaal?«

Sie wollte zur Tür, aber Blackie war schneller, schlüpfte an ihr vorbei und versperrte ihr mit dem Rücken den Ausgang.

»Sie können da nicht rauf, Mrs. Carling. Es ist undenkbar, eine Gesellschafterkonferenz zu unterbrechen. Ich habe strikte Anweisung, selbst dringende Telefonate zurückzuhalten.«

»Gut, dann warte ich eben, bis sie fertig sind.«

Blackie, die noch immer stand, fand plötzlich ihren Schreibtischstuhl besetzt, aber sie blieb gefaßt.

»Ich weiß nicht, wie lange das dauert. Vielleicht lassen sie sich, statt zum Lunch zu gehen, Sandwiches raufschicken. Apropos, haben Sie nicht heute mittag eine Signierstunde in Cambridge? Ich werde Mr. Gerard sagen, daß Sie vorbeigeschaut haben, und er wird sich bestimmt bei Ihnen melden, sobald er sich einen Augenblick freimachen kann.«

Der peinliche Zwischenfall von vorhin und das Bedürfnis, bei Mandy ihren Prestigeverlust wettzumachen, verliehen ihrer Stimme mehr Autorität als nötig, aber die Heftigkeit, mit der Mrs. Carling darauf reagierte, überraschte sie trotzdem beide. Die Autorin sprang derart hastig vom Stuhl auf, daß der sich wie ein Kreisel drehte, und pflanzte sich so dicht vor Blackie auf, daß ihre Gesichter einander fast berührten. Mrs. Carling war sieben, acht Zentimeter kleiner, aber Mandy hatte den Eindruck, daß sie dadurch nicht weniger furchterregend wirkte, eher im Gegenteil. Die Muskeln an ihrem gereckten Hals sprangen vor wie Stricke, die Augen waren zornfunkelnd nach oben gerichtet, und unter der Hakennase spie der kleine Mund, der aussah wie eine klaffende rote Wunde, sein Gift aus.

»Sobald er sich freimachen kann! Ja, Sie dämliches Stück, Sie! So eine arrogante, eingebildete kleine Schnepfe! Was glauben Sie eigentlich, mit wem Sie reden? Es ist mein Talent, das seit gut zwanzig Jahren Ihr Gehalt finanziert hat, vergessen Sie das ja nicht. Es wird Zeit, daß Sie kapieren, was für ein erbärmlich kleines Licht Sie in diesem Hause sind. Bloß weil Sie für Mr. Peverell gearbeitet haben und der immer geduldig und nachsichtig mit Ihnen war und Ihnen das Gefühl gab, daß man Sie braucht, glauben Sie jetzt, Sie könnten Leute rumkommandieren, die schon zu Peverell Press gehörten, als Sie noch mit 'ner Rotzglocke die Schulbank gedrückt haben. Sicher, der alte Henry hat Ihnen einiges durchgehen lassen, aber ich kann Ihnen sagen, was er wirklich von Ihnen gehalten hat. Woher ich das weiß? Weil er's mir gesteckt hat, jawohl! Er war es satt bis obenhin, daß Sie immer hinter ihm herrannten und ihn anhimmelten wie ein mondsüchtiges Kalb. Ihre Unterwürfigkeit hat ihn angewidert. Er wollte Sie loswerden, bloß hatte er nicht den Mumm, Sie rauszuschmeißen. War eben immer zu weich, das arme Schwein. Hätte er ein bißchen mehr Schneid gehabt, dann würde Gerard Etienne sich jetzt hier nicht so breitmachen. So, und jetzt sagen Sie diesem Grünschnabel, daß ich ihn sprechen will, und er soll sich gefälligst nach meinem Terminkalender richten!«

Blackies Lippen waren so blutleer und verkrampft, daß Mandy kaum glauben konnte, daß sie sich dennoch bewegten. »Es ist nicht wahr. Sie lügen. Das kann nicht wahr sein.«

Und jetzt bekam Mandy es mit der Angst. An Bürostreitigkeiten war sie gewöhnt. In über drei Jahren als Aushilfe hatte sie etliche handfeste Temperamentsausbrüche miterlebt, sich aber selbst immer unbehelligt wie ein stabiles kleines Boot zwischen den Wrackteilen auf stürmischer See durchgemogelt. Ja, Mandy machte so ein richtiger Bürokrach eigentlich fast Spaß. Es gab kein besseres Mittel gegen Langeweile. Aber diesmal lag der Fall anders. Hier, so erkannte sie, ging es um aufrichtiges Leid, um echten, tiefen Schmerz und um eine ausgemachte Gemeinheit, geboren aus furchterregendem Haß. Dieser Gram ließ sich nicht mit frischem Kaffee lindern und mit ein paar Keksen aus der Dose, die Mrs. Demery eigentlich für die Gesellschafter reserviert hatte. Einen entsetzlichen Augenblick lang dachte Mandy, Blackie würde gleich den Kopf zurückwerfen und ihre Qual herausschreien. Gern hätte sie ihr tröstend die Hand hingestreckt, doch sie spürte instinktiv, daß sie hier keinen Trost spenden konnte, ja daß ihr schon der Versuch später angekreidet werden würde.

Die Tür knallte zu. Mrs. Carling war hinausgerauscht.

Blackie wiederholte tonlos: »Es ist gelogen. Alles gelogen. Sie hat keine Ahnung, wie es wirklich war.«

»Aber natürlich nicht«, bekräftigte Mandy. »Klar lügt sie, das merkt doch jeder. Sie ist eine eifersüchtige Ziege, weiter nichts. Ich würde mir gar nichts draus machen, wenn ich Sie wäre.«

»Ich geh' nur mal rasch zur Toilette.«

Blackie mußte sich offenbar übergeben. Wieder überlegte Mandy, ob sie ihr beistehen und mitgehen solle, entschied sich aber dagegen. Steif wie ein Automat wankte Blackie hinaus und wäre fast mit Mrs. Demery zusammengestoßen, die eben mit ein paar Päckchen herein wollte.

»Die sind mit der zweiten Post gekommen«, sagte Mrs. Demery. »Und da dachte ich, ich bring' sie gleich selber vorbei. Was ist denn mit ihr los?«

»Ach, sie hat sich geärgert. Erst wollten die da oben sie nicht bei der Konferenz dabeihaben, und dann ist Mrs. Carling hier reingeplatzt und wollte unbedingt Mr. Gerard sprechen, aber Blackie hat sie aufgehalten.«

Mrs. Demery lehnte sich mit verschränkten Armen gegen Blackies Schreibtisch. »Sie wird wohl heute morgen den Brief gekriegt haben, in dem steht, daß die da oben ihren neuen Roman nicht wollen.«

»Mrs. Demery, wo um alles in der Welt haben Sie das denn wieder her?«

»Ach, hier passiert kaum was, wo ich nicht die Nase drankrieg. Aber das gibt noch Stunk, darauf kannste dich verlassen.«

»Wenn das Buch nichts geworden ist, warum überarbeitet sie's dann nicht noch mal oder schreibt gleich ein neues?«

»Weil sie sich das nicht zutraut, darum. Das ist nun mal so bei den Autoren, wenn die 'ne Abfuhr kriegen. Schreibhemmung, Talentverlust, davor fürchten sie sich doch immerzu, wie der Teufel vorm Weihwasser. Darum ist es ja auch so unheimlich schwer, mit ihnen auszukommen. Sind verflucht heikel, diese Schriftsteller. Man muß ihnen andauernd vorschwärmen, wie wunderbar sie sind, oder sie drehen durch. Ich hab' das schon mehr als einmal miterlebt. Ja, was der alte Mr. Peverell war, der wußte sie zu nehmen. Er hatte ein Händchen für die Autoren, der alte Mr. Peverell. Mr. Gerard tut sich da schwer. Ist eben ein anderer Typ. Er kapiert nicht, warum die sich nicht einfach auf ihr Geschreibsel konzentrieren und aufhören, ihm die Ohren vollzujammern.«

Das war freilich eine Haltung, für die Mandy sehr viel Verständnis aufbrachte. Sie mochte zu Blackie sagen – und es auch selber glauben –, daß Mr. Gerard ein Arschloch sei, aber es fiel ihr trotzdem schwer, ihn nicht zu mögen. Ja, sie hatte sogar das Gefühl, daß sie, im Falle eines Falles, mit ihm fertig werden würde. Alle weiteren Vertraulichkeiten wurden unterbunden, weil Blackie viel früher zurückkam, als Mandy erwartet hatte. Mrs. Demery verkrümelte sich, und Blackie setzte sich wortlos wieder an ihren PC.

Die nächste Stunde arbeiteten sie in bedrückendem Schweigen, das nur hin und wieder durch eine Anweisung Blackies unterbrochen wurde. Mandy wurde in den Kopierraum geschickt, um drei Kopien von einem kürzlich eingegangenen Manuskript zu machen, dem sie, nach den ersten drei Absätzen zu urteilen, wenig Chancen gab, je gedruckt zu werden. Sie bekam einen Stapel ausgesprochen langweiliger Texte zum Abtippen und mußte anschließend alle Unterlagen, die älter als zwei Jahre waren, aus der sogenannten Grabbel-Schublade aussortieren. Diese praktische Einrichtung wurde vom ganzen Lektorat als Depot für Dokumente benutzt, für die niemand die richtige Ablage wußte, die man sich aber trotzdem nicht wegzuwerfen traute. Von dem, was hier lagerte, war kaum etwas unter zwölf Jahre alt, und die Grabbel-Schublade ausmisten zu müssen galt fast als Strafarbeit. Mandy fand es sehr ungerecht, daß sie für Blackies plötzliche Anwandlung von Vertraulichkeit büßen mußte.

Die Gesellschafterkonferenz endete früher als sonst, und es war erst halb zwölf, als Gerard Etienne, gefolgt von seiner Schwester und Gabriel Dauntsey, raschen Schrittes durchs Sekretariat in sein Büro ging. Claudia Etienne war zurückgeblieben und wechselte noch ein paar Worte mit Blackie, als die Innentür aufflog und Gerard wieder herausgestürzt kam. Mandy sah, daß er nur mit Mühe die Beherrschung wahrte. »Haben Sie meinen Privatkalender an sich genommen?« fragte er Blackie.

»Aber natürlich nicht, Mr. Gerard. Ist er denn nicht in Ihrer rechten Schreibtischschublade?«

»Wenn er da wäre, würde ich ihn ja wohl kaum suchen.«

»Ich habe ihn Montag nachmittag aktualisiert und gleich wieder in die Schublade gelegt. Seitdem hab' ich ihn nicht mehr gesehen.«

»Gestern morgen war er noch da. Wenn Sie ihn nicht genommen haben, dann finden Sie gefälligst raus, wer ihn hat, und zwar schleunigst. Sie sind doch hoffentlich mit mir der Meinung, daß es zu Ihren Aufgaben gehört, sich um meinen Terminkalender zu kümmern. Und falls Sie den nicht finden können, wäre ich dankbar, wenn ich wenigstens den Stift wiederbekäme. Er ist aus Gold, und ich hänge sehr daran.«

Blackie war puterrot im Gesicht. Claudia Etienne verfolgte den Auftritt mit süffisantem Lächeln und belustigt hochgezogenen Brauen. Mandy, die spürte, daß es jeden Moment krachen würde, studierte die Kürzel auf ihrem Stenogrammblock, als hätten sie sich plötzlich in Hieroglyphen verwandelt.

Blackies Stimme war kurz davor, umzukippen. »Bezichtigen Sie mich des Diebstahls, Mr. Gerard? Ich arbeite in diesem Verlag schon seit siebenundzwanzig Jahren, aber ...« Hier versagte ihr die Stimme.

Er versetzte ungehalten: »Nun seien Sie doch nicht töricht. Niemand bezichtigt Sie wegen irgendwas.« Sein Blick fiel auf die Schlange, die zusammengerollt über dem Griff des Aktenschranks hing. »Und schaffen Sie um Gottes willen diese Scheißschlange hier raus. Am besten ab in die Themse damit. Dieses blöde Ding macht das Büro ja zum reinsten Kindergarten.«

Damit ging er zurück in sein Zimmer, und seine Schwester folgte ihm. Wortlos nahm Blackie die Schlange und schloß sie in ihrer Schreibtischschublade ein.

»Was gibt's da zu gucken?« fuhr sie Mandy an. »Wenn Sie nichts mehr zu schreiben haben, kann ich Ihnen leicht Nachschub besorgen. Aber vorher machen Sie mir erst mal einen Kaffee.«

Mandy, versehen mit solch erstklassigem Stoff für neuen Klatsch, an dem Mrs. Demery gewiß ihre helle Freude haben würde, ließ sich das nicht zweimal sagen.

14

Declan sollte sie um halb sieben zu der Bootspartie abholen, und es war schon Viertel nach sechs, als Claudia zu ihrem Bruder ins Büro ging. Sie waren als letzte noch im Haus. Gerard arbeitete donnerstags immer länger, aber die meisten Angestellten gingen an diesem Abend gern früh und nutzten die verlängerte Ladenschlußzeit zum Einkaufen. Er saß im Lichtkegel seiner Lampe am Schreibtisch, erhob sich aber bei Claudias Eintreten sofort. Sein Benehmen ihr gegenüber war stets förmlich, stets untadelig, allerdings fragte sie sich oft, ob dies wohl nur ein kleiner Trick von ihm sei, um etwaige Vertraulichkeiten abzuwehren.

Sie nahm ihm gegenüber Platz und kam gleich zur Sache. »Hör zu, ich werde dich beim Verkauf von Innocent House unterstützen. Und ich gehe auch bei allen anderen Plänen mit dir konform. Mit meiner Hilfe kannst du die anderen leicht überstimmen. Aber ich tu' das nicht umsonst – ich brauche Bargeld: 350 000 Pfund. Ich möchte, daß du mir die Hälfte meiner Anteile abkaufst. Oder wenn du willst, kannst du meinetwegen auch alle haben.«

»Das kann ich mir nicht leisten.«

»Wenn Innocent House erst mal verkauft ist, schon. Sowie die Verträge ausgetauscht sind, kannst du leicht einen Kredit in Millionenhöhe aufnehmen. Mit meinen Anteilen würdest du dir für alle Zeiten die absolute Mehrheit sichern. Das bedeutet uneingeschränkte Macht, und die ist dir doch einiges wert, oder?

Ich würde weiter im Verlag bleiben, aber eben mit weniger Anteilen oder von mir aus auch ganz ohne.«

Gerard sagte ruhig: »Es lohnt sich bestimmt, darüber nachzudenken, aber nicht jetzt. Und an das Geld vom Immobilienverkauf kann ich nicht ran, das gehört der Verlagsgesellschaft. Außerdem brauche ich es für den Standortwechsel und für meine anderen Projekte. Aber du könntest die 350 000 als Kredit aufnehmen. Wenn man ihn mir bewilligt, dann gilt das genauso für dich.«

»Aber für mich wär's nicht so leicht. Es ginge nicht ohne eine Menge Papierkram und Verzögerungen. Und ich brauche das Geld dringend. Bis Monatsende muß ich's haben.«

»Wofür eigentlich? Was willst du damit machen?«

»Mit Declan Cartwright ins Antiquitätengeschäft investieren. Er hat die Möglichkeit, dem alten Simon den Laden abzukaufen: 350 000 Pfund für ein vierstöckiges Gebäude samt allen Lagerbeständen. Das ist ein sehr guter Preis. Der Alte hat Declan ins Herz geschlossen und möchte lieber an ihn verkaufen als an irgend jemand sonst, aber er kann nicht mehr warten. Er ist alt, und er ist krank, da hat er's eben eilig.«

»Cartwright ist ein hübscher Kerl, aber 350 000 Pfund – taxiert er sich da nicht ein bißchen sehr hoch?«

»Keine Angst, ich bin ja nicht dumm. Ich werde ihm das Geld nicht geben, sondern es gehört nach wie vor mir, investiert in ein Gemeinschaftsunternehmen. Und Declan ist auch nicht dumm. Er weiß, was er tut.«

»Du trägst dich mit dem Gedanken, ihn zu heiraten, oder?«

»Kann schon sein. Überrascht dich das?«

»Doch, ja.« Und nach einer kleinen Pause setzte er hinzu: »Ich glaube, du empfindest mehr für ihn als umgekehrt. So was ist immer gefährlich.«

»Ach, das Verhältnis ist ausgewogener, als du denkst. Er empfindet soviel für mich, wie er zu fühlen imstande ist, und mir geht es umgekehrt mit ihm genauso. Unsere Empfindungsfähigkeit ist unterschiedlich stark ausgeprägt, das ist alles. Aber wir geben uns beide gegenseitig, was wir zu geben haben.«

»Dann hast du also vor, ihn zu kaufen?«

»Haben wir uns nicht schon immer geholt, was wir haben wollten, du und ich, indem wir's gekauft haben? Und was ist eigentlich mit dir und Luçinda? Bist du sicher, daß du das Richtige tust? Ich meine für dich. Um sie mach' ich mir keine Gedanken. Ich lass' mich von dieser Unschuld-vom-Lande-Masche nicht einwickeln. Die Frau weiß schon, wie sie auf ihre Kosten kommt. Aber das ist bei Leuten aus ihren Kreisen ja nichts Neues.«

»Ich beabsichtige, sie zu heiraten.«

»Schon gut, kein Grund, gleich so aggressiv zu werden. Es will dich ja niemand dran hindern. Aber wenn wir schon mal dabei sind – hast du vor, ihr die Wahrheit zu sagen über dich, über uns? Präziser gefragt, wirst du's ihrer Familie erzählen?«

»Berechtigten Fragen werde ich nicht ausweichen. Bis jetzt haben sie mir allerdings noch keine gestellt. Wir leben ja Gott sei Dank nicht mehr in Zeiten, als man beim Brautvater um die Hand der Angebeteten anhalten und den Nachweis seiner moralischen Integrität sowie geordneter Vermögensverhältnisse beibringen mußte. Außerdem hab' ich's hier ja nur mit ihrem Bruder zu tun. Und der scheint stillschweigend davon auszugehen, daß ich ihr ein Dach über dem Kopf und einen halbwegs angemessenen Lebensstandard bieten kann.«

»Aber du hast doch kein Haus, oder? Und in deiner Wohnung in diesem Hochhausturm im Barbican kann ich sie mir nicht vorstellen. Da wäre doch nicht annähernd genug Platz.«

»Ja, ich glaube, sie würde am liebsten in Hampshire leben. Aber das können wir besprechen, wenn der Hochzeitstag näher rückt. Die Wohnung im Barbican werde ich jedenfalls behalten. Sie liegt so günstig zum Verlag.«

»Na, dann wünsche ich dir, daß es gutgeht. Aber ehrlich gesagt gebe ich Declan und mir die größere Chance. Wir verwechseln zumindest nicht Sex mit Liebe. Und du dürftest aus dieser Ehe wahrscheinlich nicht so leicht wieder rauskommen. Eine Frau wie Lucinda entwickelt sicher religiöse Bedenken, wenn's um Scheidung geht. Und überhaupt, eine Scheidung ist immer ordinär, schmutzig und sündteuer. Gut, nach zwei Jahren Trennung könnte sie nichts mehr dagegen unternehmen, aber das wäre doch eine sehr unangenehme Zeit. Und dir würde so ein Fehlschlag, der noch obendrein überall publik wird, bestimmt nicht gefallen.«

»Claudia, ich bin noch nicht mal verheiratet. Ein bißchen früh, um darüber zu spekulieren, wie ich mit einer Scheidung fertig werden würde, findest du nicht? Aber keine Angst, es wird nicht schiefgehen.«

»Ganz ehrlich, Gerard, ich kapier' nicht, was du dir davon versprichst, außer einer bildschönen Frau, die achtzehn Jahre jünger ist als du.«

»Den meisten Leuten würde das vollauf genügen.«

»Aber nur, wenn sie sehr naiv sind. Nein, nein, so was ist doch der reinste Freifahrschein in die Katastrophe. Und wozu? Du bist kein Royal, du brauchst keine Jungfrau zu heiraten, die absolut nicht zu dir paßt, bloß damit die Dynastie nicht ausstirbt. Oder geht's dir am Ende doch darum, und du willst eine Familie gründen? Ja, ich glaube beinahe, ich hab' ins Schwarze getroffen. In deinem gesetzten Alter wirst du auf einmal bürgerlich. Du wünschst dir ein geregeltes Leben, Familie, Kinder.«

»Das scheint mir noch der vernünftigste Grund für eine Eheschließung. Manch einer würde vielleicht sogar sagen, es sei der einzig vernünftige Grund.«

»Du hast also genug vom Junggesellendasein, und jetzt suchst du dir eine junge Schönheit, vorzugsweise aus gutem Stall und noch unberührt. Ehrlich gesagt, Gerard, ich glaube, mit Frances wärst du besser gefahren.«

»Da stand eine Heirat nie zur Debatte.«

»Ach, für sie schon. Ich kann mir natürlich denken, wie es sich abgespielt hat. Da haben wir eine Frau von fast dreißig, die immer noch Jungfrau ist und sich ganz offensichtlich nach sexueller Erfahrung sehnt, und wer könnte ihr dazu besser verhelfen als mein cleverer kleiner Bruder. Aber du hast einen Fehler begangen. Jetzt hast du dir James de Witt zum Feind gemacht, und das kannst du dir nicht leisten.«

»De Witt? Der hat nie ein Wort zu mir gesagt.«

»Natürlich nicht. Das ist nicht seine Art. James redet nicht, der handelt. Ich geb' dir einen guten Rat. Paß auf, daß du dem bewußten Balkon oben in Innocent House nicht zu nahe kommst. Ein gewaltsamer Tod in diesem Hause ist weiß Gott genug.«

»Danke für die Warnung«, versetzte Gerard ruhig, »aber ich bin mir nicht sicher, ob James de Witt im Ernstfall der Hauptverdächtige wäre. Denn wenn mir etwas zustößt, bevor ich heirate und ein neues Testament mache, dann kriegst du meine Anteile, die Eigentumswohnung und das Geld von meiner Lebensversicherung. Für knapp zweieinhalb Millionen könnte man eine Menge Antiquitäten kaufen.«

Claudia war schon an der Tür, als er, kühl und ohne von seinen Papieren aufzuschauen, sagte: »Ach, übrigens, unser Poltergeist hat wieder zugeschlagen.«

Claudia fuhr herum und fragte scharf: »Was sagst du da? Wie? Wann?«

»Heute mittag um halb eins, um genau zu sein. Irgendwer hat hier vom Büro aus ein Fax an die Buchhandlung *Better Books* in Cambridge geschickt und die Signierstunde von der Carling abgesagt. Als sie ankam, waren die Plakate schon abgehängt, Tisch und Stuhl weggeräumt, die hoffnungsvollen Fans heimgeschickt und die meisten ihrer Bücher ins Hinterzimmer verbannt. Sie muß vor Wut schier zersprungen sein. Eigentlich wär' ich ganz gern dabeigewesen.«

»Mein Gott! Wann hast du das erfahren?«

»Ihre Agentin, Velma Pitt-Cowley, hat mich um Viertel vor drei angerufen, als ich eben vom Lunch zurückkam. Die Ärmste hatte seit halb zwei versucht, mich zu erreichen. Die Carling hat noch von der Buchhandlung aus mit ihr telefoniert.«

»Und du hast das bis jetzt für dich behalten?«

»Ich hatte heute nachmittag Wichtigeres zu tun als im Haus rumzuziehen und die Leute nach ihren Alibis zu fragen. Außerdem ist das ohnehin deine Aufgabe, aber ich würde an deiner Stelle nicht zuviel Staub aufwirbeln. Diesmal bin ich nämlich ziemlich sicher, daß ich weiß, wer dahintersteckt. Und es ist ja auch eher eine Lappalie.«

»Für Esmé Carling bestimmt nicht«, gab Claudia bitter zurück. »Du brauchst sie nicht zu mögen, meinetwegen verachte oder bedauere sie, aber unterschätz sie nur ja nicht. Sie zur Feindin zu haben, könnte gefährlicher sein, als du glaubst.«

15

Die Gaststube im oberen Stock des *Connaught Arms,* gleich hinter der Waterloo Road, war gesteckt voll. Matt Bayliss, der Wirt, zweifelte nicht am Erfolg der Dichterlesung. Denn schon um neun hatte die Bar mehr Umsatz gemacht als sonst insgesamt an einem Donnerstagabend. In dem kleinen Saal hier oben wurden normalerweise Lunch-Gäste bewirtet – warmes Abendessen war im *Connaught Arms* kaum gefragt –, aber hin und wieder stand er auch für eine Veranstaltung zur Verfügung, und Matts Bruder Colin, der für eine Künstlerorganisation arbeitete, hatte ihn überredet, diesen Donnerstagabend auszurichten. Laut Programm würden eine Reihe renommierter Lyriker aus ihren Werken lesen, zwischendrin sollten aber auch Feierabendpoeten, die sich beteiligen wollten, Gelegenheit zum Vortrag bekommen. Pro Person wurde ein Pfund Eintritt erhoben, und Matt hatte im Hintergrund eine Weinbar mit eigener Kasse aufgebaut. Er hätte sich nicht träumen lassen, daß Lyrik so populär war oder daß so viele seiner Stammgäste den Ehrgeiz hatten, sich in Versen auszudrücken. Der Kartenverkauf war von Anfang an gut gelaufen, aber nun strömten immer mehr Nachzügler herein, und als die Gäste unten in der Bar hörten, daß oben was geboten wurde, kletterten auch sie, ihr Glas in der Hand, die schmale Stiege hinauf.

Colins Passionen waren breitgefächert und up to date. Schwarze Kunst, Frauenkunst, Schwulenkunst, Commonwealth-Kunst, Gebrauchskunst, innovative Kunst, Kunst fürs Volk. Der heutige Abend stand unter dem Motto »Lyrik fürs Volk«. Matts Interesse richtete sich zwar mehr auf »Bier fürs Volk«, aber er sah keinen Grund, warum man die beiden Passionen nicht gewinnbringend miteinander verknüpfen sollte. Colin hatte den Ehrgeiz, aus dem *Connaught Arms* ein angesehenes Rezitationszentrum für zeitgenössische Volkskunst und ein öffentliches Forum für lyrische Neuentdeckungen zu machen. Matt, der zusah, wie sein Aushilfskellner emsig eine Flasche kalifornischen Roten nach der anderen öffnete, entdeckte plötzlich auch bei sich ein ungeahntes Interesse an zeitgenössischer Kultur. Und so kam er ab und zu aus der Bar herauf, um sich ein paar Kostproben der Darbietung anzuhören. Die vorgetragenen Gedichte blieben ihm größtenteils unverständlich, denn die wenigsten reimten sich oder hatten ein erkennbares Metrum, was nach seiner Definition doch gerade das Wesen eines Gedichts ausmachte, aber sie ernteten ausnahmslos stürmischen Beifall. Da die meisten Laiendichter genau wie die Zuhörer rauchten, war die abgestandene Luft im Saal bald schwer von Bierdunst und Tabakschwaden.

Als Zugpferd des Abends war Gabriel Dauntsey angekündigt. Er hatte um einen möglichst frühen Auftritt gebeten, aber die meisten seiner Vorredner hatten ihr Zeitlimit überschritten, wobei vor allem die Amateure sich von Colins geflüsterten Regieanweisungen nicht aus der Ruhe bringen ließen, und so war es fast halb zehn, als Dauntsey sich endlich einen Weg zum Rednerpult bahnte. Man lauschte ihm in respektvollem Schweigen und spendete kräftig Beifall, aber Matt spürte trotzdem, daß diese Gedichte über den Krieg, der für die große Mehrheit der Anwesenden nur noch Geschichte war, sie und ihre aktuellen Probleme kaum berührte.

Nach der Rezitation bahnte Colin sich einen Weg durch die Menge und sagte zu Dauntsey: »Müssen Sie wirklich schon fort? Ein paar von uns wollen nachher noch irgendwo was essen gehen.«

»Tut mir leid, aber das wird mir zu spät. Wo kann ich ein Taxi bekommen?«

»Matt könnte Ihnen telefonisch eins bestellen, aber wahrscheinlich geht's schneller, wenn Sie zum Stand an der Waterloo Road vorlaufen.«

Dauntsey schlich sich fast unbemerkt und ohne daß Colin ihm noch einmal gedankt hätte hinaus, und Matt wurde das Gefühl nicht los, daß man den alten Mann gekränkt oder zumindest vernachlässigt habe.

Er war kaum zur Tür heraus, als ein älteres Ehepaar zu Matt an die Bar kam. »Ist Gabriel Dauntsey schon gegangen?« erkundigte sich der Mann. »Meine Frau hat eine Erstausgabe seiner Gedichte, die sie furchtbar gern von ihm signieren lassen würde. Aber wir können ihn oben nirgends finden.«

»Haben Sie einen Wagen da?« fragte Matt.

»Ja, aber der steht drei Querstraßen weiter. Einen näheren Parkplatz haben wir leider nicht gefunden.«

»Tja, also Mr. Dauntsey ist eben erst weg. Zu Fuß. Wenn Sie sich beeilen, holen Sie ihn vielleicht noch ein. Aber wenn Sie erst den Wagen holen, dann verpassen Sie ihn womöglich.«

Sie machten sich eilig auf den Weg. Die Frau hielt das Buch schon in der Hand, und ihre Augen glitzerten erwartungsvoll.

Drei Minuten später waren sie wieder da. Matt sah von der Bar her, wie sie, mit Gabriel Dauntsey in der Mitte, zur Tür hereinkamen. Der alte Mann stützte sich auf seine Begleiter und preßte sich ein blutbeflecktes Taschentuch an die Schläfe. Matt eilte ihnen entgegen.

»Was ist passiert?«

Die Frau stammelte sichtlich erschüttert: »Er ist überfallen worden. Sie waren zu dritt, zwei Schwarze und ein Weißer. Sie standen noch über ihn gebeugt, aber als sie uns kommen sahen, sind sie weggerannt. Allerdings mit seiner Brieftasche.«

Der Mann sah sich nach einem freien Stuhl um und half Dauntsey, sich zu setzen. »Wir sollten die Polizei verständigen und einen Krankenwagen rufen.«

Dauntseys Stimme war kräftiger als Matt erwartet hatte. »Nein, nein! Mir fehlt nichts. Ich möchte kein Aufhebens. Es ist bloß eine Schramme, da, wo ich aufs Pflaster aufgeschlagen bin.«

Matt sah ihn unschlüssig an. Die Verletzung schien wirklich nicht so schlimm zu sein, eher schon der Schock, den er davongetragen hatte. Und was hatte es für einen Sinn, die Polizei zu rufen? Die Diebe waren inzwischen ja doch längst über alle Berge, und alles, was bei einer Anzeige herauskäme, wäre ein weiteres minder schweres Vergehen in der Statistik protokollierter, aber ungelöster Verbrechen. Matt, ansonsten ein großer Verfechter der Polizei, war es doch lieber, wenn sie sich in seiner Bar nicht zu oft blicken ließ.

Die Frau sah ihren Mann an und sagte dann in bestimmtem Ton: »Wir müssen sowieso am St.-Thomas-Krankenhaus vorbei. Da bringen wir ihn auf die Unfallstation. Ich denke, das wird wohl das Klügste sein.«

Dauntsey wurde offenbar gar nicht mehr gefragt.

Sie wollen sich so rasch wie möglich der Verantwortung entledigen, dachte Matt, und er konnte es ihnen nicht einmal verübeln. Als sie fort waren, ging er nach oben, um den Weinvorrat zu prüfen, und da bemerkte er auf einem Tisch an der Tür einen Stapel dünner Bücher. Es gab ihm einen Stich, und er empfand aufrichtiges Mitleid für Gabriel Dauntsey. Der arme Teufel war nicht einmal lange genug geblieben, um seine Bücher zu signieren. Aber vielleicht war das ganz gut so. Es wäre doch für alle Beteiligten sehr peinlich gewesen, wenn er nichts verkauft hätte.

16

Am nächsten Morgen, es war Freitag, der 15. Oktober, erwachte Blackie mit dumpfen Vorahnungen. Ihr erster klarer Gedanke war Furcht vor dem kommenden Tag und vor dem, was sie erwartete. Sie schlüpfte in ihren Morgenrock und überlegte, als sie hinunterging, um Tee zu kochen, ob sie wohl Joan wecken und sie, Kopfweh vorschützend, bitten solle, später in ihrem Namen im Verlag anzurufen und dort Bescheid zu sagen, daß sie krank sei, am Montag aber wieder ins Büro komme. Aber sie gab der Versuchung nicht nach. Der Montag würde nur zu rasch kommen und mit ihm eine noch größere Angst. Außerdem würde es Verdacht erregen, wenn sie gerade heute nicht zur Arbeit erschien. Alle wußten schließlich, daß sie sich normalerweise nicht einfach frei nahm und daß sie praktisch nie krank war. Nein, sie mußte ins Büro gehen, als wäre dies ein ganz gewöhnlicher Tag.

Zum Frühstück konnte sie nichts essen. Schon beim Gedanken an Eier und Speck wurde ihr übel, und auch das Müsli blieb ihr schon beim ersten Löffel im Halse stecken. Am Bahnhof kaufte sie sich wie gewöhnlich den *Daily Telegraph,* hielt ihn aber während der Fahrt ungeöffnet an sich gepreßt und starrte blicklos auf das vorbeihuschende Kaleidoskop der Londoner Vororte.

Die Fähre ging mit fünfminütiger Verspätung vom Charing-Cross-Pier ab. Mr. de Witt, sonst immer die Pünktlichkeit in Person, kam just in dem Moment den Anlegesteg heruntergerannt, als Fred Bowling sich entschlossen hatte, endlich abzulegen.

»Tut mir leid«, keuchte Mr. de Witt, »ich hab' verschlafen. Danke, daß Sie auf mich gewartet haben. Ich dachte schon, ich müßte das zweite Boot nehmen.«

Nun waren also alle versammelt, die übliche erste Bootsladung: Mr. de Witt, Blackie selbst, Maggie FitzGerald und Amy Holden aus der Werbung, Mr. Elton, zuständig für Rechte und Lizenzen, und Ken vom Lager. Blackie nahm wie immer vorn am

Bug Platz. Heute hätte sie sich zwar lieber allein ans Heck verzogen, aber auch das hätte womöglich verdächtig gewirkt. Jedes ihrer Worte, jede Handlung war ihr übertrieben deutlich bewußt, gerade so, als würde sie von der Polizei vernommen und müsse aufpassen, was sie sagte oder tat. Sie hörte, wie James de Witt den anderen erzählte, daß Miss Frances ihn gestern noch spätabends angerufen habe, um ihm mitzuteilen, daß Mr. Dauntsey überfallen worden sei. Es war nach seiner Dichterlesung passiert. Zum Glück hatten zwei Herrschaften, die auch in dem Pub gewesen waren, ihn gleich danach gefunden und auf die Unfallstation im St.-Thomas-Krankenhaus gebracht. Der Schock hatte ihm mehr zugesetzt als der Überfall, und inzwischen war er wieder wohlauf. Blackie sagte nichts dazu. Das war schließlich nur ein weiteres, relativ kleines Mißgeschick, wieder mal hatte jemand Pech gehabt. Wie unwichtig schien das im Vergleich zu der drückenden Last ihrer eigenen Angst.

Sonst freute sie sich immer auf die Bootsfahrt. Obwohl sie die gleiche Tour nun schon seit über fünfundzwanzig Jahren machte, hatte die Strecke ihren Reiz für Blackie noch immer nicht verloren. Aber heute erschienen ihr die vertrauten Wahrzeichen nur wie Wegmarken auf der Fahrt in die Katastrophe: die eleganten Eisenverzierungen der Blackfriars-Eisenbahnbrücke; die Southwark Bridge mit der Treppenverbindung zum Southwark Causeway, dem Damm, von dem aus Christopher Wren sich, während er den Bau der St. Paul's Cathedral überwachte, immer über den Fluß rudern ließ; die London Bridge, an deren beiden Enden einst die aufgespießten Häupter von Verrätern zur Schau gestellt wurden; das Traitor's Gate, das, als die Themse noch Londons Hauptverkehrsweg war, den Zugang zum Tower vom Wasser her bildete, inzwischen aber längst trocken ist und grün überwuchert von Algen und Unkraut; und Dead Man's Hole unter der Tower Bridge, wo in alter Zeit die Asche der Toten verstreut wurde, weil es damals außerhalb der Stadtgrenzen lag; endlich die Tower Bridge selbst, dieses Zuckerbäckerwerk mit den weiß und himmelblau leuchtenden Fußgängerüberwegen hoch oben zwischen den Turmspitzen mit ihrem vergoldeten Zierat; und unmittelbar davor das Museumsschiff *H. M. S. Belfast,* der größte Kreuzer der Royal Navy, der am Nordkap, in der Normandie und in Korea zum Einsatz gekommen war. Heute ließ Blackie das alles teilnahmslos an sich vorüberziehen. Zwar redete sie sich ein, daß diese Bangigkeit lächerlich und ganz überflüssig sei; daß sie nur eine kleine Schuld auf sich geladen habe, die im übrigen vielleicht gar nicht so wichtig oder so tadelnswert war; daß sie nur die Nerven behalten müsse, und alles würde gut ausgehen. Aber ihre Herzbeklemmung, die sich inzwischen zu panischer Angst gesteigert hatte, wuchs mit jeder Minute, die sie Innocent House näher brachte, ja sie bildete sich sogar ein, daß ihre gedrückte Stimmung sich auch auf die anderen Passagiere übertrug. Mr. de Witt saß während der Überfahrt meist schweigend hinter seiner Zeitung oder einem Buch, doch die Mädchen waren normalerweise sehr redselig. An diesem Morgen aber verstummten alle, als die Fähre schwerfällig auf ihre angestammte Muring rechts von der Ufertreppe zuschaukelte.

De Witt sagte unvermittelt: »Innocent House. Da wären wir also ...«

Der aufgesetzten Fröhlichkeit in seiner Stimme nach zu urteilen hätten sie gerade von einer Vergnügungsfahrt zurückgekehrt sein können, aber sein Gesicht war wie versteinert. Blackie fragte sich, was wohl mit ihm los sei, was ihm durch den Kopf gehen mochte. Dann, als sie zusammen mit den anderen langsam und vorsichtig die von der Flut überspülten Stufen zur Marmorterrasse hinaufstieg, wappnete sie sich nur noch gegen das, was sie an diesem Tag alles erwarten mochte.

17

George Copeland, der sich in linkischer Verlegenheit hinter seinem Empfangstisch verschanzt hatte, vernahm erleichtert die Schritte auf dem Kopfsteinpflaster. Die Fähre war also endlich angekommen. Lord Stilgoe unterbrach sein zorniges Auf-und-Ab-Marschieren, und beide wandten sich zur Tür. Die kleine Gruppe näherte sich geschlossen, mit James de Witt an der Spitze. Mr. de Witt erfaßte mit einem Blick Georges ängstliche Miene und fragte rasch: »Was nicht in Ordnung, George?«

Die Antwort kam von Lord Stilgoe. Ohne de Witt zu begrüßen, sagte er barsch: »Etienne ist verschwunden. Ich hatte um neun einen Termin bei ihm. Aber als ich kam, war kein Mensch da, außer dem Portier und der Putzfrau. Ich bin es nicht gewohnt, daß man mich versetzt. Meine Zeit ist kostbar, auch wenn's die von Etienne nicht ist. Ich habe heute vormittag noch einen Termin im Krankenhaus.«

De Witt fragte gelassen: »Was meinen Sie mit verschwunden? Ich nehme an, er steckt irgendwo im Stau?«

Jetzt meldete sich George zu Wort: »Nein, Mr. de Witt, er muß schon hier im Haus sein. Sein Jackett hängt über dem Stuhl in seinem Büro. Ich hab' dort nachgesehen, als ich telefonisch keine Verbindung bekam. Und als ich heute morgen aufsperren wollte, war die Haustür nicht verschlossen, zumindest nicht mit dem Banham. Ich brauchte bloß den Yale-Schlüssel, um reinzukommen. Und die Alarmanlage war auch nicht eingeschaltet. Miss Claudia ist eben gekommen, sie kümmert sich drum.«

Wie auf Kommando traten sie alle in die Halle. Claudia Etienne kam, dicht gefolgt von Mrs. Demery, aus Blackies Büro.

»George hat recht«, sagte sie. »Er muß hier irgendwo sein. Über dem Stuhl hängt seine Jacke, und seine Schlüssel liegen in der oberen rechten Schreibtischschublade.« Und an George gewandt fuhr sie fort: »Haben Sie's schon in Nummer 10 versucht?«

»Ja, Miss Claudia. Mr. Bartrum sitzt in seinem Büro, aber

sonst ist niemand drüben. Er hat extra nachgesehen und mich dann zurückgerufen. Aber er sagt, Mr. Gerards Jaguar sei da und parke an derselben Stelle wie gestern abend.«

»Was ist mit der Hausbeleuchtung? War die an, als Sie heute früh kamen?«

»Nein, Miss Claudia. Und in seinem Büro brannte auch kein Licht. Es war alles dunkel.«

In dem Moment traten Frances Peverell und Gabriel Dauntsey ein. George sah, daß Mr. Dauntsey ziemlich hinfällig wirkte. Er ging am Stock, und über seiner rechten Schläfe klebte ein kleines Pflaster. Keiner sprach ihn darauf an. George fragte sich, ob es außer ihm überhaupt jemandem aufgefallen war.

»Gerard ist doch nicht zufällig drüben bei euch in Nummer 12, oder?« fragte Claudia. »Wir können ihn nämlich nirgends finden.«

»Bei uns war er auch nicht, nein«, sagte Frances.

Mandy, die eben hereingekommen war und noch im Gehen ihren Helm abnahm, sagte: »Sein Wagen ist da. Er steht am Ende der Innocent Passage, ich bin grade dran vorbeigefahren.«

Claudia winkte ab. »Schon gut, Mandy, das wissen wir. Ich werd' mal oben nachsehen. Er muß doch irgendwo im Haus sein. Ihr anderen wartet am besten hier.«

Sie ging forschen Schrittes auf die Treppe zu, und Mrs. Demery folgte ihr wie ein Schatten. Blackie holte tief Luft und lief dann, als hätte sie Claudias Anweisung nicht gehört, unbeholfen hinterdrein. »Mrs. Demery muß natürlich wieder mal überall dabeisein«, sagte Maggie FitzGerald, aber ihre Stimme klang unsicher, und als niemand reagierte, errötete sie verlegen, als sei ihr bewußt geworden, daß sie besser nichts gesagt hätte.

Das kleine Grüppchen formierte sich still und, wie George dachte, fast wie von unsichtbarer Hand geschoben, zum Halbkreis. Er hatte die Lichter in der Halle eingeschaltet, und das Deckengemälde leuchtete über ihnen, als wolle es mit seiner zeitlosen Pracht darauf verweisen, wie kläglich ihre Sorgen, wie kleinlich ihre Ängste doch seien. Aller Augen waren nach oben gerichtet. George fand, sie sahen aus wie die Figuren auf einem Heiligenbild, die in Erwartung einer übernatürlichen Erscheinung den Blick gen Himmel lenken. Er stellte sich dazu, um mit ihnen zu warten, auch wenn er nicht recht wußte, ob sein Platz wirklich hier war oder eher draußen am Empfang. Jedenfalls war es nicht seine Sache, die Initiative zu ergreifen und sich der Suche anzuschließen. Er richtete sich wie immer nach dem, was man ihm sagte, doch es wunderte ihn ein bißchen, daß die Chefs sich so brav in die Rolle der Wartenden fügten. Andererseits, warum auch nicht? Es wäre sinnlos, wenn sie alle miteinander in Innocent House herumrennen würden. Drei waren für diese Suchaktion mehr als genug. Wenn Mr. Gerard im Haus war, dann würde Miss Claudia ihn auch finden. Niemand sprach oder rührte sich, mit Ausnahme von James de Witt, der unauffällig neben Frances Peverell getreten war. George kam es so vor, als verharrten sie stundenlang in dieser starren Pose, wie die Akteure eines lebenden Bildes, und doch konnten in Wirklichkeit nur ein paar Minuten vergangen sein.

Dann rief plötzlich Amy mit vor Angst schriller Stimme: »Da schreit wer. Ich hab' wen schreien gehört.« Sie blickte wild verstört in die Runde.

James de Witt drehte sich nicht nach ihr um, sondern hielt den Blick unverwandt auf die Treppe gerichtet. Er sagte ganz ruhig: »Da hat keiner geschrien. Höchstens in Ihrer Phantasie, Amy.«

Dann hörten es alle, laut diesmal und unverkennbar, einen schrillen, verzweifelten Schrei. Sie rückten bis zum Fuß der Treppe vor, doch dort zögerten sie plötzlich, als wage keiner den ersten Schritt nach oben. Sekundenlang blieb alles still, dann setzte das Jammergeschrei wieder ein, das als entferntes Wehklagen begann, dann aber stetig lauter wurde und näher kam. George, der vor Entsetzen wie angewurzelt dastand, konnte die Stimme nicht ausmachen. Sie erschien ihm so unmenschlich wie das Heulen einer Sirene oder das nächtliche Kreischen einer einsamen Katze.

Maggie FitzGerald flüsterte: »Mein Gott, was ist das bloß?«

In diesem Moment erschien, so plötzlich, daß George sie fast für einen Geist gehalten hatte, und mit dramatischem Aplomb, Mrs. Demery oben auf dem Treppenabsatz. Sie stützte Blackie, deren Wehklagen langsam zu stoßweisem Schluchzen verebbte.

James de Witts Stimme war leise, aber sehr klar: »Was ist los, Mrs. Demery? Was ist passiert? Wo ist Mr. Gerard?«

»Im kleinen Archiv. Tot! Ermordet! Das ist passiert. Er liegt da oben halb nackt und steif wie 'n Brett. Irgend'n Teufel hat ihn mit dieser Scheißschlange erdrosselt, jawohl. Sie haben ihm Hissing Sid um den Hals geknotet und den Kopf von dem Viech in seinen Mund gestopft.«

Endlich kam Bewegung in James de Witt. Mit einem Satz war er auf der Treppe. Frances wollte ihm nach, aber er drehte sich um und sagte beschwörend: »Nein, Frances, nein« und schob sie sanft zurück. Lord Stilgoe folgte ihm mit unbeholfen zittrigem Altmännerschritt. Er mußte sich am Treppengeländer festhalten. Gabriel Dauntsey zögerte einen Augenblick, dann ging er den beiden nach.

Mrs. Demery jammerte: »Kann mir vielleicht mal wer helfen? Sie ist schwer wie 'n nasser Sack.«

Frances eilte sofort zu den beiden Frauen und legte einen Arm um Blackies Taille. George, der zu ihnen hochsah, dachte, daß es wohl eher Miss Frances war, die eine Stütze gebraucht hätte. Die beiden nahmen Blackie in die Mitte und mußten sie fast die Treppe hinuntertragen. Blackie stöhnte und flüsterte immerzu: »Es tut mir leid. Es tut mir leid.« Frances und Mrs. Demery führten sie durch die Halle in den hinteren Teil des Hauses, indes das restliche Häuflein an der Treppe ihnen stumm und entsetzt nachblickte.

George ging zurück an den Empfang und zu seiner Telefonvermittlung. Das war sein Platz. Hier fühlte er sich sicher, den Dingen gewachsen. Hier wurde er mit allem fertig. Er hörte Stimmen. Das furchtbare Schluchzen war leiser geworden und wurde jetzt übertönt von Mrs. Demerys schrillem Protest und einem Gewirr von Frauenstimmen. George versuchte, sich dagegen abzuschotten. Es gab Wichtiges zu erledigen, und am besten nahm er es gleich in Angriff. Als erstes versuchte er das Sicherheitsschränkchen unter dem Empfang aufzuschließen, aber seine Hände zitterten so heftig, daß er den Schlüssel nicht ins Schloß bekam. Plötzlich klingelte das Telefon, und er fuhr erschrocken zusammen, suchte fahrig nach den Kopfhörern. Es war Mrs. Velma Pitt-Cowley, und sie verlangte Mr. Gerard zu sprechen. George, dem es zunächst vor Schreck die Sprache verschlagen hatte, brachte schließlich heraus, Mr. Gerard sei nicht erreichbar. Selbst für die eigenen Ohren klang seine Stimme schrill, brüchig, unnatürlich.

»Dann geben Sie mir Miss Claudia. Die wird doch wohl dasein.«

»Nein«, stammelte George, »nein.«

»Was ist denn da los? Sie sind's doch, George, oder? Was ist denn mit Ihnen?«

Kopflos vor Angst legte George einfach auf. Das Telefon klingelte sofort wieder, aber er ging nicht dran, und nach ein paar Sekunden hörte es auf zu läuten. Ohnmächtig zitternd starrte er auf den Apparat. So was war ihm noch nie passiert. Die Zeit verrann, Sekunden, Minuten. Und dann stand auf einmal Lord Stilgoe hoch aufragend vor seinem Pult, und er konnte seinen Atem riechen und spürte die Gewalt seines triumphalen Zorns.

»Geben Sie mir Scotland Yard, Mann. Ich will den Polizeipräsidenten sprechen. Und wenn der nicht greifbar ist, verbinden Sie mich mit Commander Adam Dalgliesh.«

ZWEITES BUCH

TOD EINES VERLEGERS

18

Detective Inspector Kate Miskin schob einen halbleeren Umzugskarton zur Seite, öffnete die Balkontür ihrer neuen Wohnung in den Docklands und blickte, die Hände auf dem polierten Eichengeländer, die Themse entlang, flußaufwärts bis Limehouse Reach und stromab bis zu der großen Schleife rings um die Isle of Dogs. Es war noch relativ früh, erst Viertel nach neun, aber der Morgennebel hatte sich bereits gehoben, und der fast wolkenlose Himmel schimmerte milchig weiß mit ein paar zaghaft durchblinkenden blauen Tupfern. Es war ein Morgen, wie man ihn eher im Frühling als Mitte Oktober erwartet hätte, aber vom Fluß her roch es doch schon herbstlich, ein starkes Gebräu aus Erde und feuchtem Laub, das die salzige Brise vom Meer überlagerte. Es war gerade Flut, und sie konnte sich vorstellen, wie unter den Lichtpünktchen, die, Leuchtkäfern gleich, auf der gekräuselten Wasserfläche tanzten und flimmerten, der starke Sog der Strömung arbeitete, ja, fast spürte sie seine Kraft. Mit dieser Wohnung, dieser Aussicht war wieder ein Ziel erreicht, hatte sie sich einen Schritt weiter von dem tristen kleinen Loch hoch droben in der Ellison-Fairweather-Siedlung entfernt, wo sie die ersten achtzehn Jahre ihres Lebens zugebracht hatte.

Kates Mutter war wenige Tage nach ihrer Geburt gestorben, der Vater unbekannt, und so kam es, daß sie bei der Großmutter mütterlicherseits aufgewachsen war. Diese fühlte sich gestört durch das Kind, weil es sie buchstäblich zu einer Gefangenen in dieser Hochhauswohnung machte, denn mit einem Säugling in ihrer Obhut konnte sie abends nicht mehr ausgehen, um im Pub des Viertels Gesellschaft, Glanz und Wärme zu suchen. Sie war immer verbitterter geworden, teils weil diese Enkelin so aufgeweckt und intelligent war, teils weil man ihr da eine Verantwortung aufgebürdet hatte, für die sie nach Alter, Gesundheitszustand und Naturell völlig ungeeignet war. Kate selbst hatte zu spät, nämlich erst in der Sterbestunde der Großmutter, begriffen, wie sehr sie sie geliebt hatte, und im nachhinein kam es ihr so vor, als hätten sie sich im Moment dieses Todes gegenseitig einen lebenslangen Rückstand an Liebe erstattet. Sie wußte, daß sie sich nie völlig von der Ellison-Fairweather-Siedlung würde befreien können. Gleich als sie in dem großen modernen Lift in die neue Wohnung heraufgefahren war, hatte sie sich an den Aufzug in Ellison Fairweather erinnert, an die verdreckten, beschmierten Wände mit den Graffiti, an den Uringestank, die Zigarettenkippen, die weggeworfenen Bierdosen. Oft hatten Halbstarke mutwillig den Fahrstuhlbetrieb gestört, und dann mußten sie und die Großmutter ihre Einkäufe und die Wäsche sieben Stockwerke zu Fuß hochschleppen, wobei sie auf jedem Treppenabsatz haltmachten, damit die Großmutter verschnaufen konnte. Und jedesmal, wenn sie dort im Kreise ihrer Plastiktüten auf der Treppe hockte, den pfeifenden Atem der alten Frau im Ohr, hatte sie sich geschworen: »Wenn ich erst groß bin, dann komm' ich hier raus. Ich werde wegziehen aus dieser Scheiß-Ellison-Fairweather-Siedlung und nie mehr zurückkommen. Ich werde nie mehr arm sein. Und ich werde nie wieder diesen Mief riechen müssen.«

Sie hatte den Polizeidienst als Sprungbrett gewählt, hatte der Versuchung widerstanden, ihren Abschluß an der höheren Schule zu machen oder sich um die Zulassung zur Universität zu bemühen, weil es ihr einzig darauf ankam, rasch Geld zu verdienen, um fortzukönnen, nur fort. Die erste kleine Wohnung in dem viktorianischen Haus am Holland Park war der Anfang gewesen. Nach dem Tod ihrer Großmutter war sie noch neun Monate in der alten Siedlung geblieben, denn sie wußte, daß ein sofortiger Auszug einer Flucht gleichgekommen wäre – auch wenn ihr nicht ganz klar war, wovor, vielleicht vor einer Realität, der es sich zu stellen galt –, und sie wußte auch, daß Sühne zu leisten war und daß es noch allerhand gab, was sie über sich lernen mußte und nur dort lernen konnte. Die Zeit würde kommen, da sie sich lösen und die Tür mit dem Gefühl schließen durfte, nun sei eine Zäsur erreicht, da sie eine Vergangenheit hinter sich lassen konnte, an der zwar nichts mehr zu ändern war, die sie aber akzeptieren konnte mit all ihren Qualen, ihren Schrecken – ja, und auch Freuden –, versöhnlich und als einen Teil von ihr. Und jetzt war diese Zeit gekommen.

Die Wohnung war natürlich nicht das, was sie sich ursprünglich erträumt hatte. Sie hatte sich in einem der großen umgebauten Speicherhäuser unweit der Tower Bridge gesehen, in einer Wohnung mit hohen Fenstern und weitläufigen Räumen, mächtigen Eichensparren und (was sicher dazugehörte) dem immer noch spürbaren Duft exotischer Gewürze. Aber dieser Traum hätte trotz sinkender Immobilienpreise ihre Mittel weit überstiegen. Und die Wohnung, für die sie sich nun nach gründlicher Suche entschieden hatte, war keine schlechte zweite Wahl. Sie hatte die höchstmögliche Hypothek aufgenommen, denn sie war davon überzeugt, daß es sich langfristig auch finanziell auszahlen würde, das Beste zu kaufen, was sie sich leisten konnte. Sie hatte einen großen Wohnraum, etwa dreieinhalb auf fünfeinhalb Meter, und zwei kleinere Schlafzimmer, eines davon mit separater Dusche. Die Küche war groß genug für einen Eßplatz und mit allem Komfort ausgestattet. Der südwestseitige Balkon, der über die ganze Länge des Wohnzimmers verlief, war schmal, aber doch breit genug für einen kleinen Tisch und ein paar Stühle. Im Sommer würde sie also draußen essen können. Und sie war froh, daß sie bei den Möbeln für ihre erste Wohnung nicht gespart hatte. Das Sofa und die beiden Sessel aus echtem Leder würden sich in diesem modernen Rahmen sehr gut machen. Ein Glück, daß sie statt schwarz lieber beige genommen hatte. Schwarz hätte doch zu geschniegelt ausgesehen. Und der schlichte Tisch nebst den Stühlen aus Rüster paßte auch sehr gut hinein.

Außerdem hatte sie noch das Glück gehabt, eine Eckwohnung zu erwischen, mit Fenstern nach zwei Seiten sowie zwei Balkone. Vom Schlafzimmer aus konnte Kate das glitzernde Panorama der Canary Wharf sehen, den TV-Turm wie ein riesiger Bleistift mit lichtgekrönter Spitze, das mächtige weiße Halbrund des angrenzenden Gebäudes, die stille Wasserfläche der ehemaligen West India Docks und die Hochbahn, die Docklands Light Railway, deren Züge von hier drüben aussahen wie aufziehbare Spielzeugwagen. Dieses gigantische neue Zentrum aus Glas und Beton, das zum Teil noch in der Planungsphase war, würde erst richtig zum Leben erwachen, wenn alle Firmen eingezogen waren. Dann würde sie hinunterschauen können auf ein pralles Schauspiel, auf den bunt schillernden, stetig wechselnden Ameisenzug von einer halben Million Menschen, Männer und Frauen, die geschäftig ihrer Arbeit nachgingen. Der andere, nach Südwesten gelegene Balkon überblickte die Themse und den wie eh und je gemächlich dahingleitenden Verkehr auf dem Fluß: Fähren, Vergnügungsdampfer, die Boote der Wasserschutzpolizei und der Londoner Hafenbehörde, die großen Kreuzer, die stromauf fuhren, um an der Tower Bridge anzulegen. Kate liebte Kontraste, hatte sie immer schon reizvoll gefunden, und hier in der Wohnung konnte sie nach Belieben von einer Welt zur anderen wechseln, von der neuen in die alte, vom stehenden Wasser zum Gezeitenfluß, den T. S. Eliot angerufen hatte als den mächtigen braunen Gott.

Dadurch, daß sie eine Türsprechanlage am Haupteingang und zwei Sicherheitsschlösser nebst -kette an ihrer Eingangstür hatte, war die Wohnung für eine Polizeibeamtin besonders geeignet. Eine Tiefgarage war ebenfalls vorhanden, zu der die Bewohner einen eigenen Schlüssel besaßen. Auch das war wichtig für sie. Und die Fahrt nach New Scotland Yard würde wohl nicht zu kompliziert werden; immerhin wohnte sie ja auf der richtigen Seite des Flusses. Vielleicht würde sie allerdings manchmal die Fähre zum Westminster Pier nehmen, um den Fluß besser kennenzulernen, Teil seines Lebens und seiner Geschichte zu werden. Morgens würde sie vom Kreischen der Möwen erwachen und auf den Balkon hinaustreten, in diese kühle, weiße Weite. Als sie jetzt gleichsam zwischen dem glitzernden Wasser und dem zartblauen Himmel stand, überkam sie ein ganz außerordentliches Gefühl, das sie früher schon manchmal empfunden hatte und das ihrer Meinung nach die stärkste Annäherung an eine religiöse Erfahrung sein mußte, deren sie fähig war. Jedenfalls spürte sie ein schier übermächtiges, ja fast körperliches Verlangen zu beten, zu preisen, zu danken (ohne daß sie gewußt hätte, wem) und vor Freude zu jauchzen, eine Freude, die inniger war als die über das eigene körperliche Wohlbefinden oder ihre Leistungen, ja selbst über die Schönheit der erfaßbaren Welt.

Sie hatte ihre eingebauten Bücherschränke in der alten Wohnung gelassen, aber die Wand gegenüber dem Fenster war ganz mit neuen, eigens nach Kates Angaben gefertigten Regalen bestückt, und in die räumte Alan Scully, der neben einer Umzugskiste kniete, eben ihre Bücher ein. Sie war selbst überrascht gewesen von der Menge, die sie angeschafft hatte, seit sie ihn kannte. Keiner der Schriftsteller, die er ihr nahebrachte, war ihr je in der Schule begegnet – was freilich ihrer Dankbarkeit der Ancroft-Gesamtschule gegenüber keinen Abbruch tat. Denn diese Schule hatte ihr gegeben, was in ihren Kräften stand. Die Lehrer, die Kate früher wegen ihrer Arroganz verachtet hatte, schätzte sie im nachhinein für ihr Engagement, für ihren nimmermüden Kampf um Disziplin, für ihr Bemühen, mit großen Klassen und Kindern mit einem Dutzend verschiedener Muttersprachen fertig zu werden, dabei auf konkurrierende Bedürfnisse Rücksicht zu nehmen, und, so gut es ging, auch noch die entsetzlichen Probleme anzupacken, die einige der Kinder daheim hatten, und sie allesamt durch die Prüfungen zu bringen, die ihnen den Weg in eine bessere Zukunft ein wenig erleichtern konnten. Dennoch hatte sie, Kate, das meiste an Bildung und Erziehung erst nach der Schule mitbekommen. Hinter dem Fahrradschuppen der Schule und auf ihrem geteerten Spielplatz hatte sie alles Unwichtige über Sex, aber nichts Wichtiges erfahren. Erst durch Alan hatte sie das und vieles andere nachholen können. Er hatte sie an die Literatur herangeführt, und zwar ganz ohne Herablassung, denn er sah sich nicht als eine Art Pygmalion, sondern wollte einfach mit dem Menschen, den er liebte, die Dinge teilen, die ihm lieb und teuer waren. Und jetzt war die Zeit gekommen, wo auch das enden mußte.

Sie hörte seine Stimme: »Wenn wir ohnehin Pause machen, dann koch' ich uns einen Kaffee. Oder bewunderst du bloß grade die Aussicht?«

»Was heißt bewundern, ich bin ganz weg davon. Sag, wie gefällt's dir, Alan?«

Er war zum erstenmal in der Wohnung, und sie hatte sie ihm mit dem Stolz eines Kindes auf sein neues Spielzeug vorgeführt.

»Sie wird mir schon gefallen, wenn du endlich fertig eingerichtet bist. Das heißt, falls ich sie noch zu sehen kriege, wenn alles komplett ist. Was ist mit den Büchern hier? Möchtest du Lyrik, Belletristik und Sachbücher getrennt einordnen? Im Augenblick steht nämlich Dalgliesh neben Defoe.«

»Defoe? Ich wußte gar nicht, daß ich den hab'. Ich mag Defoe eigentlich überhaupt nicht. Ach so, ja, ich glaub', wir stellen sie getrennt. Und dann alphabetisch nach Autoren geordnet.«

»Der Dalgliesh ist eine Erstausgabe. Fühltest du dich genötigt, ihn im Hardcover zu kaufen, weil er dein Chef ist und du für ihn arbeitest?«

»Nein. Ich lese seine Gedichte, um festzustellen, ob ich ihn dann besser verstehen kann.«

»Na, und? Klappt's?«

»Eigentlich nicht, nein. Ich kann die Gedichte nicht mit dem Mann in Verbindung bringen. Und wenn's doch mal gelingt, dann ist es direkt zum Fürchten. Ihm entgeht praktisch nichts.«

»Nicht signiert, wie ich sehe. Du hast ihn also nicht drum gebeten.«

»Das wäre uns beiden bloß peinlich gewesen. Spiel nicht damit rum, Alan. Stell's ins Regal und Schluß.«

Sie kniete sich neben ihn. Ihre Fachbücher hatte er gar nicht erwähnt, aber Kate sah, daß sie fein säuberlich neben dem Karton aufgestapelt waren. Sie fing an, eins nach dem anderen aufs unterste Bord zu stellen: ein Exemplar der jüngsten Kriminalstatistiken, den *Police and Criminal Evidence Act 1984,* Blackstones *Guide to the Criminal Justice Act 1991,* Butterworths Werk über das Polizeirecht, Keanes *The Modern Law of Evidence,* Clifford Hogans Abhandlung über Kriminalrecht, das Schulungshandbuch der Polizei und den Sheehy-Report. Der Handapparat einer karrieresüchtigen Frau, dachte sie und fragte sich, ob Alan damit, daß er die Bücher kommentarlos beiseite legte, wohl etwas andeuten, ja vielleicht sogar unbewußt ein Urteil abgeben wollte, das sich auf mehr als ihre Bibliothek bezog. Zum erstenmal seit Jahren sah sie ihre Beziehung aus dem Blickwinkel eines unbeteiligten und kritischen Beobachters. Es war einmal eine berufstätige Frau, erfolgreich, ehrgeizig, die genau weiß, was sie will. Obwohl sie tagtäglich mit den Scherbenhaufen gescheiterter Existenzen fertig werden muß, hat sie aus ihrem eigenen Leben sorgfältig allen Schmutz verbannt. Ein notwendiges Accessoire dieser wohlorganisierten Selbstgenügsamkeit ist ein Liebhaber, intelligent, von angenehmer Erscheinung, bei Bedarf verfügbar, gut im Bett und außerhalb desselben anspruchslos. Drei Jahre lang hatte Alan Scully diese Rolle vortrefflich gespielt. Kate wußte, daß sie sich dafür mit Zuneigung, Treue, Freundlichkeit und Verständnis revanchiert hatte, was ihr in keinem Punkt schwergefallen war. Aber war es so erstaunlich, daß er nach all dieser Zeit mehr für sie sein wollte als bloß eine Art modisches Beiwerk?

Sie mahlte den Kaffee und sog genüßlich den frischen Duft ein; kein fertiger Kaffee schmeckte je so gut, wie die Bohnen rochen, fand sie. Sie setzten sich mit ihren Tassen auf den Fußboden und lehnten sich mit dem Rücken gegen eine noch ungeöffnete Kiste. »Welchen Flug nimmst du nächsten Mittwoch?« fragte sie.

»Die Elf-Uhr-Maschine, BA 175. Du hast es dir nicht inzwischen anders überlegt?«

Fast hätte sie gesagt: »Nein, ich kann nicht, Alan, es ist unmöglich«, aber sie besann sich gerade noch. Es war ja nicht unmöglich. Sie hätte ihre Meinung sehr wohl ändern können. Die ehrliche Antwort war, daß sie ihn nicht begleiten wollte. Sie hatten schon oft über das Problem gesprochen, und sie wußte jetzt, daß sie zu keinem Kompromiß fähig war. Sie verstand seine Gefühle und seine Wünsche. Es war ja nicht so, als ob er sie zu erpressen versuchte. Ihm bot sich die Chance, für drei Jahre in Princeton zu arbeiten, und die wollte er sich nicht entgehen lassen. Es war wichtig für seine Karriere, für seine Zukunft. Trotzdem würde er in London bleiben und seine Stelle in der Bibliothek behalten, wenn auch Kate bereit wäre, sich zu binden, wenn sie einwilligte, ihn zu heiraten oder zumindest mit ihm zusammenzuleben und ein Kind zu bekommen. Es war nicht so, daß er ihren Beruf geringer achtete als den eigenen; wenn nötig, würde er eine Zeitlang aussetzen und zu Hause bleiben, während sie weiter arbeiten ging. Diese fundamentale Gleichheit hatte er ihr schon immer zugestanden. Aber er war es nun einmal leid, immer nur am Rande ihres Lebens zu existieren. Sie war die Frau, die er liebte, und er wollte sein Leben mit ihr verbringen. Er wäre also in der Tat bereit, Princeton aufzugeben, aber nicht, wenn das bedeutete, so weiterzumachen wie bisher; er wollte Kate nicht mehr nur dann sehen können, wenn der Dienstplan es erlaubte, wollte nicht länger ihr Geliebter sein und dabei die Gewißheit haben, daß er nie mehr sein würde als das.

»Ich bin noch nicht bereit für Ehe und Mutterschaft«, sagte Kate. »Und vielleicht werd' ich's nie sein, vor allem, was letzteres betrifft. Ich wäre auch keine gute Mutter. Mir fehlt die Ausbildung, verstehst du.«

»Ich glaube nicht, daß es da viel zu lernen gibt.«

»Aber Liebe und Verantwortungsgefühl müssen sein. Und das ist etwas, wozu ich nicht fähig bin. Was man selber nie gehabt hat, kann man auch nicht weitergeben.«

Er widersprach nicht und versuchte auch nicht, sie umzustimmen. Es war alles gesagt.

»Immerhin haben wir noch fünf Tage«, meinte er, »nicht zu vergessen den heutigen. Heute morgen auspacken, dann Lunch in einem Pub an der Themse, vielleicht im *Prospect of Whitby*. Dafür dürfte die Zeit ja wohl reichen. Und du mußt schließlich was essen. Um wieviel Uhr sollst du im Yard sein?«

»Um zwei. Ich hab' nur einen halben Tag freigekriegt. Daniel Aaron hat heute Urlaub, da war's nicht leicht, was rauszuschinden. Aber ich werde so früh wie möglich Feierabend machen, und dann können wir hier zusammen zu Abend essen. Eine Mahlzeit im Lokal reicht. Wir können uns ja was vom Chinesen mitnehmen.«

Alan brachte gerade die Kaffeetassen in die Küche, als das Telefon läutete. »Dein erster Anruf!« rief er. »Das kommt davon, wenn man beim Umzug Karten mit der neuen Adresse verschickt. Jetzt wirst du dich nicht mehr retten können vor Freunden, die dir Glück im neuen Heim wünschen wollen.«

Aber das Telefonat dauerte nur ganz kurz, und Kate sagte kaum etwas, nachdem sie sich gemeldet hatte. Als sie auflegte, rief sie in die Küche hinüber: »Das war das Dezernat. Ungeklärter Todesfall. Ich soll sofort hinkommen. Es handelt sich um eine Adresse direkt am Fluß, da holt AD mich gleich in einem Polizeiboot hier ab. Tut mir leid, Alan.« Ihr war, als habe sie die letzten drei Jahre damit zugebracht, »Tut mir leid, Alan« zu sagen.

Sie schauten sich einen Moment lang schweigend an, dann sagte er: »Wie es war im Anfang, so auch jetzt und für alle Zeit. Was soll ich tun, Kate, möchtest du, daß ich weiter auspacke?«

Plötzlich war ihr der Gedanke, daß er allein hierblieb, unerträglich. »Nein, laß nur. Ich mach's später. Es eilt nicht.«

Aber er machte doch weiter, während sie sich umziehen ging. Jeans und Sweatshirt waren genau richtig gewesen für die staubige Schlepperei beim Einzug und den anschließenden Wohnungsputz. Aber jetzt wählte sie ein Paar beigefarbene Cordhosen, eine gutgeschnittene Tweedjacke und einen Rollkragenpullover aus feiner cremefarbener Wolle. Sie flocht ihr dichtes

Haar zu einem hoch angesetzten Zopf, dessen Ende sie mit einer Spange befestigte.

Bei der Rückkehr ins Wohnzimmer bedachte Alan sie mit seinem gewohnt prüfenden Lächeln und sagte: »Deine Dienstkluft? Ich weiß nie, ob du dich für Adam Dalgliesh schönmachst oder für die Tatverdächtigen. Die Leiche scheidet ja wohl aus.«

»Diese Leiche liegt nicht gerade in irgend 'nem Straßengraben.«

Sie war relativ neu, diese Eifersucht auf ihren Chef, und vielleicht war sie sowohl Symptom wie auch Ursache für den Wandel in ihrer Beziehung.

Schweigend gingen sie miteinander hinaus. Erst als Kate die Haustür zweimal hinter sich abschloß, kam wieder ein Gespräch in Gang. »Sehe ich dich noch mal, bevor ich Mittwoch fliege?« fragte er.

»Ich weiß nicht, Alan. Ich weiß es wirklich nicht.«

Aber sie wußte es doch. Wenn dieser Fall so wichtig war, wie es den Anschein hatte, dann stand ihr die nächste Zeit ein Sechzehn-Stunden-Tag bevor, falls das reichte. Sie würde auf diese wenigen Stunden, die sie zusammen in der Wohnung verbracht hatten, mit Freude, aber auch ein wenig traurig zurückblicken. Doch was sie jetzt empfand, das war berauschender, und sie spürte es jedesmal, wenn sie zu einem neuen Fall gerufen wurde. Das war ihr Beruf, einer, für den sie ausgebildet und in dem sie gut war, einer, der ihr Freude machte. Schon in dem Bewußtsein, daß dies vielleicht auf Jahre hinaus ihr letztes Zusammensein war, entfernte sie sich in Gedanken von ihm und machte sich innerlich bereit für die Aufgabe, die vor ihr lag.

Er hatte den Wagen auf einem der reservierten Plätze rechts vom Vorhof geparkt, aber er stieg nicht ein. Statt dessen wartete er mit ihr auf die Ankunft des Polizeibootes. Sobald der dunkelblaue, schnittige Bug in Sicht kam, wandte er sich wortlos von ihr ab und ging zurück zu seinem Auto. Aber er fuhr noch immer nicht weg. Als das Boot längsseits beidrehte, wußte Kate, daß er weiter warten und zusehen würde, wie die hochgewachsene Gestalt an der Reling eine Hand ausstreckte, um ihr an Bord zu helfen.

19

Der Anruf erreichte Inspector Daniel Aaron kurz vor der Eastern Avenue. Er brauchte nicht anzuhalten, um das Gespräch entgegenzunehmen; die Nachricht war knapp und klar. Ungeklärter Todesfall in Innocent House, Innocent Walk. Die Zentrale würde die Spurensicherung verständigen, und das SpuSi-Köfferchen konnte Robbins schon mit an den Tatort bringen.

Die Weisung kam wie gerufen. Seine erste Reaktion war fiebrige Erregung, denn hier winkte endlich die große Aufgabe, auf die er so sehnsüchtig gewartet hatte. Vor drei Monaten erst hatte er Massingham beim Sonderdezernat abgelöst, und seitdem brannte er darauf, sich zu bewähren. Aber das war nicht der einzige Grund. Er war unterwegs nach Ilford, zu seinen Eltern. Heute war ihr vierzigster Hochzeitstag, und den wollten sie zusammen mit ihm, der Schwester seiner Mutter und deren Mann bei einem festlichen Mittagessen feiern. Er hatte frühzeitig einen Tag Urlaub eingereicht, wohl wissend, daß er sich vor einem solchen Familienereignis schlechterdings nicht drücken konnte, aber er hatte nicht die geringste Lust, hinzugehen. Was ihm bevorstand, waren ein pompöser, aber steifleinerner Lunch in dem beliebten Kaufhausrestaurant, das seine Mutter ausgesucht hatte, gefolgt von einem Nachmittag voll langweiliger Familiengeschichten. Er wußte, daß er in den Augen seiner Tante ein liebloser Sohn, enttäuschender Neffe und ein schlechter Jude war. An einem solchen Tag würde sie ihr Mißfallen vielleicht nicht offen zur Schau stellen, aber auch erzwungene Rücksichtnahme hätte kaum zur Auflockerung der Atmosphäre beigetragen.

Er bog in eine Nebenstraße ein und hielt an, um zu telefonieren. Es würde ein heikles Gespräch werden, das er lieber nicht während der Fahrt führen wollte. Als er die Nummer eintippte, spürte er eine Reihe von widerstreitenden Gefühlen in sich aufsteigen: Erleichterung darüber, daß er eine triftige Entschuldigung hatte, den Lunch zu schwänzen; Skrupel vor der peinlichen Absage; freudige Erregung darüber, daß er unterwegs zu einem Fall war, der Großes versprach; und die gewohnten Schuldgefühle, die ihm, so irrational sie waren, gleichwohl jede Freude vergällten. Trotzdem hatte er nicht die Absicht, seine Zeit mit Auseinandersetzungen oder langwierigen Erklärungen zu verschwenden. Kate Miskin war vielleicht schon am Tatort. Der Dienst ging vor, und seine Eltern würden das akzeptieren müssen.

Sein Vater meldete sich. »Daniel! Ja, bist du denn noch nicht unterwegs? Du hast doch gesagt, du willst ganz früh hiersein, damit wir noch ein bißchen Zeit für uns haben, bevor die anderen kommen. Wo steckst du denn jetzt?«

»Ich bin auf der Eastern Avenue. Tut mir leid, Vater, aber ich kann nicht kommen. Gerade hat mich das Dezernat angerufen. Ein dringender Fall. Mord. Ich muß umgehend an den Tatort fahren.«

Und dann die Stimme seiner Mutter, als sie den Hörer übernahm. »Was sagst du da, Daniel? Hast du gesagt, du kommst nicht? Aber du mußt kommen! Du hast's versprochen. Deine Tante und dein Onkel werden gleich hiersein. Es ist unser vierzigster Hochzeitstag. Was wär' das für ein Fest, wenn ich meine Söhne nicht alle beide um mich hab'? Und du hast's fest versprochen.«

»Ja, ich weiß, und ich wär' ja jetzt auch nicht auf der Eastern Avenue, wenn ich nicht hätte kommen wollen. Ich hab' den Anruf eben erst gekriegt.«

»Aber du bist beurlaubt! Was nützt dir ein freier Tag, wenn die dich so mir nichts, dir nichts zurückbeordern? Kann das denn nicht wer anders erledigen? Warum mußt immer du herhalten?«

»Es trifft ja nicht immer mich. Bloß heute. Ein dringender Fall. Es handelt sich um Mord.«

»Mord! Und du läßt dich lieber auf einen Mord ein als mit deinen Eltern zu feiern? Mord. Tod! Kannst du nicht zwischendurch auch mal an die Lebenden denken?«

»Tut mir leid, aber ich muß jetzt Schluß machen.« Er setzte ingrimmig hinzu: »Ich wünsche euch einen guten Appetit« und legte auf.

Es war schlimmer gewesen, als er sich vorgestellt hatte. Er blieb noch ein paar Sekunden sitzen, um wieder zur Ruhe zu kommen und gegen die Gereiztheit anzukämpfen, die in ihm aufstieg und in Zorn umzuschlagen drohte. Dann trat er die Kupplung durch, suchte sich eine Einfahrt, in der er bequem wenden konnte, und fädelte sich wieder in den Verkehr ein. Er steckte jetzt mitten in der morgendlichen Rush-hour, auch wenn der Begriff nicht recht zu dieser stockenden Fortbewegungsart passen wollte. Und er hatte Pech mit den Ampelschaltungen. Immer wieder mußte er anhalten, weil eine Ampel nach der anderen vor ihm auf Rot sprang. Noch hatte er gar keine Vorstellung von dem Schauplatz des gewaltsamen Todes, zu dem er in solch enervierendem Schneckentempo unterwegs war, doch einmal dort angekommen, würden die Ermittlungen all sein Denken und seine ganze Kraft in Anspruch nehmen. Vorerst jedoch entfernte er sich zwar physisch Meile für schmerzvolle Meile von seinem Elternhaus in Ilford, aber aus seinen Gedanken konnte er es noch nicht verbannen.

Die Familie war aus dem Reihenhaus in Whitechapel, wo er geboren wurde, ausgezogen, als er zehn und David dreizehn Jahre alt war. Aber für ihn bedeutete Zuhause noch immer die Balaclava Terrace 27. Es war eine der wenigen Straßen, die im Zweiten Weltkrieg nicht den feindlichen Bombern zum Opfer gefallen waren und die auch nachher hartnäckig ihren Platz behaupteten, indes die umliegenden Häuser eins nach dem anderen inmitten beißender Staubwolken niedergerissen und von riesigen Hochhaustürmen verdrängt wurden, die aussahen wie der Grundstock zu einer Stadt der Außerirdischen. Auch ihre Straße hätte längst dran glauben müssen, wäre da nicht jene exzentrische, sture alte Frau in der Nachbarschaft gewesen, deren Bemühungen, wenigstens ein kleines Eckchen vom alten East End zu erhalten, mit einem Engpaß im Stadtsäckel zusammenfielen, der ambitionierte Baupläne vorerst auf Eis legte. Und darum stand die Balaclava Terrace also noch, wenn auch inzwischen sicher luxussaniert und von Jungmanagern, Assistenzärzten vom London Hospital und Medizinerwohngemeinschaften als Zuflucht vor der kalten, unpersönlichen Moderne okkupiert. Von der Familie war nie jemand dorthin zurückgekehrt. Für seine Eltern hatte sich mit dem Umzug ein Traum erfüllt, einer, der fast angst machte, als er Wahrheit zu werden versprach, und der Gegenstand endloser, von den Kindern nur halb verstandener Unterhaltungen war, die bis tief in die Nacht dauerten. Seinen Vater hatte man damals gerade nach bestandenem Buchprüfungsexamen befördert, und mit diesem Umzug wollten sie die Vergangenheit abschütteln, einen Schritt nach Nordosten tun, der gleichzeitig ein Schritt nach oben war und der die Entfernung zu jenem polnischen Dorf mit dem unaussprechlichen Namen, aus dem Daniels Urgroßvater stammte, wieder um ein paar Meilen vergrößerte. Man würde sich einschränken müssen, eine Hypothek aufnehmen, ängstlich jeden Penny umdrehen und alle Ausgaben sorgfältig gegeneinander abwägen.

Aber es war alles gut gegangen. Kein halbes Jahr nach dem Umzug hatte ein überraschender Todesfall in der Firma zu einer weiteren Beförderung und damit zu finanzieller Sicherheit geführt. Das Haus in Ilford besaß eine moderne Einbauküche und eine dreiteilige Sitzgarnitur fürs Wohnzimmer. Die Frauen, die in der neuen Gemeinde die Synagoge besuchten, waren schick gekleidet, doch mittlerweile gehörte seine Mutter zu den schicksten. Daniel hatte den Verdacht, daß er als einziger aus der Familie der Balaclava Terrace nachtrauerte. Er schämte sich des Hauses in Ilford und schämte sich fast noch mehr, weil er etwas, das so schwer erkämpft war, verachtete. Wenn ich Kate Miskin je mit nach Hause bringen sollte, dachte er bei sich, dann würde ich sie lieber in die Balaclava Terrace führen statt nach The Drive, Ilford. Aber was zum Kuckuck hatte Kate Miskin damit zu tun, wo oder wie er lebte? Sie nach Hause einzuladen stand doch überhaupt nicht zur Debatte. Er arbeitete erst seit drei Monaten mit ihr im Sonderdezernat. Was also hatte Inspector Kate Miskin mit seinem Familienleben zu tun?

Er glaubte den Grund für seine Unzufriedenheit zu kennen: Neid. Fast seit frühester Kindheit hatte er gewußt, daß seine Mutter den älteren Bruder vorzog. Sie war fünfunddreißig gewesen, als David zur Welt kam, ein Alter, in dem sie die Hoffnung auf ein Kind schon fast aufgegeben hatte. Die überbordende Liebe, die sie verständlicherweise für ihren Erstgeborenen empfand, war von so unglaublicher Intensität gewesen, daß sich mit ihr fast alles, was sie an mütterlicher Zuwendung zu geben hatte, verausgabte. Als dann drei Jahre später Daniel kam, freute man sich zwar, aber ein heißersehntes Wunschkind war er nie gewesen. Er erinnerte sich, wie er als Vierzehnjähriger dabeigewesen war, als eine Frau in den Kinderwagen einer Nachbarin schaute und beim Anblick des Neugeborenen sagte: »Und der ist also Nummer fünf? Na ja, aber es bringt trotzdem jedes seine eigene Liebe mit, nicht wahr?« Von sich hatte er dieses Gefühl nie gehabt.

Und dann hatte David mit elf Jahren diesen Unfall gehabt, und die Wirkung auf ihre Mutter hatte Daniel bis heute nicht vergessen. Ihr wilder Blick, als sie sich an seinen Vater klammerte, ihr Gesicht, bleich vor Schmerz und Entsetzen, das plötzlich das Gesicht einer rasenden Fremden war, ihr unerträgliches Schluchzen, die quälend langen Stunden, die sie an Davids Bett im London Hospital verbrachte, während Daniel in der Obhut von Nachbarn zurückblieb. Am Ende mußten sie David das linke Bein unterhalb des Knies amputieren. Mit überschäumender Zärtlichkeit und so triumphierend, als sei er von den Toten auferstanden, hatte die Mutter ihren ältesten Sohn heimgebracht, und in diesem Moment wußte Daniel, daß er jetzt erst recht keine Chance mehr hatte, mitzuhalten. David war mutig gewesen, duldsam, ein pflegeleichtes Kind. Daniel dagegen war launisch, eifersüchtig, schwierig. Und intelligent. Er vermutete, daß er klüger war als David, hatte ihre intellektuelle Rivalität aber dennoch bald aufgegeben. David war derjenige gewesen, der auf die London University ging, Jura studierte, seine Anwaltszulassung bekam und jetzt in eine Kanzlei eingetreten war, die sich auf Strafrecht spezialisiert hatte. Daß Daniel sich dagegen mit achtzehn und frisch von der Schule bei der Polizei beworben hatte, war eine reine Trotzhandlung gewesen.

Daniel redete sich ein – und halb glaubte er es sogar –, daß seine Eltern sich seines Berufes schämten. Auf jeden Fall prahlten sie nie mit seinen Erfolgen, wie sie es bei David taten. Er entsann sich zum Beispiel einer Bemerkung, die seine Mutter an ihrem letzten Geburtstag gemacht hatte. Gleich bei der Begrüßung an der Tür hatte sie gesagt: »Ich habe Mrs. Forsdyke nicht erzählt, daß du Polizist bist. Aber falls sie sich erkundigen sollte, was du machst, dann sag' ich's ihr natürlich.«

Und sein Vater hatte leise ergänzt: »Vergiß auch nicht zu erwähnen, daß er in Commander Dalgliesh' Sonderdezernat arbeitet, Mutter, einer Einheit, die man nur mit besonders schwierigen Fällen betraut.«

Daniel aber hatte mit einer Bitterkeit, die ihn selbst überraschte, eingewandt: »Ich bin mir nicht sicher, ob das die Schande wettmacht. Außerdem, was wird die alte Schrulle schon tun? Ohnmächtig in ihren Krabbencocktail fallen? Warum sollte mein Job sie stören, es sei denn, ihr Alter dreht krumme Dinger?« O mein Gott, hatte er gedacht, jetzt fang' ich schon wieder an. Noch dazu an ihrem Geburtstag. »Kopf hoch, Mutter! Immerhin hast du wenigstens einen ehrbaren Sohn. Du kannst Mrs. Forsdyke ja sagen, daß es Davids Job ist zu lügen, um Verbrecher aus dem Kittchen rauszuhalten, und daß ich das gleiche tue, um sie einzubuchten.«

Ach was, sollten sie doch ihren Spaß dran haben, bei der Vorspeise über ihn herzuziehen. Und Bella würde natürlich auch dasein. Sie war Anwalt, wie David, aber *sie* hatte sich *bestimmt* für den Hochzeitstag seiner Eltern freigemacht. Bella, die ideale Schwiegertochter in spe. Bella, die Jiddisch lernte, zweimal im Jahr nach Israel reiste und Geld für die Immigranten aus Rußland und Äthiopien sammelte, Bella, die in die Beit Midrasch ging, die Talmudschule an der Synagoge, und die den Sabbat einhielt; Bella, die nur allzu gerne ihre vorwurfsvollen dunklen Augen auf Daniel richtete und um sein Seelenheil bangte.

Es hatte keinen Zweck, ihnen zu sagen: »Ich glaube nicht mehr daran.« Denn wieviel glaubten seine Eltern schließlich noch? Angenommen, man riefe sie unter Eid in den Zeugenstand und fragte sie, ob sie wirklich glaubten, daß Moses am Sinai die Thora aus Gottes eigener Hand empfangen habe und daß ihr Leben von der richtigen Antwort abhinge. Was würden sie sagen? Einmal hatte Daniel seinem Bruder die Frage gestellt, und er erinnerte sich noch an dessen Antwort. Sie hatte ihn damals überrascht und tat es noch heute, denn sie ließ darauf schließen, daß David zu hintergründigen Sophistereien fähig war, auf die er, Daniel, sich nie verstanden hatte – ein beunruhigender Gedanke.

»Ich würde vermutlich lügen. Es gibt Überzeugungen, für die es sich zu sterben lohnt, und zwar unabhängig davon, ob sie hundert Prozent der Wahrheit entsprechen oder nicht.«

Seine Mutter würde es natürlich nie über sich bringen zu sagen: »Mir ist es gleich, ob du gläubig bist oder nicht, aber ich möchte dich am Sabbat hier bei uns haben. Ich wünsche mir, daß man dich mit deinem Vater und deinem Bruder zusammen in der Synagoge sieht.« Und daß sie es nicht fertigbrachte, war keine geistige Verlogenheit, auch wenn er sich das einzureden versuchte. Man konnte dagegenhalten, daß die wenigsten Anhänger irgendeiner Religion an alle Dogmen ihres Bekenntnisses glaubten, die Fundamentalisten ausgenommen, und die waren weiß Gott allemal gefährlicher als jeder Ungläubige. *Weiß Gott*. Wie leicht es doch war und wie verbreitet, in die Sprache des Glaubens zu verfallen. Und vielleicht hatte seine Mutter sogar recht, auch wenn sie es nie über sich bringen würde, die Wahrheit auszusprechen. Die Konventionen waren wichtig. Praktische Religionsausübung war nicht nur eine Frage des geistigen Einverständnisses. Sich in der Synagoge zu zeigen, war ein Bekenntnis; hier gehöre ich hin, dies ist meine Gemeinde, dies sind die Werte, nach denen ich zu leben versuche, das ist es, was Generationen von Vorfahren aus mir gemacht haben, das bin ich. Er erinnerte sich der Worte, die der Großvater nach seiner Bar-Mizwa zu ihm gesprochen hatte: »Was ist ein Jude ohne seinen Glauben? Sollen wir uns das, was Hitler uns nicht antun konnte, selbst antun?« Der alte Groll stieg wieder in Daniel hoch. Einem Juden erlaubte man nicht mal seinen Atheismus. Schuldbeladen von Kindheit auf, konnte er sich nicht von seinem Glauben abkehren, ohne gleich das Bedürfnis zu haben, den Gott, an den er nicht mehr glaubte, um Verzeihung zu bitten. Denn in seinem Unterbewußtsein war es immer präsent, als stummer Zeuge seiner Abtrünnigkeit, jenes sich langsam dahinschleppende Heer nackten Menschentums – Junge, Erwachsene, Kinder –, das wie ein dunkler Strom in die Gaskammern floß.

Und als er jetzt wieder vor einer roten Ampel hielt und an das Haus dachte, in dem er sich nie heimisch fühlen würde, als vor seinem inneren Auge deutlich die blitzblanken Fenster erschienen, die gerafften Spitzengardinen mit den Schleifen und der manikürte Rasen vorm Haus, da fragte er sich: Warum muß ich mich eigentlich durch das Unrecht definieren, das andere meinem Volk zugefügt haben? Die Schuld ist schon schlimm genug; muß ich denn auch noch die Last der Unschuld tragen? Ich bin Jude, reicht denn das nicht? Muß ich mir und anderen dauernd die Sünden der Menschheit vor Augen führen?

Er hatte endlich The Highway erreicht und unberechen, wie es seine Art ist, hatte der Verkehr auf einmal nachgelassen, und er kam jetzt zügig voran. Mit etwas Glück würde er in fünf Minuten in Innocent House ankommen. Dieser Tod würde nicht alltäglich sein, dieses Rätsel war bestimmt nicht leicht zu lösen. Bei einem Routinefall hätte man ihr Team nicht eingeschaltet.

Für die unmittelbar Betroffenen war vielleicht kein Tod alltäglich und keine Untersuchung reine Routine. Aber dies war seine Chance, Adam Dalgliesh zu beweisen, daß er recht daran getan hatte, ihn als Massinghams Vertretung einzusetzen, und er war fest entschlossen, diese Chance wahrzunehmen. Nichts war so wichtig, weder privat noch beruflich, daß es dahinter nicht hätte zurückstehen müssen.

20

Das Polizeiboot tuckerte gegen eine starke Strömung flußaufwärts um die Nordschleife der Themse, zwischen Rotherhithe und Narrow Street. Die Brise frischte auf zu einem leichten Wind, und der Tag schien Kate kälter, als sie es morgens beim Aufwachen empfunden hatte. Vereinzelte Wolken, eigentlich kaum mehr als weiße Kondensstreifen, trieben, sich rasch auflösend, am blaßblauen Himmel. Sie hatte Innocent House früher schon vom Fluß aus gesehen, aber als der Palazzo jetzt, kaum daß sie die Biegung bei Limehouse Reach umrundet hatten, so überraschend vor ihr auftauchte wie ein Theaterprospekt, da entfuhr ihr ein staunendes Ach, und als sie gleich darauf verstohlen zu Dalgliesh hinüberblickte, erhaschte sie auf seinem Gesicht ein kleines Lächeln. Im vormittäglichen Sonnenlicht schimmerte der Palazzo so unwirklich hell und intensiv, daß sie einen Moment lang glaubte, er sei angestrahlt. Als der Motor abgestellt war und der Fährmann das Boot geschickt an die Reihe Autoreifen manövrierte, die als Dämpfer rechts vom Landesteg hingen, hätte sie das Haus beinahe für eine Filmdekoration halten können, eine aus Preßspanplatten und Kleister zusammengebastelte Kulisse, hinter deren Pappmachéwänden Regisseur, Darsteller und Beleuchter bereits eifrig mit der Leiche probierten, während die Maskenbildnerin ein ums andere Mal nach vorne gesaust kam, um hier eine glänzende Stirn abzudecken und dort einen letzten Spritzer Kunstblut aufzutragen. Dieses Hirngespinst beunruhigte Kate, denn normalerweise hatte sie weder ein besonderes Faible für die Schauspielerei, noch neigte sie zu phantasievollen Höhenflügen, aber dieses Gefühl, einer gestellten Szene beizuwohnen, zugleich Zuschauer und Mitakteur zu sein, ließ sich nur schwer abschütteln, ja, es wurde im Gegenteil noch verstärkt durch das unbewegliche Arrangement des Empfangskomitees.

Es waren zwei Männer und zwei Frauen. Die Frauen standen, von den Männern eingerahmt, eine Idee weiter vorn. Reglos wie Statuen waren sie auf dem geräumigen, marmornen Vorplatz gruppiert und beobachteten das Vertäuen des Bootes mit ernster und, wie es schien, kritischer Miene. Dalgliesh hatte, trotz der kurzen Fahrt, Zeit gefunden, Kate kurz ins Bild zu setzen, und so konnte sie ungefähr erraten, wen sie vor sich hatte. Die hochgewachsene Dunkelhaarige mußte Claudia Etienne sein, die Schwester des Toten, und die Frau zu ihrer Linken war vermutlich die letzte der Peverells, Frances Peverell. Der ältere der beiden Männer, den sie auf gut über siebzig schätzte, war wohl Gabriel Dauntsey, Lektor für Lyrik und schöngeistige Literatur, und den jüngeren hielt sie für James de Witt. Die vier waren wie für ein Foto gruppiert, so als hätte ein Regisseur sie kameragerecht im passenden Winkel aufgestellt, aber als Dalgliesh jetzt vortrat, löste sich der kleine Zirkel auf, und Claudia Etienne, die ihnen mit ausgestreckter Hand entgegenkam, stellte sie einander vor. Danach machte sie kehrt, und Kate und Dalgliesh folgten ihr über ein kopfsteingepflastertes Gäßchen zum Seiteneingang.

Ein älterer Mann saß an der Telefonvermittlung hinter dem Empfangstresen. Mit seinem blassen, glatten Gesicht, einem fast vollkommenen Oval, dazu den kleinen roten Klecksen auf den Wangen und den sanften Augen erinnerte er an einen ältlichen Clown. Er sah zu ihnen auf, als sie eintraten, und Kate las in den leuchtenden Augen eine Mischung aus Bangigkeit und Flehen. Sie kannte diesen Blick. Man mochte die Polizei brauchen, sie sogar ungeduldig erwarten, aber selbst von denjenigen, die sich nichts hatten zuschulden kommen lassen, wurde sie selten unbefangen begrüßt. Ein paar Sekunden lang schweiften Kates Gedanken ab, und sie dachte darüber nach, welche Berufsgruppen die Leute wohl ohne Vorbehalt ins Haus ließen. Ärzte und Klempner standen ganz oben auf der Liste, Hebammen hielten vermutlich die Spitze. Sie überlegte, was es wohl für ein Gefühl wäre, mit dem aufrichtigen Stoßseufzer: »Gott sei Dank, daß Sie da sind!« empfangen zu werden. In diesem Moment klingelte das Telefon, und der alte Mann nahm den Hörer ab. Seine Stimme war leise und sehr angenehm, nur schwang jetzt unverkennbar ein kummervoller Ton mit, und Kate sah, daß seine Hände zitterten.

»Peverell Press. Kann ich Ihnen behilflich sein? Nein, bedaure, Mr. Gerard ist nicht erreichbar. Darf ich Sie vielleicht später zurückrufen lassen?« Er blickte wieder hoch, sah diesmal Claudia Etienne an und sagte hilflos: »Es ist Matthew Evans' Sekretärin von Faber, Miss Etienne. Er wünscht Mr. Gerard zu sprechen. Es geht um die Konferenz zum Thema Raubdrucke am nächsten Mittwoch.«

Claudia nahm ihm den Hörer ab. »Hier spricht Claudia Etienne. Bitte richten Sie Mr. Evans aus, daß ich ihn so bald wie möglich zurückrufen werde. Aber für heute ist der Verlag leider geschlossen. Wir hatten einen tragischen Unfall. Sagen Sie ihm, Mr. Gerard ist tot. Ich weiß, er wird Verständnis dafür haben, daß ich jetzt nicht mit ihm sprechen kann.«

Ohne eine Antwort abzuwarten, legte sie auf und wandte sich dann an Dalgliesh. »Es hätte ja doch keinen Zweck, es geheimzuhalten, oder? Tot ist tot. Das ist keine vorübergehende Verlegenheit, kein kleines Malheur. Man kann hinterher nicht so tun, als ob nichts geschehen wäre. Im übrigen wird die Presse sowieso bald Wind davon bekommen.«

Ihre Stimme klang schroff, die dunklen Augen funkelten hart. Sie sah aus, als sei es eher Zorn als Kummer, was sie beherrschte. An ihren Portier gewandt, fuhr sie in freundlicherem Ton fort:

»Sprechen Sie eine kurze Nachricht auf den Anrufbeantworter, George, sagen Sie, der Verlag sei heute geschlossen. Und dann gehen Sie und lassen sich einen starken Kaffee geben. Mrs. Demery ist ja irgendwo im Haus. Ach, und falls vom Personal noch jemand kommt, dann schicken Sie die Leute wieder heim.«

»Aber werden sie denn auch gehen, Miss Claudia?« wandte er ein. »Ich meine, sie werden sich doch von mir bestimmt nicht abwimmeln lassen.«

Claudia Etienne runzelte die Stirn. »Nein, vielleicht nicht. Ich sollte wohl selber mit den Leuten reden. Oder halt, nein, besser noch, wir holen Mr. Bartrum. Er ist doch schon da, George, oder?«

»Mr. Bartrum ist in seinem Büro auf Nummer 10, Miss Claudia. Er meinte, er hätte einen Haufen Arbeit und wolle bleiben. Er dachte, es sei in Ordnung, solange er sich nicht im Hauptgebäude aufhält.«

»Dann seien Sie doch so gut und rufen bei ihm durch, George. Bitten Sie ihn, auf ein Wort zu mir zu kommen. Er kann sich um die Nachzügler kümmern. Manche von ihnen können sich vielleicht ihre Arbeit mit heimnehmen. Und sagen Sie ihnen, ich werde am Montag mit der ganzen Belegschaft sprechen.«

Sie wandte sich wieder an Dalgliesh. »Wir sind bislang schon so verfahren, daß wir die Angestellten wieder nach Hause geschickt haben. Das war doch hoffentlich in Ordnung, oder? Es schien uns vernünftiger, nicht zu viele Leute auf dem Anwesen herumschwirren zu lassen.«

»Früher oder später werden wir zwar alle vernehmen müssen, aber das eilt nicht«, sagte Dalgliesh. »Wer hat Ihren Herrn Bruder gefunden?«

»Das war ich. Blackie – Miss Blackett, die Sekretärin meines Bruders – war dabei und Mrs. Demery, unsere Zugehfrau, ebenfalls. Wir sind zusammen hinaufgegangen.«

»Und wer von Ihnen betrat den Raum als erste?«

»Ich.«

»Wenn Sie mir dann bitte den Weg zeigen würden. Nahm Ihr Bruder für gewöhnlich den Lift oder die Treppe?«

»Die Treppe. Aber er ging normalerweise nie ganz nach oben. Das ist ja das Merkwürdige, daß er überhaupt im Archiv war.«

Dalgliesh sagte nur: »Dann nehmen wir auch die Treppe.«

»Ich habe oben abgeschlossen, nachdem wir die Leiche meines Bruders gefunden hatten. Lord Stilgoe verwahrt den Schlüssel. Er wollte es so, und ich habe ihm den Gefallen getan. Warum nicht, wenn's ihn glücklich macht? Vermutlich dachte er, einer von uns könnte wieder raufgehen und Beweise beiseite schaffen.«

Aber in dem Moment kam Lord Stilgoe selbst dazu und meldete sich zu Wort. »Ich hielt es für richtig, den Schlüssel in Verwahrung zu nehmen, Commander. Übrigens muß ich Sie dringend unter vier Augen sprechen. Ich hatte Sie ja gewarnt. Ich wußte gleich, daß es hier früher oder später zur Katastrophe kommen würde.«

Er hielt Dalgliesh den Schlüssel hin, doch Claudia kam ihm zuvor und nahm ihn an sich. Dalgliesh fragte: »Lord Stilgoe, wissen Sie, wie Gerard Etienne zu Tode kam?«

»Natürlich nicht, wie sollte ich?«

»Dann wollen wir unser Gespräch auf später verschieben.«

»Aber die Leiche habe ich mir selbstredend angesehen. Hielt das nur für meine Pflicht. Abscheulich. Tja, ich hatte Sie gewarnt. Es liegt doch auf der Hand, daß diese Greueltat Teil der Kampagne gegen mich und mein Buch ist.«

Dalgliesh wiederholte: »Später, Lord Stilgoe, später.«

Er ließ sich wie immer Zeit damit, die Leiche in Augenschein zu nehmen. Kate wußte, daß der Chef, egal wie prompt er auch auf eine Mordmeldung reagierte, am Tatort unfehlbar ruhig und gelassen vorging. Sie hatte schon erlebt, wie er einen übereifrigen Kriminalmeister mit den Worten zügelte: »Nur ruhig Blut, Sergeant. Sie sind kein Arzt. Außerdem werden die Toten davon auch nicht wieder lebendig.«

Jetzt wandte er sich an Claudia Etienne. »Wollen wir also hinaufgehen?«

Sie nickte und richtete noch rasch ein paar Worte an die drei Gesellschafter, die, zusammen mit Lord Stilgoe, stumm beieinanderstanden, als warteten sie auf weitere Anweisungen. »Vielleicht geht ihr besser rauf in den Sitzungssaal. Ich komme nach, sobald ich kann.«

Lord Stilgoe erklärte gefaßter, als Kate es ihm zugetraut hätte: »Ich kann leider nicht länger warten, Commander. Darum hatte ich auch so einen frühen Termin mit Mr. Etienne vereinbart. Ich wollte mich noch rasch bei ihm erkundigen, wie es mit meinen Memoiren vorangeht, bevor ich mich in der Klinik einem kleinen Eingriff unterziehe. Ich bin dort um Punkt elf angemeldet, und ich möchte nicht riskieren, daß ich den Anspruch auf mein Bett verliere. Aber ich werde entweder Sie oder den Commissioner im Yard vom Krankenhaus aus anrufen.«

Kate spürte, daß sowohl de Witt als auch Dauntsey diesen Vorschlag mit Erleichterung begrüßten.

Das kleine Grüppchen schritt durch den offenen Bogengang in die Halle. Kate schnappte vor Bewunderung nach Luft. Sekundenlang verharrte sie reglos, widerstand aber der Versuchung, ihre Blicke allzu offenkundig schweifen zu lassen. Die Polizei drang zwangsläufig in anderer Leute Privatsphäre ein; da wäre es anstößig gewesen, sich obendrein noch wie ein zahlender Tourist aufzuführen. Trotzdem hatte sie das Gefühl, in diesem einen Moment der Offenbarung alle Details der fürstlichen Halle gleichzeitig wahrzunehmen: den kunstvoll gefliesten Mosaikfußboden, die sechs gesprenkelten Marmorsäulen mit den elegant geschnitzten Kapitellen, das illuminierte Deckengemälde, ein glanzvolles Panorama von London im achtzehnten Jahrhundert mit Brücken, Kirch- und Wehrtürmen, mit Palästen und Wohnhäusern, stolzen, seetüchtigen Schiffen, allesamt verbunden durch das blaue Band der Themse, und endlich die imposante, doppelläufige Treppe mit der elegant geschwungenen Balustrade, an deren Ende jauchzende Bronzeputten, die auf Delphinen ritten, kugelförmige Lampen emporhielten. Je weiter sie hinaufstiegen, desto unaufdringlicher erschien die Pracht ringsumher, und das Dekor wurde zunehmend schlichter, aber es blieb ein würdiges, wohlproportioniertes und stilvolles Ambiente, durch das sie entschlossen der brutalen Entweihung entgegenschritten, die ein Mord immer bedeutet.

Im dritten Stock bemerkte Kate eine mit grünem Boi überzogene Tür, die offenstand. Sie erklommen eine schmale Stiege, Claudia Etienne voran, Dalgliesh dicht hinter ihr und Kate als Schlußlicht. Die Treppe machte eine Biegung nach rechts und führte sie in ihrem letzten Teilstück auf einen engen, nur etwa drei Meter breiten Flur mit einer vergitterten Fahrstuhltür zur Linken. An der rechten Wand befand sich gar keine Tür, links aber war eine geschlossene und gleich vor ihnen eine zweite, die offenstand.

Claudia Etienne sagte: »Das ist unser Aktenarchiv, in dem wir die Dokumente der Verlagsgeschichte aufbewahren. Zu dem kleinen Nebenraum geht's gleich hier durch.«

Das Archiv hatte ursprünglich offenbar aus zwei Räumen bestanden, doch war die Zwischenwand herausgenommen und so ein sehr langgestrecktes Arbeitszimmer geschaffen worden, das fast die gesamte Front des Hauses einnahm. Die Reihen hölzerner Aktenregale, die im rechten Winkel zur Tür verliefen und fast bis an die Decke reichten, standen so dicht, daß kaum Platz genug blieb, um einigermaßen bequem zwischen ihnen hindurchzugehen. Zwischen den einzelnen Reihen hingen etliche Glühbirnen ohne Schirm. Sechs längliche Fenster, durch die Kate einen Blick auf eine kunstvoll gemeißelte Steinbalustrade erhaschte, ließen das Tageslicht herein. Claudia Etienne führte sie nach rechts, über eine circa ein Meter zwanzig breite freie Fläche zwischen Regalabschluß und Wand, vor eine weitere Tür.

Claudia reichte Dalgliesh wortlos den Schlüssel. »Wenn Sie sich den Anblick noch einmal zumuten könnten«, sagte er, »dann würde ich Sie bitten, uns zu bestätigen, daß der Raum und die Leiche Ihres Bruders seit Ihrem letzten Hiersein unverändert geblieben sind. Aber falls es Ihnen zu schwerfällt, brauchen Sie sich nicht zu zwingen. Es wäre eine Hilfe für uns, aber es muß nicht unbedingt gleich sein.«

»Nein, nein, schon gut«, sagte sie. »Heute wird es mir wahrscheinlich leichter fallen als morgen. Ich kann nämlich immer noch nicht glauben, daß es wirklich passiert ist. Es hat so gar nichts Reales, weder konkret noch von meinem Gefühl her. Aber morgen werde ich wohl wissen, daß es wirklich passiert und daß diese Wirklichkeit endgültig ist.«

Für Kate waren es ihre Worte, die unwirklich klangen. In Claudia Etiennes wohlkomponierter Rede schwang eine Falschheit und Theatralik mit, als ob sie sich die Worte im voraus zurechtgelegt hätte. Aber Kate ermahnte sich, keine voreiligen Schlüsse zu ziehen. Wie leicht konnte man die Verwirrung, die ein großer Schmerz in einem Menschen anrichtet, mißdeuten. Kate wußte sicher besser als mancher andere, wie befremdlich und unangemessen die erste Reaktion auf einen Unglücksfall oder einen schweren Verlust mitunter ausfiel. Sie erinnerte sich an die Frau eines Busfahrers, der in einem Pub in Islington erstochen worden war; sie hatte als erstes darüber lamentiert, daß er an diesem Morgen kein frisches Hemd angezogen und den Totoschein nicht aufgegeben hatte. Und doch hatte diese Frau ihren Mann geliebt und aufrichtig um ihn getrauert.

Dalgliesh zückte den Schlüssel, den Claudia Etienne ihm gegeben hatte. Er drehte sich leicht im Schloß, und Dalgliesh öffnete die Tür. Ein säuerlicher, gasähnlicher Geruch, wie die Ausdünstung einer schrecklichen Krankheit, wehte ihnen entgegen. Der halbnackte Leichnam schien sie mit der grellen Theatralik des Todes anzuspringen und einen Moment lang wie unwirklich in der Schwebe zu verharren, ein ebenso bizarres wie eindrucksvolles Bild, das freilich die stille Atmosphäre des Raumes zerstörte.

Der Tote lag auf dem Rücken, mit den Füßen zur Tür. Er trug graue Hosen und graue Socken. Die Schuhe aus feinem schwarzen Leder wirkten wie neu, die Sohlen waren kaum abgenutzt.

Seltsam, dachte Kate, daß einem ausgerechnet solche Kleinigkeiten auffallen. Etiennes Oberkörper war nackt, aber in der weit vom Rumpf weggestreckten rechten Faust hielt er den Zipfel eines zusammengeknüllten weißen Hemds. Eine Samtschlange war zweimal um seinen Hals gewickelt, ihr Schwanz lag auf seiner Brust, den Kopf hatte man ihm zwischen die klaffenden Kiefer gestopft. Etiennes Augen waren offen und glasig, unverkennbar die Augen des Todes, aber Kate glaubte einen flüchtigen Moment lang in ihrem starren Blick Empörung und ungläubiges Staunen zu lesen. Sie wunderte sich, wie intensiv die Farben waren, und wie unnatürlich leuchtend: vom satten Braun seiner Haare über das unecht wirkende Rosarot von Gesicht und Körper bis zu dem grellweißen Hemd und der giftgrünen Schlange. Plötzlich hatte Kate so deutlich das Gefühl, daß die Leiche eine physische Kraft ausströmte, daß sie unwillkürlich zurückschreckte und dabei mit der Schulter leicht gegen die von Claudia prallte. »Tut mir leid«, murmelte sie und schämte sich fast im selben Moment der, selbst nur auf diesen flüchtigen Zusammenstoß bezogenen, armseligen Verlegenheitsfloskel. Dann, ganz plötzlich, verblaßte die Vision, und die Realität behauptete wieder ihren Platz. Der Leichnam wurde wieder zu dem, was er war: totes, nacktes Fleisch, grotesk hergerichtet und zur Schau gestellt wie auf einer Bühne.

Mit einem raschen Blick erfaßte Kate jetzt, von der Türschwelle aus, den Raum in allen Einzelheiten. Er war klein, höchstens dreieinhalb mal zweieinhalb Meter, und mit den bloßen Holzdielen und den kahlen Wänden wirkte er trostlos wie eine Hinrichtungskammer. Das einzige Fenster, eigentlich nur ein Oberlicht, war fest geschlossen, und von der Deckenmitte hing eine einzelne, weißbeschirmte Glühbirne herab. Am Fensterrahmen baumelte eine abgerissene Zugschnur von nicht mehr als sieben, acht Zentimetern Länge. Links vom Fenster befand sich ein kleiner viktorianischer Kamin mit einem gekachelten Sims, darauf abgebildet Obst- und Blumenmotive. Der Feuerrost war gegen einen altmodischen Gasofen ausgetauscht worden. An der gegenüberliegenden Wand stand ein kleiner Holztisch mit einer modernen schwarzen Gelenkleuchte und zwei Ablagekörben aus Drahtgeflecht, in denen jeweils ein paar abgewetzte braune Schnellhefter lagen. Etwas stimmte hier nicht, irgendeine Kleinigkeit: Kate sah sich nach der anderen Hälfte der Zugschnur um und entdeckte sie schließlich unter dem Tisch; sie lag da, als hätte jemand sie beiläufig dorthin befördert oder mit einem Fußtritt aus dem Weg geschoben. Claudia Etienne stand immer noch dicht neben ihr. Kate spürte auf einmal, wie still sie war, wie flach und beherrscht ihr Atem ging.

»Haben Sie das Zimmer so vorgefunden, Miss Etienne?« fragte Dalgliesh. »Und fällt Ihnen jetzt irgend etwas auf, das Sie vorher nicht bemerkt haben?«

»Es ist alles unverändert«, sagte sie. »Wie könnte es auch anders sein? Ich habe ja vorhin selber abgeschlossen. Auf das Zimmer habe ich freilich nicht sonderlich geachtet, als ich – als ich ihn fand.«

»Haben Sie den Leichnam berührt?«

»Ich hab' mich neben ihn gekniet und sein Gesicht befühlt. Es war ganz kalt, aber ich wußte schon vorher, daß er tot war. Ich blieb eine Weile so neben ihm niedergekniet. Und als die anderen gegangen waren, da hab' ich, glaube ich ...« Sie stockte und fuhr dann entschlossen fort: »Ich habe meine Wange kurz gegen die seine gelehnt.«

»Und was ist mit dem Zimmer?«

»Es kommt mir jetzt irgendwie komisch vor. Ich bin zwar nicht oft hier oben – das letztemal war an dem Tag, als ich Sonia Clements' Leiche fand –, aber es sieht anders aus, leerer, sauberer. Und etwas fehlt. Ja, richtig, das Diktiergerät. Gabriel – Mr. Dauntsey – diktiert immer auf Band, und den Recorder läßt er in der Regel hier auf dem Tisch stehen. Und daß die Schnur vom Oberlicht abgerissen ist, habe ich auch nicht gesehen, als ich das erstemal reinkam. Wo ist das andere Ende? Liegt Gerard etwa drauf?«

»Nein«, sagte Kate, »es liegt unterm Tisch.«

Claudia Etiennes Blick folgte ihrem ausgestreckten Zeigefinger, und sie sagte: »Wie eigenartig. Man würde doch annehmen, daß es beim Fenster liegt.«

Sie schwankte plötzlich, und Kate wollte sie stützen, doch Claudia schüttelte ihre Hand hastig ab.

»Danke, daß Sie mit uns heraufgekommen sind, Miss Etienne«, sagte Dalgliesh. »Ich weiß, das war nicht leicht für Sie. Ich habe im Augenblick keine weiteren Fragen. Kate, würden Sie bitte ...?«

Aber bevor Kate etwas sagen konnte, rief Claudia Etienne: »Fassen Sie mich nicht an! Ich bin durchaus imstande, allein die Treppe runterzugehen. Ich warte im Sitzungssaal, falls Sie mich noch einmal brauchen sollten.«

Doch als sie die enge Stiege hinunterwollte, war der Weg blockiert. Man hörte Männerstimmen und eilige, leichte Schritte. Wenige Sekunden später betrat Daniel Aaron den Raum, gefolgt von zwei Beamten der Spurensicherung, Charlie Ferris nebst seinem Assistenten.

»Tut mir leid, daß ich so spät komme, Sir«, sagte Aaron. »Aber ich bin auf der Whitechapel Road im Stau steckengeblieben.«

Er sah Kate an, ihre Blicke trafen sich, und er zuckte mit einem bedauernden kleinen Lächeln die Achseln. Sie achtete ihn und mochte ihn gut leiden, hatte auch keinerlei Probleme mit der Zusammenarbeit. Gegenüber Massingham war er in jeder Hinsicht ein Gewinn, aber eins hatte er mit seinem Vorgänger gemeinsam: Auch ihn wurmte es, wenn er feststellen mußte, daß Kate vor ihm am Tatort eingetroffen war.

21

Die vier Gesellschafter hatten sich gemeinsam in den Sitzungssaal im ersten Stock begeben, was aber weniger einem gezielten Vorsatz entsprang als vielmehr der stillschweigenden Übereinkunft, daß es klüger sei, zusammenzubleiben, zu hören, was zwischen den anderen gesprochen wurde, sich wenigstens am – wenn auch wohl nur eingebildeten – Trost vom geteilten Leid aufzurichten und sich vor allem nicht durch Absonderung verdächtig zu machen. Aber sie hatten nichts zu tun, und keiner traute sich, nach Akten, Papieren oder Lesestoff zu schicken, für den Fall, daß ihm dies als Herzlosigkeit ausgelegt werden könnte. Das Haus wirkte merkwürdig still. Irgendwo, das wußten sie, würden die wenigen noch auf dem Anwesen verbliebenen Mitarbeiter die Köpfe zusammenstecken, diskutieren, spekulieren. Auch für die vier verbliebenen Gesellschafter gab es allerhand zu diskutieren, und man mußte sich möglichst rasch auf eine provisorische Umverteilung der Arbeitsbereiche einigen, aber das jetzt in Angriff zu nehmen, wäre nicht minder brutal und gefühllos gewesen als einen Toten auszuplündern.

Fürs erste mußten sie freilich gar nicht so lange warten. Binnen zehn Minuten nach seinem Eintreffen erschien Commander Dalgliesh in Begleitung von Inspector Miskin. Als die hochgewachsene dunkle Gestalt ruhig auf den Tisch zuschritt, richteten sich vier Augenpaare so ernst auf ihn, als würde seine Gegenwart, teils erwünscht, teils gefürchtet, sie in ihrem gemeinsamen Kummer stören. Sie rührten sich nicht, als er der Kriminalbeamtin einen Stuhl zurechtrückte und dann selbst, die Hände auf den Tisch gestützt, Platz nahm.

»Entschuldigen Sie, daß wir Sie haben warten lassen«, sagte er, »aber Wartezeiten und Störungen sind nun mal leider unvermeidlich bei einem ungeklärten Todesfall. Ich muß Sie einzeln sprechen, meine Herrschaften, und hoffe, Sie schon bald befragen zu können. Gibt es hier einen Raum mit Telefonanschluß, den ich benutzen könnte, ohne daß es allzuviel Umstände macht?

Ich bräuchte ihn auch nur heute. Unsere Einsatzzentrale wird künftig die Polizeistation Wapping sein.«

»Und wenn Sie das ganze Haus einen Monat lang beschlagnahmen würden«, versetzte Claudia bitter, »wären die Unannehmlichkeiten immer noch gering, verglichen mit denen eines Mordes.«

»Falls es Mord ist«, schränkte de Witt ruhig ein, und es war, als ob es in dem ohnehin schon stillen Saal noch stiller wurde, während sie auf Dalgliesh' Reaktion warteten.

»Mit absoluter Sicherheit können wir die Todesursache natürlich erst nach der Obduktion bestimmen. Der Gerichtsmediziner wird bald hiersein, und dann erfahre ich, wann die Autopsie ungefähr stattfinden wird. Es dürften außerdem noch ein paar Laboruntersuchungen nötig sein, die natürlich auch ihre Zeit dauern.«

»Sie können das Büro meines Bruders benutzen«, sagte Claudia. »Das scheint mir angemessen. Sie finden es im Erdgeschoß, das Vorderzimmer gleich rechts. Sie müssen zwar erst durch das Büro seiner Sekretärin, aber Miss Blackett kann ihr Zimmer räumen, falls das stören sollte. Brauchen Sie sonst noch was?«

»Ja, ich hätte gern eine Liste aller Mitarbeiter, die gegenwärtig bei Ihnen beschäftigt sind, und außerdem die Namen all derer, die vielleicht nicht mehr zur Belegschaft gehören, aber noch da waren, solange Ihr Bürokobold hier sein Unwesen trieb. Wenn ich recht unterrichtet bin, haben Sie diese Fälle bereits hausintern untersucht. Ich brauche alle Einzelheiten und, sofern vorhanden, die Ergebnisse Ihrer Nachforschungen.«

»Sie haben also von diesen Intrigenspielen gehört?« fragte de Witt.

»Die Polizei wurde informiert, ja. Ach, und wenn ich auch einen Grundriß vom Haus haben könnte? Damit wäre mir sehr geholfen.«

»Wir haben die Pläne bei den Akten«, sagte Claudia. »Vor ein paar Jahren wurde hier drinnen einiges umgestaltet, und bei der

Gelegenheit hat der Architekt für Innen- wie Außenbereich neue Zeichnungen angefertigt. Die Originalentwürfe für Haus und Fassadendekor liegen im Archiv, aber Ihr Interesse gilt vermutlich nicht in erster Linie der Architektur.«

»Im Moment nicht, nein. Wie steht es mit den Sicherheitsvorkehrungen? Wer hat alles Schlüssel zum Haus?«

»Von den Gesellschaftern besitzt jeder einen Satz Schlüssel für sämtliche Türen. Der offizielle Eingang liegt zur Themse hin, auf der Terrassenseite, aber den benutzen wir mittlerweile bloß noch zu feierlichen Anlässen und auch dann nur, wenn die meisten Gäste per Boot eintreffen. Das kommt heutzutage nicht mehr oft vor. Die letzte große Party fand am 10. Juli statt, als wir unser Sommerfest zusammen mit der Verlobung meines Bruders feierten. Die Tür am Innocent Walk ist der eigentliche Straßenzugang, aber auch der wird kaum benutzt, denn aufgrund der architektonischen Eigenarten des Hauses führt er an Dienstbotentrakt und Küche vorbei. Wir halten diese Tür eigentlich immer verschlossen und verriegelt, und so auch jetzt; Lord Stilgoe hat vor Ihrer Ankunft alle Türen überprüft.« Ein Kommentar zu Lord Stilgoes eigenmächtigen Aktivitäten lag ihr anscheinend schon auf der Zunge, aber sie beherrschte sich gerade noch und fuhr fort: »Wir benutzen für gewöhnlich den Seiteneingang an der Innocent Lane, wo Sie ja auch hereingekommen sind. Diese Tür steht tagsüber offen, solange George Copeland am Empfang ist. George hat einen Schlüssel zu der Tür, aber nicht für den Hintereingang oder für den vorn zur Themse raus. Ach ja, und die Alarmanlage wird von einer Schalttafel gleich neben der Telefonvermittlung bedient. Türen und Fenster sind über drei Stockwerke gesichert. Das System ist leider sehr primitiv, aber für Einbrecher gibt's hier eigentlich nichts zu holen. Das Haus selbst ist natürlich von unschätzbarem Wert, aber unter den Gemälden zum Beispiel sind nur ganz wenige Originale. In Gerards Büro befindet sich ein großer Safe, und als jemand vor einiger Zeit heimlich an Lord Stilgoes Fahnen herumgepfuscht hatte, sind in drei Büros und am Empfang verschließbare Fächer installiert worden, damit Manuskripte und wichtige Papiere über Nacht eingeschlossen werden können.«

»Und wer«, fragte Dalgliesh, »ist morgens normalerweise als erster hier und schließt auf?«

Gabriel Dauntsey antwortete: »Das ist in der Regel George Copeland. Sein Dienst beginnt um neun, und um die Zeit ist er für gewöhnlich schon am Empfang. Ein sehr zuverlässiger Mann. Wenn er mal aufgehalten wird – er lebt südlich der Themse –, dann könnten Miss Peverell oder ich die ersten im Hause sein. Wir wohnen beide drüben in Nummer 12, das ist das Nebengebäude links von Innocent House. Wir handhaben das relativ locker, wissen Sie. Wer immer morgens der erste ist, schließt auf und stellt die Alarmanlage ab. Die Tür zur Innocent Lane hat ein Yale- und ein Sicherheitsschloß. Heute morgen kam George wie gewöhnlich als erster und stellte fest, daß das Sicherheitsschloß unbenutzt war. Er konnte allein mit dem Yale-Schlüssel öffnen. Und da auch die Alarmanlage abgeschaltet war, dachte er natürlich, es sei bereits einer von uns im Haus.«

»Wer von Ihnen hat Mr. Etienne zuletzt gesehen?« fragte Dalgliesh.

»Das war ich«, sagte Claudia. »Ich bin gestern, kurz bevor ich das Haus verließ, noch mal in sein Büro gegangen, um etwas mit ihm zu besprechen. Das war kurz vor halb sieben. Er pflegte donnerstags immer länger zu arbeiten. Und als ich reinkam, saß er auch noch am Schreibtisch. Ich kann nicht ausschließen, daß um die Zeit noch andere Leute im Haus waren, aber ich denke, die Angestellten waren alle schon fort. Natürlich habe ich das nicht weiter nachgeprüft.«

»War es allgemein bekannt, daß Ihr Bruder donnerstags länger arbeitete?«

»Hier im Verlag wußte man das, ja. Durchaus möglich, daß es auch noch anderen bekannt war.«

»Und Sie haben nichts Ungewöhnliches an ihm bemerkt?« fragte Dalgliesh. »Er hat Ihnen nicht gesagt, daß er vorhabe, später noch oben im kleinen Archiv zu arbeiten?«

»Er war genau wie immer, und das kleine Archiv hat er mit keinem Wort erwähnt. Soweit ich weiß, hat er nie einen Fuß da reingesetzt. Ich habe nicht die leiseste Ahnung, wieso er dort raufging oder warum er da gestorben ist – falls er überhaupt dort oben starb.«

Wieder hefteten sich vier Augenpaare forschend auf Dalgliesh' Gesicht. Aber der äußerte sich nicht dazu. Und nachdem er, ganz förmlich, die Standardfrage – »War Ihnen jemand bekannt, der Etienne vielleicht den Tod gewünscht hätte?« – gestellt und ihre knappen und ebenso standardmäßigen Antworten erhalten hatte, stand er auf, und die Kriminalbeamtin, die die ganze Zeit nichts gesagt hatte, erhob sich ebenfalls. Der Commander bedankte sich ruhig bei den vieren, und die junge Beamtin trat ein wenig beiseite, so daß er als erster hinauskonnte.

Als die beiden gegangen waren, blieb es eine halbe Minute still, und dann sagte de Witt: »Nicht gerade die Art Bulle, den man nach der Uhrzeit fragen würde. Mir persönlich kommt er schon furchterregend vor, selbst wenn man ein reines Gewissen hat. Nicht auszudenken, wie er auf die Schuldigen wirken mag. Kennst du ihn, Gabriel? Ich meine, ihr seid doch gewissermaßen Kollegen.«

Dauntsey blickte auf. »Ich kenne natürlich sein Werk, aber ich glaube nicht, daß wir uns je begegnet sind. Er schreibt ausgezeichnete Gedichte.«

»Aber das wissen wir doch alle. Ich wundere mich bloß, daß du nie versucht hast, ihn von seinem jetzigen Verleger loszueisen. Na, hoffentlich taugt er als Kriminalist genausoviel wie als Dichter.«

»Findet ihr es nicht auch komisch«, meinte Frances, »daß er uns gar nicht nach der Schlange gefragt hat?«

»Wieso? Was ist denn mit der Schlange?« fragte Claudia scharf.

»Er hat sich nicht erkundigt, ob wir wissen, wo sie normalerweise hingehört.«

»Das wird nicht die letzte Unterredung gewesen sein, die wir mit Dalgliesh haben«, sagte de Witt. »Und mit Sicherheit wird er uns auch noch nach der Schlange fragen, verlaß dich drauf.«

22

Oben im kleinen Archiv fragte Dalgliesh: »Haben Sie Dr. Kynaston schon erreicht, Kate?«

»Nein, Sir. Der besucht seinen Sohn in Australien. Doc Wardle kommt an seiner Stelle. Er war im Labor, als ich anrief, dürfte also bald hiersein.«

In Dalgliesh' Augen waren das ungünstige Startbedingungen. Er war auf die Zusammenarbeit mit Miles Kynaston eingespielt, den er sympathisch fand und darüber hinaus als den wohl hervorragendsten forensischen Pathologen des Landes schätzte. Er hatte – voreilig, wie sich jetzt zeigte – vorausgesetzt, daß es Kynaston sein würde, der sich neben den Leichnam hinkniete und mit seinen Wurstfingern in Latexhandschuhen, die die Hände wie eine zweite Haut umschlossen, den Toten so behutsam untersuchte, als könnten dessen steife Glieder sich immer noch unter seinen tastenden Griffen verkrampfen. Auch Reginald Wardle war ein untadeliger Pathologe; andernfalls hätte die Met, die Londoner Polizei, ihn erst gar nicht genommen. Er würde seine Arbeit gut machen, sein Bericht würde nicht minder gründlich sein als der von Kynaston, und er würde pünktlich auf Dalgliesh' Schreibtisch landen. Auch im Zeugenstand würde er, falls es soweit kam, eine genauso gute Figur machen wie der Kollege, würde vorsichtig, aber entschieden argumentieren und sich im Kreuzverhör nicht beirren lassen. Trotzdem war er Dalgliesh immer ein wenig auf die Nerven gegangen, und er hatte den Verdacht, diese leichte Antipathie, die nicht stark genug war, als daß sie den Namen Abneigung verdient oder ihre Zusammenarbeit beeinträchtigt hätte, sei beiderseitig.

Wardle erschien, wenn er gerufen wurde, unverzüglich am Tatort – in der Beziehung konnte man ihm nichts vorwerfen –, aber dann kam er jedesmal so lässig und unbekümmert hereingeschlendert, als wolle er zeigen, wie unwichtig ein Mord, und der hier ganz besonders, für seinen privaten Kosmos sei. Er neigte dazu, seine Untersuchungen mit Seufzern und mißbilligendem Gemurmel zu begleiten, so als handele es sich bei der Leiche um ein eher lästiges denn interessantes Problem, eines, das der Polizei kaum das Recht gab, ihn von den dringenderen Aufgaben in seinem Labor abzuhalten. Am Tatort gab er – vielleicht eine reine Vorsichtsmaßnahme – nur ein Minimum an Information preis, spielte sich aber oft genug so auf, als dränge die Polizei ihn zu einer voreiligen Diagnose. Sein Standardsatz im Angesicht des Leichnams lautete: »Warten Sie's ab, Commander, warten Sie's ab! Sowie ich ihn auf dem Tisch habe, wissen wir mehr.«

Dabei konnte Wardle sich, wenn er es darauf anlegte, wirklich gut verkaufen. Am Tatort mochte er den Eindruck eines stoffeligen und widerwilligen Kollegen erwecken, aber erstaunlicherweise war er ein brillanter Tischredner, der vermutlich an mehr Abendtafeln nassauerte als die meisten seines Berufsstandes. Dalgliesh, dem es nicht in den Kopf wollte, daß ein Mensch freiwillig an einem zeitraubenden und in aller Regel schlechten Hotelessen teilnahm, geschweige denn auch noch Spaß daran fand, und alles bloß für die Genugtuung, sich hinterher produzieren zu dürfen, setzte diese Schrulle insgeheim auf die Liste von Wardles Negativpunkten. Sobald er den Autopsiesaal betrat, war Doc Wardle freilich wie ausgewechselt. Hier schien er, vielleicht weil niemand ihm dies als sein angestammtes Reich streitig machen konnte, nachgerade stolz darauf zu sein, seine beachtlichen Fähigkeiten demonstrieren zu dürfen, ja er legte bereitwillig seine Theorien dar und teilte seine Ansichten freimütig mit.

Mit Charlie Ferris hatte Dalgliesh früher schon gearbeitet, und er freute sich, ihn diesmal wieder im Team zu haben. Charlie wurde zwar selten direkt bei seinem Spitznamen – »das Frettchen« – gerufen, aber er paßte vielleicht doch zu gut zu ihm, als daß die Kollegen es sich immer verkneifen konnten. Er hatte stechende Äuglein mit ganz hellen Wimpern, eine lange, hochgradig geruchsempfindliche Nase und winzige, feinnervig penible Finger, die selbst mikroskopisch kleine Teilchen auflesen konnten, als wären sie mit Magneten bestückt. Im Dienst präsentierte er sich gern in exzentrisch bis skurril wirkendem Outfit; auf Spurensuche beispielsweise bestand seine Lieblingskleidung aus enganliegenden Baumwollshorts oder -hosen, einem Sweatshirt, Ärztehandschuhen aus Latex und einer Plastikbadekappe. Sein berufliches Kredo lautete: Kein Mörder verläßt den Schauplatz seines Verbrechens, ohne irgendwelche Spuren zu hinterlassen. Und die aufzuspüren war sein Job.

»Sie kämmen alles durch wie immer, Charlie«, sagte Dalgliesh. »Aber wir brauchen noch einen Techniker, der den Gasofen ausbaut und mir einen genauen Bericht über das Ding schreibt. Machen Sie's dringend. Falls der Abzug blockiert ist, soll der Schutt ins Labor geschickt werden, und dazu gegebenenfalls eine Probe vom losen Schamott der Kaminauskleidung. Es ist ein sehr altes Modell mit abschraubbarem Hahn, wie man sie früher in Kinderzimmern hatte. Ich weiß nicht, ob wir von dem einen brauchbaren Fingerabdruck kriegen, aber ich glaub's kaum. Auf jeden Fall müssen sämtliche Flächen des Ofens auf Fingerabdrücke untersucht werden. Ganz wichtig ist außerdem die Zugschnur vom Fenster. Ich möchte wissen, ob es eine natürliche Verschleißerscheinung war, daß sie sich durchgescheuert hat, oder ob sie mit Gewalt abgerissen wurde. Mehr als ein vorbehaltliches Gutachten werden Sie wohl kaum kriegen, aber vielleicht kann das Labor ja weiterhelfen.«

Dalgliesh überließ die Leute ihrer Arbeit und kniete sich neben den Leichnam. Nachdem er das Gesicht des Toten aufmerksam betrachtet hatte, befühlte er vorsichtig seine Wangen. Lag es nur an seiner Einbildung und an dem geröteten Teint, daß die Haut sich warm anfühlte? Oder hatte die Wärme seiner eigenen Finger dem toten Fleisch sekundenlang falsches Leben eingehaucht? Vorsichtig, um die Schlange nicht zu verschieben, tastete er sich mit der Hand hinunter zum Kiefer. Die Haut gab nach, der Knochen bewegte sich unter seinem sanften Druck.

»Seht doch mal zu«, sagte er zu Kate und Daniel, »was ihr aus dem klaffenden Kiefergelenk machen könnt. Aber Vorsicht, ich will, daß die Schlange bis nach der Obduktion genau an derselben Stelle bleibt.«

Sie knieten abwechselnd neben der Leiche nieder, Kate zuerst, und betasteten die Kinnlade, studierten das Gesicht aus nächster Nähe und legten die Hände auf den nackten Oberkörper.

»In der oberen Körperhälfte ist die Totenstarre schon weit fortgeschritten«, sagte Daniel, »aber der Kiefer ist frei beweglich.«

»Und das heißt?«

Diesmal antwortete Kate. »Daß jemand den Kiefer ein paar Stunden nach Eintritt des Todes gewaltsam aufgestemmt hat. Wahrscheinlich war das nötig, um ihm die Schlange in den Mund zu stopfen. Aber warum die Mühe? Wieso hat der Täter sie ihm nicht einfach um den Hals gewickelt? Damit hätte er doch die gleiche Wirkung erzielt.«

»Nur nicht auf so dramatische Weise«, wandte Daniel ein.

»Mag sein. Jedenfalls beweist die gewaltsame Öffnung des Kiefers, daß jemand bei Etienne gewesen ist, als der schon etliche Stunden tot war. Es könnte der Mörder gewesen sein – falls wir es hier mit Mord zu tun haben –, oder auch jemand anders. Und auf diese nachträgliche Visite bei dem Toten wären wir nie gekommen, wenn man ihm die Schlange bloß um den Hals gewickelt hätte.«

»Vielleicht«, mutmaßte Daniel, »wollte uns der Mörder ja absichtlich darauf stoßen.«

Dalgliesh sah sich die Schlange genauer an. Sie war etwa anderthalb Meter lang und offenbar eins von diesen Dingern, mit denen man sich gegen Zugluft schützt. Die Oberseite bestand aus gestreiftem Samt, die untere Hälfte aus einem strapazierfähigeren Material. Unter dem weichen Samt ertastete er eine körnige Füllung.

Aus dem großen Archivbüro vorn an der Treppe näherten sich gemächliche Schritte. »Hört sich an, als ob Doc Wardle im Anmarsch wär'«, sagte Daniel.

Wardle war knapp eins neunzig groß, und sein schlecht sitzendes, dünnes Jackett hing ihm schlabberig von den breiten, knochigen Schultern, über denen ein imposanter Kopf aufragte. Mit der vorspringenden, fleckigen Nase, den flinken, scharfen Augen unter buschigen Brauen, die so kräftig und üppig wucherten, als hätten sie ein Eigenleben, und vor allem mit der bellenden Sprechweise erfüllte er ganz das Klischee des aufbrausenden Stabsoffiziers. Seine Größe hätte hinderlich sein können in einem Beruf, wo man oft mit Leichen zu tun hatte, die in so ungünstigen Verstecken wie Gräben, Abwasserkanälen und Schränken oder auch in einem behelfsmäßigen Grab lagen, aber der schlaksige Körper konnte sich mit erstaunlicher Leichtigkeit selbst in die sperrigsten Winkel hineinwinden. Jetzt blickte Wardle sich im Zimmer um, konstatierte mißbilligend seine kahle Schlichtheit und die wenig verlockende Aufgabe, die ihn von seinem Mikroskop fortgelotst hatte; dann ließ er sich mit einem kummervollen Seufzer neben der Leiche nieder.

»Ich weiß schon, Commander, Sie wollen die ungefähre Todeszeit wissen. Das ist ja immer die erste Frage nach dem obligaten: ›Ist er tot?‹ Und um es gleich vorwegzunehmen: Das ist er, jawohl. Auf dieses eine Faktum wenigstens können wir uns einigen. Körper kalt, Leichenstarre vollständig eingetreten. Mit einer interessanten Ausnahme, aber darauf kommen wir noch. Sieht aus, als sei er seit dreizehn bis fünfzehn Stunden tot. Zimmertemperatur für die Jahreszeit ungewöhnlich hoch. Ah, Sie haben schon gemessen? Zwanzig Grad, hm. Das und der Umstand, daß der Stoffwechsel wahrscheinlich zur Zeit des Todes stark aktiviert war, könnte den Eintritt der Leichenstarre verzögert haben. Die interessante kleine Anomalie haben Sie zweifellos schon diskutiert. Aber nichtsdestotrotz, berichten Sie, Commander, nur zu, berichten Sie. Oder vielleicht lieber Sie, Inspector. Ich sehe ja, daß Sie kaum noch an sich halten können.«

Dalgliesh war halb und halb darauf gefaßt, daß er hinzufügen würde: »Wär' ja auch zu schön, um wahr zu sein, wenn ihr mal die Hände von der Leiche lassen könntet!«, aber Wardle verkniff es sich. Der Commander gab Kate einen Wink, und sie übernahm die Antwort: »Der Kiefer ist locker. Die Leichenstarre beginnt aber im Gesicht, erfaßt Kiefer und Hals fünf bis sieben Stunden nach dem Tod und ist etwa zwölf Stunden nach dessen Eintritt voll ausgebildet. Umgekehrt weicht die Leichenstarre in etwa der gleichen Zeitspanne wieder aus dem Körper. In unserem Fall heißt das entweder, sie hat den Kieferbereich bereits verlassen, was den Zeitpunkt des Todes um circa sechs Stunden vorverlegen würde, oder der Mund des Toten wurde gewaltsam geöffnet. Ich würde mit ziemlicher Sicherheit auf letzteres tippen, denn die Gesichtsmuskeln sind noch starr.«

Wardle bemerkte trocken: »Manchmal frage ich mich, Commander, warum Sie sich eigentlich noch die Mühe machen, einen Pathologen hinzuzuziehen.«

Kate sprach unbeirrt weiter: »Daraus folgt, daß der Schlangenkopf nicht dem Sterbenden in den Mund gesteckt wurde, sondern erst nachträglich, als der Mann schon mindestens fünf bis sieben Stunden tot war. Ersticken kommt als Todesursache also nicht in Frage, jedenfalls nicht mittels der Schlange.«

»Lage und Färbung des Leichnams deuten darauf hin«, ergänzte Dalgliesh, »daß er mit dem Gesicht nach unten gestorben ist und erst nachträglich auf den Rücken gedreht wurde. Es wäre interessant zu wissen, warum.«

»Vielleicht«, mutmaßte Kate, »war es so leichter, die Schlange zu drapieren, vor allem, ihm ihren Kopf in den Mund zu stekken?«

»Ja, vielleicht.«

Dalgliesh sagte nichts mehr, solange Doc Wardle noch mit seiner Untersuchung beschäftigt war. Er hatte sich ohnehin schon weiter auf das Gebiet des Pathologen vorgewagt, als klug war. An der Todesursache bestand für ihn freilich kaum ein Zweifel, und er fragte sich, ob es nicht eher penetranter Eigensinn als Vorsicht war, was Wardle so lange damit hinterm Berg halten ließ. Schließlich war es für sie beide nicht der erste Fall von Kohlenmonoxydvergiftung. Die Leichenblässe, die stärker ausgeprägt war als gewöhnlich, weil das Blut sich langsamer verflüssigte, andererseits die partiell kirschrote Verfärbung der Haut, so leuchtend, als ob der Tote geschminkt wäre – das waren doch eindeutige, unmißverständliche Indizien.

»Na, wie aus dem Lehrbuch, nicht?« feixte Wardle. »Ist wohl kaum nötig, einen forensischen Pathologen und einen Commander von der Met aufzubieten, um Kohlenmonoxyd zu diagnostizieren. Aber freuen wir uns nicht zu früh. Sowie ich ihn auf dem Tisch habe, sehen wir weiter. Dann können die Blutegel vom Labor ihm ihre Proben abzapfen und uns eine verläßliche Antwort geben. Ach, wollen Sie übrigens, daß die Schlange im Mund bleibt?«

»Ich denke schon. Am liebsten wär's mir, wenn sie bis zur Autopsie nicht angerührt wird.«

»Und die Autopsie wollen Sie doch sicher, wenn's geht, schon vorgestern, oder?«

»Erraten, Doc, wie immer.«

»Ich kann ihn heute abend drannehmen. Eigentlich waren wir zu einer Dinnerparty eingeladen, aber die Gastgeberin mußte im letzten Moment absagen. Angeblich hat sie die Grippe. Also halb sieben, wenn Sie's einrichten können, dieselbe Leichenhalle wie immer. Ich ruf' da noch kurz durch und melde uns an. Der Leichenwagen schon unterwegs?«

»Müßte jeden Augenblick hiersein«, sagte Kate.

Dalgliesh war sich klar darüber, daß die Autopsie auf jeden Fall zum angegebenen Zeitpunkt stattfinden würde, egal, ob er sich dafür freimachen konnte oder nicht. Aber er würde natürlich dabeisein. Wardle war plötzlich so unerwartet kooperativ – doch dann fiel ihm ein, daß der Doc das im Grunde immer war, wenn's wirklich drauf ankam.

23

Sobald er Mrs. Demery sah, wußte Dalgliesh, daß er mit ihr keine Schwierigkeiten haben würde; er kannte den Typ. Die Mrs. Demerys dieser Welt hatten nach seiner Erfahrung keine Hemmungen vor der Polizei, die sie in der Regel für Helfer des kleinen Mannes, also ihresgleichen, hielten, ohne sie deswegen gleich mit ungeheuerem Respekt zu behandeln oder den männlichen Beamten mehr Verstand anzurechnen, als die Herren der Schöpfung im Normalfall vorzuweisen hatten. Wenn es darum ging, die Ihrigen zu schützen, waren die Mrs. Demerys sicher genauso bereit zu lügen wie andere Zeugen, doch da sie im Grunde aufrichtig und nicht mit einer überbordenden Phantasie geschlagen waren, sagten sie eigentlich lieber die Wahrheit, weil das alles in allem weniger strapaziös war, und sie sahen hinterher auch keinen Grund, sich mit Gewissensbissen wegen der eigenen Motive oder der Intentionen anderer Leute zu martern. Im Zeugenstand blieben sie fest und unerschütterlich bei ihrer Aussage und konnten im Kreuzverhör gelegentlich auch einmal respektlos entgleisen. Dalgliesh hegte den leisen Verdacht, daß dieser Typ Frauen Männer ein bißchen lächerlich fand, besonders, wenn sie in Robe und mit Perücke auftraten und mit arroganter Stimme über anderer Leute Kopf hinwegdozierten, und daß sie fest entschlossen waren, sich von diesen derart leidigen Kreaturen nicht abkanzeln, unter Druck setzen oder demütigen zu lassen.

Soeben nahm das neueste Modell dieser trefflichen Spezies ihm gegenüber Platz und musterte ihn unverhohlen mit intelligenten, freundlichen Augen. Ihre rötlichblonden Haare waren offenbar frisch gefärbt, und die seitlich und am Hinterkopf hochgekämmte, straff zum Knoten geschlungene Frisur mit dem tief in die Stirn fallenden, stark gekrausten Pony kannte Dalgliesh von Fotos aus der Zeit Edwards VII., kurz nach der Jahrhundertwende. Mit ihrer spitzen Nase und den strahlenden, leicht hervorquellenden Augen erinnerte Mrs. Demery ihn an einen intelligenten Pudel.

Ohne abzuwarten, bis er das Gespräch eröffnete, sagte sie unvermittelt: »Ich hab' Ihren Dad gekannt, Mr. Dalgliesh.«

»Was Sie nicht sagen, Mrs. Demery! Wann war denn das? Während des Krieges vielleicht?«

»Genau. Mein Zwillingsbruder und ich, wir waren nämlich in Ihrem Dorf evakuiert. Erinnern Sie sich noch an die Carter-Zwillinge? Aber, was red' ich denn, können Sie ja gar nich'! Da sind Sie ja noch im Klapperstorch seinem Teich geschwommen. War ein feiner Mann, Ihr Dad. Unser Quartier war nich' im Pfarrhaus, da waren die ledigen Mütter. Nee, wir waren bei Miss Pilgrim in ihrem Cottage. Ach, Gott, Mr. Dalgliesh, was war das schrecklich in dem Dorf! Ich weiß nich', wie Sie das ausgehalten ham als Kind. Mir hat's seitdem mein Leben lang vorm Land gegraust, ja, das hat's mir. Immer bloß Schlamm und Regen, und wie das nach Jauche stinkt auf so 'nem Hof! Und langweilig war's da, zum Gotterbarmen!«

»Tja, für ein Stadtkind gab's wahrscheinlich nicht viel an Beschäftigung.«

»Das tät ich nu nich' sagen. Zu tun gab's schon allerhand, aber sowie man was anpackte, war man auch schon in der Bredouille.«

»Zum Beispiel, wenn man den Dorfbach aufstauen wollte?«

»Ah, davon ham Sie also doch gehört? Aber wie hätten wir denn wissen sollen, daß der olle Bach Mrs. Piggotts Spülküche überschwemmt und daß ihre alte Katze drin ersäuft? So was aber auch, daß Sie das wissen, Mr. Dalgliesh!« In Mrs. Demerys Miene spiegelte sich lebhafte Dankbarkeit.

»Ja, was denken Sie, Mrs. Demery, Sie und Ihr Bruder gehören praktisch zur Folklore des Dorfes.«

»Was Sie nich' sagen! Na, das freut mich aber. Ham Sie auch das von Mr. Stuarts Ferkeln gehört?«

»Mr. Stuart erinnert sich jedenfalls noch gut. Er ist zwar inzwischen weit über achtzig, aber ein paar Dinge sind dem Gedächtnis so fest eingebrannt, die vergißt man nicht.«

»Wär 'n Pfundsrennen geworden. Wir hatten die kleinen Scheißer auch schon so ziemlich in Reih und Glied am Start, aber wie's losging, da gab's kein Halten mehr. Die sind wie verrückt in der Gegend rumgerannt. Na ja, die meisten pfeilgrad auf die Norwicher Landstraße. Aber mein Gott, was war das grauslich in dem Dorf! Und so still! Nachts sind wir wach gelegen und ham ihr regelrecht zugehört, dieser Stille. Man kam sich vor, wie wenn man tot gewesen wär'. Und dunkel war das erst! So was von dunkel hab' ich nie wieder erlebt. Pechschwarz, sag' ich Ihnen. Wie wenn einer einem 'ne große schwarze Wolldecke aufs Gesicht preßt, bis man am Ersticken is', so'n Gefühl war das. Billy und ich, wir ham das nich' ausgehalten. Ham nie Alpträume gehabt, wir beide, bis zur Evakuierung nich'. Wenn unsere Mum uns besuchen kam, ham wir die ganze Zeit nur geflennt. Ich weiß das noch wie heute, wie Mum uns durch diese mopsige olle Gasse geschleift hat, und Billy und ich wir ham in einem fort geheult, daß wir wieder nach Hause wollen. Wir ham ihr erzählt, daß Miss Pilgrim uns nix zu essen geben tät' und daß sie uns dauernd eins mit'm Pantoffel überzieht. Das mit dem Essen war gar nich' mal gelogen, die ganze Zeit, die wir da waren, ham wir nich' einmal 'n gescheiten Happen gekriegt. Am Ende hat Mum uns tatsächlich wieder mit heimgenommen, bloß damit sie ihre Ruhe hatte. Von da an ging's uns wieder gut. Wunderbar ham wir's gehabt, besonders als die Bombardiererei losging. Wir hatten einen von diesen kleinen Anderson-Bunkern im Garten, und da drin hatten wir's ganz gemütlich mit Mum und Großmutter und Tante Edie und später dann, als sie ausgebombt war, auch noch Mrs. Powell von Nummer 42.«

»Aber war es denn nicht auch in so einem Anderson-Bunker arg finster?« fragte Dalgliesh.

»Schon, aber dafür hatten wir ja unsere Taschenlampen, oder? Und wenn grade kein Angriff war, konnte man rauskriechen und den Suchscheinwerfern zuschauen. Wunderhübsche Kreuzmuster ham die an den Himmel gemalt. Und ein Krach war das, zum Gotterbarmen! Wenn die Flak zugange war, also da hätt' man meinen können, ein Riese stampft Wellblech ein. Ach ja, es ist schon so, wie unsere Mum immer gesagt hat: Gib deiner Brut eine glückliche Kindheit, und sie ist gegen's Leben gefeit.«

Dalgliesh hielt es nicht für ratsam, diese optimistische Erziehungstheorie anzuzweifeln. Er suchte noch nach einer möglichst taktvollen Überleitung zum eigentlichen Thema, als Mrs. Demery ihm zuvorkam.

»So, jetzt ist aber genug von alten Zeiten geschwärmt. Sie wollen doch bestimmt wissen, wie das mit dem Mord gewesen is', nich'?«

»Ach, Sie glauben also, daß es Mord war, Mrs. Demery?«

»Na logisch. Die Schlange hat er sich ja wohl nich' selber um'n Hals gepfriemelt. Erwürgt ham sie ihn, stimmt's?«

»Wie er gestorben ist, werden wir erst nach der Obduktion sagen können.«

»Also für mich sah's aus wie erwürgt, mit dem roten Gesicht, und dann hatte er ja auch Hissing Sid im Rachen stecken. Ich sag' Ihnen, mir is' noch nie 'ne Leiche untergekommen, die so was von gesund ausgesehen hat. Sah im Tod besser aus als wie lebendig, der Mann, und dabei war das auch im Leben schon ein hübscher Kerl. Ja, der hat wirklich was hergemacht. Für mich hat er ja immer 'n bißchen wie der junge Gregory Peck ausgesehen.«

Dalgliesh bat sie, ihm genau zu schildern, was sich an dem Tag seit ihrer Ankunft in Innocent House zugetragen hatte.

»Also ich komm' jeden Werktag von neun bis fünf – außer am Mittwoch. Mittwochs kommt diese Putzkolonne von der Heinzelmännchen AG. So jedenfalls schimpft sich der Laden. Faulpelz AG tät' allerdings besser zu denen passen. Angeblich machen die einmal die Woche hier gründlich sauber. Na ja, wahrscheinlich tun sie ihr Bestes, aber es ist halt ganz was anderes, wenn man sich persönlich mit so'm Haus verbunden fühlt, nich'? George kommt mittwochs immer 'ne halbe Stunde früher und läßt sie rein. Meistens sind sie um zehn schon wieder fertig.«

»Und wer läßt Sie herein, Mrs. Demery? Oder haben Sie einen Schlüssel?«

»Nee. Der alte Mr. Etienne wollt' mir ja immer einen geben, aber mir war das zuviel Verantwortung. Hab' so schon zu viele Schlüssel in meinem Leben. Nee, mir sperrt eigentlich auch immer der George auf. Oder auch mal Mr. Dauntsey oder Miss Frances. Wer eben grade als erster da is'. Heut morgen waren Miss Peverell und Mr. Dauntsey noch nich' da, aber George schon, und der hat mich dann auch reingelassen. Ich hab' dann ganz piano hinten mit der Küche angefangen und bin soweit auch gut vorangekommen. Bis kurz vor neun, da taucht plötzlich dieser Lord Stilgoe auf und behauptet, er hat 'nen Termin bei Mr. Gerard.«

»Waren Sie denn um diese Zeit vorn am Empfang?«

»War ich, ja, rein zufällig. George und ich, wir ham 'n kleinen Schwatz gehalten. Dem Lord hat das gar nicht gepaßt, daß außer dem Portier und mir kein Mensch da war. George hat reihum alle Büros angeklingelt und versucht, Mr. Gerard zu finden. Er wollte Lord Stilgoe eben überreden, sich doch noch 'n Moment zu gedulden und am Empfang Platz zu nehmen, als Miss Etienne reinkommt. Sie hat George gefragt, ob Mr. Gerard in seinem Büro wär', und George sagt, er hätt' angerufen, aber es hätt' sich keiner gemeldet. Da ist sie selber nachschauen gegangen, und Lord Stilgoe und ich, wir sind mit. Mr. Gerards Jackett hing über'm Stuhl, und der Stuhl war ein Stück vom Schreibtisch weggerückt, was schon 'n bißchen komisch war. Miss Etienne hat dann in der rechten Schublade nachgesehen, und da lagen auch richtig seine Schlüssel. Mr. Gerard legte sie immer da rein, wenn er im Büro war. Ist 'n ziemlich schwerer Bund, und er konnt's nich' leiden, wenn die Schlüssel ihm die Jackentasche ausgebeult ham. Miss Claudia hat gesagt: ›Er muß hier irgendwo sein. Vielleicht in Nummer 10 bei Mr. Bartrum.‹ Also wir zurück an den Empfang. Aber George hat gesagt, er hätt' schon in Nummer 10 angerufen. Mr. Bartrum war da, aber er hatte Mr. Gerard auch nich' gesehen, wohl aber seinen Jaguar. Mr. Gerard hat immer in der Innocent Passage geparkt, weil's da angeblich sicherer is'. Und Miss Claudia sagt wieder: ›Dann muß er hier irgendwo sein. Ich glaube, wir sollten ihn suchen gehen.‹ Inzwischen war auch das erste Boot gekommen, und kurz danach Miss Frances und Mr. Dauntsey.«

»Hatten Sie den Eindruck, daß Miss Etienne sich um ihren Bruder ängstigte?«

»Mir kam's eher so vor, als wüßt' sie nich', was sie davon halten soll. Ich hab' dann zu ihr gesagt, also mit dem Erdgeschoß bin ich hinten schon fast durch, in der Küche kann er demnach nich' sein. Darauf hat Miss Claudia so was gesagt wie, das wär' ja auch kaum anzunehmen, daß er sich da aufhält, und dann is' sie die Treppe rauf, und Miss Blackett und ich, wir sind mit.«

»Ach, daß Miss Blackett auch da war, haben Sie bisher noch gar nicht erwähnt.«

»Hab' ich nich'? Doch, doch, die kam mit dem ersten Boot. Aber stimmt schon, man übersieht sie leicht, jetzt, wo der alte Mr. Peverell tot ist. Na, jedenfalls, sie war da, auch wenn sie immer noch den Mantel anhatte, und sie is' mit uns die Treppe rauf.«

»Sie haben sich zu dritt aufgemacht, um *einen* Mann zu suchen?«

»Tja, so war's nun mal. Ich bin wohl eher aus Neugier mit. Nee, eigentlich war's mehr so'n Instinkt, will ich mal sagen. Warum Miss Blackett mitging, weiß ich nich'. Das müssen Sie sie schon selber fragen. Miss Claudia hat gesagt: ›Wir fangen oben an zu suchen‹, und so ham wir's dann auch gemacht.«

»Demnach ist sie gleich rauf ins Archiv gegangen?«

»Genau, und dann weiter in das kleine Zimmer dahinter. Die Zwischentür war nich' abgeschlossen.«

»Wie hat sie sie aufgemacht, Mrs. Demery?«

»Was heißt, wie hat sie sie aufgemacht? Ganz normal, wie man eben 'ne Tür aufmacht.«

»Nein, ich meine, hat sie sie aufgerissen? Oder vorsichtig geöffnet? Kam sie Ihnen irgendwie ängstlich dabei vor?«

»Könnt' ich nich' sagen, nee. Und die Tür, die hat sie einfach aufgemacht, ganz normal. Ja, und da lag er dann. Auf 'm Rücken, das Gesicht ganz rosig, mit dieser Schlange um den Hals und ihrem Kopf in seinen Mund. Die Augen hatte er offen, und die glotzten einen ganz starr an. Zum Fürchten war das! Also, ich hab' ja sofort gesehen, daß er tot war, auch wenn er, wie gesagt, nie besser ausgesehen hat. Miss Claudia is' hin und hat sich neben ihn gekniet. ›Rufen Sie die Polizei an‹, hat sie gesagt. ›Und machen Sie, daß Sie hier rauskommen, alle beide.‹ Fast 'n bißchen grob is' sie gewesen. Aber na ja, er war immerhin ihr Bruder. Ich dräng' mich nich' auf, wenn man mich nich' haben will, also bin ich gegangen. Ehrlich gesagt, war ich sowieso nich' so scharf drauf zu bleiben.«

»Und was war mit Miss Blackett?«

»Die kam gleich hinter mir. Ich dacht' schon, gleich legt sie los und schreit, aber dann hat sie bloß so komisch zu winseln angefangen. Ich hab' sie um die Schultern gefaßt, hat nämlich gezittert wie Espenlaub, das arme Ding. Und ich hab' ihr gut zugeredet. ›Nich' doch, kommen Sie‹, hab' ich zu ihr gesagt, ›kommen Sie, hier können Sie doch nichts mehr tun.‹ Und dann sind wir zusammen die Treppe runter. Ich dacht', das geht schneller als mit dem Fahrstuhl, weil der nämlich dauernd steckenbleibt. Aber vielleicht wär' der Fahrstuhl doch besser gewesen. Ich hatte ganz schön Mühe, sie die Treppe runterzukriegen, weil sie so furchtbar zittrig war. Und ein-, zweimal sind ihr auch die Beine weggesackt. Einmal dacht' ich sogar, es nutzt nichts, ich muß sie hier absetzen und Hilfe holen. Aber dann haben wir's doch geschafft. Wie wir unten ankamen, sind Lord Stilgoe und Mr. de Witt und die anderen schon dagestanden und ham auf uns gewartet. Wahrscheinlich ham sie sich nach meinem Gesicht und Miss Blacketts Zustand schon zusammenreimen können, daß was Schreckliches passiert sein mußte. Aber ich hab's ihnen dann auch gleich gesagt. Zuerst sah's so aus, als könnten sie's gar nich' glauben, und dann ist Mr. de Witt plötzlich die Treppe raufgerannt, und Lord Stilgoe und Mr. Dauntsey sind hinterher.«

»Und was geschah weiter, Mrs. Demery?«

»Ich hab' Miss Blackett zu ihrem Stuhl geführt und bin ihr ein Glas Wasser holen gegangen.«

»Sie haben also nicht die Polizei verständigt?«

»Nee, ich dacht', laß das mal die andern machen. Die Leiche konnte ja schließlich nich' weglaufen, oder? Wozu also die Eile? Außerdem, wenn ich telefoniert hätte, dann hätt' ich's sowieso falsch angepackt. Wie nämlich Lord Stilgoe wieder runterkam, da is' er schnurstracks an die Rezeption und hat zu George gesagt: ›Verbinden Sie mich mit Scotland Yard. Ich will den Commissioner sprechen. Und wenn Sie den nicht erreichen, dann Commander Adam Dalgliesh.‹ So einer tut's natürlich nich' unter Titel und Lametta. Dann kam Miss Claudia runter und wollte, daß ich einen starken Kaffee aufbrühe. Das hab' ich dann auch gemacht. Weiß wie die Wand war sie. Is' ja auch kein Wunder, oder?«

»Mr. Gerard Etienne ist erst vor kurzem Geschäftsführer und Vorsitzender der Peverell Press geworden, nicht wahr?« fragte Dalgliesh. »Sagen Sie, Mrs. Demery, war er eigentlich beliebt?«

»Also man hätte ihn wohl kaum im Plastiksack hier rausgetragen, wenn er das reinste Sonnenscheinchen gewesen wär'. Irgendeiner hat ihn bestimmt nich' leiden können, das ham wir ja jetzt gesehen. Natürlich war es nich' leicht für ihn, in die Fußstapfen vom alten Mr. Peverell zu treten. Alle Welt hatte die größte Hochachtung vor Mr. Peverell. Ein feiner Herr. Aber ich bin gut mit Mr. Gerard klargekommen. Wir sind uns beide nich' auf die Füße getreten. Ich glaub' allerdings nich', daß viele hier im Verlag um ihn weinen werden. Trotzdem, Mord bleibt Mord, und ein Schock ist es allemal. Dem Verlag wird's sicher auch nich' guttun. Ach, da fällt mir was ein! Wie finden Sie das: Er könnt' es doch auch selbst getan haben, und hinterher hat dann dieser Scherzkeks, der hier rumspukt, ihm die Schlange um'n Hals gewickelt, damit man sieht, was die Leute von ihm gehalten haben. Vielleicht sollten Sie sich das mal durch den Kopf gehen lassen, Sir.«

Dalgliesh sagte nicht, daß er das bereits getan hatte. Statt dessen fragte er: »Würde es Sie denn überraschen, wenn sich herausstellen sollte, daß es Selbstmord war?«

»Ehrlich gesagt, ja, sehr sogar. Ich würd' sagen, er war zu selbstgefällig für so was. Und überhaupt, warum hätt' er sich umbringen sollen? Schön, der Verlag is' 'n bißchen ins Schlingern geraten, aber welcher Betrieb is' das nich', heutzutage? Er hätt' sich da schon wieder rausgewurschtelt. Ich kann mir nich' vorstellen, daß Mr. Gerard einen auf Robert Maxwell macht. Andererseits, wer hätt' es von Robert Maxwell gedacht, also kann man's eigentlich nie wissen, oder? Ich sag' Ihnen, der Mensch steckt voller Rätsel, jawohl. Ach, ich könnt' Ihnen allerhand erzählen über das Rätsel Mensch.«

Kate meldete sich zum erstenmal zu Wort. »Miss Etienne war doch sicher ganz erschüttert, als sie ihn so fand. Ihren eigenen Bruder.«

Mrs. Demery schenkte Kate zwar ihre Aufmerksamkeit, schien jedoch nicht gerade erfreut über diese Einmischung einer dritten Person in ihr lauschiges Tête-à-tête. »Stellen Sie mir 'ne ehrliche Frage, und Sie kriegen 'ne ehrliche Antwort, Inspector. Wie erschüttert war Miss Claudia? Das wollen Sie doch wissen, oder? Aber da müssen Sie sie schon selber fragen. Ich weiß es nämlich nich'. Sie hat neben dem Toten gehockt und sich über ihn gebeugt, und solange wie Miss Blackett und ich im Zimmer waren, was ja nich' lange war, hat sie sich nich' einmal umgeguckt. Ich weiß nich', wie ihr ums Herz gewesen ist. Ich weiß bloß, was sie gesagt hat.«

»›Raus hier, alle beide.‹ Ziemlich schroff, nicht?«

»War vielleicht der Schock. Aber da müssen Sie schon selber draus schlau werden.«

»Jedenfalls haben Sie sie mit der Leiche allein gelassen.«

»So hat sie's anscheinend gewollt, ja. Aber ich hätt' sowieso nich' bleiben können. Einer mußte schließlich Miss Blackett die Treppe runterhelfen.«

Dalgliesh fragte unvermittelt: »Arbeitet sich's eigentlich gut hier, Mrs. Demery? Sind Sie gern bei Peverell?«

»Ich denke, es käme nichts Besseres nach. Sehen Sie, Mr. Dalgliesh, ich bin dreiundsechzig. Schön, das ist nich' steinalt, und meine Augen und die Beine machen auch noch ganz gut mit, und was die Arbeit angeht, da steck' ich gewisse Leute immer noch mit links in die Tasche. Aber mit dreiundsechzig fangen Sie nich' mehr an, sich nach 'nem neuen Job umzusehen, und ich arbeite nun mal gern. Zu Hause würde mir doch bloß die Decke auf'n Kopf fallen. Und hier weiß ich, was ich zu erwarten hab'. Bin ja schon an die zwanzig Jahre da. Wär' vielleicht nich' jedermanns Sache, aber mir gefällt's. Und eine günstige Verbindung hab' ich auch – na ja, so halbwegs. Wohne immer noch in Whitechapel. Hab' da jetzt 'ne hübsche kleine Wohnung, ganz modern.«

»Und wie kommen Sie zur Arbeit?«

»Bis Wapping mit der U-Bahn und dann zu Fuß. Is' ja nich' weit. Und ich gehör' nich' zu denen, die sich in London nich' mehr auf die Straße trauen. Bin schließlich schon in London rumgetigert, wie Sie noch gar nich' auf der Welt waren. Was der alte Mr. Peverell war, der hat mir ja angeboten, daß er mich mit der Taxe abholen läßt, so wie's mir morgens mal vor dem Weg grausen tät'. Und das hätt' der auch glatt gemacht. War schon ein sehr feiner Herr, der alte Mr. Peverell. Und daran sehen Sie auch, wie er mich geschätzt hat. Das freut einen ja denn auch, so ein bißchen Dankbarkeit.«

»Ganz Ihrer Meinung, Mrs. Demery. Aber sagen Sie, wie ist das eigentlich mit dem Archiv geregelt, dem großen Büro vorn und dem kleinen, in dem Mr. Etienne gefunden wurde – ich meine, wer macht da sauber? Sind Sie dafür verantwortlich, oder erledigt das die Reinigungsfirma?«

»Das mach' ich. Die Putzkolonne geht nie bis in den obersten Stock rauf. Das hat schon der alte Mr. Peverell nich' gewollt. Sie ham ja gesehn, wieviel Papier da oben rumliegt, und da hatte er Angst, daß die da oben zu qualmen anfangen und womöglich noch 'n Feuer ausbricht. Außerdem sind das lauter vertrauliche Akten. Fragen Sie mich nich' warum, ich hab' in ein, zwei reingespiekt, und was ich so gesehen hab', war da nix drin wie 'n Haufen alter Briefe und Manuskripte. Nich' daß Sie denken, das wären die Personalakten da oben oder so was in der Art. Nee, da finden Sie keine Geheimnisse. Trotzdem hat Mr. Peverell großen Wert gelegt auf das Archiv, und er wollte auch, daß ich verantwortlich bin für die zwei Kammern da oben. Außer Mr. Dauntsey geht aber kaum mal einer hoch, und drum reiß' ich mir auch nich' gerade 'n Bein aus mit dem Putzen. Wär' ja doch bloß für die Katz. Normalerweise geh' ich einmal im Monat, immer montags, rauf zum Staubwischen.«

»Und saugen Sie auch den Fußboden?«

»Kommt drauf an. Wenn's aussieht, als ob er's nötig hätt', dann geh' ich schon mal kurz drüber. Ich sag' ja, außer Mr. Dauntsey arbeitet keiner da oben, und der macht nich' viel Dreck. Ich hab' im Haus alle Hände voll zu tun, auch ohne daß ich den Staubsauger bis da oben raufschleppe und unnötig Zeit verplempere, wo's gar nich' sein muß.«

»Das kann ich mir lebhaft vorstellen. Aber wissen Sie vielleicht noch, wann Sie den kleinen Raum das letztemal saubergemacht haben?«

»Montag vor drei Wochen bin ich fix mal mit'm Staubtuch durch. Nächsten Montag wär's wieder soweit gewesen. Wenigstens wenn's nach meinem Plan geht. Aber Sie werden das Archiv jetzt ja wohl erst mal zusperren, wie?«

»Vorläufig schon, Mrs. Demery. Wollen wir kurz raufgehen?«

Die Tür zum kleinen Archiv stand offen. Der Techniker von den Gaswerken war noch nicht eingetroffen, aber die beiden Beamten von der Spurensicherung und die Fotografen waren noch da. Dalgliesh gab ihnen einen Wink, worauf sie an ihm vorbeischlüpften, um draußen zu warten. Kate und Daniel hielten sich auch im Hintergrund.

Dalgliesh bat: »Gehen Sie nicht rein, Mrs. Demery. Bleiben Sie bitte hier an der Tür stehen und sagen Sie mir, ob Ihnen was auffällt, ob Sie irgendeine Veränderung feststellen.«

Mrs. Demery musterte den Raum langsam und gründlich. Ihr Blick ruhte kurz auf der weißen Kreidesilhouette, die die Position des inzwischen abtransportierten Leichnams markierte, aber sie äußerte sich nicht dazu. Sie brauchte nur ein paar Sekunden und sagte dann: »Ihre Jungs ham also gründlich saubergemacht hier drin, wie?«

»O nein, Mrs. Demery, wir haben hier überhaupt nicht geputzt.«

»Dann war's wer anders. Hier liegen jedenfalls keine drei Wochen Staub mehr. Sehen Sie sich doch bloß den Kaminsims und den Fußboden an. Der is' einwandfrei gesaugt. Menschenskind! Der hat also erst saubergemacht, bevor daß er ihn abgemurkst hat – und noch dazu mit meinem Staubsauger!«

Sie wandte sich Dalgliesh zu, der in ihren Augen eine Mischung aus Empörung, Entsetzen und abergläubischer Scheu aufkeimen sah. Nichts an Etiennes Tod hatte sie bisher so tief getroffen wie diese blitzblank hergerichtete Todeszelle.

»Woher wissen Sie das, Mrs. Demery? Ich meine, daß es Ihr Staubsauger war.«

»Ganz einfach, der hat seinen Platz unten im Abstellraum, gleich neben der Küche. Und wie ich heute morgen hinkomme und will ihn rausholen, da sag' ich zu mir: ›Den hat doch wer in den Fingern gehabt.‹«

»Und woran haben Sie das gemerkt?«

»Er war für glatte Böden eingestellt, nich' für Teppiche. Wissen Sie, er hat nämlich zwei Einstellungen. Als ich ihn weggeräumt hab', da stand er auf Teppich, weil ich doch als letztes die Teppiche im Sitzungssaal gesaugt hatte.«

»Sind Sie sicher, Mrs. Demery?«

»Nich' so, daß ich's vor Gericht beschwören könnt'. Es gibt

Sachen, auf die kann man schwören, auf andere wieder nich'. Es könnt' schon sein, daß ich aus Versehen den Regler verstellt hab'. Alles, was ich weiß, is', daß ich heute morgen, wie ich ihn rausholen ging, so bei mir denke: ›Den hat doch wer in der Mache gehabt.‹«

»Und haben Sie sich erkundigt, ob tatsächlich jemand anderer den Staubsauger benutzt hat?«

»Wen hätt' ich denn fragen sollen? Es war ja niemand mehr da. Außerdem war's bestimmt keiner von den Angestellten hier im Haus. Warum sollten die den Staubsauger nehmen? Is' doch mein Job und nich' ihrer. Nee, ich dachte, vielleicht war's einer aus der Putzkolonne, aber komisch wär' das auch. Die bringen ihren Kram eigentlich immer selber mit.«

»Stand der Staubsauger denn richtig an seinem Platz?«

»Das schon, ja, und das Kabel war auch kreuzweise aufgewickelt, genau wie ich's am Abend vorher gemacht hatte. Nur der Regler hatte nich' mehr dieselbe Einstellung.«

»Mrs. Demery, fällt Ihnen sonst noch was an dem Raum hier auf?«

»Ja, die Zugschnur am Fenster is' weg, oder? Ihre Jungs werden sie wohl abgemacht haben. War ja auch schon 'n bißchen alt und zerschlissen. Ich hab's noch zu Mr. Dauntsey gesagt, wie ich am Montag kurz bei ihm reingeschaut hab': ›Die Schnur gehört auch mal ausgewechselt‹, sag' ich. Und er hat versprochen, daß er's George bestellen wird. George macht alles, was an so kleinen Arbeiten anfällt. Ist sehr geschickt, der George. Wie ich oben war, hatte Mr. Dauntsey das Fenster gerade gekippt, so wie meistens, wenn er hier arbeitet. Er schien sich weiter keine Gedanken zu machen wegen der Schnur, aber er wollte mit George reden. Ach, und der Tisch da is' auch verschoben. Ich rück' den nie weg, wenn ich hier oben Staub wische. Aber sehen Sie nur, jetzt steht er 'n paar Zentimeter weiter rechts. An dem grauen Schatten da an der Wand kann man erkennen, wo er vorher gestanden hat. Und Mr. Dauntseys Recorder is' auch weg. Früher stand hier ja auch noch 'n Bett drin, aber das ham sie rausgenommen, wie Miss Clements sich umgebracht hat. War ja auch 'ne schöne Bescherung. Und jetzt ham wir schon den zweiten Toten in dem Kabuff, Mr. Dalgliesh. Ich denke, es wär' Zeit, daß sie's für immer zusperren.«

Bevor sie Mrs. Demery entließen, bat Dalgliesh sie noch, mit niemandem über den mysteriösen zweiten Benutzer ihres Staubsaugers zu sprechen, obschon er wenig Hoffnung hatte, daß sie ihre Entdeckung lange für sich behalten würde.

Nachdem sie gegangen war, fragte Daniel: »Wie verläßlich ist denn diese Aussage, Sir? Ob sie wirklich feststellen kann, daß der Raum erst vor kurzem saubergemacht wurde? Womöglich bildet sie sich das bloß ein.«

»Es ist immerhin ihr Ressort, Daniel. Übrigens hat auch Miss Etienne sich darüber gewundert, wie sauber es hier ist. Und Mrs. Demery gibt selber zu, daß sie sich normalerweise nicht um den Fußboden kümmert. Auf diesem Boden aber liegt kein Stäubchen, nicht mal in den Ecken. Nein, nein, hier hat tatsächlich vor kurzem jemand gründlich saubergemacht, und dieser Jemand war nicht Mrs. Demery.«

24

Die vier Gesellschafter warteten noch immer im Sitzungssaal. Gabriel Dauntsey und Frances Peverell saßen dicht beieinander, doch ohne sich zu berühren, an dem ovalen Mahagonitisch. Frances hielt den Kopf gesenkt, blieb aber ansonsten völlig reglos. De Witt stand am Fenster und preßte eine Hand gegen die Scheibe, als bräuchte er eine Stütze. Claudia hatte sich in die Betrachtung eines Canaletto vertieft, der neben der Tür hing, die Kopie einer Ansicht vom Canal Grande. Die erhabene Pracht des Raumes schien die Last an Furcht, Schmerz, Zorn oder Schuld, die jeder von ihnen zu tragen hatte, zu dämpfen oder wenigstens in stilisiertere Bahnen zu lenken. Sie waren wie Akteure in einer übertriebenen gestylten Inszenierung, bei der man ein Vermögen für das extravagante Bühnenbild ausgegeben, als Schauspieler aber nur Amateure verpflichtet hat, die ihren Text bloß zur Hälfte können und sich obendrein steif und ungelenk bewegen. Als Dalgliesh und Kate hinausgegangen waren, hatte Frances Peverell gesagt: »Ich bin dafür, daß wir die Tür offenlassen«, und de Witt war kurz darauf wortlos aufgestanden und hatte sie angelehnt. Sie brauchten die Bestätigung, daß die Welt da draußen weiter ihren Lauf nahm, und da half es schon, wenn man, egal wie schwach und in welchen Abständen, von fern die Stimmen der anderen hörte. Die geschlossene Tür hätte allzusehr mit dem verwaisten Stuhl am Tisch korrespondiert: Hier hätte man Gerards stürmischen Auftritt erwartet, dort seinen Vorsitz über die kleine Runde.

Ohne sich umzudrehen, sagte Claudia: »Gerard hat dieses Bild nie leiden können. In seinen Augen wurde Canaletto überbewertet, er fand ihn zu kleinkariert, zu flach. Er hat immer gesagt, er sähe förmlich, wie die Lehrbuben sorgsam jeden Wellenkamm auspinseln.«

»Seine Abneigung galt nicht Canaletto«, sagte de Witt, »sondern nur diesem Bild. Er meinte, er sei es leid, den Besuchern immer wieder erklären zu müssen, daß es nur eine Kopie ist.«

Frances murmelte: »Das Bild war ihm ein Dorn im Auge, weil es ihn ständig daran erinnerte, daß Großvater das Original in schlechten Zeiten für ein Viertel seines tatsächlichen Wertes verkauft hat.«

»Ach was«, widersprach Claudia bestimmt, »er konnte Canaletto nicht ausstehen.«

De Witt trat langsam vom Fenster zurück. »Die Polizei läßt sich aber Zeit. Mrs. Demery wird es vermutlich genießen, ihnen ihre Lieblingsrolle vorzuspielen – die Cockney-Putzfrau mit der scharfen Zunge, aber dem Herzen auf dem rechten Fleck. Hoffentlich weiß der Commander ihren Auftritt zu würdigen.«

Claudia wandte sich nun doch von dem Bild ab, mit dem sie sich bislang so eingehend beschäftigt hatte. »Aber das ist Mrs.

Demery nun mal, also kannst du's kaum ein Rollenspiel nennen. Trotzdem hast du in einem recht: Sie verplappert sich leicht, wenn sie aufgeregt ist. Wir müssen achtgeben, daß uns das nicht passiert. Ich meine, daß wir uns verplappern, zuviel reden, der Polizei Dinge erzählen, die sie nicht zu wissen braucht.«

»Und an was denkst du da?« fragte de Witt.

»Na, zum Beispiel, daß wir uns nicht unbedingt einig waren, was die Zukunft des Verlags angeht. Die Polizei denkt nun mal in Klischees. Aber da die meisten Verbrecher sich auch an Klischees halten, liegt sie damit wahrscheinlich gar nicht so falsch.«

Frances Peverell hob den Kopf. Niemand hatte sie weinen sehen, aber ihr Gesicht war blaß und aufgedunsen, die Augen blickten stumpf und glanzlos unter geschwollenen Lidern hervor, und als sie jetzt sprach, klang ihre Stimme brüchig, ja fast ein bißchen wie die eines quengelnden Kindes.

»Was ist denn schon dabei, wenn Mrs. Demery redet? Und wieso kommt es darauf an, was wir sagen? Keiner von uns hat doch etwas zu verbergen. Es muß ohnehin jedem klar sein, was passiert ist. Gerard ist eines natürlichen Todes gestorben, oder er hatte einen Unfall, und irgendwer, bestimmt dieselbe Person, die uns in letzter Zeit fortwährend solch üble Streiche gespielt hat, entdeckte die Leiche und beschloß, aus diesem Tod ein Geheimnis zu machen. Es muß furchtbar für dich gewesen sein, ihn so vorzufinden, Claudia, mit der albernen Schlange um den Hals. Aber was geschehen ist, läßt sich doch ziemlich einfach rekonstruieren. Es kann nur so gewesen sein.«

Claudia ging so heftig auf sie los, als wären sie mitten in einem Streit. »Was denn für ein Unfall? Du meinst also, Gerard hätte einen Unfall gehabt, ja? Also schön, dann frage ich dich, was für einen?«

Frances schien auf ihrem Stuhl zusammenzusinken, aber ihre Stimme war jetzt klar und fest. »Ich weiß es nicht. Ich war ja schließlich nicht dabei, oder? Es war bloß eine Vermutung.«

»Und zwar eine saublöde.«

»Claudia, bitte!« De Witts Stimme klang eher gütig als tadelnd. »Wir dürfen uns nicht streiten. Wir müssen die Ruhe bewahren und dürfen uns durch nichts auseinanderbringen lassen.«

»Ja, aber wie denn? Dalgliesh hat doch gesagt, daß er uns einzeln sprechen will.«

»Ich meine das ja auch im übertragenen Sinne. Wir müssen zusammenhalten, verstehst du – als Partner, als Team.«

Frances fuhr fort, als hätte sie gar nicht zugehört: »Oder es war ein Herzinfarkt. Vielleicht auch Gehirnschlag. Beides wäre möglich. Das kann den Gesündesten treffen.«

»Gerard hatte aber nichts am Herzen«, sagte Claudia. »Wer ein schwaches Herz hat, der besteigt nicht das Matterhorn. Und einen Schlaganfall kann ich mir bei ihm schon gar nicht vorstellen.«

De Witt meinte beschwichtigend: »Es ist müßig, vor der Obduktion über die Todesursache zu spekulieren. Im Moment sollten wir uns lieber darüber Gedanken machen, was aus dem Verlag wird.«

»Wir machen weiter«, sagte Claudia, »das ist doch gar keine Frage.«

»Vorausgesetzt, wir haben noch genügend Leute. Die Angestellten wollen vielleicht nicht alle bleiben, besonders dann nicht, wenn die Polizei andeuten sollte, daß bei Gerards Tod nicht alles mit rechten Dingen zuging.«

Claudias Lachen klang eher wie ein Schluchzen. »So ein Schwachsinn! Natürlich ist es nicht mit rechten Dingen zugegangen. Als man seine Leiche fand, war er halb nackt, hatte eine Stoffschlange um den Hals gewickelt, und deren Kopf steckte in seinem Mund. Nicht einmal der argloseste Polizist würde glauben, daß es bei so was mit rechten Dingen zugegangen sein kann.«

»Ich meinte natürlich, falls die Polizei annimmt, daß es Mord war. Das Wort spukt uns doch allen im Kopf herum, da kann man es auch endlich mal aussprechen.«

»Mord?« fragte Frances. »Warum hätte man ihn ermorden

sollen? Und es war doch gar kein Blut da, oder? Eine Waffe habt ihr auch nicht gefunden. Und er kann auch nicht vergiftet worden sein. Womit denn? Wann hätte er das Zeug nehmen sollen?«

»Es gibt auch noch andere Methoden«, sagte Claudia.

»Du meinst, man hat ihn mit Hissing Sid erdrosselt? Oder erstickt? Aber Gerard war stark und kräftig. Den möcht' ich sehen, der ihn überwältigt hätte.« Und dann, als niemand sich dazu äußerte, fuhr sie fort: »Ich versteh' einfach nicht, warum ihr beide so erpicht darauf seid, Gerards Tod als Mord hinzustellen.«

De Witt setzte sich neben sie. »Aber so ist es doch gar nicht, Frances«, sagte er sanft. »Wir wollen nur auf alles gefaßt sein. Im übrigen hast du natürlich recht. Wir sollten wirklich besser warten, bis man weiß, wie er gestorben ist. Aber mir macht etwas anderes Kopfzerbrechen: Was mag er nur im kleinen Archiv gewollt haben? Ich kann mich nicht erinnern, daß er je dort oben gewesen wäre, du, Claudia?«

»Nein, und gearbeitet haben kann er da oben auch nicht, denn sonst hätte er seine Schlüssel nicht in der Schreibtischschublade liegenlassen. Ihr wißt doch, wie genau er es immer mit den Sicherheitsvorkehrungen genommen hat. Die Schlüssel waren nur dann in der Schublade, wenn er an seinem Schreibtisch saß. Selbst wenn er das Büro nur für kurze Zeit verließ, zog er sein Jackett über und steckte den Schlüsselbund wieder in die Tasche. Wir haben das doch alle oft genug mit angesehen.«

»Die Tatsache, daß er im Archiv gefunden wurde, beweist noch nicht unbedingt, daß er auch dort gestorben ist«, gab de Witt zu bedenken.

Claudia setzte sich ihm gegenüber und beugte sich weit über den Tisch. »Du meinst, es hätte auch unten in seinem Büro passiert sein können?«

»Ja sicher, egal, ob er nun eines natürlichen Todes gestorben ist oder ob er ermordet wurde. Er hätte ja durchaus, wie Frances eben meinte, am Schreibtisch einen Schlag kriegen oder einen Infarkt erleiden können. In einem wie im anderen Fall wäre es denkbar, daß man die Leiche später nach oben geschafft hat.«

»Aber dazu müßte einer schon sehr viel Kraft gehabt haben.«

»Nicht, wenn er einen unserer Bücherwagen benutzt und den Leichnam im Lift transportiert hat. Und es steht ja fast immer ein freier Wagen beim Aufzug.«

»Aber die Polizei kann doch bestimmt feststellen, ob ein Toter nachträglich bewegt worden ist.«

»Im Freien sicher, ja. Da finden sich Spuren von Erdreich, abgerissene Zweige, niedergetretenes Gras, Schleifspuren. Aber ich bin mir nicht sicher, ob es bei einer Leiche, die in einem geschlossenen Raum gefunden wird, auch so leicht geht. Die Möglichkeit ziehen die aber sicher sowieso in Betracht. Früher oder später werden sie sich wohl dazu herablassen, uns was über ihre Erkenntnisse mitzuteilen. Bis jetzt nehmen sie sich ja wirklich reichlich Zeit da oben.«

Die beiden unterhielten sich so ungezwungen, als ob sie allein im Raum wären. Plötzlich fuhr Frances dazwischen: »Müßt ihr denn so reden, als ob Gerards Tod eine Art Puzzlespiel wäre, eine Kriminalgeschichte, die wir gelesen, oder ein Reißer, den wir im Fernsehen angeschaut haben? Wir sprechen doch hier über Gerard und nicht über einen x-beliebigen Fremden, irgendeine Figur aus einem Stück womöglich. Gerard ist tot. Er liegt oben mit dieser garstigen Schlange um den Hals, und wir sitzen hier, als ob uns das gar nichts anginge.«

Claudia maß sie mit grüblerischem Blick, in dem auch eine Spur Verachtung mitschwang. »Was erwartest du denn von uns? Daß wir andächtig schweigend dasitzen? Ein gutes Buch lesen? Oder George fragen, ob die Zeitungen schon gekommen sind? Ich finde, Reden hilft. Er war mein Bruder. Wenn ich mich halbwegs zusammenreißen kann, dann kannst du es auch. Du hast zwar, zumindest vorübergehend, sein Bett mit ihm geteilt, aber doch nie sein Leben.«

»Hast du das denn etwa getan, Claudia?« fragte de Witt ruhig. »Oder irgendeiner von uns?«

»Nein, aber wenn ich wirklich begreife, daß er tot ist, wenn ich glauben kann, was da passiert ist, dann werde ich auch um ihn trauern, keine Angst. Ja, ich werde um ihn trauern, aber noch nicht, nicht hier und nicht jetzt.«

Gabriel Dauntsey hatte die ganze Zeit abseits gesessen und auf die Themse hinausgeblickt. Jetzt ergriff er zum erstenmal das Wort, und die anderen wandten sich so verdutzt nach ihm um, als erinnerten sie sich erst jetzt wieder seiner Gegenwart.

»Ich denke«, sagte Gabriel ruhig, »er könnte an Kohlenmonoxydvergiftung gestorben sein. Seine Haut war unnatürlich rosig – offenbar ist das eins der typischen Anzeichen –, und es war unheimlich warm im Zimmer. Ist dir das nicht aufgefallen, Claudia, wie warm es oben war?«

Einen Moment lang herrschte Schweigen, dann sagte Claudia: »Außer, daß ich Gerard und diese Schlange gesehen habe, ist mir nur sehr wenig aufgefallen. Meinst du etwa, er könnte vergast worden sein?«

»Ja, genau das will ich damit sagen.«

Vergast. Wie ein eisiger Lufthauch wehte das Wort durch den Raum. »Aber ist dieses neue Nordseegas denn nicht ganz harmlos?« fragte Frances. »Ich dachte, die Zeiten, wo man den Kopf in den Gasherd stecken und sich vergiften konnte, seien endgültig vorbei.«

»Für die Atemwege ist es an sich nicht giftig, das stimmt«, erklärte de Witt. »Überhaupt ist es völlig harmlos, wenn man sachgerecht damit umgeht. Aber angenommen, Gerard hat den Gasofen angezündet, ohne daß der Raum genügend Sauerstoffzufuhr hatte, dann hätte der Ofen nicht richtig funktioniert, und es wäre Kohlenmonoxyd ausgetreten. Gerard hätte über kurz oder lang die Orientierung verloren und wäre bewußtlos geworden, noch ehe er begriffen hätte, was los war.«

»Und später dann«, sagte Frances, »hat jemand die Leiche gefunden, das Gas abgedreht und ihm die Schlange um den Hals gewickelt. Na bitte, ich hab' doch gesagt, es war ein Unfall.«

Dauntsey sprach ruhig und gefaßt. »Ganz so einfach ist es nicht. Wir müssen uns zum Beispiel fragen: Warum sollte er das Gas angedreht haben? Es war doch gestern abend nicht besonders kalt. Aber selbst angenommen, er hat den Ofen angemacht, warum schloß er dann das Fenster? Es war jedenfalls zu, als ich die Leiche sah, aber ich hatte es am Montag, als ich das letztemal oben war, offengelassen.«

»Ja, und wenn er vorhatte, an dem Abend so lange im Archiv zu arbeiten, daß er heizen mußte, warum ließ er dann sein Jackett und die Schlüssel unten im Büro?« überlegte de Witt weiter. »Das ergibt doch alles keinen Sinn.«

In das nachfolgende Schweigen hinein sagte Frances unvermittelt: »Wir haben ja Lucinda ganz vergessen! Irgend jemand muß es ihr sagen.«

»Mein Gott, ja!« rief Claudia. »Komisch, aber man neigt wirklich dazu, Lady Lucinda zu vergessen. Was soll's, ich kann mir nicht vorstellen, daß sie sich vor Trauer in die Themse stürzen wird. Diese Verlobung kam mir nie ganz geheuer vor.«

»Trotzdem können wir ihr nicht zumuten, daß sie's morgen in der Zeitung liest oder in den Nachrichten hört«, sagte de Witt. »Einer von uns sollte Lady Norrington anrufen. Sie kann es ihrer Tochter schonend beibringen. Ich denke, das solltest am besten du übernehmen, Claudia.«

»Meinetwegen, solange man nicht von mir erwartet, daß ich zu ihr hingehe und den Seelentröster spiele. Ich werd' von meinem Büro aus anrufen, das heißt, falls die Polizei sich da nicht auch breitgemacht hat. Mein Gott, es ist wirklich, als ob man Mäuse im Haus hätte. Selbst wenn man sie weder sieht noch hört, spürt man doch, wie sie überall rumwühlen, und wenn sie erst einmal drin sind, hat man das Gefühl, daß man sie nie mehr loswerden wird.«

Sie erhob sich, und als sie hinausging, trug sie den Kopf unnatürlich hoch, ihr Schritt aber wirkte unsicher. Dauntsey wollte sie offenbar begleiten, doch als er aufzustehen versuchte, gehorchten ihm die steifen Glieder anscheinend nicht, und so war es de Witt, der ihr beisprang. Aber sie schüttelte den Kopf, schob den dargebotenen Arm sanft beiseite und ging.

Keine fünf Minuten später war sie zurück. »Sie ist nicht da.

Und so eine Mitteilung kann man wohl kaum auf einen Anrufbeantworter sprechen. Ich versuch's später noch mal.«

»Was ist denn eigentlich mit eurem Vater?« fragte Frances. »Müßte der es nicht als erster erfahren?«

»Ja, natürlich, aber doch nicht am Telefon. Ich fahre heute abend noch zu ihm raus.«

Ohne daß es geklopft hätte, öffnete sich die Tür ein Stück weiter, und Detective Sergeant Robbins steckte den Kopf herein.

»Mr. Dalgliesh bittet Sie um Entschuldigung, daß Sie so lange warten mußten«, sagte er. »Und er wäre dankbar, wenn Mr. Dauntsey jetzt ins Archiv raufkommen könnte.«

Dauntsey erhob sich sofort, aber wieder spielten ihm seine steifen Glieder einen Streich, und er schlug mit einer unbeholfenen Geste seinen Stock von der Stuhllehne. Der fiel polternd zu Boden, worauf Gabriel und Frances Peverell sich gleichzeitig danach bückten. Für die anderen hörte es sich fast so an, als rauften sie um den Stock, aber nach allerlei beinahe verschwörerischem Getuschel bemächtigte Frances sich seiner, kam hochrot im Gesicht wieder unter dem Tisch hervorgekrochen und reichte ihn Dauntsey. Der stützte sich ein paar Sekunden darauf, dann hängte er ihn wieder an die Stuhllehne und ging langsamen, aber festen Schrittes zur Tür.

Als er draußen war, sagte Claudia Etienne: »Ich möchte wissen, warum Gabriel so bevorzugt wird und als erster gehen darf.«

»Wahrscheinlich, weil er das kleine Archiv von uns allen am häufigsten benutzte«, sagte de Witt.

»Ich glaube, ich hab' noch nie dort gearbeitet«, sagte Frances. »Oben gewesen bin ich zuletzt, als sie das Bett fortgeschafft haben. Du kommst doch auch kaum rauf, oder, James?«

»Höchstens, wenn ich mal was nachschlagen muß. Aber ich hab' mich sicher nie länger als eine Viertelstunde dort aufgehalten. Das letztemal war ich vor etwa drei Monaten oben. Ich wollte Esmé Carlings Originalvertrag raussuchen. Aber ich hab' ihn nicht gefunden.«

»Du meinst, du konntest ihren alten Ordner nicht finden?«

»Doch, der war da, und ich hab' ihn mit raus ins kleine Archiv genommen, um ihn in Ruhe durchzusehen. Aber der Originalvertrag war nicht drin.«

»Das wundert mich nicht«, sagte Claudia ohne großes Interesse. »Schließlich haben wir sie seit dreißig Jahren im Programm. Der Vertrag ist wahrscheinlich schon vor zwanzig Jahren falsch abgelegt worden.« Und mit plötzlich erwachender Energie setzte sie hinzu: »Hört mal, ich seh' nicht ein, daß wir hier Däumchen drehen sollen, bloß weil Adam Dalgliesh mit einem Dichterkollegen fachsimpeln will. Wir müssen doch hier nicht so aufeinanderhocken.«

Frances hatte Bedenken. »Er wollte uns aber doch zusammen befragen.«

»Das Vergnügen hatte er ja bereits. Jetzt vernimmt er jeden einzeln. Wenn er mich braucht, dann findet er mich in meinem Büro. Seid so gut und sagt ihm das, ja?«

Als sie draußen war, meinte James: »Eigentlich hat sie recht. Auch wenn uns nicht nach Arbeiten zumute ist – aber hier rumzusitzen, tatenlos zu warten und dauernd auf diesen leeren Stuhl zu starren, das ist noch viel schlimmer.«

»Aber wir haben ihn doch gar nicht angesehen. Im Gegenteil, wir haben absichtlich dran vorbeigeschaut, fast als ob die Erinnerung an Gerard uns peinlich wäre. Also ich kann jetzt bestimmt nicht arbeiten, aber ich hätte gern noch einen Kaffee.«

»Dann besorgen wir uns doch welchen. Mrs. Demery muß ja irgendwo im Haus rumschwirren. Ich bin schon sehr gespannt auf ihre Version von dem Gespräch mit Dalgliesh. Wenn das die Atmosphäre nicht ein bißchen auflockert, dann ist Hopfen und Malz verloren.«

Gemeinsam gingen sie zur Tür. Auf der Schwelle drehte Frances sich zu ihm um. »Ach, James, ich hab' solche Angst. Ich müßte außer mir sein vor Kummer und Entsetzen. Immerhin waren wir sehr eng befreundet. Ja, ich hab' ihn mal geliebt, und nun ist er tot. Ich müßte jetzt an ihn denken, an die furchtbare Endgültigkeit seines Todes. Und ich müßte für ihn beten. Ich hab's auch versucht, aber es sind nur lauter nichtssagende Wörter dabei rausgekommen. Was ich wirklich empfinde, ist ganz und gar egoistisch und unehrenhaft. Ich habe einfach Angst, sonst nichts.«

»Etwa vor der Polizei? Das brauchst du nicht, Dalgliesh ist keiner, der die Leute schikaniert.«

»Nein, nein, es ist noch viel schlimmer. Ich hab' Angst vor dem, was hier vorgeht. Diese Schlange ... wer immer das Gerard angetan hat, muß von Grund auf böse sein. Spürst du's denn nicht auch, daß etwas Böses umgeht in Innocent House? Ich glaube, ich hab's schon seit Monaten gefühlt. Das heute erscheint mir nur wie die zwangsläufige Steigerung, ein Punkt, auf den all die häßlichen, törichten Streiche der letzten Zeit hingeführt haben. In meinen Gedanken sollte jetzt nur Platz sein für die Trauer um Gerard. Statt dessen empfinde ich nichts als panische Angst und eine schreckliche Vorahnung, daß es noch nicht zu Ende ist.«

»Bei Gefühlen«, sagte James sanft, »gibt es kein richtig oder falsch. Wir haben keine Gewalt darüber. Im übrigen bezweifle ich, daß irgend jemand hier aus tiefstem Herzen um ihn trauert, Claudia eingeschlossen. Gerard war ein bemerkenswerter Mann, aber liebenswert war er nicht. Was ich empfinde und wovon ich mir einzureden versuche, daß es Trauer sei, ist wahrscheinlich nichts anderes als die allumfassende, ohnmächtige Wehmut, die uns jedesmal ergreift, wenn ein junger, gesunder und begabter Mensch sterben muß. Und selbst dieses Gefühl ist noch überlagert von gespannter Neugier.« Er sah sie eindringlich an und fuhr fort: »Ich bin hier, Frances. Wenn du mich brauchst und falls du mich brauchst – ich bin da. Ich werd' dir nicht lästig fallen. Und ich werde mich dir nicht aufdrängen, bloß weil der Schock und die Angst uns beide wehrlos gemacht haben. Du sollst nur eins wissen: Wann immer du etwas brauchst, egal was, kannst du zu mir kommen.«

»Ich weiß. Und ich danke dir, James.«

Sie streckte die Hand aus und ließ sie sekundenlang auf seiner Wange ruhen. Es war das allererstemal, daß sie ihn von sich aus berührt hatte. Dann wandte sie sich wieder zur Tür, und indem sie ihm den Rücken kehrte, merkte sie nicht, wie sein Gesicht aufleuchtete in freudigem Triumph.

25

Zwanzig Jahre zuvor hatte Dalgliesh Gabriel Dauntsey einmal bei einer Dichterlesung im Purcell Room an der South Bank erlebt. Er hatte durchaus nicht vor, Dauntsey davon zu erzählen, aber während er auf den alten Mann wartete, stieg jener Abend wieder in solcher Klarheit vor ihm auf, daß er den Schritten, die sich jetzt vom Hauptarchiv her näherten, mit geradezu jugendlicher Erregung lauschte. Von den beiden Weltkriegen hatte der erste die größere Dichtung hervorgebracht, und manchmal beschäftigte sich Dalgliesh in Gedanken mit der Frage, warum das wohl so war. Lag es daran, daß mit dem Jahr 1914 die Unschuld zu Grabe getragen wurde, daß dieser verheerende Kahlschlag mehr als nur eine brillante Generation dahingerafft hatte? Jedenfalls hatte es ein paar Jahre lang – waren es wirklich nur drei gewesen? – den Anschein gehabt, als könne Dauntsey der Wilfred Owen seiner Zeit, jenes ganz anderen Krieges werden. Aber die Hoffnung, die seine ersten zwei Gedichtbände weckten, hatte sich nie erfüllt, und danach hatte Dauntsey nichts mehr veröffentlicht. Dalgliesh wußte freilich, daß der Begriff Hoffnung, mit dem man in diesem Zusammenhang eine zwar vielversprechende, aber noch nicht ausgereifte Begabung assoziierte, hier kaum zutreffend war. Denn ein oder zwei dieser frühen Gedichte waren auf einem stilistischen Niveau angesiedelt gewesen, das nur wenige der späteren Nachkriegsdichter je erreicht hatten.

Nach dieser Lesung hatte Dalgliesh alles über Dauntsey herausgefunden, was dieser bereit war, der Öffentlichkeit preiszugeben. Wie er damals in Frankreich lebte, geschäftlich in England weilte, als der Krieg ausbrach, indes seine Frau und die beiden Kinder daheim vom Einmarsch der Deutschen überrascht wurden; wie sie danach spurlos aus sämtlichen Akten verschwunden waren, so daß er erst durch jahrelange Suche nach dem Krieg herausfand, daß alle drei, die, um der Internierung zu entgehen, unter falschem Namen gelebt hatten, bei einem britischen Luftangriff aufs besetzte Frankreich umgekommen wären. Dauntsey selbst hatte einem Bombengeschwader der RAF angehört, aber der Gipfel tragischer Ironie war ihm erspart geblieben; er hatte nicht an dem entscheidenden Einsatz teilgenommen. Dauntseys Lyrik thematisierte den modernen Krieg, er schrieb über Schmerz und Verlust, über Schrecken und Mut, Kameradschaft, Feigheit und Niederlage. Seine mitunter emphatischen, sperrig-brutalen Verse wurden aufgehellt von Passagen lyrischer Schönheit, einprägsam wie Granaten, die im Kopf explodieren. Da erhoben sich die riesigen Lancaster-Bomber, den Tod im Bauch, wie schwerfälliges Fabelgetier in die Lüfte; der stille nächtliche Himmel barst in einer Kakophonie des Schreckens; die blutjunge Crew, für die er, der doch selbst kaum älter war, die Verantwortung trug, kletterte Nacht für Nacht mühsam, durch ihre schwere Ausrüstung behindert, in diesen ungeschützten metallenen Rumpf und wußte, daß nach allen Regeln der Wahrscheinlichkeit gerade dies die Nacht sein konnte, in der sie wie brennende Fackeln vom Himmel fallen würden. Und immer wieder dieses Gefühl der Schuld, der Gedanke, daß dieser nächtliche Schrecken, den man zugleich fürchtete und herbeiwünschte, ein Akt der Sühne war und daß es hier um einen Verrat ging, der sich nur mit dem Tode büßen ließ, einen persönlichen Verrat, der im kleinen die trostlose Befindlichkeit der ganzen Welt widerspiegelte.

Und nun war er hier, ein ganz gewöhnlicher alter Mann, sofern man einen alten Menschen überhaupt als gewöhnlich bezeichnen konnte, ungebeugt, aber in seiner Haltung von derart spürbarer eiserner Disziplin, als wolle er mit seiner Anstrengung beweisen, daß Ausdauer und Mut sehr wohl über Vergänglichkeit und Verfall triumphieren können. Das Alter erzeugt entweder jene schlaffe Pausbäckigkeit, die den Charakter eines Gesichts auf ein verrunzeltes Nichts reduziert, oder es höhlt es aus, wie hier, so daß die Knochen hervorspringen wie bei einem vorübergehend mit gegerbtem, papierdünnem Fleisch überzogenen Skelett. Aber Dauntseys Haare waren, obzwar ergraut, noch voll und dicht, und die Augen – so schwarz und flink, wie Dalgliesh sie in Erinnerung hatte – richteten sich jetzt mit ironisch fragendem Blick auf ihn.

Dalgliesh holte den Stuhl vom Tisch und stellte ihn neben die Tür. Dauntsey setzte sich.

»Sie sind heute früh mit Lord Stilgoe und Mr. de Witt hier heraufgekommen«, stellte Dalgliesh fest. »Ist Ihnen da – abgesehen von der Leiche natürlich – an diesem Raum irgend etwas aufgefallen?«

»Anfangs nicht, nein, mal abgesehen von dem unangenehmen Geruch. Ein halbnackter Leichnam, der obendrein noch so grotesk hergerichtet ist wie dieser, schockiert die Sinne und beeinträchtigt erst mal die Wahrnehmung. Aber nach einer Minute etwa habe ich schon auch andere Dinge registriert, und zwar mit der gewohnten Klarheit. Das Zimmer kam mir verändert vor, irgendwie eigenartig. Es wirkte wie ausgeräumt, obwohl es das nicht war, und außerdem unnatürlich sauber und wärmer als gewöhnlich. Die Leiche sah so ... so unordentlich aus; das Zimmer dagegen war geradezu penibel aufgeräumt. Der Stuhl stand ganz genau an seinem Platz, die Akten lagen fein säuberlich gestapelt auf dem Tisch. Mir ist natürlich auch gleich aufgefallen, daß mein Diktiergerät weg war.«

»Waren die Akten noch so sortiert, wie Sie sie hinterlassen hatten?«

»Wenn ich mich recht entsinne, nicht. Die beiden Ablagekörbe sind auf jeden Fall vertauscht worden. Der, in dem weniger Ordner liegen, sollte links stehen. Ich hatte zwei Stapel, und der rechte war höher als der linke. Ich arbeite von links nach rechts, mit sechs bis zehn Ordnern gleichzeitig, je nach Umfang. Bin ich mit einer Akte fertig, dann lege ich sie rechts ab. Und wenn alle sechs durchgesehen sind, stelle ich sie wieder vor ins Hauptarchiv und markiere mit einem Lineal, wie weit ich gekommen bin.«

Dalgliesh sagte: »Ja, das Lineal haben wir auf dem untersten Fach in der zweiten Reihe gefunden. Heißt das, Sie haben erst eine einzige Reihe geschafft?«

»Die Arbeit ist eben sehr zeitaufwendig. Und ich neige dazu, mich in alten Briefen festzulesen, selbst wenn es sich nicht lohnt, sie aufzuheben. Ich habe allerdings auch schon viele gefunden, bei denen es sich sehr wohl lohnt – Briefe von namhaften Autoren dieses Jahrhunderts und anderen Persönlichkeiten, die mit Henry Peverell und seinem Vater korrespondiert haben, auch wenn sie nicht für den Verlag schrieben. Es sind Briefe von H. G. Wells und Arnold Bennett dabei, von Mitgliedern des Bloomsbury-Kreises und ein paar, die sogar noch weiter zurückgehen.«

»Und nach welchem System arbeiten Sie?«

»Zu jeder Akte diktiere ich eine Kurzfassung des Inhalts und meine Empfehlung – also ›Vernichten‹, ›Zweifelhaft‹, ›Aufbewahren‹ oder ›Wichtig‹ – auf Band. Danach erstellt eine Schreibkraft eine Liste, die in regelmäßigen Abständen vom Vorstand überprüft wird. Bislang ist noch nichts weggeworfen worden. Es schien uns nicht ratsam, etwas zu vernichten, solange nicht über die Zukunft des Verlages entschieden ist.«

»Verstehe. Und wann haben Sie diesen Raum das letztemal benutzt?«

»Am Montag. Da hab' ich den ganzen Tag hier gearbeitet. Gegen zehn hat Mrs. Demery mal kurz reingeschaut, aber sie wollte mich nicht stören. Die Archivräume werden nur etwa einmal im Monat geputzt, und auch dann nur oberflächlich. Sie hat mich allerdings rasch noch auf die durchgescheuerte Zugschnur am Oberlicht aufmerksam gemacht, und ich versprach ihr, George Bescheid zu sagen, damit er sie auswechselt. Bin allerdings bis jetzt noch nicht dazu gekommen.«

»Ihnen war die defekte Schnur also nicht aufgefallen?«

»Leider nicht, nein. Das Oberlicht hat schon wochenlang

offengestanden. Ich hab' nun mal gern frische Luft. Aber sobald es kälter wird, wär's mir wahrscheinlich auch aufgefallen.«

»Apropos, wie heizen Sie dieses Zimmer?«

»Nur mit einem elektrischen Heizgerät. Ist übrigens mein eigenes. Mir ist so ein Elektrogerät lieber als der Gasofen. Das soll nicht heißen, daß ich den für gefährlich gehalten hätte, aber ich bin Nichtraucher und habe daher nie Streichhölzer zur Hand. Da war es einfacher, den Elektrostrahler aus meiner Wohnung mit rüberzubringen. Er ist ganz leicht, und ich nehme ihn abends entweder wieder mit oder lasse ihn gleich da, falls ich am nächsten Tag hier oben weiterarbeiten will. Am Montag habe ich ihn mit heimgenommen.«

»Und die Tür war unverschlossen, als sie den Raum verließen?«

»Ganz bestimmt. Ich schließe nie ab. Der Schlüssel steckt zwar immer, für gewöhnlich auf dieser Seite, aber ich hab' ihn noch nie benutzt.«

»Das Schloß sieht relativ neu aus«, sagte Dalgliesh. »Wer hat es anbringen lassen, wissen Sie das zufällig?«

»Henry Peverell. Er hat ab und zu gern hier oben gearbeitet. Ich weiß nicht, warum er das Schloß auswechseln ließ, aber er war ein ziemlicher Einzelgänger, vielleicht fühlte er sich mit einem funktionierenden Schloß einfach sicherer, abgeschirmter. Direkt neu ist es übrigens nicht – im Vergleich zu den Türen natürlich schon, aber ich glaube, es ist doch mindestens schon seit fünf Jahren da.«

»Es war aber nicht fünf Jahre lang unbenutzt«, sagte Dalgliesh. »Das Schloß ist regelmäßig geölt worden, und der Schlüssel läßt sich ganz leicht drehen.«

»Ach ja? Ich benutze ihn, wie gesagt, nicht, also ist mir das auch nicht aufgefallen. Aber daß das Schloß frisch geölt war, ist schon merkwürdig. Mrs. Demery könnte das besorgt haben, aber es paßt eigentlich nicht zu ihr.«

»Haben Sie Gerard Etienne eigentlich gemocht?« fragte Dalgliesh unverblümt.

»Nein, aber ich habe ihn respektiert. Nicht wegen irgendwelcher Eigenschaften, die unbedingt Respekt verdienen, sondern weil er so anders war als ich. Er schlug sogar aus seinen Fehlern noch Kapital. Und er war jung. Das war zwar schwerlich sein Verdienst, aber die Jugend verlieh ihm eine Begeisterungsfähigkeit, die, obwohl sie den meisten von uns hier abhanden gekommen ist, der Verlag meines Erachtens doch dringend braucht. Wir haben vielleicht Kritik geübt an dem, was er tat, und uns gegen seine Vorschläge gewehrt, aber er wußte wenigstens, wo es seiner Meinung nach langgehen sollte. Ich fürchte, wir werden uns führerlos vorkommen ohne ihn.«

»Werden Sie nun als Geschäftsführer nachrücken?«

»Nein, nein, seine Schwester, Claudia Etienne. Der Posten geht automatisch an den Gesellschafter, der die meisten Anteile hält. Soviel ich weiß, wird sie die seinen erben. Damit hat sie dann die absolute Mehrheit.«

»Und was wird sie damit anfangen?«

»Keine Ahnung, das müssen Sie sie schon selber fragen. Aber ich bezweifle, daß sie im Augenblick schon darauf antworten kann. Sie hat gerade ihren Bruder verloren. Da dürfte sie wohl kaum viel Zeit damit verbringen, über die Zukunft von Peverell Press nachzudenken.«

Dalgliesh erkundigte sich weiter, wie Dauntsey die vergangene Nacht und den vorigen Tag verbracht hätte. Dauntsey senkte spöttisch lächelnd den Blick. Er war zu intelligent, um nicht zu wissen, daß man ihn im Klartext nach seinem Alibi fragte. Er schwieg ein Weilchen, wie um seine Gedanken zu ordnen und sagte dann: »Ich war von zehn bis halb zwölf in der Gesellschafterkonferenz. Gerard zog die Sitzung gern in maximal zwei Stunden durch, aber gestern haben wir sogar früher Schluß gemacht als sonst. Auf dem Weg vom Sitzungssaal nach unten hat er noch kurz mit mir über die Zukunft des Lyrikprogramms gesprochen. Ich glaube allerdings, daß das nur ein Vorwand war und er eigentlich die Absicht hatte, mich bei seinem Plan, Innocent House zu verkaufen und den Verlag flußabwärts in die Docklands umzusiedeln, als Bundesgenossen zu gewinnen.«

»Und erschien Ihnen das erstrebenswert?«

»Es schien mir notwendig.« Er zögerte und setzte dann hinzu: »Auch wenn ich es sehr bedauere.« Wieder hielt er inne und fuhr dann langsam und bedächtig, aber ohne großen Nachdruck in seiner Bestandsaufnahme fort, mitunter stockend, als suche er nach einem treffenderen Ausdruck, und gelegentlich durch ein Stirnrunzeln andeutend, daß ihm die Erinnerung schmerzlich oder unklar sei. Dalgliesh hörte sich den Monolog schweigend an.

»Nach der Konferenz bin ich von Innocent House rüber in meine Wohnung gegangen, um mich für eine Verabredung zum Lunch fertigzumachen. Darunter verstehe ich freilich nichts weiter, als daß ich mir mit dem Kamm durch die Haare gefahren bin und die Hände gewaschen habe. Das hat, wie Sie sich denken können, nicht lange gedauert. Ich habe einen jungen Dichter, Damien Smith, zum Lunch ins *Ivy* geführt. Gerard pflegte zu sagen, James de Witt und ich, wir würden Summen auf die Bewirtung von Autoren verschwenden, die in umgekehrtem Verhältnis zu deren Bedeutung für den Verlag stünden. Aber ich dachte einfach, daß ich dem Jungen mit dem *Ivy* eine Freude machen könnte. Ich mußte um eins dort sein und habe die Fähre bis London Bridge genommen und bin dann mit dem Taxi zum Restaurant gefahren. Wir waren zwei Stunden beim Essen, und ich kam gegen halb vier in meine Wohnung zurück. Dort habe ich mir eine Kanne Tee gemacht und bin dann um vier wieder hierher in mein Büro gekommen und habe noch etwa anderthalb Stunden gearbeitet.

Gerard habe ich das letztemal gesehen, als ich auf die Toilette im Erdgeschoß ging. Das ist die hinten im Haus, neben dem Duschraum. Die Damen benutzen für gewöhnlich die Toilette im ersten Stock. Ach ja, Gerard kam raus, als ich reinging. Wir haben nicht miteinander gesprochen, aber ich glaube, er hat mir zugenickt und gelächelt. Ein flüchtiger Gruß im Vorbeigehen, mehr nicht. Danach habe ich ihn nicht mehr gesehen. Ich ging zurück in meine Wohnung, und die nächsten zwei Stunden verbrachte ich damit, die Gedichte, die ich für die Veranstaltung am Abend ausgewählt hatte, noch einmal zu lesen und zu überdenken. Zwischendurch kochte ich Kaffee und hörte die Sechs-Uhr-Nachrichten der BBC. Kurz danach rief mich Frances Peverell an und wünschte mir Glück für die Lesung. Sie hatte sich angeboten, mitzugehen. Ich glaube, sie fand, es sollte jemand vom Verlag dabeisein. Aber es gelang mir, sie davon abzubringen. Zu der Lesung war nämlich unter anderem auch Marigold Riley eingeladen. Sie ist keine schlechte Lyrikerin, hat aber eine fatale Vorliebe für Fäkalausdrücke. Ich wußte, daß Frances weder die Gedichte noch die Gesellschaft oder die Atmosphäre dort zusagen würden. Also hab' ich ihr gesagt, daß ich lieber allein gehen und daß ihre Gegenwart mich nur nervös machen würde. Das war nicht ganz gelogen. Ich hatte seit fünfzehn Jahren nicht mehr aus meinen Werken vorgelesen. Die meisten Zuhörer auf dieser Veranstaltung würden mich vermutlich längst für tot halten. Ich wünschte mir ohnehin schon, daß ich die Einladung abgelehnt hätte. Wenn ich auch noch Frances dabeigehabt und mir dauernd Sorgen gemacht hätte, ob sie wohl arg schockiert und wie sehr ihr das alles zuwider sein mochte, dann wäre das Trauma nur noch größer geworden. Um es kurz zu machen: Ich bestellte mir telefonisch ein Taxi und verließ kurz nach halb acht das Haus.«

»Könnten Sie ›kurz nach halb‹ präzisieren?« fragte Dalgliesh.

»Ich hatte das Taxi für Viertel vor acht bestellt, und ich nehme an, ich habe es ein paar Minuten warten lassen, aber bestimmt nicht länger.« Er zögerte wieder und fuhr dann fort: »Was im *Connaught Arms* passierte, wird Sie kaum interessieren. Jedenfalls sind genügend Leute dagewesen, die bestätigen können, daß ich dort war. Ich glaube, die Lesung verlief besser, als ich erwartet hatte, aber der Vortragsraum war überfüllt, und die Leute machten schrecklich viel Krach. Ich hatte gar nicht mitbekommen, daß Dichtung inzwischen zum Volkssport geworden ist. Es wurde eine Menge getrunken und geraucht, und einige der Vortragenden waren ziemlich ausschweifend, was die Veranstaltung furchtbar in die Länge zog. Ich wollte den Wirt eigentlich bitten, mir ein Taxi zu rufen, aber der war von einem ganzen Schwarm Leute umlagert, und so habe ich mich mehr oder weniger unbemerkt verdrückt. Ich dachte, ich würde an der nächsten Ecke schon ein Taxi finden, doch bevor ich soweit kam, wurde ich überfallen. Sie waren, glaube ich, zu dritt, zwei Schwarze und ein Weißer, aber ich würde sie wohl kaum wiedererkennen. Ich habe nur gehört, wie jemand hinter mir hergerannt kam, dann spürte ich einen kräftigen Stoß in den Rücken und Hände, die meine Taschen durchwühlten. Dabei hätten sie gar keine Gewalt anzuwenden brauchen. Ich hätte ihnen meine Brieftasche sogar freiwillig gegeben. Was wär' mir denn auch anderes übriggeblieben?«

»Ihre Brieftasche haben sie also mitgehen lassen?«

»Allerdings. Zumindest war sie weg, als ich nachschaute. Der Sturz hatte mich einen Moment lang ganz benommen gemacht. Als ich wieder zu mir kam, beugten sich ein Mann und eine Frau über mich. Sie waren auch bei der Lesung gewesen und mir nachgelaufen, weil die Frau ein Autogramm wollte. Ich war bei dem Sturz mit dem Kopf aufgeschlagen, und da es ein bißchen blutete, preßte ich ein Taschentuch auf die Wunde und bat die beiden, mich heimzubringen. Aber sie sagten, sie müßten sowieso am St.-Thomas-Krankenhaus vorbei und bestanden darauf, mich dort abzusetzen. Sie meinten, ich müsse mich unbedingt röntgen lassen. Ich konnte natürlich nicht verlangen, daß sie mich nach Hause fuhren oder mir ein Taxi besorgten. Sie waren schon sehr hilfsbereit, aber ich glaube, allzu große Umstände wollten sie sich auch nicht machen. Im Krankenhaus mußte ich ziemlich lange warten. Auf der Unfallstation waren dringendere Fälle zu behandeln. Schließlich kam aber doch eine Schwester, versorgte die Kopfwunde und meinte, ich müsse noch geröntgt werden. In der Röntgenabteilung ging die Warterei natürlich von vorne los. Das Ergebnis war zufriedenstellend, ich hatte keinerlei ernsthafte Verletzungen davongetragen, aber man wollte mich die Nacht über zur Beobachtung dabehalten. Ich versicherte dem Arzt, daß man mich zu Hause bestens betreuen würde, und weigerte mich, noch länger in der Klinik zu bleiben. Ich bat eine Schwester, Frances anzurufen und ihr Bescheid zu sagen und mir dann ein Taxi zu bestellen. Ich dachte, Frances würde wahrscheinlich auf mich warten, um zu hören, wie der Abend verlaufen sei, und dann machte sie sich womöglich Sorgen, wenn ich um elf noch nicht zurück war. Es war ungefähr halb zwei, als ich endlich heimkam, und ich rief als erstes bei Frances an. Sie wollte, daß ich noch hinaufkäme, aber ich versicherte ihr, daß mit mir alles in Ordnung sei und ich nichts so dringend bräuchte wie ein heißes Bad. Sobald ich wieder aus der Wanne war, klingelte ich noch mal bei ihr durch, und sie kam auch sofort herunter.«

»Und sie bestand nicht darauf, gleich, als Sie heimkamen, nach Ihnen zu sehen?« fragte Dalgliesh.

»Nein. Frances stört nie, wenn sie glaubt, daß man lieber allein wäre, und ich wollte in dem Moment wirklich für mich bleiben, zumindest eine kleine Weile. Ich war noch nicht darauf eingestellt, Erklärungen abzugeben und mir Mitleidsbeteuerungen anzuhören. Was ich brauchte, waren ein Drink und ein Bad. Beides gönnte ich mir, und dann rief ich Frances an. Ich wußte, daß sie in Sorge um mich war, und darum wollte ich sie nicht bis zum Morgen warten lassen, sondern ihr noch in der Nacht erzählen, was passiert war. Ich hatte gehofft, der Whisky würde mir guttun, tatsächlich aber wurde mir ziemlich übel davon. Ich hatte wohl eine Art verzögerter Schockreaktion. Als Frances schließlich bei mir klopfte, ging es mir gar nicht gut. Wir saßen trotzdem noch ein Weilchen beisammen, und dann bestand sie darauf, daß ich mich ins Bett legte. Sie sagte, sie würde in der Wohnung bleiben, für den Fall, daß ich während der Nacht irgend etwas bräuchte. Ich glaube, sie hatte Angst, es könnte mir wesentlich schlechter gehen, als ich zugab, und wollte zur Stelle sein für den Fall, daß man einen Arzt rufen müßte. Ich versuchte nicht, sie umzustimmen, obwohl ich wußte, daß ich wieder auf dem Damm sein würde, wenn ich mich erst mal richtig ausgeschlafen hatte. Ich nahm an, sie würde im Gästezimmer übernachten, aber ich glaube, sie hat sich bloß eine Decke genommen und ist nebenan im Wohnzimmer geblieben. Als ich am nächsten Morgen aufwachte, war sie jedenfalls fertig angezogen und hatte mir schon eine Tasse Tee gemacht. Sie wollte unbedingt, daß ich zu Hause bliebe, aber als ich angezogen war, fühlte ich mich schon sehr viel besser, und so beschloß ich, in den Verlag rüberzugehen. Wir gingen zusammen und kamen gleich nach der ersten Morgenfähre hier an. Und da erfuhren wir dann auch, daß Gerard verschwunden sei.«

»Sie hörten es da zum erstenmal?« hakte Dalgliesh nach.

»Ja. Er hatte die Angewohnheit, abends länger zu arbeiten als die meisten von uns, besonders am Donnerstag. Dafür kam er in der Regel morgens später, außer an den Tagen, an denen wir eine Gesellschafterkonferenz hatten, die er gern Punkt zehn eröffnete. Ich nahm an, er sei am Abend zuvor etwa um die Zeit, als ich zu meiner Lesung fuhr, nach Hause gegangen.«

»Aber gesehen haben Sie ihn nicht, als Sie zum *Connaught Arms* aufbrachen?«

»Nein, gesehen hab' ich ihn nicht.«

»Oder ist Ihnen vielleicht jemand begegnet, der nach Innocent House wollte?«

»Nein, mir ist auch niemand begegnet.«

»Und als Sie von Mrs. Demery erfuhren, daß Mr. Etienne tot war, da sind Sie zu dritt hier herauf ins kleine Archiv gegangen?«

»Ja, Stilgoe, de Witt und ich. Es war vermutlich eine ganz natürliche Reaktion auf eine so unfaßbare Nachricht – da hat man irgendwie das Bedürfnis, sich mit eigenen Augen zu überzeugen. James war als erster oben. Stilgoe und ich, wir konnten nicht mit ihm Schritt halten. Claudia kniete noch immer neben ihrem Bruder, als wir reinkamen. Dann stand sie auf, drehte sich zu uns um und streckte uns einen Arm entgegen. Es war eine sonderbare Geste. Als ob sie diese Greueltat dem Blick der Öffentlichkeit freigeben wollte.«

»Und wie lange haben Sie sich hier oben aufgehalten?«

»Ach, das kann nicht mal eine Minute gewesen sein. Auch wenn es einem länger vorkam. Da standen wir alle im Türrahmen und schauten, nein starrten ungläubig, entsetzt ins Zimmer. Ich glaube, gesagt hat keiner was. Ich jedenfalls bestimmt nicht. Alles hier im Raum zeichnete sich geradezu überdeutlich ab. Es war, als hätte der Schock die Wahrnehmungskraft meiner Augen unheimlich geschärft. Ich registrierte jede Einzelheit an Gerards Leiche und jedes Ding hier im Raum mit erstaunlicher Klarheit. Dann ergriff Stilgoe das Wort. ›Ich werde die Polizei verständigen‹, sagte er. ›Wir können hier nichts mehr tun. Aber das Zimmer muß sofort verschlossen werden, und den Schlüssel verwahre ich.‹ So riß er das Regiment an sich. Wir sind dann auch alle zusammen rausgegangen, und Claudia hat hinter uns abgeschlossen. Stilgoe ließ sich den Schlüssel geben. Alles weitere wissen Sie ja.«

26

Bei den unzähligen Debatten, die in den kommenden Wochen und Monaten über die Tragödie geführt wurden, herrschte unter den Mitarbeitern von Peverell Press Einigkeit darüber, daß Marjorie Spenlove am Unglückstag etwas wirklich Einmaliges passiert war. Die Lektorin war wie immer pünktlich um neun Uhr fünfzehn in Innocent House erschienen. Sie hatte George ein flüchtiges »Guten Morgen« zugerufen, aber der saß so gramgebeugt über seiner Schalttafel, daß er sie gar nicht bemerkte. Lord Stilgoe, Dauntsey und de Witt waren zu diesem Zeitpunkt im kleinen Archiv bei der Leiche, Mrs. Demery, umringt von den übrigen Angestellten, kümmerte sich unten in der Garderobe um Miss Blackett, und so kam es, daß die Halle ein paar Minuten lang leer war. Miss Spenlove ging unverzüglich hinauf in ihr Büro, zog die Kostümjacke aus und begab sich an die Arbeit. Wenn Miss Spenlove erst einmal arbeitete, dann nahm sie von nichts und niemandem mehr Notiz, sondern hatte nur noch Augen für das Manuskript, das vor ihr lag. Peverell Press rühmte sich, daß in keinem von Miss Spenlove lektorierten Werk je ein Fehler unentdeckt geblieben sei. Wirklich in Hochform war sie bei Sachbüchern, denn bei den jungen, modernen Romanciers fiel es ihr mitunter schwer, zwischen grammatikalischen Schnitzern und dem bewußt gepflegten und vielgepriesenen ungekünstelten Stil der Autoren zu unterscheiden. Miss Spenloves Kenntnisse waren freilich nicht auf sprachliche Finessen beschränkt; nein, ihr ging keine geographische oder historische Ungenauigkeit durch, kein Widerspruch in der Schilderung von Klima, Topographie oder Kleidung blieb unbemerkt. Die Autoren schätzten sie sehr, auch wenn sie nach der abschließenden Sitzung bei ihr, in der die letzten Feinheiten vor der Drucklegung abgestimmt wurden, stets das Gefühl hatten, die einschüchternde Direktorin ihrer alten Schule habe sie soeben einer besonders traumatischen Prüfung unterzogen.

Detective Sergeant Robbins und ein ihm unterstellter Kriminalbeamter hatten kurz nach ihrem Eintreffen das Anwesen durchsucht. Ihre Suche war ein bißchen oberflächlich ausgefallen, aber schließlich rechnete niemand ernsthaft damit, daß der Mörder sich noch auf dem Gelände befand, es sei denn, er oder sie gehörte zur Belegschaft. So war es vielleicht entschuldbar, daß Sergeant Robbins versäumt hatte, die kleine Garderobe im zweiten Stock zu inspizieren. Doch als er hinunterging, um Gabriel Dauntsey zu holen, nahm sein feines Gehör ein Hüsteln im angrenzenden Büro wahr, und als er die Tür öffnete, um nachzusehen, sah er sich einer älteren Dame gegenüber, die seelenruhig an ihrem Schreibtisch saß und arbeitete. Ihn streng über ihre Lesebrille hinweg musternd, fragte die Frau: »Und wer sind Sie?«

»Detective Sergeant Robbins von der Metropolitan Police, Madam. Wie sind Sie hier hereingekommen?«

»Durch die Tür. Ich arbeite hier. Das ist mein Büro. Ich bin Lektorin bei Peverell Press und habe als solche das Recht, hierzusein. Doch ich bezweifle sehr, daß Sie das gleiche von sich behaupten können.«

»Ich bin dienstlich hier, Madam. Mr. Gerard Etienne wurde tot aufgefunden, und zwar unter ungeklärten Umständen.«

»Soll das heißen, er wurde ermordet?«

»Das können wir noch nicht mit Bestimmtheit sagen.«

»Wann ist er gestorben?«

»Das werden wir erst nach der gerichtsmedizinischen Untersuchung genauer wissen.«

»Und wie ist er gestorben?«

»Die Todesursache ist uns noch nicht bekannt.«

»Junger Mann, mir scheint, Ihr Wissen ist sehr dürftig. Vielleicht sollten Sie wiederkommen, wenn Sie besser informiert sind.«

Sergeant Robbins öffnete den Mund, machte ihn aber rasch wieder fest zu, bevor ihm ein »Ja, Miss. Sehr wohl, Miss« entschlüpfen konnte. Hastig die Tür hinter sich schließend, trat er den Rückzug an und war schon halb die Treppe hinunter, ehe ihm einfiel, daß er die Frau nicht einmal nach ihrem Namen gefragt hatte. Den würde er natürlich noch früh genug erfahren. Es war eine kleine Unterlassung bei diesem kurzen Zusammentreffen, das, wie er sich eingestand, nicht eben gut verlaufen war. Und als ehrlicher Mensch mit einem leichten Hang zum Grübeln gestand er sich weiter, daß mit ein Grund für diese Panne die unheimliche Ähnlichkeit war, die diese Frau, sowohl in Erscheinung wie Stimmlage, mit Miss Addison hatte, seiner Lehrerin in der dritten Klasse, die stets dem Motto huldigte, Kinder kämen dann am besten voran und seien am glücklichsten, wenn sie von Anfang an wüßten, wer der Boß ist.

Miss Spenlove indes hatte die Nachricht mehr erschüttert, als sie sich anmerken ließ. Sobald sie mit der eben bearbeiteten Seite fertig war, rief sie am Empfang an.

»George, könnten Sie mich bitte mit Mrs. Demery verbinden?« Wenn sie Informationen brauchte, hielt sie sich prinzipiell an die Experten. »Ah, Mrs. Demery? Sagen Sie, da streunt ein junger Mann durchs Haus, der sich als Detective Sergeant von der Metropolitan Police ausgibt. Er hat mir erzählt, Mr. Etienne sei tot, womöglich gar ermordet. Wenn Sie darüber etwas wissen, könnten Sie vielleicht heraufkommen und mich aufklären. Ach ja, und dann hätte ich auch gern meinen Kaffee.«

Mrs. Demery, die sich in einem solchen Fall nicht zweimal bitten ließ, übergab Miss Blackett in Mandys Obhut und eilte nach oben.

27

Dalgliesh, und mit ihm Kate, führten die Gespräche mit den übrigen drei Gesellschaftern in Gerard Etiennes Büro. Daniel hatte noch im kleinen Archiv zu tun, wo der Gasmann bereits angefangen hatte, den Ofen auseinanderzunehmen. Sowie er damit fertig war und man die Schlackeproben vom Kamin ins Labor geschickt hatte, würde Aaron nach Wapping aufs Revier fahren und dort den Aufbau der Einsatzzentrale in die Wege leiten. Dalgliesh hatte schon mit dem zuständigen Kommissar gesprochen, der diese Störung nebst der vorübergehenden Beschlagnahme eines seiner Büros mit philosophischer Gelassenheit akzeptierte. Dalgliesh hoffte allerdings, daß die Ermittlungen nicht allzu lange dauern würden. Wenn es hier um Mord ging, woran er persönlich nun nicht mehr zweifelte, dann war die Zahl der möglichen Verdächtigen höchstwahrscheinlich nicht groß.

Dalgliesh hatte keine Lust, sich an Etiennes Schreibtisch zu setzen, teils aus Rücksicht auf die Gefühle der Hinterbliebenen, vor allem aber deshalb nicht, weil jedes Gespräch über eine Distanz von gut einem Meter zwanzig massiver Eiche unweigerlich eine Förmlichkeit annahm, die die Verdächtigen eher einschüchterte oder gar gegen den Frager aufbrachte, als daß sie ihnen hilfreiche Informationen entlockt hätte. Doch am Fenster stand ein kleiner Konferenztisch aus dem gleichen Holz und mit sechs Stühlen bestückt, an dem sie Platz nahmen. Jeden, der nicht über sehr viel Selbstbeherrschung verfügte, würde der lange Weg von der Tür her einschüchtern, aber er bezweifelte, daß Claudia oder James de Witt sich davon irritieren lassen würden.

Der Raum war offenbar früher einmal ein Speisezimmer gewesen, aber nun hatte man seine Schönheit durch eine Trennwand entweiht, die nicht nur das ovale Stuckornament an der Decke durchschnitt, sondern auch eins der vier hohen Fenster teilte, die auf die Innocent Passage hinausgingen. Der prächtige Marmorkamin mit dem kunstvoll gemeißelten Fries befand sich in Miss Blacketts Büro. Und hier in Etiennes Zimmer war die Einrichtung – Schreibtisch, Stühle, Konferenztisch und Aktenschränke – geradezu aufdringlich modern. Vielleicht waren die Möbel absichtlich so ausgesucht worden, daß sie nicht hier hereinpaßten, zu den marmornen Halbpfeilern und dem Porphyrgebälk, den beiden prachtvollen Kronleuchtern, von denen einer fast an die Trennwand stieß, und schon gar nicht zu den vergoldeten Bilderrahmen an den blaßgrünen Wänden. Bei den Bildern handelte es sich um traditionelle Landschaften, die mit ziemlicher Sicherheit aus der Viktorianischen Schule stammten. Sie waren gut, aber ein bißchen zu sehr dem Prinzip der Naturtreue verpflichtet und auch zu sentimental für Dalgliesh' Geschmack. Er konnte sich kaum vorstellen, daß dies die Bilder waren, die ursprünglich hier gehangen hatten, und fragte sich, welche Porträts der Familie Peverell wohl einmal diese Wände geziert haben mochten. Ein Stück von der ursprünglichen Einrichtung war noch vorhanden, ein marmorner, bronzegefaßter Weinkühler, offenbar aus dem Regency. Zumindest ein Andenken an die frühere Blütezeit des Hauses war also noch in Gebrauch. Er fragte sich, wie Frances Peverell wohl über die Entweihung dieses Raumes dachte und ob man jetzt, da Gerard Etienne tot war, die Trennwand vielleicht wieder entfernen würde. Und weiter überlegte er, ob Gerard Etienne für jegliche architektonische Schönheit unempfänglich gewesen sei oder ob seine Mißachtung sich nur und ausschließlich gegen dieses Haus gerichtet hatte. Der Raumteiler, das unharmonische moderne Mobiliar, die nichtssagenden Bilder – war all das am Ende nur eine bewußte Absage an eine Vergangenheit, die von Peverells und nicht von Etiennes beherrscht worden war?

Claudia Etienne bewältigte die zehn Meter von der Tür bis zum Tisch mit selbstsicherer Anmut und setzte sich mit einer Miene, als würde sie ihm eine Gefälligkeit erweisen. Sie war sehr blaß, hatte sich jedoch gut in der Gewalt, wenngleich er vermutete, daß ihre Hände, die tief in den Taschen der Strickjacke steckten, mehr verraten hätten als ihr angespanntes, ernstes Gesicht. Er brachte in schlichtem und, wie er hoffte, aufrichtigem Ton sein Beileid zum Ausdruck, aber sie schnitt ihm brüsk das Wort ab.

»Kommen Sie auf Lord Stilgoes Wunsch?«

»Nein, ich bin hier, um den Tod Ihres Bruders zu untersuchen. Lord Stilgoe hatte sich allerdings indirekt, über einen gemeinsamen Freund, zuvor schon mit mir in Verbindung gesetzt, soviel ist richtig. Er hat einen anonymen Brief bekommen, über den seine Frau ganz außer sich geraten sein muß; sie verstand ihn als massive Drohung und wähnte das Leben ihres Gatten in Gefahr. Daraufhin bat Lord Stilgoe um eine offizielle Stellungnahme der Polizei, die ihm bestätigen sollte, daß bei den drei mit Innocent House in Verbindung stehenden Todesfällen – gemeint waren zwei Autoren und Ihre Lektorin Sonia Clements – kein Verdacht auf unnatürlichen oder gewaltsamen Tod bestünde.«

»Und Sie konnten ihm das natürlich bestätigen.«

»Wir nicht, aber die zuständigen Dienststellen. Er müßte das gewünschte Gutachten vor etwa drei Tagen bekommen haben.«

»Na, hoffentlich gibt er sich damit zufrieden. Lord Stilgoes Ichbezogenheit ist schon fast krankhaft. Trotzdem kann er wohl kaum annehmen, daß Gerards Tod ein gezielter Sabotageakt gegen seine kostbaren Memoiren ist. Aber ich finde es immer noch seltsam, Commander, daß Sie persönlich angerückt sind, noch dazu mit so großem Gefolge. Behandeln Sie den Tod meines Bruders etwa als Mord?«

»Als ungeklärten Todesfall mit Verdacht auf Fremdverschulden. Darum muß ich Sie jetzt auch leider mit ein paar Fragen belästigen. Ich wäre dankbar für Ihre Zusammenarbeit, und vielleicht könnten Sie darüber hinaus auch Ihren Angestellten klarmachen, daß gewisse Eingriffe in ihre Privatsphäre unvermeidlich sein werden.«

»Ich denke, dafür werden sie Verständnis haben.«

»Wir müssen auch Fingerabdrücke nehmen, zum Zwecke der Aussonderung, verstehen Sie. Natürlich werden alle, die nicht als Beweismittel dienen, vernichtet, sobald der Fall abgeschlossen ist.«

»Ein solches Ermittlungsverfahren wird für uns eine ganz neue Erfahrung sein. Aber wenn es nötig ist, müssen wir uns natürlich fügen. Ich nehme doch an, Sie werden von uns allen, und ganz besonders von den Gesellschaftern, ein Alibi verlangen.«

»Ich muß wissen, was Sie seit gestern abend nach achtzehn Uhr gemacht haben, Miss Etienne, und mit wem Sie zusammen waren.«

»Sie haben also die wenig beneidenswerte Aufgabe, Commander, mir Ihr Beileid zum Tode meines Bruders auszusprechen und gleichzeitig ein Alibi zu fordern, das beweist, daß nicht ich ihn umgebracht habe. Sie machen das einigermaßen taktvoll. Meinen Glückwunsch! Aber schließlich haben Sie ja auch eine Menge Übung. Also: Ich war gestern abend mit einem Freund auf der Themse. Er heißt Declan Cartwright. Wenn Sie sich bei ihm erkundigen, wird er mich wahrscheinlich als seine Verlobte bezeichnen. Ich ziehe den Titel Geliebte vor. Wir sind kurz nach halb sieben aufgebrochen, als das Boot vom letzten Transport nach Charing Cross zurückkam. Wir waren bis ungefähr halb elf auf dem Fluß, vielleicht auch ein wenig länger. Dann kamen wir hierher zurück, und ich brachte Declan mit dem Wagen nach Hause. Er wohnt gleich hinter Westbourne Grove, über einem Antiquitätenladen, den er für den Besitzer leitet. Natürlich können Sie seine genaue Adresse haben. Ich bin bis zwei Uhr früh bei ihm geblieben und dann ins Barbican gefahren. Ich habe dort eine Wohnung, übrigens genau eine Etage unter der meines Bruders.«

»Für einen Oktoberabend haben Sie es aber sehr lange auf der Themse ausgehalten.«

»Es war ja auch ein besonders schöner Oktoberabend. Wir sind flußabwärts gefahren, um uns das Flutsperrwerk anzusehen, haben auf dem Rückweg am Greenwich Pier angelegt und im *Le Papillon* in der Church Street zu Abend gegessen. Wir hatten für acht Uhr einen Tisch bestellt, und ich denke, wir werden etwa anderthalb Stunden in dem Restaurant geblieben sein. Dann fuhren wir stromauf bis jenseits der Battersea Bridge, machten kehrt und waren, wie gesagt, kurz nach halb elf wieder hier.«

»Und hat Sie irgend jemand gesehen? Abgesehen natürlich vom Personal des Restaurants und den anderen Gästen.«

»Auf der Themse war nicht viel Verkehr. Trotzdem müssen uns eine Menge Leute gesehen haben, was aber nicht heißt, daß sie sich auch an uns erinnern werden. Ich war im Ruderhaus, und Declan ist die meiste Zeit bei mir gewesen. Aber allein Polizeiboote sind uns mindestens zwei begegnet. Ich könnte mir denken, daß die uns bemerkt haben. Das gehört schließlich zu ihrem Job, oder?«

»Und hat Sie vielleicht jemand gesehen, als Sie an Bord gingen oder als Sie hier wieder anlegten?«

»Nicht daß ich wüßte. Wir haben jedenfalls niemanden gesehen oder gehört.«

»Und Ihnen fällt niemand ein, der Ihrem Bruder nach dem Leben getrachtet haben könnte?«

»Das haben Sie mich schon mal gefragt.«

»Aber jetzt sind wir unter uns, und deshalb stelle ich Ihnen die Frage noch einmal – ganz vertraulich.«

»Geht denn das? Ich meine, wird irgendwas, das man einem Polizisten mitteilt, wirklich vertraulich behandelt? Aber wie dem auch sei, die Antwort bleibt die gleiche. Ich kenne niemanden, der ihn genug gehaßt hätte, um ihn zu töten. Wahrscheinlich gibt's Menschen, denen es nicht leid tut, daß er tot ist, das schon. Schließlich wird kein Toter von aller Welt betrauert. Und jeder Tod gereicht halt auch irgendwem zum Vorteil.«

»Und wer ist in diesem Fall der Begünstigte?«

»Das bin ich. Ich bin Gerards Erbin. Das hätte sich natürlich nach seiner Heirat geändert. Aber nach dem jetzigen Stand der Dinge erbe ich seine Verlagsanteile, seine Wohnung im Barbican und den Erlös seiner Lebensversicherung. Ich habe meinen Bruder nicht sehr gut gekannt, und wir wurden auch nicht zu so was wie Familiensinn erzogen. Wir waren auf verschiedenen Schulen, verschiedenen Universitäten und haben hernach jeder unser eigenes Leben geführt. Meine Wohnung im Barbican liegt, wie gesagt, gleich unter der seinen, aber es war zwischen uns nicht üblich, sich gegenseitig spontan und unangemeldet zu besuchen. Das wäre uns als Verletzung der Privatsphäre erschienen. Trotzdem habe ich ihn gern gehabt und respektiert. Ich stand auf seiner Seite. Wenn er wirklich umgebracht wurde, dann wünsche ich seinem Mörder, daß er den Rest seines Lebens hinter Gittern verbringt. Aber dazu wird es natürlich nicht kommen. Uns fällt es ja so leicht, die Toten zu vergessen und den Lebenden zu verzeihen. Vielleicht rührt dieses Bedürfnis, Barmherzigkeit zu üben, von der peinlichen Erkenntnis her, daß wir eines Tages selber darauf angewiesen sein könnten. Ach, da sind übrigens seine Schlüssel. Sie wollten doch einen Satz hier für die

Verlagsräume haben. Seinen Wagenschlüssel und die zu seiner Wohnung habe ich abgenommen.«

»Vielen Dank«, sagte Dalgliesh und nahm den Bund in Empfang. »Ich brauche Ihnen wohl nicht zu versichern, daß außer mir und meinem Team niemand davon Gebrauch machen wird. Sagen Sie, Miss Etienne, ist Ihr Vater eigentlich schon verständigt?«

»Nein, noch nicht. Aber ich fahre heute am Spätnachmittag raus nach Bradwell-on-Sea. Mein Vater ist ein richtiger Einsiedler, er geht praktisch nie ans Telefon. Aber abgesehen davon möchte ich es ihm ohnehin lieber persönlich mitteilen. Warum fragen Sie? Wollen Sie ihn auch sprechen?«

»Das wird sich nicht vermeiden lassen, ja. Ich wäre Ihnen dankbar, wenn Sie ihn bitten würden, mich irgendwann morgen zu empfangen – wann immer es ihm paßt.«

»Gut, ich werde ihn fragen, aber ich bin mir nicht sicher, ob er einverstanden ist. Er mag absolut keinen Besuch. Er lebt dort draußen mit einer ältlichen Französin, die ihm den Haushalt führt. Ihr Sohn, sein Chauffeur, hat ein Mädchen aus dem Ort geheiratet, und ich nehme an, die beiden werden weiter für ihn sorgen, wenn die gute Estelle einmal stirbt. Zur Ruhe setzen wird sie sich bestimmt nicht. Für sie ist es eine Ehre, ihr Leben einem Helden Frankreichs zu weihen. Vater hatte und hat sein Leben stets sehr gut organisiert. Ich erzähle Ihnen das, damit Sie wissen, was Sie erwartet. Ich glaube nicht, daß man Sie freundlich aufnehmen wird. Ja, Commander, ist das alles?«

»Ich muß außerdem noch mit den Angehörigen von Sonia Clements sprechen.«

»Sonia Clements? Was für ein Zusammenhang könnte denn wohl zwischen ihrem Selbstmord und Gerards Tod bestehen?«

»Nach unseren bisherigen Erkenntnissen gar keiner. Aber trotzdem müssen wir jeder Spur nachgehen. Also, wie ist es, hat sie nahe Verwandte, oder wohnte sie vielleicht mit irgend jemandem zusammen?«

»Sie hatte nur eine Schwester, mit der sie tatsächlich bis vor drei Jahren zusammengelebt hat, aber dann nicht mehr. Die Schwester ist nämlich Nonne geworden und gehört jetzt zu einer Ordensgemeinschaft in Kemptown bei Brighton. Das Kloster – ich glaube, es heißt St. Anne's Convent – führt dort ein Sterbehospiz. Ich bin sicher, die Mutter Oberin wird Ihnen gestatten, mit der Schwester der Toten zu sprechen. Mit der Polizei ist es schließlich wie mit dem Finanzamt, nicht wahr? Egal wie unsympathisch sie einem sind oder wie ungelegen sie kommen, reinlassen muß man sie doch. Wollten Sie sonst noch was von mir?«

»Ich möchte Ihnen nur noch sagen, daß das kleine Archiv versiegelt wird. Ja, und ich würde gern auch das Hauptarchiv zusperren.«

»Und für wie lange?«

»Solange es nötig ist. Wird das große Unannehmlichkeiten machen?«

»Selbstverständlich, was denken Sie denn! Gabriel Dauntsey arbeitet oben die alten Akten auf. Er ist ohnehin schon mächtig in Verzug.«

»Ich sehe ein, daß diese Maßnahme lästig ist. Meine Frage war, ob es Ihnen *große* Unannehmlichkeiten macht. Die Verlagsarbeit kann doch weitergehen, auch ohne daß Sie Zugang zu diesen beiden Räumen haben?«

»Wenn Sie es für nötig halten, müssen wir uns eben darauf einstellen.«

»Ich danke Ihnen.«

Zum Schluß fragte er sie noch nach dem geheimnisvollen Unbekannten, der seit einiger Zeit in Innocent House sein Unwesen trieb, und erkundigte sich, auf welche Weise man versucht habe, den Täter zu überführen. Anscheinend waren die Nachforschungen ebenso oberflächlich wie erfolglos geführt worden.

»Gerard hat die Sache mehr oder weniger mir überlassen, aber ich bin nicht sehr weit vorgedrungen. Alles, was ich tun konnte, war, die Vorfälle der Reihe nach aufzulisten und die Zahl derer zu notieren, die zum fraglichen Zeitpunkt auf dem Anwesen waren oder die möglicherweise als Drahtzieher in Frage kamen. Doch das war praktisch die gesamte Belegschaft, bis auf die wenigen, die krank oder im Urlaub waren. Es sah fast so aus, als ob dieser Kerl jedesmal ganz bewußt zu einer Zeit zuschlug, wenn alle Gesellschafter sowie die meisten Angestellten sich im Haus befanden und mithin die Zahl der Verdächtigen besonders hoch war. Gabriel Dauntsey hat ein Alibi für den letzten Vorfall, dieses Fax, das gestern von hier aus an die Buchhandlung in Cambridge geschickt wurde, in der Esmé Carling eine Signierstunde hatte. Er war um die Zeit unterwegs ins *Ivy,* wo er sich mit einem unserer Autoren zum Lunch verabredet hatte. Aber die übrigen Gesellschafter und die leitenden Angestellten waren alle hier. Gerard und ich sind zwar mit der Fähre nach Greenwich gefahren und haben dort im *Trafalgar Tavern* zu Mittag gegessen, aber wir sind erst um zwanzig nach eins los. Und das Fax wurde um halb eins abgeschickt. Die Carling sollte um eins ihre Signierstunde beginnen. Aber halt, der jüngste Zwischenfall war ja eigentlich die Sache mit dem Terminkalender meines Bruders – der muß irgendwann am Mittwoch aus seiner Schreibtischschublade entwendet worden sein. Gerard hat gestern früh festgestellt, daß er weg war.«

Dalgliesh sagte: »Erzählen Sie mir von der Schlange.«

»Hissing Sid, meinen Sie? Gott weiß, wann die hier aufgetaucht ist. Ich glaube, es war vor etwa fünf Jahren. Irgendwer hat sie nach einer Weihnachtsfeier vergessen. Miss Blackett pflegte damit die Tür zwischen ihrem und Mr. Peverells Büro offenzuhalten. Langsam wurde sie dann so eine Art Verlagsmaskottchen. Blackie hängt aus irgendeinem Grund sehr daran.«

»Und gestern verlangte Ihr Bruder plötzlich, daß sie die Schlange in den Müll schmeißt?«

»Das hat Ihnen wohl Mrs. Demery erzählt. Aber es stimmt, ja. Er war nach der Gesellschafterkonferenz nicht besonders gut aufgelegt, und da hat er sich halt über das alberne Ding geärgert. Blackie hat's dann in die Schreibtischschublade gesteckt.«

»Haben Sie das gesehen?«

»Ja, aber nicht nur ich, sondern auch Gabriel Dauntsey und

unsere Aushilfe, Mandy Price. Ich nehme an, die Geschichte hat sich rasch rumgesprochen.«

»Ihr Bruder war also nach der Sitzung schlechter Laune?« fragte Dalgliesh.

»Das hab' ich nicht gesagt. Ich sagte, er war nicht besonders gut aufgelegt. Das waren wir übrigens alle nicht. Es ist ja kein Geheimnis, daß Peverell Press in einer Krise steckt. Wir müssen uns damit abfinden, Innocent House zu verkaufen, wenn wir weiter im Geschäft bleiben wollen.«

»Für Miss Peverell dürften das betrübliche Aussichten sein.«

»Ich glaube, leicht fällt es keinem von uns. Trotzdem wäre der Gedanke, daß einer von uns diesen Schritt verhindern wollte, indem er Gerard tötete, einfach lächerlich.«

»Ich habe nichts dergleichen behauptet«, stellte Dalgliesh fest.

Dann ließ er sie gehen.

Sie war gerade bis zur Tür gekommen, als Daniel den Kopf hereinsteckte. Er hielt ihr die Tür auf und wartete mit dem, was er zu sagen hatte, bis sie gegangen war.

»Der Gasmann wär' jetzt fertig, Sir. Es ist genauso, wie wir vermutet haben. Der Abzug ist total verstopft. Anscheinend handelt sich's um Schlacke von der Kaminauskleidung, aber im Lauf der Jahre sind natürlich auch jede Menge Staub und andere Rückstände den Abzug runtergerieselt. Der Mann schreibt uns noch ein offizielles Gutachten, aber für ihn steht jetzt schon zweifelsfrei fest, was passiert ist. Bei dem Zustand, in dem der Rauchfang ist, war es lebensgefährlich, den Gasofen anzuzünden.«

»Aber nur in einem Raum ohne ausreichende Belüftung«, schränkte Dalgliesh ein. »Das hat man uns doch oft genug erklärt. Der brennende Gasofen und das Fenster, das sich nicht öffnen ließ – erst beides zusammen ergab die letale Verbindung.«

»Ein besonders großer Bruchstein war gleich unten im Abzug verkeilt«, fuhr Daniel fort. »Das Stück kann ganz von selbst aus der Kaminauskleidung gefallen sein, es ist aber auch nicht auszuschließen, daß es absichtlich herausgeschlagen wurde. Eindeutig läßt sich das leider nicht bestimmen. Aber man müßte nur einmal kräftig gegen den Kaminmantel schlagen, und die Brokken würden nur so herunterpurzeln. Wollen Sie sich die Sache mal ansehen, Sir?«

»Ja, ich komme gleich mit.«

»Und Sie möchten, daß der Ofen mitsamt dem Schotter ins Labor geht?«

»Ja, Daniel, ganz recht.« Er brauchte nicht eigens hinzuzufügen: »Und ich will Fingerabdrücke, Fotos, das ganze Arsenal.« Denn seine Mitarbeiter waren, wie immer, Experten in Sachen Mord.

Auf dem Weg nach oben fragte er: »Schon was Neues über den verschwundenen Recorder oder den Terminkalender von Etienne?«

»Bis jetzt nicht, Sir. Miss Etienne hat Theater gemacht, als wir die Schreibtische der Angestellten durchsuchen wollten, die heute morgen heimgeschickt wurden oder gerade im Urlaub sind. Und ich dachte mir, Sie würden wegen dieser Geschichte keinen Durchsuchungsbefehl beantragen wollen.«

»Im Augenblick nicht unbedingt, nein. Wird vielleicht auch überhaupt nicht nötig sein. Wir können die Durchsuchung auf Montag verschieben, wenn wieder alle Mitarbeiter im Haus sind. Falls der Mörder diesen Recorder aus einem bestimmten Grund hat mitgehen lassen, liegt er wahrscheinlich jetzt sowieso schon auf dem Grund der Themse. Und wenn der Witzbold ihn genommen hat, der hier seinen Schabernack treibt, dann könnte er überall und nirgends sein. Das gleiche gilt übrigens auch für den Terminkalender.«

»Das Diktiergerät war im ganzen Verlag das einzige seiner Art. Es hat Mr. Dauntsey privat gehört. Alle anderen sind größer und entweder wechselstrom- oder batteriebetriebene Recorder mit den üblichen Sechseinhalb-mal-zehn-Zentimeter-Kassetten. Ach, eh ich's vergesse, Sir – Mr. de Witt läßt fragen, ob Sie ihn bald drannehmen könnten. Er hat einen schwerkranken Freund bei sich wohnen, dem er versprochen hat, heute zeitig nach Hause zu kommen.«

»In Ordnung, holen Sie ihn als nächsten.«

Der Techniker, schon im Mantel und aufbruchsbereit, äußerte lautstark sein Mißfallen, offenbar hin und her gerissen zwischen einem fast an Besitzerstolz grenzenden Interesse für das Gerät an sich und der Empörung des Fachmannes über seinen falschen Gebrauch.

»Einen Ofen dieses Typs habe ich seit beinah zwanzig Jahren nicht mehr gesehen. Gehört von Rechts wegen in ein Museum, das gute Stück. Ist an sich aber tadellos in Schuß. Solide Arbeit, sehr stabil. Die Sorte hat man früher in Kinderzimmern installiert. Den Hahn kann man abschrauben, sehen Sie, extra so konstruiert, damit die Kinder nicht unbeaufsichtigt den Ofen einschalten. Was nun hier passiert ist, läßt sich eindeutig rekonstruieren, Commander. Schauen Sie, die Esse ist total verstopft. Dieser Schotterstaub muß seit Jahren da runtergekommen sein. Wer weiß, wann das Gerät das letztemal gewartet wurde. Hier saß der Tod praktisch in den Startlöchern. Ich seh' das nicht zum erstenmal, Sie vermutlich auch nicht, und es wird wohl leider auch nicht das letztemal sein. Aber die Leute können sich nicht drauf rausreden, daß man sie nicht genügend gewarnt hätte. Gasvorrichtungen brauchen Luft. Ohne Sauerstoffzufuhr kommt es unweigerlich zu Defekten und verstärkter Kohlenmonoxydbildung. Trotzdem gilt: Gas ist ein absolut sicherer Brennstoff, wenn man ihn nur sachgerecht benutzt.«

»Dem Mann wäre aber wohl nichts passiert, wenn er das Fenster aufgehabt hätte?«

»Das seh' ich auch so, Sir. Das Fenster ist zwar sehr hoch und ziemlich schmal, eigentlich ja bloß ein Oberlicht, aber wenn es offengestanden hätte, wäre dem Mann nichts passiert. Wie haben Sie ihn denn gefunden? Vermutlich schlafend im Sessel, wie? So geht's ja meistens. Die Leute werden ein bißchen groggy, schlafen ein und wachen nicht mehr auf.«

»Da gibt's schlimmere Arten, abzutreten«, sagte Daniel.

»Nicht für einen Gastechniker. Ist doch eine Beleidigung fürs Produkt, so was. Ich nehme an, Sie brauchen ein Gutachten, Commander. Kriegen Sie so schnell wie möglich. Der Knabe war noch jung, wie? Tja, die erwischt's am ehesten. Ich weiß nicht, warum, aber das ist immer so.« Er öffnete die Tür und sah sich um. »Möchte wissen, wieso er ausgerechnet hier oben arbeiten wollte. Komische Vorlieben haben die Leute manchmal. Man sollte doch meinen, daß sich in einem so riesengroßen Haus jede Menge Büros finden lassen, auch ohne daß einer extra hier in dieses Kabuff raufklettert.«

28

James de Witt schloß die Tür hinter sich und blieb einen Moment lang in gespielter Lässigkeit auf der Schwelle stehen, als überlege er, ob es denn wirklich der Mühe wert sei, einzutreten, dann ging er mit federndem Schritt durchs Zimmer und zog den freien Stuhl neben den Tisch.

»Ist es Ihnen recht, wenn ich mich hierhersetze? So eine starre Konfrontation über den Tisch hinweg wäre doch recht einschüchternd und weckt unangenehme Erinnerungen an die Zeiten, da man von seinem Tutor examiniert wurde.« Er war salopp gekleidet, trug dunkle Bluejeans und einen weiten gerippten Pullover mit Lederflecken an Ellbogen und Schultern, der aussah wie ein Schnäppchen aus Armeebeständen. An ihm wirkte er trotzdem beinahe elegant.

Er war sehr groß, gut über eins achtzig, von schlaksiger Statur, und die langen, knochigen Handgelenke ließen ihn etwas linkisch erscheinen. Sein Gesicht, das die leise Melancholie eines Clowns widerspiegelte, war hager und intelligent, über vorspringenden Wangenknochen spannte sich dünn und fleischlos die Haut. Eine dichte Strähne hellbraunen Haars fiel ihm in die hohe Stirn. Seine schmalen Augen wirkten schläfrig unter den schweren Lidern, aber in Wirklichkeit waren es Augen, denen wenig entging und die umgekehrt nichts verrieten. Beim Sprechen stand sein weicher, angenehm schleppender Tonfall in seltsamem Gegensatz zu dem, was er sagte.

»Ich bin eben Claudia begegnet. Sie sieht zum Umfallen müde aus. Mußten Sie sie unbedingt gleich heute verhören? Sie hat schließlich eben erst unter grauenhaften Umständen ihren einzigen Bruder verloren.«

»Das war wohl kaum ein Verhör«, sagte Dalgliesh. »Wenn Miss Etienne uns gebeten hätte, das Gespräch abzubrechen, oder wenn mir aufgefallen wäre, daß sie zu sehr aufgewühlt ist, dann hätten wir die Unterhaltung natürlich verschoben.«

»Und Frances Peverell? Für sie ist es genauso gräßlich. Können Sie mit ihrer Vernehmung nicht bis morgen warten?«

»Bedaure, aber das geht nicht, es sei denn, sie wäre zu angegriffen, um jetzt mit mir zu sprechen. Bei dieser Art Untersuchung kommt es darauf an, so rasch es geht so viele Informationen wie möglich zu sammeln.«

Kate fragte sich, ob de Witts Sorge in Wahrheit von Anfang an eher Frances Peverell als Claudia Etienne gegolten hatte.

»Vermutlich hätten Sie statt mir jetzt Frances drannehmen wollen«, sagte James. »Tut mir leid, aber meine Organisation daheim ist vorübergehend völlig über den Haufen geworfen, und wenn ich um halb fünf nicht zu Hause bin, wäre mein kranker Freund, Rupert Farlow, ganz allein. Rupert ist übrigens mein Alibi. Ich nehme doch an, es ist der Hauptzweck dieses Gesprächs, mein Alibi zu ermitteln. Also bitte: Ich bin gestern um halb sechs mit der Fähre heimgefahren und war gegen halb sieben in Hillgate Village. Ach ja, von Charing Cross bis Notting Hill Gate habe ich die U-Bahn genommen, die Circle Line. Rupert kann bezeugen, daß ich den ganzen Abend mit ihm zu Hause verbracht habe. Besuch hatten wir keinen, und ungewöhnlicherweise hat uns auch niemand angerufen. Ach, es wäre übrigens sehr nett, wenn Sie sich vorher anmelden könnten, ehe Sie zu ihm gehen. Er ist schwer krank, und sein Zustand wechselt von Tag zu Tag.«

Dalgliesh stellte auch de Witt die Frage, ob er von jemandem wisse, der Gerard vielleicht nach dem Leben getrachtet hatte. »Hatte er, den Begriff jetzt mal im weitesten Sinne gefaßt, vielleicht politische Feinde?«

»Du meine Güte, wo denken Sie hin! Gerard war ein Liberaler vom Scheitel bis zur Sohle, jedenfalls seinen Reden nach. Aber die zählen ja nun mal mehr als Taten. Und was *political correctness* angeht, so hatte er die ganze liberale Tonleiter drauf, ja, Gerard wußte genau, was man heutzutage in Großbritannien nicht sagen oder veröffentlichen darf, und er hat sich penibel dran gehalten. Er mag sich sein Teil gedacht haben, wie wir anderen auch, aber noch ist das ja wohl kein Verbrechen. Ich bezweifle übrigens, daß er sich sehr für politische oder soziale Belange interessiert hat, nicht einmal dann, wenn sie die Zukunft des Verlagswesens tangierten. Er schützte Engagement vor, wann immer das zweckdienlich war, aber es sollte mich wundern, wenn's ihm je ernst gewesen wäre damit.«

»Und was hat ihn berührt? Was lag ihm wirklich am Herzen?«

»Ruhm. Erfolg. Die eigene Person. Peverell Press. Er wollte einen der größten – *den* größten – und erfolgreichsten Privatverlag Englands leiten. Dann die Musik, allen voran Beethoven und Wagner. Er spielte selber recht gut Klavier. Schade, daß er im Umgang mit Menschen nicht auch so ein feines Gespür hatte. Und vermutlich ist ihm auch seine gegenwärtige Partnerin wichtig gewesen.«

»Er war verlobt, nicht wahr?«

»Mit der Schwester des Earls von Norrington. Claudia hat mit ihrer Mutter telefoniert, und die dürfte ihre Tochter inzwischen unterrichtet haben.«

»Und mit der Verlobung gab's keine Probleme?«

»Nicht daß ich wüßte. Claudia ist da vielleicht besser informiert, aber ich glaub's eigentlich nicht. Gerard war in bezug auf Lady Lucinda nicht sehr gesprächig. Natürlich haben wir sie alle kennengelernt. Gerard gab am 10. Juli eine Party für sie, bei der außer der Verlobung auch ihr Geburtstag gefeiert wurde. Zugleich war das übrigens so eine Art Ersatz für unser traditionelles Sommerfest hier in Innocent House. Ich glaube, Gerard hat sie letztes Jahr in Bayreuth kennengelernt, aber nach meinem Eindruck – ich könnte mich natürlich täuschen – war sie nicht um Wagners willen dort. Sie und ihre Mutter besuchten wohl entfernte Verwandte auf dem Kontinent. Sonst weiß ich eigentlich so gut wie nichts über sie. Die Verlobung kam für uns natürlich überraschend. Gesellschaftliche Ambitionen, falls die denn den Ausschlag gegeben haben, war man bei Gerard nicht gewöhnt. Und finanziell hätte diese Heirat dem Verlag garantiert nichts eingebracht. Lady Lucinda hat zwar einen beachtlichen Stammbaum, aber den kann man nun mal nicht versilbern. Allerdings muß man berücksichtigen, daß in diesen Kreisen schon über Armut geklagt wird, wenn jemand eigentlich nur vorübergehend Schwierigkeiten damit hat, das Schulgeld für den Nachwuchs in Eton lockerzumachen. Aber wie dem auch sei, Lady Lucinda hat Gerard sicher viel bedeutet. Und dann wäre da noch das Bergsteigen. Wenn Sie Gerard nach seinen Interessen gefragt hätten, dann wäre das vermutlich auch zur Sprache gekommen. Soviel ich weiß, hat er allerdings in seinem Leben bloß einen einzigen Berg bezwungen.«

Kate verblüffte ihn mit der Frage: »Und welchen?«

De Witt wandte sich ihr lächelnd zu. Ein Lächeln, das ganz überraschend kam und sein Gesicht verwandelte. »Das Matterhorn. Ich denke, das erklärt so ziemlich alles, was Sie über Gerard Etienne wissen müssen.«

»Wie ich höre«, sagte Dalgliesh, »wollte er hier einiges verändern. Damit hat er sich vermutlich nicht in jedem Fall beliebt gemacht.«

»Was aber nicht heißt, daß diese Änderungen nicht notwendig waren, besser gesagt, es immer noch sind. Der Unterhalt für Innocent House hat über Jahrzehnte praktisch unseren ganzen Jahresgewinn aufgezehrt. Ich nehme an, wir könnten uns über

Wasser halten, wenn wir das Programm halbieren, zwei Drittel der Mitarbeiter entlassen, unsere eigenen Gehälter um dreißig Prozent kürzen und uns mit der Backlist zufriedengeben und damit, künftig nur noch ein ganz kleiner Kultverlag zu sein. Aber einem Gerard Etienne hätte das nicht genügt.«

»Und Sie, die übrigen Gesellschafter, wie standen Sie dazu?«

»Ach, wir haben gemurrt und gelegentlich auch mal gegen den Stachel gelöckt, aber ich glaube, im Grunde haben wir doch gewußt, daß Gerard recht hatte; für den Verlag hieß es entweder expandieren oder eingehen. Heutzutage ist man mit einem so einseitigen Programm wie dem unseren nicht mehr konkurrenzfähig. Gerard wollte einen Verlag mit einem Standbein im juristischen Bereich übernehmen – er hatte da ein Haus im Auge, wo man nur noch hätte zugreifen müssen – und Peverell Press eine Lehrbuchabteilung angliedern. Natürlich hätte das Geld gekostet, ganz zu schweigen von dem Energieaufwand und einem gewissen aggressiven Geschäftsgebaren. Und dazu hatten manche von uns vielleicht nicht den Mumm. Weiß der Himmel, wie es jetzt weitergehen soll. Ich nehme an, wir werden eine Gesellschafterkonferenz einberufen, Claudia zur Geschäftsführerin und Vorsitzenden bestellen und alle heiklen Entscheidungen um mindestens ein halbes Jahr verschieben. Gerard hätte sich darüber amüsiert. Er hätte das sehr typisch gefunden.«

Dalgliesh, der bestrebt war, de Witt nicht zu lange aufzuhalten, erkundigte sich zum Schluß noch nach dem ominösen Possenreißer.

»Ich hab' keine Ahnung, wer dahintersteckt. Wir haben bei den Vorstandssitzungen eine Menge Zeit damit vergeudet, diesem Rätsel nachzuspüren, ohne daß etwas dabei herausgekommen wäre. Merkwürdig ist das schon. Wir haben schließlich insgesamt nur dreißig Mitarbeiter, da sollte man doch annehmen, daß wir inzwischen wenigstens eine Spur hätten, und sei's auch nur durch negative Auslese. Natürlich sind die meisten Angestellten seit Jahren bei uns, und ich würde eigentlich für alle, die alten wie die neuen, die Hand ins Feuer legen. Wann immer uns so ein Streich gespielt wurde, war praktisch die ganze Belegschaft im Haus. Vielleicht hat der Kerl das ja absichtlich so eingerichtet, um eben jede Auslese unmöglich zu machen. Am gravierendsten waren natürlich das Verschwinden des Bildmaterials zu dem Sachbuch über Guy Fawkes und die mutwilligen Änderungen in Lord Stilgoes Korrekturfahnen.«

»Zur Katastrophe ist es aber in beiden Fällen nicht gekommen«, sagte Dalgliesh.

»Zum Glück nicht, nein. Und was sich da jetzt jemand mit Hissing Sid geleistet hat, fällt wohl in eine andere Kategorie. Die Sabotageversuche vorher richteten sich gegen den Verlag und waren sicher nicht persönlich gemeint, aber Gerard so brutal den Kopf dieser Schlange in den Mund zu stopfen, das kann ja nur ein gezielter Racheakt gegen ihn persönlich gewesen sein. Übrigens kann ich Ihnen die Frage ersparen, ob ich wußte, wo Hissing Sid zu finden war: Ja, ich habe es gewußt, so wie vermutlich alle im Haus, nachdem Mrs. Demery ihre Runde gedreht hatte.«

Dalgliesh fand, es sei an der Zeit, de Witt gehen zu lassen. »Wie kommen Sie jetzt nach Hillgate Village, Mr. de Witt?« fragte er abschließend.

»Ich hab' mir ein Taxi bestellt. Mit der Fähre nach Charing Cross würde es zu lange dauern. Aber ich bin morgen ab halb zehn wieder im Haus, falls Sie noch Fragen haben sollten. Ich glaube allerdings nicht, daß ich Ihnen weiterhelfen kann. Ach, und daß ich Gerard weder getötet noch ihm die Schlange um den Hals gewickelt habe, das kann ich Ihnen genausogut jetzt gleich versichern. Ich hatte auch kein Motiv. Oder glauben Sie, daß man jemanden von der Existenzberechtigung der schöngeistigen Literatur überzeugen kann, indem man ihn vergast?«

»Ach«, sagte Dalgliesh, »Sie glauben also, daß er an Gasvergiftung gestorben ist?«

»Stimmt's etwa nicht? Eigentlich war das Dauntseys Idee, ich will mich da nicht mit fremden Federn schmücken. Aber je mehr ich darüber nachdenke, desto einleuchtender erscheint es mir.«

James de Witt verabschiedete sich ebenso charmant und gelassen, wie er gekommen war.

Dalgliesh fiel auf, daß er bei so einer Vernehmung mit den Verdächtigen eigentlich ganz ähnlich verfuhr wie die Mitglieder eines Auswahlkomitees bei der Kandidatenbefragung. Hier wie dort war man versucht, den Auftritt eines jeden zu taxieren und sich, bevor der nächste Anwärter aufgerufen wurde, ein vorläufiges Urteil zu bilden. Heute wartete er schweigend. Kate mit ihrem sechsten Sinn spürte wieder einmal genau, daß es klüger war, ihre Meinung für sich zu behalten, aber er ahnte auch so, daß ihr zumindest zu Claudia Etienne ein, zwei spitze Bemerkungen auf der Zunge lagen.

Frances Peverell kam als letzte an die Reihe. Bei ihrem Eintreten wirkte sie fügsam wie ein wohlerzogenes Schulkind, doch als sie Etiennes Jackett entdeckte, das noch immer über seiner Stuhllehne hing, verlor sie die Fassung.

»Ich hätte nicht gedacht«, stammelte sie, »daß die Jacke noch hier ist.« Sie wollte schon mit ausgestreckter Hand darauf zu, besann sich aber gerade noch. Als sie sich nach Dalgliesh umwandte, sah er, daß ihre Augen in Tränen schwammen.

»Es tut mir leid«, sagte er. »Vielleicht hätten wir sie wegräumen sollen.«

»Claudia hätte sie an sich nehmen können«, erwiderte sie, »aber die Ärmste mußte ja an so vieles denken. Über kurz oder lang wird sie sich wohl freilich um all seine Sachen und natürlich auch um die Kleider kümmern müssen.«

Frances setzte sich und sah Dalgliesh an wie ein Patient, der die Diagnose des Facharztes erwartet. Sie hatte ein sanftes Gesicht, umrahmt von hellbraunem, wie mit Gold gesprenkeltem Haar; der Pony bedeckte die Stirn fast bis zu den geraden Brauen über blaugrünen Augen. Dalgliesh ahnte, daß die Sorge und Anspannung, die sich in Frances' Blick spiegelten, nicht erst durch das augenblickliche Trauma hervorgerufen worden waren, und unwillkürlich fragte er sich, was Henry Peverell wohl für ein Vater gewesen sein mochte. Die junge Frau, die da vor ihm saß, hatte jedenfalls nichts von der gereizten Ichbezogenheit einer verwöhnten einzigen Tochter. Nein, sie sah aus wie eine Frau, die ihr Leben lang auf die Bedürfnisse anderer Rücksicht genommen hat und die es gewohnt ist, mehr Kritik als Lob zu ernten. Weder hatte sie Claudia Etiennes Selbstbeherrschung noch de Witts ungezwungene Eleganz. Sie trug einen beige und taubenblau gemusterten Tweedrock und dazu ein blaues Twinset, jedoch ohne die obligate Perlenkette. Genauso, dachte Dalgliesh, hätte sie auch schon in den dreißiger oder fünfziger Jahren angezogen sein können; es war gewissermaßen die Uniform der englischen Lady, unauffällig, konventionell, geschmackvoll und entsprechend teuer, vor allem aber so schlicht, daß niemand daran Anstoß nehmen konnte.

»Ich denke immer«, begann Dalgliesh freundlich, »das muß mit die schlimmste Aufgabe sein, nachdem jemand gestorben ist. Uhren, Schmuck, Bücher, Bilder – die kann man an Freunde verschenken, und jeder wird das schicklich und in Ordnung finden. Aber Kleidungsstücke sind dafür zu intim. Paradoxerweise könnten wir es offenbar nicht ertragen, wenn sie von Bekannten weiterverwendet würden, denn falls wir es über uns bringen, sie wegzugeben, dann höchstens an Fremde.«

Sie schien dankbar für sein Verständnis und bestätigte eifrig: »Ja, nicht wahr, genauso ist es mir nach Daddys Tod gegangen. Am Ende habe ich all seine Anzüge und die Schuhe der Heilsarmee geschickt. Ich hoffe, sie sind an jemanden weitergereicht worden, der die Sachen wirklich dringend brauchte, aber es war mir damals dennoch so, als würde ich Daddy aus der Wohnung, ja aus meinem Leben drängen.«

»Haben Sie Gerard Etienne gern gehabt, Miss Peverell?«

Sie sah erst auf ihre gefalteten Hände nieder, blickte ihn dann aber freimütig an. »Ich war in ihn verliebt. Ich wollte Ihnen das gern selber sagen, denn ich bin sicher, früher oder später hätten Sie es sowieso herausbekommen, und da ist es schon besser, Sie erfahren es von mir. Wir hatten ein Verhältnis, aber eine Woche bevor er sich verlobte, ging es zu Ende.«

»In gegenseitigem Einverständnis?«

»O nein.«

Er brauchte nicht zu fragen, wie dieser Verrat sie getroffen hatte. Was sie empfunden hatte, ja immer noch empfand, stand ihr deutlich ins Gesicht geschrieben.

»Es tut mir sehr leid«, sagte er. »Bestimmt ist es nicht leicht für Sie, über seinen Tod zu sprechen.«

»Nicht darüber reden zu können, wäre noch schmerzlicher. Bitte, Mr. Dalgliesh, sagen Sie mir die Wahrheit – glauben Sie, daß Gerard ermordet wurde?«

»Mit Sicherheit kann ich dazu noch nichts sagen, aber es deutet doch vieles darauf hin. Darum muß ich Sie auch jetzt gleich mit meinen Fragen behelligen. Ich möchte, daß Sie mir ganz genau schildern, was sich gestern abend hier zugetragen hat.«

»Ich nehme an, Gabriel – Mr. Dauntsey – hat Ihnen schon erzählt, daß er Opfer eines Raubüberfalls wurde. Ich habe ihn nicht zu seiner Lesung begleitet, weil er so hartnäckig darauf bestand, allein zu gehen. Ich glaube, er hatte Angst, es würde mir nicht gefallen. Aber es war seine erste Lesung seit ungefähr fünfzehn Jahren, und da war es nicht recht, ihn so ganz sich selbst zu überlassen. Wenn ich dabeigewesen wäre, hätte man ihn vielleicht nicht überfallen. Jedenfalls wurde ich gegen halb zwölf vom St.-Thomas-Krankenhaus angerufen und erfuhr, daß er dort auf der Unfallstation sei und noch auf eine Röntgenaufnahme warten müsse. Die Schwester wollte wissen, ob ich mich um ihn kümmern würde, wenn man ihn nach Hause entließe. Offenbar bestand er darauf, heimzukommen, und das Krankenhaus wollte sich nun vergewissern, daß er nicht ohne Betreuung sein würde. Ich habe dann am Küchenfenster nach ihm Ausschau gehalten, das Taxi aber leider überhört. Gabriels Eingang befindet sich an der Innocent Lane, doch der Fahrer wird wohl schon unten an der Ecke gewendet und ihn dort abgesetzt haben. Sowie er im Haus war, hat Gabriel mich dann angerufen. Er versicherte mir, es ginge ihm gut, er habe sich nichts gebrochen und wolle jetzt erst einmal ein Bad nehmen. Danach würde er sich freuen, wenn ich noch auf einen Sprung hinunterkäme. Ich glaube zwar nicht, daß er wirklich noch Lust auf meinen Besuch hatte, aber er wußte eben, daß ich keine Ruhe finden würde, wenn ich mich nicht mit eigenen Augen davon überzeugt hätte, daß mit ihm alles in Ordnung war.«

»Sie haben demnach wohl keinen Schlüssel zu seiner Wohnung?« fragte Dalgliesh. »Ich meine, Sie hätten nicht gleich unten auf ihn warten können?«

»Doch, doch, ich habe einen Schlüssel, und er hat umgekehrt auch einen zu meiner Wohnung. Reine Vorsichtsmaßnahme, für den Fall, daß es mal brennt oder eine Überschwemmung gibt, während einer von uns nicht da ist. Aber ich würde diesen Schlüssel niemals benutzen, ohne daß Gabriel mich ausdrücklich darum gebeten hätte.«

»Und wie lange hat es gedauert, bis Sie dann gestern nacht zu ihm hinuntergegangen sind?«

Die Antwort war natürlich von allergrößter Wichtigkeit. Gabriel Dauntsey hätte die Möglichkeit gehabt, Etienne zu töten, bevor er um Viertel vor acht zu seiner Lesung aufbrach. Das Timing wäre zwar äußerst knapp gewesen, aber er hätte es schaffen können. Allerdings hätte sich ihm dann wohl erst nach ein Uhr morgens die Chance geboten, zum Tatort zurückzukehren und die Spuren zu verwischen.

»Wie lange«, fragte Dalgliesh noch einmal, »wie lange hat es gedauert, bis Mr. Dauntsey zum zweitenmal anrief und sie hinunterbat? Können Sie sich daran noch halbwegs genau erinnern?«

»Lange kann es nicht gewesen sein. Ich nehme an, acht oder zehn Minuten, vielleicht auch weniger. Oder doch, acht Minuten würde ich sagen, gerade so lange, wie er eben für ein kurzes Bad brauchte. Sein Badezimmer liegt gleich unter dem meinen. Ich höre oben zwar nicht, wenn er sich ein Bad einläßt, aber wenn das Wasser abläuft, das hört man. Gestern habe ich natürlich darauf gewartet.«

»Und es hat ungefähr acht Minuten gedauert, bevor Sie das Wasser ablaufen hörten?«

»Na ja, ich habe nicht nach der Uhr gesehen. Dazu bestand ja auch gar kein Grund. Aber ich bin sicher, daß es nicht übermäßig lange gedauert hat.« Und als wäre ihr der Gedanke erst ganz plötzlich gekommen, rief sie aufgebracht: »Aber Sie wollen doch nicht im Ernst behaupten, daß Sie Gabriel verdächtigen? Sie denken doch nicht etwa, er hat sich heimlich nach Innocent House zurückgeschlichen und Gerard umgebracht?«

»Mr. Etienne ist schon lange vor Mitternacht gestorben. Was wir jetzt untersuchen, ist die Frage, ob dem Toten die Schlange vielleicht erst nachträglich um den Hals gelegt wurde.«

»Aber das würde ja bedeuten, daß jemand extra deswegen ins kleine Archiv raufgegangen ist, jemand, der wußte, daß Gerard tot ist und dort oben liegt. Das kann aber nur einer gewußt haben – sein Mörder. Sie glauben also, daß der Mörder später – nach der Tat – noch einmal zu seinem Opfer zurückgekehrt ist?«

»Falls es einen Mörder gab. Noch steht das ja gar nicht fest.«

»Aber Gabriel ging es sehr schlecht, er war überfallen und beraubt worden! Und er ist ein alter Mann. Er ist über siebzig und leidet an Rheuma. In der Regel geht er am Stock. Niemals hätte er den Weg in so kurzer Zeit geschafft.«

»Sind Sie sich da absolut sicher, Miss Peverell?«

»Aber ja. Außerdem saß er ja in der Badewanne. Ich habe doch nachher selbst gehört, wie das Wasser ablief.«

Dalgliesh wandte behutsam ein: »Aber Sie konnten nicht feststellen, ob es wirklich sein Badewasser war.«

»Ja, was denn sonst? Er hat nicht einfach den Hahn aufgedreht und das Wasser laufen lassen, falls Sie das meinen. Sonst hätte ich es ja sofort nach seinem Anruf hören müssen. Das Rauschen begann aber erst etwa acht Minuten nach dem Telefonat. Und ich bin gleich, als es losging, hinuntergelaufen. Er war im Bademantel. Und man konnte sehen, daß er gerade gebadet hatte. Seine Haare und das Gesicht waren noch ganz feucht.«

»Und wie ging es dann weiter?«

»Er hatte schon einen kleinen Whisky getrunken, und da er nichts weiter zu sich nehmen wollte, bestand ich darauf, daß er zu Bett ging. Ich war fest entschlossen, die Nacht über bei ihm zu bleiben. Und als er merkte, daß er mich nicht davon abbringen konnte, hat er mir gezeigt, wo die Wäsche für das Gästebett lag. Aber ich glaube, in dem Zimmer hatte seit Jahren niemand mehr geschlafen, und ich hab' das Bett gar nicht erst bezogen. Er schlief sehr schnell ein, und ich machte es mir im Wohnzimmer in einem Sessel vor dem Elektroöfchen bequem. Die Tür zu seinem Schlafzimmer ließ ich offen, damit ich ihn notfalls hören konnte, aber er hat die ganze Nacht durchgeschlafen. Heute morgen bin ich vor ihm aufgewacht. Das war kurz nach sieben, und ich habe mir als erstes eine Tasse Tee gebrüht. Aber obwohl ich mich bemühte, ganz leise zu sein, hat er mich wohl doch in der Küche hantieren gehört. Als er aufstand, war es gegen acht. Wir haben uns beide nicht beeilt, denn wir wußten ja, daß George drüben aufschließen würde. Zum Frühstück haben wir jeder ein gekochtes Ei gegessen, und kurz nach neun sind wir dann nach Innocent House rübergegangen.«

»Und Sie waren nicht mit oben, als man Mr. Etiennes Leiche entdeckte?«

»Gabriel ging mit. Ich habe mit den anderen unten an der Treppe gewartet. Aber als wir dieses furchtbare Wehklagen hörten – ich glaube, da wußte ich, daß Gerard tot war.«

Dalgliesh sah ihr an, daß der Schmerz sie aufs neue übermannte. Für den Augenblick hatte er alles erfahren, was er zu wissen brauchte. Also dankte er ihr freundlich und ließ sie gehen.

Nachdem er mit Inspector Miskin allein geblieben war, schwiegen sie einen Moment, und dann sagte Dalgliesh: »Tja, Kate, da hätten wir noch ein paar unparteiische und überzeugende Alibis: Claudia Etiennes Geliebter, de Witts kranker Hausgast und Frances Peverell, die offenbar außerstande ist, Gabriel Dauntsey etwas Böses zuzutrauen, von einem Mord ganz zu schweigen. Sie hat sich ehrlich bemüht, die Zeitspanne zwischen seiner Rückkehr und dem Anruf bei ihr zu bestimmen. Sie ist eine ehrliche Person, aber ich denke trotzdem, daß sie mit ihren acht Minuten ein bißchen zu knapp geschätzt hat.«

»Ich frage mich«, sagte Kate, »ob ihr wohl klar ist, daß sie und Dauntsey sich gegenseitig ein Alibi gegeben haben. Aber sie ist damit noch lange nicht aus dem Schneider, oder? Sie hätte schließlich genug Zeit gehabt, nach Innocent House hinüberzugehen und die Sache mit der Schlange zu inszenieren, bevor Dauntsey nach Hause kam. Und auch zu dem Mord hatte sie reichlich Gelegenheit. Denn für den frühen Abend fehlt ihr ein Alibi. Den springenden Punkt bei der Geschichte mit dem Badewasser hat sie auffallend schnell erkannt; ich meine, daß er nicht einfach bloß den Hahn hätte aufdrehen können und so tun, als ob.«

»Nein, das hätte freilich nicht geklappt. Aber es gäbe noch eine andere Möglichkeit. Denken Sie doch mal nach, Kate.«

Kate überlegte, und dann rief sie aus: »Aber ja, natürlich, so hätte es gehen können!«

»Das heißt für uns, wir müssen das Fassungsvermögen dieser Wanne prüfen. Und den zeitlichen Ablauf rekonstruieren. Robbins soll sich halt in einen sechsundsiebzigjährigen rheumatischen alten Herrn hineinversetzen. Stellen Sie fest, wie lange es dauert, von Dauntseys Eingang an der Innocent Lane bis rauf ins kleine Archiv zu gelangen, dort alles Nötige zu erledigen und wieder zurückzukommen.«

»Über die Treppe oder mit dem Aufzug?«

»Stoppen Sie beides. Bei diesem Aufzug geht es womöglich zu Fuß schneller.«

Während sie ihre Unterlagen zusammensuchten, war Kate in Gedanken noch bei Frances Peverell. Dalgliesh war sehr behutsam mit ihr umgegangen, aber wann wäre er bei einem Verhör schon einmal grob geworden? Seine Bemerkung über den Umgang mit den Kleidern der Verstorbenen war gewiß spontan gewesen, und doch hatte sie ihm sehr geholfen, Frances Peverells Vertrauen zu gewinnen. Wahrscheinlich tat die junge Frau ihm leid, vielleicht war sie ihm sogar ganz sympathisch; aber niemals würden ihn persönliche Gefühle in einer Vernehmung beeinflussen. Und was ist mit mir? fragte Kate sich nicht zum erstenmal. Würde er nicht in allem, was mit seinem Beruf zusammenhing, die gleiche Distanz und Härte an den Tag legen? Er respektiert mich, dachte sie, er ist froh, mich in seinem Team zu haben, er vertraut mir, und manchmal kann ich mir sogar vorstellen, daß er mich mag. Aber gesetzt den Fall, ich würde im Dienst einmal wirklich übel versagen - wie lange könnte ich mich bei der Met dann wohl noch halten?

»Ich muß jetzt noch mal für ein paar Stunden zurück ins Yard«, sagte Dalgliesh. »Wir treffen uns dann im Leichenschauhaus, aber ich werde vielleicht nicht bis zum Ende der Obduktion bleiben können. Ich hab' um acht einen Termin mit dem Commissioner und dem Innenminister. Ich weiß noch nicht, wann ich mich da loseisen kann, aber ich komme hinterher auf jeden Fall gleich nach Wapping, und dann machen wir Lagebesprechung, Sie, Daniel und ich.«

Es würde eine lange Nacht werden.

29

Es war zwei Minuten vor drei, und Blackie saß allein in ihrem Büro. Sie fühlte sich niedergedrückt und lustlos, was teils einer verzögerten Schockreaktion, teils ihrer Angst zuzuschreiben war und jedenfalls dazu führte, daß ihr jeder Handgriff zur schier unerträglichen Anstrengung geriet. Sie hätte vermutlich einfach heimgehen können, auch wenn ihr das niemand ausdrücklich gesagt hatte. Sie mußte zwar noch die Ablage machen und hatte auch etliche Briefe zu tippen, die Gerard Etienne ihr diktiert hatte, aber es schien beinahe ebenso anstößig wie sinnlos, Papiere abzuheften, nach denen er nun nie mehr fragen würde, und Briefe zu tippen, die er nicht mehr unterschreiben konnte. Mandy war vor einer halben Stunde gegangen; wahrscheinlich hatte man ihr gesagt, sie würde vorläufig nicht mehr gebraucht. Blackie hatte zugesehen, wie sie ihren roten Sturzhelm aus der untersten Schreibtischschublade geholt und den Reißverschluß ihrer hautengen Lederjacke zugezogen hatte. Mit diesem leuchtenden Monstrum auf dem Kopf hatte sich das magere Gestell samt seinen langen Beinen in den schwarzen gerippten Leggings schlagartig in die Karikatur eines exotischen Insekts verwandelt.

Ehe sie ging, hatte Mandy, eine Spur Verlegenheit und Mitgefühl in der Stimme, zu Blackie gesagt: »Hören Sie, daß Sie wegen dem bloß keine schlaflosen Nächte kriegen. Das passiert nicht mal mir, und ich hab' ihn, soweit ich ihn kannte, ganz gern gemocht. Aber zu Ihnen hat er sich doch hundsgemein benommen. Werden Sie auch allein zurechtkommen, ich meine auf dem Heimweg?«

Und sie hatte geantwortet: »Ja, ja, danke, Mandy. Es ist schon wieder alles in Ordnung. Das war eben nur der Schock. Immerhin war ich ja seine Privatsekretärin. Sie dagegen haben ihn nur ein paar Wochen als Aushilfsschreibkraft gekannt.«

Diese Worte, eigentlich nur ein ungeschickter Versuch, verlorene Würde wiederherzustellen, klangen selbst in Blackies Ohren dünkelhaft und gespreizt. Mandy hatte daraufhin nur die Achseln gezuckt und war ohne ein weiteres Wort gegangen. Kurz darauf hörte man, wie sie sich draußen in der Halle laut und munter von Mrs. Demery verabschiedete.

Mandy war nach ihrem Gespräch mit der Polizei spürbar aufgekratzt gewesen und hatte sich gleich in die Küche verkrümelt, um Mrs. Demery, George und Amy Bericht zu erstatten. Blackie hätte sich gern dazugesellt, fürchtete aber, daß es sich in ihrer Stellung nicht schickte, mit den kleinen Angestellten zu tratschen. Und sie wußte auch, daß es den vieren nicht recht gewesen wäre, wenn sie sie bei ihren Vertraulichkeiten und Spekulationen störte. Andererseits hatte man sie, Blackie, auch nicht dazugebeten, als die Gesellschafter hinter verschlossenen Türen im Sitzungssaal tagten und niemanden außer Mrs. Demery hereinließen, die ihnen mehrmals frischen Kaffee und Sandwiches hinaufbringen mußte. Es schien ihr, als gäbe es in ganz Innocent House keinen Platz mehr, wo sie erwünscht war oder sich noch zu Hause fühlen konnte.

Sie dachte über Mandys letzte Worte nach. Ob das Mädchen das auch der Polizei erzählt hatte? Daß Mr. Gerard sich ihr, Blackie, gegenüber hundsgemein benommen hatte? Bestimmt hatte sie das gesagt. Warum sollte Mandy irgend etwas, das ihr in Innocent House aufgefallen war, vertraulich behandeln? Sie als Außenseiterin, die erst in den Verlag gekommen war, als die fatalen Streiche längst begonnen hatten, konnte die ganze Aufregung unbeteiligt, ja fast amüsiert beobachten, denn sie war nicht nur völlig unschuldig, sondern auch frei von jeglichem persönlichen Engagement oder Loyalität. Mandy, deren flinken kleinen Augen nichts entging, war sicher ein Glücksfall für die Polizei. Und sie war lange vernommen worden, fast eine Stunde, also bestimmt länger, als ihre Stellung im Verlag rechtfertigte. Noch einmal und völlig fruchtlos, da ja jetzt nichts mehr zu ändern war, dachte Blackie über ihre eigene Vernehmung nach. Sie hatte nicht zu den ersten gehört, die hineingerufen wurden, konnte sich also in Ruhe vorbereiten und darüber nachdenken, was sie sagen würde. Und sie hatte es sich genau überlegt. Die Furcht hatte ihren Verstand geschärft.

Ihre Vernehmung hatte in Miss Claudias Büro stattgefunden, und es waren nur zwei Beamte dabeigewesen, die Kriminalinspektorin, Miss Miskin, und ein Kriminalmeister namens Robbins. Blackie, die angenommen hatte, daß Commander Dalgliesh sie befragen würde, war durch dessen Abwesenheit dermaßen aus dem Konzept gebracht, daß sie bei den ersten Fragen noch im Zweifel war, ob die Vernehmung überhaupt schon begonnen hatte, ja halb und halb erwartete, Dalgliesh jeden Moment in der Tür stehen zu sehen. Es überraschte sie auch, daß das Gespräch nicht aufgezeichnet wurde. In den einschlägigen Fernsehserien, den Lieblingsprogrammen ihrer Cousine, machte die Polizei das fast immer, aber vielleicht kam das ja auch noch, wenn sie erst einmal einen Hauptverdächtigen hatten und den- oder diejenige unter Rechtsmittelbelehrung verhörten. Und in so einem Fall hätte sie natürlich auch einen Anwalt dabei. Vorerst aber war sie allein auf sich gestellt. Eine Rechtsbelehrung hatte nicht stattgefunden, und nichts deutete darauf hin, daß es sich hier um mehr als ein Aufwärmgespräch, eine erste zwanglose Plauderei handelte. Die Kriminalinspektorin hatte die meisten Fragen gestellt, während der junge Beamte Notizen machte, aber ab und zu hatte auch er sich, ganz ohne Absprache mit seiner Vorgesetzten, eingemischt, und die Selbstverständlichkeit, mit der er das tat, verriet Blackie, daß die beiden gut aufeinander eingespielt waren. Beide waren sehr höflich, ja fast zuvorkommend gewesen, aber sie hatte sich dadurch nicht täuschen lassen. Sie führten schließlich trotz allem ein Verhör mit ihr, und da gehörten selbst Sympathiebekundungen und besondere Liebenswürdigkeit zur Taktik. Im Rückblick war sie direkt überrascht, wie klar sie das durchschaut und wie sie trotz aller Ängste in den beiden auf Anhieb den Feind gewittert hatte.

Zum Auftakt hatten sie ganz einfache, scheinbar harmlose Fragen gestellt, zum Beispiel nach der Dauer ihrer Betriebszugehörigkeit, den nächtlichen Sicherheitsvorkehrungen auf dem Anwesen, den Personen, die über Schlüssel verfügten und Zugang zur Alarmanlage hatten, und nach Blackies üblichem Tagesablauf; ja sogar wie ihre Mittagspause geregelt war, wollten sie wissen. Während Blackie ihnen antwortete, hatte sie sich allmählich etwas entspannt, obgleich sie natürlich wußte, daß die zwei genau das mit ihrer Fragerei bezweckten.

Dann hatte Detective Inspector Miskin gesagt: »Sie haben siebenundzwanzig Jahre lang für Mr. Henry Peverell gearbeitet. Und als er im Januar dieses Jahres starb und Mr. Etienne zum Geschäftsführer und Vorsitzenden von Peverell Press aufrückte, sind Sie seine Sekretärin geworden. Das muß doch eine ziemlich schwere Umstellung gewesen sein – für Sie und für den gesamten Betrieb.«

Darauf war Blackie gefaßt gewesen. Und sie hatte ihre Antwort parat.

»Es war natürlich eine andere Situation, ja. Ich hatte so lange für Mr. Peverell gearbeitet, daß ich mittlerweile gewissermaßen eine Vertrauensstellung innehatte. Mr. Gerard war jünger und hatte dementsprechend moderne Arbeitsmethoden. Ich mußte mich auch an eine andere Persönlichkeit anpassen. Aber das ist in meiner Position bei einem Chefwechsel ganz normal.«

»Sie haben also gern für Mr. Etienne gearbeitet? Sie mochten ihn?« Das war der Sergeant. Dunkle, bezwingende Augen, die unerbittlich den Blickkontakt mit ihr suchten.

»Ich habe ihn respektiert«, sagte sie.

»Das ist aber nicht ganz dasselbe.«

»Man sucht sich seinen Chef nicht danach aus, ob und wie er einem gefällt. Ich glaube, ich fing an, mich an ihn zu gewöhnen.«

»Galt das denn auch umgekehrt? Und wie verhielt es sich mit der übrigen Belegschaft? Er hat anscheinend allerhand Veränderungen durchgeführt, nicht wahr? Das geht doch nie ohne Reibereien ab, besonders nicht in einem so bewährten und traditionsreichen Betrieb. Wir im Yard können auch ein Lied davon singen. War hier nicht die Rede von Entlassungen, Kündigungsdrohungen, einem möglichen Umzug in die Docklands, ja ging nicht sogar das Gerücht, Innocent House solle verkauft werden?«

Darauf hatte sie gesagt: »Mit solchen Fragen müssen Sie sich an Miss Claudia wenden. Mit mir hat Mr. Gerard nicht über seine Verlagspolitik gesprochen.«

»Im Gegensatz zu Mr. Peverell. Dieser Wechsel von der Vertrauten zur einfachen Sekretärin muß doch sehr hart gewesen sein.«

Sie antwortete nicht. Da beugte Inspector Miskin sich vor und sagte vertrauensvoll, gewissermaßen von Frau zu Frau, ja fast als wären sie zwei Freundinnen, die keine Geheimnisse voreinander zu haben brauchten: »Erzählen Sie uns doch was über die Schlange. Erzählen Sie uns von Hissing Sid.«

Also hatte sie ihnen geschildert, wie eine Aushilfssekretärin, an deren Namen und Anschrift sich inzwischen niemand mehr erinnern konnte, Weihnachten vor fünf Jahren die Schlange mit ins Büro gebracht hatte. Nach der Weihnachtsfeier hatte sie sie im Lektorat vergessen, und erst ein halbes Jahr später war die Schlange ganz hinten in ihrer Schreibtischschublade entdeckt worden. Blackie hatte sie fortan benutzt, um die Tür zwischen ihrem und Mr. Peverells Büro einen Spaltbreit offenzuhalten. Er mochte das so, damit er sie immer gleich rufen konnte, wenn er sie brauchte, denn er hegte seit jeher eine tiefe Abneigung gegen das Telefon. Hissing Sid war allmählich zu einer Art Verlagsmaskottchen geworden, das im Sommer bei der Themserundfahrt dabei war und auch auf keiner Weihnachtsfeier fehlte. Unter Mr. Etienne hatte Blackie die Schlange nicht mehr als Puffer um den Türgriff gewickelt; der hatte die Tür nämlich lieber geschlossen.

»Und wo«, fragte der Sergeant, »haben Sie die Schlange normalerweise aufbewahrt?«

»Sie lag eigentlich meistens oben auf dem linken Aktenschrank. Manchmal hing sie auch, lang baumelnd oder zusammengerollt, je nachdem, an einem Schubladengriff.«

»Und was ist nun gestern passiert, Miss Blackett? Mr. Etienne störte sich daran, daß Sie die Schlange im Büro hatten, nicht wahr?«

Sie bemühte sich, ruhig zu antworten. »Er kam aus seinem Zimmer und sah, daß Hissing Sid vom obersten Griff des Aktenschranks herunterhing. Er fand, so was passe nicht in ein Büro, und trug mir auf, die Schlange fortzuwerfen.«

»Und was haben Sie da gemacht, Miss Blackett?«

»Ich hab' sie in meinem Schreibtisch verstaut, in der rechten oberen Schublade.«

Detective Inspector Miskin beugte sich vor. »Das ist jetzt sehr wichtig, Miss Blackett, und ich bin sicher, Sie sind intelligent genug, um zu verstehen, warum. Also – wer war noch in Ihrem Büro, als Sie die Schlange in die Schublade legten?«

»Nur Mandy Price, die bei mir im Zimmer sitzt, Mr. Dauntsey

und Miss Claudia. Miss Claudia ist gleich danach mit zu ihrem Bruder ins Büro gegangen. Mr. Dauntsey gab Mandy einen Brief zum Abtippen und ging dann auch.«

»Und sonst war niemand dabei?«

»In meinem Büro nicht, nein, aber ich könnte mir vorstellen, daß der eine oder andere von denen, die dabei waren, es weitererzählt hat. Mandy zum Beispiel hat sicher nicht den Mund gehalten. Und falls jemand die Schlange gesucht haben sollte, hätte er ohnehin in meiner rechten Schublade nachgesehen. Das war sozusagen ihr angestammter Platz, wenn ich sie mal wegräumte.«

»Und Sie hatten nicht vor, sie wegzuwerfen?«

Jetzt, in der Rückschau, wußte sie, daß sie auf diese Frage zu heftig reagiert und daß ihre Stimme Zorn und Groll verraten hatte.

»Hissing Sid fortschmeißen? Aber nein, warum sollte ich? Mr. Peverell hat die Schlange immer gern gehabt. Er fand sie lustig. Und dem Ansehen des Verlags hat sie bestimmt nicht geschadet. Schließlich habe ich in meinem Büro normalerweise keinen Publikumsverkehr. Nein, ich hab' sie fürs erste in die Schublade gesteckt. Ich dachte mir, vielleicht nehme ich sie mit heim.«

Die beiden Beamten hatten sie dann noch nach Esmé Carlings Besuch gefragt und sich erkundigt, ob sie wirklich so eine Szene gemacht hätte, nur weil Mr. Etienne nicht zu sprechen war. Blackie erkannte, daß da offenbar jemand geplaudert hatte, daß ihnen die ganze Geschichte durchaus nicht neu war, und darum sagte sie die Wahrheit, jedenfalls soweit sie sich dazu überwinden konnte.

»Mrs. Carling gehört nicht gerade zu unseren pflegeleichten Autoren, und in dem Fall schäumte sie regelrecht vor Wut. Ich glaube, ihre Agentin hatte ihr gerade mitgeteilt, daß Mr. Etienne ihr neues Buch nicht mehr verlegen würde. Sie wollte ihn unbedingt persönlich sprechen, aber ich mußte ihr klarmachen, daß er in der Gesellschafterkonferenz war und daß ich da unmöglich stören durfte. Sie konterte mit sehr kränkenden Ausfällen gegen

Mr. Peverell und unser Vertrauensverhältnis. Ich glaube, sie fand, ich hätte früher zuviel Einfluß im Verlag gehabt.«

»Hat sie angedroht, daß Sie später wiederkommen würde, um Mr. Etienne auf jeden Fall noch an dem Tag zu sprechen?«

»Nein, nichts dergleichen. Sie hätte natürlich darauf bestehen können zu warten, bis die Sitzung zu Ende war, aber sie hatte Signierstunde in einer Buchhandlung in Cambridge.«

»Nur daß die abgesagt wurde, und zwar durch ein Fax, das um zwölf Uhr dreißig hier im Verlag weggeschickt worden ist. Haben Sie dieses Fax geschickt, Miss Blackett?«

Sie blickte ihm fest in die dunklen Augen. »Nein.«

»Aber wissen Sie vielleicht, wer es getan hat?«

»Ich hab' keine Ahnung. Um die Zeit haben wir Mittagspause. Ich war in der Küche und habe mir eine Portion Spaghetti Bolognese von Marks & Spencer warm gemacht. Es war ein ständiges Kommen und Gehen. Ich kann mich beim besten Willen nicht erinnern, wer um zwölf Uhr dreißig wo gewesen ist. Ich weiß nur, daß ich nicht im Büro war.«

»Und Ihr Büro war während der Mittagspause nicht abgeschlossen?«

»Aber nein! Untertags werden die Büros bei uns nie abgeschlossen.«

Und so war die Vernehmung weitergegangen. Mit Fragen nach den früheren Sabotageakten, nach dem Zeitpunkt, zu dem sie gestern abend das Büro verlassen hatte, nach ihrer Heimfahrt, der Ankunftszeit und danach, wie sie den Feierabend verbracht hatte. Sie hatte alles ohne Schwierigkeiten hinter sich gebracht. Schließlich hatte Detective Inspector Miskin gemeint, sie seien nun fertig, aber Blackie hatte nicht den Eindruck, daß es wirklich schon ausgestanden war. Als man sie entließ, stellte sie fest, daß ihre Beine zitterten, und sie mußte sich ein paar Sekunden an die Stuhllehne klammern, ehe sie sicher war, daß sie bis zur Tür kommen würde, ohne zu straucheln.

Sie hatte schon zweimal versucht, in Weaver's Cottage anzurufen, doch dort hob niemand ab. Joan mußte irgendwo im Dorf sein oder zum Einkaufen in der Stadt; aber vielleicht war das ganz gut so. Eine solche Nachricht teilte man doch am besten persönlich mit und nicht übers Telefon. Sie überlegte, ob es Sinn hätte, doch noch einmal kurz anzurufen und Joan zu sagen, daß sie früher nach Hause käme, aber sie konnte sich nicht einmal aufraffen, den Hörer abzunehmen. Während sie noch versuchte, ihrer Apathie Herr zu werden, ging die Tür auf, und Miss Claudia steckte den Kopf herein.

»Ach, Sie sind noch da. Die Polizei ist einverstanden, daß alle nach Hause gehen. Hat Ihnen denn niemand Bescheid gesagt? Der Verlag ist ja sowieso geschlossen. Fred Bowling kann Sie mit der Fähre nach Charing Cross bringen.« Und nach einem Blick auf ihr Gesicht setzte sie hinzu: »Fühlen Sie sich nicht wohl, Blackie? Ich meine, wäre es Ihnen lieber, wenn jemand Sie heimbegleitet?«

Der Gedanke entsetzte Blackie zutiefst. Außerdem, wer war denn überhaupt noch da? Auf jeden Fall Mrs. Demery, die am laufenden Band für die Gesellschafter und die Polizei Kaffee kochte, aber bestimmt nicht erbaut davon wäre, wenn man sie zu einer anderthalbstündigen Fahrt nach Kent abkommandierte. Blackie konnte sich diese Fahrt lebhaft vorstellen – das Geplapper, die Fragen, die gemeinsame Ankunft in Weaver's Cottage mit Mrs. Demery als widerwilliger Eskorte, die Blackie wie ein straffälliges Kind behandeln würde oder wie eine Gefangene, die unter Beobachtung steht. Joan würde sich womöglich auch noch verpflichtet fühlen, Mrs. Demery Tee anzubieten. Blackie stellte sich vor, wie sie zu dritt im Wohnzimmer sitzen würden und Mrs. Demery die Ereignisse des Tages blumig ausgeschmückt zum besten gab. Sie würde abwechselnd geschwätzig und ordinär und dann wieder fürsorglich und beflissen sein und auf jeden Fall ein unwahrscheinliches Sitzfleisch entwickeln.

Blackie sagte: »Mir fehlt überhaupt nichts, vielen Dank, Miss Claudia. Verzeihen Sie, daß ich mich so habe gehenlassen. Der Schock, wissen Sie …«

»Es war für uns alle ein Schock.«

Miss Claudias Stimme klang tonlos. Vielleicht waren ihre Worte nicht als Vorwurf gemeint, sondern klangen nur so. Sie zögerte, als gäbe es noch etwas, das sie ihr mitzuteilen habe oder das zu sagen sie sich vielleicht auch verpflichtet fühlte. Nach einer kleinen Pause erklärte sie: »Bleiben Sie am Montag ruhig zu Hause, wenn Sie sich dann immer noch angegriffen fühlen. Sie brauchen wirklich nicht extra reinzukommen. Und falls die Polizei Sie noch einmal sprechen möchte, so wissen die ja, wo Sie zu finden sind.« Und damit ging sie hinaus.

Seit der Entdeckung der Leiche war das ihre erste Begegnung unter vier Augen gewesen, und jetzt wünschte Blackie, daß ihr irgend etwas eingefallen wäre, irgendein Wort des Trostes. Aber was hätte sie schon sagen können, wenn sie dabei ehrlich und aufrichtig bleiben wollte? »Ich habe ihn nie gemocht und er mich auch nicht, aber es tut mir leid, daß er tot ist.« Und war selbst das die Wahrheit?

In Charing Cross war Blackie es gewohnt, von dem zielstrebigen, energischen Strom des Pendlerverkehrs zur Rush-hour aufgesogen zu werden. Auf einmal mitten am Nachmittag in der für einen Freitag erstaunlich ruhigen Bahnhofshalle zu stehen war ein merkwürdiges Gefühl. Angesichts dieser gedämpften Geschäftigkeit schien die Zeit auf einmal gar keine Rolle mehr zu spielen. Ein älteres Ehepaar, das sich für die Reise viel zu feingemacht hatte (die Frau trug offenbar ihren besten Sonntagsstaat), ließ die Blicke nervös über die Abfahrtstafel wandern. Der Mann zerrte einen großen Koffer hinter sich her, der auf Rollen lief und mit etlichen Gurten verschnürt war. Auf einen Wink der Frau hin rückte er näher, und prompt kippte der Koffer um. Blackie sah einen Moment lang zu, wie sie sich vergebens bemühten, ihn wieder aufzurichten, dann kam sie ihnen zu Hilfe. Aber noch als sie sich mit dem sperrigen, toplastigen Gepäckstück herumplagte, spürte sie den ängstlichen und mißtrauischen Blick der Alten auf sich gerichtet, so als fürchteten sie, Blackie könnte es auf ihre Unterwäsche abgesehen haben. Als der Koffer glücklich wieder aufgerichtet war, dankten die beiden ihr hastig und zogen ab. Den Koffer schoben sie jetzt zwischen sich und tätschelten ihn von Zeit zu Zeit wie einen ungebärdigen Hund, den es zu beschwichtigen gilt.

Nach der Anzeigentafel hatte Blackie noch eine halbe Stunde Zeit, gerade genug, um in Ruhe einen Kaffee zu trinken. Während sie das vertraute Aroma einatmete und sich die Hände an der Tasse wärmte, kam ihr der Gedanke, daß diese unerwartet frühe Heimfahrt normalerweise ein kleiner Luxus gewesen wäre. Dann hätte die ungewohnte Leere des Bahnhofs sie freilich auch nicht an die Unannehmlichkeiten der Rush-hour erinnert, sondern an die Ferien ihrer Kindheit, als man immer die Muße hatte, im Bahnhofsrestaurant noch etwas zu trinken, und trotzdem sicher sein durfte, vor Dunkelwerden daheim zu sein. Jetzt aber war alle Freude von der schrecklichen Erinnerung überschattet, von dieser quälend hartnäckigen Mischung aus Furcht und Schuld. Blackie fragte sich ernsthaft, ob sie dieses Gefühl je wieder loswerden würde. Aber wenigstens war sie auf dem Weg nach Hause. Sie hatte sich noch nicht entschieden, wieviel sie ihrer Cousine anvertrauen würde. Es gab Dinge, die konnte und durfte sie ihr nicht erzählen, aber sie würde sich immerhin auf Joans beruhigend praktische Vernunft verlassen können und auf den vertrauten, geordneten Frieden in Weaver's Cottage.

Der Zug, der halb leer war, fuhr pünktlich ab, doch später konnte sie sich weder an die Fahrt erinnern noch daran, wie sie auf dem Parkplatz in East Marling ihren Wagen aufgeschlossen hatte oder wie sie von dort nach West Marling und zum Cottage gekommen war. Alles, worauf sie sich später besinnen konnte, war der Anblick, der sich ihr bot, als sie am Gartentor vorfuhr. In fassungslosem Entsetzen starrte sie auf den im herbstlichen Sonnenschein vor ihr liegenden Garten oder vielmehr auf dieses trostlose, geschändete, aufgewühlte, zerstampfte, zuschanden gemachte Erdreich. Im ersten Moment dachte sie, benommen vom Schock und verwirrt durch die Erinnerung an die schrecklichen Unwetter früherer Jahre, Weaver's Cottage müsse von einem rätselhaften, auf ein ganz kleines Gebiet beschränkten

Tornado heimgesucht worden sein. Doch rasch erkannte sie ihren Irrtum. Diese Verwüstung, die zugleich mutwilliger, aber auch geringfügiger war als das, was ein Sturm angerichtet hätte, diese Verwüstung war das Werk von Menschenhand.

Als sie aus dem Wagen stieg, schienen ihre Beine nicht mehr zu ihrem Körper zu gehören, und kaum war sie zitternd bis ans Tor gestakst, mußte sie sich Halt suchend anlehnen. Und jetzt sah sie, was geschehen war. Der Zierkirsche rechts vom Tor, deren herbstliche Laubpalette heute morgen noch leuchtendrote und gelbe Farbtupfer gesetzt hatte, waren sämtliche unteren Äste abgehackt worden, und hinter den herabhängenden Rindenfetzen klaffte das blanke Holz wie eine offene Wunde. Der Maulbeerbaum inmitten des Rosenrondells, Joans ganzer Stolz, war ähnlich mißhandelt worden, und die zerschmetterte weiße Lattenbank, die rings um den Stamm verlief, sah aus, als hätten ein paar Knobelbecher mit Gewalt darauf herumgetrampelt. Die Rosenbüsche waren zwar heil geblieben (vielleicht hatten ihre Dornen sie geschützt), aber dafür hatte man die Stöcke samt den Wurzeln ausgerissen und auf einem Haufen zusammengeworfen, und die frühen Herbstastern und Chrysanthemen, die Joan als farbige Auflockerung vor der dunklen Hecke geplant hatte, lagen geköpft über den Kiesweg verstreut. Die Rose über der Veranda hatte den Wandalen getrotzt, doch dafür hatten sie sowohl die Klematis als auch die Glyzinie abgerissen, so daß die Fassade des Cottages jetzt seltsam nackt und wehrlos wirkte.

Das Haus war leer. Blackie ging von Zimmer zu Zimmer und rief immer wieder Joans Namen, auch als längst feststand, daß ihre Cousine nicht daheim war. Sie spürte schon die ersten Anzeichen wirklicher Panik in sich aufsteigen, als sie das Gartentor schlagen hörte und gleich darauf sah, wie Joan ihr Fahrrad über den Kiesweg schob. Blackie rannte ihr bis vors Haus entgegen und rief aufgeregt: »Was ist denn nur passiert, um Gottes willen? Ist dir auch nichts geschehen?«

Ihre Cousine schien sich überhaupt nicht darüber zu wundern, daß Blackie Stunden vor ihrer üblichen Zeit nach Hause gekommen war. Sie sagte erbittert: »Du siehst ja, was passiert ist. Rowdys! Zu viert waren sie, mit Motorrädern. Beinahe hätte ich sie noch erwischt. Sie wollten nämlich gerade abhauen, als ich aus dem Dorf zurückkam, aber bevor ich mir die Nummern einprägen konnte, waren sie weg.«

»Aber du hast doch die Polizei verständigt?«

»Ja, sicher. Aber die kommen von East Marling rüber und lassen sich natürlich Zeit. Hätten wir noch unseren alten Dorfpolizisten, dann wäre das nicht passiert. Andererseits – wozu sollte die Polizei sich beeilen? Sie kriegen diese Mistkerle ja sowieso nicht. Das schafft keiner. Und wenn man sie doch mal erwischt, was blüht ihnen dann? 'ne kleine Geldbuße oder eine Bewährungsstrafe. Mein Gott, wenn die Polizei uns schon nicht richtig schützen kann, dann sollte man uns wenigstens erlauben, selber durchzugreifen. Ach, hätte ich doch bloß ein Gewehr!«

»Aber man kann doch keinen Menschen erschießen, bloß weil er einem den Garten verwüstet hat«, wandte Blackie ein.

»Kann man nicht? Ich könnt's schon.«

Als sie hineingingen, stellte Blackie ebenso verwundert wie verlegen fest, daß Joan geweint hatte. Die Anzeichen waren unverkennbar: Ihre Augen, die unnatürlich klein und leblos wirkten, waren noch immer gerötet, das Gesicht war verquollen, und auf dem ungesunden aschgrauen Teint brannten grellrote Flecken. Gegen solch rohe, sinnlose Brutalität waren selbst Joans gewohnte Ruhe und ihr Gleichmut machtlos. Sogar einen Angriff auf die eigene Person hätte sie da noch leichter weggesteckt. Doch inzwischen war der Zorn an die Stelle des Schmerzes getreten, und Joans Zorn war gewaltig.

»Ich hab' mich rasch mal unten im Dorf umgesehen, um festzustellen, was diese Burschen sonst noch angestellt haben. War aber anscheinend nicht viel. Sie wollten im *Moonraker's* zu Mittag essen, haben aber dermaßen rumkrakeelt, daß Mrs. Baker sie am Ende gar nicht mehr bedient hat. Er, Baker, hat sie dann rausgeworfen. Daraufhin sind sie so lange auf dem Dorfplatz im Kreis herumgefahren, bis Mrs. Baker rübergelaufen ist und ihnen gesagt hat, daß das verboten sei. Inzwischen war die Bande aber schon nicht mehr zu halten, ganz unverschämt haben sie ihre Motoren aufheulen lassen und einen Höllenlärm veranstaltet. Erst als auch Baker selber rauskam und ihnen mit der Polizei drohte, sind sie schließlich abgezogen. Das hier« – sie deutete nach draußen – »war vermutlich ihre Rache.«

»Ja, und wenn sie womöglich zurückkommen, Joan, was dann?«

»Ach, die kommen doch nicht wieder! Wozu denn auch noch? Nein, die suchen sich anderswo etwas Schönes, das sie zerstören können. Mein Gott, was haben wir bloß für eine Jugend herangezogen! Sie sind besser ernährt, gekleidet, ausgebildet und betreut als jede Generation vor ihnen, und doch benehmen sie sich wie Abschaum, heimtückisch und flegelhaft. Wo sind wir nur hingeraten, was ist das für eine Welt, in der wir leben? Und komm mir jetzt ja nicht mit Arbeitslosigkeit und dem ganzen sozialen Brimborium. Diese Rowdys vorhin waren vielleicht arbeitslos, aber sie konnten sich trotzdem sündteure Motorräder leisten.«

»Es sind aber doch nicht alle so, Joan. Du kannst schließlich nicht wegen ein paar mißratenen Außenseitern eine ganze Generation in Bausch und Bogen verdammen.«

»Sicher, da hast du natürlich recht. Ach, bin ich froh, daß du zu Hause bist.«

Es war das erstemal in ihrem neunzehnjährigen Zusammenleben, daß Joan ein Bedürfnis nach Blackies Unterstützung und Trost geäußert hatte. »Wirklich nett von Mr. Etienne«, fuhr sie fort, »daß er dich hat früher gehen lassen. Wie hast du's eigentlich so schnell erfahren? Hat dich vielleicht jemand aus dem Dorf angerufen? Aber halt, das kann ja gar nicht sein. Du mußt schon in Zug gesessen haben, als es passiert ist.«

Und dann erstattete Blackie ihr in knappen Worten, aber dennoch anschaulich Bericht.

Die Schilderung der makabren Schreckenstat in Innocent House schaffte es immerhin, Joan von der Verwüstung ihres

Gartens abzulenken. Schwerfällig, als ob ihr die Beine den Dienst versagt hätten, sank sie in den nächstbesten Sessel und hörte dann schweigend zu, wobei sie zunächst weder Entsetzen noch Verwunderung äußerte. Als Blackie geendet hatte, stand Joan auf und sah ihrer Cousine über eine lange Viertelminute hinweg so starr in die Augen, als wolle sie sich davon überzeugen, daß Blackie ihre fünf Sinne wirklich noch beisammen hatte. Dann aber sagte sie forsch: »Bleib du nur schön sitzen. Ich zünde mal eben den Kamin an. Wir haben beide einen argen Schock abbekommen, und da ist es wichtig, sich warm zu halten. Ja, und dann hol' ich den Whisky. Wir müssen das in aller Ruhe besprechen.«

Während Joan es ihr in dem Lehnsessel bequemer machte, indem sie die Polster aufschüttelte und mit einer für sie ungewöhnlichen Fürsorge auch noch die Fußbank heranrückte, konnte Blackie nicht umhin festzustellen, daß Stimme und Gesichtsausdruck ihrer Cousine weniger Empörung als eine gewisse grimmige Befriedigung verrieten. Offenbar dachte sie, ist etwas so Grauenhaftes wie ein Mord in nächster Nähe kein schlechtes Rezept, um sich von der eigenen, nicht gar so ungeheuerlichen Katastrophe abzulenken.

Als sie eine Dreiviertelstunde später vor dem prasselnden Holzfeuer saß und langsam die wohlig-wärmende Wirkung des Whiskys zu spüren begann, den sie und ihre Cousine für Notfälle in Reserve hielten, da gewann sie zum erstenmal etwas Abstand von den traumatischen Erlebnissen des Tages. Die Katze Arabella räkelte sich graziös auf dem Teppich und krümmte verzückt die Pfoten; ihr weißes Fell glänzte rötlich im Schein der züngelnden Flammen. Bevor sie es sich am Kamin gemütlich gemacht hatten, war Joan rasch noch auf einen Sprung in die Küche gegangen, um den Backofen anzustellen, und jetzt stieg Blackie langsam der leckere Duft einer Lammkasserolle in die Nase. Sie merkte, daß sie richtig Hunger hatte, ja daß sie womöglich sogar mit Appetit würde essen können. Sie fühlte sich so leicht, als sei ihr das Gewicht von Schuld und Angst buchstäblich von den

Schultern genommen worden. Und obwohl sie sich fest vorgenommen hatte, Stillschweigen zu bewahren, erzählte sie Joan unversehens von Sydney Bartrum.

»Ich wußte, daß er entlassen werden sollte, verstehst du. Ich habe ja selber den Brief getippt, den Mr. Gerard an dieses Headhunter-Büro geschrieben hat. Natürlich konnte ich Sydney nicht direkt sagen, was im Busch war. Ich habe meine Vertrauensstellung als Privatsekretärin immer hochgehalten, aber ich hätte es auch nicht recht gefunden, ihn nicht zu warnen. Der Mann ist doch erst seit gut einem Jahr verheiratet, und jetzt haben sie auch noch was Kleines, ein Mädchen. Dabei ist er schon über fünfzig. Bestimmt, jünger kann er nicht sein. Da findet man nicht mehr so leicht eine neue Stelle. Also hab' ich eine Kopie von dem Brief auf meinen Schreibtisch gelegt, kurz bevor er mit Mr. Gerard den Termin wegen der Kostenvoranschläge hatte. Mr. Gerard hat den armen Sydney ja immer warten lassen. Und als er diesmal wieder ganz zappelig in meinem Büro hockte, bin ich halt kurz rausgegangen, damit er seine Chance kriegte. Hinterher war ich mir sicher, daß er den Wisch gelesen hatte. Es ist einfach menschlich, daß man einen Blick auf einen Brief wirft, der einem direkt vor der Nase liegt, gewissermaßen ein Reflex, verstehst du?«

Das Dumme war bloß, daß Blackie diesen Schritt, der ihr so wesensfremd war und gar nicht zu ihr passen wollte, keineswegs aus Mitleid getan hatte. Das wußte sie jetzt und wunderte sich direkt, warum es ihr nicht schon früher aufgegangen war. Sie hatte sich und Sydney Bartrum als Leidensgenossen gesehen; beide waren sie Opfer von Mr. Gerards kaum verhüllter Verachtung. Mit dieser Briefgeschichte hatte sie sich das erstemal ein kleines bißchen zur Wehr gesetzt. War es diese Trotzhaltung, die ihr den Mut zu der späteren und, ach, so ungleich verhängnisvolleren Rebellion eingegeben hatte?

»Aber hat er ihn denn nun tatsächlich gelesen?« wollte Joan wissen.

»Das muß er wohl. Er hat mich zwar nicht verraten – jedenfalls hat Mr. Gerard die Sache nie erwähnt oder mich wegen meiner Nachlässigkeit gerügt. Aber gleich am nächsten Tag hat Sydney sich wieder einen Termin bei ihm geben lassen, und ich glaube, er hat ihn rundheraus gefragt, ob seine Stelle gefährdet ist. Ich konnte sie zwar nicht reden hören, aber er war nicht lange drin, und als er wieder rauskam, da hat er geweint. Stell dir das nur mal vor, Joan, ein erwachsener Mann und weint.« Sie schluckte und setzte dann hinzu: »Darum hab' ich's der Polizei nicht gesagt.«

»Was? Daß er geweint hat?«

»Aber nein, das mit dem Brief. Ich hab' ihnen die ganze Geschichte unterschlagen.«

»Und ist das alles, was du ihnen verschwiegen hast?«

»Ja«, log Blackie, »das ist alles.«

»Ich denke, das hast du ganz richtig gemacht.« Vom Whisky beflügelt, schwang Mrs. Willoughby sich ohne Bedenken zum Richter auf. »Warum Informationen anbieten, die vielleicht gar nicht relevant oder sogar irreführend sind? Was anderes wär's, wenn sie dich gradeheraus fragen, dann müßtest du natürlich die Wahrheit sagen.«

»So seh' ich das auch, ja. Und außerdem steht ja noch gar nicht fest, daß es Mord war. Ich meine, er könnte auch eines natürlichen Todes gestorben sein, an einem Herzanfall beispielsweise, und hinterher hat ihm dann jemand Hissing Sid um den Hals gelegt. Die meisten stellen es sich anscheinend ohnehin so vor. Es würde auch genau zu diesem Unhold passen, der uns im Verlag dauernd so dumme Streiche spielt.«

Leider war Mrs. Willoughby für diese willkommene Theorie nicht zu haben. »Nein, nein, ich denke, wir können mit ziemlicher Sicherheit davon ausgehen, daß es Mord war. Was immer man auch nachträglich mit der Leiche angestellt hat, ihr hättet die Polizei nicht so lange im Haus gehabt und vor allem nicht in so hochkarätiger Besetzung, wenn da noch ernsthafte Zweifel bestünden. Dieser Commander Dalgliesh, von dem hab' ich schon gehört. Ein so hohes Tier hätten sie euch nicht geschickt, wenn sie an einen natürlichen Tod glauben würden. Du sagst ja, es war Lord Stilgoe, der New Scotland Yard angerufen hat. Vielleicht hat das bei der Polizei den Ausschlag gegeben. So ein Titel ist bei den richtigen Stellen immer noch was wert. Natürlich kommt auch Selbstmord in Frage oder meinetwegen ein Unfall, aber nach dem, was du mir erzählt hast, halte ich beides nicht für wahrscheinlich. Nein, nein, wenn du mich fragst, war es Mord, und ich wette, der Mörder war jemand aus dem Verlag.«

»Aber nicht Sydney«, widersprach Blackie. »Sydney Bartrum könnte keiner Fliege was zuleide tun.«

»Vielleicht. Aber deswegen könnten ihm trotzdem bei einem sehr viel größeren und gefährlicheren Insekt mal die Sicherungen durchbrennen. Na, die Polizei wird ja ohnehin all eure Alibis durchleuchten. Wirklich schade, daß gestern langer Donnerstag war und du zum Einkaufen ins West End gefahren bist, statt gleich von der Arbeit nach Hause zu kommen. Im *Liberty* oder bei *Jaeger* wird sich wohl keine Verkäuferin mehr an dich erinnern?«

»Glaub' ich nicht, nein. Die Geschäfte waren alle sehr voll, weißt du, und ich hab' ja auch nichts gekauft, sondern mich eigentlich nur umgesehen.«

»Der Gedanke, du könntest was damit zu tun haben, ist natürlich lachhaft, aber die Polizei muß halt alle gleich behandeln, zumindest am Anfang. Doch es hat keinen Sinn, sich den Kopf zu zerbrechen, solange wir den genauen Zeitpunkt des Todes noch nicht kennen. Sag, wer hat ihn eigentlich als letzter gesehen? Hat man das schon festgestellt?«

»Miss Claudia, glaube ich. Sie gehört abends gewöhnlich zu den letzten.«

»Tja, der allerletzte war aber doch wohl sein Mörder. Ich frage mich, wie er es geschafft hat, sein Opfer ins Archiv raufzulocken. Da oben wird er ja vermutlich gestorben sein. Falls er mit Hissing Sid erdrosselt oder erstickt wurde, dann muß der Mörder ihn zuvor überwältigt und außer Gefecht gesetzt haben. Ein kräftiger junger Mann legt sich schließlich nicht lammfromm hin und läßt sich so mir nichts, dir nichts mit einer Stoffschlange umbringen. Kann natürlich sein, daß er betäubt war. Oder man hat ihn bewußtlos geschlagen, aber so raffiniert, daß er keine Platzwunde davontrug.«

Mrs. Willoughby, eine eifrige Leserin von Kriminalgeschichten, kannte genügend Mörder, die sich – zumindest in Romanen – glänzend auf diese heikle Prozedur verstanden. »Das Betäubungsmittel«, fuhr sie fort, »hätte man ihm schon in den Nachmittagstee tun können. So was müßte geschmacksfrei sein und besonders langsam wirken. Schwierig. Er kann natürlich auch mit irgend etwas Weichem, das keine Würgemale hinterläßt, erdrosselt worden sein, vielleicht mit einer Strumpfhose oder einem Nylonstrumpf. Ein Strick hätte dem Mörder nichts genützt, dessen Spuren hätte man unter der Schlange ganz deutlich gesehen. Aber soweit ist die Polizei sicher auch schon mit ihren Überlegungen.«

»Ich bin sicher, Joan, daß die an alles gedacht haben.«

Während sie an ihrem Whisky nippte, stellte Blackie verwundert fest, daß Joans brennendes Interesse an dem Mord und ihre Spekulationen darüber etwas seltsam Beruhigendes hatten. Nicht umsonst standen fünf Reihen Taschenbuchkrimis in ihrem Bücherregal im Schlafzimmer: Agatha Christie, Dorothy L. Sayers, Margery Allingham, Ngaio Marsh, Josephine Tey und dann noch die Handvoll moderner Autoren, die ebenfalls mit der Feder mordeten und die Joan für würdig befand, sich neben den Klassikern des Genres einreihen zu dürfen – Vorbilder genug für die Rolle des Meisterdetektivs, in die Joan jetzt mit sichtbarem Vergnügen schlüpfte. Sie hatte freilich auch keinen Grund, sich persönlich betroffen zu fühlen. Sie war schließlich nur ein einziges Mal mit in Innocent House gewesen, vor drei Jahren zu der Weihnachtsfeier für die Verlagsangestellten. Von den Mitarbeitern kannte sie die meisten nur dem Namen nach. Und je mehr Blackie so ins Grübeln kam, desto unwirklicher erschienen ihr langsam die Ereignisse der letzten Tage und ihre furchtbaren Ängste. Das, wovor sie sich bis jetzt so gefürchtet hatte, war auf einmal nur noch eine elegante literarische Spielerei, um die man keine Trauer, keinen Schmerz und keine Reue zu leiden brauchte; Schuldgefühle und Alpträume waren ihres Schreckens beraubt und reduzierten sich auf ein raffiniertes Puzzlespiel. Blackie starrte in die lodernden Flammen, und plötzlich war ihr, als trete Miss Marples Bild daraus hervor. Schützend hielt sie die Handtasche vor den Busen gepreßt, und ihre freundlichen, weisen alten Augen, die sie ganz fest anblickten, versicherten ihr, daß sie keine Angst zu haben brauchte, ja, daß alles gut werden würde.

Kaminfeuer und Whisky wirkten einschläfernd, und die Theorien ihrer Cousine, die sie nur noch in Bruchstücken wahrnahm, schienen von ganz weit her zu kommen. Wenn sie nicht bald mit dem Abendessen anfingen, würde sie vorher glatt einschlafen. Mühsam rappelte sie sich auf und fragte: »Meinst du nicht, es wird allmählich Zeit fürs Dinner?«

30

Sie hatten sich um sechs Uhr fünfzehn an der Treppe am Pier von Greenwich getroffen, die versteckt zwischen einer hohen Mauer und dem Steg eines Bootshauses zur Themse hinunterführt. Es war ein sehr abgelegener Platz, der sich folglich vorzüglich für ein solches Treffen eignete. Es gab dort sogar einen handtuchgroßen, allerdings ziemlich steinigen Strand, und auch als er schon auf dem Rückweg und ein ganzes Stück vom Fluß entfernt war, hörte er noch, wie die kleinen Wellen plätschernd verebbten, wie die Kiesel knirschten und klackten und die Flut gurgelnd zurückwich. Gabriel Dauntsey war zuerst dagewesen, hatte sich aber nicht umgedreht, als Bartrum sich von hinten näherte. Als er das Wort an ihn richtete, war seine Stimme sanft, und fast klang es so, als wolle er sich entschuldigen.

»Ich dachte, wir sollten mal miteinander reden, Sydney. Ich

hab' gesehen, wie Sie gestern abend nach Innocent House rübergegangen sind. Mein Badezimmerfenster geht nämlich zur Innocent Lane hin. Ich habe zufällig hinausgesehen und Sie erkannt. Das war etwa um zwanzig vor sieben.«

Sydney hatte gewußt, was zur Sprache kommen würde, und jetzt, als es heraus war, fühlte er fast so etwas wie Erleichterung. Eindringlich, damit Dauntsey ihm auch glaubte, sagte er: »Aber ich bin doch sofort wieder rausgekommen! Das schwöre ich. Wenn Sie gewartet hätten, wenn Sie nur noch eine Minute länger am Fenster geblieben wären, dann hätten Sie mich gesehen. Ich bin nur bis zum Empfang gegangen, keinen Schritt weiter. Da hab' ich nämlich schon den Mut verloren. Ich hab' mir gesagt, daß es doch keinen Zweck hätte und daß er sich weder durch Argumente noch durch Bitten würde umstimmen lassen. Es hätte nichts genützt, er hätte sich ja doch nicht erweichen lassen. Ich schwöre Ihnen, Mr. Dauntsey, daß ich ihn gestern abend nach Verlassen meines Büros nicht mehr gesehen habe.«

»Stimmt, es hätte nichts genützt. Gerard ließ sich durch Bitten nicht erweichen. Genausowenig«, setzte er hinzu, »wie durch Drohungen.«

»Wie hätte ich ihm drohen können? Womit? Ich war doch völlig machtlos. Er konnte mich von einer Woche auf die andere rausschmeißen, und ich hätte nichts dagegen tun können. Wenn ich ihm noch mehr auf die Nerven gegangen wäre, dann hätte er mir höchstens eines dieser raffiniert formulierten Zeugnisse geschrieben, die man nicht anfechten kann, die aber dafür sorgen, daß einen kein Mensch mehr einstellt. Er hatte mich doch in der Hand. Und ich sag's ganz ehrlich: Ja, ich bin froh, daß er tot ist. Wenn ich gläubig wäre, dann würde ich niederknien und Gott dafür danken, daß er tot ist. Aber ich habe ihn nicht umgebracht. Das müssen Sie mir einfach glauben. Wenn Sie's nicht tun, Mr. Dauntsey, ja du lieber Gott, wer denn dann?«

Die Gestalt neben ihm regte sich nicht und sprach auch kein

Wort, sondern blickte nur starr hinaus auf das öde, schwarzglänzende Flußbett. Schließlich fragte Bartrum kleinlaut: »Was werden Sie jetzt tun?«

»Nichts. Ich mußte Sie sprechen, um herauszufinden, ob Sie's der Polizei erzählt haben oder es noch tun wollen. Man hat mich selbstverständlich gefragt, ob ich jemanden nach Innocent House hätte hineingehen sehen. Das wurden wir ja alle gefragt. Ich habe gelogen. Ja, und ich habe vor, weiter zu lügen, doch das wäre sinnlos, wenn Sie bereits geredet hätten oder womöglich die Nerven verlieren.«

»Nein, nein, ich habe denen nichts erzählt. Ich hab' gesagt, ich sei zur gewohnten Zeit daheim gewesen, kurz vor sieben. Sobald ich erfuhr, was passiert war, habe ich meine Frau angerufen, noch bevor die Polizei kam, und ihr gesagt, sie soll bestätigen, daß ich beizeiten zu Hause war, falls jemand anruft und sich erkundigt. Ich hatte Glück, daß ich als erster im Betrieb war. Da hatte ich das Büro noch für mich allein. Es war mir zuwider, meine Frau zu einer Lüge anstiften zu müssen, aber sie fand es nicht weiter schlimm. Sie weiß ja, daß ich unschuldig bin und nichts getan habe, wofür ich mich schämen müßte. Heute abend werde ich ihr die Zusammenhänge erklären. Sie wird es verstehen.«

»Sie haben Ihre Frau angerufen, bevor Sie überhaupt wußten, daß es sich vielleicht um Mord handelte?«

»Ich habe von Anfang an auf Mord getippt. Die Schlange, der halbnackte Körper. Wie konnte das ein natürlicher Tod sein?« Und dann setzte er schlicht hinzu: »Danke, daß Sie mich nicht verraten haben, Mr. Dauntsey. Das werde ich Ihnen nie vergessen.«

»Sie brauchen sich nicht zu bedanken. Ich habe nur der Vernunft gehorcht. Kein Grund, sich mir verpflichtet zu fühlen; ich habe Ihnen keinen Gefallen getan, nur den gesunden Menschenverstand walten lassen, sonst nichts. Wenn die Polizei ihre Zeit damit vergeudet, Unschuldige zu verdächtigen, dann verspielt sie die Chance, den wahren Schuldigen zu fassen. Und ich verlasse mich nicht mehr so vertrauensvoll darauf wie früher, daß die Polizei keine Fehler macht.«

Bartrum erkühnte sich zu fragen: »Und daran liegt Ihnen? Sie wollen, daß man den Schuldigen faßt?«

»Ich will, daß sie herausfinden, wer Gerard diese Schmach mit der Schlange angetan hat. Das war eine Abscheulichkeit, eine Entweihung des Todes. Im übrigen ist es mir natürlich lieber, die Schuldigen werden überführt und die Unschuldigen gerächt. Vermutlich wünschen sich das die meisten von uns, denn das verstehen wir schließlich unter Gerechtigkeit. Aber persönlich empöre ich mich nicht über Gerards Tod oder den irgendeines anderen, heute nicht mehr. Ich bezweifle sogar, ob ich noch imstande bin, mich für irgend etwas emotional zu engagieren. Ich habe ihn nicht umgebracht; mein Quantum Töten habe ich sattsam erfüllt. Ich weiß auch nicht, wer es getan hat, aber dieser Mörder und ich, wir haben eines gemeinsam. Wir brauchten unserem Opfer nicht in die Augen zu sehen. Und ein Mörder, der sich nicht einmal der Realität dessen, was er getan hat, stellen muß, ist besonders unehrenhaft.«

Da rang Bartrum sich auch noch zu der letzten Demütigung durch: »Meine Stelle, Mr. Dauntsey – glauben Sie, daß ich sie jetzt behalten kann? Das ist sehr, sehr wichtig für mich. Sie wissen nicht zufällig, was Miss Etienne für Pläne hat – oder meinetwegen auch die anderen Gesellschafter? Ich weiß, daß Veränderungen unumgänglich sind. Ich könnte mich umschulen lassen, wenn Sie das für nötig halten. Und es macht mir auch nichts aus, wenn Sie mir jemanden vor die Nase setzen, der besser qualifiziert ist. Ich wäre auch als Untergebener loyal.« Und erbittert setzte er hinzu: »Mr. Gerard meinte sowieso, das wäre alles, wozu ich tauge.«

»Ich weiß nicht, wie man entscheiden wird«, sagte Dauntsey, »aber ich denke, im nächsten halben Jahr werden keine größeren Veränderungen ins Haus stehen. Und solange ich ein Wort mitzureden habe, brauchen Sie sich um Ihre Stellung keine Sorgen zu machen.«

Dann hatten sie kehrtgemacht und waren gemeinsam, aber schweigend zurück in die Seitenstraße gegangen, wo beide ihren Wagen abgestellt hatten.

31

Das Haus, das Sydney und Julie Bartrum sich ausgesucht hatten und dessen Kauf er mit der höchstmöglichen Hypothek betrieb, stand unweit vom U-Bahnhof Buckhurst Hill an einer ansteigenden, schmalen Straße, die eher einem Feldweg als einer Vorstadtgasse glich. Es war ein typisches Haus aus den dreißiger Jahren mit Erkerfenster und Veranda zur Straßenseite hin und einem kleinen Garten dahinter. Die Einrichtung hatten Sydney und Julie Stück für Stück gemeinsam ausgewählt; aus ihrer Vergangenheit hatten beide nichts mitgebracht, außer- ihren Erinnerungen. Es war dieses Heim, diese schwer erkämpfte Sicherheit, die Gerard Etienne – zusammen mit so vielem anderen – bedroht hatte. Doch wenn Sydney mit zweiundfünfzig die Stelle verlor, welche Hoffnung bestand dann noch auf einen Posten mit vergleichbarem Gehalt? Seine Rücklage würde von Monat zu Monat dahinschrumpfen, bis sogar die Tilgung der Hypothek eine unüberwindliche Hürde darstellte.

Julie kam aus der Küche, sowie sie seinen Schlüssel in der Tür hörte. Wie immer streckte sie ihm beide Arme entgegen und küßte ihn auf die Wange, aber heute abend waren ihre Arme verkrampft, und sie klammerte sich fast verzweifelt an ihn.

»Darling, was ist passiert? Sag, was ist los? Ich habe mich nicht getraut, dich anzurufen. Du sagtest ja extra, ich soll nicht telefonieren.«

»Nein, das wäre nicht klug gewesen. Aber du brauchst dir keine Sorgen zu machen, Darling. Es wird alles gut werden.«

»Aber du hast doch gesagt, Mr. Etienne ist tot. Ermordet.«

»Komm ins Wohnzimmer, Julie, dann werde ich dir alles erzählen.«

Sie saß sehr dicht neben ihm und verhielt sich ganz still, während er sprach. Hinterher sagte sie: »Aber die können doch nicht glauben, daß du etwas damit zu tun hast, Darling. Ich meine, das ist doch lächerlich, einfach töricht ist das. Du würdest keiner Menschenseele etwas zuleide tun. Du bist so gut und lieb und freundlich. Nein, das können die doch nicht von dir denken.«

»Gewiß nicht, aber auch Unschuldige werden manchmal schikaniert, verdächtigt und mit Fragen gequält. Es kommt sogar vor, daß man sie einsperrt und vor Gericht stellt. Doch, das hat's schon gegeben. Und ich bin nun mal gestern abend als letzter gegangen. Ich hatte noch etwas Dringendes aufzuarbeiten, und deshalb bin ich länger geblieben. Darum hab' ich dich ja angerufen, sobald ich's erfuhr. Ich hielt es für ratsam, der Polizei zu sagen, daß ich zur gewohnten Zeit daheim war.«

»Ja natürlich, Darling, das war sehr vernünftig, du hast ganz recht. Ich bin froh, daß du daran gedacht hast.«

Er war ein bißchen überrascht, daß seine Bitte, für ihn zu lügen, sie so gar nicht bedrückte, ihr überhaupt kein schlechtes Gewissen machte. Vielleicht taten sich Frauen ja mit dem Lügen leichter, vorausgesetzt, sie glaubten, es diene einem guten Zweck. Er hätte also gar nicht zu befürchten brauchen, daß er sie in Gewissensnöte stürzte. Julie wußte genausogut wie er, wo ihrer beider Prioritäten legen.

»Hat sich schon jemand gemeldet?« fragte er. »Ich meine von der Polizei?«

»Ja, es hat jemand angerufen, ein Sergeant Robbins. Er wollte bloß wissen, um welche Zeit du gestern abend nach Hause gekommen bist. Sonst nichts. Er hat mir auch nichts weiter gesagt, nicht einmal, daß Mr. Gerard tot ist.«

»Und du hast dir auch nicht anmerken lassen, daß du was weißt?«

»Aber natürlich nicht. Du hattest mich ja gewarnt. Ich hab' ihn zwar gefragt, worum es sich denn eigentlich handelt, aber darauf sagte er bloß, das würdest du mir alles erklären, wenn du heimkommst. Dir ginge es gut, meinte er noch, und ich bräuchte mir keine Sorgen zu machen.«

Die Polizei hatte also wirklich blitzschnell gehandelt. Aber damit hatte Bartrum gerechnet. Sie hatten ihm zuvorkommen wollen und sich erkundigt, bevor er sich ein Alibi zurechtschneidern konnte.

»Da siehst du's ja selbst, Darling«, sagte er. »Es war wirklich ratsam, vorzubeugen und auf der Hut zu sein.«

»Natürlich war es das. Aber du glaubst doch nicht ernsthaft, daß Mr. Gerard ermordet wurde?«

»Sie wissen anscheinend noch nicht, wie er gestorben ist. Mord wäre eine Möglichkeit, aber eben nur eine. Es könnte auch ein Herzinfarkt gewesen sein, und jemand hat ihm die Schlange um den Hals gelegt, als er bereits tot war.«

»Darling, wie furchtbar! Schrecklich, daß ein Mensch so was fertigbringt. Nein, wie niederträchtig!«

»Denk nicht darüber nach«, sagte er. »Mit uns hat das nichts zu tun. Es berührt uns nicht. Und wenn wir bei unserer Geschichte bleiben, dann kann uns überhaupt niemand etwas anhaben.«

Julie hatte natürlich keine Ahnung, wie sehr es ihn eben doch berührte. Dieser Tod war ihre Rettung. Sydney hatte ihr verschwiegen, daß seine Stelle in Gefahr war, und auch von seinem Haß auf Etienne oder seiner Furcht vor ihm hatte er ihr nichts erzählt. Teils wollte er sie nicht beunruhigen, in der Hauptsache aber, das war ihm klar, hatte sich sein Stolz dagegen gesträubt. Es kam ihm darauf an, daß Julie an seinen Erfolg glaubte und daran, daß er im Verlag geachtet, ja unentbehrlich war. Jetzt brauchte sie die Wahrheit nie zu erfahren. Er beschloß, ihr lieber auch nichts von seinem Gespräch mit Dauntsey zu sagen. Warum sie unnötig aufregen? Nun würde doch alles gut werden.

Wie gewohnt gingen sie nach dem Abendessen zusammen hinauf, um nach ihrem schlafenden Töchterchen zu sehen. Das Kinderzimmer auf der Gartenseite hatte er mit Julies Hilfe hergerichtet. Als er die Kleine das erstemal von der Korbwiege in das Gitterbettchen umquartiert fand, wo sie ohne Kissen auf dem Rücken lag, hatte Julie erklärt, dies sei die von Medizinern empfohlene Position. Die Begründung, daß dies geschah, »um Krippentod zu vermeiden«, lieferte sie nicht mit, aber sie wußten beide, was sie meinte. Daß dem Kind etwas zustoßen könne, war unausgesprochen ihre größte Angst. Sydney streckte die Hand aus und berührte das flaumige Köpfchen. Es war schier unfaßbar, daß Menschenhaar so weich und eine Kopfhaut so verletzlich sein konnte. Im Überschwang seiner Liebe sehnte er sich danach, das Kind aufzunehmen und an seine Wange zu drücken, ja beide, Mutter und Tochter, in einer Umarmung zu umfangen, die stark, ewig und unauflöslich war und sie vor jeglichem Schrecken der Gegenwart ebenso beschützte wie vor allem, was ihnen noch bevorstand.

Dieses Haus war sein Königreich. Er sagte sich, daß er es durch Liebe gewonnen habe, aber vom Gefühl her betrachtete er es mit dem glühenden Besitzerstolz des Eroberers. Es gehörte von Rechts wegen ihm, und er würde eher ein Dutzend Gerard Etiennes töten, als dieses sein Reich wieder herzugeben. Vor Julie hatte ihn noch keine liebenswert gefunden. Unansehnlich, dürr, humorlos und schüchtern wie er war, wußte er wohl, daß er nichts Liebenswertes an sich hatte; schon die Jahre im Kinderheim hatten ihn das gelehrt. Der Vater starb einem nicht weg, und die Mutter ließ einen nicht im Stich, wenn man liebenswert war. Das Personal im Heim hatte, gemäß den pädagogischen Erkenntnissen der Zeit, sein Bestes getan, aber Liebe hatten die Kinder keine empfangen. Emotionale Zuwendung war, wie das Essen, sorgsam eingeteilt worden, damit sie auch ja für alle reichte. Die Kinder wußten, daß sie Verstoßene waren, und dieses Wissen hatten sie mitsamt dem täglichen Haferbrei in sich hineingelöffelt. Auf das Kinderheim folgte eine ganze Phalanx von Zimmerwirtinnen, möblierten Dachkammern und kleinen Mietwohnungen; es folgten Abendkurse und Prüfungen, wäßriger Kaffee, einsame Mahlzeiten in preiswerten Restaurants und karges Frühstück in einer Gemeinschaftsküche; es folgten einsame Vergnügungen und einsamer, unbefriedigender, Schuldgefühle nährender Sex.

Heute kam er sich vor wie ein Mensch, der fast sein ganzes Leben unter Tage zugebracht hat. Mit Julie war er in die Sonne emporgetaucht und hatte plötzlich wie geblendet vor dieser ungeahnten Welt des Lichts und der Töne, der Farben und Empfindungen gestanden. Er war froh, daß Julie schon einmal verheiratet gewesen war, aber im Bett gab sie ihm das Gefühl, als sei sie die Unerfahrene, die zum erstenmal im Leben Erfüllung fand. Aber vielleicht war es ja auch wirklich so, dachte er. Ihm selbst hatte Sex mit ihr eine Offenbarung bedeutet. Er hätte nie geglaubt, daß es zugleich so einfach und so wunderbar sein konnte. Froh, ja erleichtert (wenn auch ein bißchen schuldbewußt) war er auch darüber, daß ihre erste Ehe unglücklich gewesen war und daß Terry sie verlassen hatte. So brauchte er sich nie davor zu fürchten, daß sie ihn mit einer verklärten und womöglich durch den Tod unsterblich gewordenen ersten Liebe verglich. Sie sprachen selten über die Vergangenheit; für sie beide waren die Menschen, die in dieser ihrer Vergangenheit lebten und gingen und sprachen, Fremde, die nicht mehr dazugehörten. Einmal, ganz am Anfang ihrer Ehe, hatte Julie zu ihm gesagt: »Ich habe immer gebetet, daß ich jemanden finden möge, den ich lieben und glücklich machen kann und der auch mich glücklich macht. Einen, dem ich ein Kind schenken könnte. Fast hatte ich die Hoffnung schon aufgegeben, und dann fand ich dich. Es kommt mir vor wie ein Wunder, Darling, wie ein Geschenk des Himmels.« Und ihre Worte hatten ihn so berauscht, daß er sich für einen Moment lang tatsächlich ganz überirdisch und erhaben fühlte. Er, der sein Leben lang nur erfahren hatte, was es heißt, ohnmächtig zu sein, war auf einmal von einem beseligenden Machtrausch erfüllt.

Sydney Bartrum hatte sich bei Peverell Press immer wohl gefühlt, bis zu dem Tag, als Gerard Etienne die Verlagsleitung übernahm. Er wußte, daß er ein geachteter und gewissenhafter Buchhalter war. Er machte oft unbezahlte Überstunden. Er tat alles, was Jean-Philippe Etienne und Henry Peverell von ihm verlangten; und ihre Erwartungen konnte er sehr wohl erfüllen. Aber dann hatte der eine sich ins Privatleben zurückgezogen, und der andere war gestorben, und der junge Gerard Etienne hatte im Chefsessel Platz genommen. In den Jahren zuvor hatte Gerard im Verlag nur eine ganz kleine Rolle gespielt, aber er hatte den rechten Augenblick abgepaßt, hatte beobachtet, gelernt, sein Diplom in Betriebswirtschaft gemacht und Zukunftspläne entworfen, in die ein zweiundfünfzigjähriger Buchhalter mit einer Schmalspurausbildung nicht hineinpaßte. Gerard Etienne, dieser junge, erfolgreiche, gutaussehende und vermögende Erbe, der sich aus seiner privilegierten Stellung heraus immer und ohne die geringsten Skrupel alles genommen hatte, was er begehrte, dieser Gerard Etienne hatte ihn, Sydney Bartrum, um alles bringen wollen, was sein Leben ausmachte. Aber nun war Gerard Etienne tot. Er lag im Leichenschauhaus, mit einer Schlange im Schlund.

Sydney drückte seine Frau fester an sich und sagte: »Komm, Darling, laß uns runtergehen und zu Abend essen. Ich habe großen Hunger.«

32

Von der Straßenseite ist der Eingang zum Polizeirevier Wapping so unauffällig, daß Ortsfremde ihn leicht übersehen können. Von der Themse her erinnert die ansprechende, schlichte Backsteinfassade mit dem traulichen Erkerfenster zum Fluß hin eher an einen altgedienten, geräumigen Nutzbau, etwa das Domizil eines Kaufherrn aus dem achtzehnten Jahrhundert, der am liebsten gleich über seinem Warenlager wohnte. Doch als Daniel vom Fenster der Einsatzzentrale hinuntersah auf die breite Laderampe, die drei Buchten der schwimmenden Anlegestelle mit der Flottille von Polizeibooten und der diskret plazierten Bahre aus rostfreiem Stahl, auf der die Wasserleichen deponiert und abgespritzt wurden, da dachte er, daß einem aufmerksamen Fährgast auf der Themse die wahre Nutzung des Hauses wohl schwerlich verborgen bleiben würde.

Daniel Aaron hatte alle Hände voll zu tun gehabt, seit er und Sergeant Robbins hier angekommen und über die Eisentreppe vom Parkplatz aus in die konzentrierte Geschäftigkeit des Reviers vorgedrungen waren. Er hatte die Computer aufgestellt, Schreibtische für Dalgliesh, Kate und sich freigeräumt, mit dem Büro des Coroners die Vorbereitungen für die Obduktion sowie für die gerichtliche Untersuchung der Todesursache getroffen und sich mit dem Polizeilabor in Verbindung gesetzt. Die Fotos vom Tatort hingen auch schon an der Pinnwand, scharf belichtete, nüchterne Aufnahmen, die in ihrer grellen Klarheit das Grauen des Todes auf ein Lehrstück in Sachen Fototechnik zu reduzieren schienen. Auch mit Lord Stilgoe, der auf der Privatstation einer Londoner Klinik lag, hatte er schon gesprochen. Glücklicherweise hatten die Nachwirkungen der Vollnarkose, die fürsorgliche Betreuung durch die Schwestern und seine vielen Besucher den Lord wenigstens soweit von der aufregenden Mordgeschichte abgelenkt, daß er Daniels Bericht mit erstaunlicher Gelassenheit aufgenommen und nicht, wie befürchtet, Dalgliesh' sofortiges Erscheinen an seinem Krankenbett verlangt hatte. Daniel hatte des weiteren das Pressebüro der Metropolitan Police informiert, dessen Aufgabe es war, sobald die Story durchsickerte, Pressekonferenzen einzuberufen und die Zusammenarbeit mit den Medien zu koordinieren. Eine ganze Reihe von Details wollte die Polizei im Interesse ihrer Ermittlungen vorläufig nicht preisgeben, aber die makabre Verwendung der Schlange würde spätestens morgen jedem Mitarbeiter in Innocent House bekannt sein und sich wenige Stunden später bei allen Londoner Verlagen und natürlich auch in den Zeitungsredaktionen herumgesprochen haben. Bei der Pressestelle würde in nächster Zeit allerhand los sein.

Robbins, der sich durch die Untätigkeit seines Vorgesetzten

offenbar selbst zu einer kleinen Pause animiert fühlte, war jetzt neben ihn ans Fenster getreten. »Interessantes Fleckchen hier, nicht? Das älteste Polizeirevier von ganz Großbritannien.«

»Falls es Ihnen auf den Nägeln brennt, mir zu erzählen, daß die Wasserschutzpolizei bereits 1798, also einunddreißig Jahre vor der Met, gegründet wurde – danke, das weiß ich bereits.«

»Aber haben Sie auch schon das Museum gesehen, Sir? Es ist in der Tischlerei auf der alten Bootswerft untergebracht. Ich habe mal, noch vom Ausbildungszentrum aus, an einer Führung teilgenommen. Tolle Exponate haben die da. Fußeisen, Entermesser, wie sie seinerzeit die Wasserschutzpolizei trug, alte Uniformen, einen Arztkoffer, Originalakten aus dem frühen neunzehnten Jahrhundert und Berichte über den Untergang der *Princess Alice.* Wirklich eine faszinierende Sammlung.«

»Das erklärt vermutlich die frostige Begrüßung, wenn unsereins vorbeischaut. Wahrscheinlich verdächtigen sie den Kustos der Met, hinter ihren Schätzen herzusein, oder sie haben Angst, wir könnten ihre schönsten Exponate mitgehen lassen. Aber mir würde« setzte er mit einer Kopfbewegung zum Fenster hinzu, »ihr neuestes Spielzeug ohnehin besser gefallen.«

Unter ihnen, auf der Themse, war ein gischtschäumendes Spektakel losgebrochen. Ein paar halbstarre Hochgeschwindigkeitsschlauchboote in grellem Orange, Schwarz und Grau, mit je zwei Mann Besatzung in fluoreszierenden grünen Jacken und mit Sturzhelm, schlingerten unter abenteuerlichen Wendemanövern um die Polizeiboote herum, ehe sie mit heulendem Motor flußabwärts jagten.

»Die Dinger haben ja nicht mal Sitzbänke«, sagte Robbins. »Ich wette, daß diese Gegenströmung die Muskeln ganz schön strapaziert. Die machen doch bestimmt an die vierzig Knoten pro Stunde. Meinen Sie, wir haben nachher noch Zeit für eine kleine Stippvisite im Museum, Sir?«

»Da sehe ich kaum eine Chance.«

In Daniel Aarons Augen war Sergeant Robbins, der direkt von seiner mittelmäßigen Uni (an der er einen mittelmäßigen Abschluß in Geschichte gemacht hatte) zum Polizeidienst gekommen war, ein richtiges Bilderbuchexemplar: Er verkörperte ohne Zweifel den Sohn, wie jede Mutter ihn sich wünscht – ein frisches Gesicht, gesunder Ehrgeiz, dabei aber nicht rücksichtslos, ein frommer Methodist und, so munkelte man, mit einem Mädchen seiner Kirchengemeinde verlobt, das war Sergeant Robbins. Bestimmt würden er und seine Braut nach einer keuschen Verlobungszeit heiraten wie geplant und dann lauter wunderbare Kinder in die Welt setzen, die einmal die richtigen Schulen besuchen und die richtigen Examina ablegen würden, die ihren Eltern weder Kummer noch Schande machten und die sich eines Tages – zu deren eigenem Wohl – in anderer Leute Leben einmischen würden: als Lehrer, Sozialarbeiter und vielleicht sogar als Polizisten. Nach Daniels Meinung hätte Robbins längst kapituliert haben müssen, desillusioniert von einer Macho-Gesinnung, die nur zu leicht in Gewalt ausarten konnte, angewidert von den notwendigen faulen Kompromissen und den miesen Tricks und natürlich auch durch den Dienst an sich, der einem tagtäglich die Niedertracht des Verbrechens und die Unmenschlichkeit der Menschen untereinander vor Augen führte. Statt dessen war der gute Robbins anscheinend sowohl schockresistent als auch ein unwandelbarer Idealist. Daniel vermutete, daß er, wie die meisten Menschen, irgendwo auch eine dunkle Seite hatte, denn ohne ein paar kleine Fluchten war das Leben ja kaum zu ertragen, aber Robbins verstand sich meisterhaft darauf, die seinen geheimzuhalten. Für das Innenministerium würde es sich wirklich lohnen, dachte Daniel, ihn im Lande als leuchtendes Beispiel vorzuführen, um idealistische Schulabgänger von den Vorzügen einer Polizeikarriere zu überzeugen.

Sie machten sich wieder an die Arbeit. Es blieb ihnen zwar nur noch sehr wenig Zeit bis zu dem Termin im Leichenschauhaus, aber auch diese knappen Minuten durften nicht vergeudet werden. Daniel schickte sich an, Etiennes Papiere durchzusehen. Schon auf den ersten flüchtigen Blick hatte er über die riesige Arbeitslast gestaunt, die Gerard Etienne sich aufgebürdet hatte.

Mit einer Gesamtbelegschaft von nur dreißig Personen brachte der Verlag pro Jahr an die sechzig Titel heraus. Das Verlagswesen war Daniel ein Buch mit sieben Siegeln, weshalb er denn auch keine Ahnung hatte, ob dieses Publikationsaufkommen bei Peverell dem Durchschnitt entsprach, aber Organisation und Aufgabenverteilung in Innocent House schienen ihm doch merkwürdig gegliedert, und Etiennes Arbeitsanteil war auf jeden Fall unverhältnismäßig hoch. De Witt war der Cheflektor, und Gabriel Dauntsey stand ihm als Lektor für Lyrik und Dichtung zur Seite, schien aber ansonsten, bis auf seine Archivrecherchen, kaum in die Verlagsarbeit eingebunden zu sein. Claudia Etienne war für Vertrieb und Werbung sowie für Personalfragen zuständig, und Frances Peverell kümmerte sich um Rechte und Verträge. Gerard Etienne hatte als Geschäftsführer und Vorsitzender der Peverell Press die Produktion sowie die Konten und Lagerbestände überwacht und also mit Abstand die schwerste Last getragen.

Daniel interessierte sich auch dafür, wie weit Etienne seine Pläne zum Verkauf von Innocent House vorangetrieben hatte. Die Verhandlungen mit Hector Skolling liefen schon seit einigen Monaten und waren ziemlich weit gediehen. In den Protokollen der monatlichen Gesellschafterkonferenz fand er allerdings viele der laufenden Entwicklungen kaum oder nur am Rande erwähnt. Doch während Dalgliesh und Kate mit den offiziellen Vernehmungen beschäftigt waren, hatte Daniel durch Mrs. Demerys Klatsch und durch Gespräche mit George und den wenigen Angestellten, die noch im Hause waren, fast ebensoviel erfahren wie sie. Die Gesellschafter mochten daran interessiert sein, das Bild eines grundsätzlich einigen Vorstands mit gemeinsamer Zielsetzung zu präsentieren, doch die Indizien zeigten bisher eine ganz andere Realität.

Das Telefon klingelte. Es war Kate. Sie war auf dem Weg in ihre Wohnung, um sich umzuziehen. AD, wie sie ihren Chef unter sich nannten, war ins Yard gerufen worden. Beide würden im Leichenschauhaus mit Daniel zusammentreffen.

33

Das städtische Leichenschauhaus war vor kurzem modernisiert worden, wobei man allerdings die Fassade unverändert belassen hatte. Es war ein einstöckiges Gebäude aus grauem Londoner Backstein, das man über eine kurze Sackgasse erreichte und dessen Vorhof von einer knapp zweieinhalb Meter hohen Mauer umschlossen wurde. Kein Hinweisschild verriet seine Funktion; wer hier zu tun hatte, kannte sich aus. Neugierige, aber ahnungslose Passanten hätten freilich leicht den Eindruck gewinnen können, hinter der schlichten Fassade müsse irgendein unspektakuläres, nicht eben florierendes Unternehmen angesiedelt sein, dessen Waren in neutralen Transportern geliefert und diskret entladen wurden. Rechts vom Eingang befand sich eine Garage, die zwei Leichenwagen Platz bot und von der eine Doppeltür in ein kleines Vestibül nebst Warteraum zur Linken führte. Als Dalgliesh eine Minute vor halb sieben dort eintraf, warteten Kate und Daniel schon auf ihn. Man hatte versucht, den Warteraum halbwegs einladend zu gestalten, indem man ihn mit einem niedrigen runden Tisch und vier bequemen Sesseln ausstattete sowie mit einem großen Fernsehapparat, der nach Dalgliesh' Erfahrung ununterbrochen lief. Vielleicht war er allerdings auch weniger zur Unterhaltung als für therapeutische Zwecke bestimmt. Das Laborpersonal brauchte sicher eine Möglichkeit, in den kurzen, unregelmäßigen Pausen die stumme Zersetzung des Todes gegen die heiteren, flüchtigen Bilder der lebenden Welt eintauschen zu können.

Dalgliesh sah, daß Kate ihren gewohnten Tweedblazer nebst passender Hose mit einem Jeansanzug vertauscht und eine hohe Jockeymütze über ihren dicken blonden Zopf gestülpt hatte. Er wußte, warum. Auch er war leger gekleidet. Der teils süße, teils zitrusartige Geruch, den man nach der ersten halben Stunde fast nicht mehr wahrnahm, blieb gleichwohl tagelang in den Kleidern haften und durchdrang auch die übrige Garderobe mit dem Geruch des Todes. Er hatte schon bald gelernt, hier nichts zu tragen, was man nicht hinterher sofort in die Waschmaschine werfen konnte, während er selbst jedesmal ausgiebig duschte und sein Gesicht länger als gewöhnlich unter den voll aufgedrehten Strahl hielt, als könne das schiere Prickeln des Wassers auf der Haut mehr fortspülen als die Gerüche und visuellen Eindrücke der letzten Stunden. Um acht Uhr war er im Büro des Innenministers im Unterhaus mit dem Commissioner verabredet. Irgendwie mußte er es einrichten, vorher noch in seiner Wohnung in Queenhithe vorbeizufahren und zu duschen.

Er erinnerte sich noch lebhaft – wie könnte er auch anders? – an die erste Autopsie, der er als junger Kriminalbeamter beigewohnt hatte.

Das Mordopfer war eine zweiundzwanzigjährige Prostituierte gewesen, und er entsann sich, daß es Probleme mit der Identifizierung der Leiche gegeben hatte, weil die Polizei weder Angehörige noch enge Freunde der Toten ausfindig machen konnte. Als der weiße, unterernährte Körper da auf dem Tisch gelegen hatte, mit den Peitschenstriemen so dunkelrot wie Stigmata, war er ihm in seiner bleichen Kälte vorgekommen wie das Sinnbild männlicher Brutalität. Und als er sich in dem überfüllten Saal umgesehen und die Phalanx von Polizeibeamten registriert hatte, die der Obduktion beiwohnten, war ihm unwillkürlich der Gedanke gekommen, daß dieser Theresa Burns im Tode sehr viel mehr Aufmerksamkeit seitens des Staates zuteil wurde als zu Lebzeiten. Der Pathologe war damals Doc McGregor gewesen, ein eingefleischter Individualist und strenger Presbyterianer, der darauf bestanden hatte, all seine Autopsien, wenn schon nicht in geweihter Umgebung, so doch zumindest in deren spiritueller Aura vorzunehmen. Dalgliesh erinnerte sich, wie der Doktor einmal einen Laboranten getadelt hatte, der die geistreiche Bemerkung eines Kollegen mit kurzem Gelächter quittierte. »Ich dulde nicht, daß in meinem Obduktionssaal gelacht wird. Schließlich seziere ich hier keinen Frosch.«

Doc McGregor duldete bei der Arbeit auch keine profane Musik, sondern hatte eine Vorliebe für Psalmengesänge, deren elegisches Timbre sowohl das Arbeitstempo verlangsamte als auch die Gemüter beschwerte. Aber es war eine von McGregors Obduktionen gewesen – die eines ermordeten Kindes, begleitet von Faurés *Pie Jesu* –, die Dalgliesh eins seiner besten Gedichte eingegeben hatte, und dafür sollte er vermutlich dankbar sein. Wardle kümmerte es nicht weiter, welche Musik bei der Arbeit gespielt wurde, solange es kein Pop war, und heute lauschten sie den wohltuenden Ohrwürmern des Klassikprogramms Classic FM.

Es gab zwei Obduktionssäle, einen mit vier Seziertischen und ein Einzelzimmer. Letzteres bevorzugte Reginald Wardle für Mordfälle, aber da es nur ein kleiner Raum war, kam es unweigerlich zu Rempeleien und Gedrängel, wenn die hier zusammentreffenden Experten für gewaltsamen Tod um einen günstigen Platz kämpften: der Pathologe und seine Assistenten, die beiden Laboranten vom Leichenschauhaus, vier Polizeibeamte, der Verbindungsmann vom Polizeilabor, der Fotograf nebst Assistent, die Beamten von der Spurensicherung und die Fingerabdruckspezialisten sowie ein Praktikant aus der Pathologie, den Dr. Wardle als Dr. Manning, seinen Protokollführer, vorstellte; er hatte eine unüberwindliche Abneigung gegen das Overhead-Mikrophon. Alle außer Wardle trugen beigefarbene Baumwolloveralls über ihrer Straßenkleidung, in der sie aussahen wie ein Trupp säumiger Möbelpacker; einzig die Plastiküberschuhe deuteten darauf hin, daß sie wohl einen unheimlicheren Dienst zu verrichten hatten. Die Laboranten hatten schon ihre Masken auf, den Mundschutz aber noch hochgeklappt. Nachher, wenn sie die Organe in die Eimer füllten und zum Wiegen brachten, würde auch der geschlossen sein, zum Schutz vor Aids und dem weit häufigeren Risiko einer Hepatitis B. Wardle trug wie gewöhnlich nur seine hellgrüne Schürze über Hose und Hemd. Wie die meisten Gerichtsmediziner nahm er die eigene Sicherheit auf die leichte Schulter.

Die Leiche lag, in Plastik verpackt und versiegelt, auf der Bahre im Vorraum. Auf Dalgliesh' Geheiß schlitzten die Pathologie-Assistenten die Plastikhülle auf und ließen sie an den Seiten des Tisches herabfallen. Wie ein Stoßseufzer entwich die Luft, das Plastik knisterte wie elektrisch geladen, und die Leiche wurde vor ihren Augen freigelegt wie der Inhalt eines riesigen Überraschungsknallbonbons. Die Augen des Toten waren jetzt noch stumpfer; nur die Schlange, die man an seiner Wange festgeklebt hatte und deren Kopf wie ein Knebel in seinem Mund stak, schien noch Leben oder Vitalität zu besitzen. Dalgliesh verspürte plötzlich den dringenden Wunsch, sie zu entfernen – nur so konnte die Würde des Toten halbwegs wiederhergestellt werden –, und er fragte sich, warum er zuvor darauf bestanden hatte, daß sie bis nach der Leichenöffnung an ihrem Platz bliebe. Nur mit Mühe konnte er den Impuls unterdrücken, jetzt hinzulangen und das groteske Spielzeug wegzureißen. Statt dessen eröffnete er mit der offiziellen Identifikation die amtliche Prozedur.

»Hiermit erkläre ich an Eides Statt, daß dies der Leichnam ist, den ich erstmals am Freitag, den 15. Oktober, um neun Uhr achtundvierzig in Innocent House, Innocent Walk, Wapping, gesehen habe.«

Dalgliesh hatte großen Respekt vor Marcus und Len, den beiden Sachverständigen des Instituts, die er sowohl menschlich als auch um ihrer Kompetenz willen schätzte. Es gab Leute, darunter auch eine ganze Reihe von Polizeibeamten, denen es schwerfiel zu glauben, daß jemand freiwillig in einem Leichenschauhaus arbeitete, ohne damit eine exzentrische, wenn nicht gar unheimliche Zwangsneurose zu befriedigen, aber Marcus und Len waren glücklicherweise frei von jenem derben Friedhofshumor, mit dem manche Kollegen in ihrem Gewerbe Entsetzen und Abscheu bekämpften. Die beiden verrichteten ihre Arbeit so sachkundig und tüchtig und dabei mit einer solchen Ruhe und Würde, daß er immer wieder beeindruckt war. Er hatte auch schon gesehen, wie rührend sie sich bemühten, einen Leichnam herzurichten, bevor die Angehörigen ihn zu sehen bekamen. Viele, die vor ihren Augen seziert wurden, waren gewiß Alte oder unheilbar Kranke, also natürliche Todesfälle, die zwar für die Hinterbliebenen auch eine kleine Tragödie bedeuten mochten, einen Fremden aber kaum über Gebühr zu erschüttern brauchten. Wie aber, fragte er sich, verkrafteten sie den Anblick von ermordeten Jugendlichen, Vergewaltigten, den Opfern von Unfällen oder brutaler Gewalt? In einer Zeit, in der angeblich kein Schmerz, nicht einmal der aus ganz natürlichem menschlichen Leid oder Trauer geborene, mehr ohne psychologische Betreuung verarbeitet werden konnte, wer, wenn überhaupt jemand, betreute da Marcus und Len? Wenigstens würden sie nicht der Versuchung erliegen, die Reichen, Berühmten und Umschwärmten zu vergöttern – hier im Leichenschauhaus herrschte wirklich die absolute, die endgültige Gleichheit aller Menschen. Für Marcus und Len kam es nicht darauf an, wie viele berühmte Ärzte sich um das Sterbebett gedrängt hatten oder wie prächtig die anschließende Beerdigungsfeier inszeniert werden würde; für sie zählte nur der Verwesungszustand der Leiche, und ob man für sie Platz im Kühlschrank für Fettleibige würde schaffen müssen.

Der Aluminiumeinsatz der Bahre war mit dem jetzt nackten Leichnam auf den Boden gestellt worden, um dem Fotografen leichteren Zugang von allen Seiten zu verschaffen. Als er mit einem Nicken andeutete, daß er mit den ersten Aufnahmen zufrieden sei, drehten Len und Marcus den Toten vorsichtig, damit die Schlange nicht verrutschte, auf den Bauch. Sobald er wieder mit dem Gesicht nach oben lag, wurde der Aluminiumeinsatz auf die Stützböcke am Fuß des Seziertisches gehoben und so ausgerichtet, daß das runde Loch genau über dem Abfluß saß. Doc Wardle begann seine Untersuchung wie üblich mit dem Rumpf und wandte sich dann dem Kopf zu. Er zog den Klebestreifen ab, entfernte die Schlange so vorsichtig, als handele es sich um eine biologische Spezies von außerordentlichem Interesse, und schickte sich an, den Mund zu untersuchen; Dalgliesh mußte an einen verzückten Zahnarzt denken, so sehr war er in seinem Element. Dalgliesh erinnerte sich, was Kate Miskin ihm damals gestanden hatte, als sie neu in seinem Team war und es ihr noch leichter fiel, sich ihm spontan anzuvertrauen. Just dieses Stadium der Autopsie – und nicht das spätere systematische Entfernen und Wiegen der wichtigsten inneren Organe – sei es, bei dem ihr leicht schlecht würde, hatte sie gesagt. Sie habe dabei nämlich immer das Gefühl, die toten Nerven seien bloß vorübergehend stillgelegt und könnten immer noch, wie früher im Leben, auf die behandschuhten, tastenden Finger reagieren. Dalgliesh wußte, daß Kate in diesem Moment gleich hinter ihm stand, aber er sah sich nicht nach ihr um. Er konnte sicher sein, daß sie nicht ohnmächtig werden würde, weder jetzt noch später, aber er ahnte doch, daß sie gleich ihm mehr als nur berufliches Interesse an der Zerstückelung dessen empfand, was vor kurzem noch ein gesunder junger Mann gewesen war – und wieder einmal erfüllte es ihn mit schmerzlichem Bedauern, daß der Polizeidienst Unschuld und Güte soviel abverlangte.

Plötzlich ließ Doc Wardle ein leises Ächzen hören, das eher schon ein Knurren war – seine ihm eigene Art zu vermelden, daß er auf etwas Interessantes gestoßen war.

»Sehen Sie sich das mal an, Adam. Da, am Gaumen. Eindeutig ein Kratzer. Wie's aussieht, post mortem zugefügt.«

Am Tatort hatte es noch »Commander« geheißen, aber hier, wo Wardle das Terrain beherrschte und sich, wie immer bei der Arbeit, frei und ungezwungen fühlte, nannte er Dalgliesh wieder beim Vornamen.

Dalgliesh bückte sich. »Sieht aus, als ob etwas Scharfkantiges mit Gewalt in den Mund hineingepreßt oder herausgerissen worden wäre«, sagte er. »Nach der Form der Schramme zu urteilen, würde ich eher auf letzteres tippen.«

»Ist natürlich schwer, da hundert Prozent sicherzugehen, aber dem Augenschein nach bin ich auch der Meinung. Der Kratzer verläuft vom Gaumen fast bis vor zur oberen Zahnreihe.« Doc Wardle trat beiseite, damit auch Kate und Daniel die Verletzung der Mundhöhle begutachten konnten. »Der genaue Zeitpunkt ist natürlich unmöglich festzustellen«, fuhr er fort, »aber

Etienne war da auf alle Fälle schon tot. Er könnte sich das Ding – was immer es war – eventuell noch selbst in den Mund gesteckt haben, aber rausgezogen hat's mit Sicherheit ein anderer.«

»Und das mit ziemlicher Gewalt«, bekräftigte Dalgliesh, »und womöglich auch in großer Eile. Wäre der Gegenstand entfernt worden, bevor die Leichenstarre einsetzte, dann hätte sich das rascher und leichter bewerkstelligen lassen. Wieviel Kraft wäre nötig, um die Kiefer auseinanderzustemmen, nachdem die Totenstarre eingetreten ist?«

»So schwer ist das auch wieder nicht. Gesetzt den Fall, der Mund stand ein wenig offen, so daß der Täter die Finger hineinstecken und womöglich beide Hände benutzen konnte, wäre es sogar relativ leicht gewesen. Ein Kind würde es zwar nicht fertigkriegen, aber Sie suchen ja auch nicht nach einem Kind.«

»Falls ihm die Schlange in den Mund gesteckt wurde, gleich nachdem der scharfe Gegenstand entfernt war, und wenn das kurz nach Eintritt des Todes stattfand«, sagte Kate, »müßten dann nicht Blutspuren auf dem Stoff sein? Wieviel Blut wäre wohl nach dem Tod noch ausgetreten?«

»Sie meinen unmittelbar danach?« fragte Doc Wardle zurück. »Nicht viel. Aber er war mit Sicherheit nicht mehr am Leben, als dieser Kratzer entstand.«

Gemeinsam starrten sie angestrengt auf den Kopf der Schlange. »Mit diesem Ding ist in Innocent House fast fünf Jahre herumgespielt worden«, sagte Dalgliesh. »Es ist leichter, sich einen Fleck einzubilden, als ihn tatsächlich zu sehen. Eine mit bloßem Auge erkennbare Blutspur ist jedenfalls nicht da, aber vielleicht findet ja das Labor noch was. Wenn die Schlange unmittelbar gegen besagtes scharfkantige Objekt ausgetauscht wurde, dann müßten auch Spuren dasein.«

»Können Sie uns irgendeinen Hinweis auf dieses rätselhafte Ding geben, Doc?« fragte Daniel.

»Na ja, bis auf die eine Schramme sind keine anderen Verletzungen in der Mundhöhle oder an der Rückwand der Zähne zu entdecken, was auf ein relativ kleines Objekt schließen läßt. Nur, warum einer, der kurz vorm Abkratzen ist, sich überhaupt noch irgendwas in den Mund stopft, ist mir wirklich schleierhaft. Aber das ist ja zum Glück auch euer Ressort.«

»Wenn es etwas war, das er verstecken wollte«, überlegte Daniel laut, »warum hat er es dann nicht einfach in die Hosentasche geschoben? Mit dem Ding im Mund verurteilte er sich doch gleichzeitig zum Schweigen. Oder jedenfalls hätte er kaum normal sprechen können, wenn ihm etwas zwischen Zunge und Gaumen klemmte, selbst wenn es noch so klein gewesen wäre. Aber nehmen wir mal an, er hat gewußt, daß er sterben mußte. Angenommen, er war in diesem kleinen Kabuff gefangen, wo das Gas ausströmte, der Gashahn abgeschraubt war und das Fenster sich nicht öffnen ließ ...«

»Aber dieses ominöse Ding«, fiel Kate ihm ins Wort, »das hätte man später doch auch dann bei der Leiche gefunden, wenn er es einfach bloß in die Tasche gesteckt hätte.«

»Es sei denn, der Mörder hätte davon gewußt und wäre zurückgekommen, um es zu holen. Dann ergibt es einen Sinn, daß er es im Mund versteckt hat. Und selbst wenn der Mörder gar keine Ahnung gehabt hätte, daß dieser Gegenstand existierte, sorgte Etienne auf diese Weise dafür, daß er spätestens bei der Obduktion gefunden wurde.«

»Aber er hat ja Bescheid gewußt«, sagte Kate. »Ich meine den Mörder. Er ist extra deswegen noch einmal zurückgekommen, und ich denke, er hat gefunden, was er suchte. Ich stelle es mir so vor: Er stemmte dem Toten mit Gewalt den Kiefer auf, um das verräterische Ding herauszuholen. Und dann hat er mit Hilfe der Schlange den Verdacht auf den im Verlag ja schon lange gesuchten Possenreißer gelenkt.«

Sie und Daniel waren so aufeinander konzentriert, als wären sie allein im Raum. »Aber konnte der Täter denn wirklich annehmen, daß wir die Schramme nicht finden würden?« wandte Daniel ein.

»Ach, Daniel, nun verrennen Sie sich aber nicht! Der Täter hat die Verletzung wahrscheinlich gar nicht bemerkt. Er hat allerdings gewußt, daß er die Leichenstarre brechen muß und daß uns das nicht verborgen bleiben würde. Darum die Schlange. Und wenn die Schramme nicht gewesen wäre, dann hätte er uns damit ja auch hinters Licht geführt. Wir suchen also nach einem Mörder, der etwas von Leichenstarre versteht und der damit rechnete, daß der Tote relativ bald gefunden werden würde. Denn wenn die Leiche beispielsweise noch einen Tag unentdeckt geblieben wäre, hätte er sich den Trick mit der Schlange ja sparen können.«

Sie liefen Gefahr, sich in Theorien zu verzetteln, noch bevor alle Fakten auf dem Tisch lagen. Dalgliesh hatte das vorausgesehen. Die Obduktion war noch nicht beendet, die Todesursache noch nicht zweifelsfrei bestätigt, aber er war sich des Befundes einigermaßen sicher, und er wußte, daß Doc Wardle seine Meinung teilte.

»Nach was für einem Gegenstand suchen wir eigentlich? Was Kleines mit scharfen Kanten? Ein Schlüssel vielleicht? Ein Schlüsselbund? Eine kleine Metalldose?«

»Oder wie wär's mit der Kassette aus einem Diktiergerät?« schlug Dalgliesh ruhig vor.

Dalgliesh mußte aufbrechen, bevor die Obduktion abgeschlossen war. Doc Wardle erklärte eben seinem Assistenten, daß und warum die Blutproben fürs Labor aus der Vene im Oberschenkel entnommen werden mußten und nicht vom Herzen. Dalgliesh bezweifelte, daß die Autopsie jetzt noch weitere Aufschlüsse bringen würde, und falls doch, dann würde er das früh genug erfahren. Er mußte vor dem Treffen im Unterhaus noch ein paar Papiere durchsehen, und die Zeit wurde langsam knapp. Es wäre sinnlos gewesen, auf dem Heimweg eigens noch einmal beim Yard vorbeizufahren, und darum hatte William, sein Chauffeur, ihm die Aktenmappe aus dem Büro geholt. Jetzt wartete William bereits eine ganze Weile im Vorhof, und sein liebenswürdiges, pausbäckiges Gesicht verriet, trotz aller antrainierten Beherrschung, Sorge um den Terminplan des Chefs.

Der heftige Regen vom Nachmittag war einem feinen Dauernieseln gewichen, und Dalgliesh schnupperte bei halboffenem Fenster den Salzgeruch der Themse. Die Ampeln am Embankment warfen verschwommene, knallrote Flecken in den Abendhimmel, und an der Kreuzung stampfte ein Polizeipferd mit zierlichen Hufen den naßglänzenden Asphalt. Die Dunkelheit war mit großen Schritten über die Stadt gekommen, doch die setzte sich mit einer wahren Lichterorgie dagegen zur Wehr und verwandelte Straßen und Plätze in schimmernde, leise schwankende Glitzerketten, die abwechselnd weiß und rot und grün schillerten. Dalgliesh holte seine Aufzeichnungen aus der Aktenmappe und überflog rasch noch einmal die Hauptpunkte seiner Argumentation. Höchste Zeit, sein Gehirn auf ein unmittelbares – und am Ende vielleicht sogar wichtigeres – Anliegen umzustellen. Normalerweise fiel ihm das nicht schwer, aber jetzt wollten die Bilder aus dem Leichenschauhaus sich nicht verdrängen lassen.

Etwas Kleines, Scharfkantiges war mit Gewalt aus Etiennes Mund gerissen worden, nachdem die Leichenstarre sich bereits in der oberen Körperhälfte ausgebreitet hatte. Dieser Gegenstand konnte eine Kassette sein; das Verschwinden des Recorders aus dem kleinen Archiv legte die Möglichkeit zumindest nahe. Die Schlußfolgerung daraus wäre, daß Etienne den Namen seines Mörders auf Band gesprochen hatte und daß dieser später an den Tatort zurückgekehrt war, um das belastende Material zu vernichten. Allein, Dalgliesh' Verstand wehrte sich gegen eine so simple Hypothese. Etiennes Mörder hatte mit peinlicher Sorgfalt alles aus dem Raum entfernt, was seinem Opfer die Möglichkeit gegeben hätte, eine Botschaft zu hinterlassen. Fußboden und Kaminsims waren gesäubert und alle Papiere entfernt worden, ja sogar Etiennes Terminkalender mit dem goldenen Kugelschreiber hatte man tags zuvor gestohlen. Selbst daran hatte der Mörder gedacht. Etienne hatte nicht einmal die Chance gehabt, den Namen des Täters auf die blanken Dielen zu kritzeln. Warum hätte der Mörder da andererseits so dumm sein sollen, seinem Opfer einen Kassettenrecorder bereitzustellen?

Es gab natürlich noch eine andere Erklärung. Der Täter, der sonst so penibel aufgeräumt hatte, könnte den Recorder absichtlich stehengelassen haben, und wenn dem so war, dann versprach der Fall noch sehr viel rätselhafter und faszinierender zu werden, als es ursprünglich den Anschein gehabt hatte.

34

Es war nach halb elf, als Dalgliesh in die Einsatzzentrale Wapping zurückkehrte, und Robbins hatte längst Feierabend. Kate und Daniel hatten sich auf dem Rückweg vom Leichenschauhaus Sandwiches gekauft und damit, nebst einigen Tassen Kaffee, den langen Abend überbrückt. Sie hatten bereits einen Zwölf-Stunden-Tag hinter sich, aber ihr Dienst war noch nicht zu Ende. Dalgliesh würde eine Analyse der bisher erzielten Ergebnisse erwarten und eine klare Strategie, bevor sie in die nächste Untersuchungsphase eintraten.

Dalgliesh beschäftigte sich zehn Minuten mit den Papieren, die Daniel aus Gerard Etiennes Arbeitszimmer mitgebracht hatte, schloß die Akte dann kommentarlos und sagte mit einem Blick auf seine Uhr: »Schön, und welche Schlüsse zieht ihr vorläufig aus den uns bisher bekannten Fakten?«

Daniel ergriff hastig als erster das Wort, genau wie Kate es erwartet hatte. Ihr machte das nichts aus. Sie waren rangmäßig gleichgestellt, aber sie hatte ein höheres Dienstalter, was herauszustreichen ihr jedoch nicht nötig schien. Natürlich hatte es einen Vorteil, als erster zu referieren; so verhinderte man, daß andere das Lob für die eigenen Ideen einstrichen, und zeigte obendrein Einsatzeifer. Andererseits war es auch ganz sinnvoll, den rechten Zeitpunkt abzupassen. Daniel trug seinen Sermon sehr wirkungsvoll vor; wahrscheinlich, dachte sie, hat er ihn seit unserer Rückkehr aus dem Leichenschauhaus heimlich geprobt.

Zunächst rekapitulierte er: »Natürlicher Tod, Selbstmord, Unfall oder Mord? Die ersten beiden scheiden aus. Wir brauchen nicht die Labortests abzuwarten, um sicher zu sein, daß es sich hier um Kohlenmonoxydvergiftung handelt, denn das hat bereits die Obduktion bewiesen. Durch die wissen wir auch, daß er ansonsten kerngesund war. Es deutet absolut nichts auf ein Motiv für Selbstmord hin, also brauchen wir damit, denke ich, auch keine Zeit zu verschwenden.

Käme als nächstes die Unfalltheorie. Falls es sich hier um Tod durch Unfall handelt, wovon müssen wir dann ausgehen? Daß Etienne aus irgendeinem Grund beschloß, oben im Archiv zu arbeiten, aber seine Jacke unten über dem Stuhl und die Schlüssel in der Schreibtischschublade ließ. Daß ihm irgendwann kalt wurde, er den Ofen anzündete (obwohl wir keine Streichhölzer bei ihm gefunden haben) und sich danach so in seine Arbeit vertiefte, daß er den Defekt am Gasofen erst bemerkte, als es zu spät war. Von den offensichtlichen Ungereimtheiten einmal abgesehen, würde ich, falls es sich so abgespielt hat, doch erwarten, daß man ihn über dem Tisch zusammengesunken gefunden hätte und nicht halb nackt auf dem Rücken liegend, den Kopf in Richtung Ofen. Die Schlange lasse ich vorläufig noch beiseite. Ich denke nämlich, wir müssen ganz klar trennen zwischen dem, was zum Zeitpunkt des Todes passierte, und dem, was hinterher mit der Leiche geschah. Offensichtlich hat jemand den Toten gefunden und sich an ihm zu schaffen gemacht, nachdem die Leichenstarre bereits den Oberkörper erfaßt hatte, aber es ist nicht erwiesen, daß derjenige, der Etienne die Schlange in den Mund stopfte, ihm auch das Hemd ausgezogen oder ihn vom Tisch weg dorthin geschleift hat, wo er gefunden wurde.«

»Das Hemd«, warf Kate ein, »muß er selber ausgezogen haben. Er hielt es völlig zusammengeknüllt in der rechten Hand, ganz so, als habe er es ausgezogen, um damit irgendwie die Gasflamme zu ersticken. Man braucht sich doch nur das Foto anzusehen. Die rechte Hand umklammert noch im Tod ein Stück vom Hemd, und der Rest ist über den Oberkörper der Leiche gerutscht. Nach meinem Eindruck ist er auf dem Gesicht liegend gestorben. Erst der Mörder hat den Leichnam umgedreht, vielleicht mit dem Fuß, und ihm dann mit Gewalt den Mund aufgestemmt. Hier, achten Sie auf die Kniestellung, leicht angewinkelt. Nein, in der Stellung ist er nicht gestorben. Ich würde sagen, der Tod trat ein, als er versuchte, zum Ofen hinzukriechen.«

»Okay, einverstanden. Aber er kann doch nicht versucht haben, mit dem Hemd die Gasflamme zu löschen. Der Stoff hätte ja sofort Feuer gefangen.«

»Ich weiß auch, daß das nicht gegangen wäre, aber die Funde am Tatort deuten nun mal alle auf diese Theorie. Vielleicht hat er in seinem benebelten Zustand geglaubt, er könnte das Feuer ersticken.«

Dalgliesh mischte sich nicht ein, sondern hörte ruhig zu, wie sie das Problem ausdiskutierten.

Daniel sagte: »Wenn es so war, dann dürfte Etienne erkannt haben, daß er sich in Lebensgefahr befand. Nur wäre dann doch das Naheliegendste gewesen, die Tür zu öffnen, um Luft reinzulassen, und dann das Gas ganz einfach abzudrehen.«

»Aber angenommen, die Tür war von außen abgeschlossen und der Gashahn abgeschraubt. Als er das Oberlicht aufmachen wollte, riß die Schnur, weil der Täter sie präpariert hatte, um auch ganz sicherzugehen, daß sie abreißen würde, sobald jemand halbwegs kräftig daran zog. Zuvor muß der Mörder aber noch Tisch und Stuhl weggeräumt haben, damit Etienne nicht draufsteigen konnte, um so an das Oberlicht zu gelangen und die Scheibe einzuschlagen. Das Fenster war fest zu. Aufmachen hätte er es nicht können, selbst wenn er drangekommen wäre. Nein, er brauchte schon etwas, um es einzuschlagen.«

»Vielleicht mit dem Recorder?« schlug Daniel vor.

»Zu klein und nicht stabil genug. Trotzdem glaube ich auch, daß er's sicher damit versucht hätte. Er hätte die Scheibe notfalls sogar mit der bloßen Hand einschlagen können, aber an seinen Fingerknöcheln war kein Kratzer. Ich glaube übrigens, daß die Möbel verrückt wurden, *bevor* er ins Zimmer kam. Von den

Spuren an der Wand wissen wir, daß der Tisch normalerweise ein paar Zentimeter weiter links stand.«

»Das ist noch kein Beweis, den könnte auch die Putzfrau verschoben haben.«

»Ich behaupte ja auch nicht, daß es ein Beweis ist, aber auf jeden Fall ist es wichtig. Sowohl Gabriel Dauntsey wie auch Mrs. Demery haben ausgesagt, daß der Tisch nicht genau an seinem Platz stand.«

»Damit scheiden sie aber noch lange nicht als Verdächtige aus.«

»Hab' ich ja auch nicht gesagt. Dauntsey zum Beispiel ist natürlich verdächtig. Die Gelegenheit war für niemanden günstiger als für ihn. Aber wenn er Tisch und Stuhl rausgeschafft hätte, dann hätte er bestimmt darauf geachtet, daß der Tisch hinterher wieder an seinem richtigen Platz stand. Außer er war sehr in Eile, denn das ...« Sie stockte und wandte sich dann ganz aufgeregt an Dalgliesh: »Und natürlich hatte er's eilig, Sir! Er durfte ja nicht länger wegbleiben als ein normales Bad gedauert hätte.«

Daniel schüttelte den Kopf. »Wir gehen viel zu schnell vor. Das sind doch alles nur Vermutungen.«

Dalgliesh ergriff zum erstenmal das Wort. »Kates Theorie ist ganz gut; sie deckt sich mit allen uns bisher bekannten Fakten. Nur haben wir nicht einmal den Funken eines konkreten Beweises. Und wir dürfen die Schlange nicht vergessen. Habt ihr rausgefunden, wer alles wußte, daß sie in Miss Blacketts Schreibtischschublade war – abgesehen natürlich von Miss Blackett selber, Mandy Price, Dauntsey und den beiden Etiennes?«

Diesmal antwortete Kate. »Bis zum Nachmittag war die Geschichte überall rum, Sir. Mandy erzählte Mrs. Demery kurz nach halb zwölf, als sie zusammen in der Küche Kaffee kochten, daß Etienne von Miss Blackett verlangt habe, die Schlange wegzuwerfen. Mrs. Demery gibt zu, daß sie es ein, zwei Leuten weitererzählt haben könnte, als sie am Nachmittag den Tee austrug. ›Ein, zwei Leute‹ bedeutet vermutlich im Klartext das ganze Haus. Mrs. Demery konnte sich angeblich nur noch vage erinnern, was genau sie denn nun erzählt hat, aber Maggie FitzGerald aus der Werbung ist ganz sicher, daß sie und ihre Kollegen hörten, Mr. Gerard habe Miss Blackett befohlen, die Schlange wegzuwerfen, sie aber habe ihren Liebling fürs erste in ihrer Schreibtischschublade versteckt. Sydney Bartrum, der Buchhalter, behauptet, er habe nichts davon gewußt. Er und seine Mitarbeiter hatten angeblich keine Zeit, mit dem Hauspersonal zu tratschen, und vor allem auch gar keine Gelegenheit dazu. Ihre Abteilung ist in Nummer 10 untergebracht, und sie machen sich ihren Tee selber. De Witt und Miss Peverell geben zu, daß sie Bescheid wußten. Aber es hätte ohnehin jeder, der die Schlange suchte, in Miss Blacketts Schreibtisch nachgesehen. Sie hing sehr an ihrem Hissing Sid, das war allgemein bekannt, und hätte ihn bestimmt nicht weggeworfen.«

»Warum hat Mrs. Demery das eigentlich überall rumerzählt?« überlegte Daniel. »So ein dummer Streit war doch bestimmt noch kein Büroskandal.«

»Nein, aber er hat doch für Aufruhr gesorgt. Die meisten Angestellten wußten oder ahnten ohnehin, daß Gerard Etienne es nicht bedauern würde, Miss Blackett nur noch von hinten zu sehen. Wahrscheinlich haben die Kollegen darüber spekuliert, wie lange sie noch durchhalten und ob sie den Job vielleicht hinschmeißen würde, bevor Etienne ihr kündigte. Jeder Knatsch zwischen den beiden wurde von den anderen mit Spannung verfolgt.«

»Ihr merkt ja selbst«, sagte Dalgliesh, »wie wichtig die Schlange ist. Entweder der Mörder hat sie Etienne in den Mund gestopft, wahrscheinlich um den Bruch der Leichenstarre in der Kinnpartie zu erklären, oder der vielzitierte Witzbold ist zufällig über die Leiche gestolpert und witterte die Chance für einen besonders abgeschmackten Streich. Stellt sich für uns die Frage: Wenn es der Mörder war, ist er dann womöglich mit diesem Verlagskobold identisch? Und waren seine früheren Sabotageakte am Ende Teil eines sorgsam ausgetüftelten Plans? Das würde mit der durchgescheuerten Zugschnur übereinstimmen. Denn wenn die absichtlich beschädigt wurde, dann ging das nur über einen längeren Zeitraum. Zweite Möglichkeit: Der Mörder erkennt die verräterische Bedeutung der lockeren Kinnlade und bedient sich der Schlange ganz spontan, um davon abzulenken, daß er in Wahrheit etwas aus Etiennes Mund herausgeholt hat.«

»Es gibt noch eine dritte Möglichkeit, Sir«, sagte Daniel. »Angenommen, der Possenreißer findet die Leiche und glaubt an einen Unfall oder eine natürliche Todesursache, beschließt aber, den Laden aufzumischen, indem er einen Mord vortäuscht. Jedenfalls wäre es doch möglich, daß dieser Mensch mit seinen degoutanten Scherzen auf die Idee kam, den Tisch zu verschieben und Etienne die Schlange umzulegen.«

»Nein, nein«, sagte Kate, »das paßt nicht! Zum Beispiel hätte er, wie gesagt, die Zugschnur nicht auf die Schnelle so beschädigen können. Und warum den Tisch verrücken? Das konnte doch nur dann Verwirrung stiften und ein Mordszenarium vortäuschen, wenn unser Mann bereits wußte, daß Etienne an Kohlenmonoxydvergiftung gestorben ist.«

»Das muß er auch gewußt haben. Denn er hat das Gas abgedreht.«

»Das hätte er sowieso gemacht«, sagte Kate. »Dieses kleine Kabuff muß ja das reinste Treibhaus gewesen sein.« Und an Dalgliesh gewandt fuhr sie fort: »Sir, ich glaube, es gibt nur eine Theorie, die sich wirklich mit allen Indizien deckt. Dieser Tod sollte aussehen wie ein Unfall durch Kohlenmonoxydvergiftung. Der Mörder hatte es so geplant, daß er die Leiche finden würde, und zwar er allein. Dann hätte er nichts weiter zu tun brauchen, als den Gashahn wieder anzuschrauben und das Gas abzustellen – ohnehin eine ganz natürliche Reaktion –, dann Tisch und Stuhl zurückzustellen, die Kassette an sich zu nehmen und Alarm zu schlagen. Aber etwas ging schief: Er konnte die Kassette nicht finden, und als er sie schließlich doch entdeckte, da kam er nicht dran, ohne die Leichenstarre im Kinnbereich zu brechen. Er wußte, daß dieser Eingriff einem erfahrenen Kriminalbeamten oder zumindest den Gerichtsmedizinern nicht verborgen bleiben würde, und da verfiel er auf den Trick mit der Schlange, um einen Unfall in Kombination mit einem neuerlichen Streich des Possenreißers vorzutäuschen.«

»Aber warum«, wandte Daniel ein, »warum hätte er den Recorder mitnehmen sollen? Ich meine jetzt den Mörder.«

»Wozu ihn stehenlassen? Er mußte die Kassette verschwinden lassen, da konnte er auch gleich den Recorder mitnehmen. Das einfachste wäre gewesen, beides in die Themse zu werfen.« Wieder wandte sie sich an Dalgliesh. »Sehen Sie eine Chance, daß unsere Taucher die Sachen finden könnten, Sir?«

»Sehr, sehr unwahrscheinlich«, sagte Dalgliesh. »Und wenn, dann würde die Kassette uns nichts mehr nützen, denn der Mörder hätte sie doch ganz bestimmt gelöscht. Ich bezweifle, daß wir die Kosten einer Tauchaktion rechtfertigen könnten, aber vielleicht sprechen Sie doch mal mit den Leuten hier vom Revier. Finden Sie heraus, wie der Themsegrund in der Umgebung von Innocent House beschaffen ist.«

»Da ist noch was, das mich stört, Sir«, sagte Daniel. »Falls der Mörder seinem Opfer wirklich noch eine Nachricht zukommen lassen wollte, warum dann der Umstand mit der Kassette? Warum hat er ihm nicht einfach geschrieben? Zurückholen mußte er sich seine Botschaft so oder so, und bestimmt wäre es leichter gewesen, ein Stück Papier wiederzukriegen.«

»Aber auch riskanter«, wandte Dalgliesh ein. »Falls Etienne genug Zeit geblieben wäre, ehe er das Bewußtsein verlor, hätte er den Brief zerreißen und die Schnipsel an verschiedenen Stellen verstecken können. Und selbst wenn er ihn nicht zerrissen hätte, ein Brief läßt sich allemal leichter verbergen als eine Kassette. Der Mörder wußte, daß er vielleicht nicht viel Zeit haben würde. Er mußte seine Nachricht vom Tatort zurückholen und war darauf angewiesen, sie rasch zu finden. Aber es kommt noch etwas hinzu: Eine sprechende Stimme kann man nicht ignorieren, eine schriftliche Nachricht dagegen sehr wohl. Das eigentlich Interessante an diesem Fall ist die Frage, warum der

Mörder überhaupt das Bedürfnis hatte, seinem Opfer eine Botschaft zu hinterlassen.«

»Um sich wichtig zu machen«, mutmaßte Daniel. »Um das letzte Wort zu behalten. Zu zeigen, wie klug er war.«

»Oder um jemandem zu erklären, warum sein Opfer sterben mußte«, sagte Dalgliesh. »Und wenn das der Grund war, dürfte das Motiv für diesen Mord nicht leicht zu erkennen sein. Es liegt vielleicht in der Vergangenheit, womöglich sogar sehr weit zurück.«

»Aber wenn es so wäre, warum hat der Mörder dann so lange gewartet? Wenn er, wie wir vermuten, ein Verlagsangehöriger ist, dann hätte er Etienne doch seit gut zwanzig Jahren umbringen können, jederzeit. Etienne trat ja gleich nach seinem Examen in Cambridge in den Verlag ein. Was ist in jüngster Zeit passiert, das den Mörder veranlaßt hat, ausgerechnet jetzt zuzuschlagen?«

»Etienne ist Geschäftsführer und Verlagschef geworden«, sagte Dalgliesh, »er wollte den Verkauf von Innocent House durchdrücken, und er hat sich verlobt.«

»Glauben Sie, die Verlobung könnte eine Rolle spielen, Sir?«

»Vorläufig müssen wir alles in Betracht ziehen, Kate. Ich habe morgen früh eine Verabredung mit Etiennes Vater. Claudia Etienne ist heute abend nach Bradwell-on-Sea rausgefahren, um dem alten Herrn schonend beizubringen, was geschehen ist. Und sie wird ihn auch bitten, mich zu empfangen. Aber sie bleibt nicht über Nacht draußen. Ich habe sie gebeten, sich morgen mit Ihnen in Etiennes Wohnung im Barbican zu treffen. Absoluten Vorrang hat allerdings erst mal die Überprüfung der Alibis, angefangen bei den Gesellschaftern und den Mitarbeitern in Innocent House. Sie, Daniel, sollten mit Robbins zu Esmé Carling fahren. Kriegen Sie raus, wo die Dame hin ist, nachdem ihre Signierstunde bei *Better Books* in Cambridge geplatzt war. Dann wäre da noch Gerard Etiennes Verlobungsfeier am 10. Juli. Wir müssen die Gästeliste überprüfen und gegebenenfalls einige Leute verhören. Aber taktvoll, versteht sich. Erkundigen Sie sich unauffällig, ob die Gäste im Haus herumgewandert sind und ob sie irgend etwas Merkwürdiges oder Verdächtiges entdeckt haben. Doch in erster Linie konzentrieren wir uns auf die Gesellschafter. Hat irgendwer Claudia Etienne und ihren Begleiter auf der Themse gesehen, und wenn ja, um welche Zeit? Dann fragen Sie im St.-Thomas-Krankenhaus nach, wann Gabriel Dauntsey eingeliefert wurde, und überprüfen Sie natürlich auch sein Alibi. Ich werde morgen schon sehr zeitig nach Bradwell-on-Sea aufbrechen und hoffe, am frühen Nachmittag zurück zu sein. So, das wär's, denke ich. Schluß für heute.«

35

Die Gesellschafter verbrachten den Freitagabend getrennt. Während Frances am Küchentisch stand und lustlos überlegte, was sie essen solle, dachte sie darüber nach und kam zu dem Schluß, daß das eigentlich gar nicht verwunderlich war. Außerhalb von Innocent House gingen sie nun einmal getrennte Wege, ja manchmal kam es ihr so vor, als legten sie es bewußt darauf an, sich außerhalb des Verlags voneinander zu distanzieren, wie um zu beweisen, daß alles, was sie gemeinsam hatten, die Arbeit war. Über ihre gesellschaftlichen Verpflichtungen sprachen sie nur selten miteinander, und gelegentlich passierte es ihr, daß sie auf der Party eines anderen Verlegers eingeladen war und plötzlich Claudias gepflegten Kopf zwischen lauter schrill zurechtgemachten Gesichtern entdeckte, oder daß sie mit einer Freundin aus der Klosterschule ins Theater ging und Dauntsey sah, der sich eine Reihe vor ihnen langsam zu seinem Platz durchquälte. Und dann grüßten sie einander so höflich wie flüchtige Bekannte. Doch was die vier verbliebenen Gesellschafter heute abend voneinander fernhielt, das war stärker als die Gewohnheit und hing damit zusammen, daß es ihnen schon im Lauf des Tages zunehmend widerstrebt hatte, über Gerards Tod zu sprechen, und daß die Offenheit jener Stunde, die sie zusammen im Sitzungszimmer verbracht hatten, einem bohrenden Argwohn gegen weitere Vertraulichkeiten gewichen war.

James, das wußte sie, hatte gar keine andere Wahl. Er mußte nach Hause zu Rupert, und dies eine Mal beneidete sie ihn um seine unaufschiebbare Verpflichtung. Sie hatte seinen Freund nie kennengelernt, war seit Ruperts Einzug nie mehr zu ihm nach Hause eingeladen worden, und jetzt auf einmal überlegte sie, was für ein Leben die beiden wohl miteinander führen mochten. Aber wenigstens würde James jemanden haben, mit dem er die Leiden des Tages teilen konnte, eines Tages, der ihr jetzt ungeheuer lang erschien. In stillschweigendem Einverständnis hatten alle vier Innocent House frühzeitig verlassen, aber sie hatte noch einen Moment lang gewartet, während Claudia die Tür abschloß und die Alarmanlage einschaltete. »Kommst du auch zurecht, Claudia?« hatte sie gefragt und noch beim Sprechen gemerkt, wie banal und sinnlos ihre Worte klangen. Sie hatte überlegt, ob sie Claudia ihre Begleitung anbieten solle, fürchtete aber, das könne wie ein Eingeständnis der eigenen Schwäche und ihrer Sehnsucht nach Gesellschaft wirken. Und Claudia hatte ja schließlich ihren Verlobten – falls er ihr Verlobter war. So oder so würde sie sich eher an ihn wenden als an Frances.

Claudia hatte geantwortet: »Im Moment möchte ich nichts weiter als mich zu Hause einigeln und keinen Menschen sehen.« Doch dann hatte sie hinzugefügt: »Und was ist mit dir, Frances? Wirst du denn zurechtkommen?«

Die gleiche bedeutungslose, nicht zu beantwortende Frage. Wie hätte Claudia wohl reagiert, wenn sie gesagt hätte: »Nein, werd' ich nicht. Ich möchte jetzt nicht allein sein. Bleib doch heute nacht bei mir, Claudia. Schlaf in meinem Gästezimmer«?

Sie konnte natürlich Gabriel anrufen. Was der wohl jetzt machte, in der schlichten, spärlich möblierten Wohnung unter ihr? Woran mochte er denken? Er hatte sich gleichfalls erkundigt: »Fehlt dir auch nichts, Frances? Ruf mich an, wenn dir die Decke auf den Kopf fällt.« Ach, hätte er doch statt dessen gesagt:

»Macht es dir was aus, wenn ich mit raufkomme, Frances? Ich möchte heute abend nicht allein sein.« Statt dessen hatte er ihr den Schwarzen Peter zugeschoben. Ihn heraufzubitten kam jedoch wiederum dem Eingeständnis einer Schwäche, einer seelischen Not gleich, und damit wollte er vielleicht nicht behelligt werden. Was war nur los mit Innocent House, daß es den Menschen hier so schwerfiel, ein ganz natürliches menschliches Bedürfnis auszusprechen oder sich gegenseitig einfach ein bißchen Zuwendung zu schenken?

Am Ende machte sie eine Dose mit Pilzsuppe auf und kochte sich ein Ei dazu. Sie war zum Umfallen müde. Der unruhige, immer wieder unterbrochene Schlaf gestern nacht in Gabriels Sessel war nicht gerade die beste Vorbereitung auf einen fast durchweg traumatischen Tag gewesen. Und doch wußte sie, daß sie jetzt keinen Schlaf finden würde. Also ging sie, nachdem das Geschirr vom Abendessen gespült war, hinüber in den kleinen Raum, der früher das Schlafzimmer ihres Vaters gewesen war und in dem sie inzwischen ein kleines Wohnzimmer eingerichtet hatte, und setzte sich vor den Fernseher. Eine Fülle bunter Bilder glitt an ihr vorüber: die Nachrichten, ein Dokumentarfilm, eine Seifenoper, ein alter Spielfilm, ein modernes Theaterstück. Während sie zwischen den Programmen hin und her schaltete, empfand sie die wechselnden Gesichter – feixende, lachende, ernste, gebieterische Gesichter, mit Mündern, die ständig auf- und zugingen – wie eine visuelle Droge, die zwar nichts bedeutete, kein Gefühl weckte, ihr aber die Illusion von Gesellschaft vorgaukelte: ein flüchtiger, trügerischer Trost.

Um eins ging sie zu Bett und trank noch ein Glas Milch mit einem Schuß Whisky darin, der sofort seine Wirkung tat. Ihr letzter Gedanke, bevor sie wegdämmerte, war, daß sie nun also doch noch in den segensreichen Genuß des Schlafes käme.

Der Alptraum suchte sie in den frühen Morgenstunden heim. Es war wieder der alte, sattsam bekannte Traum, nur kam er diesmal in neuem Gewand, was ihn noch furchtbarer und vor allem erschreckend echt erscheinen ließ. Sie ging zwischen dem

Vater und Mrs. Rawlings durch den Greenwicher Fußgängertunnel. Die Erwachsenen hielten Frances an den Händen, aber die Berührung war nicht wohltuend, sondern gab ihr das Gefühl, gefangen, eingesperrt zu sein. Hinter sich hörte sie das Tunneldach verdächtig knirschen, aber sie traute sich nicht, zurückzuschauen, weil sie wußte, daß schon ein verstohlener Blick genügte, um die Katastrophe herbeizuführen. Vor ihr erstreckte sich der Tunnel endlos lang, viel länger als in Wirklichkeit, und an seinem Ende schimmerte ein Kreis hellen Sonnenlichts. Aber je weiter sie gingen, desto länger wurde der Tunnel, und der Lichtkreis schrumpfte und schrumpfte, bis er bloß noch wie eine schwach glänzende kleine Untertasse war, und sie wußte, daß er bald nur mehr ein Lichtpünktchen sein und dann ganz verlöschen würde. Ihr Vater ging hoch aufgerichtet, ohne sie anzusehen oder mit ihr zu sprechen. Er hatte den Tweedmantel mit dem kurzen Cape an, den er immer im Winter trug und den Frances nach seinem Tod der Heilsarmee geschenkt hatte. Er war böse, daß sie den Mantel weggegeben hatte, ohne ihn zu fragen, aber er hatte ihn im Fundus der Heilsarmee gefunden und wieder zurückbekommen. Es wunderte Frances nicht, daß er die Schlange um den Hals gewickelt hatte. Es war eine echte Schlange, riesengroß wie eine Kobra, die sich fortwährend streckte und wieder zusammenzog und, zischend vor Heimtücke und Bosheit, nur darauf lauerte, ihm die Kehle zuzudrücken. Die gekachelte Tunneldecke über ihnen war ganz naß, und schon fielen die ersten großen Tropfen. Aber Frances sah sehr wohl, daß es keine Wassertropfen waren, sondern Blut. Und plötzlich riß sie sich los und rannte schreiend auf das unerreichbare Lichtpünktchen zu, während das Dach über ihr krachend barst und einstürzte und die schwarze, alles auslöschende Woge des Todes sich ihr unaufhaltsam hinterherwälzte.

Als sie erwachte, fand sie sich zusammengesunken vor dem Fenster wieder, und ihre Hände trommelten gegen die Scheiben. Mit dem Bewußtsein kam auch die Erleichterung, aber das Grauen des Alptraums blieb wie ein Schatten auf ihrer Seele.

Doch wenigstens wußte sie jetzt, daß es ein Traum war. Sie ging zurück zum Bett und knipste die Lampe an. Es war kurz vor fünf. Sinnlos, sich jetzt noch hinzulegen; sie würde doch keinen Schlaf mehr finden. Also schlüpfte sie in ihren Morgenrock, zog die Vorhänge auf und öffnete die Fenster. Aus dem Dunkel des Zimmers heraus konnte sie den leuchtenden Schimmer des Flußbetts erkennen und hoch droben ein paar vereinzelte Sterne. Das Grauen ihres Traums wich allmählich, aber an seine Stelle trat nur jenes andere Grauen, aus dem es kein Erwachen gab.

Plötzlich fiel ihr Adam Dalgliesh ein. Auch seine Wohnung lag an der Themse, in Queenhithe. Sie fragte sich, woher sie das wußte, und dann erinnerte sie sich an die Feuilletonberichte über seinen erfolgreichen letzten Gedichtband. Dalgliesh war sehr verschlossen, was sein Privatleben anging, aber daß er an der Themse wohnte, war immerhin durchgesickert. Wie merkwürdig, daß ihrer beider Leben durch diesen dunklen, geschichtsträchtigen Strom verbunden war. Ob auch er nicht schlafen konnte? Stand womöglich ein, zwei Meilen themseaufwärts seine hohe, dunkle Gestalt an irgendeinem Fenster, und er sah hinaus auf den gleichen gefährlichen Fluß?

DRITTES BUCH

DIE UHR TICKT

36

Am Samstag, dem 16. Oktober, machte Jean-Philippe Etienne um neun Uhr wie gewohnt seinen Morgenspaziergang. Sowohl Zeit wie Wegstrecke waren immer gleich und richteten sich weder nach Jahreszeit noch Witterung. Er folgte dem schmalen, felsigen Hügelkamm zwischen Sumpf und Ackerland, auf dem nach der Überlieferung einst die römische Festung Othona gestanden hatte, vorbei an der anglokeltischen Kapelle Peter-on-the-Wall und weiter um die Landspitze bis hin zur Blackwater-Mündung. Er begegnete nur selten jemandem auf seiner morgendlichen Promenade, nicht einmal im Sommer, wenn es immerhin vorkommen konnte, daß ein Vogelkundler oder ein Tourist, der die Kapelle besichtigen wollte, auch schon zeitig unterwegs war. Traf es sich aber doch einmal, dann wünschte er höflich einen guten Morgen, ließ sich jedoch ansonsten auf kein Gespräch ein. Die Einheimischen wußten, daß er um der Abgeschiedenheit willen nach Othona House gekommen war, und respektierten seinen Wunsch nach Einsamkeit. Etienne nahm keine Telefonanrufe entgegen und empfing keine Besucher. Heute vormittag um halb elf aber würde einer kommen, den man wohl kaum abweisen konnte.

Während Etienne jetzt im stärker werdenden Licht über die ruhigen Mündungsarme nach Mersea Island hinüberschaute, versuchte er sich diesen Commander Dalgliesh vorzustellen. Die Nachricht, die Etienne der Polizei durch Claudia übermittelt hatte, war unzweideutig gewesen: Er habe keine Informationen zum Tode seines Sohnes beizusteuern, keine Theorien oder etwaige Erklärungen des Rätsels anzubieten und könne keinen

Verdächtigen benennen. Seiner Ansicht nach sei Gerard einem Unfall zum Opfer gefallen, egal wie ungereimt oder verdächtig auch manche der Umstände wirken mochten. Tod oder Unfall dünke ihn wahrscheinlicher als jede andere Erklärung und sei ganz gewiß wahrscheinlicher als Mord. Mord. Dumpf hallte dieses kurze, schreckliche Wort in seinem Kopf wider, weckte nichts als Unglauben und Abscheu.

Und während er nun reglos, ja wie versteinert auf dem schmalen, grobkörnigen Strand verharrte, wo winzig kleine Wellen sich in einen dünnen, schmuddeligen Gischtschleier auflösten, während er zusah, wie die Lichter jenseits des Wassers eins nach dem anderen verloschen, je mehr der Himmel aufklarte, da zollte er seinem Sohn widerstrebend den Tribut der Erinnerung. Die war größtenteils leidvoll, aber wenn ihn die Bilder der Vergangenheit nun schon einmal bestürmten und sich nicht verscheuchen ließen, dann war es vielleicht besser, sich ihnen zu stellen, sie zu deuten und einzuordnen. Gerard war bis zur Pubertät mit einer ganz wesentlichen, sein Selbstvertrauen stärkenden Gewißheit aufgewachsen: Er war der Sohn eines Helden. Das war für jeden Jungen wichtig, aber ganz besonders für einen, der so stolz war wie er. Er mochte sich über seinen Vater ärgern, sich zu wenig geliebt, unterschätzt und vernachlässigt fühlen, aber er konnte ohne die Liebe auskommen, solange er den Stolz hatte, Stolz auf seinen Namen und auf das, wofür dieser Name stand. Es war ihm immer wichtig gewesen, zu wissen, daß der Mann, dessen Gene er weitertrug, so hart auf die Probe gestellt worden war wie nur ganz wenige aus seiner Generation und daß er sich bewährt hatte. Die Jahrzehnte verstrichen und die Erinnerung verblaßte, aber ein Mann konnte immer noch an dem gemessen werden, was er in jenen turbulenten Kriegszeiten geleistet hatte. Jean-Philippes Ruf war gesichert, unantastbar. Der Name anderer Helden der Résistance war durch die Enthüllungen späterer Jahre besudelt worden, doch auf den seinen fiel nie ein Schatten. Die Orden, die er freilich nie getragen hatte, waren ehrlich verdient.

Jean-Philippe hatte beobachtet, wie dieses Wissen auf Gerard wirkte: In den Augen des Jungen sah er das sehnsüchtige Verlangen nach väterlichem Respekt und Beifall, sein Bedürfnis, sich mit ihm zu messen, ja vor dem Vater zu bestehen. Hatte er nicht darum als Einundzwanzigjähriger das Matterhorn bestiegen? Dabei hatte Gerard nie zuvor Interesse am Bergsport bekundet. Das Abenteuer war zeitaufwendig und sehr teuer gewesen; Gerard hatte den besten Führer von Zermatt engagiert, der ihm berechtigterweise einige Monate harten Trainings auferlegte, bevor der Gipfel in Angriff genommen wurde, ganz zu schweigen vom Aufstieg selbst, für den er dem jungen Mann unerbittlich seine harten Bedingungen diktierte. Die Gruppe würde vor dem Einstieg in die Gipfelwand umkehren, wenn er, der Bergführer, den Eindruck hatte, daß Gerard sich oder andere gefährdete. Aber sie waren nicht umgekehrt. Der Berg wurde bezwungen: eine Heldentat, die Jean-Philippe *nicht* vollbracht hatte.

Und dann kam der Verlag. Jean-Philippe wußte, daß er in den letzten Jahren bei Peverell Press kaum noch mehr als ein Gast gewesen war, geduldet, unbehelligt, für niemanden ein Problem. Sobald Gerard Macht in die Hand bekam, würde er den Verlag radikal verändern. Und Jean-Philippe hatte ihm diese Macht gegeben. Er hatte von seinen Anteilen zwanzig an Gerard und fünfzehn an Claudia überschrieben. Gerard brauchte sich nur noch die Unterstützung seiner Schwester zu sichern, um die absolute Mehrheit zu erlangen. Und warum auch nicht? Die Peverells hatten ihre glanzvolle Ära gehabt, es war an der Zeit, daß die Etiennes sie ablösten.

Und immer noch war Gerard, Monat für Monat, gekommen, um Bericht zu erstatten, als wäre er ein Verwalter, der seinem Herrn Rechenschaft schuldet. Dabei bat er weder um Rat noch Zustimmung, denn das war es nicht, was er bei seinem Vater suchte. Manchmal hatte Jean-Philippe den Eindruck, als sei die Fahrt hierheraus für Gerard eine Art Wiedergutmachung, eine selbstauferlegte Buße und Kindespflicht, der er sich jetzt unterwarf, da es den alten Mann nicht mehr kümmerte und die ohnehin schwachen Bande, die ihn mit der Familie, dem Verlag, ja dem Leben überhaupt verknüpften, seinen steifen Händen vollends entglitten. Jean-Philippe hatte zugehört, auch hin und wieder einen Kommentar abgegeben, es aber nie über sich gebracht zu sagen: »Ich will nichts mehr hören. Das geht mich alles nichts mehr an. Du kannst Innocent House verkaufen, in die Docklands ziehen, den Verlag zu Geld machen, die Archive verbrennen. Mein Interesse an Peverell Press ist endgültig dahin, seit ich diese Handvoll zermahlener Knochen in die Themse geworfen habe. Für deine wichtigen Geschäfte bin ich ebenso tot wie Henry Peverell. Sie kümmern uns nun beide nicht mehr. Bloß weil ich mit dir sprechen kann und in einigen Dingen immer noch funktionsfähig bin, darfst du mich nicht gleich für lebendig halten.« Doch er sagte nichts von alledem, sondern saß immer nur reglos da und streckte von Zeit zu Zeit die zitternde Rechte nach seinem Weinbecher aus, den er, dank seiner massiven Form, jetzt soviel leichter handhaben konnte als ein gestieltes Glas.

Auch bei einem ihrer letzten Gespräche hatten sie so beisammengesessen. Gerards Stimme schien von weit her zu kommen. »Es ist schwer zu entscheiden, ob man lieber kaufen oder mieten sollte. Im Prinzip bin ich ja fürs Kaufen. Die Mieten sind zwar gerade spottbillig, aber das ändert sich bestimmt, sobald die Verträge auslaufen. Andererseits wäre es auch sinnvoll, einen kurzfristigen Mietvertrag, vielleicht über fünf Jahre, abzuschließen und das Kapital für Anschaffungen und Modernisierung freizuhalten. Im Verlagswesen geht es schließlich um Bücher, nicht um Grundbesitz. Peverell Press hat die letzten hundert Jahre praktisch all seine Rücklagen für den Unterhalt von Innocent House vergeudet, als ob das Haus der Betrieb wäre. Nach dem Motto: Verlieren wir das Haus, dann verlieren wir auch den Verlag. Backstein und Mörtel wurden zum Symbol erhoben, sogar auf dem Briefkopf.«

»Stein und Marmor«, hatte Jean-Philippe gesagt und auf Gerards fragenden Blick hinzugefügt: »Stein und Marmor, nicht Backstein und Mörtel.«

»Die Rückfront ist jedenfalls aus ganz ordinärem Backstein. Architektonisch ist dieses Haus ein Bastard. Man rühmt zwar immer lautstark, wie brillant Charles Fowler den georgianischen Spätstil mit der venezianischen Renaissance vermählte, aber ich finde, er hätte lieber die Finger davon lassen sollen. Nein, nein, von mir aus kann Hector Skolling Innocent House mit Kußhand kriegen.«

»Aber Frances wird unglücklich sein.«

Das hatte er damals nur gesagt, um überhaupt etwas zu sagen; Frances' Unglück berührte ihn nicht. Der Wein entfaltete sich stark und fruchtig an seinem Gaumen. Wie gut, daß er die kernigen Roten immer noch vertrug.

Gerard hatte abgewinkt. »Ach, sie kommt schon drüber weg. Die Peverells fühlen sich ja alle verpflichtet, Innocent House zu lieben, aber ich bezweifle, daß ihr wirklich so viel dran liegt.« Und einer Gedankenassoziation folgend, fragte er: »Du hast doch letzten Montag meine Verlobungsanzeige in der *Times* gelesen?«

»Nein. Ich plage mich nicht mehr mit den Tageszeitungen herum. Der *Spectator* bringt eine Zusammenfassung der wichtigsten Nachrichten im Wochenrückblick. Diese halbe Seite reicht aus, um mir zu bestätigen, daß die Welt sich im großen und ganzen genauso weiterdreht wie bisher. Ich hoffe, deine Ehe wird glücklich werden. Die meine war's.«

»Ja, ich fand auch, daß ihr immer prima miteinander ausgekommen seid, Mutter und du.«

Er hatte Gerards Verlegenheit förmlich riechen können. Die Bemerkung stand in ihrer krassen Unrichtigkeit zwischen ihnen wie ein Wölkchen beißenden Rauchs. Jean-Philippe sagte ganz ruhig: »Ich habe nicht an deine Mutter gedacht.«

Und als er jetzt auf das ruhige Altwasser hinaussah, war ihm, als habe er nur in jenen turbulenten Kriegstagen wirklich gelebt. Er war jung gewesen, leidenschaftlich verliebt, erregt durch die ständige Gefahr, stimuliert vom Sendungsbewußtsein dessen, der schon früh nach einer Führerrolle strebt, begeistert von einem schlichten, bedingungslosen Patriotismus, der für ihn zur Religion geworden war. Inmitten der verwirrenden Vielfalt politischer Bekenntnisse während des Vichy-Regimes war seine Loyalität immer absolut und unerschütterlich gewesen. Nichts, aber auch gar nichts hatte seither je wieder an das Wunder jener Jahre herangereicht, an die Begeisterung, den prickelnden Reiz, die Intensität, mit der er jeden einzelnen Tag gelebt hatte. Selbst nachdem Chantal getötet worden war, hatte er sich in seiner Entschlossenheit nicht beirren lassen, auch wenn ihn die Erkenntnis verstörte, daß er den Maquis, Partisanentruppen des französischen Widerstands, ebenso für ihren Tod verantwortlich machte wie die deutschen Besatzungstruppen. Er selbst hatte nie daran geglaubt, daß der wirksamste Widerstand in bewaffneten Aktionen oder dem Mord an deutschen Soldaten bestehen könne. Und dann war 1944 die Befreiung gekommen und mit dem Triumph eine Reaktion, die sich seiner so unerwartet und heftig bemächtigte, daß er sich danach vollkommen demoralisiert, ja apathisch fühlte. Nur da, im Augenblick des Sieges, fand er Raum und Zeit für die Trauer um Chantal. Er kam sich unendlich leer vor, wie ein Mensch, der keines Gefühls mehr fähig ist, mit Ausnahme dieser übergroßen, erdrückenden Trauer, die in ihrer schmerzlichen Sinnlosigkeit Teil einer größeren, einer weltumspannenden Trauer zu sein schien.

Rachegelüste hatte er keine empfunden, und es machte ihn krank vor Ekel, als er mit ansehen mußte, wie den Frauen, die sich nachweislich mit dem Feind eingelassen hatten, der Kopf kahlgeschoren wurde, oder wenn er von den Vendetten erfuhr, den Säuberungsaktionen des Maquis und den Schnellgerichten, die in der Puy-de-Dôme dreißig Menschen ohne regulären Prozeß hinrichten ließen. Wie die meisten in der Bevölkerung war auch er froh, als den Anführern des État Français ordentlich der Prozeß gemacht wurde, aber das eigentliche Verfahren und die Urteilssprüche interessierten ihn schon nicht mehr. Er hatte kein Mitleid mit den Kollaborateuren, die die Résistance verraten oder die gefoltert und gemordet hatten. Aber in jenen unsicheren Zeiten hatten viele Kollaborateure des Vichy-Regimes geglaubt, nur zum Wohle Frankreichs zu handeln, und wenn die Achsenmächte gesiegt hätten, dann hätten sie vielleicht sogar recht behalten. Manche waren aufrechte Männer gewesen, die aus nicht ganz und gar unlauteren Motiven die falsche Seite gewählt hatten, andere waren Schwächlinge, wieder andere waren vom Haß auf den Kommunismus geleitet gewesen, und einige hatte der heimtückische Glamour des Faschismus verführt. Hassen konnte er keinen von ihnen. Aber dafür waren ihm auf einmal der eigene Ruhm, sein Heroismus und seine Unschuld vergällt.

Er mußte fort aus Frankreich, und da seine Großmutter Engländerin gewesen war, ging er nach London. Er sprach fließend Englisch und war mit den Landessitten vertraut, was ihm die selbstauferlegte Verbannung erträglicher machte. Aber er war nicht aus besonderer Zuneigung für das Land oder seine Bewohner nach England gekommen. Landschaftlich war es wunderschön, aber was war schon eine englische Landschaft gegen Frankreich? Doch da er dort nun einmal nicht mehr leben konnte, bot England sich am ehesten an. Auf irgendeiner Party in London – er konnte sich jetzt nicht mehr erinnern, wo oder bei wem –, hatte man ihn Henry Peverells Cousine Margaret vorgestellt. Sie war hübsch, sensibel und betörend kindlich. Und romantisch veranlagt, wie sie war, hatte sie sich Hals über Kopf in ihn verliebt, in sein Heldentum, seine Nationalität, ja sogar in seinen Akzent. Ihre blinde Verehrung hatte ihm geschmeichelt, und es wäre schwergefallen, auf ihre Verletzlichkeit (oder was er dafür ansah) nicht wenigstens mit Zuneigung und einer Art Beschützerinstinkt zu reagieren. Aber er hatte sie nie geliebt; geliebt hatte er nur einen Menschen auf der Welt. Seine Fähigkeit, mehr zu empfinden als bloße Zuneigung, war mit Chantal gestorben.

Doch er hatte Margaret geheiratet und auf vier Jahre mit nach Toronto genommen, und als sie des selbstauferlegten Exils überdrüssig wurden, waren sie, inzwischen mit zwei kleinen Kindern, nach London zurückgekehrt. Etienne folgte Henrys Aufforderung, in den Verlag einzutreten, hatte sein beachtliches Kapital in die Peverell Press gesteckt, seine Anteile dafür bekommen und den Rest seines Arbeitslebens in diesem extravaganten venezianischen Prachtbau zugebracht, der sich so fremdartig ausnahm, dort oben an dem Fluß im Norden. Alles in allem war er wohl einigermaßen zufrieden gewesen mit seinem Leben. Er wußte, daß die Leute ihn ziemlich langweilig fanden, und es überraschte ihn nicht, denn er ödete sich ja selber an. Seine Ehe jedenfalls hatte gehalten. Er hatte seine Frau Margaret Peverell so glücklich gemacht, wie sie es eben sein konnte. Allerdings hegte er den Verdacht, daß die Peverell-Frauen nicht sehr viel Talent zum Glücklichsein besaßen. Margaret hatte sich nichts so sehr gewünscht wie Kinder, und er hatte ihr pflichtschuldig zu dem Sohn und der Tochter verholfen, die sie sich erträumte. So dachte er, damals wie heute, über Elternschaft; es war um nichts anderes gegangen, als seiner Frau etwas zu beschaffen, das zu ihrem, wenn auch nicht zu seinem Glück nötig war, und für das er, wenn es erst einmal da war – nicht anders als ein Ring oder eine Halskette oder ein neues Auto –, keine weitere Verantwortung mehr trug, da alle Verantwortung mit dem Geschenk weitergereicht wurde.

Und nun war Gerard tot, und dieser unbekannte Polizist kam, um ihm mitzuteilen, daß man seinen Sohn ermordet hatte.

37

Kate und Daniel waren um zehn Uhr mit Rupert Farlow verabredet. Da sie wußten, daß es fast unmöglich sein würde, in Hillgate Village einen Parkplatz zu finden, ließen sie den Wagen vorsichtshalber gleich am Polizeirevier Notting Hill Gate stehen und gingen zu Fuß unter hohen Linden die sanft ansteigende Holland Park Avenue hinauf. Für Kate war es ein sonderbares Gefühl, sich so bald schon in diesem vertrauten Teil Londons wiederzufinden. Vor drei Tagen erst war sie aus ihrer alten Wohnung ausgezogen, aber anscheinend hatte sie das Viertel nicht nur konkret, sondern auch in der Phantasie verlassen, und daher sah sie jetzt, als sie sich Notting Hill Gate näherte, das lärmende Großstadtgewimmel mit den Augen einer Fremden. In Wahrheit hatte sich natürlich nichts verändert; weder die unharmonische, mittelmäßige Dreißiger-Jahre-Architektur noch der Schilderwald oder die Umzäunungen vor den handtuchgroßen Vorgärten, die ihr immer das Gefühl gaben, ein Herdentier im Pferch zu sein, und auch nicht die betongefaßten, länglichen Blumenbeete mit ihren kümmerlichen, eingestaubten immergrünen Sträuchern oder die Schaufenster mit den schreiend bunten Neonreklamen darüber, von den ewigen Verkehrsstaus ganz zu schweigen. Sogar der Bettler vor dem Supermarkt war noch da, dessen großer Schäferhund ihm zu Füßen auf einer Decke lag, während sein Herrchen die Passanten um Kleingeld anging, angeblich, um sich ein Sandwich kaufen zu können. Und hinter diesem ganzen regen Treiben lag Hillgate Village in seiner stuckverzierten, buntschillernden Beschaulichkeit.

Als sie an dem Bettler vorbei waren und an der Ampel auf Grün warteten, sagte Daniel: »Da, wo ich wohne, haben wir auch ’n paar von der Sorte. Ich hätte richtig Lust, in den Supermarkt reinzusausen und ihm ein Sandwich zu kaufen, wenn ich keine Angst hätte, wegen Störung der öffentlichen Ordnung belangt zu werden und wenn der Hund nicht sowieso schon total überfüttert wäre. Geben Sie Bettlern eigentlich was?«

»Nicht oft, und einem wie dem schon gar nicht. Aber manchmal doch, ja. Ich find's nicht richtig von mir, aber ich tu's trotzdem. Allerdings geb' ich nie mehr als ein Pfund.«

»Das postwendend in Alkohol und Drogen umgesetzt wird.«

»An ein Geschenk sollte man keine Bedingungen knüpfen. Das gilt auch für ein Pfund, das man einem Bettler stiftet. Aber schön, ich weiß, daß ich damit unter Umständen das Elend eines so armen Teufels indirekt noch vergrößere.«

Sie hatten die Straße inzwischen überquert, als er ohne jede Überleitung sagte: »Ich sollte nächsten Samstag eigentlich zur Bar-Mizwa meines Vetters gehen.«

»Na, dann gehen Sie – ich meine natürlich, falls es wirklich wichtig ist.«

»AD wäre jetzt bestimmt nicht erbaut von einem Urlaubsgesuch. Sie wissen doch, wie er ist, wenn wir an einem Fall dran sind.«

»Aber das dauert doch nicht den ganzen Tag, oder? Fragen Sie ihn. Er war sehr anständig, als Robbins einen Tag freihaben wollte, weil sein Onkel gestorben war.«

»Ja, aber da ging's um ein christliches Begräbnis, nicht um eine jüdische Bar-Mizwa.«

»Was für Bar-Mizwas gibt's denn sonst noch? Und seien Sie nicht unfair. Er ist nicht so, und das wissen Sie ganz gut. Wie gesagt, wenn's wichtig ist, fragen Sie ihn, wenn nicht, lassen Sie's bleiben.«

»Wichtig für wen?«

»Wie soll ich das wissen? Für den Jungen, nehme ich an.«

»Den kenne ich kaum. Ich bezweifle, daß es ihm was ausmacht, ob ich dabei bin oder nicht. Aber wir sind eine kleine Familie, er hat nur meinen Bruder und mich als Vettern. Wahrscheinlich würde er sich schon freuen, wenn ich käme. Meiner Tante wär's vermutlich lieber, ich bliebe weg. Dann hätte sie wieder was Neues, das sie meiner Mutter übelnehmen kann.«

»Sie können's kaum erwarten, daß AD entscheidet, was wichtiger ist, Ihrem Cousin eine Freude zu machen oder Ihre Tante zu ärgern. Wenn es für Sie wichtig ist, dann sollten Sie hingehen, basta. Warum machen Sie so eine große Sache daraus?«

Er antwortete nicht, und während sie die Hillgate Street raufgingen, dachte sie: vielleicht, weil es für ihn eine große Sache ist. Und im nachhinein wunderte sie sich über das kurze Gespräch. Es war das erstemal, daß er, wenn auch ganz vorsichtig, die Tür zu seinem Privatleben geöffnet hatte. Und sie hatte geglaubt, er würde, genau wie sie, diese im wesentlichen unangetastete Pforte mit fast zwanghafter Wachsamkeit hüten. In den drei Monaten, seit er zum Dezernat gekommen war, hatten sie noch nie darüber gesprochen, daß er Jude war, und sich auch sonst kaum über etwas anderes als die Arbeit unterhalten. Suchte er jetzt ehrlich einen Rat, oder benutzte er Kate nur, um sich Klarheit über die eigenen Gedanken zu verschaffen? Und wenn er Rat wollte, dann war es erstaunlich, daß er deswegen zu ihr kam. Sie hatte von Anfang an eine Abwehrhaltung bei ihm gespürt, die, wenn man nicht taktvoll damit umging, heikel werden konnte, und es ärgerte sie, wenn in einer beruflichen Beziehung Takt vonnöten war. Der Polizeidienst war stressig genug, auch ohne daß man sich auf einen Kollegen besonders einstellen oder ihn gar mit Samthandschuhen anfassen mußte. Und doch mochte sie Daniel, oder, um die Wahrheit zu sagen, sie fing an, ihn zu mögen, ohne daß sie genau gewußt hätte, warum. Er war stämmig gebaut, kaum größer als sie, hatte ausgeprägte Gesichtszüge, blondes Haar und schiefergraue Augen, die wie geschliffene Kiesel glänzten. Wenn er zornig war, verdunkelten sie sich, bis sie beinahe schwarz aussahen. Sie erkannte sowohl seine Intelligenz als auch einen Ehrgeiz, der den ihren widerspiegelte. Und er hatte wenigstens keine Komplexe, wenn es darum ging, mit einer Frau zusammenzuarbeiten, die ihm als Dienstältere übergeordnet war, und wenn es ihm doch etwas ausmachte, dann verstand er es jedenfalls besser als seine Kollegen, dies zu verbergen. Kate sagte sich auch, daß sie anfing, ihn attraktiv zu finden, als ob dieses nüchterne Eingeständnis sie vor eventuellen törichten Anwandlungen bewahren könnte. Sie hatte schon zu viele Kollegen gesehen, die sich ihr Leben ruinierten, weil sie sich in ein Verhältnis mit einem Kollegen einließen, das immer sehr viel leichter zu beginnen als zu beenden war.

Um sein Vertrauen zu erwidern und auch, weil sie fürchtete, eben zu schroff gewesen zu sein, sagte sie: »Bei uns auf der Gesamtschule in Ancroft waren bestimmt ein Dutzend verschiedener Religionen vertreten, und da war immer irgendein Fest oder ein Feiertag angesagt. Normalerweise waren das Kostümfeste, bei denen ordentlich Krach gemacht wurde. Die Schule vertrat offiziell den Standpunkt, daß alle Religionen gleich wichtig seien, aber ich muß zugeben, daß ich daraus letzten Endes den Schluß zog, sie seien alle gleich unwichtig. Vermutlich kommt das dabei heraus, wenn man Religion nicht mit innerer Überzeugung lehrt – dann wird sie halt ein langweiliges Fach, genau wie jedes andere. Vielleicht bin ich aber auch bloß ein geborener Heide. Ich hab's nicht so mit diesem ganzen Theater um Sünde, Gottesstrafe, Opfer und Buße. Wenn ich einen Gott hätte, dann wünschte ich ihn mir intelligent, fröhlich und amüsant.«

»Ich glaube, auch der würde Ihnen auf dem Weg in die Gaskammer kein großer Trost sein«, sagte Daniel. »Da wäre Ihnen ein rächender Gott vielleicht sogar lieber. Übrigens, das ist doch die Straße, oder?«

Sie fragte sich, ob er das Thema leid war oder bloß wieder etwas Distanz schaffen wollte. »Ja, stimmt«, sagte sie, »sieht aus, als wären die Häuser mit den hohen Nummern am anderen Ende.«

Links vom Eingang befand sich eine Türsprechanlage. Kate drückte auf die Klingel, und als sich eine Männerstimme meldete, sagte sie: »Hier sind Inspector Miskin und Inspector Aaron. Wir möchten zu Mr. Farlow. Er erwartet uns.«

Sie lauschte auf den Summton, um nicht den Moment zu verpassen, in dem die Tür sich öffnen ließ, aber statt dessen sagte dieselbe Stimme: »Ich komm' runter.«

Sie warteten anderthalb Minuten, aber Kate kam es länger vor.

Sie sah schon zum zweitenmal nach der Uhr, als die Tür aufging und sie einem untersetzten jungen Mann gegenüberstanden, der barfuß war und hautenge, blauweiß karierte Hosen und ein weißes Sweatshirt trug. Sein Haar war zu einem ganz kurzen Mecki geschoren, wodurch der runde Schädel aussah wie ein borstiger Besen. Er hatte eine breite, fleischige Nase, und die kurzen, drallen, braun behaarten Arme waren weich und mollig wie die eines Kindes. Kate fand ihn knuddelig wie einen Teddybären; fehlte nur noch das Preisschild an dem Ohrstecker in seinem linken Ohr, und die Illusion wäre perfekt. Aber die wäßrig blauen Augen sahen ihr mißtrauisch entgegen, ein Ausdruck, der sich dann, als der Blick des Mannes dem ihren begegnete, in offene Feindseligkeit verwandelte. Als er sprach, lag nichts Einladendes in seiner Stimme. Ohne von dem dargebotenen Dienstausweis Notiz zu nehmen, sagte er: »Sie kommen wohl besser mit rauf.«

In dem schmalen Flur war es sehr warm, und die Luft war mit einem exotischen Duft parfümiert, teils würzig herb, teils blumig, den Kate ganz angenehm gefunden hätte, wenn er nur nicht so stark gewesen wäre. Sie folgten ihrem Führer die schmale Treppe hinauf und fanden sich in einem Wohnraum wieder, der die ganze Länge des Hauses einnahm. Ein Rundbogen zeigte an, wo sich früher eine Trennwand befunden hatte. An der Rückseite war ein kleiner Wintergarten mit Blick ins Grüne angebaut. Kate, die von sich glaubte, sie beherrsche die Kunst, ihre Umgebung in allen Einzelheiten wahrzunehmen, ohne dabei ihre Neugier zu verraten, hatte vorerst nur Augen für den Mann, dessentwegen sie gekommen waren. Er saß halb aufgerichtet, von mehreren Kissen gestützt, in einem Bett rechts von der Tür zum Wintergarten, und man sah auf den ersten Blick, daß er im Sterben lag. Sie hatte dieses äußerste Stadium der Auszehrung schon oft genug im Fernsehen gesehen, hatte fast routinemäßig die hohlen, teilnahmslosen Augen und die ausgemergelten Gliedmaßen wahrgenommen. Als sie jedoch jetzt zum erstenmal der Bildschirmrealität in Wirklichkeit begegnete, konnte sie nicht begreifen, wie ein menschliches Wesen so hinfällig sein und immer noch atmen konnte, oder wie die riesengroßen Augen, die in den Höhlen zu schweben schienen, sie noch so wach, leicht ironisch, ja belustigt mustern konnten. Er trug einen Morgenrock aus scharlachroter Seide, deren Leuchtkraft den geisterbleichen, gelblichen Teint des Kranken freilich nicht mehr zu beleben vermochte. Dicht am Kopfende des Bettes stand ein Kartentisch mit einem Stuhl davor, und auf dem grünen Filzbelag lagen zwei Spiele bereit. Rupert Farlow und sein Freund hatten offenbar eben eine Partie Canasta beginnen wollen.

Farlows Stimme war nicht kräftig, aber sie zitterte auch nicht: sein eigentliches Ich war noch lebendig und in den hohen, klaren Tönen erkennbar. »Verzeihen Sie, wenn ich nicht aufstehe. Der Geist ist willig, doch das Fleisch ist schwach. Ich muß meine Kräfte schonen, damit ich mich nachher noch wehren kann, wenn Ray versucht, in mein Blatt zu linsen. Aber bitte setzen Sie sich doch, falls Sie irgendwo einen Platz finden. Möchten Sie was trinken? Ich weiß, das dürfen Sie im Dienst eigentlich nicht, aber ich bestehe darauf, dies als Privatbesuch zu betrachten. Ray, wo hast du denn die Flasche versteckt?«

Der junge Mann, der sich inzwischen an den Kartentisch gesetzt hatte, rührte sich nicht. »Danke, aber wir trinken nichts«, sagte Kate. »Wir werden Sie auch nicht lange aufhalten. Wir haben nur ein paar Fragen wegen Donnerstag abend.«

»Hab' ich mir schon gedacht.«

»Mr. de Witt sagt, er sei nach der Arbeit direkt nach Hause gekommen und dann den ganzen Abend hier bei Ihnen geblieben. Können Sie das bestätigen?«

»Wenn James Ihnen das gesagt hat, dann stimmt's auch. James lügt nie. Das ist eine der Eigenschaften, die seine Freunde so nervig an ihm finden.«

»Dann ist es also wahr?«

»Natürlich, wenn er's gesagt hat.«

»Um welche Zeit ist er nach Hause gekommen?«

»Wie üblich. Gegen halb sieben, oder? Er kann Ihnen das genau sagen. Bestimmt *hat* er's Ihnen schon gesagt.«

Kate, die einen Stapel Zeitschriften auf die Seite geschoben hatte, saß jetzt auf einem viktorianischen Sofa gegenüber dem Bett. »Wie lange leben Sie hier schon mit Mr. de Witt zusammen?« fragte sie.

Rupert Farlow richtete seine riesigen, schmerzerfüllten Augen auf sie und bewegte den Kopf so langsam, als wäre das Gewicht des kahlen Schädels dem Hals viel zu schwer. »Fragen Sie mich, wie lange ich dieses Haus mit ihm teile, im Gegensatz zu, sagen wir, seinem Leben, seinem Bett?«

»Ja, genau das möchte ich wissen.«

»Vier Monate, zwei Wochen, drei Tage. Er hat mich aus dem Hospiz rausgeholt. Warum, weiß ich nicht genau. Vielleicht macht der Kontakt mit Sterbenden ihn an. Bei manchen Leuten ist das so. Jedenfalls hatten wir im Hospiz keinen Mangel an Besuchern, da können Sie sicher sein. Wir sind die einzige karitative Organisation, für die sich immer freiwillige Helfer finden. Sex und Tod, ein großer Scharfmacher. Wir waren übrigens kein Liebespaar, James und ich. Er ist verknallt in diese langweilige, bürgerliche Frances Peverell. James ist ein deprimierend konsequenter Hetero. Sie brauchen also keine Angst zu haben, ihm die Hand zu schütteln, oder sich auch noch intimeren Körperkontakten hinzugeben, falls Sie Ihr Glück versuchen möchten.«

»Er ist also um halb sieben von der Arbeit gekommen«, sagte Daniel. »Ist er später noch mal weggegangen?«

»Nicht daß ich wüßte. Er ist gegen elf rauf ins Bett, und er war hier, als ich um halb vier und um Viertel nach vier und um Viertel vor sechs wach wurde. Ich hab' mir die Uhrzeiten sorgfältig notiert. Ach, und gegen sieben Uhr früh hat er diverse unappetitliche Dinge für mich verrichtet. Dazwischen wäre ihm bestimmt nicht genug Zeit geblieben, um nach Innocent House zurückzufahren und Gerard Etienne zu erledigen. Aber ich warne Sie lieber gleich, ich bin nicht besonders verläßlich. Ich würde das auf jeden Fall behaupten. Schließlich ist es ja nicht gerade in meinem Interesse, daß Sie James ins Loch stecken, oder?«

»Aber sich an einem Mord mitschuldig zu machen«, warf Daniel ein, »liegt bestimmt auch nicht in Ihrem Interesse.«

»Ach, das juckt mich nicht. Wenn Sie James einbuchten, dann können Sie mich gleich dazulegen. Ich würde dem Strafvollzug bestimmt mehr Scherereien machen als umgekehrt. Das ist der Vorteil am Sterben. Es hat nicht viel für sich, aber es enthebt einen immerhin dem Zugriff der Polizei. Trotzdem, ich muß versuchen, Ihnen behilflich zu sein, nicht wahr? Also einen erhärtenden Beweis haben wir. Du hast doch um halb acht hier angerufen und mit James gesprochen, oder, Ray?«

Ray hatte inzwischen schon das zweite Kartenspiel in der Hand und mischte gekonnt. »Ja, stimmt, halb acht. Hab' angerufen, weil ich checken wollte, wie's läuft. Er war dran.«

»Na bitte. Bin ich nicht ein kluges Kerlchen, daß ich mich daran erinnert hab'?«

Kate rief plötzlich spontan dazwischen: »Sind Sie – aber natürlich, Sie müssen's sein, Sie sind doch der Rupert Farlow, der *Fruit Cage* geschrieben hat, nicht?«

»Haben Sie's gelesen?«

»Ein Freund hat's mir letztes Jahr zu Weihnachten geschenkt. Er hat sich große Mühe gegeben und sogar noch ein gebundenes Exemplar aufgetrieben. Die Hard-cover-Ausgabe ist anscheinend inzwischen sehr begehrt. Mein Freund erzählte mir, daß die erste Auflage vergriffen und nicht mehr nachgedruckt worden ist.«

»Eine belesene Polizistin. Ich dachte, so was gibt's bloß in Romanen. Und, hat's Ihnen gefallen?«

»O ja, sehr.« Sie stockte und setzte dann hinzu: »Ich fand es einfach hinreißend.«

Er hob den Kopf und sah sie an. Seine Stimme veränderte sich, und er sprach jetzt so leise, daß sie ihn kaum noch verstehen konnte. »Ich war selber ganz zufrieden damit.«

Entsetzt stellte sie fest, daß er Tränen in den Augen hatte. Der ausgemergelte Körper in dem scharlachroten Leichenhemd fing an zu zittern, und plötzlich drängte es sie, so stark, daß sie sich beinahe körperlich dagegen wehren mußte, aufzustehen und ihn in die Arme zu nehmen. Sie schaute weg und sagte, um einen normalen Tonfall ringend: »Wir wollen Sie jetzt nicht weiter ermüden, aber wir müssen vielleicht noch mal wiederkommen und Sie bitten, Ihre Aussage zu Protokoll zu geben.«

»Kein Problem, ich bin immer zu Hause. Und wenn nicht, dann werden Sie Ihr Protokoll wohl auch nicht mehr kriegen. Ray bringt Sie raus.«

Die drei gingen schweigend die Treppe hinunter. An der Haustür drehte Daniel sich um. »Mr. de Witt hat ausgesagt, daß am Donnerstag abend niemand bei ihm zu Hause angerufen hat. Einer von Ihnen lügt also oder muß sich irren. Sind Sie's?«

Der junge Mann zuckte nur die Achseln. »Okay, vielleicht hab' ich mich geirrt. Ist ja keine große Affäre. Vielleicht war's 'n anderer Abend.«

»Oder gar keiner? Es ist gefährlich, in einem Mordfall zu lügen. Gefährlich für Sie und für die, die unschuldig sind. Falls Sie irgendeinen Einfluß auf Mr. Farlow haben, sollten Sie ihm klarmachen, daß er seinem Freund am besten helfen kann, wenn er uns die Wahrheit sagt.«

Ray hatte die Hand auf der Klinke. »Kommen Sie mir doch nicht mit dem Scheiß«, spottete er. »Das sagt die Polizei ja immer, daß man sich und den Unschuldigen hilft, wenn man die Wahrheit sagt. In Wirklichkeit sind's die Bullen, die was davon haben, wenn man ihnen reinen Wein einschenkt. Also versuchen Sie uns nicht weiszumachen, es wär' in unserem Interesse. Und wenn Sie noch mal kommen wollen, dann rufen Sie gefälligst vorher an. Er ist zu schwach für solche Überfälle.«

Daniel machte den Mund auf, beherrschte sich aber und sagte nichts. Die Tür wurde energisch hinter ihnen geschlossen. Zuerst gingen sie schweigend die Hillgate Street hinunter. Dann sagte Kate: »Den Roman hätte ich nicht erwähnen dürfen.«

»Wieso nicht? Was war denn schon dabei – das heißt, falls Sie's ehrlich gemeint haben, daß er Ihnen so gut gefiel?«

»Gerade weil ich's ehrlich meinte, war's verkehrt.« Und nach einer kleinen Pause fragte sie: »Was glauben Sie, daß das Alibi wert ist?«

»Nicht viel. Aber wenn er dabei bleibt, und ich denke, das wird er, dann sind wir geliefert, egal, was wir sonst noch über de Witt ausgraben.«

»Nicht unbedingt. Es hängt davon ab, wie brauchbar die weiteren Beweise sind. Und wenn uns das Alibi nicht überzeugt, dann wird es auch die Geschworenen nicht überzeugen.«

»Vorausgesetzt, wir kriegen den Typen je vor ein Geschworenengericht.«

»Eins hat mich allerdings stutzig gemacht«, sagte Kate nachdenklich. »Es könnte Zufall sein, aber ich weiß nicht recht. Sein Freund, dieser Ray, hat gelogen, das ist klar, aber woher wußte Farlow, daß das Alibi für circa halb acht gebraucht wird? Oder war das nur gut geraten?«

38

Dalgliesh' Termin bei Jean-Philippe Etienne, den Claudia Etienne vermittelt hatte, war auf zehn Uhr dreißig angesetzt, was einen angenehm frühen Start in London erforderlich machte. Für einen Mann, der frei über seinen Tag verfügen konnte, war Etiennes Zeitangabe erstaunlich präzise gewesen. Dalgliesh überlegte, ob sie womöglich so gewählt war, daß Etienne, selbst wenn das Gespräch sich länger hinzöge als erwartet, nicht genötigt wäre, ihn zum Mittagessen einzuladen. Auch das war ihm recht. Allein in einem fremden Ort zu speisen, wo ihn kein Mensch behelligte, weil niemand ihn erkannte, in einem Restaurant, wo er sicher sein durfte, daß kein Anruf ihn erreichen würde, das war selbst dann ein Vergnügen, wenn die Küche nicht viel zu bieten hatte, und er war fest entschlossen, die seltene Gelegenheit nach dem Verhör zu nutzen. Nachmittags um vier hatte er eine Sitzung im Yard, von wo er direkt weiterfahren würde nach Wapping, um Kates Bericht entgegenzunehmen. Es blieb ihm also keine Zeit für einen einsamen Spaziergang oder die Besichtigung einer alten Kirche am Wegrand. Aber essen, sagte er sich, essen muß jeder Mensch.

Es war noch dunkel, als er losfuhr, erst allmählich dämmerte ein trockener, aber trüber Morgen herauf. Doch kaum daß er die letzten östlichen Vororte hinter sich gelassen hatte und in die eintönige Landschaft von Essex mit ihren stumpfen Farben kam, lichtete sich der graue Himmel zu einem durchsichtig weißen Dunstschleier, hinter dem später vielleicht auch noch die Sonne hervorkommen mochte. Jenseits der gestutzten Hecken mit den vereinzelten, windzerzausten Bäumen erstreckten sich die abgeernteten Herbstfelder, aus denen hie und da schon die ersten grünen Hälmchen der Wintersaat spitzten, bis zum Horizont. Dalgliesh fühlte sich seltsam frei unter dem weiten Himmel von East Anglia, als ob das Gewicht einer altvertrauten Last vorübergehend von ihm genommen wäre.

Er dachte an den Mann, den er treffen sollte. Zwar kam er mit nur sehr geringen Erwartungen nach Othona House, aber ganz unvorbereitet war er nicht. Für detaillierte Recherchen über Etiennes Vergangenheit war natürlich keine Zeit gewesen, doch er hatte etwa eine Dreiviertelstunde in der London Library, der bekanntesten Leihbibliothek Englands, verbracht und außerdem mit einem ehemaligen Mitglied der Résistance in Paris telefoniert, dessen Namen er einem Kontaktmann in der französischen Botschaft verdankte. Und so wußte er jetzt immerhin einiges über Jean-Philippe Etienne, den Helden der Résistance im Vichy-Frankreich.

Etiennes Vater hatte in Clermont-Ferrand eine gutgehende Zeitung nebst Druckerei besessen und war eines der ersten und aktivsten Mitglieder der Organisation de Résistance de l'Armée gewesen. Als er 1941 an Krebs starb, erbte sein einziger Sohn, der gerade jung verheiratet war, den Betrieb und übernahm auch die Rolle des Vaters im Kampf gegen das Vichy-Regime und die deutschen Besatzer. Wie sein Vater war auch er ein glühender Gaullist und überzeugter Antikommunist. Er mißtraute der Front National, die von den Kommunisten gegründet war, und daran konnte auch die Tatsache nichts ändern, daß viele seiner Freunde – ob Christen, Sozialisten oder Intellektuelle – Mitglieder der Front waren. Aber er war von Natur aus ein Einzelgänger und arbeitete am liebsten allein mit seiner kleinen, im geheimen rekrutierten Truppe. Ohne daß es zum offenen Streit mit den großen Organisationen gekommen wäre, hatte Etienne sich mehr und mehr distanziert und stärker der Propaganda als dem bewaffneten Kampf verschrieben, hatte seine eigene Untergrundzeitung und Flugblätter verteilt, die die Alliierten aus der Luft abwarfen, hatte London regelmäßig mit – allerdings wertlosen – Informationen versorgt und sogar versucht, deutsche Soldaten zu beeinflussen und zu demoralisieren, indem er Propagandamaterial in ihre Stellungen einschleuste. Die Stammzeitung wurde weitergeführt, war jedoch inzwischen weniger Nachrichtenorgan als Literaturzeitschrift, und ihrem vorsichtig taktierenden, unpolitischen Kurs hatte Etienne es zu verdanken, daß er, trotz strenger Rationierungsmaßnahmen, mehr Papier und Druckerschwärze bewilligt bekam, als ihm zustand. Und mit Sparsamkeit und List gelang es ihm, immer wieder Vorräte für seine Untergrundpresse abzuzweigen.

Vier Jahre lang hatte er sein Doppelleben so erfolgreich durchgehalten, daß weder die Deutschen ihn je verdächtigten, noch seine Brüder in der Résistance ihn als Kollaborateur anprangerten. Sein ohnehin tiefes Mißtrauen gegen den Maquis hatte sich noch verstärkt, als 1943 eine der aktiveren Gruppen einen Zug in die Luft sprengte und seine eigene Frau bei dem Unglück ums Leben kam. Als der Krieg zu Ende war, wurde er als Held gefeiert, kein so bekannter wie Alphonse Rosier, Serge Fischer oder Henri Martin, aber in den Registern der Bücher über die französische Résistance fand sich immerhin sein Name. Er hatte sich seine Orden ebenso redlich verdient wie seinen Frieden im späteren Exil.

Keine zwei Stunden nachdem er London verlassen hatte, bog Dalgliesh von der A 12 erst nach Südosten, Richtung Maldon, ab und fuhr dann noch weiter östlich durch eine flache, wenig abwechslungsreiche Landschaft bis zu dem hübschen Dorf Bradwell-on-Sea mit seinem viereckigen Kirchturm und den rosa, weiß oder braun gestrichenen Schindelhäusern, vor deren Türen Körbe mit späten Chrysanthemen hingen. Er merkte sich das *King's Head* als mögliches Restaurant fürs Mittagessen. Eine kleine Nebenstraße war als Zufahrt zur Kapelle St.-Peter-on-the-Wall ausgeschildert, und bald kam auch wirklich in der Ferne ein rechteckiger Turm in Sicht, der hoch gen Himmel ragte. Die Kapelle sah heute noch genauso aus wie damals, als er als Zehnjähriger von seinem Vater hergeführt worden war: in der Formgebung so schlicht und primitiv wie ein Puppenhaus. Hinter einem hölzernen Drehkreuz, das den motorisierten Verkehr aussperrte, zweigte ein unbefestigter Fußweg von der Landstraße zur Kapelle ab, aber das Sträßchen nach Othona House, das ein paar hundert Meter weiter rechts abging, war für den Kraftverkehr frei. Auf einem Hinweisschild, das schon ganz verwittert und kaum noch leserlich war, stand in handgemalten Buchstaben der Name des Hauses, dessen Dach und Schornsteine schon von fern erkennbar waren. Dieser Weg war anscheinend die einzige Zufahrt. Ein wirkungsvolleres Abschreckungsmittel hätte Etienne schwerlich finden können, dachte Dalgliesh und überlegte, ob er nicht lieber die halbe Meile zu Fuß gehen solle, statt seine Felgen zu gefährden. Mit einem Blick auf die Uhr stellte er fest, daß es fünf vor halb elf war. Er würde auf die Minute pünktlich sein.

Der Weg zum Othona House war mit tiefen Furchen durchzogen, und in den Schlaglöchern stand noch das Wasser vom Regen der letzten Nacht. Auf der einen Seite der Zufahrt dehnte sich Ackerland, soweit das Auge reichte und ohne daß zwischendurch einmal eine Hecke oder ein Haus für Abwechslung gesorgt hätte. Zur Linken erstreckte sich ein breiter Graben, gesäumt von Brombeerbüschen, die sich unter ihrer Beerenlast bogen, und dahinter erhob sich ein lückenhafter Baumstreifen, die schrundigen Stämme dicht mit Efeu bewachsen. Das hohe, welke Gras zu beiden Seiten des Weges, an dem schon schwer und prall die Samenkapseln hingen, wiegte sich unruhig im Wind. Obwohl Dalgliesh ganz langsam und vorsichtig fuhr, ruckelte und schlingerte der Jaguar so arg, daß es ihm schon leid tat, nicht doch am Eingang zum Anwesen geparkt zu haben, aber da wurden die Schlaglöcher auf einmal weniger, die Spalten waren nicht mehr so tief, und auf den letzten hundert Metern konnte er sogar Gas geben.

Das Haus lag hinter einer hochgewölbten Ziegelmauer, die verhältnismäßig neu wirkte, und war bis auf Dach und Schornsteine immer noch unsichtbar. Trotzdem war es nicht schwer zu erraten, daß der Eingang auf der Seeseite liegen mußte. Er folgte der Mauer in weitem Bogen nach rechts und sah das Haus zum erstenmal deutlich vor sich.

Es war eine kleine, wohlproportionierte Villa mit warm getönter Backsteinfassade im Queen-Anne-Stil. Der Haupteingang war von einem Doppelgiebel gekrönt, dessen Wölbung im eleganten Schwung der Säulenhalle wiederaufgenommen wurde. Rechts und links vom Mitteltrakt erstreckten sich die Seitenflügel, beide identisch, mit achtfach unterteilten Fenstern unter einem Steinsims, verziert mit eingemeißelten Muschelschalen, der einzigen Reminiszenz an den Standort des Hauses. Gleichwohl wirkte es seltsam deplaziert und hätte mit seiner erhabenen Symmetrie und der harmonisch ausgereiften Architektur besser auf einen Domhof gepaßt als an diese öde, verlassene Landspitze. Einen direkten Zugang zum Meer gab es offenbar nicht. Zwischen der See und Othona House erstreckten sich etwa hundert Meter Salzsumpf, durchzogen von unzähligen kleinen Wasserläufen, ein tückischer, durchweichter Teppich aus sanften Blau-, Grün- und Grautönen, mit vereinzelten grünschillernden Prielen dazwischen, in denen die Meerwasserlachen so verführerisch funkelten, als sei das Marschland mit Edelsteinen besetzt. Hören konnte er das Meer zwar, aber da es ein ruhiger Tag war und nur ein leichter Wind durchs Schilf strich, drang es so sachte an sein Ohr wie ein leise ersterbender Seufzer.

Er klingelte und hörte, wie das gedämpfte Läuten sich drinnen fortsetzte, aber es dauerte noch über eine Minute, bevor er das Schlurfen nahender Schritte vernahm. Knarzend wurde ein Riegel zurückgeschoben, und er hörte, wie sich der Schlüssel drehte. Dann ging die Tür auf.

Die Frau, die ihn ausdruckslos ansah, war alt – wahrscheinlich an die Achtzig, dachte er –, aber ihre fleischig-korpulente Gestalt hatte nichts Hinfälliges. Sie trug ein schwarzes, hochgeschlossenes Kleid, das am Hals mit einer von matten Staubperlen gefaßten Onyxbrosche befestigt war. Ihre Beine über den schwarzen Schnürschuhen waren stark geschwollen, und der hochgeschnürte Busen wölbte sich formlos wie ein Polster über einer wallenden, weißgestärkten Schürze. Ihr breites Gesicht hatte die Farbe von Pastetenteig, und die Wangenknochen sprangen scharf wie Riffe unter den faltigen, argwöhnischen Augen hervor. Bevor er etwas sagen konnte, fragte sie: *»Vous êtes le Commandant Dalgliesh?«*

»Oui, Madame, je viens voir Monsieur Etienne, s'il vous plaît.«

»Folgen Sie mir.«

Sie sprach seinen Namen so entstellt aus, daß er ihn auf Anhieb gar nicht wiedererkannte, aber ihre Stimme war tief und kräftig, mit einem Ton selbstbewußter Autorität. Die Frau mochte in Othona House zum Personal zählen, aber unterwürfig war sie nicht. Sie trat zur Seite, um ihn hereinzulassen, und er wartete, bis sie die Tür wieder verschlossen und gesichert hatte. Der Riegel über ihrem Kopf war schwer, der Schlüssel groß und altmodisch, und es kostete sie einige Mühe, ihn umzudrehen. Die Venen an ihren altersbleichen, fleckigen Händen standen vor wie purpurne Seilstränge, und die kräftigen, abgearbeiteten Finger waren voller Gichtknoten.

Sie führte ihn durch eine holzgetäfelte Diele zu einem Zimmer im rückwärtigen Teil des Hauses. Peinlich auf Abstand bedacht, als ob er eine ansteckende Krankheit hätte, meldete sie ihn an. *»Le Commandant Dalgliesh.«* Dann schloß sie die Tür so nachdrücklich, als käme es ihr vor allem darauf an, sich von diesem unerwünschten Gast zu distanzieren.

Der Raum war überraschend hell nach dem Dunkel des Flurs. Zwei hohe, mehrfach unterteilte und mit Läden versehene Fenster gingen auf einen baumlosen Garten hinaus, der von gepflasterten Wegen unterteilt und anscheinend dem Anbau von Gemüsen und Kräutern vorbehalten war. Der einzige Farbtupfer kam von den großen Terrakotta-Trögen voll später Geranien, die den Hauptweg säumten. Der Raum diente offenbar gleichzeitig als Wohnzimmer und als Bibliothek. Drei Wände waren bis zu einer bequem erreichbaren Höhe von Bücherregalen gesäumt, und darüber hingen Drucke und Landkarten. Auch auf dem Trommeltisch in der Mitte des Zimmers türmten sich Bücher. Linker Hand befand sich ein gemauerter Kamin, in dem ein kleines Holzfeuer brannte. Der Kaminaufsatz war von schlichter Eleganz.

Jean-Philippe Etienne saß in einem hochlehnigen grünen Ledersessel rechts vom Feuer, machte aber keine Anstalten, seinen Gast zu begrüßen, bis Dalgliesh fast vor ihm stand. Da endlich erhob er sich und streckte ihm die Hand entgegen. Dalgliesh spürte die Berührung der kalten Finger kaum zwei Sekunden lang. Die Zeit, so dachte er in diesem Moment, vermag wahrlich jede Persönlichkeit zum Stereotyp reduzieren. Sie kann die Züge eines älteren Menschen erschlaffen und zerfließen lassen, bis sie nichtssagend und kindisch wirken, oder sie entblößt sie so radikal, bis nur noch Knochen und Muskeln übrig sind und der Tod bereits dem lebenden Menschen aus den eingesunkenen Augen starrt. Bei Etienne war ihm, als könne er die Kontur jedes Knochens, das Zucken jedes Muskels in seinem Gesicht verfolgen. Seine hagere Gestalt war immer noch aufrecht, auch wenn er einen steifen Gang hatte, und die elegant gepflegte Erscheinung verriet keinerlei Zeichen von Altersschwäche. Das schüttere graue Haar war aus der hohen Stirn zurückgekämmt, der breite Mund unter der vorspringenden, langen Nase war extrem dünnlippig, die großen Ohren lagen flach am Kopf, und die Adern unterhalb der hohen Wangenknochen sahen aus, als würde jeden Moment das Blut austreten. Er trug eine Samtjoppe mit Paspelverschluß, die an eine viktorianische Hausjacke erinnerte, und dazu schwarze, enganliegende Hosen. Genauso hätte ein Gutsbesitzer aus dem neunzehnten Jahrhundert sich erheben können, um einen Gast zu begrüßen, aber dieser Gast, das spürte Dalgliesh sofort, war hier in der eleganten Bibliothek ebensowenig willkommen wie vorhin draußen an der Haustür. Etienne lud ihn ein, ihm gegenüber Platz zu nehmen, setzte sich als erster und sagte: »Claudia hat mir Ihren Brief überbracht, aber bitte ersparen Sie mir neuerliche Beileidsbekundungen. Aufrichtig könnten sie ja ohnehin nicht sein, denn Sie haben meinen Sohn schließlich nicht gekannt.«

»Man braucht einen Menschen nicht persönlich zu kennen«, sagte Dalgliesh, »um es zu bedauern, daß er allzu früh und sinnlos sterben mußte.«

»Da haben Sie natürlich recht. Wenn ein Junger stirbt, hadert man immer besonders mit der Ungerechtigkeit des Todes, der die Jungen abberuft und die Alten weiterleben läßt. Darf ich Ihnen etwas anbieten? Wein? Kaffee?«

»Kaffee, bitte, Sir.«

Etienne trat hinaus auf den Gang und schloß die Tür hinter sich. Dalgliesh konnte ihn rufen hören, wie ihm schien, auf Französisch. Rechts vom Kamin hing eine bestickte Klingelschnur, aber die mochte Etienne im Umgang mit seinen Hausgenossen offenbar nicht benutzen. Als er zurückkam und sich wieder auf seinen Platz setzte, sagte er: »Ich sehe ein, daß Sie herkommen mußten. Aber es gibt nichts, womit ich Ihnen weiterhelfen könnte. Ich habe keine Ahnung, warum mein Sohn gestorben ist, es sei denn, und das dünkt mich am wahrscheinlichsten, es war ein Unfall.«

»Aber bei diesem Tod sind uns eine Reihe von Ungereimtheiten aufgefallen«, wandte Dalgliesh ein, »die auf Fremdeinwirkung schließen lassen. Ich weiß, daß der Gedanke schmerzlich für Sie sein muß, und es tut mir aufrichtig leid.«

»Was sind das für Ungereimtheiten?«

»Einmal die Tatsache, daß er ausgerechnet in einem Raum, in dem er sich sonst fast nie aufhielt, an Kohlenmonoxydvergiftung starb. Dann eine abgerissene Zugschnur an einem Oberlicht, die möglicherweise präpariert war, damit das Fenster sich nicht öffnen ließ. Ein fehlendes Diktiergerät. Ein abgeschraubter Gashahn, der entfernt worden sein könnte, als der Ofen schon eingeschaltet war. Der Zustand, in dem die Leiche gefunden wurde ...«

»Das ist mir alles nicht neu«, unterbrach ihn Etienne. »Sie wissen ja, daß meine Tochter gestern hiergewesen ist. Was Sie da anführen, sind aber doch alles nur Indizien. Waren denn Fingerabdrücke auf dem Gashahn?«

»Nur verwischte. Für brauchbare Spuren ist die Fläche nicht groß genug.«

»Selbst im Verbund betrachtet sind diese Spekulationen weniger – ungereimt, war das nicht Ihr Ausdruck? – als die Vorstellung, daß Gerard ermordet wurde. Ungereimtheiten sind keine Beweise. Die Sache mit der Schlange klammere ich ganz bewußt aus. Ich weiß, daß ein abgefeimter Possenreißer in Innocent House sein Unwesen treibt. Aber dessen Streiche verdienen wohl kaum die Aufmerksamkeit eines Commanders von New Scotland Yard.«

»O doch, Sir, das tun sie sehr wohl, wenn sie nämlich mit einem Mord in Zusammenhang stehen, respektive ihn verkomplizieren oder den Tathergang verdunkeln.«

Im Flur erklangen Schritte. Etienne ging sofort zur Tür und öffnete der Haushälterin. Sie kam mit einem Tablett herein, auf dem eine Kaffeekanne, ein brauner Krug, Zucker und eine einzelne große Tasse standen. Als sie das Tablett auf den Tisch gestellt hatte, wechselte sie nur einen Blick mit Etienne und ging gleich wieder hinaus. Etienne schenkte den Kaffee ein und brachte Dalgliesh die Tasse. Es war offensichtlich, daß er nicht mittrinken würde, und Dalgliesh fragte sich, ob das womöglich ein nicht sehr subtiler Trick sei, der ihn in eine unvorteilhafte Position manövrieren sollte. Da sich kein Tisch in Reichweite befand, stellte er die Tasse auf den Kaminsims.

Etienne setzte sich wieder in seinen Sessel. »Falls mein Sohn ermordet wurde, dann verlange ich, daß sein Mörder bestraft wird, so unzulänglich diese Strafe auch sein mag. Es ist vielleicht nicht nötig, das zu betonen, aber für mich ist es wichtig, daß ich es sage und daß Sie mir glauben. Wenn Sie mich wenig hilfsbereit finden, so liegt das nur daran, daß ich Ihnen nicht helfen *kann.*«

»Ihr Sohn hatte keine Feinde?«

»Ich weiß jedenfalls von keinen. Er hatte zweifellos Konkurrenten, unzufriedene Autoren, Kollegen, die ihn nicht mochten, sich über ihn ärgerten oder neidisch auf ihn waren. Das geht schließlich jedem erfolgreichen Unternehmer so. Aber ich wüßte niemanden, der ihn hätte vernichten wollen.«

»Und gibt es vielleicht etwas in seiner Vergangenheit – oder auch der Ihren –, das bei seinem Tod eine Rolle spielen könnte? Irgendeine alte Schuld, ob eingebildet oder wahr, oder eine Ungerechtigkeit, die einen langanhaltenden Groll ausgelöst haben könnte?«

Etienne zögerte mit der Antwort, und Dalgliesh merkte zum erstenmal, wie still es in dem Zimmer war. Plötzlich zischte aus dem traulichen kleinen Holzfeuer eine Stichflamme hoch, und ein Funkenregen ging auf die Kamineinfassung nieder. Etienne blickte ins Feuer. »Groll?« wiederholte er. »Die Feinde Frankreichs waren einmal auch meine Feinde, und ich habe sie mit den mir zu Gebote stehenden Mitteln bekämpft. Die Betroffenen könnten natürlich Söhne und Enkel haben. Aber es scheint mir aberwitzig zu glauben, daß die sich stellvertretend an meinem Sohn rächen würden. Im übrigen sind da natürlich auch meine eigenen Leute, die Familien der Franzosen, die ihr Engagement in der Résistance mit dem Leben bezahlten. Manch einer wird sagen, sie hätten allen Grund zur Feindseligkeit, aber doch bestimmt nicht gegen meinen Sohn. Ich schlage vor, Sie konzentrieren sich statt auf die Vergangenheit lieber auf die Gegenwart und auf die Personen, die normalerweise Zugang zu Innocent House haben. Wenn überhaupt, dann sollten Sie in diese Richtung ermitteln.«

Dalgliesh langte nach seiner Tasse. Der Kaffee, schwarz, wie er ihn gewünscht hatte, war immer noch zu heiß zum Trinken. Also stellte er die Tasse wieder auf den Kamin und sagte: »Miss Etienne hat uns erzählt, daß Ihr Sohn Sie regelmäßig zu besuchen pflegte. Haben Sie bei der Gelegenheit auch über den Verlag diskutiert?«

»Diskutiert haben wir überhaupt nicht. Er hatte anscheinend das Bedürfnis, mich auf dem laufenden zu halten, aber er fragte mich nicht um Rat, und ich habe mich nicht aufgedrängt. Ich habe kein Interesse mehr am Verlag, ja habe mich schon die letzten fünf Jahre, die ich noch dort arbeitete, nicht mehr dafür interessiert. Gerard wollte Innocent House verkaufen und in die Docklands ziehen. Das war, denke ich, kein Geheimnis. Er hielt es für einen notwendigen Schritt, und das war und ist es zweifellos auch. Meine Erinnerung an unsere Gespräche ist ziemlich diffus; von Geld war die Rede, von Anschaffungen, Personalwechsel, Mietverträgen, einem potentiellen Käufer für Innocent House. Bedaure, daß mein Gedächtnis nicht besser funktioniert.«

»Aber Ihre Zeit im Verlag war alles in allem nicht unglücklich?«

Eine solche Frage, das merkte Dalgliesh sofort, kam für sein Gegenüber einer Unverschämtheit gleich. Er hatte sich auf verbotenes Terrain vorgewagt. »Weder glücklich noch unglücklich«, sagte Etienne. »Ich habe meinen Beitrag geleistet, auch wenn der, wie gesagt, in den letzten fünf Jahren immer weniger ins Gewicht fiel. Aber ich bezweifle, daß eine andere Tätigkeit mir mehr gelegen hätte. Henry Peverell und ich, wir sind nur zu lange am Ruder geblieben. Das letztemal, als ich Innocent House besuchte, geschah es, um mitzuhelfen, Peverells Asche in die Themse zu streuen. Aber ich werde nicht noch einmal zurückkehren.«

»Ihr Sohn«, sagte Dalgliesh, »hat eine Reihe von Veränderungen geplant, die sicher nicht alle begrüßt wurden.«

»Veränderungen sind immer unwillkommen. Ich bin froh, daß ich mich diesem Wechselspiel entzogen habe. Manche von uns, die wir gewisse Aspekte der modernen Welt ablehnen, haben insofern Glück, als wir nicht mehr in ihr zu leben brauchen.«

Als Dalgliesh, der endlich doch seinen Kaffee trank, zu dem alten Herrn hinüberblickte, sah er, daß Etienne so angespannt in seinem Sessel saß, als wolle er jeden Moment vom Sitz schnellen. Der Alte war offenbar wirklich ein Eremit. Bis auf die wenigen Menschen, mit denen er zusammenlebte, war ihm Gesellschaft über einen längeren Zeitraum hinweg unerträglich, und jetzt ging seine Geduld mit dem fremden Besucher allmählich zur Neige. Zeit zu gehen, dachte Dalgliesh. Er würde hier ja doch nichts mehr in Erfahrung bringen.

Als Etienne ihn kurz darauf zur Tür begleitete, eine Höflichkeit, die Dalgliesh nicht von ihm erwartet hätte, machte der Commander eine Bemerkung über Alter und Baustil des Hauses. Es war das erstemal, daß es ihm gelang, das Interesse seines Gastgebers zu wecken.

»Die Fassade stammt aus der Queen-Anne-Periode, wie Sie vermutlich erkannt haben, aber das Interieur ist weitgehend Tudor-Stil. Ursprünglich stand an dieser Stelle ein sehr viel älteres Gebäude. Gleich der Kapelle ist nämlich auch das Haus auf den Grundmauern der alten Römersiedlung Othona errichtet worden, von der es ja auch seinen Namen hat.«

»Die Kapelle würde ich mir übrigens gern einmal anschauen, falls ich meinen Wagen hier stehenlassen darf.«

»Aber gewiß.«

Doch der Ton, in dem Etienne seine Zustimmung erteilte, war alles andere als liebenswürdig. Man hätte glauben können, daß selbst der Anblick des Jaguars in seinem Vorhof ihn störte.

Dalgliesh war kaum zur Tür hinaus, da wurde sie auch schon hinter ihm zugeschlagen, und gleich darauf hörte er den Schlüssel im Schloß knarzen.

39

Dalgliesh war gespannt, ob er die Kapelle verschlossen finden würde, aber die Tür ließ sich ohne weiteres öffnen, und er betrat ungehindert den stillen, schlichten Andachtsraum. Drinnen war es eisig kalt, und der Geruch von Erde und Mörtel kam ihm nicht nur unkirchlich, sondern vor allem auch sehr neuzeitlich vor. Die Kapelle war karg und einfach ausgestattet. Über dem steinernen Altar hing ein griechisches Kruzifix, rechts und links davon stand je eine große Vase mit getrockneten Blumen, dann gab es noch ein paar Bänke und einen Ständer mit Traktaten und Führern. Dalgliesh faltete einen Geldschein zusammen und schob ihn in den Opferstock, dann nahm er einen Kirchenführer vom Ständer und setzte sich damit in eine Bank. Er wunderte sich, woher plötzlich dieses Gefühl der Leere und Niedergeschlagenheit in ihm kam. Immerhin gehörte diese Kapelle zu den ältesten Sakralbauten Englands, wenn sie nicht das älteste Zeugnis überhaupt war, das einzig erhaltene Denkmal der anglokeltischen Kirche in diesem Teil des Landes, eine Gründung des heiligen Cedd, der bereits 653 in der alten römischen Festung Othona gelandet war. Seit dreizehnhundert Jahren trotzte also dieses kleine Kirchlein nun schon der kalten, unwirtlichen Nordsee. Wo, wenn nicht hier, konnte man sich das ersterbende Echo Gregorianischer Gesänge vorstellen und den bewegenden Nachhall einer eintausenddreihundertjährigen Gebetslitanei?

Ob man das Gotteshaus als geheiligt empfand oder nicht, war eine Frage der persönlichen Wahrnehmung, und daß Dalgliesh im Moment nichts weiter empfinden konnte als jene befreiende Druckminderung, die er immer verspürte, wenn er ganz allein war, lag nicht an der Umgebung, sondern einfach an seiner blockierten Vorstellungskraft. Er saß still da und wünschte sich, er könne wieder das Meer hören, so wie vorhin im Freien. Ja, er sehnte sich geradezu nach diesem endlosen, bald anschwellenden, bald abflauenden Rauschen, das Geist und Herz mehr als jeder andere Laut der Natur veranschaulicht, wie unerbittlich die Zeit verrinnt und mit ihr Generationen unbekannter und unfaßbarer Menschenleben samt ihren kurzen Leiden und noch kürzeren Freuden. Allein, er war nicht hierhergekommen, um zu meditieren, sondern um über Mord nachzudenken und über die unmittelbare Demütigung, die ein solcher Mord bedeutet. Er legte das Büchlein hin und ließ in Gedanken noch einmal das eben geführte Gespräch Revue passieren.

Der Besuch war enttäuschend verlaufen. Er hatte zwar hierherkommen müssen, aber die Fahrt erwies sich als noch unergiebiger, als er befürchtet hatte. Und doch konnte er sich nicht von dem Gefühl freimachen, daß es in Othona House etwas Wichtiges zu erfahren gab, etwas, das Jean-Philippe Etienne ihm vorenthalten hatte. Es war natürlich möglich, daß Etienne es ihm nur nicht gesagt hatte, weil es ihm entfallen war oder weil er es für unwichtig hielt, ja weil ihm vielleicht gar nicht klar war, daß er es wußte. Dalgliesh dachte wieder an den Kern des Rätsels, das verschwundene Diktiergerät, die Schramme in Gerard Etiennes Mund. Der Mörder hatte den dringenden Wunsch gehabt, mit seinem Opfer zu sprechen, bevor, nein, sogar während es starb. Er hatte Gerard Etienne tot sehen wollen, aber er wollte auch, daß Etienne wußte, *warum* er starb. Steckte dahinter nicht mehr als die grenzenlose Eitelkeit eines Mörders, oder gab es doch noch einen anderen Grund, einen, der in Etiennes Vergangenheit lag? Und wenn dem so war, dann mußte zumindest ein Teil davon hier in Othona House präsent sein; nur hatte er, Dalgliesh, es nicht finden können.

Er fragte sich, was Etienne wohl in dieses öde Sumpfgebiet verschlagen haben mochte und warum er an dieser eintönigen, windzerzausten Küste hängengeblieben war, wo das Moor sich ausbreitet wie ein saurer, poröser Schwamm, der die Ausläufer der kalten Nordsee aufsaugt. Ob er je Sehnsucht verspürte nach den Bergen seiner Heimatprovinz, nach den lebhaft raschen Klängen seiner Muttersprache in Straßen und Cafés, nach den Tönen, Gerüchen und Farben des ländlichen Frankreich? Hatte er sich an diesen trostlosen Ort zurückgezogen, um die Vergangenheit zu vergessen oder um sie in der Erinnerung lebendig zu erhalten? Was hatten diese weit zurückliegenden, unglücklichen alten Geschichten mit dem Tod seines Sohnes fast fünfzig Jahre später zu tun, des Sohnes, der eine englische Mutter hatte, in Kanada geboren und in London ermordet wurde? Was für Fangarme hatten sich, wenn überhaupt, aus ferner Vergangenheit bis in die Gegenwart ausgestreckt und mit unerbittlicher Kraft um Gerard Etiennes Hals geschlungen?

Er sah auf die Uhr. Es war erst eine Minute vor halb zwölf. Er würde sich die Zeit nehmen, die Gedenksteine in der St.-Georgeus-Kirche in Bradwell zu besichtigen, aber nach diesem kurzen Abstecher würde ihm wohl keine Ausrede mehr bleiben, um nicht unverzüglich nach London zurückzufahren und doch noch in New Scotland Yard zu Mittag zu essen.

Er saß noch in der Bank und blätterte flüchtig in dem Führer, als die Tür aufging und zwei ältere Frauen eintraten. Nach Kleidung und Schuhwerk sowie dem kleinen Proviantbeutel zu urteilen, den jede bei sich trug, waren sie für eine längere Wanderung gerüstet. Bei seinem Anblick wirkten sie beunruhigt, ja fast ein bißchen furchtsam, und da er sich denken konnte, daß ihnen die Anwesenheit eines einzelnen Mannes vielleicht nicht willkommen war, wandte er sich mit einem raschen »Guten Morgen« zum Gehen. Als er sich an der Tür noch einmal kurz umwandte, sah er, daß sie bereits niedergekniet waren. Was, so fragte er sich, mochten sie wohl an diesem stillen Flecken finden? Und ob er es auch gefunden hätte, wenn er mit mehr Demut im Herzen gekommen wäre?

40

Gerard Etiennes Wohnung lag im achten Stock des Barbican. Claudia Etienne hatte versprochen, sie um vier Uhr dort zu erwarten, und als Kate läutete, ging auch wirklich gleich die Tür auf, und Claudia trat wortlos beiseite, um sie hereinzulassen.

Draußen dämmerte es schon, aber der große, langgestreckte Raum war immer noch lichtdurchflutet, so wie ein Zimmer ja auch nach Sonnenuntergang noch ein Weilchen die Wärme des Tages hält. Die langen, cremefarbenen Leinenvorhänge waren zurückgezogen, so daß man über den Balkon einen freien Blick auf das hübsche Panorama mit dem See und dem eleganten Turm einer Stadtkirche genoß. Daniels erste Reaktion war der Wunsch, selbst so eine Wohnung zu besitzen, die zweite, daß er noch bei keinem Gang durch die Wohnung eines Mordopfers eine gesehen habe, die so unpersönlich und ordentlich war, so frei von den Rückständen des plötzlich ausgelöschten Lebens. Hier sah es aus wie in einer Musterwohnung, die man obendrein noch erlesen ausgestattet hatte, um einen Käufer anzulocken. Dafür wäre aber wohl nur ein zahlungskräftiger Kunde in Frage gekommen, denn nichts in diesem Apartment war billig gewesen. Und im selben Moment wurde Daniel auch klar, daß er sich geirrt hatte – es war nicht unpersönlich, nein, es verriet genausoviel über seinen Besitzer wie das überladenste Wohnzimmer in der Vorstadt oder irgendein Nuttenschlafzimmer. Er hätte damit leicht an dieser Game-Show im Fernsehen teilnehmen können: »Beschreiben Sie den Bewohner dieses Apartments«, und die Antwort wäre gewesen: männlich, jung, verwöhnt, unverheiratet (diesem Zimmer fehlte jeglicher weibliche Touch), führt ein sehr geregeltes Leben. Offenbar war Etienne auch musikalisch gewesen; die teure Stereoanlage hätte bei jedem gutsituierten Junggesellen stehen können, nicht aber der Flügel. Die Möbel waren durchwegs modern, helles, unpoliertes Holz, in unauffällig elegantem Stil verarbeitet, was für Schrankelemente, Bücherwand und Schreibtisch gleichermaßen galt. Am anderen Ende des Zimmers, gleich neben einer Tür, die vermutlich zur Küche führte, stand ein runder Eßtisch mit sechs dazu passenden Stühlen. Ein Kamin war nicht vorhanden. Blickfang des Zimmers war das Fenster, und entsprechend waren auch das lange Sofa nebst zwei Sesseln aus weichem schwarzen Leder um den niedrigen Couchtisch ausgerichtet.

Es gab nur ein einziges Foto. Auf einem Bücherregal stand im Silberrahmen das Atelierporträt eines jungen Mädchens, vermutlich Etiennes Verlobte. Feines, in der Mitte gescheiteltes Blondhaar umrahmte ein ovales, zartknochiges Gesicht mit großen Augen und einem etwas zu kleinen Mund, wofür aber die volle, hinreißend geschwungene Oberlippe entschädigte. Ob auch diese junge Frau zu diesen teuren Anschaffungen gehörte, die der Mann mit Geschmack sich eben leistete? In dem Gefühl, es könne vielleicht aufdringlich wirken, wenn er das Foto gar zu eingehend studierte, wandte Daniel sich dem einzigen Gemälde zu, einem großen Ölporträt von Etienne und seiner Schwester, das an der Wand gegenüber vom Fenster hing. Im Winter, bei geschlossenen Vorhängen, wurde dieses lebhafte Bild gewiß zum Mittelpunkt des Raums, ein Bild, das durch Farben, Stil und Pinselführung schon fast aufdringlich die Meisterschaft des Künstlers proklamierte. Vielleicht hätte ja Etienne noch in dieser oder der kommenden Woche seine Wintersaison offiziell damit eröffnet, daß er Sofa und Sessel umdrehte und auf dieses Porträt ausrichtete. Daniel war selbst ein bißchen irritiert darüber, daß er sich, obwohl ihm das ganz unsinnig schien, derart mit dem Lebensrhythmus des Toten identifizierte; vor allem, weil von Etienne selbst keine Spur zu entdecken war, keines der unwichtigen, aber gerade darum so anrührenden Überbleibsel eines jäh und unerwartet beendeten Lebens, sei es der halbleer gegessene Teller, das aufgeschlagene, mit den Textseiten nach unten liegengebliebene Buch oder der ungeleerte Aschenbecher, eben all die kleinen Schlampereien und Unordentlichkeiten des normalen Alltagslebens.

Er sah, daß jetzt auch Kate das Ölgemälde betrachtete. Bei ihr war das nicht weiter verwunderlich, ihre Vorliebe für moderne Kunst war bekannt. »Das ist doch ein Freud, oder?« wandte sie sich an Claudia Etienne. »Ein wundervolles Bild.«

»Ja, nicht wahr? Mein Vater hat es malen lassen, als Geschenk zu Gerards einundzwanzigstem Geburtstag.«

Ja, es ist alles da auf diesem Bild, dachte Daniel, der neben Kate getreten war – die arroganten, hübschen Züge, die Intelligenz, das Selbstvertrauen, die Gewißheit, daß ihm das Leben zu Füßen liegt. Neben der Hauptfigur wirkte die Schwester jünger, verletzlicher, aber ihr argwöhnischer Blick schien den Maler zum Schlimmsten herauszufordern.

»Möchten Sie vielleicht einen Kaffee?« fragte Claudia Etienne. »Es würde nicht lange dauern. Man konnte sich nie darauf verlassen, daß man hier was Eßbares findet – Gerard aß meistens auswärts –, aber Wein und Kaffee waren immer da. Wenn Sie wollen, können Sie ruhig mitkommen in die Küche, aber zu sehen gibt's da nichts. Gerards Papiere sind alle in dem Sekretär dort drüben. Der ist seitlich zu öffnen, mit einem versteckten Riegel. Sie können gern nachschauen, aber viel Freude wird Ihnen das Spionieren hier nicht machen. Alle wichtigen Dokumente sind nämlich auf der Bank deponiert, und seine Geschäftsunterlagen hatte er natürlich in Innocent House. Die haben Sie ja bereits an sich genommen. Gerard hat immer so gelebt, als rechne er damit, von einem Tag auf den anderen zu sterben. Eins habe ich allerdings noch für Sie. Hier, das Schreiben fand ich ungeöffnet auf der Fußmatte. Es ist vom 13. Oktober datiert, dürfte also am Donnerstag mit der zweiten Post gekommen sein. Ich sah keinen Grund, es nicht zu lesen.«

Sie reichte Kate einen unbeschriebenen weißen Umschlag. Der Briefbogen darin war von der gleichen ausgesuchten Qualität und mit geprägtem Kopf. Die Handschrift war ziemlich groß, krakelig, mädchenhaft.

Daniel las über Kates Schulter mit.

Lieber Gerard,
auf diesem Wege teile ich Dir mit, daß ich unsere Verlobung auflösen möchte. Ich sollte wohl hinzufügen, daß es mir leid tut, Dich zu kränken, aber ich glaube nicht, daß Du gekränkt sein wirst, außer in Deinem Stolz. Mir wird es mehr ausmachen als Dir, freilich auch nicht sehr viel und nicht allzu lange. Mama meint, wir sollten eine Notiz in die Times *setzen lassen, weil dort ja auch die Verlobungsanzeige erschienen ist, aber ich finde, das eilt vorerst nicht. Laß es Dir gutgehen. Es war schön, solange es dauerte, aber es hätte mehr Pep dabeisein können.*

Lucinda.

Darunter folgte noch ein Postskriptum: *»Gib mir Bescheid, falls Du den Ring zurückhaben möchtest.«*

Daniel dachte, es sei ganz gut, daß der Brief ungeöffnet gefunden worden war. Denn wenn Etienne ihn noch erhalten hätte, würde der Verteidiger in einem späteren Prozeß daraus womöglich ein Selbstmordmotiv konstruieren. So aber spielte er für ihre Ermittlungen kaum eine Rolle.

Kate sah Claudia verdutzt an. »Hatte Ihr Bruder eine Ahnung davon, daß Lady Lucinda die Verlobung platzen lassen wollte?«

»Nicht, daß ich wüßte. Wahrscheinlich tut's ihr inzwischen auch schon leid, daß sie den Brief geschrieben hat. Jetzt kann sie doch kaum mehr als untröstliche Verlobte posieren.«

Etiennes Sekretär war modern, neutral und äußerlich ganz schlicht. Innen dagegen bestach er durch eine raffinierte Aufteilung in zahlreiche Schubladen und Fächer. Alles war tadellos geordnet: bezahlte Rechnungen, einige wenige, die noch offenstanden, die Scheckbücher der vergangenen zwei Jahre mit einem Gummiband zusammengehalten, in einer Schublade eine Mappe mit einer Aufstellung seiner Wertpapiere. Es war offensichtlich, daß Gerard nur das Nötigste aufbewahrt und sein Leben regelmäßig entrümpelt hatte. Alles Unwichtige wurde laufend aussortiert, und seine privaten und gesellschaftlichen

Kontakte hatte er anscheinend, soweit sie bestanden, nur per Telefon gepflegt. Jedenfalls fanden sich unter den Papieren keine Briefe.

Sie beschäftigten sich erst seit ein paar Minuten mit dem Schreibtischinhalt, als Claudia Etienne schon mit einem Tablett hereinkam, auf dem eine Kaffeekanne und drei Henkeltassen standen. Sie stellte das Tablett auf dem Couchtisch ab, und die beiden holten sich von dort ihre Becher. Sie standen noch neben dem Tisch, Claudia mit ihrem Kaffee in der Hand, als man hörte, wie draußen am Eingang ein Schlüssel ins Schloß gesteckt wurde.

Claudia gab einen ganz sonderbaren Laut von sich – ein Mittelding zwischen Keuchen und Stöhnen –, und Daniel sah, daß ihr Gesicht zu einer Maske des Entsetzens erstarrt war. Der Kaffeebecher fiel ihr aus der Hand, und auf dem Teppich erschien ein brauner Fleck, der sich rasch ausbreitete. Sie bückte sich, um den Becher aufzuheben, aber ihre Hände, die krampfhaft über den weichen Flor tasteten, zitterten so heftig, daß es ihr nachher nicht gelang, den Becher wieder aufs Tablett zu stellen. Daniel hatte das Gefühl, ihre panische Angst übertrüge sich auf Kate, denn auch sie starrten jetzt wie gebannt und mit schreckerfüllten Augen auf die geschlossene Zimmertür.

Die ging langsam auf, und das Original der Fotografie trat ins Zimmer. »Ich bin Lucinda Norrington. Und wer sind Sie?« Ihre Stimme war hoch und klar, eine Kinderstimme.

Kate war instinktiv neben Claudia in die Hocke gegangen und kümmerte sich um sie. Deshalb antwortete Daniel. »Wir sind von der Polizei. Detective Inspector Miskin, und ich bin Detective Inspector Aaron.«

Claudia hatte sich rasch wieder gefangen. Kates Hilfe zurückweisend, richtete sie sich unbeholfen vom Boden auf. Lucindas Brief lag neben dem Tablett auf dem Tisch. Daniel war es, als seien aller Augen nur auf den weißen Umschlag gerichtet.

Claudias Stimme klang rauh und kehlig. »Was willst du hier?«

Lady Lucinda trat näher. »Ich komme wegen des Briefes. Ich

wollte nicht, daß die Leute denken, Gerard hätte sich meinetwegen umgebracht. Und das hat er ja schließlich auch nicht, oder? Ich meine, es war doch kein Selbstmord?«

Kate fragte ruhig: »Wie können Sie da so sicher sein?«

Lady Lucinda richtete ihre großen blauen Augen auf sie. »Ganz einfach, er liebte sich viel zu sehr. Selbstverliebte Menschen bringen sich nicht um. Auf jeden Fall hätte er sich nicht das Leben genommen, bloß weil ich ihm den Laufpaß gegeben habe. Er hat mich nämlich gar nicht geliebt. Was er liebte, war bloß seine Vorstellung von mir.«

Claudia Etienne hatte ihre normale Stimme wiedergefunden. »Ich hab' ihm von Anfang an gesagt, daß diese Verlobung töricht sei, daß du ein egoistisches, überzüchtetes und ziemlich dummes Gör bist, aber da bin ich vielleicht unfair gewesen. Du bist nicht so dumm, wie ich dachte. Gerard hat deinen Brief übrigens gar nicht mehr bekommen. Ich hab' ihn ungeöffnet vor der Tür gefunden.«

»Und warum hast du ihn aufgemacht? Er ist schließlich nicht an dich adressiert.«

»Irgendwer mußte ihn doch aufmachen.«

Lady Lucinda sagte bloß: »Darf ich meinen Brief jetzt wiederhaben?«

»Wenn Sie erlauben«, sagte Kate, »würden wir ihn vorläufig gern noch behalten.«

Lady Lucinda schien dies gleichwohl mehr als Feststellung denn als Bitte aufzufassen. Trotzig sagte sie: »Aber er gehört mir, ich habe ihn geschrieben.«

»Wir brauchen ihn wahrscheinlich nur für kurze Zeit, und wir haben schließlich nicht vor, ihn zu veröffentlichen.«

Daniel, der sich nicht sicher war, wie die Rechtslage im Fall von Privatkorrespondenz aussah, fragte sich, ob sie tatsächlich befugt seien, den Brief zu beschlagnahmen, und was Kate wohl tun würde, wenn Lady Lucinda hartnäckig blieb. Er verstand eigentlich nicht, warum Kate soviel an dem Brief lag. Schließlich hatte Etienne ihn ja gar nicht mehr bekommen. Andererseits, wer konnte das beweisen? Sie hatten nur die Aussage seiner Schwester, daß sie ihn ungeöffnet auf der Türschwelle gefunden habe. Doch Claudia Etienne hatte dafür keine Zeugen. Lady Lucinda erhob keine weiteren Einwände. Sie wandte sich achselzuckend an Claudia.

»Tut mir wirklich leid wegen Gerard. Es war ein Unfall, oder? So jedenfalls hat Mama dich am Telefon verstanden. Ein paar Zeitungen machten heute morgen allerdings so Andeutungen, als könnte der Fall komplizierter liegen. Er ist doch nicht etwa ermordet worden?«

»Das ist nicht auszuschließen«, sagte Kate.

Die blauen Augen richteten sich wieder nachdenklich auf sie. »Wahnsinn. Ich glaube, ich hab' noch nie jemanden gekannt, der ermordet wurde, ich meine, persönlich gekannt.«

Sie ging hinüber zu dem Regal, auf dem ihr Foto stand, nahm es und betrachtete es so eingehend, als sähe sie es zum erstenmal und sei im übrigen nicht gerade erbaut von dem, was der Fotograf aus ihrem Gesicht gemacht hatte. »Das nehm' ich mit«, sagte sie dann. »Du wirst es ja wohl kaum haben wollen, Claudia.«

»Strenggenommen«, versetzte Claudia, »dürften seine Sachen vorerst überhaupt nicht angerührt werden, außer von der Polizei oder den Testamentsvollstreckern.«

»Die Polizei wird auch nichts mit meinem Bild anfangen können. Und ich will nicht, daß es hier in der leeren Wohnung bleibt. Nicht, wenn Gerard ermordet wurde.«

Sie war also nicht frei von Aberglauben, eine Entdeckung, die Daniel interessierte, schon weil sie in so auffallendem Widerspruch zu dem kühlen, selbstbeherrschten Auftreten dieser jungen Frau stand. Er sah zu, wie sie das Foto musterte und mit einem langen, pink lackierten Fingernagel behutsam über das Glas strich, wie um zu prüfen, ob es staubig war. »Du hast doch bestimmt irgendwas«, sagte sie zu Claudia, »wo ich's reinstecken kann.«

»Vielleicht findest du in der Küche eine Plastiktüte, schau mal nach. Und falls sonst noch was hier ist, das dir gehört, wäre jetzt vielleicht eine gute Gelegenheit, es mitzunehmen.«

Lady Lucinda machte sich nicht einmal die Mühe, sich im Zimmer umzusehen. »Weiter gehört mir nichts«, sagte sie.

»Ach, und wenn du auch einen Kaffee magst, bring dir einen Becher mit. Er ist gerade frisch gemacht.«

»Danke, aber ich möchte nichts.«

Die drei warteten schweigend, bis sie in weniger als einer Minute mit einer Harrods-Tüte zurückkam, in der sie das Foto verstaut hatte. Sie wollte schon zur Tür, als Kate bat: »Lady Lucinda, würden Sie uns wohl ein paar Fragen beantworten? Wir hätten Sie ohnehin demnächst um eine Unterredung gebeten, aber da Sie nun schon einmal hier sind, könnten wir uns gegenseitig Zeit sparen helfen.«

»Wieviel Zeit? Nein, ich meine, wie lange wird es dauern?«

»Nicht sehr lange.« Und an Claudia gewandt: »Es macht Ihnen doch hoffentlich nichts aus, wenn wir das Gespräch hier in der Wohnung führen?«

»Ich wüßte nicht, wie ich Sie daran hindern könnte. Aber Sie erwarten ja wohl nicht, daß ich mich solange in die Küche zurückziehe?«

»Das wird nicht nötig sein.«

»Oder ins Schlafzimmer? Da hätte ich's vermutlich bequemer.«

Dabei sah sie Lady Lucinda durchdringend an, doch die erwiderte ganz ruhig: »Dazu kann ich nichts sagen. Ich bin nie in Gerards Schlafzimmer gewesen.«

Sie setzte sich in den näheren der beiden Sessel, und Kate nahm ihr gegenüber Platz. Daniel und Claudia setzten sich dazwischen aufs Sofa.

»Wann haben Sie Ihren Verlobten zuletzt gesehen?« begann Kate.

»Er ist nicht mein Verlobter. Aber damals war er's noch, stimmt. Also das war letzten Samstag.«

»Samstag, der 9. Oktober?«

»Ich nehm's an, wenn letzten Samstag der 9. war. Wir wollten eigentlich nach Bradwell-on-Sea und seinen Vater besuchen, aber es hat geregnet, und Gerard meinte, das Haus seines Vaters sei auch bei trockener Witterung schon düster genug, und wir würden lieber ein andermal fahren. Also sind wir am Nachmittag statt dessen in den Sainsbury-Flügel der National Gallery gegangen, weil Gerard sich unbedingt noch mal das Wilton-Diptychon ansehen wollte, und anschließend waren wir im *Ritz* zum Tee. Abends haben wir uns nicht gesehen, weil Mama darauf bestand, daß ich mit ihr nach Wiltshire rausfuhr, wo wir den Rest des Wochenendes mit meinem Bruder verbrachten. Sie wollte den Ehevertrag en famille durchsprechen, bevor wir die Anwälte konsultierten.«

»Und wie ging es Mr. Etienne, als Sie ihn am Samstag trafen, abgesehen von seiner Depression wegen des Wetters?«

»Er war nicht deprimiert deswegen. Mit dem Besuch bei seinem Vater hatte es ja keine Eile. Nein, nein, Gerard ließ sich von Dingen, die er nicht ändern konnte, nicht deprimieren.«

»Und die, die er ändern konnte«, fiel Daniel ein, »die hat er geändert?«

Sie wandte sich ihm zu, und plötzlich lächelte sie. »Stimmt genau.« Und nach einer kleinen Pause fuhr sie fort: »Das war also unser letztes Zusammentreffen, aber es war nicht das letztemal, daß ich ihn gesprochen habe. Wir haben Donnerstag abend noch mal miteinander telefoniert.«

Kates Stimme klang mühsam beherrscht. »Sie haben vor zwei Tagen mit ihm gesprochen, am Abend seines Todes?«

»Ich weiß nicht, wann er gestorben ist. Man hat ihn gestern morgen tot aufgefunden, oder? Nun, ich habe am Abend zuvor über seinen Privatanschluß mit ihm telefoniert.«

»Um welche Zeit, Lady Lucinda?«

»Das war, glaube ich, so zwanzig nach sieben. Könnte auch ein bißchen später gewesen sein, aber es war bestimmt noch vor halb acht, denn Mama und ich mußten um sieben Uhr dreißig aus dem Haus, weil wir mit meiner Großmutter zum Abendessen verabredet waren, und ich war schon umgezogen. Ich dachte, ich hätte gerade noch Zeit, rasch bei Gerard anzurufen. Ich brauchte einen Vorwand, um das Gespräch ganz kurz zu halten. Darum bin ich mir mit der Zeit so sicher.«

»Worüber wollten Sie denn mit ihm sprechen? Sie hatten Ihre Verlobung doch bereits schriftlich gelöst.«

»Ich weiß, aber ich dachte, er hätte den Brief morgens schon bekommen. Und ich wollte ihn fragen, ob er genau wie Mama der Meinung sei, daß wir eine kleine Meldung in die *Times* setzen lassen müßten, oder ob es ihm lieber wäre, wir würden an unsere persönlichen Freunde schreiben und ansonsten warten, bis es sich von allein herumspricht. Mama verlangt jetzt natürlich, daß ich den Brief an Gerard zerreiße und kein Sterbenswörtchen sage. Aber das werde ich nicht tun. Geht ja jetzt auch nicht mehr, wo Sie den Brief gesehen haben. Aber sie braucht sich immerhin keine Gedanken mehr wegen der Annonce in der *Times* zu machen. Da hat sie wieder ein paar Pfund gespart.«

Der giftige kleine Nadelstich kam so plötzlich und wurde so rasch mit einem betörenden Lächeln überspielt, daß Daniel fast hätte glauben können, er habe sich verhört. Kate ging darüber hinweg, als wäre nichts gewesen. »Und was hat er nun gesagt? Zu der Annonce, zu der geplatzten Verlobung? Sie haben ihn doch sicher gefragt, ob er den Brief bekommen hat?«

»Ich hab' ihn gar nichts gefragt. Wir haben eigentlich überhaupt nicht miteinander gesprochen. Er sagte gleich, er könne jetzt nicht reden, weil er Besuch habe.«

»Sind Sie da ganz sicher?«

Die glockenhelle Stimme war fast ausdruckslos. »Ich bin mir nicht sicher, daß er Besuch hatte. Wie könnte ich auch? Ich hab' niemanden gehört und auch mit keinem anderen gesprochen als mit Gerard. Vielleicht war das nur ein Vorwand, um nicht mit mir reden zu müssen, aber ich bin mir absolut sicher, daß er mir gegenüber behauptet hat, er hätte Besuch.«

»Und zwar exakt mit diesen Worten? Das muß ich bitte ganz genau wissen, Lady Lucinda. Er hat nicht gesagt, er sei nicht allein oder es sei jemand bei ihm? Er benutzte das Wort ›Besuch‹?«

»Aber ja doch. Er hat gesagt, er hat Besuch.«

»Und das war zwischen, na, sagen wir sieben Uhr zwanzig und sieben Uhr dreißig?«

»Eher gegen sieben Uhr dreißig. Der Wagen hat Mama und mich Punkt halb acht abgeholt.«

Gerard hatte Besuch gehabt. Daniel mußte sich ordentlich zusammennehmen, um Kate nicht anzusehen, aber er wußte auch so, daß ihre Gedanken in die gleiche Richtung gingen. Wenn Etienne tatsächlich dieses Wort gebraucht hatte – und die junge Frau schien sich da ganz sicher zu sein –, dann durfte man daraus schließen, daß Etienne mit jemandem zusammengewesen war, der nicht zum Verlag gehörte. Denn einen der Gesellschafter oder einen Angestellten hätte er wohl kaum als »Besuch« bezeichnet. Da wäre es doch viel naheliegender gewesen zu sagen: »Ich bin sehr beschäftigt« oder »in einer Besprechung« oder »Ich habe mit einem Kollegen zu tun«. Wenn ihn aber an dem Abend ein Außenstehender besucht hatte, ob angemeldet oder nicht, dann war der- oder diejenige bisher jedenfalls noch nicht in Erscheinung getreten. Stellte sich die Frage, warum nicht, wenn der Besuch harmlos gewesen war und wenn er oder sie Etienne lebend und munter verlassen hatte? In Etiennes Büroterminkalender war für den Abend kein Eintrag verzeichnet, aber das besagte natürlich nicht viel. Der Besucher hätte ihn untertags oder am frühen Abend leicht über seine Privatleitung anrufen können, oder aber er war ungebeten und unerwartet gekommen. Doch das waren natürlich wieder nur Indizien, wie so vieles in diesem immer rätselhafter werdenden Fall.

Kate bohrte inzwischen weiter und fragte Lady Lucinda gerade, wann sie das letztemal in Innocent House gewesen sei.

»Da war ich seit der Party am 10. Juli nicht mehr. Das war damals halb ein Geburtstagsfest – ich bin zwanzig geworden – und halb Verlobungsfeier.«

»Ja, ja«, sagte Kate, »wir haben die Gästeliste. Ich nehme an, die Leute durften sich an dem Abend je nach Lust und Laune frei im Haus bewegen?«

»Ein paar haben das, glaube ich, gemacht. Sie wissen ja, wie Pärchen auf Partys sind, die seilen sich immer gern ab. Ich glaube nicht, daß irgendwo abgeschlossen war, aber Gerard sagte, man habe den Angestellten eingeschärft, alle Papiere sorgfältig wegzuräumen.«

»Sie haben nicht zufällig gesehen, wie jemand ganz oben rauf zu den Archivräumen ging?«

»Doch, stellen Sie sich vor, das hab' ich. Es war ganz witzig. Ich mußte nämlich mal, aber die Damentoilette in der ersten Etage war besetzt, und da fiel mir ein, daß im obersten Stockwerk noch so ein kleines Klo ist. Also bin ich die Treppe rauf. Und da kommen mir von oben zwei entgegen. Aber die paßten nun wirklich überhaupt nicht zusammen. Sahen allerdings richtig schuldbewußt aus. Es war fast ein bißchen unheimlich.«

»Und wer waren diese Leute, Lady Lucinda?«

»George, der alte Mann von der Rezeption, wissen Sie, und diese mausgraue kleine Frau, die den Buchhalter geheiratet hat, ich vergesse ständig seinen Namen. Sydney Bernard oder so ähnlich. Dabei müßte ich's eigentlich wissen. Gerard hatte mich der ganzen Belegschaft samt Ehefrauen vorgestellt. Es war grauenhaft langweilig.«

»Sie meinen Sydney Bartrum?«

»Ganz richtig, ja, dessen Frau war's. Sie hatte ein ganz und gar ausgefallenes Kleid an: himmelblauer Taft mit rosa Schärpe.« Und an Claudia Etienne gewandt fuhr sie fort: »Daran erinnerst du dich doch bestimmt auch noch, Claudia, oder? Ein ganz weiter Rock mit rosa Tüllbesatz und dazu Puffärmel. Zum Davonlaufen!«

Claudia sagte schroff: »Ja, ich erinnere mich.«

»Und haben die beiden Ihnen vielleicht gesagt, was sie dort oben wollten?«

»Na, vermutlich das gleiche wie ich. Ja, die Frau hat auch irgendwas von dringend zur Toilette müssen gemurmelt. Ist ganz rot geworden, die Ärmste. Beide waren schrecklich verlegen – überhaupt sahen sie sich erstaunlich ähnlich, das gleiche runde Gesicht, die gleiche Schamröte. George hat geguckt, als hätte ich ihn mit den Fingern in der Portokasse erwischt. Aber es war doch komisch, nicht? Ich meine, wie die zwei zusammenkamen. George war natürlich nicht als Gast da. Er sollte bloß den Herren mit der Garderobe behilflich sein und ungeladene Gäste abwimmeln. Und wenn Mrs. Bartrum das Klo nicht finden konnte, warum hat sie dann nicht Claudia oder eine von den Sekretärinnen gefragt?«

»Haben Sie das nachher jemandem erzählt?« fragte Kate. »Zum Beispiel Mr. Etienne?«

»Nein, so wichtig fand ich's auch wieder nicht, nur merkwürdig halt. Ich hatte es auch schon fast wieder vergessen. Hören Sie, wollen Sie sonst noch was wissen? Ich denke, ich war jetzt wirklich lange genug hier. Wenn Sie mich noch einmal zu sprechen wünschen, dann wenden Sie sich besser schriftlich an mich, und ich werde versuchen, Ihnen einen Termin zu geben.«

»Wir bräuchten eine protokollierte Aussage von Ihnen, Lady Lucinda. Es wäre schön, wenn Sie, sobald Sie's einrichten können, auf dem Revier in Wapping vorbeikommen würden.«

»Mit meinem Anwalt?«

»Wenn Ihnen das lieber ist, oder wenn Sie's für nötig halten.«

»Tu' ich nicht, nein. Mama meinte, ich würde vielleicht bei der gerichtlichen Untersuchung einen Anwalt brauchen, der meine Interessen vertritt, falls das mit der geplatzten Verlobung rauskommt. Aber wenn Gerard starb, bevor er meinen Brief bekam, dann brauche ich mir deswegen ja wohl keine Gedanken mehr zu machen.«

Sie stand auf und gab Kate und Daniel die Hand, machte aber keine Anstalten, sich auch von Claudia Etienne zu verabschieden. Doch an der Tür drehte sie sich noch einmal um, und als sie jetzt sprach, waren ihre Worte eindeutig an Claudia gerichtet.

»Er hat nie versucht, mit mir zu schlafen, während wir verlobt waren, und deshalb glaube ich nicht, daß einer von uns in dieser

Ehe viel Spaß gehabt hätte, oder?« Daniel hatte das Gefühl, wenn er und Kate nicht dabeigewesen wären, hätte sie sich deftiger ausgedrückt. »Ach, den lass' ich dir besser da«, sagte sie noch und legte einen Schlüssel auf den Couchtisch. »Ich denke nicht, daß ich noch mal in diese Wohnung komme.«

Im Gehen machte sie die Wohnzimmertür fest hinter sich zu, und gleich darauf hörten sie, wie draußen die Wohnungstür mit der gleichen Entschiedenheit geschlossen wurde.

Claudia sagte: »Gerard war romantisch veranlagt. Er unterteilte die Frauen in solche, mit denen man Affären hat, und solche, die man heiratet. Die meisten Männer erwachen aus dieser Illusion, bevor sie volljährig werden. Daß er sich so darauf versteifte, war vielleicht die Reaktion darauf, daß er zu viele Eroberungen gemacht hat, die ihm einfach in den Schoß fielen. Ich wüßte gern, wie lange diese Ehe wohl gehalten hätte. Na, wenigstens eine Enttäuschung, die ihm erspart geblieben ist. Sagen Sie, brauchen Sie noch lange?«

»Nein«, sagte Kate, »ich glaube nicht.«

Und wirklich waren sie schon ein paar Minuten später fertig zum Gehen. Daniels letzter Eindruck von Claudia Etienne war der einer hochgewachsenen Gestalt, die abgewandt dastand und über den Balkon hinausblickte auf die schon erleuchteten Türme der Stadt. Sie erwiderte ihren Abschiedsgruß, ohne den Kopf zu wenden, und die beiden überließen sie dem Schweigen der leeren Wohnung und schlossen leise die Türen hinter sich.

41

Als sie in der Hillgate Street fertig waren, holten Daniel und Kate den Wagen am Polizeirevier Notting Hill Gate ab und fuhren das kurze Stück bis zu Declan Cartwrights Laden. Das Geschäft hatte geöffnet, und im Verkaufsraum zeigte ein alter Mann mit Scheitelkäppchen und langem schwarzen Kaftan, der vom Alter schon fast Grünspan angesetzt hatte, einem Kunden ein viktorianisches Schreibpult. Zärtlich fuhr er mit den knochigen, leichenfahlen Fingern über die Einlegearbeit auf dem Deckel und war offenbar so vertieft, daß er weder ihr Eintreten bemerkte noch die Klingel anschlagen hörte, aber der Kunde drehte sich um, und da schaute auch der Alte auf.

»Mr. Simon?« fragte Kate. »Wir sind mit Mr. Declan Cartwright verabredet.«

Noch bevor sie ihren Dienstausweis vorzeigen konnte, sagte er: »Der ist hinten. Geradeaus durch. Ja, er ist hinten«, und damit wandte er sich hastig wieder dem Schreibpult zu. Seine Hände zitterten so heftig, daß die Finger auf dem Deckel klapperten. Kate fragte sich, was in seiner Vergangenheit ihm eine solche Angst vor der Obrigkeit, einen solchen Horror vor der Polizei eingeimpft haben mochte.

Sie durchquerten den Laden, gingen drei Stufen hinunter und gelangten in eine Art Wintergarten. Inmitten eines Sammelsuriums verschiedenster Gegenstände verhandelte Declan Cartwright mit einem Kunden. Der war ein sehr dunkler Typ, korpulent, trug einen Mantel mit Lammfellkragen, gekrönt von einem flotten Filzhut, und betrachtete soeben eine Kamee durch eine Lupe. Kate konnte nur vermuten, daß jemand, der sich aus freien Stücken so zur Karikatur eines Ganoven stilisierte, es kaum wagen würde, auch tatsächlich einer zu sein. Sobald er Kate und Daniel bemerkte, sagte Cartwright: »Hör mal, Charlie, geh doch auf einen Drink in die Kneipe und denk noch mal drüber nach. In 'ner halben Stunde kannst du wiederkommen. Ich krieg' grade Besuch von den Bullen. Bin da nämlich in einen

Mordfall reingeschlittert. Nein, nein, mach nicht gleich so 'n Gesicht, ich bin's ja nicht gewesen. Ich muß bloß jemandem ein Alibi liefern, der's gewesen sein könnte.«

Der Kunde warf nur einen verstohlenen Blick auf die beiden Polizisten und machte einen lässigen Abgang.

Kate zückte ihren Dienstausweis, aber Declan winkte ab. »Schon gut, lassen Sie stecken. Die Polizei erkenne ich auch so, wenn sie vor mir steht.«

Er muß einmal ein auffallend hübsches Kind gewesen sein, dachte Kate, und es lag immer noch etwas Kindliches in dem jungenhaften Gesicht mit dem ungebärdigen Lockenschopf über der hohen Stirn, den großen Augen und dem schön geformten, aber verdrießlichen Mund. Der prüfende Blick allerdings, mit dem Cartwright sie und Daniel musterte, war sehr erwachsen und sehr anzüglich. Sie spürte, wie Daniel sich neben ihr verkrampfte, und dachte: »Nicht sein Typ, und meiner ganz bestimmt auch nicht.«

Wie Farlow beantwortete auch Cartwright ihre Fragen mit leicht spöttischer Unbekümmertheit, aber zwischen den beiden bestand doch ein wesentlicher Unterschied. Bei Farlow hatte sie Intelligenz gespürt und eine innere Kraft, die den jämmerlich ausgezehrten Körper noch immer beherrschte. Declan Cartwright aber war schwach und verängstigt, und er reagierte genauso erschrocken wie vorhin der alte Simon, nur aus einem anderen Grund. Seine Stimme war schrill, die Hände bewegten sich rastlos, und seine Versuche, witzig zu sein, überzeugten genausowenig wie sein Akzent. »Meine Verlobte hat mir schon gesagt, daß Sie vorbeikommen würden. Ich nehme ja nicht an, daß Sie hier sind, um sich Antiquitäten anzuschauen, aber ich hätte da ein paar hübsche kleine Staffordshire-Okkasionen, die eben erst reingekommen sind. Alles legal erworben, versteht sich. Ich könnte Ihnen einen sehr guten Preis machen, falls Sie nicht denken, das sei unstatthafte Beeinflussung der Polizei in Ausübung ihrer Pflichten.«

Kate fragte: »Sie und Miss Etienne sind offiziell verlobt?«

»Ich bin mit ihr verlobt, aber ich weiß nicht genau, ob sie auch mit mir verlobt ist. Das müssen Sie sie schon selber fragen. Mit Claudia verlobt zu sein ist eine Zitterpartie, die ganz davon abhängt, wie sie jeweils drauf ist. Aber als wir Donnerstag abend die Themsefahrt machten, da waren wir verlobt – glaub' ich wenigstens.«

»Und wann hatten Sie diesen Ausflug vereinbart?«

»Ach, das war schon 'ne ganze Weile her. An dem Abend von Sonia Clements' Begräbnis. Bestimmt wissen Sie das von Sonia Clements.«

»War das nicht ein bißchen seltsam, eine Bootsfahrt so lange vorher zu planen?« fragte Kate.

»Claudia plant gern alles eine Woche im voraus. Sie ist perfekt organisiert. Aber in dem Fall hatten wir einen besonderen Grund. Am Donnerstag, dem 14. Oktober, fand morgens die Gesellschafterkonferenz statt. Und von der wollte sie mir abends ausführlich berichten.«

»Und? Hat sie Ihnen ausführlich Bericht erstattet?«

»Na ja, sie hat erzählt, daß die Gesellschafter Innocent House verkaufen und den Verlag in die Docklands umsiedeln werden und daß sie irgendwen rausschmeißen, ich glaube, den Buchhalter. An die Einzelheiten erinnere ich mich nicht mehr so genau. Es war alles reichlich langweilig.«

»Der ganze Aufwand mit der Bootsfahrt hat sich also kaum gelohnt«, sagte Daniel.

»Ach, aber man kann auf so einem Kahn auch noch was anderes machen als über Geschäfte reden, selbst wenn die Kabine ein bißchen eng ist. Und diese Stahlkapseln am Flutsperrwerk haben was sehr Erotisches. Ihr zwei solltet euch mal ein Polizeiboot ausleihen. Sie werden überrascht sein, was alles in Ihnen steckt.«

»Von wann bis wann hat Ihr Ausflug gedauert?« fragte Kate unbeeindruckt.

»Losgefahren sind wir genau um halb sieben, als die Fähre von Charing Cross zurückkam und wir sie übernehmen konnten. Und zurückgekommen sind wir gegen halb elf. Claudia hat mich dann von Innocent House heimgefahren, und hier dürften wir so gegen elf angekommen sein. Und daß sie nicht vor zwei Uhr früh wieder weg ist, hat sie Ihnen vermutlich schon erzählt.«

»Ich nehme an, Mr. Simon kann Ihre Aussage bestätigen? Oder wohnt er nicht hier?«

»Ich fürchte, da muß ich Sie enttäuschen. Tut mir echt leid. Aber der arme alte Schatz wird langsam gräßlich taub. Wir schleichen zwar immer noch ganz leise die Treppe hoch, um ihn nicht zu stören, aber das ist mittlerweile völlig überflüssig. Halt, warten Sie, er könnte vielleicht mitgekriegt haben, wann wir gekommen sind. Eventuell hat er nämlich seine Tür nur angelehnt gelassen. Er schläft einfach besser, wenn er weiß, daß der Junge heil und gesund daheim im Bettchen liegt. Aber ich glaub' kaum, daß er danach noch was gehört hat.«

»Sie waren demnach nicht mit dem eigenen Wagen in Innocent House?« fragte Kate.

»Ich fahre gar nicht Auto, Inspector. Ich bin gegen die Umweltverschmutzung durch Autoabgase und mag nicht auch noch dazu beitragen. Zeugt das nicht von sozialem Denken? Außerdem fand ich, als ich mal versucht hab', den Führerschein zu machen, dieses ganze Verkehrschaos so grauenhaft, daß ich dauernd die Augen zukneifen mußte, und da wollte mich einfach kein Fahrlehrer mehr annehmen. Nein, ich bin mit der U-Bahn nach Innocent House gefahren. Ein ziemlicher Schlauch. Von Notting Hill Gate bis Tower Hill hab' ich die Circle Line genommen, und dann bin ich mit dem Taxi weiter. Es ist zwar an und für sich praktischer, mit der Central Line bis Liverpool Street zu fahren und von da ein Taxi zu nehmen, aber falls das auch nur irgendwie von Bedeutung ist: An dem Abend hab' ich's halt nicht so gemacht.«

Kate bat ihn, im einzelnen zu erzählen, wie der Abend verlaufen sei, und war nicht überrascht, als sein Bericht sich mit dem Claudia Etiennes deckte.

»Sie waren also«, hakte Daniel nach, »den ganzen Abend zusammen? Von halb sieben bis in die frühen Morgenstunden?«

»Stimmt genau, Sergeant – Sie sind doch Sergeant, oder? Wenn nicht, tut's mir wahnsinnig leid. Sie sehen halt bloß haargenau so aus, wie man sich einen Sergeant vorstellt. Ja, wir waren von halb sieben bis etwa zwei Uhr morgens zusammen. Sie werden sich vermutlich nicht dafür interessieren, was wir zwischen, na, sagen wir elf und zwei getrieben haben. Und wenn doch, dann fragen Sie lieber Miss Etienne. Sie wird imstande sein, es passend für Ihre keuschen Ohren zu formulieren. Ich nehme an, Sie wollen meine Aussage noch zu Protokoll nehmen?«

Es verschaffte Kate eine tiefe Befriedigung, ihm das bestätigen zu können und ihn aufzufordern, sich doch bitte zur Ausfertigung des Protokolls aufs Polizeirevier in Wapping zu bemühen.

Mr. Simon, den Kate so geduldig und schonend befragte, daß seine Angst dadurch nur noch größer zu werden schien, bestätigte tatsächlich, daß er die beiden um elf habe heimkommen hören. Er habe auf Declan gewartet, sagte er, weil er beruhigter schlafen könne, wenn jemand im Haus sei. Mit aus diesem Grund habe er Mr. Cartwright auch angeboten, bei ihm zu wohnen. Aber an dem Abend sei er, sobald er die Tür gehört habe, gleich eingeschlafen. Falls Mr. Cartwright oder die Dame in der Nacht noch einmal fortgegangen seien, so hätte er das nicht mehr mitbekommen.

Als Kate die Wagentür aufschloß, sagte sie: »Der hatte die Hosen aber gestrichen voll, was? Ich meine Cartwright. Was, glauben Sie, ist er: ein Gauner oder ein Trottel oder beides – oder bloß ein hübscher, unreifer Knabe mit 'ner Schwäche für alte Klunker? Was um alles in der Welt findet eine intelligente Frau wie Claudia Etienne bloß an so einem Typen?«

»Aber Kate, nun stellen Sie sich doch nicht so naiv. Seit wann hat Intelligenz denn was mit Sex zu tun? Ich bin mir nicht mal sicher, ob sie nicht überhaupt unvereinbar sind – ich meine Intelligenz und Sex.«

»Für mich nicht. Im Gegenteil, Intelligenz turnt mich an.«

»Ja, ich weiß.«

»Was soll denn das heißen?« fragte sie scharf.

»Nichts, nichts. Ich persönlich hab' die Erfahrung gemacht, daß ich am besten mit hübschen, gutmütigen, willfährigen Frauen klarkomme, die nicht allzu gescheit sind.«

»Wie die meisten Männer. Sie sollten sich das wirklich abgewöhnen. Was glauben Sie, wieviel dieses Alibi wert ist?«

»Ungefähr genausoviel wie das von Rupert Farlow für de Witt. Claudia Etienne und Cartwright könnten Etienne getötet haben, gleich danach mit der Fähre zum Greenwich Pier gefahren und locker bis acht im Restaurant gewesen sein. Nach Einbruch der Dunkelheit ist auf der Themse nicht mehr viel Verkehr, die Chancen, daß jemand sie gesehen hat, sind also nicht groß. Aber wir werden auch um die langweilige Überprüfung wohl nicht rumkommen.«

»Er hat ein Motiv«, sagte Kate »oder vielmehr, sie haben beide eins. Falls Claudia Etienne dumm genug ist, ihn zu heiraten, dann kriegt er jetzt eine schwerreiche Frau.«

»Glauben Sie denn, er hat Mumm genug, um jemanden umzubringen?« fragte Daniel.

»In dem Fall hat ja nicht viel Mumm dazugehört, oder? Alles, was er tun mußte, war, Etienne in ein präpariertes Mordzimmer zu locken. Er brauchte ihn weder zu erstechen noch zu erschlagen oder zu erdrosseln. Ja, er mußte seinem Opfer nicht mal ins Gesicht sehen.«

»Einer von beiden hätte aber später noch mal raufgehen und die Nummer mit der Schlange inszenieren müssen. Da durfte man nicht zimperlich sein. Dazu hat schon ganz schön viel Kaltblütigkeit gehört. Und ich kann mir nicht vorstellen, daß Claudia Etienne das fertiggekriegt hat, nicht bei ihrem eigenen Bruder.«

»Ach, ich weiß nicht. Wenn sie schon bereit war, ihn umzubringen, warum sollte sie dann vor einer Leichenschändung zurückschrecken? Wollen Sie fahren oder soll ich?«

Als Kate am Steuer saß, telefonierte Daniel mit Wapping. Offenbar gab es Neuigkeiten. Als er nach ein paar Minuten wieder auflegte, sagte er: »Der Laborbericht ist da. Robbins hat mir gerade die Blutanalyse in allen Einzelheiten vorgekaut. Die Blutsättigung betrug dreiundsiebzig Prozent an Kohlenmonoxyd. Wahrscheinlich ist er ziemlich schnell gestorben. Schwindelgefühl und Kopfweh setzen bei dreißig Prozent ein, Inkoordination und Verwirrungszustände bei vierzig Prozent, Erschöpfung bei fünfzig und Bewußtlosigkeit bei sechzig Prozent. Schwächeanfälle können ganz plötzlich auftreten, bedingt durch muskuläre Hypoxie.«

»Haben Sie auch was über die Schlacke, die den Abzug blokkierte?« fragte Kate.

»Ja, die kam aus dem Kamin. Ist vom Material her ganz klar identisch. Aber damit hatten wir ja beinahe gerechnet.«

»Wir wissen auch, daß der Gasofen nicht defekt ist«, sagte Kate, »und wir haben keine verwertbaren Fingerabdrücke. Was ist mit der Zugschnur am Oberlicht?«

»Da wird's jetzt kompliziert. Aller Wahrscheinlichkeit nach ist sie vorsätzlich und über einen längeren Zeitraum mit einem stumpfen Werkzeug präpariert worden, aber mit hundertprozentiger Sicherheit kann das Labor das nicht sagen. Fest steht, daß die Fasern nicht zerschnitten wurden, sondern gequetscht und zerdrückt. Die restliche Schnur war alt und teilweise schon ziemlich dünn, aber das Labor sieht keinen Grund, warum sie ausgerechnet an der Stelle gerissen ist – es sei denn, jemand hat dran rumgefummelt und nachgeholfen. Ach ja, und dann haben sie noch was gefunden. Am Kopf der Schlange war ein winzig kleines Tröpfchen Schleim. Das bedeutet, der Schlangenkopf wurde der Leiche unmittelbar oder zumindest sehr bald nach Entfernen des scharfkantigen Gegenstands in den Mund gerammt.«

42

Am Sonntag, dem 17. Oktober, fuhr Dalgliesh mit Kate nach Brighton, wo sie die Schwester von Sonia Clements in ihrem Kloster aufsuchen wollten. Er hätte diese Vernehmung zwar lieber allein geführt, aber ein Kloster, selbst ein anglikanisches, war auch für den Sohn eines mit der High Church liebäugelnden Pfarrers ungewohntes Terrain, das behutsame Annäherung gebot. Brachte er von sich aus keine Anstandsdame mit, würde man ihm womöglich gar nicht gestatten, Schwester Agnes ohne Beisein der Mutter Oberin oder einer anderen Nonne zu sprechen. Er wußte selber nicht genau, was er sich von dem Besuch erhoffte, aber sein Instinkt sagte ihm, daß da etwas in Erfahrung zu bringen war. Und auch wenn er diesem Instinkt manchmal mißtraute, hatte er doch gelernt, ihn nicht zu ignorieren. Die beiden Tode in Innocent House verband, bei aller Verschiedenheit, mehr als jene kahle Dachkammer, in der ein Mensch freiwillig aus dem Leben geschieden war, während der andere verzweifelt darum gekämpft hatte. Sonia Clements hatte vierundzwanzig Jahre lang für Peverell Press gearbeitet; Gerard Etienne hatte sie entlassen. War dieser unbarmherzige Schritt ein ausreichender Grund für den Selbstmord? Und wenn nicht, warum hatte sie dann sterben wollen? Und vor allem, wer (wenn überhaupt jemand) könnte den Wunsch gehabt haben, diesen Tod zu rächen?

Das Wetter hielt. Sobald der Frühnebel sich gelichtet hatte, versprach es wieder ein milder, schöner Tag zu werden, auch wenn die Sonne sich vielleicht etwas launisch zeigen würde. Sogar in London lag ein Hauch von lauer Sommerbrise in der Luft, und ein leichter Wind vertrieb die letzten dünnen Wolkenfetzen vom azurblauen Himmel. Auf dem umständlichen Weg durch die südlichen Vororte überkamen Dalgliesh unversehens Kindersehnsüchte nach Meeresrauschen und Wellengang, und er hoffte insgeheim, das Kloster möge direkt am Strand liegen. Unterwegs sprachen Kate und er kaum miteinander. Dalgliesh redete beim Fahren nicht gern, und Kate konnte Schweigsamkeit ertragen, ohne dagegen anplappern zu müssen, was, dachte er, nicht der geringste ihrer Vorzüge war. Er hatte sie an ihrer neuen Wohnung abgeholt, aber unten im Jaguar auf sie gewartet statt den Aufzug zu nehmen und oben bei ihr zu klingeln, worauf sie sich womöglich genötigt gefühlt hätte, ihn hereinzubitten. Er schätzte die eigene Privatsphäre zu sehr, als daß er es gewagt hätte, in die ihre einzudringen. Sie war, wie erwartet, auf die Minute pünktlich, kam ihm aber irgendwie verändert vor, was vermutlich daran lag, daß er sie so selten in Rock oder Kleid sah. Insgeheim lächelte er bei dem Gedanken, wie lange sie wohl geschwankt haben mochte, bevor sie entschied, daß Hosen bei einer Frau im Kloster vielleicht verpönt wären. Und ihm kam der leise Verdacht, daß er sich, obwohl er ein Mann war, vielleicht doch besser dort zurechtfinden würde als sie.

Seine eigentlich nie realistische Hoffnung, fünf Minuten für einen erfrischenden Strandspaziergang abzwacken zu können, war diesmal von vornherein aussichtslos. Das Kloster stand auf einer Anhöhe über einer öden, aber verkehrsreichen Hauptstraße, von der es durch eine zweieinhalb Meter dicke Backsteinmauer getrennt war. Das Haupttor war offen, und beim Näherkommen erblickten sie ein stattliches Gebäude in Ziegelbauweise, das offenkundig aus viktorianischer Zeit stammte und ebenso offenkundig von Anfang an als kirchliche Einrichtung konzipiert worden war, wahrscheinlich als Domizil für die ersten Schwestern des Ordens. Die vier Stockwerke mit ihren dicht an dicht in strenger Präzision angeordneten, völlig gleichen Fensterreihen weckten in Dalgliesh unangenehme Assoziationen an ein Gefängnis, ein Gedanke, der vielleicht auch dem Architekten gekommen war, denn die unstimmigen Ergänzungen, die jeweils die Eckpunkte des Gebäudes markierten – links ein Spitzpfeiler und rechts ein Turm –, waren allem Anschein nach später hinzugefügt worden, und zwar ebensosehr zur Auflockerung wie als Zierat. Eine breite, kiesbestreute Auffahrt führte zu einem Portal aus fast schwarzer Eiche mit schweren Eisenbeschlägen, das besser zum Eingang eines normannischen Bergfrieds gepaßt hätte. Zu ihrer Rechten sahen sie im Vorbeifahren eine Backsteinkirche, in der eine ganze Pfarrgemeinde Platz gehabt hätte, mit plumpem Turm und schmalen Spitzbogenfenstern. Zur Linken war Kontrast geboten: ein niedriger, moderner Bau mit überdachter Terrasse und einem kleinen architektonischen Garten, nach Dalgliesh' Schätzung das Hospiz für die Sterbenden.

Vor dem Kloster stand nur ein einziger Wagen, ein Ford, und Dalgliesh parkte ordentlich daneben. Als er ausgestiegen war und über die terrassierten Grünflächen zurückschaute, konnte er endlich doch noch einen flüchtigen Blick auf den Ärmelkanal erhaschen. Kurze Sträßchen mit bunten kleinen Häusern in Hellblau, Pink oder Grün, darüber die schwankende Geometrie der Fernsehantennen als Dachschmuck, führten im Parallelverbund hinunter zum abgestuften Blau des Meeres und kontrastierten in ihrer peniblen Kleinbürgerlichkeit mit dem wuchtigen viktorianischen Klotz in seinem Rücken.

Im Hauptgebäude rührte sich nichts, aber als er sich umdrehte, um den Wagen abzuschließen, sah er eine Nonne mit einem Patienten im Rollstuhl vom Hospiz her kommen. Der Patient trug eine weißblau gestreifte Mütze mit einer roten Bommel daran und war bis zum Kinn in eine Decke eingemummelt. Die Nonne beugte sich hinunter und flüsterte ihm etwas ins Ohr, und der Patient lachte, ein spärliches Rinnsal froher Töne, das in die Stille tröpfelte.

Dalgliesh zog an der Eisenkette links von der Tür und konnte selbst durch die eisenverstärkten, dicken Eichenbohlen den Nachhall drinnen hören. Das quadratische Sprechgitter wurde aufgeschoben, und eine Nonne mit sanftmütigem Gesicht schaute heraus. Dalgliesh gab seinen Namen an und zeigte den Dienstausweis vor. Die Tür öffnete sich fast sofort, und stumm, aber immer noch lächelnd, bedeutete die Nonne ihnen einzutreten. Sie kamen in eine geräumige Halle, wo es nicht unangenehm nach einem milden Desinfektionsmittel roch. Der Fußboden war in schwarzweißem Schachbrettmuster gefliest und sah aus wie frisch geschrubbt. Die Wände waren kahl bis auf ein unverkennbar viktorianisches Sepiaporträt einer eindrucksvollen, streng dreinblickenden Nonne, die Dalgliesh für die Gründerin des Ordens hielt, und eine Reproduktion von Millais' *Christus in der Werkstatt des Zimmermanns* in einem prunkvoll geschnitzten Rahmen. Die Nonne, die fortwährend lächelte, aber immer noch kein Wort sprach, führte sie in ein kleines Zimmer rechts von der Halle und bat sie mit etwas theatralischer Geste, Platz zu nehmen. Dalgliesh überlegte, ob sie am Ende taubstumm sei.

Der Raum war spärlich möbliert, wirkte aber nicht unfreundlich. Auf dem polierten Mitteltisch stand eine Vase mit späten Rosen, und vor den Doppelfenstern waren zwei mit verschossenem Cretonne bezogene Sessel plaziert. Rechts vom Kamin hing ein großes Kruzifix in Holz und Silber, das erschreckend realistisch war. Dalgliesh tippte auf einen spanischen Meister; vermutlich hatte das Kreuz früher in einer Kirche gehangen. Gleich über dem Kamin hing ein Ölbild der Madonna, die dem Jesuskind eine Weintraube reicht, und Dalgliesh brauchte eine Weile, bevor er darin eine Kopie von Pierre Mignards *La Vierge à la Grappe* erkannte. Auf einem Bronzetäfelchen am unteren Rahmenrand war der Name des Stifters zu lesen. An der rechten Wand waren in uneinladend starrer Formation vier steiflehnige Refektoriumsstühle aufgereiht; Dalgliesh und Kate blieben lieber stehen.

Sie brauchten nicht lange zu warten, bevor die Tür sich öffnete und eine Nonne hereinkam, die forsch und selbstsicher auf sie zuging und ihnen die Hand entgegenstreckte.

»Commander Dalgliesh und Inspector Miskin, nicht wahr? Willkommen in St. Anne's. Ich bin Mutter Mary Clare. Wir haben miteinander telefoniert, Commander. Darf ich Ihnen und Ihrer Begleiterin einen Kaffee anbieten?«

Die Hand, die kurz die seine berührte, war mollig, aber kühl. Er sagte: »Nein danke, Frau Oberin. Sehr freundlich von Ihnen, aber wir werden Sie hoffentlich nicht zu lange stören.«

Sie wirkte überhaupt nicht einschüchternd. Die kurze, stämmige Gestalt hatte dank des langen graublauen Habits mit dem Ledergürtel durchaus etwas Würdevolles, aber sie bewegte sich darin so ungezwungen, als wäre das offizielle Gewand nur ein einfaches Arbeitskleid. Ein schweres Kreuz aus dunklem Holz hing ihr an einer Kordel um den Hals, und ihr Gesicht, das blaß und weich war wie Kuchenteig, quoll babyhaft pausbäckig aus dem straff sitzenden Schleier. Aber die Augen hinter der Nickelbrille waren klug, und der kleine Mund zeugte, ungeachtet der feingeschwungenen, weichen Lippen, von kompromißloser Entschlossenheit. Dalgliesh spürte, daß er und Kate einer Musterung unterzogen wurden, die ebenso scharf wie unauffällig war. Mit einem leichten Neigen des Kopfes sagte die Oberin schließlich: »Ich werde Ihnen Schwester Agnes schicken. Es ist ein herrlicher Tag, vielleicht würden Sie gern zusammen einen Spaziergang durch den Rosengarten machen.«

Dalgliesh erkannte wohl, daß das eine Weisung war und kein Vorschlag, aber er wußte auch, daß sie in dieser ersten flüchtigen Begegnung eine Art von privater Prüfung bestanden hatten. Er zweifelte nicht daran, daß die Oberin, wäre sie nicht zufrieden gewesen, das Gespräch hier im Zimmer hätte stattfinden lassen, und zwar unter ihrer Aufsicht. Sie zog an der Klingelschnur, und die lächelnde kleine Nonne, die sie eingelassen hatte, erschien.

»Würden Sie Schwester Agnes ausrichten, sie möchte so gut sein und zu uns herunterkommen?«

Wieder warteten sie schweigend und immer noch im Stehen. Nach weniger als zwei Minuten ging die Tür auf, und eine hochgewachsene Nonne trat ein. Die Mutter Oberin sagte: »Das ist Schwester Agnes. Schwester, dies sind Commander Dalgliesh von New Scotland Yard und Inspector Miskin. Ich habe vorgeschlagen, daß Sie sich vielleicht draußen im Rosengarten unterhalten.«

Sie nickte freundlich und ging, ohne sich offiziell zu verabschieden.

Der Unterschied zwischen der Mutter Oberin und der Nonne, die sie jetzt mit argwöhnischem Blick fixierte, hätte kaum größer sein können. Gewiß, das Habit war das gleiche, aber obwohl Schwester Agnes ein kleineres Kreuz trug, verlieh es ihr eine hieratische Würde, die sie unnahbar und ein bißchen geheimnisvoll erscheinen ließ. Die Mutter Oberin hatte ausgesehen, als wolle sie sich gleich an den Küchenherd begeben; sich Schwester Agnes anderswo als am Altar vorzustellen, fiel dagegen schwer. Sie war hager, hatte lange Glieder und ausgeprägte Gesichtszüge, und der Schleier betonte noch die hohen Wangenknochen, ihre starken Brauen und den breiten, unnachgiebigen Mund.

»Also dann, wollen wir uns die Rosen ansehen, Commander?« sagte sie. Dalgliesh machte die Tür auf, und er und Kate folgten ihr mit fast unhörbaren Schritten aus dem Empfangszimmer und durch die Halle.

Schwester Agnes führte sie über den Hauptweg hinunter zum terrassierten Rosengarten. Die Beete waren in drei langgestreckten Reihen angeordnet, zwischen denen parallel zueinander Kieswege verliefen, einer jeweils vier Stufen unterhalb des anderen. Sie würden mit knapper Not zu dritt nebeneinander hergehen können, erst den obersten Weg entlang, dann die Stufen hinunter und über den zweiten Weg zurück zur nächsten Treppe und dann noch einmal die vierzig Meter auf dem untersten Weg, bevor es wieder umkehren hieß, eine freudlose Promenade, die von den Klosterfenstern aus bequem verfolgt werden konnte. Dalgliesh fragte sich, ob es hinter dem Kloster nicht vielleicht einen zweiten Garten gäbe, in dem man ungestörter gewesen wäre. Aber selbst wenn es einen gab, waren sie dort offenbar nicht erwünscht.

Schwester Agnes ging zwischen ihnen, und mit ihrem hoch erhobenen Kopf war sie fast so groß wie Dalgliesh, der immerhin stolze ein Meter achtundachtzig maß. Die Nonne trug eine lange graue Jacke über dem Habit und hatte, wie um sich zu wärmen, die Hände über Kreuz in die Armlöcher geschoben. Mit den verdeckten Händen und den eng an den Körper gepreßten Armen erinnerte sie Dalgliesh unangenehm an alte Bilder von

Geisteskranken in Zwangsjacken. Es war, als ginge sie wie eine Gefangene unter Bewachung zwischen ihnen, und er hätte gern gewußt, ob es etwaigen heimlichen Beobachtern hinter den hohen Fenstern tatsächlich so erschien. Der Gedanke, der natürlich höchst peinlich war, kam anscheinend auch Kate, denn plötzlich blieb sie mit einer leise gemurmelten Entschuldigung zurück, ging in die Hocke und tat so, als müsse sie sich die Schuhe zubinden. Als sie die beiden wieder einholte, hielt sie sich an Dalgliesh' Seite.

Es war Dalgliesh, der das Schweigen brach. »Ich bin Ihnen sehr dankbar, daß Sie uns empfangen. Es tut mir aufrichtig leid, daß wir Sie belästigen müssen, besonders, da wir Sie obendrein noch in Ihrer Trauer stören. Aber ich muß Ihnen zum Tod Ihrer Schwester ein paar Fragen stellen.«

»›Mich in meiner Trauer stören.‹ Das hat mir die Mutter Oberin schon nach dem Telefonat mit Ihnen ausgerichtet. Ich nehme an, das ist eine Formulierung, die Sie oft benutzen müssen, Commander.«

»Aufdringlichkeit und unliebsame Störungen sind bei meiner Arbeit leider manchmal nicht zu vermeiden.«

»Und haben Sie spezielle Fragen, von denen Sie hoffen, daß ich sie beantworten kann, oder ist das eine eher allgemeine Störung?«

»Ein bißchen von beidem.«

»Aber Sie wissen doch, wie meine Schwester gestorben ist. Sonia hat sich umgebracht, daran besteht gar kein Zweifel. Sie hat vor Ort einen Abschiedsbrief hinterlassen. Außerdem hat sie am Morgen ihres Todestages noch einen Brief an mich abgeschickt. Aber da sie die Nachricht offenbar keines Schnellportos für wert hielt, bekam ich ihn erst drei Tage später.«

»Würde es Ihnen etwas ausmachen, mir zu erzählen, was drinstand?« fragte Dalgliesh. »Den Inhalt der Erklärung, die für den Coroner bestimmt war, kenne ich natürlich.«

Ein paar Sekunden, die den beiden Beamten freilich viel länger erschienen, sagte Schwester Agnes nichts, und dann sprach sie so monoton wie jemand, der ein auswendig gelerntes Stück Prosa herunterleiert. »Nun, der Brief lautete folgendermaßen: ›Ich bin im Begriff, etwas zu tun, das in Deinen Augen als Sünde erscheinen muß. Aber bitte versuche zu verstehen, daß für mich das, was Du als sündhaft ansiehst, richtig und natürlich ist. Wir haben verschiedene Wege gewählt, doch sie führen zum gleichen Ziel. Nach so vielen Jahren des Zauderns kann ich mich wenigstens für den Tod ganz klar entscheiden. Bitte trauere nicht zu lange um mich. Gefühle wie Trauer sind Luxus. Ich hätte mir keine bessere Schwester wünschen können.‹« Nach einer kleinen Pause fügte sie hinzu: »Ist es das, was Sie hören wollten, Commander? Für Ihre gegenwärtigen Ermittlungen dürfte es wohl kaum relevant sein.«

»Wir müssen alles in Betracht ziehen, was in den Monaten vor Gerard Etiennes Tod geschah und was auch nur den geringsten Bezug dazu gehabt haben könnte. Der Selbstmord Ihrer Schwester fällt auch darunter. In den literarischen Kreisen Londons und auch in Innocent House wurde anscheinend gemunkelt, daß Gerard Etienne sie in den Tod getrieben hat. Falls es so war, könnte es sein, daß ein Freund von ihr – ein sehr guter Freund – ihn dafür bestrafen wollte.«

»Ich war Sonias beste Freundin«, sagte sie. »Außer mir hat sie keine guten Freunde gehabt, und ich hatte keinen Grund, Gerard Etienne den Tod zu wünschen. Außerdem bin ich an dem Tag oder in der Nacht, als er starb, hiergewesen. Das können Sie leicht nachprüfen.«

»Ich habe ja nicht unterstellt, Schwester, daß Sie in irgendeiner Weise persönlich mit Gerard Etiennes Tod zu tun hatten. Ich frage nur, ob Sie irgend jemanden kennen, der Ihrer Schwester nahestand und dem die Art, wie sie starb, so zu Herzen gegangen sein könnte, daß daraus Rachegelüste entstanden.«

»Da kommt außer mir niemand in Frage. Aber mein Groll richtete sich gegen *sie,* Commander. Selbstmord ist die absolute Verzweiflungstat, die endgültige Zurückweisung der göttlichen Gnade, die allergrößte Sünde.«

Dalgliesh versetzte ruhig: »Dann wird dem Selbstmörder vielleicht auch die allergrößte Barmherzigkeit zuteil, Schwester.«

Sie waren am Ende des ersten Weges angelangt, gingen gemeinsam die paar Stufen hinunter und wandten sich nach links. »Ich mag keine Rosen im Herbst«, sagte Schwester Agnes unvermittelt. »Die Rose ist doch im wesentlichen eine Sommerblume. Am deprimierendsten sind die Dezemberrosen, braune, eingeschrumpelte Knospen auf einem Haufen Dornen. Im Dezember kann ich's kaum ertragen, hier langzugehen. Rosen sind wie wir, sie wissen nicht, wann es Zeit ist zu sterben.«

»Aber heute«, meinte er, »könnte man doch fast glauben, wir hätten noch Sommer.« Und nach einer kleinen Pause fuhr er fort: »Ich nehme an, Sie wissen, daß Gerard Etienne an Kohlenmonoxydvergiftung gestorben ist, und zwar im selben Raum wie Ihre Schwester. In seinem Fall dürfte es sich kaum um Selbstmord gehandelt haben. Es könnte ein Unfall gewesen sein, durch einen verstopften Abzug, der zu einem Defekt am Gasofen führte, aber wir müssen auch eine dritte Möglichkeit in Betracht ziehen, nämlich daß der Ofen absichtlich so präpariert wurde.«

»Heißt das, Sie glauben, er wurde ermordet?« fragte sie.

»Das können wir jedenfalls nicht ausschließen. Und ich muß Sie fragen, ob Sie es für denkbar halten, daß Ihre Schwester sich an dem Ofen zu schaffen gemacht hat. Ich spreche hier gar nicht von einem Plan, Etienne zu töten. Aber wäre es möglich, daß sie ihren Selbstmord ursprünglich wie einen Unfall erscheinen lassen wollte und später ihre Meinung geändert hat?«

»Wie um alles in der Welt soll ich das wissen, Commander?«

»Es ist sehr weit hergeholt, aber ich mußte Sie das fragen. Falls es zu einer Mordanklage kommt, wird der Verteidiger diese Möglichkeit ganz bestimmt vorbringen.«

»Es hätte anderen Menschen sehr viel Kummer erspart, wenn sie ihren Tod als Unfall getarnt hätte, aber das tun Selbstmörder nun mal selten. Ein Selbstmord ist immerhin die krasseste Form von Aggression, und wie könnte eine Aggression befriedigend sein, wenn man damit nur sich selbst verletzt? Es wäre nicht sonderlich schwer gewesen, einen Selbstmord als Unfall zu inszenieren. Ich könnte mir da einige Möglichkeiten vorstellen, aber die Idee, einen Gasofen auseinanderzunehmen und den Abzug zu blockieren, gehört nicht dazu. Ich bin mir auch nicht sicher, ob Sonia gewußt hätte, wie man das macht. Sie war im Leben nicht technisch begabt, warum hätte sie es im Tod sein sollen?«

»Und in dem Brief an Sie stand nichts weiter? Ich meine, hat sie keinen Grund angegeben, keine Erklärung?«

»Nein«, sagte sie, »keinen Grund und keine Erklärung.«

Dalgliesh fuhr fort: »Anscheinend wurde allgemein angenommen, daß Ihre Schwester sich umbrachte, weil Gerard Etienne ihr gekündigt hatte. Halten Sie das für wahrscheinlich?«

Da Schwester Agnes nicht antwortete, hakte er nach einer Minute behutsam nach. »Als ihre Schwester, als jemand, der sie sehr gut gekannt hat, sind Sie da mit dieser Erklärung zufrieden?«

Sie wandte sich ihm zu und sah ihm zum erstenmal offen ins Gesicht. »Ist diese Frage für Ihre Ermittlungen relevant?«

»Sie könnte es sein, ja. Falls Miss Clements etwas über Innocent House wußte oder über einen der Angestellten dort, etwas, das so entsetzlich war, daß es zu ihrem Tod beitrug, dann könnte dieses selbe Faktum auch beim Tod von Gerard Etienne eine Rolle spielen.«

Wieder drehte sie ihm das Gesicht zu. »Ist etwa damit zu rechnen, daß der Fall meiner Schwester noch einmal aufgerollt wird?«

»Offiziell? Absolut nicht. Wir wissen, wie Miss Clements gestorben ist. Ich wüßte zwar gern noch den Grund, aber das Ergebnis der gerichtlichen Untersuchung war völlig korrekt. Juristisch ist der Fall damit abgeschlossen.«

Sie gingen schweigend auf und ab. Schwester Agnes rang offenbar um eine Entscheidung. Er merkte, oder bildete es sich vielleicht auch nur ein, daß ihr Arm, der kurz den seinen streifte, vor Anspannung ganz verkrampft war. Als sie endlich sprach, klang ihre Stimme schroff und abweisend.

»Ich kann Ihre Neugier befriedigen, Commander. Meine Schwester starb, weil die beiden Menschen, die ihr am meisten bedeuteten, ja vielleicht die beiden einzigen, die ihr überhaupt je etwas bedeuteten, sie verlassen hatten, und zwar endgültig. Ich habe in der Woche, bevor sie sich umbrachte, mein Gelübde abgelegt; Henry Peverell starb acht Monate früher.«

Kate hatte bisher geschwiegen. Aber jetzt fragte sie: »Wollen Sie damit sagen, daß Ihre Schwester in Mr. Peverell verliebt war?«

Schwester Agnes sah sich so erstaunt nach ihr um, als habe sie sie bisher noch gar nicht bemerkt. Dann senkte sie den Kopf und preßte die Arme mit einem kaum wahrnehmbaren Schaudern noch fester gegen die Brust. »Sie war die letzten acht Jahre seines Lebens seine Geliebte. Sie nannte es Liebe, für mich war es eine Sucht. Ich weiß nicht, wie er es genannt hat. Sie haben sich nie zusammen in der Öffentlichkeit gezeigt. Auf sein Betreiben wurde die Affäre streng geheimgehalten. Das Zimmer, in dem sie miteinander schliefen, ist das, in dem sie gestorben ist. Ich wußte immer, wann sie zusammengewesen waren. Das waren die Abende, an denen sie Überstunden machte, angeblich. Wenn sie heimkam, konnte ich ihn an ihr riechen.«

»Aber warum diese Geheimniskrämerei?« wandte Kate ein. »Wovor hatte er denn Angst? Sie waren doch beide nicht verheiratet, und sie waren erwachsene Menschen. Was sie miteinander hatten, ging doch außer ihnen selbst niemanden was an.«

»Wenn ich sie das gefragt habe, dann hatte sie ihre Antworten immer parat – oder besser gesagt seine. Sie sagte, er wolle nicht noch einmal heiraten, um dem Andenken seiner Frau treu zu bleiben, außerdem sei ihm der Gedanke zuwider, daß seine Privatangelegenheiten Gegenstand von Büroklatsch würden, und seine Tochter würde unter einer offiziellen neuen Beziehung leiden. Sie hat all seine Entschuldigungen gelten lassen. Ihr genügte es, daß er offenbar brauchte, was sie zu geben hatte. In

Wirklichkeit war es vielleicht ganz einfach so, daß sie ausreichte, um ein gewisses Bedürfnis zu befriedigen, aber nicht schön oder jung oder reich genug war, als daß es ihn gereizt hätte, sie zu heiraten. Und für ihn hat, denke ich, das Versteckspiel der Affäre noch einen extra Kitzel gegeben. Vielleicht hat ihm das ja gerade Spaß gemacht, sie zu demütigen, die Grenzen ihrer Hingabe auszuloten, sich in diese triste kleine Kammer raufzustehlen wie ein viktorianischer Brotherr, der sich mit seinem Dienstmädchen verlustiert. Es war nicht die Sündhaftigkeit des Verhältnisses, die mich am meisten bedrückte, nein, am schlimmsten fand ich, daß es so vulgär war.«

Soviel Offenheit, ein so rückhaltloses Vertrauen hatte Dalgliesh nicht erwartet. Aber vielleicht war das so erstaunlich auch wieder nicht. Schwester Agnes hatte ihr selbstauferlegtes Schweigen monatelang erduldet, und nun entlud sich zwei Fremden gegenüber, die sie nie wiederzusehen brauchte, all die aufgestaute Bitterkeit in ihr. »Ich war die Ältere von uns beiden«, sagte sie. »Aber nur um achtzehn Monate. Wir standen uns immer sehr nahe. Dann kam er und hat das zerstört. Sie konnte nicht beides haben, ihn und ihre Religion, also hat sie sich für ihn entschieden. Sie hat unser Vertrauensverhältnis zerstört. Wie hätten wir einander noch vertrauen können, wenn eine den Gott der anderen verachtete?«

»Sie hat Ihre Berufung nicht befürwortet?« fragte Dalgliesh.

»Sie hatte kein Verständnis dafür. Und er auch nicht. Er sah es als eine Flucht vor der Welt und vor der Verantwortung, vor Sexualität und Bindung. Und was er glaubte, das hat sie auch geglaubt. Sie wußte natürlich schon seit einiger Zeit, was ich vorhatte. Wahrscheinlich hoffte sie, daß kein Orden mich würde haben wollen. Es gibt tatsächlich nicht viele Gemeinschaften, die gern Postulanten mittleren Alters nehmen. Ein Kloster ist nicht als Zufluchtsstätte für Desillusionierte und Gescheiterte gedacht. Und Sonia wußte natürlich auch, daß ich mit keinen praktischen Fähigkeiten aufwarten konnte. Ich war – bin – Buchrestauratorin. Die Ehrwürdige Mutter beurlaubt mich immer noch von Zeit zu Zeit für einen Auftrag in Bibliotheken in London, Oxford oder Cambridge, vorausgesetzt, es ist ein passendes Haus – ich meine ein Kloster – vorhanden, wo ich unterkommen kann. Aber diese Arbeit wird eher seltener. Es braucht sehr viel Zeit, ein wertvolles Buch oder Manuskript zu restaurieren und neu zu binden, länger, als man mich hier entbehren kann.«

Dalgliesh erinnerte sich an einen Besuch im Corpus Christi College in Cambridge vor drei Jahren, wo man ihm neben einer der frühesten illuminierten Handschriften des Neuen Testaments auch die Jerusalemer Bibel gezeigt hatte, die schon mehrmals mit eigener Eskorte zu den Krönungsfeierlichkeiten nach Westminster gebracht worden war. Man hatte das frisch gebundene Kleinod liebevoll aus seinem eigens angefertigten Behältnis genommen, es auf das pfeilförmige Pult gelehnt und die Seiten mit einem Holzspachtel umgeblättert, um zu verhindern, daß die Talgabsonderungen der Haut mit dem Pergament in Berührung kamen. Dalgliesh hatte staunend auf diese unglaublich sorgfältig gezeichneten Vignetten geblickt, die sich seinem Auge über fünfhundert Jahre hinweg genauso leuchtend und frisch darboten wie damals, als die Farben unglaublich feindosiert und exakt aus der Feder des Künstlers geflossen waren, und er hatte Motive gesehen, deren Schönheit und tiefempfundene menschliche Botschaft ihn zu Tränen rührten.

»Ihre Arbeit hier wird also für wichtiger gehalten?« fragte er.

»Da gelten unterschiedliche Maßstäbe. Aber hier ist es jedenfalls kein Nachteil, daß es mir an den eher alltäglichen, praktischen Fertigkeiten mangelt. Mit ein bißchen Übung kann schließlich jeder eine Waschmaschine bedienen, Patienten im Rollstuhl ins Bad fahren, Bettpfannen ausgeben. Aber es ist ungewiß, wie lange diese Dienste noch gebraucht werden. Der Priester, der unser Kaplan ist, konvertiert zum römisch-katholischen Glauben, eine Reaktion darauf, daß in der anglikanischen Kirche jetzt auch Frauen ordiniert werden. Die Hälfte unserer Schwestern will ihm folgen. Die Zukunft von St. Anne's als anglikanischer Orden ist also alles andere als gesichert.«

Sie hatten unterdessen alle drei Wege abgeschritten und begannen den Rundgang von neuem. Schwester Agnes fuhr fort: »Henry Peverell war nicht der einzige, der sich in den letzten Jahren zwischen uns gedrängt hat. Da war auch noch Eliza Brady. Aber Sie brauchen nicht nach ihr zu suchen, Commander, sie ist schon 1871 gestorben. Ich las über sie im Prozeßbericht in einer viktorianischen Zeitung, die ich in einem Secondhand-Buchladen in der Charing Cross Road aufstöberte und unglücklicherweise auch Sonia zu lesen gab. Eliza Brady war dreizehn Jahre alt. Ihr Vater arbeitete für einen Kohlenhändler, und ihre Mutter war im Kindbett gestorben. Eliza vertrat Mutterstelle an den vier jüngeren Geschwistern und dem Neugeborenen. Ihr Vater bezeugte vor Gericht, daß Eliza ihnen allen eine zweite Mutter war. Sie arbeitete vierzehn Stunden am Tag. Sie wusch, machte Feuer, kochte, ging einkaufen, kurz, sie betreute die ganze kleine Familie mit rührender Fürsorglichkeit. Eines Morgens, als sie die Windeln des Babys am Schutzgitter vor dem Kamin trocknete, stützte sie sich auf das Gitter, das unter ihr zusammenbrach und mit ihr in die Flammen fiel. Sie erlitt schreckliche Verbrennungen und starb drei Tage später unter grausamen Qualen. Diese Geschichte ging meiner Schwester furchtbar nahe. ›Das ist also die Gerechtigkeit deines sogenannten liebenden Gottes‹, sagte sie. ›So belohnt er die Guten und Unschuldigen. Es hat ihm nicht genügt, dieses Mädchen umzubringen, nein, es mußte eines schrecklichen Todes sterben, langsam und qualvoll.‹ Meine Schwester war bald ganz besessen von dieser Eliza Brady. Sie erhob sie zu einer Art Kultfigur. Wenn sie ein Bild von ihr gehabt hätte, dann hätte sie wahrscheinlich davor gebetet, auch wenn ich nicht weiß, zu wem.«

»Aber wenn sie einen Grund suchte, um nicht mehr an Gott zu glauben«, wandte Kate ein, »warum mußte sie da aufs neunzehnte Jahrhundert zurückgreifen? Tragödien haben wir doch auch in der Gegenwart genug. Sie hätte nur fernsehen oder Zeitung lesen müssen. Oder an Jugoslawien denken. Eliza Brady ist doch schon über hundert Jahre tot.«

Schwester Agnes nickte. »Das hab' ich ihr ja auch gesagt, aber Sonia hat mir geantwortet, Gerechtigkeit habe nichts mit Zeit zu tun. Wir dürften nicht zulassen, daß die Zeit uns so beherrscht. Wenn Gott ewig ist, dann ist seine Gerechtigkeit ewig. Und auch seine Ungerechtigkeit.«

»Bevor Sie sich entfremdet haben, Sie und Ihre Schwester«, sagte Kate, »sind Sie da öfter mal in Innocent House gewesen?«

»Nicht oft, nein, aber gelegentlich war ich schon mal da. Es war sogar mal die Rede davon, Monate bevor ich mich zu meiner Berufung bekannte, daß ich eine Teilzeitstelle bei Peverell Press annehmen sollte. Jean-Philippe Etienne lag sehr viel daran, daß das Archiv gesichtet und katalogisiert würde, und anscheinend dachte er, ich sei für diese Aufgabe geeignet. Die Etiennes haben alle eine Nase für ein günstiges Geschäft, und er ahnte wahrscheinlich, daß ich ebenso aus Interesse arbeiten würde wie um des Geldes willen. Aber Henry Peverell stellte sich quer, und ich wußte natürlich, warum.«

»Sie kennen Jean-Philippe Etienne?« fragte Dalgliesh.

»Ich habe alle Gesellschafter einigermaßen gut gekannt. Die beiden alten Herren, Jean-Philippe und Henry, schienen geradezu eigensinnig an einer Macht zu hängen, die sie andererseits beide entweder nicht willens oder unfähig waren auszuüben. Der junge Etienne war offenkundig der große Neuerer, der designierte Erbe. Mit Claudia Etienne bin ich nie besonders gut ausgekommen, aber James de Witt hab' ich gern gemocht. De Witt ist ein leuchtendes Beispiel dafür, daß man auch ohne die Hilfe des Glaubens und ohne religiösen Halt ein gutes und lauteres Leben führen kann. Es gibt anscheinend Menschen, die praktisch ohne Erbsünde geboren werden. Bei ihnen ist Güte schwerlich ein Verdienst.«

»Ganz gewiß muß man nicht unbedingt fromm sein, um ein gutes Leben zu führen«, sagte Dalgliesh.

»Vielleicht nicht; der Glaube allein mag das Verhalten nicht beeinflussen. Doch die praktische Religionsausübung sollte das sehr wohl tun.«

»Auf dem letzten Fest in Innocent House sind Sie natürlich nicht gewesen«, sagte Kate. »Aber waren Sie vielleicht früher mal auf einer Party dort? Und erinnern Sie sich zufällig, ob die Gäste bei solchen Anlässen zu allen Teilen des Hauses freien Zugang hatten?«

»Ich bin nur zweimal mit zu einem Fest gegangen. Der Verlag veranstaltet jeweils eins im Sommer und eins im Winter. Bestimmt hat niemand die Gäste daran gehindert, sich im Haus umzusehen, aber ich glaube nicht, daß es viele waren, die ungeniert überall herumspaziert sind. Es gehört sich ja wohl auch nicht, bei einer Party die Gelegenheit zu nutzen und in Räumen herumzuschnüffeln, die normalerweise streng privat sind. Aber in Innocent House sind ja jetzt eigentlich fast nur noch Büros, und vielleicht macht das einen Unterschied. Die Feste dort waren allerdings recht formell. Die Gästeliste wurde kontrolliert, und Henry Peverell mochte es gar nicht, wenn gleichzeitig mehr als, sagen wir achtzig Leute im Haus waren. Peverell Press hat nie was von den üblichen Literatenpartys gehalten, bei denen zu viele Einladungen verschickt werden, für den Fall, daß irgendein Prominenter beleidigt sein könnte, weil man ihn übergangen hat. Das Ende vom Lied sind dann zu volle, überheizte Räume, in denen die Leute sich damit herumplagen, ihre Teller vom kalten Büfett in der Balance zu halten, lauwarmen Weißwein trinken und einander anbrüllen müssen, weil man sonst sein eigenes Wort nicht versteht. Bei Peverell kamen die meisten Gäste mit der Fähre, und da war es wohl ziemlich leicht, die ungeladenen Partyschnorrer auszusondern, denke ich mir.«

Viel mehr war nicht zu erfahren. In stiller Übereinkunft machten sie am Ende des nächsten Beetes kehrt und gingen den gleichen Weg zurück. Schweigend brachten Dalgliesh und Kate Schwester Agnes zum Hauptportal und verabschiedeten sich, ohne das Kloster noch einmal zu betreten. Sie sah beide durchdringend an und hielt ihren Blick fest, ja zwang sie gewissermaßen durch ihre Willenskraft zu einem Moment konzentrierter

Aufmerksamkeit, als ob sie die beiden dadurch verpflichten könne, ihr Vertrauen zu respektieren.

Sie hatten kaum die Auffahrt passiert und warteten an der ersten roten Ampel, als Kates aufgestauter Groll sich Luft machte.

»Also darum stand das Bett im kleinen Archiv, darum hatte die Tür einen Riegel und ein gutgeöltes Schloß! Mein Gott, was für ein gemeiner Schuft! Schwester Agnes hat ganz recht, er hat sich da raufgeschlichen wie ein mieser kleiner viktorianischer Despot. Er hat sie gedemütigt und benutzt. Ich kann mir vorstellen, was da oben passiert ist. Der Mann war ein Sadist.«

Dalgliesh sagte ruhig: »Dafür haben Sie keinerlei Beweise, Kate.«

»Warum zum Teufel hat sie sich das gefallen lassen? Sie war eine erfahrene, angesehene Lektorin. Sie hätte doch woanders hingehen können!«

»Sie hat ihn geliebt.«

»Ja, und ihre Schwester liebt Gott. Sie ist auf der Suche nach Frieden. Ich hatte allerdings nicht den Eindruck, daß sie ihn gefunden hat. Wie könnte sie auch, wenn nicht einmal die Zukunft des Klosters gesichert ist.«

»Frieden hat der Gründer ihrer Religion auch nicht versprochen. ›Ich bin nicht gekommen, Frieden zu bringen, sondern das Schwert.‹« Ein Blick auf Kates Gesicht verriet ihm, daß sie mit dem Zitat nichts anfangen konnte, und er wechselte taktvoll das Thema. »Dieser Besuch hat uns ein gutes Stück weitergebracht. Wir wissen jetzt, warum Sonia Clements gestorben ist und daß ihr Tod nichts – oder doch nur sehr wenig – damit zu tun hatte, wie sie von Gerard Etienne behandelt wurde. Anscheinend gibt es niemanden, der ein Motiv gehabt hätte, ihren Tod zu rächen. Wir wußten zwar schon, daß Besucher in Innocent House nach Lust und Laune herumspazieren konnten, aber es ist doch gut, Schwester Agnes' Bestätigung dafür zu haben. Und dann wäre da noch die wirklich interessante Information über das Archiv. Laut Schwester Agnes war Henry Peverell strikt dagegen, daß sie den Auftrag bekam, es aufzuarbeiten. Und Jean-Philippe Etienne hat ja auch erst nach seinem Tod seine Zustimmung gegeben, daß Gabriel Dauntsey die Aufgabe übernahm.«

»Noch interessanter hätte ich es gefunden«, sagte Kate, »wenn die Etiennes dafür gewesen wären, das Archiv unangetastet zu lassen. Warum Henry Peverell nicht wollte, daß Sonia Clements' Schwester dort arbeitet, liegt ja auf der Hand. Das hätte sein kleines Arrangement mit seiner Geliebten gestört.«

»Das ist die naheliegende Erklärung und wie die meisten ihrer Art wahrscheinlich auch die zutreffende. Aber es könnte auch noch etwas anderes im Archiv sein, an das Henry Peverell nicht rühren wollte, etwas, von dem er entweder wußte oder vermutete, daß es dort oben lag. Doch eine Verbindung mit Gerard Etiennes Tod läßt sich da auf den ersten Blick nicht erkennen. Sie haben ganz recht, es wäre interessanter, wenn die Etiennes diejenigen wären, die sich gegen die Aufarbeitung des Archivs sträubten. Trotzdem denke ich, wir werden uns diese Papiere einmal vornehmen.«

»Alle, Sir?«

»Wenn es nötig ist, Kate.«

43

Es war jetzt Sonntag abend halb zehn, und Aaron und Robbins gingen oben in Innocent House die Akten durch. Dazu benutzten sie Schreibtisch und Stuhl im kleinen Archiv. Nach einer Methode, die Daniel ausgetüftelt hatte, sahen sie systematisch Regalreihe für Regalreihe im Hauptarchiv durch, nahmen jeden Ordner, der aufschlußreich schien, heraus und brachten ihn zur näheren Untersuchung ins kleine Archiv. Es war eine entmutigende Aufgabe, da keiner wußte, wonach sie eigentlich suchten. Daniel hatte ursprünglich damit gerechnet, daß zwei Leute wochenlang mit dieser Aufgabe beschäftigt sein würden, aber dann kamen sie doch überraschend zügig voran. Wenn ADs Verdacht begründet war und hier tatsächlich Papiere lagerten, die helfen konnten, den Mord an Etienne aufzuklären, dann mußte jemand sie vor relativ kurzer Zeit eingesehen haben. Das aber bedeutete, daß man die ganz alten Ordner aus dem neunzehnten Jahrhundert, von denen viele augenscheinlich seit gut hundert Jahren niemand mehr in der Hand gehabt hatte, getrost außer acht lassen konnte, vorläufig zumindest. Mit dem Licht hatten sie keine Schwierigkeiten; die schirmlosen Deckenbirnen hingen jeweils nur knapp einen Meter voneinander entfernt. Aber es war eine staubige, ermüdende und langweilige Arbeit, die Daniel zudem ohne jeden Optimismus verrichtete.

Bald nach halb zehn entschied er, für einen Abend sei es nun genug. Gleichzeitig hatte er aber nicht die geringste Lust, nach Bayswater in seine Wohnung zu gehen, ja der Gedanke daran widerstrebte ihm so sehr, daß er mit Freuden jede sich bietende Alternative wahrgenommen hätte. Seit Fenella in die Staaten abgereist war, hatte er ohnehin so wenig Zeit wie möglich zu Hause verbracht. Sie hatten erst vor achtzehn Monaten zusammen eine Wohnung gekauft, und er hatte schon ein paar Wochen nach dem Einzug gemerkt, daß es ein Fehler gewesen war, sich mit ihr auf eine gemeinsame Hypothek und ein Leben zu zweit einzulassen.

Bevor sie damals zusammenzogen, hatte Fenella gesagt: »Es wird natürlich jeder sein eigenes Zimmer haben, Darling. Wir brauchen schließlich beide unsere Privatsphäre.« Später sollte er sich manchmal fragen, ob er sich da nicht verhört hatte. Denn Fenella brauchte nicht nur keine Privatsphäre, sie hatte auch keineswegs die Absicht, ihm die seine zu lassen, das heißt, sie konnte es gar nicht, einfach weil sie absolut keine Ahnung hatte, was das Wort bedeutete. Leider zu spät erinnerte er sich eines Kindheitserlebnisses, das ihm eine Lehre hätte sein sollen. Eine Freundin seiner Mutter hatte dieser einmal selbstgefällig erzählt: »Wissen Sie, in unserer Familie gehen Bücher und Bildung über alles«, während gleich daneben ihr sechsjähriger Sohn seelenruhig und ungestraft Daniels Ausgabe der *Schatzinsel* in Fetzen riß. Daraus hätte er doch wirklich lernen sollen, daß die Selbsteinschätzung des Menschen sich selten mit seinem tatsächlichen Verhalten deckt. Trotzdem hatte Fenella in dieser Beziehung einen Rekord aufgestellt. Die Wohnung war ständig voller Menschen gewesen; Freunde kamen unangemeldet vorbei, wurden in der Küche verköstigt, kriegten Krach miteinander und versöhnten sich auf dem Sofa, badeten in seiner Wanne, führten Auslandsgespräche von seinem Telefon aus, plünderten seinen Kühlschrank und tranken sein Bier. Nie war es ruhig in der Wohnung, nie waren sie beide allein. Sein Schlafzimmer wurde ihr gemeinsames Schlafzimmer, hauptsächlich weil das von Fenella in der Regel von irgendeinem gerade obdachlosen Kumpel belegt war. Auf wildfremde Leute hatte Fenella eine geradezu magische Anziehungskraft. Ihre schier unerschütterlich gute Laune war es, was sie so unwiderstehlich machte. Selbst seine Mutter hätte sie wahrscheinlich becirct, wenn er je zugelassen hätte, daß sie sich kennenlernten. Fenella hätte ihr, ohne mit der Wimper zu zucken, versprochen, daß sie zum jüdischen Glauben übertreten würde. Denn entgegenkommend war sie, das mußte man ihr lassen.

Fenellas zwanghafter Drang zur Geselligkeit ging mit einer Schlampigkeit einher, über die er in den achtzehn Monaten ihres Zusammenlebens aus dem Staunen nicht herauskam und die er vor allem nicht mit ihrer Pingeligkeit in ganz und gar nebensächlichen Fragen in Einklang bringen konnte. So erinnerte er sich, wie sie einmal ein Ensemble dreier kleiner Drucke, vertikal an einer Schnur aufgezogen und von einer Schleife gekrönt, an die Wohnzimmerwand gehalten hatte. »Ist es hier richtig, Darling, oder lieber zwei, drei Zentimeter weiter links? Was meinst du?«

In seinen Augen spielte das kaum eine Rolle, jedenfalls nicht, solange sich in der Küchenspüle das schmutzige Geschirr stapelte, man die Badezimmertür nur mit Gewalt aufdrücken konnte, weil sich dahinter ein Haufen dreckiger und übelriechender Handtücher türmte, die Betten ungemacht waren und im ganzen

Schlafzimmer Kleidungsstücke verstreut lagen. Gepaart mit dieser häuslichen Schlamperei war rätselhafterweise ein regelrechter Waschzwang, was dazu führte, daß in der Wohnung ständig Lärm herrschte, weil entweder die Waschmaschine schepperte oder die Dusche rauschte.

Er entsann sich, wie sie das Ende ihrer Beziehung verkündet hatte: »Darling, Terry möchte, daß ich zu ihm nach New York komme. Schon nächsten Donnerstag. Er hat mir ein Flugticket geschickt, erster Klasse. Ich dachte, es macht dir nichts aus. Wir haben ja in letzter Zeit ohnehin nicht mehr viel Spaß miteinander gehabt, oder? Findest du nicht auch, daß unserer Beziehung ein wesentliches Element abhanden gekommen ist? Jenes kostbare Etwas, das wir einmal besaßen, wir haben's verloren. Hast du nicht auch das Gefühl, daß uns da etwas zwischen den Fingern zerronnen ist?«

»Du meinst, außer meinen Ersparnissen?«

»Aber Darling, nun werd nicht gemein. Das paßt gar nicht zu dir.«

Er hatte gefragt: »Was ist mit deinem Job? Wie willst du in den Staaten Arbeit finden? Du weißt doch, daß man dazu eine Genehmigung braucht, und die ist weiß Gott nicht leicht zu kriegen.«

»Ach, darum mach' ich mir erst mal keine Sorgen. Terry schwimmt im Geld. Er sagt, ich kann mir vorläufig die Zeit damit vertreiben, seine Wohnung neu einzurichten.«

Die Trennung war ohne Bitterkeit vor sich gegangen. Seiner Erfahrung nach war es auch fast unmöglich, mit Fenella zu streiten. Er fand sich damit ab, ja amüsierte sich sogar über die Ironie, die in der Erkenntnis steckte, daß dieses sonnige Gemüt mit einem weit ausgeprägteren Geschäftssinn gepaart war, als er je vermutet hätte.

»Darling, ich finde, du solltest mir lieber die Hälfte von dem auszahlen, was wir für die Wohnung bezahlt haben, statt der Hälfte dessen, was sie heute wert ist. Die Preise sind ja dermaßen in den Keller gegangen! Und du kriegst bestimmt jederzeit eine höhere Hypothek. Und wenn du mir die Hälfte von dem gibst, was die Möbel gekostet haben, dann lass' ich sie dir alle da. Du armer Schatz kannst schließlich nicht auf dem Fußboden sitzen.«

Es schien kaum der Mühe wert, darauf hinzuweisen, daß er die meisten Möbel bezahlt, wenn auch nicht ausgesucht hatte und daß sie ihm allesamt nicht gefielen. Er merkte auch, daß die wertvolleren unter ihren kleinen Anschaffungen mit ihr verschwanden und vermutlich jetzt in New York waren. Der Ramsch war ihm geblieben, und er hatte weder Zeit noch Lust, ihn auszusortieren. Sie hatte ihn mit einer erdrückenden Hypothek sitzenlassen, mit einer Wohnung voller Möbel, die er nicht mochte, einer haarsträubenden Telefonrechnung, auf der vor allem Anrufe nach New York verzeichnet waren, und mit einer Anwaltsliquidation, von der er nur hoffen konnte, daß er sie in Raten würde abstottern dürfen. Um so ärgerlicher, wenn er sich trotzdem eingestehen mußte, wie sehr Fenella ihm mitunter fehlte.

Über den Gang vor dem Archiv kam man zu einem kleinen Waschraum mit Toilette. Während Robbins sich jahrzehntealten Aktenstaub von den Händen wusch, rief Daniel, einer spontanen Eingebung folgend, auf dem Revier in Wapping an. Kate war nicht da. Er zögerte, überlegte blitzschnell und wählte dann ihre Privatnummer.

Sie meldete sich, und er fragte: »Was machen Sie gerade?«

»Papiere in Ordnung bringen, und Sie?«

»Papiere durcheinanderbringen. Ich bin noch immer in Innocent House. Hätten Sie vielleicht Lust auf einen Drink?«

Sie schwieg ein paar Sekunden und sagte dann: »Warum nicht? Und wo? Was schlagen Sie vor?«

»Gehen wir doch ins *Town of Ramsgate.* Das liegt für uns beide günstig. Ich würde sagen, wir treffen uns da in zwanzig Minuten.«

44

Kate parkte den Wagen am Beginn der Wapping High Street und ging die knapp fünfzig Meter zum *Town of Ramsgate* zu Fuß. Die Kneipe war fast schon eine Touristenattraktion in dem alten Dockstädtchen; hier hatte einst der berüchtigtste Henkersrichter Jeffrey genüßlich auf der Terrasse getafelt, während vor seinen Augen auf der Themse das Blutgericht über die Rebellen des Monmouth-Aufstandes vollstreckt wurde. Als Kate sich dem Lokal näherte, kam Daniel aus dem Gäßchen, das zu den Wapping Old Stairs führte.

»Ich hab' mir mal die Stelle angesehen, wo früher das Execution Dock war. Glauben Sie, die Piraten lebten noch, wenn sie bei Ebbe an die Hinrichtungspfähle gekettet wurden und dort ausharren mußten, bis die Flut sie dreimal überspült hatte?«

»Das kann ich mir nicht vorstellen. Wahrscheinlich hat man sie vorher gehenkt. Das Strafrecht im achtzehnten Jahrhundert war zwar barbarisch, aber so barbarisch nun auch wieder nicht.«

Als sie die Kneipentür aufstießen, empfing sie grellbunter Lichterglanz und die Sonntagabend-Fröhlichkeit eines Londoner Pubs. Die enge alte Wirtsstube war hoffnungslos überfüllt, und Daniel mußte schon ordentlich drängeln, bevor er sich zwischen dem Pulk der Stammgäste zur Bar durchgekämpft und für sich ein Pint, für Kate ein halbes Charrington's Ale ergattert hatte. Ein Mann und eine Frau, die dicht beim Durchgang zur Terrasse gesessen hatten, standen auf, und Kate sicherte sich rasch ihre Plätze. Falls es Daniel mehr um die Unterhaltung als um das Bier gehen sollte, dann waren sie hier ganz gut aufgehoben. Das Pub war manierlich, der Lärmpegel allerdings gewaltig. Doch vor dieser Geräuschkulisse aus Stimmengewirr und plötzlich aufbrandenden Lachsalven konnten sie ungestörter reden, als es in einer leeren Bar möglich gewesen wäre.

Sie spürte, daß er in einer eigenartigen Stimmung war, und fragte sich, ob er bei seiner Einladung wohl eher nach einem Sparringspartner gesucht hatte als nach einem für den Tresen.

Aber sein Anruf kam ihr sehr gelegen. Alan hatte sich nicht gemeldet, und jetzt, wo sie mit der Wohnung fast fertig war, setzte ihr die Versuchung, ihn anzurufen und vor seinem Abflug noch einmal zu sehen, arg zu. Dagegen war es ein gutes Rezept, mal einen Abend aus der Wohnung herauszukommen.

Vielleicht war Daniel sein frustrierender Abend im Archiv aufs Gemüt geschlagen. Morgen abend war Kate an der Reihe, vermutlich mit nicht weniger geringen Erfolgschancen. Aber wenn das, was man Etienne mit Gewalt aus dem Mund gerissen hatte, tatsächlich eine Kassette gewesen war, die Kassette, auf der der Mörder seinem Opfer erklärte, warum er es in die Todesfalle gelockt hatte, dann konnte das Motiv tatsächlich in der Vergangenheit liegen; eine alte Schuld, eine eingebildete Untat, eine verborgene Gefahr, etwas, das schon vor langer, langer Zeit passiert sein mochte. Der Entschluß, die alten Akten durchzugehen, mochte auf einer von ADs berühmten Ahnungen beruhen, aber wie all seine Ahnungen war auch diese logisch verankert.

Daniel sah in sein Glas und sagte: »Sie haben doch mit John Massingham gearbeitet, nicht? Am Fall Berowne. Mochten Sie ihn eigentlich?«

»Er war ein guter Kriminalbeamter, wenn auch nicht so gut, wie er selber dachte. Aber sympathisch war er mir nicht, nein. Wieso?«

Er ließ die Frage unbeantwortet. »Mir auch nicht. Wir waren als Detective Sergeants in derselben Abteilung. Er nannte mich mal einen Judenbengel, was damals natürlich nicht für meine Ohren bestimmt war. Er hätte das ziemlich schlechten Stil gefunden, jemandem eine Beleidigung offen ins Gesicht zu sagen. Genaugenommen hat er zwar ›unser gewiefter kleiner Judenjunge‹ gesagt, aber ich hab' trotzdem das Gefühl, daß es kein Kompliment war.«

Als Kate sich nicht dazu äußerte, fuhr er fort: »Wenn Massingham anfängt, von seiner Karriere zu reden, dann weiß man, daß er damit nicht den beruflichen Erfolg meint. Nein, für ihn ist der Tag, an dem er's geschafft hat, der, an dem er den Titel seines

Vaters erben wird. Chief Constable Lord Dungannon. Wird bestimmt kein Nachteil sein für ihn. Der fällt die Leiter dreimal schneller rauf als Sie oder ich.«

Schneller als ich ganz bestimmt, dachte Kate. Sie war es gewohnt, ihren Ehrgeiz nach der Realität auszurichten. Irgendwann mußte es einen ersten weiblichen Chief Constable, eine Polizeipräsidentin, geben. Und rein theoretisch könnte sie Kate Miskin heißen, aber darauf zu bauen wäre völlig unsinnig gewesen. Wahrscheinlich war sie zehn Jahre zu früh zur Polizei gegangen.

»Wenn Sie's wirklich wollen, dann schaffen Sie's auch«, sagte Kate.

»Vielleicht. Aber für einen Juden ist das nicht so einfach.«

Sie hätte antworten können, daß man es als Frau in der Macho-Welt der Polizei auch nicht leicht hatte, aber das war eine alte Leier, und sie hatte nicht die Absicht, Daniel etwas vorzujammern. Also sagte sie: »Wenn man unehelich ist, wird's einem auch nicht leichtgemacht.«

»Ach, sind Sie unehelich? Und ich dachte, das wär' gerade in.«

»Meine Variante nicht. Außerdem ist Jude sein auch in – jedenfalls hat's Prestigewert.«

»Aber nicht meine Art Jude.«

»Was ist denn so schwer für Sie?«

»Ich kann zum Beispiel nicht so locker Atheist sein wie andere Leute. Dauernd hat man das Bedürfnis, Gott zu erklären, warum man nicht an ihn glauben kann. Und dann hat man eine jüdische Mamme. Das ist enorm wichtig, macht die Sache sozusagen erst komplett. Wer keine jüdische Mutter hat, ist auch kein richtiger Jude. Und jüdische Mütter wünschen sich, daß ihre Söhne nette jüdische Mädchen heiraten, jüdische Enkelkinder kriegen und sich mit ihnen in der Synagoge zeigen.«

»Letzteres könnten Sie doch zumindest ab und an tun, ohne ihr Gewissen über Gebühr zu belasten – falls Atheisten überhaupt so was haben wie ein Gewissen.«

»Jüdische Atheisten auf jeden Fall. Das ist ja der Jammer. Aber kommen Sie, lassen Sie uns rausgehen und einen Blick auf die Themse werfen.«

Die kleine Terrasse hinter dem Pub mit Blick auf den Fluß war an lauen Sommerabenden schrecklich überfüllt. Aber an einem Oktoberabend wie diesem war kaum einem Stammgast danach, sein Bier mit nach draußen zu nehmen, und so traten Kate und Daniel hinaus in eine kühle, brackig riechende Stille. Neben dem Eingang brannte eine einzige Lampe, deren sanftes Licht auf die hochgeklappten Gartenstühle fiel und auf die Tröge mit inzwischen verholzten, windzerzausten Geranien. Sie gingen nebeneinander bis zur Kaimauer und stellten ihre Gläser darauf ab.

Eine Weile schwiegen sie. Dann sagte Daniel brüsk: »Wir werden den Kerl nicht kriegen.«

»Was macht Sie da so sicher?« fragte sie. »Und wieso Kerl? Es könnte doch auch eine Frau sein. Und warum so defätistisch? AD ist wahrscheinlich der intelligenteste Kriminaler in ganz England.«

»Die Tat paßt einfach besser zu 'nem Mann. Diesen Gasofen auseinandernehmen und wieder zusammensetzen, das ist doch eher Männersache. Gehen wir halt einfach mal davon aus, daß wir's mit einem Mann zu tun haben. Und kriegen werden wir ihn nicht, weil er genauso intelligent ist wie AD und weil er außerdem noch einen großen Vorteil hat: die Justiz ist auf seiner Seite, nicht auf unserer.« Die Leier kannte sie schon. Daniels beinahe paranoides Mißtrauen gegen Anwälte saß fast ebenso tief wie seine Abneigung gegen Leute, die seinen Vornamen auf Dan verkürzten. Kate hatte oft genug gehört, wie er sich darüber beklagte, daß die Justiz weniger daran interessiert sei, die Schuldigen zu bestrafen als daran, eine raffinierte und lukrative Hindernisstrecke auszutüfteln, auf der die Anwälte dann demonstrieren konnten, wie clever sie waren.

Sie sagte: »Das ist doch nichts Neues. Verbrecher werden in unserem System schon seit rund vierzig Jahren von der Justiz begünstigt. Das ist eine Tatsache, mit der wir leben müssen. Manche sind dumm genug und versuchen, dagegen anzugehen, indem sie die Beweislage aufbessern, wenn sie absolut sicher sind, daß ihr Mann der Täter ist. Aber damit bringt man nur die Polizei in Mißkredit, setzt, wenn's rauskommt, Schuldige auf freien Fuß und fördert eine Rechtsprechung, die noch vehementer gegen Verurteilung und Schuldspruch eintritt. Das wissen Sie genausogut wie ich. Und dagegen hilft nur eins: saubere, stichhaltige Beweise sammeln, die vor Gericht bestehen können.«

»In einem wirklich gravierenden Fall kriegt man solche Beweise aber oft nur von V-Leuten und Undercover-Agenten. Als ob Sie das nicht wüßten, Kate. Und da wir unser Material heutzutage der Verteidigung im voraus präsentieren müssen, können wir diese Beweise nicht verwenden, ohne Menschenleben zu gefährden. Wissen Sie eigentlich, wie viele große Fälle wir im letzten halben Jahr allein bei der Met fallenlassen mußten?«

»Das wird uns hier aber nicht passieren. Wenn wir unsere Beweise beisammenhaben, dann gehen wir auch damit vor Gericht.«

»Aber das ist es ja gerade, wir kriegen doch die Beweise nicht. Nicht ohne daß einer von denen zusammenbricht, und das wird nicht passieren. Ansonsten haben wir bloß Indizien. Nicht eine einzige handfeste Sache, die wir überzeugend mit einem der Verdächtigen in Verbindung bringen könnten. Jeder von ihnen kommt als Täter in Frage. Wir könnten gegen jeden einzelnen einen Fall aufbauen, aber wozu? Es käme gar nicht mal bis zum Prozeß. Die Staatsanwaltschaft würde uns schon vorher abservieren. Und wenn wir doch eine Verhandlung auf die Beine brächten, können Sie sich wohl vorstellen, wie die Verteidigung uns in der Luft zerreißen würde, oder? Etienne ist schließlich möglicherweise aus eigenem Antrieb ins Archiv raufgegangen. Wir können das Gegenteil jedenfalls nicht beweisen. Vielleicht hat er ja was gesucht, wollte einen alten Vertrag überprüfen. Er nimmt an, das wird nicht lange dauern, und läßt darum Jackett und Schlüssel in seinem Büro. Dann stößt er oben aber auf etwas, das interessanter ist als erwartet, und macht sich daran, es in allen Einzelheiten zu studieren. Ihm wird kalt, also schließt er das Fenster, wobei die Zugschnur reißt, und stellt den Ofen an. Als er merkt, was passiert, ist er schon zu benommen, als daß es ihm noch gelänge, den Ofen wieder abzustellen. Und dann stirbt er. Ein paar Stunden später findet dieser Verlagskobold die Leiche und beschließt, aus einem unglücklichen Unfall ein makabres Rätselstück zu machen.«

»Das haben wir doch alles schon durchgespielt«, sagte Kate. »Und festgestellt, daß es nicht wirklich überzeugend ist. Warum brach er vor dem Ofen zusammen? Warum ist er nicht zur Tür? Etienne war intelligent; er muß gewußt haben, wie gefährlich eine Gasheizung in einem schlecht belüfteten Raum ist, warum sollte er da das Fenster schließen?«

»Na schön, dann sagen wir, er hat versucht, es aufzumachen, und dabei ist die Schnur gerissen.«

»Dauntsey sagt aber, das Oberlicht stand offen, als er den Raum zuletzt benutzt hat.«

»Dauntsey ist der Hauptverdächtige. Seine Aussage können wir vergessen.«

»Sein Verteidiger wird das aber nicht tun. Wir können keinen Fall aufbauen, indem wir unbequeme Beweise einfach ignorieren.«

»Gut, gut, er hat entweder versucht, das Fenster auf- oder zuzumachen. Lassen wir das doch mal so stehen.«

»Aber warum hätte er überhaupt den Ofen anmachen sollen? Es war doch gar nicht kalt an dem Abend. Und wo sind diese Papiere, die ihn so fasziniert haben? Auf dem Tisch lagen bloß alte Verträge von vor fünfzig Jahren, mit Autoren, die längst tot und vergessen sind. Warum hätte er sich für die plötzlich wieder interessieren sollen?«

»Ach, die Akten hat eben auch dieser Witzbold vertauscht. Wir haben doch keine Ahnung, was Etienne wirklich nachgeschlagen hat.«

»Aber warum hätte der Saboteur die Ordner vertauschen sollen? Und außerdem, wenn Etienne wirklich ins Archiv ging, um zu arbeiten, wo hatte er dann seinen Füller, einen Bleistift oder Kuli?«

»Er wollte lesen, nicht schreiben, da brauchte er keinen Stift.«

»Aber selbst wenn er gewollt hätte – er konnte gar nicht schreiben, stimmt's? Er hatte nichts bei sich. Jemand hatte seinen Terminkalender mitsamt dem dazugehörigen Stift geklaut. Und er hätte nicht mal den Namen seines Killers in den Staub schreiben können, weil nämlich auch kein Staub da war. Ach, und was ist mit dem Kratzer an seinem Gaumen? Das ist doch ein Beweis, konkret, unwiderlegbar.«

»Der sich aber wieder mit niemandem in Verbindung bringen läßt. Und solange wir das Ding nicht haben, von dem die Schramme stammt, werden wir auch nicht beweisen können, wodurch sie entstand. Aber wir haben das verfluchte Ding nicht und werden es vielleicht auch nie finden. Alles, was wir haben, sind Indizien und Verdachtsmomente. Das reicht nicht mal, um einen der Verdächtigen observieren zu lassen. Können Sie sich vorstellen, was das für einen Aufschrei gäbe, wenn wir's trotzdem versuchen würden? Fünf unbescholtene Bürger, alle noch nie mit dem Gesetz in Konflikt gekommen, und zwei von ihnen haben obendrein ein Alibi.«

»Das aber in beiden Fällen nichts wert ist. Rupert Farlow hat unumwunden zugegeben, daß er schwören würde, de Witt sei bei ihm gewesen, auch wenn das nicht wahr ist. Und hat er sich nicht verdächtig viel Mühe gegeben, uns die genauen Zeitangaben für die Pflegedienste zu liefern, die de Witt ihm angeblich während der Nacht geleistet hat?«

»Ich nehme an, ein Sterbender achtet mehr auf die Zeit.«

»Und Claudia Etienne behauptet, sie sei bei ihrem Verlobten gewesen. Der aber wird nun eine sehr reiche Frau kriegen, bei weitem reicher, als sie noch vor einer Woche war. Glauben Sie, dem würde es was ausmachen, für sie zu lügen, wenn sie ihn drum bittet?«

»Okay«, sagte Daniel, »es ist leicht, die Alibis anzuzweifeln, aber können wir sie auch entkräften? Außerdem könnten die beiden ja auch die Wahrheit sagen. Wir dürfen nicht einfach davon ausgehen, daß sie lügen. Und wenn die Alibis stimmen, dann sind Claudia Etienne und de Witt schon mal aus dem Schneider. Was uns wieder zu Gabriel Dauntsey bringt. Er hatte ausreichend Gelegenheit, und er hat für die halbe Stunde, bevor er zu seiner Lesung fuhr, kein Alibi.«

»Aber das gilt für Frances Peverell genauso«, wandte Kate ein. »Und sie hat obendrein noch ein Motiv. Etienne hat sie wegen einer anderen sitzenlassen und war drauf und dran, Innocent House gegen ihren Willen zu verkaufen. Sie hatte doch mehr Grund, ihm den Tod zu wünschen, als jeder andere. Und versuchen Sie mal, den Geschworenen unterzujubeln, daß ein Sechsundsiebzigjähriger mit Rheuma es in nur acht Minuten geschafft hat, die vielen Treppen raufzukommen oder mit diesem langsamen Lift hochzuzockeln, im kleinen Archiv alles Notwendige zu erledigen und wieder in seine Wohnung zurückzukehren! Ja, ich weiß, Robbins hat's probiert, und es hat gerade mal hingehauen, aber wenn er noch hätte runtergehen und die Schlange holen müssen, dann wär's garantiert schiefgegangen.«

»Wir haben nur Frances Peverells Aussage als Anhaltspunkt dafür, daß zwischen Dauntseys beiden Anrufen bloß acht Minuten lagen. Und die beiden könnten schließlich unter einer Decke stecken. Die Möglichkeit haben wir doch schon lange im Hinterkopf. Und die Geschichte mit dem ablaufenden Badewasser ist keinen Pfifferling wert. Ich hab' mir die Wanne angesehen, Kate. Das ist eine von diesen altmodischen, soliden, in denen man glatt zwei ausgewachsene Menschen ertränken könnte. Dauntsey hätte nichts weiter zu tun brauchen, als den Hahn ein kleines bißchen aufzudrehen, damit die Wanne während seiner Abwesenheit langsam vollaufen konnte. Sowie er zurück ist, taucht er kurz rein, damit er auch wirklich wie frisch gebadet wirkt, und ruft Frances Peverell an. Aber ich tippe eigentlich mehr darauf, daß die zwei Komplizen sind.«

»Das ist aber nicht logisch, Daniel. Gerade die Geschichte mit dem Badewasser entlastet Frances Peverell. Denn wenn die beiden unter einer Decke steckten, bräuchten sie sich doch keine komplizierten Geschichten über ein Bad, ablaufendes Wasser und eine Acht-Minuten-Frist auszudenken. Dann hätten sie einfach sagen können, sie hätte nach dem Taxi Ausschau gehalten, sich große Sorgen gemacht, weil er so spät kam, und ihn, als er endlich eintraf, gleich mit zu sich nach oben genommen und die Nacht über dabehalten. Sie hat schließlich auch ein Gästezimmer, nicht? Und hier geht es immerhin um Mord, da würde sie wegen ein bißchen Tratsch nicht zimperlich sein.«

»Wir hätten aber beweisen können, daß er nicht in ihrem Gästezimmer geschlafen hat. Wenn sie uns mit dieser Geschichte gekommen wäre, dann hätten wir ihr die Spurensicherung geschickt. Und man kann nicht eine ganze Nacht in einem Bett verbringen, ohne daß hinterher Haare oder Schweißspuren zu finden sind.«

»Ich glaube ja sowieso, daß sie die Wahrheit sagt. Dieses Alibi ist zu kompliziert, um nicht echt zu sein.«

»Vielleicht rechnen sie aber auch gerade damit, daß wir so denken. Herrgott, dieser Mörder ist vielleicht gerissen. Und er hat obendrein schier unglaubliches Glück. Aber wir sollten vielleicht Sonia Clements nicht ganz vergessen. Sie hat sich doch im selben Zimmer umgebracht. Könnte sie nicht vielleicht die Zugschnur durchgescheuert und den Abzug verstopft haben?«

»Das haben AD und ich heute morgen nachgeprüft – so gut es ging, jedenfalls. Ihre Schwester sagt, die Clements hatte zwei linke Hände. Und warum hätte sie den Ofen präparieren sollen? In der Hoffnung, daß irgendwer ihn Wochen später heimlich anstellt, Etienne nach oben lockt und einsperrt, damit er an Kohlenmonoxydvergiftung draufgeht?«

»Nein, natürlich nicht. Aber es könnte doch sein, daß sie sich selber auf die Weise umbringen wollte. Vielleicht wollte sie Peverell den Skandal ersparen und ihren Tod als Unfall tarnen. Womöglich hat sie die Sache schon seit dem Tod vom alten Peverell geplant. Aber als Gerard Etienne sie dann derart brutal vor die Tür setzte …«

»Falls es brutal war.«

»Na ja, nur mal angenommen. Nachdem sie also diesen Fußtritt gekriegt hat, ist es ihr egal, ob sie dem Verlag schadet oder nicht, ja, jetzt möchte sie Peverell vielleicht sogar Ärger machen, oder doch wenigstens Etienne. Folglich macht sie sich nicht mehr die Mühe, einen Unfall zu inszenieren, sondern verschafft sich mit Tabletten und Alkohol einen leichteren Tod und hinterläßt auch noch einen Abschiedsbrief. Wissen Sie was, Kate, das gefällt mir. Das hat so eine verrückte Logik.«

»Klingt nur leider mehr verrückt als logisch. Woher sollte der Mörder denn wissen, daß die Clements am Gasofen rumgefummelt hat? Erzählt wird sie ihm das ja wohl kaum haben. Nein, nein, mit dem Einfall machen Sie höchstens die Unfalltheorie plausibler. Ihre Hypothese ist ein gefundenes Fressen für die Verteidigung, weiter nichts. Ich höre direkt, wie der Anwalt der Gegenseite sich drauf stürzt. ›Meine Damen und Herren Geschworenen, Sonia Clements hatte genausoviel Gelegenheit, den Gasofen zu präparieren, wie mein Mandant, und Sonia Clements ist tot.‹«

Daniel sagte: »Also gut, probieren wir's mal auf die optimistische Tour. Angenommen, wir kriegen ihn, was blüht ihm dann? Zehn Jahre Haft, wenn er Pech hat. Falls er sich im Knast anständig aufführt, kommt er noch billiger weg.«

»Sie würden ihn doch nicht etwa aufknüpfen wollen?«

»Nein, Sie vielleicht?«

»Nein, die Todesstrafe wünsche ich mir nicht zurück. Allerdings bin ich mir nicht sicher, ob meine Einstellung in dem Punkt sonderlich rational ist. Ja, ich weiß nicht mal, ob sie ganz aufrichtig ist. Ich glaube nämlich andererseits an die abschreckende Wirkung der Todesstrafe, und beides zusammen läuft ja wohl darauf hinaus, daß ich sage, ich nehme es in Kauf, daß für unschuldige Menschen das Risiko, einem Mord zum Opfer zu fallen, größer wird, bloß damit ich mein Gewissen mit dem stolzen Hinweis beruhigen kann, daß wir keine Mörder mehr hinrichten.«

»Haben Sie letzte Woche diese Fernsehsendung gesehen?« fragte Daniel.

»Die über diese Sonderstrafanstalt in den USA?«

»Genau. Schöner Euphemismus, das. Aber die Insassen kriegten ja in der Tat eine Sonderbehandlung. Wurden mit einer tödlichen Dosis über den Jordan gespritzt, nachdem sie Gott weiß wie viele Jahre im Todestrakt gesessen hatten.«

»Ja, das hab' ich gesehen. Man könnte immerhin sagen, daß diese Verurteilten ein weitaus leichteres Ende hatten als ihre Opfer. Leichter, als es den meisten Menschen zuteil wird, wenn man's recht bedenkt.«

»Reichlich zynisch, was Sie da sagen. Sie billigen also den Tod als Vergeltungsakt?«

»Daniel, das hab' ich nicht gesagt. Ich konnte bloß mit den Typen, die in dem Film gezeigt wurden, nicht viel Mitleid empfinden. Erst morden sie in einem Staat, in dem nun mal die Todesstrafe gilt, und dann beschweren sie sich, daß dieser Staat das von seinen Bürgern bejahte Gesetz auch anwenden will. Und noch was: Nicht einer von denen hat sein Opfer erwähnt. Keiner hat auch nur das Wort ›Reue‹ in den Mund genommen.«

»Doch, einer schon.«

»Dann muß ich das gerade verpaßt haben.«

»Aber nicht bloß das allein.«

»Wollen Sie jetzt Streit anfangen?«

»Ich versuche bloß rauszukriegen, was Sie wirklich glauben.«

»Mein Glaube geht nur mich was an.«

»Selbst da, wo er auch die Dienstauffassung tangiert?«

»Da ganz besonders. Und außerdem betrifft so was wie dieser Film unsere Dienstauffassung, wenn überhaupt, dann höchstens indirekt. Die Sendung war doch auf Provokation aus. Ich sollte als Zuschauer empört reagieren. Zugegeben, es war gut gemacht. Sie haben ihre Message nicht ausgewalzt, und man kann auch nicht sagen, daß die Berichterstattung unfair war. Aber am Ende haben sie eine Telefonnummer eingeblendet, damit die Zuschauer anrufen und ihre Entrüstung loswerden konnten. Ich sage nur, daß ich nicht gar so entrüstet war, wie die Produzenten sich das offenbar erhofft hatten. Aber ich mag sowieso keine Fernsehprogramme, die mir meine erwünschten Reaktionen gleich mitliefern wollen.«

»In dem Fall sollten Sie in Zukunft bei Dokumentarfilmen lieber gleich ausschalten.«

Ein Polizeiboot kam in Sicht, eine schnittige, schnelle Jacht, die stromaufwärts mit ihrem Suchscheinwerfer die Dunkelheit durchschnitt und weißschäumenden Gischt im Kielwasser führte. Schon im nächsten Augenblick war das Boot wieder verschwunden, und der hohe Wellengang flaute langsam ab, bis nur noch eine sanft bewegte, dunkle Wasserfläche übrigblieb, in der sich die Lichter der Uferkneipen wie schimmernde Silberlachen spiegelten. Vereinzelte Schaumblasen taumelten noch aus dem Dunkel und zerplatzten an der Kaimauer. Auf einmal war es ganz still. Sie standen etwa einen halben Meter voneinander entfernt und schauten beide auf die Themse hinaus. Dann wandten sie sich fast gleichzeitig um, und ihre Blicke trafen sich. Das Licht der einen Lampe reichte nicht aus, um Kate Daniels Gesicht deutlich zu zeigen, aber sie spürte die Kraft, die von ihm ausging, und hörte, wie sein Atem schneller wurde. Und plötzlich überkam sie ein so unbändiges Verlangen, daß sie die Hand ausstrecken und an der Kaimauer Halt suchen mußte, um zu verhindern, daß sie sich ihm einfach an den Hals geworfen hätte.

Er sagte »Kate« und trat einen raschen Schritt auf sie zu, aber sie hatte gespürt, was kam, und wich ihm hastig aus. Es war nur eine kleine, aber unmißverständliche Bewegung. Er fragte sanft: »Was ist denn los, Kate?« Und dann, in süffisantem Ton: »Würde AD es etwa nicht gern sehen?«

»Ich richte mein Privatleben nicht danach aus, was AD mag oder nicht mag.«

Er rührte sie nicht an. Es wäre einfacher, wenn er's täte, dachte sie und sagte laut: »Ich hab' gerade einem Mann, den ich liebe, wegen des Berufes den Laufpaß gegeben. Warum sollte ich mir da jetzt für einen, in den ich nicht mal verliebt bin, wieder alles vermasseln?«

»Aber würde es denn der Arbeit in die Quere kommen, egal ob deiner oder meiner?«

»Ach, Daniel, das passiert doch jedesmal, oder?«

Er sagte, halb scherzhaft: »Du hast mir schließlich geraten, umzulernen und auf intelligente Frauen zu fliegen.«

»Aber ich hab' mich nicht als Schulungsobjekt angeboten.«

Sein leises Lachen löste die Spannung. Sie mochte ihn wahnsinnig gern, nicht zuletzt deshalb, weil er, anders als die meisten Männer, imstande war, einen Korb ohne Bitterkeit wegzustekken. Aber warum hätte es ihm auch was ausmachen sollen? Liebe war schließlich bei ihm genausowenig im Spiel wie bei ihr. Wir sind beide ein bißchen angeknackst, dachte sie, und auch ein wenig einsam, aber das ist trotzdem kein Grund.

Als sie ins Pub zurückgingen, fragte er: »Wenn jetzt statt meiner AD hier bei dir gewesen wäre und wenn er dich gebeten hätte, mit ihm nach Hause zu kommen, hättest du dann ja gesagt?«

Sie dachte kurz nach und entschied dann, er habe eine ehrliche Antwort verdient. »Wahrscheinlich. Ja, ich wär' mitgegangen.«

»Und wäre das dann Liebe oder Sex?«

»Weder noch«, antwortete sie. »Sagen wir, es wäre Neugier.«

45

Am Montag morgen rief Daniel bei Peverell Press in der Zentrale an und bat George Copeland, während seiner Mittagspause auf dem Revier von Wapping vorbeizuschauen. Der alte Mann kam kurz nach halb zwei und brachte eine solche Last an Bangigkeit und Anspannung mit, daß sie sich auf die Atmosphäre im Raum zu übertragen schien. Als Kate meinte, es sei recht warm im

Zimmer und ob er nicht vielleicht seinen Mantel ausziehen wolle, gehorchte er so überstürzt, als sei ihr Vorschlag ein Befehl gewesen, aber als Daniel dann den Mantel nahm und aufhängte, guckte er ihm mit so ängstlichen Blicken nach, als fürchte er, man wolle ihn seiner Kleider berauben, und dies sei nur der erste Schritt. Daniel betrachtete sein naives, rundes Gesicht und dachte, daß es sich seit seiner Kindheit wohl kaum sehr verändert haben dürfte. Die prallen Wangen mit den roten, halbmondförmigen Flecken, die fast wie aufgemalt wirkten, waren glatt wie Gummi, ein auffallender Kontrast zu der spröden grauen Haarmähne. Seine Augen blickten flehend und hoffnungsvoll zugleich, und die angenehme, aber schüchterne Stimme war vermutlich eher dafür geschaffen zu schlichten als sich durchzusetzen. Wahrscheinlich hat man ihn schon in der Schule schikaniert, dachte Daniel, und später im Leben gab es auch immer jemanden, der ihn herumschubste. In Innocent House hatte Copeland jedoch anscheinend sein Plätzchen gefunden, eine Arbeit, die ihm lag und die er offenbar auch zur Zufriedenheit seiner Chefs erledigte. Aber wie lange hätte Copeland sich unter dem neuen System wohl noch halten können?

Zuvorkommender, als sie es Claudia Etienne oder einem der anderen Verdächtigen gegenüber gewesen wäre, hatte Kate ihm einen Platz vor ihrem Schreibtisch angeboten, doch nun saß er ihr steif wie ein Brett gegenüber und hielt die großen Hände zu Fäusten geballt im Schoß.

»Mr. Copeland«, begann Kate. »An dem Abend von Mr. Etiennes Verlobungsparty, am 10. Juli – Sie erinnern sich? –, hat man Sie zusammen mit Mrs. Bartrum vom Archiv herunterkommen sehen. Was haben Sie dort oben gemacht?«

Sie hatte die Frage ganz behutsam gestellt, aber die Wirkung war so verheerend, als hätte sie ihn brutal in die Ecke gedrängt und ihm ins Gesicht geschrien. Er schien buchstäblich in sich zusammenzusinken, und die roten Halbmonde flammten auf und wuchsen, um dann ebenso schnell zu verblassen, und er war auf einmal so bleich, daß Daniel instinktiv näher trat, aus Angst, der alte Mann könne jeden Moment ohnmächtig werden.

Kate fuhr fort: »Geben Sie zu, daß Sie im obersten Stockwerk gewesen sind?«

Copeland hatte seine Stimme wiedergefunden. »Aber nicht im Archiv, da nicht. Mrs. Bartrum wollte zur Toilette. Ich hab' ihr die oben gezeigt und draußen gewartet.«

»Aber warum ist sie nicht einfach auf die Damentoilette bei der Garderobe im ersten Stock gegangen?«

»Das wollte sie ja, aber beide Kabinen waren besetzt, und draußen stand schon eine Schlange. Sie war – sie hatte es sehr eilig.«

»Und da haben Sie sie nach oben geführt. Aber warum hat sie sich überhaupt an Sie gewandt statt an eine der weiblichen Angestellten?«

Die Frage, dachte Daniel, hätte man vielleicht eher Mrs. Bartrum stellen sollen. Aber das würde zweifellos auch noch geschehen.

Copeland schwieg. Kate insistierte: »Wäre es nicht naheliegender gewesen, sich an eine der Frauen zu wenden?«

»Mag sein, ja, aber sie war zu schüchtern. Sie kannte ja dort niemanden, und ich stand halt gleich bei der Garderobe.«

»Und Mrs. Bartrum kannte Sie, meinen Sie das?« Er antwortete nicht, nickte aber flüchtig. Kate fragte weiter: »Wie gut kennt sie Sie denn, Mr. Copeland?«

Und jetzt sah er ihr gerade ins Gesicht und antwortete: »Sie ist meine Tochter.«

»Mr. Sydney Bartrum ist mit Ihrer Tochter verheiratet? Na, das erklärt doch alles. Sie kam zu Ihnen, weil Sie ihr Vater sind. Aber das ist offenbar nicht allgemein bekannt, oder? Warum denn die Heimlichtuerei?«

»Wenn ich's Ihnen sage, müssen Sie das dann weiterleiten? Müssen Sie sagen, daß Sie's von mir haben?«

»Wir brauchen es niemandem zu erzählen außer Commander Dalgliesh, und es wird nicht weitergeleitet, es sei denn, es wäre für unsere Ermittlungen von Wichtigkeit. Aber das können wir erst entscheiden, wenn Sie uns die Sache erklären.«

»Es war Mr. Bartrum – Sydney –, der wollte, daß wir's geheimhalten, wenigstens zu Anfang. Er ist ein guter Ehemann, er liebt sie, und sie sind glücklich miteinander. Ihr erster Mann, das war ein brutaler Kerl. Sie versuchte trotzdem, die Ehe zu retten, aber ich denke, es war ein Segen, daß er schließlich auf und davon ist. Er hatte immer schon andere Frauen gehabt, und mit irgendeiner ist er dann abgehauen. Sie wurden geschieden, aber meine Tochter hat es sehr hart getroffen. Sie verlor jegliches Selbstvertrauen. Zum Glück waren wenigstens keine Kinder da.«

»Und wie hat sie Mr. Bartrum kennengelernt?«

»Eines Tages kam sie und holte mich von der Arbeit ab. Ich gehe gewöhnlich als letzter, deshalb hat sie außer Mr. Bartrum auch niemand gesehen. Sein Wagen sprang nicht an, und da haben wir ihm angeboten, ihn mitzunehmen, Julie und ich. Als wir ihn bei sich zu Hause absetzen wollten, lud er uns zum Kaffee ein. Wahrscheinlich dachte er, das sei er uns schuldig. Und da fing es an. Erst schrieben sie sich Briefe, dann fuhr er an den Wochenenden nach Basingstoke, wo sie wohnte und arbeitete, und hat sie da besucht.«

»Aber daß Sie eine Tochter haben, das war doch sicher bekannt in Innocent House?«

»Da bin ich mir nicht sicher. Sie wußten, daß ich Witwer bin, aber nach meiner Familie hat sich nie jemand erkundigt. Julie wohnte ja auch nicht bei mir. Sie arbeitete auf dem Finanzamt in Basingstoke und war nicht oft daheim. Doch, ich denke, es war schon bekannt, aber man hat mich nie nach ihr gefragt. Darum ließ es sich auch so leicht geheimhalten, als die beiden geheiratet haben.«

»Und warum sollte das niemand erfahren?«

»Mr. Bartrum – Sydney – hat gesagt, er wolle sein Privatleben für sich behalten, seine Heirat habe nichts mit Peverell Press zu tun, und er wolle nicht, daß die jungen Gänse im Verlag über seine Privatangelegenheiten klatschen. Er hat auch keine Kollegen zur Hochzeit eingeladen. Aber den Direktoren hat er schon erzählt, daß er geheiratet hat – na ja, das mußte er ja auch, schon weil er dadurch in eine andere Steuerklasse kam. Und als sie dann das Baby kriegten, da hat er auch davon erzählt und überall das Foto von der Kleinen rumgezeigt. Er ist sehr stolz auf sie. Ich glaube, zu Anfang wollte er nicht, daß sich rumspricht, er ... na ja, er hätte die Tochter vom Pförtner geheiratet. Vielleicht hatte er Angst, dann vor den Angestellten das Gesicht zu verlieren. Er ist im Waisenhaus groß geworden, und vor vierzig Jahren waren solche Heime noch nicht das, was sie heute sind. In der Schule hat man auf ihn herabgesehen, ihn wie Dreck behandelt, und ich glaube, das hat er nie verwunden. Er hat sich immer ein bißchen zu sehr um seinen Status im Verlag gesorgt.«

»Und was sagt nun Ihre Tochter zu alledem? Ich meine diese ganze Geheimniskrämerei, und daß niemand wissen darf, daß Mr. Bartrum Ihr Schwiegersohn ist?«

»Ich glaube nicht, daß ihr das was ausmacht. Wahrscheinlich hat sie's inzwischen schon wieder vergessen. Der Verlag gehört ja auch nicht direkt zu ihrem Leben. Seit ihrer Hochzeit war sie überhaupt erst einmal in Innocent House, eben zu der Verlobungsfeier von Mr. Gerard. Sie wollte gern einmal sehen, wie's drinnen aussieht, und vor allem wollte sie Nummer 10 kennenlernen und das Büro, in dem ihr Mann arbeitet. Sie liebt ihn. Und jetzt haben sie auch noch das Baby und sind richtig glücklich. Er hat ihr Leben verändert. Und es ist auch nicht so, als ob ich die beiden außerhalb des Verlags nicht zu sehen bekäme. Nein, ich besuche sie fast jedes Wochenende. Und ich sehe Rosie – das Baby –, wann immer ich will.«

Verständnisheischend blickte Copeland von Daniel zu Kate. »Ich weiß, es klingt merkwürdig, und ich glaube, Sydney tut's inzwischen auch leid. Ja, das hat er mehr oder weniger selbst so gesagt. Aber ich verstehe, wie's dazu gekommen ist. Erst hat er uns spontan gebeten, es vorläufig geheimzuhalten, und je länger das dauerte, desto unmöglicher wurde es, plötzlich mit der Wahrheit herauszurücken. Und es hat ja auch niemand danach gefragt. Kein Mensch hat sich dafür interessiert, wen er heiratet. Und bei mir hat sich niemand nach meiner Tochter erkundigt. Die Leute interessieren sich nur für deine Familie, wenn du ihnen von ihr erzählst, und selbst dann fragen sie meist nur aus Höflichkeit nach. Wirklich Anteil nehmen sie nicht. Es wäre sehr peinlich für Mr. Bartrum – Sydney –, wenn es ausgerechnet jetzt rauskäme. Und ich möchte nicht, daß er erfährt, daß Sie's von mir haben. Müssen Sie's denn nun publik machen?«

»Nein«, sagte Kate, »ich glaube nicht.«

Copeland schien einigermaßen beruhigt, als Daniel ihm in den Mantel half und ihn hinausbrachte. Bei Daniels Rückkehr tigerte Kate wütend im Zimmer auf und ab.

»So ein aufgeblasener, blöder Snob! Der alte Mann ist zehnmal mehr wert als dieser dämliche Bartrum. Ja, ich kann mir auch vorstellen, wie's dazu gekommen ist. Sein Minderwertigkeitskomplex ist daran schuld, diese verdammte Unsicherheit! Er ist der einzige leitende Angestellte in Innocent House, der weder in Oxford noch in Cambridge war, stimmt's? Und für euch Männer ist das ja unheimlich wichtig, oder? Die Geschichte verrät allerdings auch einiges über Peverell Press. Dieser Mann hat – wie lange? – knapp zwanzig Jahre für sie gearbeitet, und sie haben sich nicht ein einziges Mal nach seinem Kind erkundigt.«

»Und wenn sie gefragt hätten«, versetzte Daniel, »dann hätte er geantwortet, daß seine Tochter inzwischen verheiratet und sehr glücklich sei, danke der Nachfrage. Außerdem, warum hätten seine Chefs sich danach erkundigen sollen? AD fragt uns ja auch nicht nach unserem Privatleben. Und wär' es dir etwa recht, wenn er's täte? Ich kann mir schon vorstellen, wie es dazu kam – im ersten Moment wollte Bartrum es aus einer snobistischen Laune heraus geheimhalten, und dann wurde ihm klar, daß er das Spiel weiterspielen mußte, wenn er nicht wie ein Trottel dastehen wollte. Ich frage mich bloß, wieviel es Bartrum wohl wert wäre, sein Geheimnis zu hüten. Na, wenigstens wissen wir jetzt, warum Copeland und Mrs. Bartrum zusammen im obersten Stock waren. Wobei er ja eigentlich keinen Vorwand braucht, er kann jederzeit da raufgehen. Aber immerhin, damit hätten wir doch ein Problem weniger.«

»Das finde ich nicht«, sagte Kate. »Mit uns war man zwar ziemlich diskret in Innocent House, die Gesellschafter ganz besonders, aber von Mrs. Demery und den kleinen Angestellten haben wir doch genug erfahren, um uns halbwegs ein Bild von den tatsächlichen Verhältnissen machen zu können. Was glaubst du, wie lange Bartrum oder Copeland ihren Job behalten hätten, wenn Gerard Etienne erst mal fest im Sattel gesessen hätte? Copeland liebt seine Tochter, und sie liebt ihren Mann – mir ist zwar schleierhaft, warum, aber offenbar tut sie's. Der alte Copeland versichert uns, sie sind glücklich zusammen, und sie haben ein Kind. Für die beiden, Bartrum und Copeland, stand doch eine Menge auf dem Spiel, oder? Und eins dürfen wir bei George Copeland nicht vergessen. Er ist so 'ne Art Heimwerker, der in Innocent House alle möglichen Reparaturen durchführt. Ihm wäre es nicht schwergefallen, den Gasofen zu präparieren. Und er hätte es auch jederzeit risikolos tun können. Der einzige, der regelmäßig im kleinen Archiv arbeitet, ist Gabriel Dauntsey, und er benutzt den Gasofen nie, weil er sich sein elektrisches Heizgerät von zu Hause mitbringt, wenn's kalt ist. Nein, nein, Daniel, wir haben nicht ein Problem weniger, im Gegenteil, der Fall wird verdammt noch mal immer komplizierter.«

VIERTES BUCH

SCHWARZ AUF WEISS

46

Am Donnerstag, dem 21. Oktober, verließ Mandy abends das Büro eine Stunde später als sonst. Sie war mit Maureen, einem Mädchen aus ihrer Wohngemeinschaft, im *White Horse* verabredet, einem Pub an der Wanstead Road, wo sie erst eine Kleinigkeit essen und sich dann das Konzert einer Rockband anhören wollten. Es gab gleich zweierlei zu feiern an diesem Abend, denn einmal war heute Maureens neunzehnter Geburtstag, und zum anderen war der Drummer der *Devils on Horseback,* die an diesem Abend im *White Horse* auftraten, ihr derzeitiger Boyfriend. Das Konzert sollte um acht beginnen, aber die Band und ihre Freunde wollten sich schon eine Stunde vorher im Pub zum Essen treffen. Mandy hatte sich in der Satteltasche ihres Motorrads etwas zum Wechseln mit ins Büro gebracht, weil sie gleich von Innocent House ins Pub fahren wollte. Die Aussicht auf den Abend und insbesondere auf das Wiedersehen mit Roy, dem Bandleader, der es ihr angetan hatte (oder mit dem es zumindest was werden konnte, falls der Abend gut lief), diese Aussicht hatte den Tag so verklärt, daß nicht einmal Miss Blacketts stumme, ja fast schon verbissene Konzentration auf die Arbeit ihre Vorfreude zu trüben vermochte.

Miss Blackett arbeitete inzwischen für Miss Claudia, die das Büro ihres verstorbenen Bruders übernommen hatte. Drei Tage nach Mr. Gerards Tod hatte Mandy mit angehört, wie Mr. de Witt sie dazu ermunterte. »Er hätte es bestimmt so gewollt. Du bist schließlich jetzt Geschäftsführerin und Vorsitzende von Peverell oder wirst es sein, sobald die Beschlußfassung durch ist. Und wir können das Zimmer doch auch nicht einfach leer stehen lassen.

Gerard hätte bestimmt nicht gewollt, daß wir daraus so eine Art Gedenkschrein machen.«

Von der Belegschaft hatten einige sofort nach dem Unglück ihre Kündigung eingereicht, aber diejenigen, die blieben, sei es freiwillig oder gezwungenermaßen, fühlten sich durch das kürzlich Erlebte, das eine uneingestandene Kameradschaft geschaffen hatte, bald enger verbunden als bisher. Gemeinsam warteten sie und grübelten, und wenn die Gesellschafter nicht anwesend waren, dann spekulierten und tratschten sie natürlich auch. Mandys wachen Augen und ihren feinen Ohren entging nichts. Sie selbst fühlte sich von Innocent House wie in einen geheimnisvollen Bann geschlagen. Jeden Morgen, wenn sie zur Arbeit ging, war sie getrieben von einer Mischung aus Aufregung und gespannter Erwartung, gewürzt mit einer Prise Furcht. Der kahle kleine Raum, in dem sie an ihrem ersten Arbeitstag auf die Leiche von Sonia Clements hinabgeschaut hatte, beherrschte ihre Phantasie so stark, daß das ganze Dachgeschoß, das im übrigen immer noch von der Polizei unter Verschluß gehalten wurde, etwas von der erschreckenden Sogkraft eines Kindermärchens angenommen hatte und Mandy wie ein Gruselkabinett erschien, ein verbotenes Terrain des Grauens. Gerard Etiennes Leichnam hatte Mandy nicht gesehen, aber in ihrer Vorstellung war er so plastisch präsent, wie es Traumgesichte oft sind. Manchmal malte sie sich vor dem Einschlafen aus, wie die beiden Toten zusammen dort lägen, Miss Clements in ihrer bedauernswerten Hinfälligkeit und neben ihr auf dem Boden ausgestreckt die halbnackte Männerleiche, deren matte, leblose Augen auf einmal blinzelten, Glanz bekamen und entsetzt zuschauten, wie die Schlange zuckend und Schleim absondernd zum Leben erwachte, wie ihre rote Zunge vorschnellte, um den toten Mund zu ertasten, wie die Muskeln des Reptils sich spannten, um seinem Opfer noch den letzten Atemhauch auszupressen. Aber diese Einbildungen, das wußte Mandy, waren noch kontrollierbar. In der sicheren Gewißheit ihrer eigenen Unschuld, sich selbst nie ernsthaft in Gefahr wähnend, konnte sie das Hochgefühl simulierten Schreckens durchaus genießen. Doch sie wußte auch, daß Innocent House von einer Furcht vergiftet war, die weit über ihre eigenen, nicht ganz unergötzlichen Phantasievorstellungen hinausging. Gleich wenn sie sich morgens vom Motorrad schwang, stieg ihr diese Furcht in die Nase wie der Nebel, der vom Fluß herkam, und der Geruch verdichtete sich, ja umhüllte sie ganz und gar, sobald sie durch die Eingangstür schritt. Sie sah die Furcht in Georges besorgtem Blick, wenn er sie grüßte, in Miss Blacketts angespanntem Gesicht und in ihren ruhelosen Augen, in Mr. Dauntseys Schritt, wenn er sich, plötzlich alt geworden und aller Kraft beraubt, mühsam die Treppe hinaufquälte. Sie hörte Furcht in den Stimmen aller Gesellschafter.

Am Mittwoch morgen, kurz vor zehn, hatte Miss Claudia die Angestellten zu einer Besprechung in den Sitzungssaal gebeten. Miss Blackett nahm den Anruf entgegen. Als sie den Hörer auflegte, sagte sie: »Sie auch, Mandy. Jetzt gehören Sie also zu uns«, und Mandy hatte unwillkürlich so etwas wie Genugtuung empfunden.

Alle waren gerufen worden, sogar George, der die Vermittlung kurzfristig auf Anrufbeantworter umgestellt hatte, und auch Fred Bowling, der Fährmann. Man hatte noch zusätzliche Stühle hereingeschafft und im Halbkreis aufgestellt. Die Chefs saßen am Tisch, Miss Peverell rechts von Miss Claudia und Mr. de Witt und Mr. Dauntsey zu ihrer Linken. Leicht befangen nahmen die Angestellten den vier Gesellschaftern gegenüber Platz, wobei sie zuerst nur die zweite Stuhlreihe besetzten, und Mandy spürte deutlich das kollektive Gewicht von Spannung, Erwartung und Bangigkeit, das auf der Versammlung lastete.

Während die letzte Nachzüglerin mit rotem Kopf zu ihrem Platz in der ersten Reihe huschte und die Saaltür geschlossen wurde, fragte Miss Claudia: »Und wo ist Mrs. Demery?«

»Vielleicht«, antwortete Miss Blackett, »vielleicht wußte sie nicht, daß sie auch gemeint war.«

»Aber ja, alle sind gemeint. Bitte gehen Sie doch und holen Sie sie, ja, Blackie?«

Miss Blackett eilte hinaus und kam nach wenigen Minuten, während derer die Runde schweigend wartete, mit Mrs. Demery zurück, die immer noch ihre Schürze umgebunden hatte. Sie öffnete schon den Mund, als wolle sie eine abschätzige Bemerkung machen, überlegte es sich aber offenbar gerade noch und setzte sich stumm auf den einzigen noch freien Stuhl in der Mitte der ersten Reihe.

Miss Claudia ergriff das Wort. »Als erstes möchte ich Ihnen allen für Ihre Loyalität danken. Der Tod meines Bruders und vor allem natürlich die tragischen Begleitumstände, sind für uns alle ein furchtbarer Schock gewesen. Peverell Press macht jetzt eine schwere Zeit durch, aber ich hoffe und vertraue darauf, daß wir sie gemeinsam durchstehen werden. Wir haben eine Verantwortung unseren Autoren und den Büchern gegenüber, denn schließlich erwartet man von uns, daß wir mit unseren Publikationen das hohe Niveau halten, das Peverell Press seit über zweihundert Jahren auszeichnet. Man hat mir inzwischen das Ergebnis der gerichtlichen Untersuchung mitgeteilt. Demnach starb mein Bruder an einer Kohlenmonoxydvergiftung, offenbar verursacht durch einen Defekt am Gasofen im kleinen Archiv. Genaueres kann die Polizei uns gegenwärtig noch nicht sagen. Ich weiß, daß Commander Dalgliesh oder einer seiner Beamten bereits mit jedem einzelnen von Ihnen gesprochen hat. Wahrscheinlich werden allerdings noch weitere Vernehmungen folgen, und ich bin sicher, daß Sie sich alle nach besten Kräften bemühen werden, der Polizei bei ihren Ermittlungen behilflich zu sein, und das gleiche gilt natürlich auch für uns, die Gesellschafter.

Noch ein Wort zur Zukunft unseres Hauses. Vermutlich sind Ihnen Gerüchte zu Ohren gekommen, wonach Innocent House verkauft und der Verlag in die Docklands umgesiedelt werden soll. Alle diesbezüglichen Pläne werden vorläufig erst einmal ruhen. Unser Betrieb wird weiterlaufen wie bisher, zumindest bis zum Ende des Geschäftsjahres nächsten April. Vieles wird vom Erfolg unseres Herbstprogramms abhängen und davon, wie gut wir im Weihnachtsgeschäft abschneiden. Aber unser Programm kann sich dieses Jahr wirklich sehen lassen, und wir sind alle optimistisch. Trotzdem muß ich Ihnen leider mitteilen, daß es bis zum Ende dieses Jahres keine Gehaltserhöhungen mehr geben wird. Die Gesellschafter haben sich übrigens einstimmig bereit erklärt, eine zehnprozentige Kürzung ihrer Bezüge zu akzeptieren. Auch Mitarbeiterwechsel wird es, zumindest bis nächsten April, keine geben, aber ein paar Umstrukturierungen sind natürlich unvermeidlich. Wenn ich gleich bei mir beginnen darf: Ich werde, zunächst einmal stellvertretend, den Posten der Geschäftsführerin und Vorsitzenden übernehmen. Das heißt, ich werde, wie bislang mein Bruder, für Produktion, Buchhaltung und Lager verantwortlich sein. Meine bisherigen Aufgabenbereiche, Verkauf und Werbung, gehen an Miss Peverell über, Mr. de Witt und Mr. Dauntsey werden sich, zusätzlich zu ihrer Lektoratstätigkeit, um Verträge und Rechte kümmern. Wir haben Virginia Scott-Headley von Herne & Illingworth gewinnen können, die Maggie in der Werbung unterstützen wird. Sie ist hochqualifiziert, verfügt über hinreichende Berufserfahrung und wird sich auch mit um die zu erwartende Flut von Presseanfragen zum Tode meines Bruders kümmern. Ja, ich denke, damit wäre alles gesagt. Nur möchte ich noch einmal darauf hinweisen, daß Peverell Press der älteste eigenständige Verlag des Landes ist und daß wir, die Gesellschafter, allesamt entschlossen sind, ihn am Leben zu erhalten und uns nach besten Kräften für seinen Erfolg einzusetzen. So, das wär's. Ich danke Ihnen für Ihr Erscheinen. Ach, noch Fragen?«

Es folgte betretenes Schweigen. Doch während mancher in der Runde vielleicht Mut für eine Wortmeldung sammelte, hatte Miss Claudia die Pause schon genutzt, war aufgestanden und rasch als erste hinausgegangen.

Als Mandy nachher in der Küche für Miss Blackett Kaffee machte, war Mrs. Demery schon wesentlich mitteilsamer.

»Die haben alle durch die Bank weg keinen blassen Schimmer, wie's weitergehen soll. Das hat ja nun der Dümmste gemerkt. Mr. Gerard konnte 'n ausgemachtes Ekel sein, jawohl, aber er wußte wenigstens, wo's langgeht und wie einer das, was er will, auch kriegt. Innocent House verkaufen sie ja nu wohl nich', da wird Miss Peverell schon für gesorgt haben, und bestimmt is' Mr. de Witt ihr wieder beigestanden. Aber wenn sie's Haus nich' verkaufen, wie woll'n sie's dann halten? Das verrat mir mal einer. Wenn die Leutchen hier auch nur 'n Funken Grips ham, dann schauen sie sich ganz schnell nach was Neuem um.«

Während sie nun allein im Büro war und ihren Schreibtisch aufräumte, wurde Mandy auf einmal bewußt, was diese Extrastunde doch für einen Unterschied machte. Innocent House wirkte plötzlich wie leergefegt. Als sie die Treppe zum ersten Stock hinaufging, um sich in der Damengarderobe umzuziehen, hallten ihre Schritte direkt unheimlich auf dem Marmor wider, als ob ein Unsichtbarer hinter ihr herliefe. Sie machte auf dem Treppenabsatz halt und sah, über die Balustrade gebeugt, die beiden kugelförmigen Lampen am Fuß der Treppe wie zwei freischwebende Monde die Halle erleuchten, die auf einmal einer riesigen, geheimnisvollen Höhle ähnelte. Mandy beeilte sich mit dem Umziehen. Sie stopfte ihre Bürosachen in die Umhängetasche, zog statt dessen den superkurzen, mehrlagigen Patchwork-Rock samt passendem Top an und zwängte ihre Füße in hohe, mit Glitzerstaub überzogene Stiefel. Eigentlich waren ihr die ja auf dem Motorrad zu schade, aber andererseits hielten sie schon was aus, und es war leichter, sie gleich anzuziehen, als noch einen Platz dafür in der Satteltasche zu finden.

Wie still es war! Da dröhnte sogar die Toilettenspülung wie eine Sturzflut. Eine richtige Wohltat, George, der schon seinen alten Tweedmantel an- und den Hut aufhatte, noch hinter dem Empfang zu sehen, wo er die drei abholbereiten Pakete für morgen in seinem Sicherheitsfach einschloß. Der unbekannte Saboteur hatte zwar seit dem Mord nicht mehr zugeschlagen, aber die Vorsichtsmaßnahmen waren gleichwohl noch in Kraft.

»Ist es nicht komisch, wie still hier alles wird, wenn die Leute weg sind?« fragte Mandy. »Bin ich die letzte?«

»Beinahe, bis auf Miss Claudia und mich. Ich mach' mich jetzt auch auf den Weg. Miss Claudia stellt dann die Alarmanlage an.«

Sie verließen gemeinsam das Haus, und George zog die Tür fest hinter sich zu. Es hatte den ganzen Tag über stark geregnet. Dicht an dicht waren die Tropfen niedergegangen, hatten auf dem marmornen Vorhof getanzt, unablässig gegen die Fenster getrommelt und wie ein Schleier den Blick auf die grauen Wogen der Themse versperrt. Aber jetzt hatte es aufgehört, und im Schein der Rücklichter von Georges Auto glänzte das Kopfsteinpflaster der Innocent Passage wie lauter Reihen frisch aus ihrem Stachelkleid geschälter Kastanien. Zum erstenmal in diesem Herbst war es beißend kalt, ein Vorgeschmack auf den Winter. Mandy begann die Nase zu laufen, und sie kramte in ihrer Tasche nach einem Schal und ihrem Taschentuch. Erst wartete sie neben ihrem Motorrad, bis George in enervierendem Schnekkentempo seinen alten Metro rückwärts aus dem Durchgang steuerte. Doch dann kam ihr der rettende Einfall, wie sich das Manöver verkürzen ließ, und sie rannte hin und signalisierte ihm per Handzeichen, daß der Innocent Walk frei sei. Das war er zwar immer, aber George setzte jedesmal so zaghaft zurück, als sei das Manöver ein tägliches Spiel mit dem Tod. Nachdem er ihr zum Abschied dankbar zugewinkt hatte, gab er endlich Gas und fuhr davon. Na ja, wenigstens ist ihm jetzt sein Job sicher, dachte Mandy. Mrs. Demery hatte ihr nämlich von den Gerüchten erzählt, wonach Mr. Gerard angeblich vorgehabt hatte, den alten George zu feuern.

Mandy schlängelte sich mit ihrer gewohnten Geschicklichkeit durch den späten Pendlerverkehr, überhörte unbekümmert das gelegentliche Hupen gereizter Autofahrer und kam in kaum mehr als einer halben Stunde vor der mit bunten Lichtern geschmückten Pseudo-Tudorfassade des *White Horse* an. Die Kneipe stand ein gutes Stück von der Straße entfernt auf einem etwa hundert Meter breiten Unlandstreifen, der die Vorortsiedlung von einem Grüngürtel aus Sträuchern und Buschwerk, den Ausläufern des Epping Forest, trennte. Der Platz vor dem Haus war schon fast zugeparkt, und Mandy entdeckte unter den abgestellten Wagen auch den Transporter der Band und Maureens Fiesta. Sie kurvte langsam um das Gebäude herum und landete auf einem kleineren Parkplatz hinter dem Pub, zog ihre Sachen aus der Satteltasche und ging über einen langen Flur zur Damengarderobe, wo sie sich in das lärmende Gewimmel der Mädchen einreihte, die hier unter einem Schild, das ausdrücklich jede Haftung ausschloß, ihre Mäntel aufhängten und die Schuhe wechselten oder vor einer der vier Toiletten Schlange standen und ihre Make-up-Utensilien auf das schmale Bord unter dem langen Spiegel packten. Erst als sich auch Mandy einen Platz erkämpft hatte und nach ihrem Toilettentäschchen aus Plastik suchte, in dem sie ihre Schminksachen verwahrte, machte sie eine Entdeckung, bei der ihr vor Schreck fast das Herz aussetzte. Ihr Geldbeutel war weg; die schwarze Lederbörse, halb Portemonnaie, halb Brieftasche, in der sich ihre Barschaft befand, ihre Scheckkarte sowie – hochgeschätztes Statussymbol – die einzige Kreditkarte, die sie besaß, und zu allem Überfluß auch noch der Yale-Schlüssel zu ihrer Haustür. Ihr lauter Schreckensruf lenkte Maureen, die sich gerade mit Hingabe einen Lidstrich verpaßte, von ihrem Spiegelbild ab.

»Kipp erst mal alles raus. Mach' ich auch immer«, riet sie und fuhr unbekümmert fort, ihre Lider mit schwarzem Eyeliner zu umranden.

»Schöne Freundin bist du! Interessiert dich einen Dreck offenbar«, jammerte Mandy und schob Maureens Make-up-Kram auf die Seite, um den Inhalt ihrer Umhängetasche aufs Bord leeren zu können. Aber der Geldbeutel blieb verschwunden. Und dann erinnerte sie sich. Sie mußte ihn vorhin am Innocent House versehentlich mitsamt dem Schal und dem Taschentuch aus der Tasche gezogen haben. Wahrscheinlich lag er immer noch dort auf dem Pflaster. Da half nichts, sie mußte zurück. Ein Trost war immerhin, daß sie kaum befürchten mußte, ein Passant könnte ihre Börse gefunden haben. Nach Innocent Walk und vor allem Innocent Lane verirrte sich nach Einbruch der Dunkelheit kein

Mensch mehr. Sie würde das Essen versäumen, aber mit etwas Glück nicht mehr als eine halbe Stunde vom Konzert.

Und dann kam ihr der rettende Gedanke. Sie konnte doch Mr. Dauntsey oder Miss Peverell anrufen. Auf die Weise würde sie immerhin erfahren, ob sie die Geldbörse auch wirklich vor Innocent House verloren hatte. Die Chefs mochten vielleicht denken, es sei ganz schön frech von ihr, sie einfach privat anzurufen, aber Mandy war zuversichtlich, daß sie es ihr nicht ernsthaft übelnehmen würden. Sie hatte zwar erst sehr wenig für Mr. Dauntsey oder Miss Peverell gearbeitet, aber wenn es einmal der Fall gewesen war, schienen beide immer hochzufrieden zu sein und behandelten sie sehr zuvorkommend. Sie würden ja auch nur eine Minute zu suchen, ein paar Meter zu laufen haben. Und es regnete schließlich nicht mehr. Wirklich dumm war es nur wegen des Schlüssels. Wenn sich die Börse vor Innocent House fand, würde es zu spät werden, sie erst nach dem Konzert bei Miss Peverell oder Mr. Dauntsey abzuholen. Sie würde also mit Maureen heimgehen müssen, und sollte Maureen andere Pläne für die Nacht haben, mußte Mandy einen ihrer Mitbewohner, Shirl oder Pete, aufwecken. Aber beschweren konnten die sich auch kaum; wie oft hatten sie Mandy nicht schon geweckt, um sich von ihr aufsperren zu lassen.

Es dauerte ein Weilchen, bis sie Maureen die nötigen Münzen für ein oder zwei Anrufe abgeluchst hatte, dann noch ein Weilchen, ehe eine der beiden Telefonzellen frei war, und dann war wieder eine Minute vertan, als sie entdeckte, daß das Telefonbuch, das sie brauchte, in der anderen Zelle lag. Sie rief zuerst bei Miss Peverell an, erreichte aber nur den Anrufbeantworter mit dem üblichen Text, gesprochen in Miss Peverells ruhiger, fast entschuldigender Stimme. Da es kaum Platz gab, das Telefonbuch abzulegen, knallte es prompt auf den Boden. Draußen machten ihr ein paar Männer ungeduldig Zeichen. Aber die würden eben warten müssen. Wenn Mr. Dauntsey zu Hause war, würde sie nicht auflegen, bevor er draußen nachgesehen hatte. Sie fand die Nummer und drückte die entsprechenden Tasten.

Es nahm niemand ab. Mandy ließ es, auch als sie längst keine wirkliche Hoffnung mehr hatte, noch eine halbe Minute weiterklingeln, ehe sie endlich auflegte. Jetzt blieb ihr keine Wahl mehr. Sie konnte nicht den ganzen Abend und die Nacht um ihre Börse zittern. Sie mußte nach Innocent House zurück.

Diesmal fuhr sie gegen den Verkehrsstrom, bekam aber kaum Einzelheiten mit, weil sie vor lauter Angst, Ungeduld und Ärger viel zu sehr abgelenkt war. Maureen wäre kein Zacken aus der Krone gefallen, wenn sie sie in ihrem Fiesta nach Wapping gefahren hätte, aber Maureen ließ sich natürlich eine Esseneinladung nicht entgehen. Mandy merkte, daß auch ihr der Magen knurrte, aber sie tröstete sich damit, daß sie mit ein bißchen Glück vor dem Konzert noch rasch ein Sandwich an der Bar würde ergattern können.

Der Innocent Walk lag, wie gewöhnlich um diese Zeit, völlig verlassen da. Die Rückfront von Innocent House ragte wie eine düstere Bastion gen Himmel, aber als sie dann, den Kopf in den Nacken geworfen, daran emporschaute, wirkte die Silhouette mit einemmal so schwankend und windig wie ein Scherenschnitt, der sich vor den tiefhängenden Wolken duckte, die, rosig überhaucht von den Lichtern der City, über den Himmel jagten. Die Pfützen am Wegrand waren inzwischen getrocknet, und am Ende der Innocent Lane wehte ihr eine frische Brise entgegen, die die starke Ausdünstung des Flusses herübertrug. Die einzigen Lebenszeichen waren die erleuchteten Fenster in der obersten Wohnung von Nummer 12. So wie es aussah, war zumindest Miss Peverell inzwischen nach Hause gekommen. Mandy stellte den Motor ab und schob die Maschine, um Miss Peverell nicht zu stören und auch, weil sie nicht wollte, daß man sie hörte und womöglich mit Fragen aufhielt. Flink und leise wie ein Dieb schlich sie den Weg entlang auf das schimmernde Band der Themse zu, bis an den Platz, wo sie untertags immer ihre Yamaha parkte. Die Lampen im Vorhof spendeten genügend Licht, aber sie brauchte gar nicht groß zu suchen. Die Börse lag genau da, wo sie sie vermutet hatte. Sie stieß einen kleinen, fast unhörbaren

Freudenschrei aus, steckte den Geldbeutel tief in die Jackentasche und zog sorgsam den Reißverschluß zu.

Das Zifferblatt ihrer Uhr war weniger leicht zu erkennen, und Mandy ging noch einen Schritt auf die Themse zu. An jedem Ende der Uferterrasse warf eine der beiden großen, von Bronzedelphinen getragenen Kugellampen einen glänzenden Lichtkegel auf die bewegte Wasserfläche, die schimmerte wie ein weiter, schwarzseidener Mantel, von unsichtbarer Hand geschüttelt, geglättet und dann wieder sanft gebauscht. Mandy kniff die Augen zusammen und sah angestrengt auf ihre Uhr: Zwanzig nach acht. Es war später, als sie gedacht hätte, und plötzlich merkte sie, daß ihr die Lust auf das Konzert vergangen war. Der Erleichterung über die wiedergefundene Börse folgte ein gewisser Erschöpfungszustand, eine Art zufriedener Lethargie, die ihr den Gedanken an die gemütliche Enge ihres Wohnschlafzimmers, an die Küche, die sie ausnahmsweise einmal für sich allein haben würde, und an einen Abend vor dem Fernseher von Minute zu Minute verlockender erscheinen ließ. Außerdem hatte sie noch das Video von Scorseses *Kap der Angst,* das morgen zurückgegeben werden mußte; wenn sie das heute abend nicht anschaute, waren zwei Pfund Leihgebühr zum Fenster hinausgeworfen. Da sie jetzt nicht mehr in Eile war, drehte sie sich, fast ohne es zu wollen, um und sah noch einmal an der Fassade von Innocent House hinauf.

Die beiden unteren Stockwerke wurden von den Lampen auf der Terrasse schwach erleuchtet, und die schlanken Marmorsäulen hoben sich sanft glänzend vor den toten Fenstern ab, schwarzen, hohlen Öffnungen in ein Interieur, das, obwohl sie es jetzt so gut kannte, aus dieser Perspektive geheimnisvoll und bedrohlich wirkte. Wie merkwürdig, dachte sie; da drinnen ist sicher alles noch genau so, wie ich es vorhin verlassen habe: die beiden Computer mit den abgedeckten Tastaturen, Miss Blacketts ordentliche Schreibtischplatte mit ihren aufeinandergestapelten Ablagekörben, ihrem akkurat auf der rechten Seite plazierten Terminkalender, den verschlossenen Aktenschrank und endlich das Schwarze Brett rechts von der Tür. All diese alltäglichen Dinge blieben an ihrem Platz, auch wenn niemand da war, der sie sehen konnte. Und es war ja niemand da, keine Menschenseele. Sie dachte an den kleinen, kahlen Raum oben unterm Dach, in dem in so kurzer Zeit zwei Menschen gestorben waren. Der Stuhl und der Tisch würden auch dort immer noch an ihrem Platz stehen, aber das Bett war nicht mehr da und natürlich auch keine Frauenleiche oder der nackte Mann, der sich mit den Händen in den bloßen Dielen verkrallte. Plötzlich sah sie wieder Sonia Clements' Leiche vor sich, aber plastischer und furchteinflößender, als sie ihr an jenem Morgen in Wirklichkeit erschienen war. Und dann fiel ihr ein, was Ken, der Packer, ihr erzählt hatte, als sie neulich mit einer Nachricht nach Nummer 10 gekommen und noch ein Weilchen zum Ratschen geblieben war. Lady Sarah Peverell, die Frau des Erbauers von Innocent House, habe sich, so Ken, vom höchsten Balkon heruntergestürzt und sei auf der marmornen Terrasse zerschmettert.

»Den Blutfleck kannste heute noch sehen«, hatte Ken gesagt, während er eine Bücherkiste vom Regal auf den Handwagen hievte. »Aber laß dich bloß nicht von Miss Frances erwischen, wenn du danach suchst. Die Familie sieht es nicht gern, wenn diese Geschichte die Runde macht. Doch den Fleck können sie nun mal nicht wegkriegen, und solange sie das nicht schaffen, wird auch kein Segen auf dem Haus ruhen. Sie geht übrigens heute noch um, die Lady Sarah. Da kannste jeden Fährmann auf der Themse fragen.«

Ken hatte natürlich versucht, ihr angst zu machen, aber das war Ende September gewesen, an einem lauen, hellen Sonnentag, und Mandy hatte die Geschichte genossen, die sie höchstens zur Hälfte glaubte und bei der ihr ein angenehm gruseliger Schauder über den Rücken gelaufen war. Später hatte sie sich dann doch bei Fred Bowling erkundigt und wußte noch, was er ihr geantwortet hatte: »Gespenster gibt's auf dem Fluß grad' genug, aber keins davon spukt in Innocent House.«

Das war allerdings vor Mr. Gerards Tod gewesen. Vielleicht spukte es ja jetzt auch hier.

Und nun wurde ihr langsam wirklich bange. Sie sah hinauf zum obersten Balkon und stellte sich diesen entsetzlichen Sturz vor, die wild rudernden Glieder, den gräßlichen Schrei – bestimmt hatte sie doch wenigstens einmal aufgeschrien –, das unerträgliche Krachen, als der Körper auf dem Marmor aufschlug. Plötzlich ertönte wirklich ein schriller Schrei, und Mandy schrak zusammen. Doch es war nur eine Möwe gewesen. Der Vogel stieß dicht an ihrem Kopf vorbei aufs Geländer herab, ließ sich dort einen Augenblick nieder und flog dann weiter flußabwärts.

Mandy spürte, wie ihr die Kälte in die Glieder kroch, eine unnatürliche Kälte, die aus dem Marmor unter ihren Füßen emporzusteigen schien, als stünde sie auf Eis. Auch der Wind, der von der Themse herüberwehte, hatte aufgefrischt und blies ihr den ersten frostigen Winterhauch ins Gesicht. Sie warf einen letzten Blick über den Fluß, spähte hinunter zur Fähre, die still und verlassen am Steg vertäut lag, und dabei geschah es, daß sie oben auf dem Geländer, rechts von der Steintreppe, die zur Themse hinabführte, etwas Weißes blitzen sah. Im ersten Moment sah es aus wie ein Taschentuch, das jemand an den Handlauf gebunden haben mochte. Doch als Mandy neugierig näher trat, erkannte sie, daß es ein Stück Papier war, aufgespießt auf einen der spitzen Knäufe, die die Balustrade schmückten. Und dann blitzte es auch noch golden am Fuß des Geländers. Mandy ging in die Hocke, aber vor lauter Angst war sie so verwirrt, daß sie ein paar Sekunden brauchte, um das glitzernde Etwas zu erkennen. Es war die Schließe eines schmalen, doppelt gesteppten Lederriemens, und dieser Riemen, der zu einer braunen Schultertasche gehörte, spannte sich straff bis hinunter zum leicht gekräuselten Wasserspiegel, und dort, dicht unter der Oberfläche, war undeutlich etwas zu erkennen, etwas Groteskes, Unwirkliches wie der gewölbte Kopf eines Rieseninsekts, dessen unzählige haarige Füßchen sich sachte in der Strömung bewegten. Und dann wußte Mandy auf einmal, daß das, was sie da vor sich sah, der Kopf eines Menschen war. Ja, kein Zweifel, am anderen Ende des Schulterriemens hing ein Menschenkopf. Und während sie noch starr vor Entsetzen hinuntersah, bewegte sich der Körper in der Strömung, und eine weiße Hand hob sich langsam aus dem Wasser, das Handgelenk abgeknickt wie der Stengel einer welken Blume.

Ein paar Sekunden lang kämpfte Erkenntnis mit Unglauben, und dann sank sie, halb ohnmächtig vor Schreck und Entsetzen, auf die Knie und klammerte sich an die Eisenstäbe des Geländers. Sie merkte, wie das kalte Metall an ihren Händen brannte, und spürte seine eherne Festigkeit, als sie die Stirn dagegenpreßte. Sie kniete dort, unfähig sich zu bewegen, indes das blanke Entsetzen ihr die Eingeweide zusammenkrampfte und ihre Glieder zu Stein gefrieren ließ. In diesem kalten Nichts war einzig ihr Herz noch lebendig, ein Herz, das sich in einen großen, glühenden Eisenball verwandelt hatte und mit solcher Wucht gegen ihre Rippen trommelte, als könne es sie durch die Gitterstäbe hindurch bis in den Fluß wuchten. Sie wagte nicht, die Augen zu öffnen, denn das hieß sehen, was sie immer noch nicht recht glauben konnte: den doppelten Lederriemen, der sich straff hinunterspannte zu der Abscheulichkeit in der Tiefe.

Mandy wußte nicht, wie lange sie dort gekniet hatte, bevor sie wieder fähig war, zu denken und sich zu bewegen, aber langsam roch sie jetzt das brackige Wasser, spürte den kalten Marmor unter ihren Knien und auch, wie ihr Herz allmählich ruhiger wurde. Ihre Hände an den Gitterstäben waren so steif geworden, daß schmerzhafte Sekunden vergingen, ehe sie die Finger freibekam. Sie richtete sich mühsam auf, und dann, mit einemmal, hatte sie Stärke und Entschlossenheit wiedergefunden.

Wie gejagt rannte sie über die Terrasse und den Hof, trommelte an die erstbeste Tür, Dauntseys, und drückte gleichzeitig fieberhaft seine Klingel. Die Fenster über ihr blieben dunkel, und sie verlor keine Zeit damit, auf eine Reaktion zu warten, von der sie ohnehin wußte, daß sie ausbleiben würde, sondern rannte ums Haus herum in den Innocent Walk und läutete dort bei Frances Peverell. Sie drückte den rechten Daumen auf die Klingel, während sie mit der linken Hand den Türklopfer bearbeitete. Hier hatte sie fast sofort Erfolg. Sie konnte keine eiligen Schritte auf der Treppe hören, aber plötzlich wurde die Tür aufgerissen, und sie sah James de Witt im Rahmen stehen, dicht hinter ihm Frances Peverell. Mandy stammelte unzusammenhängende Worte, deutete auf den Fluß, rannte los und vergewisserte sich nur noch, daß die beiden dicht hinter ihr waren. Und jetzt standen sie zusammen über das Geländer gebeugt und blickten in die Fluten. Mandy ertappte sich bei dem Gedanken: Ich bin nicht verrückt. Es ist kein Traum. Es ist immer noch da.

Sie hörte Miss Peverell keuchen: »Nein, ach bitte, lieber Gott, nein!« Dann wandte sie sich halb ohnmächtig ab, und James de Witt fing sie in seinen Armen auf. Doch Mandy hatte gesehen, wie sie sich vorher noch bekreuzigte.

»Schon gut, mein Liebling«, flüsterte er, »ist ja schon gut.«

Miss Peverell hatte das Gesicht an seiner Brust vergraben, und ihre Stimme klang gedämpft aus dem Jackett. »Nein, das ist es nicht, wie könnte es wohl gut sein.« Dann machte sie sich los und fragte mit erstaunlicher Ruhe und Entschiedenheit: »Wer ist das?«

De Witt riskierte keinen zweiten Blick auf das Ding im Wasser. Statt dessen löste er vorsichtig das Stück Papier vom Geländerknauf und hielt es sich dicht vor die Augen. »Esmé Carling«, sagte er.

»Das darf nicht sein!« rief Frances. »Nicht noch einmal. Was ... was steht denn drin?«

»Ich kann's kaum entziffern.« Er drehte sich um, damit das Licht von der Lampe am Ende des Geländers auf das Blatt in seiner Hand fiel. Es hatte fast keinen Rand, als ob die Seite genau passend für den Text zurechtgeschnitten worden wäre, und der scharfe Knauf des Geländers hatte das Papier durchbohrt und eingerissen. »Sieht so aus«, sagte er, »als hätte sie's mit der Hand geschrieben. Es ist an uns alle gerichtet.«

Er strich die Seite glatt und las laut vor: »An die Gesellschafter von Peverell Press. Gott gebe, daß Ihr alle vor die Hunde geht! Dreißig Jahre lang habt Ihr mein Talent ausgebeutet, einen Haufen Geld mit mir verdient, mich als Autorin und als Mensch vernachlässigt, ja mich behandelt, als ob meine Bücher es nicht wert wären, Euer vornehmes Impressum zu tragen. Was versteht Ihr denn schon vom Schreiben und von Kreativität? Von Euch hat doch nur ein einziger je was zu Papier gebracht, und dessen Talent, oder was davon da war, ist schon vor vielen Jahren eingegangen. Ich bin es, ich und Autoren meines Kalibers, die Euren Verlag am Leben erhalten haben. Und jetzt habt Ihr mich ganz einfach abserviert. Nach dreißig Jahren bin ich erledigt, ohne jede Erklärung, ohne Einspruchsrecht, ohne eine Chance, etwas umzuschreiben oder zu überarbeiten. Schluß, aus, vorbei. Entlassen, so wie die Peverells seit Generationen ungerührt ihre unliebsamen Dienstboten entlassen haben. Ja, begreift Ihr denn nicht, daß mich das als Mensch wie als Schriftstellerin kaputtmacht? Wißt Ihr etwa nicht, daß ein Autor, der nicht mehr gedruckt wird, genausogut tot sein könnte? Aber eins kann ich immerhin noch, nämlich Euren Namen in ganz London durch den Dreck ziehen, und das werde ich, verlaßt Euch drauf. Das hier ist erst der Anfang.«

Frances Peverell stammelte: »Die Arme. Ach, die arme, arme Frau. James, warum ist sie nur nicht zu uns gekommen und hat sich ausgesprochen?«

»Hätte das denn was genützt?«

»Genau das gleiche wie bei Sonia. Wenn es schon sein mußte, daß wir uns von ihr trennen, dann hätte man es wenigstens anders machen können, schonend, ein bißchen einfühlsam.«

James de Witt sagte sanft: »Frances, jetzt können wir nichts mehr für sie tun. Ich glaube, wir sollten die Polizei verständigen.«

»Aber wir können sie doch nicht so da im Wasser liegen lassen. Das ist ja grauenhaft. Nein, obszön ist das! Wir müssen sie rausholen – wir ... wir könnten künstliche Beatmung versuchen.«

Er sagte geduldig: »Frances, sie ist tot.«

Mandy kam es vor, als hätten die beiden sie ganz vergessen. Jetzt, wo sie nicht mehr allein war, wich die furchtbare, die lähmende Angst in ihr. Die Welt war, wenn vielleicht auch noch nicht wieder normal, so doch halbwegs vertraut und überschaubar geworden. Sie dachte: Er weiß nicht, was er tun soll. Er möchte es ihr recht machen, aber er mag die Leiche nicht anrühren. Allein würde er sie sowieso nicht rausziehen können, und es wäre ihm unerträglich, daß sie dabei hilft. Laut sagte sie: »Wenn Sie Mund-zu-Mund-Beatmung hätten versuchen wollen, dann hätte man sie sofort rausholen müssen. Jetzt ist es bestimmt zu spät.«

Mit einer, wie ihr schien, großen Traurigkeit in der Stimme versetzte de Witt: »Es ist immer schon zu spät gewesen. Außerdem wäre es der Polizei nicht recht, wenn man sich an der Leiche zu schaffen macht.«

Zu schaffen macht? Mandy fand die Formulierung irgendwie komisch. Sie unterdrückte ein Kichern, das ihr in die Kehle stieg, denn wenn sie jetzt anfing zu lachen, daß wußte sie, dann würde es in Tränen enden. Lieber Gott, dachte sie, warum tut er nicht endlich was, verdammt noch mal?

»Wenn Sie beide hierbleiben«, sagte sie, »dann könnte ich ja die Polizei anrufen. Sie brauchen mir bloß den Schlüssel zu geben und sagen, wo das Telefon steht.«

»Im Flur«, erwiderte Frances mit matter Stimme. »Und die Tür ist offen – das glaube ich wenigstens.« Plötzlich ganz kopflos wandte sie sich an de Witt: »Du lieber Gott, James, hab' ich uns etwa ausgesperrt?«

»Nein, nein«, sagte er geduldig. »Hier, ich hab' den Schlüssel. Er steckte in der Haustür.«

Er war schon im Begriff, ihn Mandy zu geben, als sie hörten, wie sich von der Innocent Lane her Schritte näherten. Gleich darauf erschienen Gabriel Dauntsey und Sydney Bartrum. Beide trugen gefütterte Regenmäntel, und seltsamerweise schien mit ihrem Auftauchen wieder so etwas wie Normalität einzukehren, ein beruhigendes Gefühl. Aber die beiden Männer erschraken offenbar ihrerseits, als sie die drei Gestalten erblickten, die ihnen reglos entgegenstarrten, und beschleunigten ihre Schritte.

»Wir haben Stimmen gehört«, rief Dauntsey. »Ist was nicht in Ordnung?«

Mandy nahm den Schlüssel, rührte sich aber nicht vom Fleck. Es eilte ja auch jetzt nicht mehr; die Polizei konnte Mrs. Carling nicht retten. Niemand konnte ihr mehr helfen. Und nun spähten noch zwei Augenpaare auf sie nieder, zwei weitere Stimmen taten stammelnd ihr Entsetzen kund.

De Witt sagte: »Es ist Esmé Carling. Sie hat einen Abschiedsbrief hinterlassen. Da, auf dem Geländer. Eine Philippika gegen uns alle.«

Frances bat noch einmal: »Bitte, holt sie doch da raus.«

Und jetzt übernahm Dauntsey das Kommando. Als Mandy ihn anschaute und sah, wie ungesund grünlich sein Teint im Schein der Kugellampen wirkte (fast fühlte man sich an Seetang erinnert) und wie die Falten sich gleich schwarzen Wunden in sein Gesicht gegraben hatten, dachte sie: Er ist ein uralter Mann. So was dürfte ihm nicht mehr passieren. Was kann er auch schon ausrichten?

Dauntsey sagte zu de Witt: »Du und Sydney, ihr könntet sie von der Treppe aus hochhieven. Ich hab' nicht mehr die Kraft.«

Auf seinen Vorschlag hin wurde James plötzlich aktiv. Ohne weitere Einwände tappte er vorsichtig die glitschigen Stufen hinunter, wobei er sich mit einer Hand am Geländer festhielt. Mandy sah, wie er unwillkürlich schauderte, als das eiskalte Wasser seine Beine umspülte. Das beste wäre, dachte sie, Mr. de Witt würde die Leiche von der Treppe aus dirigieren und stützen, und Mr. Dauntsey und Mr. Bartrum würden von oben an dem Schulterriemen ziehen. Aber natürlich würden sie es nicht so machen. Und in der Tat war die Vorstellung, das Gesicht der Ertrunkenen könne langsam aus den Fluten emportauchen, während die Männer oben am Gurt zerrten, als wollten sie sie gleichsam noch ein zweites Mal erhängen, so entsetzlich, daß sie sich nicht erklären konnte, wie sie überhaupt darauf gekommen war. Wieder hatte sie den Eindruck, die anderen hätten sie ganz vergessen. Frances Peverell war ein Stück beiseite getreten. Sie umklammerte mit beiden Händen das Geländer und hielt den Blick starr auf den Fluß gerichtet. Mandy ahnte, was in ihr vorging: Sie wollte, daß man die Leiche barg und den gräßlichen Henkersgurt entfernte; und sie mußte dableiben, bis das vollbracht war, aber sie konnte es nicht ertragen, zuzusehen. Für Mandy dagegen war Wegsehen schlimmer als Zuschauen. Wenn sie schon bleiben mußte, dann war es ihr lieber, sie wußte, was geschah, als daß sie es sich später in der Phantasie ausmalte. Und bleiben mußte sie natürlich. Niemand hatte mehr ihren Vorschlag aufgegriffen, von Miss Peverells Wohnung aus die Polizei anzurufen. Aber das eilte ja wie gesagt auch nicht. Was machte es schon aus, ob sie ein bißchen später kamen? Keines ihrer Utensilien, nichts, was sie zu tun vermochten, konnte Mrs. Carling wieder zum Leben erwecken.

Inzwischen stand de Witt, der zaghaft tiefer stieg, bis zu den Knien im Wasser. Mit der rechten Hand umklammerte er den Fuß des Geländers, und mit der Linken tastete er nach den durchweichten Kleidern und versuchte, die Leiche zu sich heranzuziehen. Das Wasser kräuselte sich, und der Riemen gab einen Moment nach, wurde aber gleich wieder von der Strömung stramm gezogen. »Wenn einer von euch die Schnalle aufmachen könnte«, keuchte er, »dann würde ich sie vielleicht bis auf die Treppe kriegen.«

Dauntsey stützte sich wie Halt suchend auf das Geländer. Aber seine Stimme war ruhig und gefaßt. »Laß sie nicht abtreiben, James. Und du halt dich gut fest. Wir wollen dich nicht auch noch aus dem Fluß fischen müssen.«

Bartrum war es, der die ersten zwei Stufen hinunterstieg und die Schnalle aufnestelte. Seine Hände wirkten bleich im Schein der Kugellampen, die Finger sahen aus wie pralle Würste. Es dauerte eine Weile, da er offenbar keine Ahnung hatte, wie die Schließe funktionierte.

Als sie endlich offen war, sagte de Witt: »Ich werde beide Hände brauchen. Haltet ihr mich vorsichtshalber am Jackett fest.«

Daraufhin trat Dauntsey zu Bartrum auf die zweite Treppenstufe hinunter. Gemeinsam ergriffen sie de Witts Jackenschöße und hielten ihn fest, während dieser mit beiden Händen die Leiche zu sich heranzog und ihr den Gurt vom Hals nahm. Jetzt lag die Tote mit dem Gesicht nach unten auf der Ufertreppe. De Witt packte sie an den Beinen, die wie dünne Stöcke unter dem Rock hervorlugten, und Bartrum und Dauntsey ergriffen jeder einen Arm. So wurde das durchweichte Bündel die Stufen hinaufgezerrt und bäuchlings auf die Marmorfliesen geschleift. Behutsam drehte de Witt die Leiche um. Mandy erhaschte nur einen flüchtigen Blick auf das im Tode grausam verzerrte Gesicht, den offenen Mund mit der heraushängenden Zunge, die unter faltigen Lidern halb geöffneten Augen, die schrecklichen Todesmale am Hals, bevor Dauntsey mit erstaunlicher Behendigkeit seinen Mantel auszog und über den Leichnam breitete. Unter dem Tweedfutter kroch langsam ein erst spärliches, dann aber immer breiter werdendes Rinnsal über den Marmorboden. Und obwohl es Wasser sein mußte, war es dunkel wie Blut.

Frances Peverell trat zu der Leiche und kniete neben ihr nieder. Sie murmelte wieder: »Die arme, arme Frau.« Mandy sah, daß ihre Lippen sich weiter stumm bewegten, und überlegte, ob sie wohl noch ein Gebet sprach. Sie warteten schweigend, aber ihre rasselnden, tiefen Atemzüge klangen unnatürlich laut in der Stille. Die Anstrengung, den Leichnam aus dem Wasser zu hieven, schien de Witt und Bartrum aller Kraft und Entscheidungsfähigkeit beraubt zu haben, und wieder war es Dauntsey, der die Initiative ergriff.

»Es sollte wohl jemand bei der Leiche bleiben«, sagte er. »Sydney und ich werden das übernehmen. James, du bringst die Frauen ins Haus und verständigst die Polizei. Und dann brauchen wir alle heißen Kaffee oder auch was Stärkeres, und zwar reichlich.«

47

Die Haustür von Nummer 12 öffnete sich auf eine schmale, rechteckige Diele, und Mandy folgte Frances Peverell und James de Witt eine steile, mit einem lindgrünen Teppich ausgelegte Treppe hinauf, die auf einen zweiten, aber eher quadratischen und auch größeren Flur führte. Durch die Tür gleich vis-à-vis vom Treppenabsatz betraten sie die Wohnung und standen im nächsten Moment in einem Zimmer, das die ganze Hausfront einnahm. Die Vorhänge vor den beiden hohen Fenstertüren zum Balkon waren zugezogen und sperrten Nacht und Themse aus. In einem Korb neben dem Kamin war rauchlos brennende Kohle aufgeschichtet. Mr. de Witt schob das Messinggitter vor der Feuerstelle beiseite und dirigierte Mandy in einen der hochlehnigen Sessel. Plötzlich umsorgte man sie so geflissentlich wie einen Gast; vielleicht machen sie das, dachte Mandy, weil sie wenigstens was zu tun haben, wenn sie mich bemuttern.

Miss Peverell beugte sich zu ihr hinunter. »Es tut mir ja so leid, Mandy. Zwei Selbstmörderinnen, und Sie haben alle beide gefunden. Zuerst Miss Clements und nun ... Was können wir Ihnen anbieten? Kaffee? Brandy? Wir hätten auch einen Rotwein. Aber Sie haben wahrscheinlich noch gar nichts gegessen, oder? Was ist, haben Sie Hunger?«

»Eigentlich schon, ja.«

Tatsächlich verspürte Mandy auf einmal einen Bärenhunger. Der warme, leckere Duft, der die Wohnung durchzog, war mit ihrem leeren Magen fast nicht auszuhalten. Miss Peverell wechselte einen Blick mit Mr. de Witt. »Bei uns sollte es Ente à l'Orange geben«, sagte sie. »Wie steht's mit dir, James?«

»Danke, ich bin nicht hungrig, aber Mandy könnte bestimmt einen Bissen vertragen.«

Mandy dachte: Sie hat nur gerade mal zwei Portionen. Wahrscheinlich im Feinkostladen gekauft. Schön für die, die sich's leisten können! Miss Peverell hatte offenbar ein trauliches Dinner zu zweit geplant und sich dabei viel Mühe gegeben. Ein runder Tisch am anderen Ende des Zimmers war mit weißem Leinen gedeckt, an jedem Platz standen drei funkelnde Gläser und in der Mitte zwei kleine silberne Leuchter mit frisch aufgesteckten Kerzen, die noch nicht angezündet waren. Beim Nähertreten sah Mandy, daß der Salat schon aufgetragen war; zarte Blättchen, rote und grüne gemischt, waren mit gerösteten Nüssen und Käsestreifen in kleinen Holzschalen angerichtet. Eine Flasche Rotwein war bereits entkorkt, der weiße stand noch im Weinkühler. Mandy verspürte keinen Appetit auf den Salat. Sie hatte Heißhunger auf etwas Warmes, Kräftiges.

Sie sah auch, daß Miss Peverell sich nicht nur mit dem Essen angestrengt hatte. Der blaugrün gemusterte Zweiteiler mit dem Faltenrock und der Überbluse mit Schärpe an der Hüfte war aus reiner Seide und schmeichelte ihrem Teint. Natürlich zu altbacken für sie, zu konventionell, dachte Mandy, auch ein bißchen langweilig und der Rock viel zu lang. Ihre Figur kam darin überhaupt nicht zur Geltung, und dabei hätte Miss Peverell sehr attraktiv sein können, wenn sie es nur verstanden hätte, sich anzuziehen. Die Perlen, die auf dem seidenen Kragen schimmerten, waren höchstwahrscheinlich echt. Hoffentlich weiß Mr. de Witt es zu schätzen, daß sie sich so für ihn ins Zeug gelegt hat, dachte Mandy. Sie wußte von Mrs. Demery, daß er schon seit Jahren in Miss Peverell verliebt war. Und jetzt, wo Mr. Gerard aus dem Weg war, sah es ganz so aus, als käme er endlich auch mal zum Zug.

Die Ente wurde mit Erbsen und neuen Kartoffeln serviert. Mandy, deren Unsicherheit auf gesellschaftlichem Parkett der Hunger weggewischt hatte, machte sich mit gewaltigem Appetit darüber her. Die beiden setzten sich zu ihr an den Tisch. Sie aßen nichts, tranken aber jeder ein Glas Rotwein. Dabei bedienten sie sie so beflissen, als ob sie sich irgendwie für das Geschehene verantwortlich fühlten und es wiedergutzumachen suchten. Miss Peverell drängte ihr eine zweite Portion Gemüse auf, und Mr. de Witt füllte ihr Glas nach. Von Zeit zu Zeit gingen beide nach nebenan, wo Mandy die Küche vermutete. Von dort konnte man anscheinend die Innocent Lane überblicken, und Mandy erriet an den gedämpften Stimmen, die undeutlich herüberdrangen, daß sie, während sie nach der Polizei Ausschau hielten, Dinge besprachen, die sie in ihrer Gegenwart nicht äußern wollten.

Sie nutzte die vorübergehende Abwesenheit der beiden, um sich beim Essen etwas gründlicher im Zimmer umzusehen. Dessen schlichte Eleganz war zu steif, zu konventionell für Mandys exzentrischen Geschmack, aber sie gestand sich ein, daß der Gesamteindruck in Ordnung war, falls man auf so was stand und außerdem noch das nötige Kleingeld dafür hatte. Aber schon die Farbkombination hatte in ihren Augen so gar keinen Pep, nichts als zarte Blaugrüntöne mit ein paar rosenroten Akzenten. Die üppig drapierten Satinvorhänge hingen an betont schlichten Gardinenstangen; rechts und links vom Kamin waren Nischen mit eingebauten Bücherregalen, und die Buchrücken glänzten im Feuerschein. Die Giebeldreiecke über dem obersten Bord zierte jeweils ein Mädchenkopf, mit Rosen bekränzt und dicht verschleiert, der aussah wie aus Marmor. Wahrscheinlich sollten sie Bräute darstellen, aber die Schleier, so wundervoll duftig und echt sie auch wirkten, sahen doch mehr nach Leichentüchern aus. Makaber, dachte Mandy und stopfte sich den Mund mit Ente voll. Das Bild über dem Kamin, auf dem eine Mutter mit ihren beiden Töchtern posierte, sah nach einem echten alten Gemälde aus, genau wie ein zweites, rätselhaftes Bild von einer Frau in einem Himmelbett, deren Zimmer Mandy seltsamerweise an ihre lang zurückliegende Klassenfahrt nach Venedig erinnerte. Die beiden Ohrensessel rechts und links vom Kamin waren mit einem schlichten Leinenstoff in verblaßtem Pink bezogen, aber nur bei einem verrieten die Knitterfalten in Sitz und Rückenlehne, daß er oft benutzt wurde. Da also sitzt normalerweise Miss Peverell und guckt auf einen leeren Sessel und auf die Themse, dachte Mandy. Das Bild an der rechten Wand hielt sie für eine Ikone, konnte sich aber nicht vorstellen, warum jemand sich eine Jungfrau Maria ins Zimmer hängen mochte, die so schwarz und alt aussah, ganz zu schweigen von dem Jesuskind mit dem ernsten Erwachsenengesicht, das offensichtlich seit Wochen nichts Anständiges mehr zu essen gekriegt hatte.

Sie war weder auf das Zimmer neidisch noch auf irgendeinen der Einrichtungs- oder Kunstgegenstände, sondern dachte zufrieden an das große, niedrige Dachzimmer, das in dem Mietshaus in Stratford East ihr Reich war, an die Wand gegenüber vom Bett, wo ihre Hüte an einem Lochbrett hingen, ein lustig-bunter Reigen von Bändern, Blumen und farbigem Filz, an das Einzelbett, das doch gerade breit genug war für zwei, wenn gelegentlich einmal ein Freund über Nacht blieb, und das eine schicke, gestreifte Tagesdecke hatte; sie dachte an das Reißbrett, an dem ihre Entwürfe entstanden, an die überall auf dem Fußboden verstreuten Sitzkissen, ihre Hi-Fi-Anlage und den Fernseher und an den geräumigen Kleiderschrank. Es gab überhaupt nur ein einziges Zimmer, in dem sie jetzt noch lieber gewesen wäre.

Plötzlich hielt sie, die Gabel vor dem Mund, inne und lauschte gespannt. Kein Zweifel, sie hörte Autoreifen auf dem Kopfsteinpflaster quietschen. Gleich darauf kamen de Witt und Miss Peverell aus der Küche zurück.

James de Witt sagte: »Die Polizei ist gerade gekommen. Mit zwei Wagen. Wir konnten aber nicht sehen, wie viele Leute sie dabeihaben.« Und an Frances Peverell gewandt: »Was meinst du, ob ich wohl runtergehen sollte?« Das klang zum erstenmal unsicher und so, als bräuchte er Beistand.

»Aber nein, bestimmt nicht. Die sind sicher froh, wenn ihnen nicht zu viele in die Quere kommen«, sagte Frances. »Was sie wissen müssen, können sie ja auch von Gabriel und Sydney erfahren. Außerdem werden sie wahrscheinlich sowieso raufkommen, wenn sie draußen fertig sind. Sie wollen doch bestimmt mit Mandy reden. Sie ist ja die wichtigste Zeugin, ich meine, sie war schließlich als erste da.« Frances setzte sich wieder an den Tisch und sagte freundlich: »Sie möchten sicher so rasch wie möglich heim, Mandy, und einer von uns wird Sie nachher nach

Hause bringen, aber ich denke doch, Sie sollten bleiben, bis die Polizei Sie gesprochen hat.«

Etwas anderes wäre Mandy nie in den Sinn gekommen. »Okay«, sagte sie, »mir soll's recht sein. Die denken jetzt sicher, ich bringe Unglück, oder? Wo ich auch hinkomme, dauernd stolpere ich über einen Selbstmörder.«

Mandy hatte das halb scherzhaft gesagt, doch zu ihrem Erstaunen protestierte Miss Peverell ganz vehement. »Sagen Sie doch so was nicht, Mandy! So dürfen Sie nicht einmal denken. Das ist bloß törichter Aberglaube, und natürlich wird niemand Ihnen unterstellen, daß Sie womöglich das Unglück anziehen. Hören Sie, Mandy, es wäre mir nicht lieb, wenn Sie heute nacht allein bleiben müßten. Möchten Sie vielleicht Ihre Eltern anrufen – Ihre Mutter? Ich meine, wär's nicht besser, Sie würden heute abend zu ihr nach Hause gehen? Sie könnte doch auch herkommen und Sie abholen.«

Ja, wie so ein blödes Paket, dachte Mandy und sagte laut: »Ich weiß nicht mal, wo meine Mutter ist.« Am liebsten hätte sie noch hinzugefügt: Sie könnten's ja mal im *Red Cow* auf Hayling Island versuchen.

Aber Miss Peverells Worte und die Freundlichkeit, die dahinterstand, weckten in ihr dennoch ein bisher uneingestandenes Verlangen nach weiblichem Trost, nach der Gemütlichkeit in Mrs. Crealeys »Oase«. Sie sehnte sich nach dem vertrauten, miefigen Geruchsgemisch aus Alkohol und Mrs. Crealeys Parfum, hätte sich am liebsten gleich in dem niedrigen Sessel vor dem Gasofen zusammengekuschelt, wo man sich geborgen fühlte wie im Mutterleib, und stellte sich vor, wie schön es wäre, von draußen den beruhigenden Verkehrslärm der Whitechapel Road zu hören. Sie fühlte sich nicht wohl in dieser eleganten Wohnung, und diese Leute waren, trotz aller Freundlichkeit, nicht ihresgleichen. Mandy wollte zu Mrs. Crealey.

»Ich könnte die Agentur anrufen«, sagte sie unvermittelt. »Meine Chefin ist vielleicht noch im Büro.«

Frances Peverell schien überrascht, aber sie führte Mandy

ohne Zögern hinauf in ihr Schlafzimmer. »Hier sind Sie ungestörter, Mandy«, sagte sie. »Ach, und falls Sie sich frisch machen wollen, nebenan ist auch gleich das Bad.«

Das Telefon stand auf dem Nachttisch, und darüber hing ein Kruzifix. Mandy hatte natürlich schon Kruzifixe gesehen, meistens in Kirchen, aber dieses hier war ganz anders. Der Christus sah noch sehr jung aus, hatte ein bartloses, wie glattrasiertes Gesicht, und sein Kopf war nicht im Todesschmerz auf die Brust gesunken, sondern wild zurückgeworfen. Und da auch der Mund weit offenstand, sah es aus, als würde er seinen Gott um Mitleid oder Rache anflehen. Mandy dachte, daß sie so etwas nicht neben ihrem Bett würde haben wollen, aber sie spürte doch, daß von dem Kunstwerk eine große Kraft ausging. Fromme Menschen beteten vor einem Kruzifix, und wenn sie Glück hatten, wurden ihre Gebete auch erhört. Ein Versuch konnte also nicht schaden. Während sie Mrs. Crealeys Geschäftsnummer wählte, heftete Mandy den Blick ganz fest auf die silberne Figur mit der Dornenkrone und formte mit den Lippen lautlos die Worte: »Bitte, mach, daß sie rangeht. Bitte, mach, daß sie da ist.« Aber obwohl sie ihr stummes Gebet mehrmals wiederholte, klingelte das Telefon unbeachtet weiter, und es hob niemand ab.

Keine fünf Minuten später läutete es an der Tür. James de Witt ging hinunter und kam mit Dauntsey und Bartrum zurück.

Frances Peverell fragte: »Was geht denn draußen vor, Gabriel? Ist Commander Dalgliesh gekommen?«

»Nein, nur Inspector Miskin und Inspector Aaron. Ach ja, sie haben noch den jungen Detective Sergeant und einen Fotografen dabei. Sie warten nur noch auf den Polizeiarzt, damit der Esmés Tod bezeugt.«

»Aber das sieht doch jeder, daß sie tot ist«, rief Frances. »Dazu brauchen sie doch keinen Arzt.«

»Ich weiß, Frances, aber so sind nun mal die Vorschriften. Nein, danke, für mich keinen Wein. Sydney und ich, wir haben im *Sailor's Return* schon seit halb acht ins Glas geguckt.«

»Wie wär's dann mit einer Tasse Kaffee? Für Sie auch, Sydney?«

Sydney Bartrum wirkte verlegen. »Nein, danke, Miss Peverell«, sagte er. »Ich muß wirklich gehen. Ich hab' meiner Frau gesagt, daß ich mit Mr. Dauntsey rasch noch auf ein Gläschen ins Pub gehen und etwas später kommen würde, aber ich bin immer vor zehn zu Hause.«

»Ja, dann müssen Sie natürlich los, sie wird sich womöglich schon Sorgen machen. Rufen Sie sie doch rasch noch von hier aus an.«

»Besten Dank, ja, das sollte ich wohl«, stammelte Bartrum und folgte Frances aus dem Zimmer.

De Witt fragte: »Wie nehmen Sie's denn auf – ich meine die von der Polizei?«

»Professionell, wie sonst? Gesagt haben sie nicht viel. Ich hatte allerdings den Eindruck, daß sie nicht gerade erbaut davon waren, daß wir die Leiche angerührt oder auch nur den Abschiedsbrief gelesen haben.«

De Witt schenkte sich noch ein Glas Wein ein. »Ja, was denken die sich denn, verdammt noch mal? Hätten wir sie einfach hängen lassen sollen? Und der Brief war schließlich an uns adressiert. Wer weiß, ob die uns überhaupt gesagt hätten, was drinsteht, wenn wir ihn nicht selber gelesen hätten. Bei Gerards Tod haben sie uns ja auch ganz schön im unklaren gelassen.«

»Sobald der Wagen vom Leichenschauhaus kommt und sie abholt«, sagte Dauntsey, »werden Aaron und die Miskin hier heraufkommen.« Er zögerte und setzte dann hinzu: »Es könnte sein, daß ich Esmé hab' ankommen sehen. Sydney und ich, wir waren für halb acht im *Sailor's Return* verabredet, und als ich zum Wapping Way kam, da sah ich ein Taxi in den Innocent Walk einbiegen.«

»Und hast du auch sehen können, wer drin saß?«

»Dazu war ich schon zu weit weg. Wahrscheinlich hätte ich sie sowieso nicht bemerkt. Aber den Fahrer, den hab' ich gesehen. Es war ein Schwarzer, ein großer, kräftiger Mensch. Die

Polizei denkt, sie werden ihn ausfindig machen können. Schwarze Taxichauffeure gibt's ja noch nicht allzu viele bei uns.«

Bartrum kam vom Telefonieren zurück. Er räusperte sich nervös, wie es seine Angewohnheit war, und sagte: »Tja, dann will ich mal. Danke, Miss Peverell, besten Dank, aber ich trinke keinen Kaffee mehr mit. Ich möchte so rasch wie möglich heim. Die Polizei meinte, sie brauchen mich nicht mehr. Ich habe ihnen alles erzählt, was ich weiß, und daß ich mit Mr. Dauntsey ab halb acht im Pub gewesen bin. Wenn sie doch noch Fragen haben sollten, ich bin morgen früh zur gewohnten Zeit im Büro. Das Leben muß schließlich weitergehen, nicht?«

Die falsche Munterkeit in seiner Stimme war ihnen allen unangenehm. Mandy, die von ihrem Teller aufsah, dachte einen Moment lang, er würde jetzt noch jedem reihum die Hand schütteln. Aber dann wandte er sich doch ohne weiteres zum Gehen, und Frances Peverell begleitete ihn hinaus. Mandy hatte den Eindruck, als seien sie froh, ihn loszuwerden.

Ein unbehagliches Schweigen senkte sich über den Raum. Eine normale Unterhaltung, der Small talk einer Party oder harmloses Geplauder über die Arbeit, all das wäre ihnen jetzt unpassend, ja fast anstößig erschienen. Innocent House und das Grauen des Todes waren alles, was sie gemeinsam hatten. Mandy spürte allerdings auch, daß die anderen ohne sie nicht so befangen gewesen wären. Denn jetzt, wo das Band des gemeinsam erlittenen Schocks und Schreckens sich langsam löste, erinnerten sie sich wieder daran, daß sie ja nur die Aushilfstippse war, das Mädchen, das mit Mrs. Demery in der Küche Büroklatsch austauschte. Wenn man sich nicht vorsah, würde die ganze Geschichte morgen früh schon in ganz Innocent House herumsein, also empfahl es sich, so wenig wie möglich zu sagen.

Von Zeit zu Zeit ging einer der drei hinaus, um bei Claudia Etienne anzurufen. Aus den kurzen Wortwechseln hinterher erriet Mandy, daß Miss Etienne nicht zu Hause war. Anscheinend gab es noch eine zweite Nummer, unter der sie es hätten versuchen können, aber Mr. de Witt sagte: »Warten wir lieber noch. Wir können sie später verständigen. Im Moment könnte sie hier ja sowieso nichts tun.«

Dann gingen Frances und Gabriel hinaus, um den Kaffee zu kochen, und diesmal blieb James de Witt bei Mandy. Er erkundigte sich, wo sie wohnte, und sie erzählte es ihm. Auch er meinte, sie solle heute abend besser nicht in einem leeren Haus allein bleiben. Oder würde vielleicht jemand dasein, wenn sie nach Hause kam? Mandy, die sich lange Erklärungen und Ärger ersparen wollte, log und sagte ja. Danach schien ihm keine weitere Frage mehr einfallen zu wollen, und so saßen sie stumm beieinander und horchten auf die leisen Geräusche aus der Küche. Mandy kam sich unwillkürlich vor wie damals im Krankenhaus, als sie mit ihrer Mutter im Warteraum gesessen hatte, während ihre Großmutter das letztemal operiert wurde. Es war ein schäbig eingerichteter, anonymer Raum gewesen, und sie hatten in unfreundlichem Schweigen jede auf ihrer Stuhlkante gesessen und sich so unbehaglich gefühlt, als hätten sie gar nicht das Recht, dort zu sein. Irgendwo außer Sicht- und Hörweite, das wußten sie, verrichteten die angeblichen Herrscher über Leben und Tod ihr technisch brillantes Werk, während sie beide nichts weiter tun konnten als warten.

Diesmal dauerte die Warterei zum Glück nicht lange. Sie hatten kaum ihren Kaffee ausgetrunken, als es unten an der Haustür klingelte. Keine Minute später traten die beiden jüngeren Kriminalbeamten, Miss Miskin und Mr. Aaron, ins Zimmer. Sie trugen jeder eine Art großen Aktenkoffer bei sich. Mandy überlegte, ob da wohl die technisch raffinierten Spurensicherungsgeräte drin waren, die in jedem Krimi vorkamen.

Inspector Miskin ergriff als erste das Wort: »Wir werden uns ausführlich unterhalten, sobald das Obduktionsergebnis bekannt ist. Jetzt haben wir nur ein paar Fragen an Sie. Als erstes: Wer hat die Leiche gefunden?«

»Das war ich«, sagte Mandy und wünschte, sie säße nicht noch immer vor dem abgegessenen Teller. Dieser Beweis ihres gesunden Appetits wirkte jetzt irgendwie unanständig. Aber warum fragt sie das überhaupt, dachte sie in einer jähen Aufwallung von Trotz. Inzwischen weiß sie doch längst, wer die Tote gefunden hat.

»Und was haben Sie hier gemacht? Es war doch schon lange nach Büroschluß.« Diesmal hatte Inspector Aaron die Frage gestellt.

»Ich hab' ja auch nicht mehr gearbeitet.« Mandy spürte selbst, wie eingeschnappt das klang, und sie riß sich zusammen. In kurzen Worten beschrieb sie ihren mißglückten Abend.

»Und als Sie Ihre Börse tatsächlich dort gefunden hatten, wo Sie sie vermuteten«, sagte Inspector Miskin, »warum sind Sie da anschließend noch runter zur Themse gegangen?«

»Woher soll ich das wissen? Weil sie halt da war, denke ich.« Doch dann setzte sie erklärend hinzu: »Ich wollte sehen, wie spät es ist. Und am Wasser ist es heller als oben beim Haus.«

»Und Sie haben niemanden gesehen oder gehört? Weder dann noch zuvor bei Ihrer Ankunft?«

»Wenn's anders wär', hätt' ich Ihnen das längst gesagt. Nein, ich hab' nichts gehört und nichts gesehen, außer dem Papier am Geländer. Und wie ich das entdeckte, bin ich hin, um zu sehen, was es war. Und da hab' ich dann die Schultertasche unter dem Geländer am Boden liegen sehen und den Riemen, der ins Wasser hing. Und als ich mich runterbeugte, konnte ich halt auch erkennen, was am Ende von dem Gurt hing. Ist doch logisch, oder?«

Frances Peverell versuchte mit ruhiger Stimme zu vermitteln. »Von unserer Terrasse aus geht man ganz instinktiv die paar Schritte bis zum Ufer und schaut sich den Fluß an, ganz besonders im Dunkeln. Ich mache das heute noch, wenn ich gerade dort draußen bin. Aber hören Sie, muß Miss Price Ihre Fragen unbedingt jetzt beantworten? Sie hat Ihnen ohnehin schon alles gesagt, was sie weiß. Und jetzt gehört sie wirklich nach Hause. Das war doch ein schreckliches Erlebnis für sie.«

Inspector Aaron sah Mandy nicht an, aber als Inspector Miskin die nächste Frage stellte, klang ihre Stimme schon wesentlich freundlicher. »Wissen Sie noch, um welche Zeit Sie wieder in Innocent House waren?«

»Zwanzig nach acht. Ich sag' ja, ich hab' auf die Uhr gesehen, als ich zum Fluß runter bin.«

Inspector Aaron sagte: »Das war doch eine ziemlich weite Strecke vom *White Horse* bis hierher. Haben Sie nicht daran gedacht, Miss Peverell oder Mr. Dauntsey anzurufen und einen von ihnen zu bitten, nach Ihrem Geldbeutel zu schauen?«

»Hab' ich ja gemacht! Aber bei Mr. Dauntsey ging keiner dran, und Miss Peverell hatte den Anrufbeantworter laufen.«

Frances Peverell sagte: »Ja, das mach' ich manchmal, wenn ich Besuch habe. James kam kurz nach sieben mit dem Taxi, und Mr. Dauntsey war wohl schon mit Sydney Bartrum im *Sailor's Return*, als Mandy anrief.«

»Ja, ja, das sagte er uns bereits. Aber haben Sie, Miss Peverell und Mr. de Witt, vielleicht irgend etwas Ungewöhnliches gesehen oder gehört? Irgendein ungewohntes Geräusch von der Innocent Lane zum Beispiel?«

Die beiden wechselten einen Blick. Dann sagte Frances Peverell: »Ich glaube nicht, daß man es hören würde, wenn jemand unten auf dem Pflaster vorbeigeht, jedenfalls nicht aus diesem Zimmer. Ich war gegen acht mal kurz in der Küche, um den Salat anzurichten. Damit warte ich immer bis zur letzten Minute. Das Küchenfenster geht auf die Innocent Lane raus, und wenn da ein Taxi vorgefahren wäre, hätte ich es gehört, zumindest, wenn es am üblichen Eingang zum Innocent House gehalten hätte. Aber ich habe nichts bemerkt.«

James de Witt bekräftigte: »Ich hab' auch kein Taxi gehört, und weder Miss Peverell noch mir ist seit meinem Eintreffen irgendwas Ungewöhnliches aufgefallen. Von der Themse kamen die üblichen Geräusche, allerdings nur ganz schwach, weil ja die Fenster geschlossen und die Vorhänge zugezogen sind. Mir ist so, als wäre es am frühen Abend mal ziemlich laut gewesen, aber an die genaue Zeit erinnere ich mich nicht mehr. Und es war auf jeden Fall nicht so auffallend, daß wir auf den Balkon hinausgegangen wären und nachgesehen hätten. Wissen Sie, so nahe am Fluß gewöhnt man sich einfach an einen gewissen Lärmpegel.«

»Sie, Sir, sind also heute abend mit dem Taxi hergekommen?« fragte Inspector Aaron.

»Ganz recht. Ich fahre in London grundsätzlich nicht selber. Ach so, ich hätte vielleicht vorhin noch erwähnen sollen, daß ich von zu Hause kam. Ich war heute nachmittag nicht im Verlag, weil ich einen Kontrolltermin beim Zahnarzt hatte.«

Frances Peverell fragte unvermittelt: »Was hatte sie eigentlich in der Tasche? Die sah so schwer aus.«

»Das ist sie auch«, sagte Inspector Miskin. »Sehen Sie selbst.« Sie nahm Inspector Aaron eine Plastiktüte ab und kippte die Tasche der Toten samt Inhalt auf den Tisch.

Die anderen sahen gespannt zu, wie sie die Schlaufen aufnestelte. Zum Vorschein kam ein Manuskript, das in hellblauen Karton gebunden war. Der Name der Autorin sowie der Romantitel standen in Großbuchstaben auf dem Deckel: TOD AUF PARADISE ISLAND VON ESMÉ CARLING. Und quer über den Umschlag war mit dicker roter Tinte gekritzelt: *Abgelehnt – und das nach dreißig Jahren,* gefolgt von drei Ausrufezeichen.

»Dann hat sie also das Manuskript und ihren Abschiedsbrief mit hierhergebracht«, sagte Frances Peverell. »Ich fürchte, ein bißchen sind wir alle mitschuldig. Wir hätten wirklich mehr Rücksicht auf die Ärmste nehmen sollen. Aber sich deswegen umzubringen ... Und auf so grauenhafte Art. Wie furchtbar, und wie mutterseelenallein sie gewesen sein muß. Arme Frau.«

Sie wandte sich ab, und James de Witt trat zu ihr, jedoch ohne sie zu berühren. »Hören Sie«, erkundigte er sich bei Inspector Miskin, »müssen wir dieses Gespräch unbedingt heute abend fortsetzen? Wir stehen alle noch unter Schock, und daran, daß es Selbstmord war, kann es ja wohl keinen Zweifel geben.«

Inspector Miskin schob das Manuskript wieder in die Tasche. »Zweifel bestehen immer so lange«, sagte sie ruhig, »bis wir alle Fakten kennen. Wann hat Miss Carling eigentlich erfahren, daß der Verlag ihren Roman ablehnen wollte?«

»*Mrs.* Carling«, korrigierte de Witt. »Sie war verheiratet, wurde aber vor einiger Zeit geschieden, und ihr früherer Mann ist inzwischen verstorben. Daß wir ihr neuestes Buch nicht mehr machen, erfuhr sie an dem Tag, an dem Gerard Etienne starb. Sie kam in den Verlag, um ihn zur Rede zu stellen, aber wir waren grade mitten in einer Konferenz, und sie konnte nicht warten, weil sie in Cambridge eine Signierstunde hatte. Doch das wissen Sie ja bereits alles.«

»War das die Signierstunde, die vor ihrer Ankunft in der Buchhandlung abgesagt wurde?«

»Ja, genau die.«

»Und hat Mrs. Carling sich seit Mr. Etiennes Tod mit einem von Ihnen oder vielleicht mit sonst jemandem aus dem Verlag in Verbindung gesetzt?«

Wieder sahen de Witt und Frances Peverell einander an. De Witt sagte: »Mit mir nicht. Hat sie sich bei dir gemeldet, Frances?«

»Nein, ich hab' nichts mehr von ihr gehört. Eigentlich komisch, wenn ich jetzt so drüber nachdenke. Wenn wir nur mit ihr hätten reden und ihr alles erklären können, dann wäre das vielleicht nicht passiert.«

Inspector Aaron fragte unvermittelt: »Wer hat denn vorhin beschlossen, sie aus dem Fluß zu ziehen?«

»Ich.« Frances Peverell richtete einen sanften, aber vorwurfsvollen Blick auf ihn.

»Sie haben doch bestimmt nicht geglaubt, daß Sie sie wiederbeleben könnten?«

»Nein, das habe ich wohl nicht gedacht, aber es war so schrecklich, sie da hängen zu sehen. So ...« Sie brach ab und sagte nach kurzem Besinnen: »So unmenschlich.«

De Witt erklärte spitz: »Wir sind nun mal nicht alle Polizeibeamte, Inspector. Einige von uns haben immer noch ganz normale menschliche Regungen.«

Inspector Aaron wurde rot, warf einen Blick auf Inspector Miskin, beherrschte sich aber, wenn auch sichtlich mit Mühe.

Inspector Miskin sagte ruhig: »Dann wollen wir hoffen, daß Sie sich die bewahren können. Aber Miss Price möchte jetzt sicher gern nach Hause. Inspector Aaron und ich werden sie mitnehmen.«

Mandy sagte eigensinnig wie ein Kind: »Ich will aber nicht, daß Sie mich mitnehmen. Ich will mit meinem Motorrad heimfahren.«

»Ihr Motorrad ist hier völlig sicher, Mandy«, sagte Frances Peverell begütigend. »Wenn Sie wollen, können wir es auch gern in Nummer 10 in der Garage einschließen.«

»Ich will es aber nicht in der Garage lassen. Ich will damit nach Hause fahren.«

Am Ende bekam sie ihren Willen, aber Inspector Miskin bestand darauf, daß der Polizeiwagen ihr hinterherfuhr. Mandy machte sich einen Spaß daraus, sich wendig und flink durch den Verkehr zu schlängeln, so daß die beiden Kriminalbeamten große Mühe hatten, sie nicht zu verlieren.

Als sie in der Stratford High Street vor ihrem Haus hielten, sagte Inspector Miskin mit einem Blick auf die dunklen Fenster: »Haben Sie nicht gesagt, daß jemand zu Hause wäre?«

»Stimmt ja auch. Die sind bloß alle in der Küche. Hören Sie, ich kann wirklich alleine auf mich aufpassen. Ich bin schließlich kein Kind mehr, okay? Also lassen Sie mich endlich in Ruhe, ja?«

Sie sprang ab, und Inspector Aaron stieg aus dem Wagen und half ihr, die Yamaha durch die Haustür in den Flur zu schieben. Als er wieder hinausging, knallte sie wortlos die Tür hinter ihm ins Schloß.

48

Daniel sagte: »Die hätte ruhig auch mal danke sagen können. Ist ja 'n zähes Luder, die Kleine.«

»Sie steht noch unter Schock.«

»Na, dafür hatte sie aber 'nen gesunden Appetit.«

Auf dem Revier in Wapping war alles ruhig, und auf dem Weg hinauf zur Einsatzzentrale begegneten sie nur einem einzigen Beamten. Ehe sie die Vorhänge zuzogen, blieben sie noch einen Moment am Fenster stehen. Die Wolkendecke war inzwischen aufgerissen, die Themse floß breit und behäbig dahin, und die Sterne warfen gleißende Lichtspiralen in die Fluten. Nachts herrschte immer ein unnatürliches Gefühl von Abgeschiedenheit und Frieden auf so einem Revier. Selbst wenn es einmal hektisch zuging und die Stille kurzfristig von lauten Männerstimmen und schweren Schritten unterbrochen wurde, blieb die Atmosphäre insgesamt doch sonderbar ruhig, als ob die Welt da draußen zwar mit Gewalt und Terror auf der Lauer liegen mochte, aber doch nicht die Macht hatte, diesen tiefen Frieden ernsthaft zu stören. Auch die Kameradschaft wuchs in diesen Stunden; man sprach zwar weniger, aber wenn, dann freier als bei Tage. Kate und Daniel konnten in Wapping allerdings nicht auf Kameradschaft zählen. Sie wußten, daß sie hier bis zu einem gewissen Grad Eindringlinge waren. Das Revier stellte ihnen Räumlichkeiten und alle notwendigen Einrichtungen zur Verfügung, aber sie blieben trotzdem Außenseiter.

Dalgliesh war den Tag über in geheimer Mission des Polizeipräsidenten bei den Kollegen in Durham gewesen, und Kate wußte nicht, ob er schon auf dem Rückweg nach London war. Also meldete sie auf gut Glück ein Gespräch an und erfuhr, daß er eigentlich noch in Durham sein müsse. Man wolle versuchen, ihn ausfindig zu machen, und ihm sagen, daß er sie zurückrufen solle. Als Kate aufgelegt hatte, fragte sie Daniel: »Warst du dir bei ihrem Alibi eigentlich sicher? Ich meine das von Esmé Carling. War sie wirklich zu Hause an dem Abend, als Etienne starb?«

Daniel saß an seinem Schreibtisch und spielte am Computer herum. Er versuchte Zeit zu gewinnen, um sich die Gereiztheit, die bei ihrer Frage in ihm hochgestiegen war, nicht anmerken zu lassen. »Ja, ich *bin* mir sicher. Du hast doch meinen Bericht gelesen. Sie war mit diesem Mädchen zusammen, einer gewissen Daisy Reed, die in derselben Anlage wohnt. Die beiden waren den ganzen Abend zusammen, bis Mitternacht oder noch später. Die Kleine hat das bestätigt. Ich hab' mich nicht an der Nase rumführen lassen, wenn du das meinst.«

»Aber nein! Reg dich doch nicht gleich so auf, Daniel. Mir fiel nur gerade ein, daß die Carling ja eigentlich nie direkt zum Kreis der Verdächtigen gehörte. Der verstopfte Abzug, die durchgescheuerte Zugschnur – das mußte alles von langer Hand geplant werden. Und da sie wohl kaum Gelegenheit hatte, so oft unbeobachtet ins Archiv zu kommen, haben wir in ihr nie die mögliche Täterin gesehen.«

»Mit anderen Worten, du meinst, ich hätte mich zu schnell zufriedengegeben?«

»Nein, nein! Ich wollte mich nur noch mal vergewissern, daß du auch wirklich zufrieden warst mit ihrer Aussage.«

»Hör zu, ich bin mit Robbins und einer Polizistin vom Jugendschutz dort gewesen. Ich hab' Esmé Carling und die Kleine getrennt vernommen. Die beiden waren den Abend über zusammen, wie übrigens die meisten Abende. Die Mutter ging ihrer sogenannten Arbeit nach – als Stripperin, Bardame, gelegentlich wohl auch schon mal als Nutte –, und die Kleine paßte den Moment ab, wenn sie die Wohnung verlassen hatte, um sich dann heimlich runter zur Carling zu schleichen. Anscheinend hatten sie beide was von diesem Arrangement. Ich hab' jede Kleinigkeit, die diesen Donnerstagabend betraf, abgecheckt, und ihre Aussagen stimmten voll überein. Die Kleine wollte erst gar nicht zugeben, daß sie bei der Carling gewesen war. Sie hatte offenbar Angst, daß ihre Mutter dem Ganzen einen Riegel vorschieben würde oder daß das Jugendamt sich mit der Fürsorge in Verbindung setzen und sie im Heim landen könnte. Das haben die natürlich auch gemacht – die Fürsorge eingeschaltet, meine ich. Blieb ihnen ja auch kaum was anderes übrig, unter den Umständen. Aber die Kleine hat schon die Wahrheit gesagt. Woher eigentlich auf einmal die Zweifel?«

»Ja, findest du das denn nicht auch merkwürdig? Da haben wir eine Autorin, die von ihrem Verlag nach dreißig Jahren plötzlich abserviert wird. Sie rast wie eine Furie nach Innocent House, um Gerard Etienne zur Rede zu stellen. Aber der ist in einer Konferenz, und sie kommt nicht an ihn ran. Warten kann sie nicht, weil sie eine Signierstunde hat, doch als sie in der Buchhandlung eintrifft, erfährt sie, daß jemand von Peverell Press den Termin abgesagt hat. Mittlerweile muß sie doch schon völlig ausgerastet sein. Na und, was wird sie jetzt deiner Meinung nach tun? Ruhig nach Hause gehen, sich hinsetzen und einen Brief schreiben oder noch am selben Abend wieder nach Innocent House stürmen, um Etienne zu stellen? Wahrscheinlich wußte sie, daß er donnerstags länger zu arbeiten pflegte. Das hat ja anscheinend jeder gewußt, der näher mit dem Verlag zu tun hatte. Nun gut, was die Carling an dem Donnerstag getan oder nicht getan hat, wissen wir nicht, aber ich finde auch ihr Verhalten seitdem sehr eigenartig. Sie wußte doch, daß Gerard Etienne die treibende Kraft war, daß hauptsächlich er ihr Buch abgelehnt hatte. Und nun ist dieser Etienne plötzlich tot. Warum setzt sie sich jetzt nicht mit den übrigen Gesellschaftern in Verbindung und versucht, denen ihr Buch doch noch unterzujubeln?«

»Wahrscheinlich wußte sie, daß das vorläufig keinen Zweck gehabt hätte. Etiennes Partner hätten sich sicher gescheut, seine Entscheidung so kurz nach seinem Tod zu revidieren. Abgesehen davon waren sie vermutlich damit einverstanden und wollten die Carling genauso loswerden.«

»Aber auch beim heutigen Abend gibt's ja etliche Ungereimtheiten«, fuhr Kate fort. »Frances Peverell und de Witt sagen selbst, daß sie ein Taxi, das beim Eingang von Innocent House vorfuhr, höchstwahrscheinlich gehört hätten. Aber es kam keines. Wo also hat die Carling sich absetzen lassen?«

»Ich nehme an, auf dem Innocent Walk. Und von dort ist sie dann zu Fuß zum Fluß runtergegangen. Sie wird gewußt haben, daß man es in Dauntseys und Miss Peverells Wohnung hören kann, wenn auf dem Kopfsteinpflaster von der Innocent Lane ein Wagen vorfährt. Vielleicht ist sie aber auch am Ende der Innocent Passage ausgestiegen. Das wäre der Zugang, der dem Fundort der Leiche am nächsten liegt.«

»Aber da befindet sich ein Tor, das nachts geschlossen wird. Falls sie also wirklich von dort zur Themse runterging, stellt sich die Frage: Wer hat ihr das Tor aufgemacht und hinter ihr wieder abgeschlossen? Na, und dann dieser Wisch. Hat sich der für dich wirklich wie der Abschiedsbrief einer Selbstmörderin gelesen?«

»Er klingt vielleicht nicht typisch, aber was ist auf dem Sektor schon typisch? Einem Geschworenengericht würde es sicher nicht schwerfallen, sich von der Echtheit des Briefes zu überzeugen.«

»Ach, und wann, glaubst du, hat sie ihn geschrieben?«

»Vermutlich kurz bevor sie sich umbrachte. So was konzipiert man ja wohl nicht lange im voraus und bewahrt es für eventuelle Notfälle auf.«

»Und warum erwähnt sie dann Gerard Etiennes Tod mit keiner Silbe? Sie muß doch gewußt haben, daß er in erster Linie für ihren Rauswurf verantwortlich war. Ja, dafür haben wir sogar Zeugen. Mandy Price und Miss Blackett haben beide ausgesagt, daß sie wie eine Furie ins Büro gestürmt kam, weil sie ihm den Marsch blasen wollte. Sein Tod müßte sich demnach irgendwie auf ihre Einstellung zu Peverell Press ausgewirkt haben. Und selbst wenn nicht – wenn sie auch dann noch genauso verbittert war –, ist es nicht einfach merkwürdig, daß Etiennes Tod in ihrem Brief gar nicht vorkommt?«

Das Telefon klingelte, und Dalgliesh war am Apparat. Kate erstattete ihm klar und präzise Bericht. Doc Wardle hätten sie nicht erreichen können, erklärte sie, weil der schon in einem anderen Fall unterwegs war, aber sie hätten auch nicht versucht, kurzfristig einen Ersatz zu bekommen, da der Leichnam ohnehin gleich in die Gerichtsmedizin verbracht worden sei. Anschließend hörte sie ziemlich lange bloß noch zu; so jedenfalls erschien es Daniel, der sie nur gelegentlich ein kurzes »Ja, Sir« einwerfen hörte.

Endlich legte sie auf. »Er fliegt heute nacht noch zurück. Wir sollen niemanden in Innocent House verhören, ehe wir nicht das Obduktionsergebnis haben. Morgen sollst du versuchen, das Taxi ausfindig zu machen, und nachprüfen, ob zwischen sieben Uhr abends und dem Zeitpunkt, als Mandy die Leiche fand, irgend jemand von der Themse aus was gesehen hat. Auch bei den Ausflugsdampfern möchtest du deswegen nachfragen. Die Carling hatte offenbar keine näheren Angehörigen mehr. Die Schlüssel zu ihrer Wohnung haben wir in ihrer Tasche gefunden, und morgen vormittag werden wir uns mal dort umsehen. Mrs. Carlings Agentin soll sich um halb zwölf da mit uns treffen. Vorher werden AD und ich noch mal mit dieser Daisy Reed sprechen. Ach ja, und noch was. Verflucht, Daniel, daran hätten wir auch wirklich selber denken können. Der Chef will, daß die Spurensicherung sich morgen früh als allererstes die verlagseigene Fähre vornimmt. Peverell Press wird irgendeinen Ersatz finden müssen, um die Leute von Charing Cross abzuholen. Mann, ich komm' mir vielleicht blöd vor! AD muß sich ja fragen, ob wir ohne ihn überhaupt imstande sind, über die eigene Nasenspitze wegzugucken.«

»Aha, er denkt also, sie hätte die Fähre benutzt, um sich aufzuhängen. Einfacher wär's so bestimmt gegangen.«

»Natürlich, aber es muß nicht unbedingt die Carling selbst gewesen sein.«

»Aber warte mal, die Fähre war doch ordnungsgemäß an ihrem Platz vertäut – auf der *anderen* Seite der Ufertreppe!«

»Genau. Und das heißt, wenn das Boot benutzt wurde, dann muß es jemand hin und her gefahren haben – vor und nach dem

Tod der Carling. Wenn sich das beweisen läßt, dann sind wir einen großen Schritt näher dran, beweisen zu können, daß wir's hier mit Mord zu tun haben.«

49

Gegen zehn war Gabriel Dauntsey in seine Wohnung hinuntergegangen, und James de Witt und Frances blieben allein. Beide merkten jetzt, daß sie hungrig waren. Von der Ente hatte Mandy beide Portionen aufgegessen, aber solch schwere Kost hätten sie im Moment ohnehin nicht vertragen. Sie waren in der mißlichen Lage, daß ihr Körper nach Nahrung verlangte, ohne daß ihnen etwas eingefallen wäre, worauf sie Appetit hatten. Am Ende brutzelte Frances ein großes Kräuteromelett, das sie sich teilten und mit mehr Genuß verzehrten, als beide für möglich gehalten hätten. Wie in stillschweigender Übereinkunft vermieden sie es tunlichst, über Esmé Carlings Tod zu sprechen.

Bevor Dauntsey hinunterging, hatte Frances noch gesagt: »Eigentlich sind wir alle mitverantwortlich, nicht? Keiner von uns hat sich ernsthaft gegen Gerard behauptet. Wir hätten darauf bestehen sollen, daß man sich um Esmés Zukunft Gedanken macht. Einer von uns hätte zu ihr gehen und mit ihr reden müssen.«

Darauf hatte James sachte erwidert: »Frances, glaub mir, dieses Buch hätten wir nicht machen können. Nicht, weil es ein kommerzieller Titel war, nein, wir brauchen gängige Belletristik. Aber dieses Buch war ganz einfach schlecht. Es war Schund, Frances.«

»Ach, ein schlechtes Buch?« hatte Frances geantwortet. »Das schlimmste aller Verbrechen, wie? Die Sünde wider den Heiligen Geist! Na, sie hat wahrhaftig schwer gebüßt dafür.«

Die Bitterkeit, die Ironie ihres Tons hatten James verblüfft. Dergleichen sah ihr so gar nicht ähnlich. Aber seit dem Bruch mit Gerard hatte sie einiges von ihrer alten Sanftheit und Passivität verloren. Er beobachtete diese Veränderung mit leisem Bedauern, jedoch nicht ohne die Erkenntnis, daß sich in seiner Reaktion wieder einmal das ständig wiederkehrende Bedürfnis manifestierte, die Schwachen und Unschuldigen, die Getretenen und Verletzten aufzuspüren und zu lieben, sein Hang, eher zu geben als zu nehmen. Er wußte, daß man so keine gleichwertige Partnerschaft aufbauen konnte, daß immerwährende Güte und Nachsicht in ihrer subtilen Herablassung mitunter fast ebenso bedrückend für den geliebten Menschen sein können wie Grausamkeit oder Vernachlässigung. War das am Ende seine Art, sein Selbstwertgefühl aufzubessern – durch die Gewißheit, daß man ihn brauchte, auf ihn angewiesen war und ihn bewunderte für ein Mitgefühl, das, mit ehrlichen Augen betrachtet, nur eine besonders subtile Form emotionaler Bevormundung und geistigen Hochmuts war? War er denn auch nur einen Deut besser als Gerard, der Sex als Teil seiner persönlichen Machtspielchen einkalkulierte und einen besonderen Kitzel dabei verspürte, eine fromme Jungfrau zu verführen, weil er wußte, daß für sie, nach den Regeln ihres Glaubens, die Hingabe vor der Ehe einer Todsünde gleichkam? James hatte Frances schon immer geliebt, und er liebte sie noch. Er begehrte sie, wünschte sie sich in sein Leben, sein Haus und in sein Bett, ebenso wie in sein Herz. Vielleicht hatten sie ja jetzt die Chance, einander zu lieben, und zwar als gleichberechtigte Partner?

Heute abend ließ er sie nur ungern allein, aber er hatte keine Wahl. Ruperts Freund Ray mußte spätestens um halb zwölf weg, und Rupert war zu krank, als daß man ihn auch nur für ein paar Stunden hätte allein lassen können. Und da war noch eine andere Schwierigkeit. Er hätte doch kaum vorschlagen können, die Nacht in ihrem Gästezimmer zu verbringen, ohne daß das aufdringlich erschienen wäre. Immerhin war es auch denkbar, daß sie sich ihren bösen Geistern lieber allein stellte, ohne daß auch er ihr noch lästig fiel. Aber das war immer noch nicht alles. Er sehnte sich danach, mit ihr zu schlafen, doch er wollte nicht, daß sie, statt aus ebenbürtigem Verlangen, nur in sein Bett kam, weil Schock und Kummer sie wehrlos und trostbedürftig machten. Dazu war das ein viel zu wichtiger Schritt für ihn. Wie verkorkst wir doch alle sind, dachte er. Wie schwer es ist, sich selbst zu erkennen, und wenn's doch einmal gelingt, wieviel schwerer noch, sich zu ändern.

Aber das Problem löste sich von selbst, denn als er fragte: »Kann ich dich auch wirklich allein lassen, Frances?«, da antwortete sie mit fester Stimme: »Aber natürlich. Außerdem, Rupert braucht dich doch zu Hause. Und sollte ich das Bedürfnis nach Gesellschaft haben, dann ist ja Gabriel unten. Aber es geht bestimmt auch so. Ich bin ans Alleinsein gewöhnt, James.«

Sie telefonierte nach einem Taxi, und er fuhr auf dem schnellsten Weg heim, nämlich mit dem Taxi zur Bank of England und von dort mit der Central Line bis Notting Hill Gate.

Er sah den Krankenwagen gleich, als er, von der Hillgate Street kommend, in seine Straße einbog. Sein Herz machte einen Satz. Als er losrannte, sah er, daß die Sanitäter Rupert schon in einem Tragstuhl die Vordertreppe heruntertrugen. Er war so in Decken eingemummelt, daß man nur sein Gesicht sehen konnte, ein Gesicht, das für James selbst jetzt, im Zustand äußerster Erschöpfung und vom Tode gezeichnet, nichts von seiner Schönheit verloren hatte. Während er hilflos zusah, wie die beiden Männer den Tragstuhl routiniert die Stufen hinuntermanövrierten, hatte er das Gefühl, als ob seine eigenen Arme die unerträgliche Leichtigkeit ihrer Last spüren könnten.

»Ich komme mit«, sagte er.

Aber Rupert schüttelte den Kopf. »Lieber nicht. Sie mögen's nicht, wenn sich zu viele Leute im Krankenwagen drängen. Und Ray fährt schon mit.«

»Ja, genau«, sagte Ray, »ich bleib' bei ihm.«

Sie hatten es eilig, wegzukommen. Zwei Autos, die nicht vorbeikonnten, warteten ohnehin schon ungeduldig darauf, daß es weiterging. James stieg dennoch kurz in den Krankenwagen und schaute stumm und suchend in Ruperts Gesicht.

Rupert sagte: »Tut mir leid wegen dem Durcheinander in deinem Wohnzimmer. Aber da ich wohl nicht zurückkomme, kannst du jetzt schön aufräumen und dann Frances einladen, ohne daß einer von euch das Gefühl hat, man müßte vorsichtshalber das Geschirr sterilisieren.«

»Wo bringen sie dich überhaupt hin, Rupert?« fragte James. »Ins Hospiz?«

»Nein, ins Middlesex.«

»Ich komm' dich morgen besuchen.«

»Lieber nicht.«

Ray saß schon breit und behäbig im Krankenwagen, als wäre das sein angestammter Platz. Und so war es ja auch. Rupert wollte offenbar noch etwas sagen. James beugte sich zu ihm hinunter. »Diese Geschichte, du weißt schon, über Gerard Etienne. Das mit Eric und mir. Du hast das doch nicht geglaubt, oder?«

»Doch, Rupert, ich hab's geglaubt.«

»Es ist aber nicht wahr. Wie denn auch? Es war bloß ein Ulk. Du hast doch bestimmt schon mal was von Inkubationszeit gehört. Nein, nein, du hast's geglaubt, weil du es glauben *wolltest*. Armer James! Wie sehr mußt du ihn gehaßt haben. Aber nun mach doch nicht so ein Gesicht. Guck mich nicht so entsetzt an.«

James war es, als hätte er überhaupt keine Stimme mehr. Und als er endlich doch sprach, war er selber betroffen von der Endgültigkeit seiner Worte und davon, wie banal und sinnlos sie klangen. »Soweit alles in Ordnung, Rupert?«

»Ja, alles okay. Endlich. Mach dir keine Sorgen, und komm mich nicht besuchen. Denk dran, was Chesterton gesagt hat: ›Lerne, das Leben zu lieben, ohne ihm zu vertrauen.‹ Daran hab' ich mich immer gehalten.«

Er wußte nicht, wie und wann er aus dem Krankenwagen geklettert war, aber er hörte den gedämpften Knall, mit dem ihm die Doppeltür vor der Nase zugeschlagen wurde. Sekunden später war das Auto um die Ecke verschwunden, aber er stand noch lange da und sah ihm nach, als ob es auf einer langen, schnurgeraden Straße führe und er es mit seinen Blicken bis zum Horizont begleiten könnte.

50

Die Anlage Mount Eagle Mansions, unweit der Hammersmith Bridge, entpuppte sich als großer viktorianischer Backsteinblock mit dem schäbigen, ungepflegten Hautgout eines Gebäudes, das aufgrund häufigen Besitzerwechsels verwahrlost. Der mächtige, überladene Vorbau im italienischen Stil, an dem der Stuck zu bröckeln begann, paßte so gar nicht zu der schlichten Fassade, ja verlieh dem Block eine Art exzentrischer Zwiespältigkeit, bei der man sich fragte, ob es nun Geldmangel oder fehlende Inspiration war, was den Architekten an der Ausführung seines ursprünglichen Entwurfs gehindert hatte. Nach dem Vorbau zu urteilen, dachte Kate, war es vielleicht so oder so ein Glück. Aber die Bewohner hatten offenbar den Glauben an den Erhalt ihres Zuhauses noch nicht aufgegeben. Die Fenster waren, zumindest im Erdgeschoß, blitzsauber, die Gardinen jeweils akkurat und in schönem Faltenwurf gehängt, und an einigen Fenstersimsen waren Blumenkästen montiert, aus denen Efeu und Hängegeranien über die verstaubten Backsteine quollen. Briefkasten und Türklopfer in Form eines gewaltigen Löwenhauptes waren auf Hochglanz poliert, und in die Borsten der offenbar nagelneuen Fußmatte war der Name »Mount Eagle Mansions« eingeflochten. Rechts von der Tür befand sich ein Klingelbrett mit Namensschildchen. In dem Schlitz zu Apartment 27 steckte eine ausgeschnittene Visitenkarte mit der Aufschrift »Mrs. Esmé Carling« in schöner Schnörkelschrift. Bei Apartment 29 stand in großen Druckbuchstaben nur »Reed«. Auf Kates Klingeln meldete sich nach wenigen Sekunden eine Frauenstimme, der man über das Knistern der Gegensprechanlage hinweg deutlich anhörte, daß sie zwischen Widerstreben und Resignation schwankte.

»Na schön, kommen Sie rauf.«

Das Haus hatte keinen Aufzug, obwohl man bei der Größe der mosaikverzierten Eingangshalle annehmen durfte, daß ursprünglich einer eingeplant gewesen war. An einer Wand befanden sich zwei Reihen durchnumerierter Briefkästen, und an der anderen stand ein schwerer Mahagonitisch mit kunstvoll geschnitzten Beinen, auf dem eine Reihe von Wurfsendungen, umadressierten Briefen sowie ein Packen alter, mit Bindfaden zusammengehaltener Zeitungen lagen. All das war schön säuberlich geordnet, und die Schlieren getrockneter Seifenlauge über dem Tisch zeugten davon, daß man zumindest versucht hatte, die Mosaiken zu säubern, auch wenn dadurch am Ende der Schmutz nur um so mehr auffiel. Es roch nach Möbelpolitur und Desinfektionsmittel. Schweigend stiegen Dalgliesh und Kate die Treppen hinauf, vorbei an den massiven Türen mit Guckloch und doppelten Sicherheitsschlössern. Kate spürte, wie sie von Stockwerk zu Stockwerk aufgeregter und auch ein bißchen ängstlicher wurde, und sie fragte sich, ob es dem Mann an ihrer Seite wohl genauso erging. Schließlich hatten sie eine sehr wichtige Vernehmung vor sich. Möglicherweise war, wenn sie diese Treppe wieder herunterkamen, der Fall gelöst.

Kate wunderte sich, daß Esmé Carling sich nichts Besseres hatte leisten können als eine Wohnung in diesem heruntergekommenen Block, der so gar nichts hermachte. Das Mount Eagle Mansions war kaum eine prestigeträchtige Adresse, mit der man bei Interviewern oder Journalisten Eindruck schinden konnte, immer vorausgesetzt natürlich, Mrs. Carling hatte derlei Besuch empfangen. Aber das wenige, was sie von ihr wußten, klang nicht nach einsiedlerischer Literatin, und Esmé Carling war doch recht bekannt gewesen. Auch Kate, die nie etwas von ihr gelesen hatte, war immerhin der Name ein Begriff, was freilich noch lange nicht garantierte, daß die Autorin auch finanziell erfolgreich gewesen war. Hatte Kate nicht kürzlich erst in irgendeiner Illustrierten gelesen, daß, auch wenn einige wenige sehr erfolgreiche Romanciers Millionäre waren, die Mehrheit der Zunft, darunter durchaus auch sehr geachtete Autoren, Mühe hatten, von ihren Tantiemen zu leben? Aber Esmé Carlings Agentin würde ihnen in einer Stunde Rede und Antwort stehen; es hatte also wenig Sinn, sich jetzt den Kopf über das Leben der Kriminalschriftstellerin zu zerbrechen, wenn doch alle Fragen in Kürze von der Person beantwortet werden würden, die vermutlich am besten darüber Bescheid wußte.

Dalgliesh hatte sich entschlossen, die kleine Daisy noch vor dem Besuch in Mrs. Carlings Wohnung zu verhören, und Kate glaubte zu wissen, warum. Die Aussage des Kindes war von größter Wichtigkeit. Was auch immer für Geheimnisse hinter der Tür von Apartment Nummer 27 lauern mochten, sie konnten warten. Der Plunderkram, der vom Leben eines Mordopfers übrigblieb, erzählte seine eigene Geschichte; bei der *Interpretation* dessen, was die kläglichen Überreste eines Toten, seine Briefe, Rechnungen und dergleichen, als Beweismittel hergaben, mochte man sich irren, aber handfeste Gegenstände konnten nicht lügen, sie frisierten ihre Geschichte nicht und erfanden auch keine Alibis. Doch zuerst galt es, die Lebenden in die Mangel zu nehmen, solange der Schock über den Mord ihnen noch frisch in den Knochen saß. Ein guter Kriminalbeamter respektierte Trauer und Leid, ja teilte sie mitunter sogar, aber er scheute sich trotzdem nie, sie auszunutzen, nicht einmal die eines Kindes.

Sie waren vor der richtigen Tür angelangt, und bevor sie die Hand auf die Klingel legen konnte, sagte Dalgliesh: »Das Reden übernehmen Sie, Kate.«

Sie antwortete nur mit einem knappen: »Ja, Sir«, aber ihr Herz tat einen Sprung. Noch vor zwei Jahren hätte sie in einem solchen Moment fast gebetet: »Lieber Gott, laß es mich richtig machen.« Aber mit ihrer jetzigen Erfahrung war sie sich dessen schon sicher.

Sie hatte keine Zeit darauf verschwendet, sich von der Mutter des Kindes, Shelley Reed, ein Bild zu machen. Bei der Polizeiarbeit tat man gut daran, die Realität nicht schon vorab durch Voreingenommenheit und Phantasie zu verstellen. Aber als die Kette rasselnd zurückgezogen wurde und die Tür aufging, fiel es ihr doch schwer, ihre Überraschung zu verbergen. Es war kaum zu glauben, daß dieses pausbäckige Mädchen, das ihnen mit der Null-Bock-Attitüde eines Teenagers entgegentrat, die Mutter einer Zwölfjährigen sein sollte. Sie konnte kaum älter als sechzehn gewesen sein, als Daisy geboren wurde. Ihr Gesicht hatte, zumindest ungeschminkt so wie jetzt, immer noch etwas Unfertiges, Weiches, Kindliches eben. Der Schmollmund mit den sehr vollen Lippen verzog sich in den Winkeln nach unten. Ihre breite Nase war auf einer Seite mit einem Glitzerpiece geschmückt, der zu den Steckern in ihren kleinen Ohren paßte. Ihre hellblonden Haare, die gegen die kräftigen dunklen Brauen abstachen, umrahmten das Gesicht mit krausen Locken, und der lange Pony reichte fast bis über die Augen – weit auseinanderstehende, schräggestellte Augen, unter Lidern, so schwer, daß sie geschwollen wirkten. Einzig Shelleys Figur zeugte von einer gewissen Reife. Unter der langen, makellos weißen Baumwolljacke zeichneten sich, da sie keinen BH trug, die schweren Brüste deutlich ab; ihre langen, wohlgeformten Beine steckten in schwarzen Strumpfhosen. An den Füßen trug sie mit Lurexfäden durchwirkte Hauspantoffeln. Als sie Dalgliesh erblickte, trat in ihre harten, unnachgiebigen Augen ein Ausdruck argwöhnischen Respekts, als ob sie in ihm eine Autorität erkannte, die hartnäckiger war als die von Sozialarbeitern und Fürsorgerinnen. Und als Shelley Reed sprach, entdeckte Kate hinter der einstudierten Trotzhaltung Anzeichen einer müden Resignation.

»Meinetwegen kommen Sie schon rein, auch wenn ich nicht weiß, wozu das gut sein soll. Ihre Knilche haben Daisy ja schon mal in die Mangel genommen. Das Kind hat denen alles gesagt, was sie weiß. Wir haben der Polizei geholfen, und was ist der Dank? Die Scheißwohlfahrt rückt uns auf die Pelle. Was geht's die an, wie ich mir mein Geld verdiene? Okay, ich strippe. Und, was ist da dran auszusetzen? Ich verdiene genug für mich und mein Kind. Ich hab' 'nen Job, und legal isses auch, okay? In der Zeitung ziehen sie doch dauernd über alleinerziehende Mütter her, die von der Stütze leben. Na schön, ich nehm' keinen Pfennig von der Scheißsozialhilfe, aber das kann sich bald ändern, wenn ich nämlich dauernd den ganzen Tag hier rumhängen und saublöde Fragen beantworten muß. Und diese Weiber vom Jugendamt, die wollen wir hier nicht haben, das sag' ich Ihnen gleich. Die, die der Judentyp letztes Mal dabeihatte, also das war echt 'ne Kuh.«

Während dieser Begrüßungsrede hatte sie sich nicht vom Fleck gerührt, doch jetzt machte sie endlich widerstrebend einen Schritt zur Seite, und die beiden Beamten betraten einen Flur, der so winzig war, daß sie kaum zu dritt darin Platz hatten.

Dalgliesh sagte: »Ich bin Commander Dalgliesh, und das ist Inspector Miskin, die übrigens nicht vom Jugendamt kommt. Sie ist von der Kriminalpolizei, genau wie ich. Verzeihen Sie, daß wir Sie noch einmal belästigen, Mrs. Reed, aber wir müssen mit Daisy reden. Weiß sie, daß Mrs. Carling tot ist?«

»Ja, sicher, das wissen wir doch alle, oder? Es kam schließlich in den Nachrichten. Fehlt bloß noch, daß Sie jetzt sagen, es war gar kein Selbstmord, und wir haben sie umgebracht.«

»Hat es Daisy denn nicht sehr mitgenommen?«

»Wie soll ich das wissen? Sie platzt nicht gerade vor guter Laune. Aber ich weiß sowieso nie, was in dem Kind vorgeht. Mitgenommen ist sie sicher spätestens dann, wenn ihr Typen mit ihr fertig seid. Sie ist hier drin – ich habe in der Schule angerufen und gesagt, daß sie erst nachmittags kommt. Ach, und tun Sie mir einen Gefallen, ja? Machen Sie 'n bißchen Tempo, okay? Ich muß nämlich noch einkaufen. Und für heute abend ist schon ein Babysitter angeheuert. Also machen Sie sich mal keine Sorgen wegen ihr. Die Hausmeisterin verwahrt sie heut abend. Und danach können Sie verdammt noch mal der Fürsorge sagen, daß die sich um das Kind kümmern sollen, wenn sie schon so 'n Geschiß machen wegen ihr.«

Das Wohnzimmer, das sehr klein war, wirkte vollgestopft und ungemütlich. Außerdem schien Kate irgend etwas in dem Raum rätselhaft unstimmig, bis die den künstlichen Kamin entdeckte, dessen Sims vollgestellt war mit Glückwunschkarten und Porzellannippes und den man einfach in die Außenmauer eingepaßt hatte, obwohl diese gar keinen Zugang zum Schornstein besaß. Rechts sah man durch eine offene Tür auf ein nur notdürftig gemachtes, mit Kleidungsstücken übersätes Doppelbett. Mrs. Reed lief hastig hin und schloß die Tür. Rechts davon war eine Nische mit einem Vorhang abgetrennt, und Kate konnte dahinter eine Reihe eng zusammengequetschter Kleider hängen sehen. Auf der anderen Seite der Tür stand ein riesengroßer Fernsehapparat mit einem Sofa davor und zwischen den beiden Fenstern ein quadratischer Tisch mit vier Stühlen. Auf dem Tisch türmten sich Bücher und Aufgabenhefte. Ein Mädchen in marineblauem Faltenrock und weißer Bluse, augenscheinlich eine Schuluniform, drehte sich um und sah ihnen entgegen.

Kates erster Gedanke war, daß sie selten ein häßlicheres Kind gesehen habe. Die Ähnlichkeit zwischen Mutter und Tochter war unverkennbar, aber durch eine Laune der Natur wirkten Shelley Reeds ausgeprägte Züge in dem mageren Kindergesicht völlig verrutscht und unharmonisch. Die Augen hinter der Brille waren klein und standen zu weit auseinander, die Nase war breit wie die der Mutter, und sie hatte ebenso volle Lippen, nur daß bei ihr die Mundwinkel noch stärker heruntergezogen waren. Was sie allerdings auszeichnete, war ein zarter Teint von ganz ungewöhnlicher Färbung, ein blasses Grüngold, wie Äpfel unter Wasser. Ihre glatten Haare, eine Mischung zwischen Goldblond und Rotbraun, umrahmten wie Seidenstränge ein Gesicht, das schon zu verständig wirkte, um noch kindlich zu sein. Kate warf Dalgliesh einen verstohlenen Blick zu und schlug dann rasch die Augen nieder. Man konnte ihm das gütig-zärtliche Mitleid, das er empfand, nur zu deutlich vom Gesicht ablesen. Kate hatte diesen Blick, so flüchtig und rasch korrigiert er auch war, nicht zum erstenmal gesehen und war selbst erstaunt über den Unmut, den er in ihr wachrief. Trotz all seiner Sensibilität unterschied AD sich letztlich doch kein bißchen von anderen Männern. Seine erste Reaktion auf ein weibliches Wesen war ästhetisch bestimmt und äußerte sich je nachdem in Wohlgefallen über einen schönen Anblick oder mitleidigem Bedauern für das Häßliche. Unansehnliche Frauen gewöhnten sich notgedrungen an solche Blicke. Aber einem Kind hätte man diese brutale Erkenntnis allgemein verbreiteter menschlicher Ungerechtigkeit doch gewiß noch ersparen können. Jeder Art von Diskriminierung konnte man gesetzlich einen Riegel vorschieben, nur dieser einen nicht. Ob beruflich oder privat, überall wurden die Attraktiven bevorzugt, die Häßlichen verunglimpft und abgewiesen. Und dieses Kind hatte nicht einmal Aussicht auf jene unverkennbar sexy wirkende Häßlichkeit, die, so sie mit Intelligenz und Phantasie gepaart war, ungleich erotischer sein konnte als eine schöne Larve. Aber diesen hängenden Mundwinkeln war ebensowenig abzuhelfen, wie man die Schweinsäuglein hätte näher zusammenbringen können. In den wenigen Sekunden, bevor sie das Mädchen ansprach, wurde Kate von den unterschiedlichsten Gefühlen bestürmt, zu denen nicht zuletzt auch Selbstekel gehörte. Denn wenn Dalgliesh instinktiv Mitleid empfunden hatte, fast als ob das Kind verstümmelt wäre, dann war es ihr nicht anders ergangen, und sie war doch eine Frau. Wenigstens sie hätte nach anderen Maßstäben urteilen sollen. Einer Handbewegung der Mutter folgend, setzte Dalgliesh sich aufs Sofa, und Kate nahm auf dem Stuhl Daisy gegenüber Platz. Mrs. Reed warf sich kampflustig in die andere Sofaecke und steckte sich eine Zigarette an.

»Ich bleibe. Sie werden das Kind nicht ohne mich verhören.«

»Wir dürfen gar nicht mit Daisy reden, ohne daß Sie dabei sind, Mrs. Reed. Für die Vernehmung Minderjähriger gelten besondere Vorschriften. Es wäre allerdings hilfreich, wenn Sie nicht unterbrechen wollten, solange Sie nicht das Gefühl haben, daß es unfair zugeht.«

Kate beugte sich zu Daisy über den Tisch und sagte behutsam: »Es tut uns so leid wegen deiner Freundin, Daisy. Mrs. Carling war doch deine Freundin, oder?«

Daisy schlug eins ihrer Bücher auf und tat so, als würde sie zu lesen anfangen. Ohne aufzublicken, sagte sie: »Sie hatte mich gern.«

»Na ja, wenn einen jemand gern hat, dann mag man denjenigen normalerweise auch. So geht's mir wenigstens. Daß Mrs. Carling tot ist, weißt du ja schon. Es kann sein, daß sie sich das Leben genommen hat, aber genau wissen wir das noch nicht. Erst müssen wir herausfinden, wie und warum sie gestorben ist. Und wir möchten, daß du uns dabei hilfst. Willst du das tun?«

Jetzt sah Daisy zu ihr auf. Die kleinen, beunruhigend intelligenten Augen waren hart wie die eines Erwachsenen, aber so kritisch wertend, wie es nur Kinderaugen sein können. »Mit Ihnen mag ich nicht reden«, sagte sie. »Wenn, dann red' ich mit Ihrem Boß.« Sie sah zu Dalgliesh hinüber. »Mit dem da tät' ich reden.«

»Bitte, mir soll's recht sein«, sagte Dalgliesh. »Aber es macht keinen Unterschied, mit wem du sprichst, Daisy.«

Kate war ganz geknickt, versuchte aber, ihren Ärger und ihre Enttäuschung zu verbergen, und erhob sich, um Dalgliesh ihren Platz zu überlassen. Doch der bedeutete ihr mit einem Wink, sitzen zu bleiben, und rückte sich statt dessen einen Stuhl neben den ihren.

»Sie glauben, daß einer Tante Esmé umgebracht hat, stimmt's?« fragte Daisy. »Was werden Sie mit ihm machen, wenn Sie ihn kriegen?«

»Wenn das Gericht ihn verurteilt, kommt er ins Gefängnis. Aber wir wissen vorläufig noch gar nicht, ob Mrs. Carling ermordet wurde. Wie Inspector Miskin schon sagte, wir müssen erst rausfinden, warum sie gestorben ist.«

»Unsere Lehrerin Mrs. Summers sagt, man hilft den Leuten nicht damit, daß man sie ins Gefängnis steckt.«

»Da hat Mrs. Summers schon recht«, versetzte Dalgliesh. »Aber normalerweise wird ja auch niemand eingesperrt, damit er selbst davon profitiert, sondern es ist halt manchmal einfach notwendig, die übrigen Menschen vor einem Verbrecher zu schützen. Oder man will andere Straftäter abschrecken, oder die Gesellschaft ist furchtbar betroffen über das, was der Schuldige getan hat, und die Strafe spiegelt eben diese Betroffenheit wider.«

Mein Gott, dachte Kate, sollen wir jetzt unsere Zeit damit zubringen, Sinn und Zweck des Freiheitsentzugs zu diskutieren und über die Philosophie des Strafrechts nachzudenken? Aber Dalgliesh wappnete sich offenbar mit Geduld.

»Mrs. Summers sagt, die Todesstrafe ist was Barbarisches.«

»Bei uns gibt es sie ja auch nicht mehr, Daisy.«

»Aber in Amerika.«

»Ja, in einigen Staaten der USA gibt es sie noch und auch in anderen Ländern überall auf der Welt, aber in England eben nicht mehr. Ich denke, das weißt du auch, Daisy.«

Kate hatte den Eindruck, das Kind stelle sich absichtlich quer. Sie hätte gern gewußt, was Daisy sich wohl dabei dachte, abgesehen davon, daß sie natürlich Zeit zu schinden versuchte. Insgeheim verfluchte sie diese Mrs. Summers. Ein paar Pädagogen ihres Schlags hatte sie in der eigenen Schulzeit kennengelernt, allen voran Miss Crighton, die sich mächtig ins Zeug gelegt hatte, um Kate davon abzubringen, daß sie zur Polizei ging, und zwar mit der Begründung, es handle sich dabei um die repressiven, faschistischen Agenten des kapitalistischen Machtapparates. Sie hätte Daisy gern gefragt, was Mrs. Summers wohl mit Mrs. Carlings Mörder täte (so es denn einen gab), außer ihm ihr Mitgefühl und ihren Rat zu widmen und ihn auf eine Kreuzfahrt rund um die Welt zu schicken. Noch mehr hätte man vermutlich davon, Mrs. Summers ein paar Mordopfer vorzuführen und ihr Tatorte zu zeigen, wie Kate sie sich schon öfter hatte ansehen müssen. Selbst verärgert über das Wiederaufleben alter Vorurteile und Ressentiments, die sie längst überwunden zu haben glaubte, und aufgewühlt von Erinnerungen, die sie lieber vergessen hätte, hielt Kate den Blick unverwandt auf Daisys Gesicht gerichtet. Mrs. Reed sagte nichts, zog aber heftig an ihrer Zigarette. Das Zimmer war schon unangenehm verqualmt.

Dalgliesh rückte nahe an das Kind heran und sagte: »Schau, Daisy, wir müssen die Hintergründe für Mrs. Carlings Tod aufdecken. Es kann sein, daß sie sich das Leben genommen hat, und es wäre auch möglich, daß jemand sie ermordet hat. Wie gesagt, nur eine Möglichkeit, aber wenn es so gewesen sein sollte, dann müssen wir den Schuldigen finden. Das ist unser Beruf. Darum sind wir hier. Wir sind hergekommen, weil wir glauben, daß du uns helfen kannst.«

»Ich hab' dem anderen Inspector und der Polizistin schon alles gesagt, was ich weiß.«

Dalgliesh antwortete nicht. Sein Schweigen, oder vielmehr was dahintersteckte, machte Daisy offenbar unruhig. Nach einer kurzen Pause sagte sie trotzig: »Woher soll ich wissen, ob Sie nicht versuchen werden, Tante Esmé den Mord an Mr. Etienne anzuhängen? Sie hat selbst gesagt, daß Sie das vielleicht probieren würden. Ja, bestimmt, sie dachte, Sie würden's ihr in die Schuhe schieben.«

Dalgliesh sagte: »Wir glauben nicht, daß Mrs. Carling irgend etwas mit Mr. Etiennes Tod zu tun hatte. Und wir würden niemandem einen Mord anhängen. Wir versuchen lediglich, die Wahrheit herauszufinden. Ich denke, ich weiß zweierlei über dich, Daisy: daß du intelligent bist und daß du ein Versprechen, das du einmal gegeben hast, auch hältst. Willst du mir versprechen, die Wahrheit zu sagen?«

»Woher weiß ich, daß ich Ihnen trauen kann?«

»Nun, ich bitte dich darum, es zu tun. Aber entscheiden mußt du letzten Endes selbst. Das ist ein wichtiger Schritt für dich, doch du kannst ihm nicht ausweichen. Nur lüg uns bitte nicht an. Mir wär's lieber, du sagtest gar nichts, als daß du uns belügst.«

Das ist eine riskante Taktik, dachte Kate und hoffte, sie würden jetzt nicht zu hören bekommen, daß Mrs. Summers ihren Schülern eingeschärft habe, nie einem Polizisten zu vertrauen.

Daisys Schweinsäuglein hielten Dalgliesh' Blick stand. Das Schweigen schien gar kein Ende mehr zu nehmen. Und dann sagte das Kind auf einmal: »Okay, ich werd' die Wahrheit sagen.«

Dalgliesh' Stimme war unverändert. »Als Inspector Aaron und die Dame von der Polizei bei dir waren, hast du ihnen erzählt, daß du abends sehr oft bei Mrs. Carling warst, dort Hausaufgaben gemacht und mit ihr zu Abend gegessen hast. Ist das wahr?«

»Ja. Manchmal hab' ich auch bei ihr im Gästezimmer geschlafen und manchmal auf der Couch, und dann hat Tante Esmé mich geweckt und raufgebracht, bevor Mami heimkam.«

»Hören Sie«, unterbrach Mrs. Reed, »dem Kind wär' hier nie was passiert. Ich hab' immer zweimal abgeschlossen, bevor ich ging, und sie hat ja auch einen eigenen Schlüssel. Und ich hab' ihr immer 'ne Telefonnummer dagelassen. Was hätte ich denn verflucht noch mal sonst tun sollen? Sie etwa mit in den Club nehmen?«

Dalgliesh beachtete sie gar nicht. Er hatte weiter nur Augen für Daisy.

»Und wie habt ihr euch an diesen Abenden so die Zeit vertrieben?«

»Ich hab' Hausaufgaben gemacht, und sie hat manchmal was geschrieben, ja und dann haben wir ferngesehen. Ich durfte auch ihre Bücher lesen. Sie hat einen Haufen Bücher über Mord, und sie wußte alles über Morde, die in echt passiert sind. Ich hab' meistens mein Abendbrot mit zu ihr runtergenommen, manchmal hab' ich aber auch was von ihr gekriegt.«

»Das klingt, als hättet ihr wirklich schöne Stunden zusammen verbracht. Sie war sicher froh, wenn du ihr Gesellschaft geleistet hast.«

»Sie war spätabends nicht gern allein. Sie sagte, sie könnte alle möglichen Geräusche auf der Treppe hören, und sie fühlte sich nicht mal dann sicher, wenn die Tür zweimal abgeschlossen war. Sie hat gesagt, wenn einer ein zweites Paar Schlüssel hat und nicht gut genug drauf achtgibt, dann könnte ein Mörder sie in die Finger kriegen, sich die Treppe raufschleichen und heimlich in die Wohnung gelangen. Oder er könnte auch nach Dunkelwerden aufs Dach klettern und sich dann mit einem Seil an der Mauer runterlassen und zum Fenster einsteigen. Manchmal hörte sie sogar schon wen an die Scheibe pochen. Wenn was Gruseliges im Fernsehen war, wurde es besonders schlimm. Sie hat nie gern allein ferngesehen.«

Armes Ding, dachte Kate. Das also waren die Schreckensbilder einer lebhaften Phantasie, vor denen Daisy, die Nacht für Nacht allein gelassen wurde, sich in Mrs. Carlings Wohnung geflüchtet hatte. Wovor mochte wohl Mrs. Carling in diese ungleiche Freundschaft geflohen sein? Langeweile, Einsamkeit, ebenfalls eingebildete Ängste? Offenbar hatten die beiden gegenseitig ihr Bedürfnis nach Gesellschaft befriedigt, hatten eine der anderen ein Gefühl der Geborgenheit vermittelt und die kleinen Annehmlichkeiten häuslichen Familienlebens geteilt.

Dalgliesh sagte: »Du hast dem Inspector und der Polizistin auch gesagt, daß du am Donnerstag, dem 14. Oktober – das war der Tag, an dem Mr. Etienne gestorben ist –, also daß du da von sechs Uhr abends an bei Mrs. Carling warst, bis sie dich gegen Mitternacht wieder raufgebracht hat. Ist das die Wahrheit?«

Da war sie endlich, die entscheidende Frage, und Kate hatte das Gefühl, sie warteten mit angehaltenem Atem auf die Antwort. Das Kind sah Dalgliesh weiter ruhig an. Sie hörten, wie die Mutter an ihrer Zigarette zog, aber auch sie sagte nichts.

Die Sekunden verrannen, dann sagte Daisy plötzlich: »Nein, das ist nicht wahr gewesen. Tante Esmé hat mich gebeten, daß ich für sie lüge.«

»Wann hat sie dich darum gebeten?«

»Am Freitag, einen Tag, nachdem Mr. Etienne umgebracht wurde. Sie hat auf mich gewartet, als ich aus der Schule kam, und wir sind zusammen mit dem Bus heimgefahren. Wir haben auf dem Oberdeck gesessen, wo's nicht so voll ist, und sie hat mir erklärt, daß die Polizei kommen und fragen würde, wo sie war, und daß ich sagen solle, wir hätten den Abend und die Nacht zusammen verbracht. Sie hat gesagt, die Polizei würde vielleicht glauben, sie hätte Mr. Etienne getötet, weil sie doch Kriminalschriftstellerin ist und alles über Mord weiß, und weil sie so tolle Plots konstruieren kann. Die Polizei, hat sie gemeint, würde es ihr vielleicht anhängen wollen, weil sie ein Motiv hätte. In ihrem Verlag, also bei Peverell, haben nämlich alle gewußt, daß sie Mr. Etienne gehaßt hat, weil er ihr neues Buch nicht drucken wollte.«

»Aber du hast nicht geglaubt, daß sie Mr. Etienne umgebracht hat, nicht, Daisy? Sag uns doch mal, warum.«

Die scharfen kleinen Augen blickten fest in die seinen. »Sie wissen, warum.«

»Ja, und Inspector Miskin weiß es auch. Aber sag es uns trotzdem.«

»Wenn sie's gewesen wäre, dann hätte sie mich noch in derselben Nacht besucht, ehe Mami nach Hause kam, und um ein Alibi gebeten. Sie hat aber erst gefragt, als die Leiche gefunden wurde. Und sie wußte nicht mal, wann Mr. Etienne gestorben ist. Sie hat gesagt, ich muß ihr unbedingt ein Alibi für den ganzen Abend geben, und sicherheitshalber auch noch für die Nacht. Tante Esmé hat gemeint, wir müßten unbedingt beide genau die gleiche Geschichte erzählen, weil die Polizei sonst versuchen würde, uns bei einem Widerspruch zu ertappen. Also hab' ich dem Inspector alles genauso erzählt, wie's gewesen ist – außer, was im Fernsehen lief. Nur daß alles einen Abend vorher passiert war.«

»Das ist die zuverlässigste Art, ein Alibi zu konstruieren«, sagte Dalgliesh anerkennend. »Man hält sich im wesentlichen an die Wahrheit, damit man keine Angst zu haben braucht, daß der andere, der Partner oder Zeuge, etwas anderes sagt. War das eigentlich deine Idee?«

»Ja.«

»Da können wir nur hoffen, daß du dich später nicht ernsthaft für eine Verbrecherlaufbahn interessierst, Daisy. Aber jetzt paß auf, was ich dich nun frage, ist sehr wichtig, und ich möchte, daß du gut nachdenkst, bevor du darauf antwortest. Willst du das tun?«

»Ja.«

»Hat Mrs. Carling dir auch erzählt, was an diesem Donnerstagabend, also an dem Abend, als Mr. Etienne starb, in Innocent House passiert ist?«

»Sehr viel hat sie mir nicht erzählt. Nur daß sie da war und mit Mr. Etienne gesprochen hat. Aber der lebte noch, als sie wieder ging. Er hatte einen Anruf gekriegt und mußte nach oben. Zu ihr hat er gesagt, es würde nicht lange dauern. Aber dann blieb er doch so lange weg, daß ihr die Warterei zu dumm wurde und sie schließlich gegangen ist.«

»Sie ging, ohne daß sie ihn noch einmal zu Gesicht bekommen hat?«

»So hat sie's mir erzählt, ja. Sie hat gewartet und gewartet, und dann kriegte sie's auf einmal mit der Angst. Es ist furchtbar gruselig in diesem großen Haus, wenn die Angestellten alle weg sind. So still und eisig kalt wird es dann. Vor langer Zeit hat sich mal eine Dame dort umgebracht, und Tante Esmé sagt, manchmal spukt ihr Geist noch in dem alten Haus. An dem Abend war ihr so gruselig, daß sie nicht gewartet hat, bis Mr. Etienne zurückkam. Ich hab' sie natürlich gefragt, ob sie den Mörder gesehen hat, und sie hat gesagt: ›Nein, gesehen hab' ich ihn nicht. Ich weiß auch nicht, wer's gewesen ist, aber ich weiß, wer's nicht war.‹«

»Und hat sie da einen Namen genannt?«

»Nein.«

»Hat sie gesagt, ob es ein Mann oder eine Frau war – ich meine, wer immer es *nicht* getan hat?«

»Nein.«

»Kannst du dann vielleicht deinem Gefühl nach sagen, ob sie von einem Mann oder einer Frau gesprochen hat?«

»Kann ich auch nicht, nein.«

»Hat sie dir sonst noch was über diesen Abend erzählt? Versuch dich bitte genau an ihre Worte zu erinnern.«

»Etwas hat sie noch gesagt, aber das ergab keinen Sinn, jedenfalls nicht zu dem Zeitpunkt. Sie sagte: ›Ich hab' die Stimme gehört, aber die Schlange war draußen vor der Tür. Warum war die Schlange vor der Tür? Und wie komisch, sich um die Zeit einen Staubsauger zu borgen.‹ Das hat sie ganz leise gesagt, als ob sie mit sich selber sprechen würde.«

»Hast du sie denn gefragt, was sie damit meint?«

»Ich hab' sie nach der Schlange gefragt. Ob es eine giftige war und ob sie Mr. Etienne gebissen hat. Und sie hat gesagt: ›Nein, nein, es war keine richtige Schlange, aber vielleicht war sie auf ihre Art genauso tödlich.‹«

Dalgliesh wiederholte sinnend: »›Ich hab' die Stimme gehört, aber die Schlange war draußen vor der Tür. Und wie komisch, sich um die Zeit einen Staubsauger zu borgen.‹ Bist du sicher, daß das genau ihre Worte waren?«

»Ja.«

»Sie hat nicht vielleicht seine oder ihre Stimme gesagt?«

»Nein. Sie hat genau das gesagt, was ich Ihnen wiederholt habe. Ich glaube, sie wollte ein bißchen was geheimhalten. Sie liebte Geheimnisse und Rätselspiele.«

»Und wann hat sie das nächstemal zu dir über den Mord gesprochen?«

»Das war vorgestern hier bei uns. Ich hab' grad' Hausaufgaben gemacht, und da sagt sie auf einmal, daß sie am Donnerstag abend nach Innocent House gehen wird, um sich mit jemandem zu treffen. Sie hat gesagt: ›Jetzt müssen sie meine Bücher weiter drucken. Dazu kann ich sie immerhin zwingen.‹ Und dann hat sie noch gesagt, daß sie mich vielleicht noch mal um ein Alibi bitten wird, aber das wär' noch nicht sicher. Ich wollte wissen, mit wem sie sich trifft, und sie hat gesagt, das würde sie mir vorläufig noch nicht sagen, es müßte erst mal geheim bleiben. Ich glaub' aber, sie hätte es mir nie erzählt. Es war wohl zu wichtig, als daß sie es hätte weitererzählen dürfen. ›Wenn du dich mit dem Mörder triffst‹, hab' ich noch gesagt, ›dann bringt er dich womöglich auch um.‹ Aber sie hat gemeint, so dumm wäre sie ja nun nicht, daß sie sich mit einem Mörder einlassen würde. ›Ich weiß gar nicht, wer der Mörder ist‹, hat sie gesagt,

›aber nach morgen abend, da werde ich's vielleicht wissen.‹ Sonst hat sie nichts weiter gesagt.«

Dalgliesh schüttelte dem Kind die Hand. »Vielen Dank, Daisy«, sagte er. »Du hast uns sehr geholfen. Wir müssen dich noch bitten, das alles für ein schriftliches Protokoll zu wiederholen und zu unterschreiben, doch das hat Zeit.«

»Und ich komme nicht ins Heim?«

»Tja, da seh' ich keine Chance, oder?« Er sah Mrs. Reed an, die mit grimmiger Miene sagte: »Wenn dieses Kind ins Heim kommt, dann nur über meine Leiche.«

Mrs. Reed hatte sie schon verabschiedet, als sie ihnen, offenbar einer spontanen Eingebung folgend, ins Treppenhaus nachgelaufen kam und die Tür hinter sich zuzog. Ohne Kate eines Blickes zu würdigen, wandte sie sich direkt an Dalgliesh. »Mr. Mason, das ist Daisys Rektor, also Mr. Mason meint, sie wär' begabt, ich meine echt begabt.«

»Ja, ich glaube, das ist sie, Mrs. Reed. Sie sollten stolz auf sie sein.«

»Er meint, sie könnte ein Stipendium vom Staat kriegen und auf eine andere Schule gehen, auf ein Internat, wissen Sie.«

»Und was sagt Daisy dazu?«

»Angeblich hätte sie nichts dagegen. In der Schule, wo sie jetzt ist, fühlt sie sich nicht wohl. Ja, ich glaube, sie würde ganz gern aufs Internat gehen, aber sie geniert sich, es graderaus zu sagen.«

Kate wurde allmählich gereizt. Es war schließlich höchste Zeit. Sie mußten noch Mrs. Carlings Wohnung durchsuchen, und um halb zwölf kam schon die Agentin.

Aber Dalgliesh schien die Ruhe selbst. »Ich würde vorschlagen«, sagte er, »Sie und Daisy sprechen das mal in aller Ruhe mit Mr. Mason durch. Letzten Endes ist es ja doch Daisys Entscheidung.«

Mrs. Reed machte immer noch keine Anstalten, wieder hineinzugehen. Statt dessen sah sie Dalgliesh an, als warte sie noch auf etwas, auf eine Ermunterung, die nur er zu geben vermochte.

Dalgliesh sagte: »Sie dürfen nicht denken, daß ein Internat unbedingt falsch für Daisy sein muß, nur weil es zufällig für Sie eine große Entlastung wäre. Es könnte durchaus das Richtige für Sie beide sein.«

»Danke, vielen, vielen Dank«, flüsterte sie und huschte in die Wohnung zurück.

51

Mrs. Carlings Wohnung lag einen Stock tiefer und ging zur Straße hinaus. In die schwere Mahagonitür waren außer dem Standardschloß noch zwei Sicherheitsschlösser montiert. Die Schlüssel drehten sich leicht, nur gegen die Tür mußte Dalgliesh sich ein wenig stemmen, weil von innen ein Stapel Post dagegen drückte. Der Flur roch muffig, und es war stockdunkel. Dalgliesh tastete nach dem Lichtschalter, knipste ihn an, und schon hatten sie auf einen Blick den Grundriß der ganzen Wohnung vor sich: ein schmaler Flur mit zwei Türen gegenüber vom Eingang und einer weiteren an jedem Ende. Er bückte sich, um die verstreuten Kuverts aufzuheben, und sah, daß es außer zwei Rechnungen fast nur Wurfsendungen waren, darunter ein Umschlag, der Mrs. Carling per Aufdruck mahnte, ihn umgehend zu öffnen, um sich nicht die Chance auf den Gewinn einer halben Million zu verscherzen. Und dann lag da noch ein zusammengefaltetes Stück Papier, auf dem in unbeholfener Krakelschrift geschrieben stand: »Kann morgen leider nicht. Muß mit Tracey in die Klinik, wegen hohem Blutdruck. Sehe Sie dann hoffentlich nächsten Freitag. Mrs. Darlene Morgan.«

Dalgliesh öffnete eine der beiden Türen gleich gegenüber und machte auch hier Licht. Sie betraten das Wohnzimmer. Die beiden Fenster zur Straße waren fest geschlossen, die roten Samtvorhänge halb zugezogen. In dieser Höhe brauchte man nicht einmal mehr die neugierigen Blicke vom Oberdeck eines

Busses zu fürchten, trotzdem war die untere Hälfte beider Fenster mit dichten, gemusterten Netz-Stores bespannt. Die dominierende Lichtquelle im Raum war eine umgestülpte Glasschale mit blassem Schmetterlingsdekor, die von einer Rosette inmitten der Decke herabhing und deren Boden mit den schwarzen, eingeschrumpelten Leichen gefangener Fliegen gesprenkelt war. Daneben gab es noch drei Tischlampen mit Fransenborte am rosa Schirm, von denen eine auf einem Tischchen neben einem Lehnsessel stand, eine auf dem quadratischen Tisch zwischen den Fenstern und die dritte auf einem wuchtigen Rollschreibtisch links von der Tür. Wie aus einem dringenden Verlangen nach Licht und Luft zog Kate energisch die Vorhänge zurück, stieß ein Fenster auf und knipste dann der Reihe nach alle Lampen im Zimmer an. Sie atmeten die kühle Luft, die die Illusion von ländlicher Frische vermittelte, und blickten sich in dem Zimmer um, das sie erst jetzt deutlich erkennen konnten.

Der erste Eindruck, betont noch durch den rosa Lampenschein, war der einer abgeschirmten, altmodischen Gemütlichkeit, die um so reizvoller wirkte, als die Eigentümerin keinerlei Konzession an den gängigen Zeitgeschmack gemacht hatte. Das Zimmer sah aus, als sei es in den dreißiger Jahren eingerichtet worden und seitdem praktisch unverändert geblieben. Die meisten Möbel wirkten wie Erbstücke, so der Rollschreibtisch, auf dem Esmé Carlings Kofferschreibmaschine stand, die vier Eßzimmerstühle aus Mahagoni, die weder der Form noch der Epoche nach miteinander harmonierten, eine verglaste Vitrine im edwardianischen Stil, in der allerhand Porzellannippes und Teile eines Teeservices mehr gestapelt und übereinandergetürmt als dem Auge gefällig angeordnet waren, und endlich zwei verschossene Brücken, die so unpassend lagen, daß Dalgliesh annahm, sie sollten wohl Löcher im Teppich verdecken. Einzig die Sitzgruppe am Kamin – ein Sofa und zwei passende Sessel – war relativ neu. Auf dem Leinenbezug mit dem blaßrosa und gelben Blumenmuster lagen etliche prallgefüllte Kissen. Der Kamin selbst schien noch originalgetreu, eine prunkvolle Vorrichtung aus grauem Marmor mit wuchtigem Aufsatz, der Feuerrost gesäumt von einer Doppelreihe Zierkacheln mit Blumen, Obst und Vögeln als Dekor. Von jedem Ende des Simses starrten zwei Staffordshire-Hunde mit goldenem Halsband aus aufmerksamen, glänzenden Augen auf die gegenüberliegende Wand. Zwischen ihnen drängten sich allerlei Ziergegenstände; ein Krönungsbecher mit dem Bildnis George' VI. und Queen Elizabeth', eine schwarze Lackdose, zwei winzig kleine Kerzenhalter aus Messing, ein modernes Porzellanfigürchen von einer Frau mit Krinoline und Schoßhündchen, eine Vase aus geschliffenem Glas mit einem Strauß künstlicher Schlüsselblumen. Hinter dem Nippes lehnten zwei farbige Fotografien. Eine sah aus, als sei sie bei einer Preisverleihung aufgenommen worden: Esmé Carling, umgeben von lauter angestrengt lächelnden Gesichtern, zielte mit einer Spielzeugpistole in die Kamera. Das zweite Bild zeigte sie bei einer Signierstunde. Und diese Aufnahme war offenbar sorgfältig gestellt worden. Neben der Autorin stand ein erwartungsvoller Käufer, den Kopf unnatürlich geneigt, um auch ja noch mit aufs Bild zu kommen, während Mrs. Carling die Füllfeder knapp über dem aufgeschlagenen Buch in der Schwebe hielt und verführerisch in die Kamera lächelte. Kate betrachtete die breiten Züge und versuchte, in den Hängebacken, dem kleinen Mund und der leicht gebogenen Nase das entsetzlich geschundene Gesicht der Ertrunkenen wiederzuerkennen, die man vor Innocent House aus der Themse gefischt hatte.

Dalgliesh konnte verstehen, daß Daisy sich in diesem heimeligen Zimmer mit seinen vielen Kissen und Polstern wohl gefühlt hatte. Auf dem breiten Sofa hatte sie gelesen, ferngesehen und auch einmal ein Stündchen geschlafen, bevor Mrs. Carling sie spät nachts wieder in die eigene Wohnung hinaufbrachte oder -trug. Hier fand sie Zuflucht vor den Schreckensbildern ihrer Phantasie in dem simulierten Horror, der fein säuberlich zwischen Buchdeckeln eingeschlossen war, ein gereinigtes, frei erfundenes Grauen, an dem man nippen, sich beteiligen und das man auch wieder beiseite legen konnte, ja das kein bißchen echter war als das künstliche Holzfeuer und sich ebenso leicht abstellen ließ wie dessen tanzende Flammen. Geborgenheit hatte sie hier gefunden, Gesellschaft und, ja, in gewissem Sinne auch Liebe, falls man darunter die zufriedenstellende Erfüllung beiderseitiger Bedürfnisse verstand. Dalgliesh warf einen Blick auf die Bücher. Im Regal standen reihenweise Taschenbuchausgaben von Kriminalromanen, aber ihm fiel auf, daß kaum etwas von lebenden Autoren dabei war. Mrs. Carling hatte offenbar eine Vorliebe für Schriftstellerinnen des sogenannten Goldenen Zeitalters. Die Bände sahen alle so aus, als wären sie oft und gründlich gelesen worden. Unterhalb der Krimis standen Sachbücher zum Thema: Studien über den Fall Wallace, über Jack the Ripper und einige recht berühmte viktorianische Mordfälle wie Adelaide Bartlett und Constance Kent. Auf den unteren Regalen prangte eine in Leder gebundene, goldbedruckte Ausgabe von Esmé Carlings eigenen Werken, eine Extravaganz, die, so dachte Dalgliesh, wohl kaum von Peverell Press subventioniert worden war. Dieses an sich harmlose Zeugnis von Stolz und Eigenleben deprimierte ihn und weckte zugleich sein Mitleid. Wer mochte sie wohl erben, diese Hinterlassenschaft eines Lebens, das von Mord gelebt und vermutlich auch durch Mord geendet hatte? Auf welchem Bord in Wohnraum, Schlafzimmer oder Toilette würde sie einen ehrenvollen oder auch nur geduldeten Platz finden? Oder würde ein Antiquar sie als geschlossenen Posten aufkaufen und als Gesamtausgabe anbieten, deren Preis sich durch den grauenhaften und so makaber genregemäßen Tod der Autorin in die Höhe treiben ließ? Dalgliesh musterte die Titel, die so nostalgisch die dreißiger Jahre heraufbeschworen, erinnerte sich an den bärbeißigen Dorfpolizisten, der mit dem Fahrrad zum Schauplatz des Mordes strampelte und unterwegs dem Landadel seine Reverenz erwies, an Autopsien, die ein exzentrischer praktischer Arzt nach der Abendsprechstunde vornahm, und an unwahrscheinliche Verbrechensauflösungen in der Bibliothek. Wahllos griff er den einen oder anderen Band heraus und blätterte flüchtig darin herum. *Tod auf dem Parkett,* ein

Roman, der offenbar im Milieu der Turniertänzer und ihrer Rivalitäten spielte, *Mörderische Kreuzfahrt, Die Tote im See, Die Mistelzweigmorde.* Er stellte sie sorgfältig und ohne die geringste Herablassung zurück. Warum hätte er sich auch über eine Mrs. Carling erhaben fühlen sollen, die mit ihren Krimis wahrscheinlich mehr Menschen Freude bereitet hatte als er mit seinen Gedichten? Und wenn das Lesevergnügen auch nicht auf gleicher Ebene lag, wer wollte entscheiden, ob eins minderwertiger als das andere war? Sie hatte doch wenigstens die englische Sprache respektiert und sie nach bestem Vermögen angewendet. In einer Zeit, die rapide aufs Analphabetentum zusteuerte, war das immerhin etwas. Dreißig Jahre lang hatte sie ihren Lesern Morde geliefert, die ihrer Phantasie entsprangen, hatte ihnen das gerade noch erträgliche – weil fiktive – Gesicht der Gewalt gezeigt und Schreckensbilder heraufbeschworen, die sich spätestens beim versöhnlichen Happy-End bändigen ließen. Hoffentlich war jene letzte Begegnung mit der Realität, der sie hatte ins Auge sehen müssen, wenigstens halbwegs barmherzig gewesen.

Kate war inzwischen in die Küche gegangen. Er folgte ihr, und gemeinsam nahmen sie das Durcheinander in Augenschein. Im Spülbecken türmte sich schmutziges Geschirr, die Bratpfanne stand umgestülpt auf dem Herd, und neben dem übervollen Abfalleimer lagen Konservendosen und zusammengedrückte Milchtüten am Boden. »Bestimmt hätte sie nicht gewollt, daß wir die Wohnung so vorfinden«, sagte Kate. »Pech für sie, daß ihre Mrs. Morgan ausgerechnet heute früh nicht kommen konnte.«

Er warf ihr einen kurzen Blick zu, sah sie erröten und wußte, daß ihr die Bemerkung im nachhinein selbst unsinnig und töricht erschien und sie sie gern zurückgenommen hätte.

Doch ihre Gedanken hatten sich in die gleiche Richtung bewegt. »Herr im Himmel, laß gnädig mich schauen mein Ende und die Anzahl meiner Tage: auf daß ich erkenne die Frist, die mir auf Erden beschieden ist.« Gewiß konnten nur die wenigsten dieses Gebet aufrichtigen Herzens sprechen. Das Beste, was man sich für den Abgang erhoffen oder wünschen konnte, war genügend Zeit, um noch selber den Müll wegzuschaffen, seine Geheimnisse den Flammen oder wenigstens dem Papierkorb anzuvertrauen und die Küche aufgeräumt zu hinterlassen.

Während er Schubladen und Schranktüren öffnete, glaubte Dalgliesh sich sekundenlang wieder auf den Friedhof in Norfolk zurückversetzt, hörte die Stimme seines Vaters und hatte vor sich ein ganz unmittelbares Bild, kräftig und dicht und begleitet vom Geruch gemähter Wiesen, frisch gepflügter Norfolk-Erde und dem berauschenden Duft der Lilien. Die Gemeindemitglieder sahen es gern, wenn der Sohn des Pfarrers bei Dorfbegräbnissen zugegen war, und während der Schulferien nahm er auch immer teil, weil er so ein dörfliches Leichenbegängnis derart interessant fand, daß es ihm keine Last war, hinzugehen. Bei dem anschließenden kleinen Imbiß versuchte er dann seinen jungenhaften Heißhunger zu zügeln, während die Trauernden ihm den traditionellen gekochten Schinken und schweren Früchtekuchen aufdrängten und sich mit gedämpfter Stimme für sein Kommen bedankten.

»Wirklich nett von Ihnen, Mr. Adam. Dad hätte sich bestimmt gefreut. Er mochte Sie sehr gern, unser Dad.«

Und er hatte, den Mund ganz klebrig vom Kuchen, die erwartete Lüge gemurmelt: »Ich hab' ihn auch sehr gern gehabt, Mrs. Hodgkin.«

Draußen auf dem Friedhof hatte er zuvor zugesehen, wie der alte Küster Goodfellow und die Männer vom Bestattungsinstitut den Sarg in die sauber ausgehobene Grube hinabließen. Er hörte, wie die gute Norfolk-Erde dumpf polternd auf den Deckel fiel, und lauschte der ernsten Gelehrtenstimme seines Vaters, indes ein frischer Wind durch das schon leicht ergraute Haar des Pfarrers fuhr und seinen Chorrock blähte. Und dann stellte Adam sich den Mann oder die Frau vor, deren Leichnam im Totenhemd jetzt dort unten in dem ausgepolsterten Kunstseidenbett pompöser ruhte als jemals zu Lebzeiten, und er malte sich jedes Stadium des nun einsetzenden Verfalls aus: das modernde Leichentuch, das langsam verwesende Fleisch, den faulenden Sargdeckel, der schließlich über dem blanken Gebein einsinken würde. Schon von klein auf hatte er bei seiner regen Phantasie nicht an die glorreiche Verkündung der Unsterblichkeit glauben können. »Und mögen auch die Würmer diesen Körper zerstören ganz und gar, so werde ich am Tage der Auferstehung doch Gott in meinem Fleische schauen.«

Sie gingen weiter in Mrs. Carlings Schlafzimmer, wo sie sich freilich nicht lange aufhielten. Es war ein großer, überladener Raum, unordentlich und nicht sehr sauber. Auf der Frisierkommode aus den dreißiger Jahren mit dem dreiteiligen Spiegel stand eine Plastikschale mit Veilchenmuster, in der ein ganzer Haufen halbleerer Flaschen mit Hand- und Bodylotions lagen sowie fettige Cremetiegel, Lippenstifte und Augen-Make-up. Kate schraubte geistesabwesend die größte Dose, eine mit Tagescreme, auf und sah die einzelne Delle, die Mrs. Carlings Finger auf der ansonsten makellosen Cremeschicht hinterlassen hatte. Die Spur, so flüchtig sie auch war, wirkte einen Moment lang derart dauerhaft und untilgbar, daß Kate das Bild der Toten wieder lebhaft vor Augen stand und sie, den Tiegel noch in der Hand, erstarrte, als habe man sie beim Eindringen in die Privatsphäre eines Lebenden ertappt. Ihre Augen im Spiegel starrten sie schuldbewußt und auch ein bißchen beschämt an. Sie mußte sich direkt zwingen, an den Schrank zu gehen und ihn aufzumachen. Den raschelnden Kleidern entwich ein Geruch, der sie an frühere Hausdurchsuchungen erinnerte, an andere Opfer, andere Zimmer, den süßsauren, muffigen Geruch von Alter, Versagen und Tod. Rasch klappte sie die Schranktür wieder zu, aber die drei Whiskyflaschen, die zwischen den Schuhen versteckt waren, entgingen ihr trotzdem nicht. Es gibt Momente, dachte sie, in denen hasse ich meinen Beruf. Doch diese Augenblicke waren rar und jedesmal schnell wieder vergessen.

Das Gästezimmer war eine enge, schlecht geschnittene Zelle mit nur einem einzigen hohen Fenster, das auf eine von jahrzehntealtem Londoner Ruß geschwärzte Brandmauer hinausging, an der über Kreuz massive Abflußrohre hinunterliefen. Aber ein, wenn auch fehlgeschlagener, Versuch, den Raum einladend zu gestalten, war immerhin unternommen worden. Wände und Decken waren mit einer Tapete ausgekleidet, auf der sich Geißblatt, Rosen und Efeu ineinanderrankten. Dazu passend gewählt waren sowohl die Vorhänge mit dem üppigen Faltenwurf als auch die blaßrosa Decke auf dem Diwan unter dem Fenster. Aber alle Verschönerungsversuche und das Bemühen, diesem trostlos kahlen Nichts eine feminine Note aufzuprägen, betonten eigentlich nur die betrüblichen Mängel des Zimmerchens. Die Ausstattung war offensichtlich auf einen weiblichen Gast zugeschnitten, aber Dalgliesh konnte sich nicht vorstellen, daß eine Frau in dieser überladenen, Platzangst fördernden Zelle friedlich schlafen würde. Ein Mann könnte es jedenfalls sicher nicht; dazu war der synthetische Liebreiz des Blumenmusters an der Decke viel zu erdrückend, das Bett zu schmal, und auch der Nachttisch, ein windiges imitiertes Stilmöbel, störte, schon weil es so klein war, daß außer einer Nachttischlampe nichts darauf Platz hatte.

Mit ihrem Rundgang durch die Wohnung hatten sie keine Zeit vergeudet. Kate erinnerte sich an eine ihrer ersten Lektionen als blutjunge Polizistin: Mache dich mit deinem Opfer vertraut. Jeder, der einem Mord zum Opfer fällt, stirbt dafür, wer, was und wo er zu einem bestimmten Zeitpunkt ist. Je mehr man über das Opfer weiß, desto näher ist man seinem Mörder. Doch als sie sich jetzt an Esmé Carlings Schreibtisch setzten, waren sie auf der Suche nach konkreteren Hinweisen.

Kaum, daß sie eine Schublade aufgezogen hatten, wurden sie auch schon fündig. Der Schreibtisch war ordentlicher und längst nicht so vollgestopft, wie sie erwartet hatten. Auf einem Stoß unbezahlter Rechnungen neueren Datums lagen zwei Blatt Papier. Das erste war offensichtlich der Entwurf für den Abschiedsbrief, den man an der Uferlände vor Innocent House gefunden hatte. Es waren kaum Änderungen festzustellen; Mrs. Carlings endgültige Version wich nur geringfügig ab von ihrem ersten Zornes- und Schmerzenserguß. Aber die Schrift hier war ein kaum leserliches Gekrakel im Vergleich zu der sicheren und ausgewogenen Kalligraphie der Endfassung. Gleichwohl lieferte dieses Blatt den Beweis dafür, falls es denn eines solchen noch bedurfte, daß Esmé Carling den Text erdacht und mit eigener Hand geschrieben hatte. Darunter lag ein Briefentwurf in derselben Handschrift, datiert auf Donnerstag, den 14. Oktober.

Lieber Gerard,
eben habe ich den Bescheid durch meine Agentin bekommen. Jawohl, durch meine Agentin! Sie haben also nicht mal den Anstand oder den Mut, es mir direkt zu sagen. Sie hätten mich doch wenigstens zu einem Gespräch in Ihr Büro bitten können, und es wäre Ihnen auch kein Zacken aus der Krone gefallen, hätten Sie mich zum Lunch oder zum Abendessen ausgeführt, um mir die Hiobsbotschaft mitzuteilen. Oder sind Sie ebenso knauserig wie unloyal und feige? Vielleicht hatten Sie auch bloß Angst, ich könnte Sie blamieren, indem ich in die Suppe flenne. Aber dafür bin ich viel zu zäh, das werden Sie schon noch merken. Tod auf Paradise Island *abzulehnen wäre auch im Rahmen solch einer persönlichen Begegnung noch unfair, ungerecht und undankbar gewesen, aber wenigstens hätte ich Ihnen das dann ins Gesicht sagen können. Statt dessen kann ich Sie jetzt nicht mal telefonisch erreichen, was mich freilich nicht wundert. Wenn diese blöde Ziege, die Blackett, auch sonst zu nichts taugt – aber Anrufe zu blockieren, darauf versteht sie sich. Na ja, das Manöver beweist immerhin, daß selbst Sie nicht ganz frei von Schamgefühl sind.*
Haben Sie eigentlich eine Ahnung, was ich für Peverell Press getan habe, lange bevor Sie dort das Heft in die Hand bekamen? Mein Gott, was für ein Unglückstag für den Verlag war das! Dreißig Jahre lang habe ich pro Jahr ein Buch herausgebracht, lauter Bestseller, und wenn die Verkaufszahlen der letzten Titel etwas enttäuschend waren, wessen Schuld ist das? Was haben Sie denn je unternommen, um meine Bücher so zu bewerben, wie es mir und meinem Ruf zusteht? Heute nachmittag zum Beispiel

habe ich eine Signierstunde in Cambridge. Aber wer hat die Buchhandlung dazu überredet, die anzusetzen? Ich! Und wie üblich werde ich allein hingehen. Dabei sorgen doch die meisten Verleger dafür, daß ihre Starautoren angemessen begleitet und betreut werden. Aber meine Fans werden dasein, und sie werden kaufen. Ich habe eine treue Lesergemeinde, die darauf vertraut, daß ich ihnen liefere, was sie derzeit anscheinend von keinem anderen Kriminalschriftsteller kriegen können, nämlich eine solide, gut geschriebene Krimihandlung ohne Sex und brutale Gewalt und ohne die obszöne Sprache, von der Sie offenbar glauben, daß das heutige Publikum danach verlangt. Wenn Sie so wenig Ahnung davon haben, was dem Leser wirklich gefällt, dann werden Sie Peverell Press noch schneller in den Bankrott treiben, als es die Verlagswelt heute schon voraussagt.

Ich werde mir natürlich überlegen müssen, wie ich meine Interessen am besten wahren kann.

Falls ich zu einem anderen Verlag wechseln sollte, erwarte ich, daß ich meine Backlist mitnehmen kann. Bilden Sie sich bloß nicht ein, daß Sie mich in die Wüste schicken und diese Goldgrube trotzdem weiter ausbeuten können. Und da ist noch etwas. Diese rätselhaften Vorfälle bei Peverell haben bezeichnenderweise erst begonnen, als Sie den Posten des Geschäftsführers übernahmen. An Ihrer Stelle wäre ich auf der Hut! Immerhin hat es in Innocent House schon zwei Todesfälle gegeben.

Kate sagte: »Ich frage mich, ob auch das nur ein Entwurf ist und ob sie die Endfassung tatsächlich abgeschickt hat. Normalerweise hat sie ihre Briefe anscheinend auf der Maschine getippt, aber zu diesem hier finde ich keinen Durchschlag. Falls sie ihn abgeschickt hat, hielt sie ihn vielleicht handgeschrieben für wirkungsvoller. Und dann wäre das hier die Kopie.«

»Unter der Korrespondenz in Etiennes Büro haben wir keinen solchen Brief gefunden. Ich tippe darauf, daß sie ihn nicht abgeschickt hat. Statt dessen rief sie noch mal in Innocent House an und bestand darauf, mit Etienne verbunden zu werden. Als auch dieser Versuch erfolglos blieb, fuhr sie zu ihrer Signierstunde nach Cambridge, und als sie hörte, daß die von Peverell aus abgesagt worden war, kehrte sie völlig außer sich nach London zurück und beschloß, Etienne noch am selben Abend aufzusuchen. Die meisten in seiner Umgebung scheinen gewußt zu haben, daß er donnerstags länger arbeitete. Vielleicht hat sie ihm ihr Kommen auch telefonisch angekündigt. Er hätte ihr unter den Umständen eine Unterredung schließlich kaum verweigern können. Und wenn sie ihn unter seiner Privatnummer anrief, konnte Miss Blackett den Anruf auch nicht abfangen.«

»Wenn sie schon den ersten Brief mitnahm«, sagte Kate, »dann ist es doch merkwürdig, daß sie nicht auch diesen hier eingesteckt und Etienne gegeben hat. Möglicherweise hat sie das ja auch gemacht, und entweder Etienne oder sein Mörder zerriß und vernichtete später das Schreiben.«

»Das halte ich für unwahrscheinlich. Was ich mir eher vorstellen könnte, ist, daß sie die an alle Gesellschafter adressierte Philippika mitnahm, vielleicht in der Absicht, sie in der Eingangshalle am Schwarzen Brett anzuschlagen, wo sie außer den Betroffenen auch noch sämtlichen Angestellten und Besuchern ins Auge springen würde.«

»Aber ein solches Pamphlet hätte die Verlagsleitung kaum hängen lassen, Sir.«

»Gewiß nicht, nein. Aber die Carling hoffte vielleicht, daß möglichst viele es zu sehen kriegten, bevor es einem der Gesellschafter auffiel. Auf die Weise würde es doch wenigstens für einen anständigen Wirbel sorgen. Das Pamphlet sollte womöglich der erste Schlag ihres Rachefeldzuges sein. Und wenn meine Vermutung richtig ist, dann dürfte die Nachricht von Gerards Tod ihr ein paar ziemlich böse Stunden bereitet haben. Denn falls sie wirklich das Schreiben und vielleicht auch noch ihr Romanmanuskript in der Eingangshalle deponierte, so hätte man ihr damit nachweisen können, daß sie an jenem Abend in Innocent House war, und zwar nachdem die meisten Mitarbeiter den Verlag bereits verlassen hatten. Sie muß direkt auf uns gewartet haben, wohl wissend, daß die Entdeckung ihres Schreibens am Tatort sie zu einer der Hauptverdächtigen machen würde. Vorsorglich spricht sie mit Daisy ein Alibi ab. Aber als die Polizei dann tatsächlich kommt, wird ihr verräterisches Pamphlet mit keinem Wort erwähnt. Das bedeutet entweder, wir haben seine Bedeutung verkannt, was unwahrscheinlich ist, oder jemand hat es heimlich entfernt. Und dann meldet sich die Person, die ihren Schmähbrief vom Schwarzen Brett abgehängt hat, in der Tat telefonisch, um sie zu beruhigen, was ihm oder ihr auch gelingt, weil die Carling davon ausgeht, daß sie mit einem Verbündeten, aber nicht mit einem Mörder spricht.«

»Das ist lückenlos kombiniert, Sir. Ganz und gar logisch und glaubhaft.«

»Es sind Vermutungen, Kate, nichts weiter. Wir können nichts davon beweisen, und vor Gericht kämen wir niemals damit durch. Es ist eine glänzende Theorie, die alle uns bekannten Fakten abdeckt, aber sie stützt sich allein auf Indizien, von denen nur ein einziges unsere These vielleicht beweiskräftig untermauert. Falls die Carling ihr Pamphlet nämlich wirklich ans Schwarze Brett heftete, bevor sie Innocent House verließ, dann müssen doch Einstiche von mindestens einer Reißzwecke auf dem Blatt gewesen sein. Hat man es vielleicht darum so sauber zurechtgeschnitten, bevor es als angeblicher Abschiedsbrief einer Selbstmörderin auf den Geländerknauf gespießt wurde?«

Ansonsten barg der Schreibtisch kaum noch Interessantes. Mrs. Carling bekam anscheinend wenig Post, oder aber sie hob die Briefe nicht auf. Unter denen, die sie verwahrt hatte, war ein Bündel Luftpostbriefe, die, mit einer Schleife zusammengehalten, in einem Extrafach lagen. Sie stammten von einer Freundin in Australien, einer Mrs. Marjorie Rampton, aber die Korrespondenz war über die Jahre immer spärlicher geworden und hatte anscheinend inzwischen ganz aufgehört. Daneben fand sich stapelweise Fanpost, jeweils mit einem Durchschlag der Antwortbriefe abgeheftet. Mrs. Carling hatte sich offenbar viel Mühe gegeben, um ihre Bewunderer zufriedenzustellen. In der obersten Schublade lag ein Ordner mit der Aufschrift »Anlagen«, in dem der Schriftverkehr mit ihrem Börsenmakler abgeheftet war. Ihr Kapital belief sich auf knapp über 32 000 Pfund, die, sorgfältig aufgeteilt, in Stammaktien und Wertpapieren angelegt waren. In einem anderen Ordner fand sich ihr Testament, ein kurzer Schriftsatz, in dem sie der Autorenstiftung ein Legat von 5000 Pfund hinterließ und den Großteil ihres Vermögens der Freundin in Australien vermachte. Eine dritte Akte enthielt den Schriftverkehr zu ihrer fünfzehn Jahre zurückliegenden Scheidung. Dalgliesh sah schon beim flüchtigen Blättern, daß es sich um einen erbitterten Prozeß gehandelt hatte, der allerdings nicht besonders vorteilhaft für Mrs. Carling ausgegangen war. Die Unterhaltszahlungen waren bescheiden gewesen und hatten seit Raymond Carlings Tod vor fünf Jahren ganz aufgehört.

Und damit waren sie auch schon am Ende. Der Schreibtischinhalt bestätigte eigentlich nur Dalgliesh' Vermutungen. Sie hatten es hier mit einer Frau zu tun, die allein für ihre Arbeit gelebt hatte. Und wenn man ihr die wegnahm, was blieb dann noch übrig?

52

Velma Pitt-Cowley, Mrs. Carlings Agentin, hatte sich für halb zwölf angesagt und kam sechs Minuten zu spät. Sie war kaum zur Tür herein, da zeigte sich schon, daß sie nicht gerade gut aufgelegt war. Als Kate ihr öffnete, rauschte sie in einem Tempo herein, als ob sie diejenige wäre, die man hatte warten lassen, warf sich in den nächststehenden der beiden Lehnsessel, beugte sich vor, um die Goldkette, an der ihre Tasche hing, von der Schulter zu streifen, und stellte eine prallgefüllte Aktenmappe neben sich auf den Teppich. Dann erst ließ sie sich herab, von Kate oder Dalgliesh Notiz zu nehmen. Doch als es soweit war und ihre Augen Dalgliesh' Blick begegneten, schien ihre Stimmung plötzlich umzuschlagen, denn ihre ersten Worte hätten nicht verbindlicher sein können.

»Tut mir leid, daß ich zu spät komme und obendrein noch so in Eile bin, aber Sie wissen ja, wie das ist. Ich mußte erst noch ins Büro, und um Viertel vor eins habe ich schon wieder einen Lunchgast im *Ivy.* Ist übrigens 'ne ziemlich wichtige Verabredung. Der Autor, mit dem ich mich treffe, ist heute morgen eigens aus New York eingeflogen. Na, und im Büro kommt einem ja immer was dazwischen, sowie man nur den Kopf zur Tür reinsteckt. Heutzutage kann man den Angestellten nicht mal mehr die simpelsten Aufgaben übertragen. Ich hab' mich trotzdem so schnell wie möglich losgeeist, aber dann ist das Taxi an der Theobald's Road im Verkehr steckengeblieben. Mein Gott, ist das nicht furchtbar mit der armen Esmé? Einfach schrecklich! Was ist denn nun eigentlich passiert? Sie ist ins Wasser gegangen, nicht? Hat sich ertränkt oder aufgehängt oder beides zusammen. Also wenn das nicht krank ist!«

Nachdem sie dergestalt ihre Empörung zum Ausdruck gebracht hatte, nahm Mrs. Pitt-Cowley eine elegantere Pose ein, zog den Rock ihres schwarzen Kostüms fast bis zum Schritt hoch und enthüllte ein Paar sehr lange, wohlgeformte Beine in so hauchzarten Nylonstrümpfen, daß auf den scharf vorspringenden Knien nicht mehr als ein matter Glanz zu erkennen war. Offenbar hatte sie sich für die Verabredung um Viertel vor eins so in Schale geworfen, und Dalgliesh fragte sich, für welch privilegierten Kunden, sei er potentiell oder auch schon akquiriert, sich ein solch aufwendiger Schick rentieren mochte, der Kompetenz und Professionalität mit sexuellem Anreiz verband. Unter der gutsitzenden Jacke mit den Messingknöpfen trug sie eine hochgeschlossene Seidenbluse. Ein schwarzsamtener Hut, vorn mit einem Goldpfeil durchbohrt, saß modisch zerdrückt auf ihrem hellbraunen Haar, dessen Pony gerade bis zu den dichten geraden Brauen reichte und das ihr ansonsten in glänzend gebürsteten Strähnen fast bis auf die Schultern fiel. Beim Sprechen gestikulierte sie lebhaft mit ihren langen, reichberingten Fingern, die so ruhelos durch die Luft fuhren, als müsse sie mit zwei Gehörlosen kommunizieren. Außerdem zog sie von Zeit zu Zeit, wie von einem plötzlichen Krampf befallen, abrupt die Schultern hoch. Merkwürdigerweise schien zwischen ihren Worten und ihrer Gestik gar kein Zusammenhang zu bestehen, und Dalgliesh hatte den Eindruck, es handele sich bei dieser affektierten Angewohnheit weniger um ein Symptom nervöser Unsicherheit als vielmehr um einen Trick, der ursprünglich wohl dazu gedacht war, die Aufmerksamkeit auf ihre außergewöhnlichen Hände zu lenken, der sich inzwischen aber zu einer Marotte verselbständigt hatte, die sie nicht mehr ablegen konnte. Ihre anfängliche Gereiztheit hatte ihn überrascht. Nach seiner Erfahrung genossen die Statisten in einem sensationellen Mordfall – vorausgesetzt, sie trauerten nicht allzusehr um das Opfer und hatten auch von den Verhören der Polizei nichts zu befürchten – die Aufregung, unversehens mit einem Gewaltverbrechen in Berührung zu kommen, ja sonnten sich in der traurigen Prominenz der Eingeweihten. Er war es gewohnt, in Augen zu blicken, die ihm ein wenig verschämt begegneten, aber dennoch vor Neugier glitzerten. Schlechte Laune und ostentative Konzentration auf die eigenen Angelegenheiten boten da wenigstens einmal Ablenkung.

Die Agentin sah sich im Zimmer um, und als ihr Blick auf den offenen Schreibtisch und die Stapel Papiere auf dem Tisch fiel, sagte sie: »Mein Gott, wie schrecklich, da sitzt man einfach so in ihrer Wohnung ... Und Sie müssen auch noch in ihren Sachen rumschnüffeln. Sie müssen das tun, ich weiß, es ist ja Ihr Beruf, aber ich find's trotzdem irgendwie unheimlich. Fast hat man das Gefühl, als ob sie jetzt hier präsenter ist als zu Lebzeiten. Ich kann mir nicht helfen, aber ich hab' dauernd das Gefühl, gleich wird sich ihr Schlüssel im Schloß drehen, sie kommt rein, überrascht uns hier und macht einen Höllenspektakel.«

»Ein gewaltsamer Tod zerstört leider auch die Privatsphäre«, sagte Dalgliesh. »War sie denn so temperamentvoll, ich meine, kam es öfter vor, daß sie Krach geschlagen hat?«

Als ob sie ihn gar nicht gehört hätte, fragte Mrs. Pitt-Cowley: »Wissen Sie, was ich echt gebrauchen könnte, das ist ein starker schwarzer Kaffee. Aber da ist wohl nichts zu machen, oder?«

Diesmal hatte sie Kate angesehen, und Kate war es auch, die ihr antwortete: »In der Küche steht noch eine Dose Kaffeepulver und im Kühlschrank eine unangebrochene Tüte Milch. Strenggenommen sollten wir wohl die Erlaubnis der Bank einholen, aber ich glaube kaum, daß sich jemand um solche Kleinigkeiten kümmert.«

Als Kate sich nicht sofort in Richtung Küche bewegte, maß Velma sie mit grüblerischem Blick, als taxiere sie eine neue Schreibkraft auf deren möglichen Störfaktor für ihre Agentur. Dann entschied sie sich achselzuckend und mit hektischem Fingerwedeln für eine diplomatische Gangart.

»Ach, ich denke, wir lassen's lieber, auch wenn sie den Kaffee ja nun nicht mehr braucht, oder? Aber ich hab' eigentlich keine Lust, aus einer von ihren Tassen zu trinken.«

Dalgliesh sagte: »Sie können sich gewiß denken, wie wichtig es für uns ist, soviel wie möglich über Mrs. Carling in Erfahrung zu bringen. Darum sind wir Ihnen auch sehr dankbar, daß Sie sich heute morgen herbemüht haben. Ihr Tod war bestimmt ein Schock für Sie, und ich verstehe voll und ganz, daß es Ihnen nicht leichtgefallen sein kann, hierherzukommen. Aber es ist von größter Wichtigkeit.«

Mrs. Pitt-Cowleys Blick und Stimme waren voller Leidenschaft. »Aber dafür habe ich doch Verständnis. Natürlich müssen Sie Ihre Fragen stellen. Und ich helfe Ihnen selbstverständlich, wo ich kann. Also, was möchten Sie wissen?«

»Wann haben Sie erfahren, daß Mrs. Carling tot ist?« fragte er.

»Heute früh, kurz nach sieben, bevor Ihre Leute anriefen und mir bestellten, daß ich Sie hier treffen solle. Claudia Etienne hat mir Bescheid gesagt. Hat mich praktisch aus dem Bett geklingelt. Nicht gerade ein angenehmer Auftakt für den Tag, so eine Nachricht. Sie hätte ruhig noch ein bißchen damit warten können, aber sie wollte wohl nicht, daß ich's in der Abendzeitung lese oder im Büro erfahre. Sie wissen ja, mit welchem Tempo sich der Klatsch in dieser Stadt verbreitet. Und schließlich bin – ich meine war – ich ja immerhin Esmés Agentin, und da hat Claudia sich wohl gedacht, ich sollte es mit als erste erfahren, und zwar von ihr. Aber Selbstmord – nein, wie makaber! Das ist wirklich das letzte, was ich von Esmé erwartet hätte. Gut, es war natürlich auch ihre letzte Tat. Ach Gott, verzeihen Sie, wie konnte ich nur. In einem solchen Moment fallen einem aber auch nie die passenden Worte ein.«

»Die Nachricht kam also völlig überraschend für Sie?«

»Ja, ist denn das nicht immer so? Ich meine, selbst wenn jemand, der schon lange mit Selbstmord gedroht hat, tatsächlich Ernst macht, ist man doch überrascht, einfach weil's einem ein bißchen unwirklich vorkommt. Aber Esmé! Und sich auf eine so schaurige Weise umzubringen. Ich meine, es war doch weiß Gott nicht die angenehmste Art zu sterben. Claudia wußte anscheinend nicht genau, wie sie's nun eigentlich angestellt hat. Sie sagte bloß, Esmé habe sich an der Flußlände vor Innocent House erhängt, und die Leiche sei unter Wasser gefunden worden. Ist sie nun ertrunken oder hat sie sich erhängt oder was?«

Dalgliesh sagte: »Tod durch Ertrinken kommt als Todesursache in Frage, aber Genaueres werden wir erst nach der Autopsie wissen.«

»Aber es war Selbstmord? Ich meine, in dem Punkt sind Sie sich sicher?«

»Sicher ist vorläufig noch gar nichts. Können Sie sich vorstellen, daß Mrs. Carling einen Grund hatte, aus dem Leben scheiden zu wollen?«

»Sie hat sich furchtbar aufgeregt, weil Peverell Press *Tod auf Paradise Island* abgelehnt hat. Davon werden Sie ja wohl schon gehört haben. Aber sie war mehr wütend als geknickt. Ich würde sogar sagen, sie war außer sich vor Wut. Und ich kann mir denken, daß sie sich irgendwie am Verlag rächen wollte, aber doch nicht dadurch, daß sie sich umbringt. Außerdem braucht man dazu ganz schön Mumm. Ich will nicht sagen, daß Esmé ein Feigling war, aber ich kann mir einfach nicht vorstellen, daß sie sich selber einen Strick um den Hals legt oder ins Wasser geht. Mein Gott, was für ein Tod! Wenn sie wirklich Schluß machen wollte, dann gibt's doch wahrhaftig leichtere Methoden. Denken Sie nur an Sonia Clements. Von ihrem Fall haben Sie ja bestimmt auch gehört. Sie hat sich mit Schnaps und Tabletten ins Jenseits befördert. Das wär' auch mein Rezept. Und ich hätte gedacht, Esmé würde, wenn überhaupt, auch diesen Weg wählen.«

»Der aber«, wandte Kate ein, »als öffentlicher Protest längst nicht so wirkungsvoll gewesen wäre.«

»Weniger dramatisch, da gebe ich Ihnen recht. Aber was nützt ein großer Abgang mit Paukenschlag, wenn man selber nichts mehr davon hat? Nein, nein, wenn Esmé sich hätte umbringen wollen, dann hätte man sie im frischbezogenen Bett gefunden, in einem Zimmer voller Blumen, mit ihrem schönsten Nachthemd und einem würdigen Abschiedsbrief auf dem Nachtschränkchen. Dramatische Auftritte waren nämlich ihre Spezialität.«

Kate dachte unwillkürlich an die Zimmer von Selbstmördern, in die man sie schon gerufen hatte, an das Erbrochene, die besudelte Bettwäsche, den in der Todesstarre grotesk verrenkten Leichnam. Kaum ein Suizid war in der Praxis noch so würdevoll wie vorher in der Phantasie. »Wann haben Sie Mrs. Carling zuletzt gesehen?« fragte sie.

»Einen Tag, nachdem Gerard Etienne gestorben ist. Das war, warten Sie, ein Freitag, ja genau, der 15. Oktober.«

Dalgliesh fragte: »Hier oder in Ihrer Agentur?«

»Nein, nein, hier in diesem Zimmer! Eigentlich war's eine ganz zufällige Begegnung. Ich meine, ich hatte nicht vor, sie zu besuchen. Ich war mit Dicky Mulchester von Herne & Illingworth zum Abendessen verabredet, um über einen Kunden zu verhandeln, und da fiel mir ein, daß sein Verlag vielleicht an *Tod auf Paradise Island* interessiert wäre. Die Idee war zwar ein bißchen gewagt, aber die nehmen halt grade ein paar Krimiautoren ins

Programm. Und wie ich auf dem Weg zum Restaurant hier vorbeikomme, entdecke ich in der Seitenstraße ein paar freie Parkplätze und denke mir: Schau doch rasch bei Esmé vorbei und borg dir ihre Kopie vom Manuskript aus. An dem Abend war nicht soviel Verkehr, wie ich erwartet hatte, und mir blieben noch gut zehn Minuten Spielraum. Wir hatten noch nicht miteinander gesprochen, seit ich von Gerards Tod gehört hatte. Ist schon komisch, nicht, wie die unwichtigsten Kleinigkeiten unser Handeln bestimmen. Ich wäre wahrscheinlich nicht raufgegangen, wenn ich die Parklücken nicht gesehen hätte. Aber dann hat mich natürlich auch interessiert, wie Esmé auf Gerards Tod reagieren würde. Aus Claudia konnte ich nicht viel rausbekommen, und ich dachte, Esmé hätte vielleicht das eine oder andere aufgeschnappt. Klatsch war nämlich ihr ein und alles. Aber ich hatte, wie gesagt, nur ungefähr zehn Minuten. Der Hauptgrund für meinen Besuch war also schon das Manuskript, das ich für Mulchester mitnehmen wollte.«

»Und in welcher Verfassung haben Sie Mrs. Carling angetroffen?« fragte Dalgliesh.

Mrs. Pitt-Cowley antwortete nicht sofort. Ihr Gesicht wirkte nachdenklich, die rastlosen Hände lagen einen Augenblick still in ihrem Schoß. Sie rekapituliert die Unterredung jetzt im Licht der nachfolgenden Ereignisse, dachte Dalgliesh, und mißt ihr jetzt vielleicht mehr Bedeutung bei als seinerzeit. Endlich sagte sie: »In der Rückschau kommt es mir so vor, als ob sie sich ziemlich seltsam benommen hätte. Ich hatte damit gerechnet, daß sie darauf brennen würde, über Gerard zu reden, wie und warum er gestorben ist, wissen Sie, und ob es wirklich Mord war. Aber nein, sie weigerte sich glatt, davon zu sprechen. Es sei zu furchtbar und zu schmerzlich für sie, hat sie behauptet. Dreißig Jahre sei Peverell ihr Verlag gewesen, und egal, wie schäbig man sie jetzt behandelt habe, Gerards Tod sei doch ein arger Schock für sie gewesen. Natürlich, geschockt waren wir alle, aber damit, daß Esmé persönlich sehr betroffen wäre, hatte ich nicht gerechnet. Ach ja, sie hat mir doch tatsächlich erzählt, daß sie für den

Abend und die Nacht zuvor ein Alibi hätte. Anscheinend hatte sie ein Nachbarskind bei sich. Ich weiß noch, daß ich mich gleich ein bißchen gewundert habe und es komisch fand, daß sie mir damit kommt. Schließlich hätte doch niemand Esmé verdächtigt, daß sie hingeht und Gerard mit einer Schlange erwürgt, oder wie immer sein Mörder ihn umgebracht hat. Ach, da fällt mir ein, sie hat mich auch noch gefragt, ob ich glaube, daß die Gesellschafter von Peverell jetzt, wo Gerard tot ist, ihre Meinung über *Tod auf Paradise Island* ändern würden. Sie hatte von Anfang an den Verdacht, daß der Verlag das Manuskript hauptsächlich auf sein Betreiben hin abgelehnt hat. Viel Hoffnung habe ich ihr nicht gemacht. Ich hab' ihr vielmehr klipp und klar gesagt, daß die Entscheidung wohl einstimmig vom ganzen Vorstand verabschiedet wurde und daß die Gesellschafter jetzt, so kurz nach Gerards Tod, seinen Wünschen bestimmt nicht gern entgegenhandeln würden. Ja, und dann habe ich ihr vorgeschlagen, Herne & Illingworth für ihren Roman zu interessieren, und sie um das Manuskript gebeten. Auch da hat sie wieder ganz merkwürdig reagiert. Sie wüßte nicht genau, wo sie's hingelegt habe, hat sie gesagt. Erst morgens hätte sie noch danach gesucht, es aber nicht finden können. Und dann hat sie behauptet, Gerards Tod habe sie zu sehr mitgenommen, als daß sie so bald schon über die Zukunft ihres Romans nachdenken könnte. Das klang nun wirklich nicht glaubhaft. Schließlich hatte sie mich wenige Minuten zuvor erst gefragt, ob ich mir vorstellen könne, daß die Gesellschafter ihre Meinung ändern und *Tod auf Paradise Island* nun doch drucken würden. Nein, ich glaube, sie hatte das Manuskript einfach nicht mehr. Oder aber sie wollte es mir nicht geben. Kurz danach bin ich dann gegangen. Ich war alles in allem nicht länger als zehn Minuten hier.«

»Und haben Sie Mrs. Carling danach noch einmal gesprochen?«

»Nein, eben nicht. Und auch das ist merkwürdig, wenn ich's recht bedenke. Gerard Etienne war immerhin ihr Verleger. Eigentlich hätte ich erwartet, daß sie die nächsten Tage mal in der

Agentur vorbeigekommen wäre, und sei's auch nur zum Ratschen. Normalerweise rückte sie uns alle paar Tage auf die Bude.«

»Wie lange waren Sie denn ihre Agentin? Und haben Sie Mrs. Carling gut gekannt?«

»Vertreten hab' ich sie nicht mal ganz zwei Jahre. Aber auch in der kurzen Zeit hab' ich sie relativ gut kennengelernt, ja. Dafür hat sie schon selbst gesorgt. Genaugenommen hab' ich sie ja geerbt. Ihre frühere Agentin war Marjorie Rampton, und Marge hat schon ihr allererstes Buch betreut. Das ist jetzt dreißig Jahre her. Die beiden waren wirklich eng befreundet – hat man ja oft zwischen Autor und Agent. Man kann nicht sein Bestes für einen Kunden geben, mit dem man sich nicht auch versteht, abgesehen davon, daß man natürlich auch seine Bücher schätzen muß. Aber mit Marge und Esmé, das ging tiefer. Nicht, daß Sie mich mißverstehen, ich spreche von Freundschaft und will nichts andeuten – in sexueller Richtung, Sie wissen schon. Sie hatten wohl viel gemeinsam, beide waren Witwen, beide kinderlos. Sie fuhren zusammen in Urlaub, und ich glaube, Esmé hat Marge auch gebeten, ihren literarischen Nachlaß zu verwalten. Na, das wird ganz schön lästig werden, falls Esmé ihr Testament nicht noch einmal geändert hat. Marge ist nämlich, gleich nachdem sie mir die Agentur verkauft hat, zu ihren Nichten nach Australien gezogen, und da lebt sie, soviel ich weiß, immer noch.«

»Erzählen Sie uns ein bißchen was über Esmé Carling«, bat Dalgliesh. »Was war sie für ein Mensch?«

»Ach Gott, jetzt bringen Sie mich aber in Verlegenheit. Ich meine, was kann ich Ihnen darauf antworten? Es kommt mir so unloyal, ja fast unanständig vor, eine Tote zu kritisieren, aber ich kann auch nicht so tun, als ob es leicht gewesen wäre mit ihr. Sie war eine von den Klientinnen, die ständig an der Strippe hängen oder einen im Büro überfallen und denen man's nie recht machen kann. Sie haben ständig das Gefühl, man könnte noch mehr tun, um dem Verleger einen höheren Vorschuß abzuluchsen, die Filmrechte an den Mann zu bringen oder eine Fernsehserie an

Land zu ziehen. Ich glaube, Esmé hat die Trennung von Marge nicht gut verkraftet und dachte, ich würde ihr nicht die Aufmerksamkeit widmen, die ihrem ›Genie‹ zukam, doch in Wahrheit habe ich ihr mehr Zeit geopfert, als ich strenggenommen hätte rechtfertigen können. Ich meine, ich hab' schließlich auch noch andere Klienten, und bei den meisten davon springt ein ganzes Ende mehr raus als bei Esmé.«

»Sie zu vertreten«, sagte Kate, »hat also mehr Ärger eingebracht als Gewinn?«

Mrs. Pitt-Cowley maß sie erst mit grüblerischem und dann abweisendem Blick. »Ich hätte es zwar nicht so ausgedrückt, aber wenn Sie die Wahrheit wissen wollen: Das Herz hätte es mir nicht gebrochen, wenn sie sich nach einem anderen Agenten umgesehen hätte. Ich sag' das wirklich nicht gern, ehrlich, aber Sie können in der Agentur fragen, wen Sie wollen, die werden Ihnen alle das gleiche erzählen. Es kam wohl vieles daher, daß sie so einsam war, sich nach Marge sehnte und es ihr gleichzeitig übelnahm, daß sie sie im Stich gelassen hatte. Aber Marge war da knallhart. Als es darum ging, sich zwischen ihren geliebten Nichten und Esmé zu entscheiden, da hatte Esmé gar keine Chance. Und ich glaube, Esmé wußte auch, daß sie mit ihren Büchern auf dem absteigenden Ast war. Wir sahen weiß Gott keinen rosigen Zeiten entgegen. Daß Peverell Press *Tod auf Paradise Island* abgelehnt hat, das war erst der Anfang.«

»Und war dabei wirklich Gerard Etienne die treibende Kraft?«

»Doch, schon, ja. Bei Peverell lief so ziemlich alles so, wie Etienne es wollte. Aber in Esmés Fall bezweifle ich, ob sich überhaupt irgendwer ernsthaft für sie engagierte, außer vielleicht James de Witt, und der hat bei Peverell nicht viel zu melden. Natürlich hab' ich, gleich als Gerards Brief kam, im Verlag angerufen und Krach geschlagen. Aber gebracht hat das nichts. Und der neue Roman hatte wirklich kein Niveau, selbst für ihre Maßstäbe nicht. Kennen Sie eigentlich Esmés Bücher?«

Dalgliesh sagte vorsichtig: »Esmé Carling war mir als Schriftstellerin natürlich ein Begriff, aber gelesen habe ich noch nichts von ihr.«

»So schlecht war sie auch wieder nicht. Ich meine, sie hatte eine ziemlich geschliffene Prosa drauf, und das ist heutzutage schon eine Seltenheit. Andernfalls hätte Peverell Press sie natürlich gar nicht erst genommen. Aber sie war nicht konsequent, hatte keinen einheitlichen Stil. Gerade, wenn man dachte, mein Gott, dieses Gefasel halte ich einfach nicht länger aus, überraschte sie einen mit einer wirklich guten Passage, und plötzlich wurde das Buch lebendig. Und für ihren Detektiv hatte sie sich eine ganz pfiffige Figur ausgedacht, oder vielmehr zwei, es handelte sich nämlich um ein Rentnerehepaar, die Mainwarings, Malcolm und Mavis. Er war vor seiner Pensionierung Filialleiter einer Bank, sie ist ehemalige Lehrerin. Wirklich ganz hübsch und originell. Kam beim älteren Publikum gut an. Identifikationsfiguren für den Leser und so. Gelangweiltes Pensionistenpaar auf Spurensuche, beide haben jede Menge Zeit, Mord zu ihrem Hobby zu machen, nutzen dabei ihre lebenslange Erfahrung, um die Polizei auszutricksen, und obendrein triumphiert noch die Weisheit des Alters über die haarsträubende Unreife der Jugend – so in dem Stil halt. Ist ja mal 'ne nette Abwechslung, wenn ein Detektiv sich mit Arthritis rumplagt. Aber langsam wurden sie doch ein bißchen fad – ich meine die Mainwarings. Esmé hatte den grandiosen Einfall, Malcolm mit verdächtigen jungen Damen anbändeln zu lassen, und wenn er dann in der Klemme steckte, kam Mavis und rettete ihn. Wahrscheinlich war diese kleine Abwechslung als humorvolles Intermezzo gedacht, aber der Gag lief sich bald tot. Ich meine, nichts gegen Alterssex, und falls einen so was auf Touren bringt, okay, aber in der Unterhaltungsliteratur ist derlei nun mal nicht gefragt. Dabei wurde Esmé auch noch von Buch zu Buch deutlicher. Ein Lustgreis, der den Mädels an die Wäsche geht, daß die Fetzen fliegen! Das war nun wirklich nicht ihr Metier. Und zu Malcolm Mainwaring als Figur hat das auch absolut nicht gepaßt. Na, und dann konnte sie partout keinen Plot konstruieren. Mein Gott, ich sag' das wirklich ungern, aber sie hat's einfach nicht gekonnt. Und Sie wollten ja schließlich die Wahrheit hören, oder? Sie hat doch tatsächlich anderen Autoren – nur toten, versteht sich – die Ideen geklaut und sich die Story dann mit ein paar eigenen Wendungen zurechtgeschneidert. Aber allmählich fiel das auf. Und damit hat Gerard Etienne ja auch argumentiert, als er *Tod auf Paradise Island* ablehnte. Es sei elend langweilig zu lesen, hat er gesagt, und die einzigen Passagen, bei denen man nicht gähnen müsse, die würden ihn allzu deutlich an *Das Böse unter der Sonne* von Agatha Christie erinnern. Ich glaube, es fiel sogar der gefürchtete Begriff ›Plagiat‹. Na ja, und dann hatte Esmé natürlich noch dieses andere Problem, das einem den Umgang mit ihr auch nicht gerade erleichterte.«

Velma malte die Umrisse einer Flasche in die Luft und hob zum Schluß pantomimisch ein Glas an die Lippen.

»Wollen Sie damit sagen, daß Mrs. Carling Alkoholikerin war?«

»Zumindest war sie auf dem besten Wege, eine zu werden. Nach dem Zwölfuhrläuten kriegten Sie aus Esmé nicht mehr viel Klartext raus. Und im letzten halben Jahr ist es zusehends schlimmer geworden.«

»Demnach hat sie also in letzter Zeit nicht mehr viel Geld verdient?«

»Das hat sie eigentlich nie. Esmé gehörte nie zu den ganz Großen. Trotzdem ist sie bis vor drei Jahren ganz gut zurechtgekommen. Sie konnte immerhin vom Schreiben leben, was den wenigsten Autoren gelingt. Sie hatte eine treue Fangemeinde, die mit den Mainwarings groß geworden war, aber als diese Leser langsam wegstarben, hat's Esmé nicht geschafft, ein junges Publikum nachzuziehen. Letztes Jahr ist der Verkauf im Taschenbuch drastisch zurückgegangen. Ich hatte schon Angst, wir würden den Vertrag verlieren.«

»Vielleicht erklärt das die Wohnung hier«, sagte Kate. »Es ist ja nicht gerade eine vornehme Adresse.«

»Ach, ihr hat's hier gefallen. Die Wohnung war unkündbar

und die Miete spottbillig. Es wäre verrückt gewesen, hier auszuziehen. Sie hat mir allerdings mal erzählt, daß sie sich ein Nestei für ein Cottage auf dem Lande zurückgelegt hätte, in den Cotswolds oder in Herefordshire. Wahrscheinlich sah sie sich da im Geiste schon zwischen Rosen und Glyzinien wandeln. Nach meiner Meinung wär' sie ja dort vor Langeweile eingegangen. Ich hab' so was mehr als einmal erlebt.«

»Sie schrieb doch Kriminalromane«, sagte Dalgliesh. »Würden Sie ihr zutrauen, daß sie sich auch mal als Amateurdetektivin versucht hat? Daß sie auf eigene Faust ein Verbrechen lösen wollte, wenn sie zufällig darin verwickelt war?«

»Sie meinen, ob sie sich mit einem richtigen Mörder angelegt hätte, mit dem, der Etienne umgebracht hat, wer immer das war? Da hätte sie ja wirklich verrückt sein müssen. Esmé war keine große Leuchte, aber dumm war sie auch nicht. Ich sage nicht, daß es ihr an Mut gefehlt hätte, sie hatte jede Menge Schneid – besonders nach ein paar Whiskys –, aber das wär' nun wirklich saudumm gewesen.«

»Sie wußte vielleicht nicht, daß sie sich mit einem Mörder anlegte. Mal angenommen, sie hätte eine Ahnung gehabt, wie der Mord sich abgespielt haben könnte: Würde sie dann mit ihrem Wissen eher zu uns kommen, oder wäre sie versucht gewesen, ein bißchen auf eigene Faust zu ermitteln?«

»Wenn sie keine Gefahr dabei sähe und sich außerdem noch was davon versprechen würde, könnte es schon sein, daß sie ein wenig herumschnüffelt. Wäre ja auch ein toller Coup, nicht? Ich meine publicitymäßig. ›Scotland Yard von Kriminalschriftstellerin ausgetrickst.‹ Ja, solche Überlegungen würde ich ihr schon zutrauen. Aber Sie wollen doch nicht etwa sagen, daß sie tatsächlich so was probiert hat?«

»Mich hat interessiert, ob Sie es ihr zutrauen würden.«

»Sagen wir, es hätte mich nicht überrascht. Sie war fasziniert von den Verbrechensszenarien im wirklichen Leben, interessierte sich für die Ermittlungsarbeit, für Mordprozesse und so weiter. Sie brauchen sich nur ihren Bücherschrank anzusehen, dann wissen Sie, was ich meine. Und sie hielt sich viel auf ihre eigene Klugheit zugute. Dagegen ist sie sich der Gefahr vielleicht nicht bewußt gewesen. Ich glaube, sie hatte nicht viel Phantasie, nicht wenn's ums wirkliche Leben ging. Ja, ich weiß, es klingt merkwürdig, wenn ich das von einer Schriftstellerin sage, aber sie hat so lange mit erfundenen Morden gelebt, daß ihr, glaube ich, nicht klar war, daß ein Mord im wirklichen Leben etwas anderes ist, daß man den nicht im Griff hat, schön in eine Handlung verpacken und im letzten Kapitel sauber aufklären kann. Und Etiennes Leiche hat sie doch gar nicht zu Gesicht bekommen, oder? Ich glaube, sie hat in Wirklichkeit überhaupt noch nie einen Toten gesehen. Sie kannte den Tod nur aus der eigenen Vorstellung, und da war er vermutlich nicht realer oder furchterregender als ihre anderen Phantasiebilder. Ist das jetzt zu spitzfindig? Ich meine, sagen Sie's ruhig, wenn ich hier Blödsinn hoch drei verzapfe.«

Mrs. Pitt-Cowley vollführte ein kompliziertes Manöver mit ihren Schmetterlingshänden und schenkte Dalgliesh einen theatralischen Augenaufschlag, der freilich die hellwache, forschende Frage in ihrem Blick nicht verdecken konnte. Dalgliesh ermahnte sich insgeheim, die Intelligenz dieser Frau nicht zu unterschätzen. »Aber nein«, antwortete er, »das ist durchaus kein Blödsinn, was Sie da sagen. Übrigens, was wird denn nun aus Mrs. Carlings letztem Buch?«

»Gute Frage. Ich glaube kaum, daß Peverell Press es nimmt. Was anderes wär's natürlich, wenn Esmé ermordet worden wäre. Ein Doppelmord, Verleger und Autorin, beide binnen zwei Wochen auf brutalste Weise umgebracht. Aber auch Selbstmord hat seinen Publicitywert, besonders einer, der so dramatisch inszeniert ist. Ich bin zuversichtlich, daß ich mit irgendeinem Verlag einen ganz zufriedenstellenden Vertrag aushandeln kann.«

Dalgliesh war versucht zu sagen: »Wie schade, daß die Todesstrafe abgeschafft ist. Sonst könnten Sie auch noch das Erscheinungsdatum auf die Hinrichtung des Täters abstimmen.«

Als ob sie seinen Gedanken erraten hätte, machte Mrs. Pitt-Cowley momentan ein verlegenes Gesicht und fuhr dann achselzuckend fort: »Arme Esmé, falls sie wirklich die glänzende Idee hatte, sich ein bißchen kostenlose Publicity zu verschaffen, dann ist ihr das weiß Gott gelungen. Bloß schade, daß sie nun nichts mehr davon hat. Aber ihre Erben können sich freuen.«

Und Sie sich auch, dachte Kate. »Wer bekommt denn nun ihr Geld?« fragte sie. »Wissen Sie das?«

»Nein, darüber hat sie nie mit mir gesprochen. Marge war, wie gesagt, als Testamentsvollstrecker bestimmt, das heißt, möglicherweise nicht nur sie allein. Ich bin jedenfalls froh, daß sie nie vorgeschlagen hat, dieses Privileg auf mich zu übertragen, als ich die Agentur übernahm. Aber selbst wenn, angenommen hätte ich's nicht. Ich hab' viel für Esmé getan, aber alles hat seine Grenzen. Sie haben ja keine Ahnung, was für Ansprüche manche Autoren stellen. Da soll man ihnen Aufträge an Land ziehen, sie in Fernseh-Talk-Shows unterbringen, während ihres Urlaubs die Katze füttern oder Händchen halten, bis die Scheidung durch ist. Für zehn Prozent vom Inlandsumsatz soll ich Agentin, Krankenschwester, Vertraute und Freundin sein, alles in einer Person. Klar, ich weiß, daß sie keine Familie mehr hatte – ihr Ex-Mann dagegen hatte wenigstens irgendwo eine Tochter und Enkelkinder, ich glaube, in Kanada. Aber ich kann mir nicht vorstellen, daß Esmé denen was vermacht hat. Doch ein bißchen Geld wird schon dasein, gar keine Frage, und ich schätze, das kriegt Marge. Ach, da fällt mir ein: Vielleicht kann ich eine Neuauflage ihrer frühen Paperbacks durchdrücken.«

Dalgliesh sagte lakonisch: »Also doch eine rentable Kundin. Wenn schon nicht zu Lebzeiten, dann doch wenigstens im Tode.«

»Tja, wie sagte doch die Eiserne Lady, als sie abtreten mußte: ›*It's a funny old world.*‹ Und ich finde, da hat sie mal recht gehabt – ist wirklich 'ne verrückte Welt, in der wir leben!« Damit warf Mrs. Pitt-Cowley einen Blick auf ihre Armbanduhr und bückte sich nach Tasche und Aktenmappe.

Doch Dalgliesh war noch nicht bereit, sie gehen zu lassen.

»Ich nehme an«, sagte er, »daß Mrs. Carling Ihnen von ihrer ausgefallenen Signierstunde in Cambridge erzählt hat?«

»Na und ob! Noch aus der Buchhandlung hat sie mich angerufen. Ich hab' dann auch gleich versucht, Gerard Etienne zu kontaktieren, aber der war wohl beim Essen; am späteren Nachmittag hab' ich ihn dann erreicht. Esmé war so außer sich vor Wut, daß ich kaum verstehen konnte, was sie sagte. Natürlich hat sie sich völlig zu Recht aufgeregt. Für die Panne wird Peverell sich noch in aller Form entschuldigen müssen. Bloß die Buchhändler dort in Cambridge haben mir leid getan. Esmé hat offenbar all ihren Zorn an denen ausgelassen, und die konnten ja wirklich nichts dafür. Außer daß sie vielleicht, als das Fax reinkam, bei Peverell hätten anrufen und sich vergewissern sollen, daß es kein übler Scherz war. Und das hätten sie wahrscheinlich auch gemacht, wenn der Verlag den Ärger, den er mit diesem Witzbold hatte, nicht so ängstlich geheimgehalten hätte. Aber der Geschäftsführer war gerade nicht im Laden, als das Fax reinkam, und das Mädchen, das es entgegennahm, hat's natürlich für echt gehalten. Und der Absender war ja auch wirklich Peverell. Um Esmé zu beruhigen, hab' ich ihr versprochen, daß ich die Sache mit Gerard persönlich regele. Und das hätte ich auch getan, nur daß dann der Mord geschah. Und der hat Esmé, trotz aller berechtigten Beschwerden, doch wieder auf den Teppich zurückgeholt. Ich hab' immer noch vor, den Verlag wegen dieser Sache zur Rechenschaft zu ziehen, aber alles zu seiner Zeit. Darf ich dann jetzt gehen? Ich meine, ich bin nun mal fest verabredet.«

»Nur noch ein paar Fragen«, sagte Dalgliesh. »Wie war eigentlich Ihr Verhältnis zu Gerard Etienne?«

»Sie meinen geschäftlich?«

»Ich meine Ihr Verhältnis.«

Velma Pitt-Cowley saß einen Moment lang ganz stumm da. Die beiden Beamten sahen, daß sie sanft vor sich hin lächelte. Ihr nach innen gekehrter Blick hatte etwas Schlüpfriges. Und dann sagte sie: »Es war eine Geschäftsbeziehung. Ich nehme an, wir haben im Schnitt etwa zweimal pro Monat miteinander telefoniert. Gesehen habe ich ihn schon seit vier Monaten nicht mehr. Aber, okay, wir haben einmal miteinander geschlafen. Doch das ist fast ein Jahr her. Wir waren zufällig beide auf derselben Premierenfeier und sind auch beide bis zum bitteren Ende geblieben. Es war schon fast Mitternacht, und ich war ziemlich betrunken. Gerard hatte es nicht mit dem Alkohol, er haßte es, die Kontrolle zu verlieren. Er bot sich an, mich nach Hause zu fahren, und der Abend endete auf die übliche Tour. Es war wohl das, was man eine Affäre für eine Nacht nennt, ein einmaliges Gastspiel sozusagen, nur daß sich nicht viel abgespielt hat. Und danach ist nie mehr was gewesen.«

»Und hat einer von Ihnen das bedauert?« fragte Kate.

»Eigentlich nicht, nein. Er hat mir am nächsten Tag einen Riesenblumenstrauß geschickt. Gerard war nicht sonderlich feinfühlend, aber so ein Adieu durch die Blume ist wohl doch ein Fortschritt gegenüber den Zeiten, als der Mann fünfzig Pfund auf dem Nachttisch liegenließ. Nein, nein, ich hab' mir keine Fortsetzung der Affäre gewünscht. Ich hab' einen gesunden Selbsterhaltungstrieb. Und wer den hat, der ist nicht scharf drauf, sich das Herz brechen zu lassen. Ich dachte nur, es ist besser, Sie erfahren's von mir. Auf der Party waren genug Leute, die sich womöglich zusammengereimt haben, wie der Abend für Etienne und mich dann endete. Weiß der Himmel, warum so was immer rauskommt, aber so ist es nun mal. Ach, und falls Sie das auch noch interessiert: Was in dieser Nacht und vor allem am nächsten Morgen geschah – an letzteres erinnere ich mich einfach deutlicher –, das hat meine Einstellung zu ihm eher positiv beeinflußt. Was aber doch nicht so weit ging, daß ich mir eine Wiederholung unseres kleinen Abenteuers gewünscht hätte. Tja, und jetzt wollen Sie sicher auch noch wissen, wo ich in der Nacht, als er starb, gewesen bin.«

Dalgliesh versetzte in ernstem Ton: »Das würde uns bestimmt weiterhelfen, Mrs. Pitt-Cowley.«

»Wie der Zufall so spielt, war ich bei der Lesung im *Connaught*

Arms, an der auch Gabriel Dauntsey teilgenommen hat. Kurz nach seinem Vortrag bin ich gegangen. Ich war mit einem Dichter dort, oder jedenfalls mit einem Typen, der sich selbst als Dichter bezeichnet, und er wollte noch bleiben, aber ich hatte genug von dem Krach, den unbequemen Stühlen und dem Zigarettenqualm. Mittlerweile hatten die Leutchen auch schon ganz schön getankt, und ein Ende der Veranstaltung war nicht abzusehen. Ich schätze, ich bin so gegen zehn gegangen und vom Pub aus gleich nach Hause gefahren. Für den restlichen Abend habe ich also kein Alibi.«

»Und wie ist es mit gestern abend?«

»Als Esmé starb? Aber das war Selbstmord, Sie haben's doch selber gesagt.«

»Wie immer sie gestorben sein mag – für uns ist es hilfreich zu wissen, wo die Personen ihrer näheren Umgebung sich zum fraglichen Zeitpunkt aufgehalten haben.«

»Aber ich weiß ja gar nicht, wann sie gestorben ist. Na schön: Ich bin bis halb sieben in der Agentur gewesen und dann nach Hause gegangen. Dort bin ich den ganzen Abend geblieben, und zwar allein. Ist es das, was Sie wissen wollten? Hören Sie, Commander, jetzt muß ich aber wirklich gehen.«

»Nur noch zwei Fragen, dann sind wir fertig«, sagte Dalgliesh. »Wie viele Kopien gab es zu dem Manuskript von *Tod auf Paradise Island* und war die von Mrs. Carling irgendwie besonders gekennzeichnet?«

»Ich glaube, wir hatten insgesamt acht Stück. Fünf davon mußte ich an Peverell schicken, für jeden Gesellschafter eine. Ich verstehe zwar nicht, warum die das Manuskript nicht selber hätten kopieren können, aber so wollten sie's nun mal. Ich habe in der Agentur nur zwei Kopien behalten. Und Esmés Exemplar hatte immer einen hellblauen Einband. Die Verlage können mit gebundenen Kopien nicht viel anfangen. Dem Lektorat ist es lieber, man liefert das Manuskript kapitelweise zusammengeheftet ab oder auch ganz lose. Aber Esmé bestand für sich immer auf einem gebundenen Exemplar.«

»Und als Sie Mrs. Carling am Abend des 15. Oktober, einen Tag nach Gerard Etiennes Tod, hier besuchten und um ihr Manuskript baten – hatten Sie da den Eindruck, daß sie sich nur darauf herausredete, es nicht finden zu können, weil sie's Ihnen nicht geben wollte? Oder kam es Ihnen eher so vor, als befände es sich gar nicht mehr in ihrem Besitz?«

Als ob sie erkannt hätte, wieviel von dieser Frage abhing, überlegte Mrs. Pitt-Cowley sich die Antwort reiflich. Endlich sagte sie: »Wie soll ich das wissen? Aber ich erinnere mich, daß meine Bitte sie verstört hat. Sie kam mir recht nervös vor. Und es ist schwer vorstellbar, daß sie das Manuskript tatsächlich verlegt hatte. Mit Dingen, die ihr wichtig waren, ist sie sonst nie schlampig umgegangen. Und die Wohnung hier ist ja auch nicht so groß, daß leicht etwas abhanden kommen könnte. Außerdem hat sie sich gar nicht die Mühe gemacht, nach ihrer Kopie zu suchen. Also wenn ich raten sollte, dann würde ich sagen, sie hatte das Manuskript überhaupt nicht mehr.«

53

Als sie zum Wagen zurückkamen, sagte Dalgliesh: »Ich fahre, Kate.«

Wortlos stieg sie auf der linken Seite ein und schnallte sich an. Sie fuhr gern selbst und wußte, daß sie auch eine gute Autofahrerin war, aber wenn Dalgliesh, wie eben, ausdrücklich ans Steuer wollte, dann war sie es zufrieden, still neben ihm zu sitzen und gelegentlich die kräftigen und doch so sensiblen Hände zu beobachten, die leicht und wie selbstverständlich auf dem Lenkrad lagen. Als Kate jetzt – sie überquerten gerade die Hammersmith Bridge – rasch zu ihm hinüberguckte, sah sie auf seinem Gesicht einen Ausdruck, den sie inzwischen gut kannte: ernst, verschlossen, in sich gekehrt, als erdulde Dalgliesh stoisch einen Schmerz, den er unbedingt mit sich allein abmachen wollte. Nur ganz zu Anfang, als Kate neu in sein Team gekommen war, hatte sie hinter diesem Blick unterdrückten Zorn vermutet und vor dem plötzlich zubeißenden Sarkasmus gezittert, der, so nahm sie damals an, einer seiner Abwehrmechanismen gegen mangelnde Disziplin war und den seine Untergebenen zu fürchten gelernt hatten.

In den letzten zweieinhalb Stunden hatten sie entscheidendes Beweismaterial gesammelt, und Kate hätte liebend gern gewußt, wie er darauf reagierte, aber sie hütete sich, das Schweigen zu brechen. Dalgliesh' Fahrweise war ruhig und konzentriert wie immer, und es fiel schwer zu glauben, daß er mit den Gedanken nicht ganz bei der Sache war. Sorgte er sich vielleicht um die Verletzbarkeit dieses Kindes, während er im Geiste zugleich die Anhaltspunkte Revue passieren ließ, die es ihnen geliefert hatte? Unterdrückte er verbissen seine Empörung über die vorsätzliche Grausamkeit von Esmé Carlings Tod, ein Tod, von dem sie jetzt mit Sicherheit wußten, daß es Mord gewesen war?

Bei einem anderen Vorgesetzten hätte dieser verschlossene, in sich gekehrte Blick auch bedeuten können, daß er sich über Daniels Inkompetenz ärgerte. Wenn Daniel dem Kind die Wahrheit über den Verlauf jenes Donnerstagabends abgetrotzt hätte, dann wäre Esmé Carling jetzt vielleicht noch am Leben. Aber konnte man ihm wirklich Inkompetenz vorwerfen? Die Carling und das Kind hatten bei der Befragung beide die gleiche Geschichte erzählt, eine Geschichte, die obendrein noch ganz überzeugend klang. Und Kinder waren in der Regel verläßliche Zeugen, die nur sehr selten logen. Falls man Kate geschickt hätte, um Daisy zu verhören, hätte sie es besser gemacht? Ja, hätte sie es heute vormittag besser gekonnt, wenn Dalgliesh nicht dabeigewesen wäre und eingegriffen hätte? Kate bezweifelte, daß Dalgliesh ein Wort des Tadels äußern würde, aber das würde Daniel wohl nicht davon abhalten, sich selbst die Schuld zu geben. Sie war von Herzen froh, daß sie nicht in seiner Haut steckte.

Sie hatten die Hammersmith Bridge schon hinter sich gelassen, als Dalgliesh endlich das Wort ergriff.

»Ich glaube, Daisy hat uns alles erzählt, was sie weiß, aber die Lücken sind schon frustrierend, nicht? Dieses eine fehlende Wort hätte der Geschichte doch eine völlig andere Wendung gegeben. Die Schlange vor der Tür – welche Tür? Und die Carling hörte eine Stimme – eine Männer- oder eine Frauenstimme? Jemand hat einen Staubsauger getragen – wer? Mann oder Frau? Aber wenigstens brauchen wir uns jetzt nicht mehr allein auf die Unglaubwürdigkeit dieses angeblichen Abschiedsbriefes zu stützen, um den Fall als Mord einzustufen.«

In der Einsatzzentrale in Wapping war außer Daniel niemand mehr. Kate, die ihm die peinliche Situation erleichtern wollte, hätte ihn gern mit Dalgliesh allein gelassen, aber es war schwer, eine Ausrede zu finden, die sich durch ihre Plumpheit nicht selbst als solche entlarvte. Dalgliesh berichtete in knappen Worten, was ihre beiden vormittäglichen Besuche erbracht hatten. Daniel stand auf, eine Reaktion, die Kate an einen Häftling vor der Urteilsverkündung erinnerte, auch wenn es anscheinend nur ein Reflex war. Sein ausdrucksvolles Gesicht war sehr blaß.

»Bitte um Verzeihung, Sir. Ich hätte dieses Alibi knacken sollen. Es war ein schwerer Fehler.«

»Jedenfalls ein bedauerlicher.«

»Sie sollten noch wissen, Sir, daß Sergeant Robbins nicht überzeugt war. Er dachte von Anfang an, daß Daisy lügt, und war dafür, sie ordentlich in die Mangel zu nehmen.«

Dalgliesh sagte: »Das ist nie leicht bei Kindern, stimmt's? Falls es zu einem Kräftemessen zwischen Daisy und Sergeant Robbins käme, wär' ich mir nicht sicher, ob ich nicht Daisys Partei ergreifen würde.«

Interessant, dachte Kate, daß Robbins dem Kind mißtraut hatte. Er war offenbar imstande, den Glauben an das fundamental Gute im Menschen mit einem grundsätzlichen Argwohn gegen jedwede Zeugenaussage zu verbinden. Vielleicht fiel es ihm, weil er gläubig war, leichter als Daniel, noch an die Erbsünde zu glauben. Doch es war großmütig von Daniel, daß er das eben gesagt hatte. Großmütig ja, aber wenn sie zynisch dachte und voraussetzte, Daniel kenne sich schon ein wenig aus mit AD, war es vielleicht auch ein kluger Schachzug gewesen.

Daniel schien indes stur entschlossen, sich noch schlimmer reinzureiten. »Wenn ich mich mit der Aussage der Kleinen nicht zufriedengegeben hätte, dann wäre Esmé Carling heute noch am Leben.«

»Möglich. Doch nun übertreiben Sie's mal nicht mit den Schuldgefühlen, Daniel. Die Schuld an Esmé Carlings Tod trägt derjenige, der sie umgebracht hat. So, und wie steht's mit der Obduktion? Irgendwas Unvorhergesehenes?«

»Tod durch Vagushemmung, Sir. Sie starb, sobald der Riemen um ihren Hals straff gespannt war. Als sie ins Wasser eintauchte, war sie bereits tot.«

»Na, wenigstens hat sie nicht lange leiden müssen. Und was ist mit dem Boot? Hat Ferris schon was rausgefunden?«

»Ja, Sir, das ist ein Lichtblick.« Daniels Gesicht hellte sich auf. »Er ist auf ein paar winzige Stoffasern gestoßen, die sich an einem kleinen Holzsplitter im Kabinenboden verfangen hatten. Pinkfarbene, Sir. Und Mrs. Carling trug eine pink und beige gemusterte Tweedjacke. Wenn wir Glück haben, findet das Labor das passende Gegenstück.«

Sie sahen einander an. Kate wußte, daß die beiden Männer von der gleichen unterdrückten Begeisterung erfüllt waren wie sie. Endlich etwas Handfestes, das man etikettieren, vermessen, wissenschaftlich untersuchen und dem Gericht als Beweisstück vorlegen konnte. Sie hatten bereits bei Fred Bowling nachgefragt und erfahren, daß Esmé Carling seit dem letzten Sommer nicht mehr auf der Fähre gewesen war. Wenn die Fasern zusammenpaßten, dann hatten sie den Beweis dafür, daß Mrs. Carling auf dem Boot gestorben war. Wer aber hatte die Fähre dann anschließend auf die gegenüberliegende Seite des Landungsstegs gebracht? Wer anders als der Mörder?

Dalgliesh sagte: »Angenommen, die Fasern passen zusammen, dann können wir beweisen, daß die Carling gestern nacht in der Bootskabine war. Die naheliegende Schlußfolgerung ist, daß sie dort auch den Tod fand. Der Mörder wäre damit einem ganz vernünftigen Plan gefolgt. Die Leiche war auf dem Boot gut versteckt, und er konnte in Ruhe abwarten, bis auf der Themse nichts mehr los war, und dann sein Opfer unbeobachtet aufknüpfen. Nur: selbst wenn die Fasern zusammengehören, also die Carling mit der Fähre in Beziehung setzen, heißt das ja noch lange nicht, daß sie uns auch auf die Spur des Mörders führen. Es bleibt uns nichts anderes übrig, als die Mäntel und Jacken aller Verdächtigen, die am Tatort waren, einzukassieren und ins Labor zu schaffen. Sind Sie so gut und kümmern sich darum, Daniel?«

»Gilt das auch für Mandy Price und Bartrum, Sir?«

»Für alle, Daniel, für alle.«

Kate sagte: »Alles, was wir jetzt noch brauchen, ist ein auch noch so kleines, pinkfarbenes Fädchen an einem dieser Mäntel.«

»Nein, nein, das ist leider noch nicht alles, Kate«, widersprach Dalgliesh. »Das Dumme ist nämlich, daß fast alle Verdächtigen sich darauf herausreden können, daß sie dicht bei Esmé Carlings Leiche gekniet, ja sie sogar berührt haben. Es gibt mehr als eine Möglichkeit, wie eine Faser von der Jacke des Opfers an ihre Kleidung geraten sein könnte.«

Daniel setzte hinzu: »Und wir können drauf wetten, daß dieser Mörder verdammt genau gewußt hat, was er tat. Bestimmt hat er seinen Mantel ausgezogen, bevor er in ihre Nähe kam, und wahrscheinlich hat er sich auch hinterher noch mal vergewissert, daß an seinen Sachen keine Spuren sind.«

54

Mandy, die am nächsten Morgen eigentlich früh zur Arbeit hatte gehen wollen, stellte beim Aufwachen erstaunt fest, daß sie verschlafen hatte und daß es bereits Viertel vor neun war. Vermutlich hätte sie sogar noch länger geschlafen, wenn Maureen und Mike sich nicht wieder mal eine ihrer rituellen Kabbeleien über Zustand und Verfügbarkeit des Badezimmers geleistet hätten, ein Streit, den Maureen wie immer brüllend vom oberen Treppenabsatz führte, während Mike ebenso lautstark aus der Küche konterte. Eine Minute darauf wurde energisch an ihre Tür geklopft, und Maureen platzte, ohne auf ein »Herein!« zu warten, ins Zimmer. Mandy sah gleich, daß sie wieder mal eine ihrer Launen hatte.

»Mandy, dein Scheiß-Motorrad versperrt den ganzen Flur. Warum kannst du die Kiste nicht vorm Haus stehenlassen wie andere Leute auch?«

Diese Beschwerde kam immer wieder aufs Tapet. Mandy war vor lauter Entrüstung schlagartig hellwach.

»Weil irgend so 'n Arschloch sie klauen würde, darum. Die Maschine bleibt im Flur, basta.« Und schmollend setzte sie hinzu: »Wär' wohl blauäugig, die Hoffnung, daß das Bad frei ist, oder?«

»Doch, rein kannste, wenn du's aushältst, so wie's ist. Mike hat wie immer einen Saustall hinterlassen. Wenn du baden willst, mußt du dir die Wanne selber saubermachen. Und er hat auch vergessen, daß er diese Woche dran ist mit Klopapierkaufen. Ich seh' nicht ein, warum immer ich hier an alles denken und die ganze Arbeit machen soll.«

Der Tag ließ sich ja ganz fürchterlich an. Als Mandy am Abend zuvor heimgekommen war, hatte sie weder Maureen noch Mike angetroffen. Sie war zu Bett gegangen, hatte aber versucht, wach zu bleiben, und immer mit einem Ohr auf die Tür gehorcht, denn sie brannte darauf, ihre Geschichte loszuwerden. Aber dann war sie doch gegen ihren Willen eingeschlafen. Und jetzt hörte sie die beiden weggehen; zweimal rasch hintereinander wurde die Tür mit lautem Knall zugeschlagen. Maureen hatte sich nicht einmal dazu bequemt zu fragen, warum sie denn nicht zum Konzert zurückgekommen sei.

Als Mandy nach Innocent House kam, wurde es auch nicht besser. Sie hatte sich darauf gefreut, die Neuigkeit als erste erzählen zu können, aber die Chance war jetzt natürlich verpaßt. Die Gesellschafter waren alle frühzeitig erschienen. George, der gerade einen Anruf entgegennahm, warf ihr einen flehentlichen Blick zu, so als wäre ihm jedwede Hilfe willkommen. Die Nachricht war offensichtlich schon durchgesickert.

»Ja, ich fürchte, es ist wahr ... Ja, es sieht nach Selbstmord aus ... Nein, Einzelheiten sind mir leider nicht bekannt ... Wir wissen noch nicht, wie sie gestorben ist ... Tut mir wirklich leid ... Ja, die Polizei war hier ... Bedaure ... Nein, Miss Etienne ist im Augenblick nicht erreichbar ... Nein, Mr. de Witt ist auch nicht zu sprechen ... Vielleicht könnte einer von beiden Sie zurückrufen ... Nein, tut mir sehr leid, aber ich weiß nicht, wann die Chefs wieder zu sprechen sind.«

Er legte auf und sagte: »Einer von Mr. de Witts Autoren. Keine Ahnung, wie der das so schnell spitzgekriegt hat. Vielleicht hat er in der Werbung angerufen, und Maggie oder Amy haben's ihm erzählt. Miss Etienne hat mich angewiesen, so wenig wie möglich zu sagen, aber das ist nicht leicht. Die Leute lassen sich von mir nicht abwimmeln. Sie wollen unbedingt mit einem der Chefs sprechen.«

»Ich würde mich mit den Typen gar nicht abgeben«, antwortete Mandy. »Sagen Sie doch einfach: ›Falsch verbunden‹, und legen Sie auf. Wenn Sie das 'ne Weile durchhalten, werden die am anderen Ende schon kapitulieren.«

Die Halle war leer, und das Haus wirkte seltsam verändert, unnatürlich ruhig, gewissermaßen ein Haus, das Trauer trug. Mandy hatte erwartet, daß die Polizei dasein würde, aber nichts deutete darauf hin. Im Büro saß Miss Blackett an ihrem Computer und starrte wie hypnotisiert auf den Bildschirm. Mandy hatte sie noch nie so elend gesehen. Sie war sehr blaß, und ihr Gesicht wirkte über Nacht schrecklich gealtert.

»Fehlt Ihnen was?« fragte Mandy. »Sie sehen ja furchtbar aus.«

Miss Blackett rang um Haltung. »Das ist ja auch kein Wunder, Mandy. Sind wir denn nicht alle betroffen? Das ist nun schon der dritte Todesfall in nur zwei Monaten. Einfach schrecklich! Ich weiß nicht, was los ist mit dem Verlag. Seit Mr. Peverell gestorben ist, scheint bei Peverell Press alles schiefzugehen. Wundert mich, daß Sie's fertigbringen, so fröhlich dreinzuschauen. Schließlich haben Sie die Ärmste doch gefunden.«

Blackie sah aus, als würde sie gleich anfangen zu weinen. Aber das war nicht alles. Miss Blackett hatte Angst. Eine panische Angst – Mandy konnte sie beinahe riechen. Sie versetzte beklommen: »Also, es tut mir ja auch leid, daß sie tot ist. Aber ich hab' sie doch gar nicht gekannt, oder? Und außerdem war sie schon alt. Und sie hat sich ja selber umgebracht. Es war ihre eigene Entscheidung. Also wollte sie doch wohl sterben. Ich meine, es ist schließlich nicht wie der Tod von Mr. Gerard.«

Miss Blackett lief puterrot an und rief: »Sie war doch nicht alt! Wie können Sie so was sagen? Und selbst wenn sie's gewesen wäre – alte Menschen haben das gleiche Recht zu leben wie ihr Jungen.«

»Ich hab' ja auch nie was anderes behauptet.«

»Aber indirekt schon. Sie sollten erst nachdenken, bevor Sie den Mund aufmachen, Mandy. Sie haben gesagt, Mrs. Carling sei alt gewesen und deshalb wär' es nicht schlimm, daß sie tot ist.«

»Also das hab' ich bestimmt nicht gesagt.«

Mandy hatte den Eindruck, sie werde hier in einen Strudel unausgegorener Gefühle hineingezogen, die sie nicht verstehen, geschweige denn bändigen konnte. Und jetzt sah sie, daß Miss Blackett wirklich fast die Tränen kamen. Sie war regelrecht erleichtert, als die Tür aufging und Miss Etienne erschien.

»Ach, da sind Sie ja, Mandy. Wir haben uns schon gefragt, ob

Sie heute überhaupt kommen würden. Geht's Ihnen denn einigermaßen?«

»Ja, danke, Miss Etienne.«

»Wie's aussieht, sind wir nächste Woche ziemlich unterbesetzt. Ich nehme an, Sie werden auch gehen wollen, sobald sich die erste Aufregung gelegt hat.«

»Nein, Miss Etienne, ich möchte gern bleiben.« Und mit einem Aufblitzen von Geschäftssinn fügte sie hinzu: »Wenn von den Angestellten allerdings etliche aufhören und mehr Arbeit anfällt, dann wäre wohl eine kleine Gehaltserhöhung fällig.«

Miss Etienne maß sie mit einem Blick, der auf Mandy eher zynisch-belustigt als mißbilligend wirkte. Nach sekundenlangem Zögern kam die Antwort: »Meinetwegen. Ich rede mit Mrs. Crealey. Zehn Pfund extra pro Woche. Aber das ist keine Belohnung dafür, daß Sie bleiben. Wir bestechen niemanden, damit er für Peverell Press arbeitet, und wir lassen uns auch nicht erpressen. Sie kriegen die Zulage, weil Sie gute Arbeit leisten und sie verdient haben.« Und an Miss Blackett gewandt fuhr sie fort: »Heute nachmittag kommt wahrscheinlich die Polizei ins Haus. Sie wollen vielleicht wieder in Mr. Gerards – ich meine in mein Büro. Wenn ja, dann setze ich mich solange rauf zu Miss Frances.«

Als Miss Etienne gegangen war, sagte Mandy: »Warum verlangen Sie nicht auch 'ne Gehaltserhöhung? Wir werden doch eine ganze Menge mehr zu tun kriegen als bisher, falls die da oben nicht 'n paar Vertretungen anheuern, und die dürften im Moment gar nicht so leicht zu finden sein. Sie haben's ja eben selbst gesagt: drei Todesfälle in nur zwei Monaten. Da werden die meisten es sich zweimal überlegen, ehe sie hier eine Stelle annehmen.«

Miss Blackett hatte zu schreiben begonnen und hielt den Blick starr auf ihren Stenogrammblock geheftet. »Nein danke, Mandy. Ich nütze meine Arbeitgeber nicht aus, wenn ihnen das Wasser bis zum Hals steht. Da hab' ich so meine Prinzipien.«

»Na ja, Sie können sich solchen Luxus vermutlich auch leisten. Mir scheint allerdings, die da oben haben Sie die letzten zwanzig Jahre auch ganz schön ausgenutzt. Aber bitte, wie Sie wollen. Ich sag' nur mal eben Mrs. Crealey Bescheid, und dann geh' ich und mach' den Kaffee.«

Mandy hatte Mrs. Crealey schon von zu Hause aus anzurufen versucht, doch in der Agentur hatte sich niemand gemeldet. Jetzt hatte sie endlich Glück. In knappen Worten schilderte sie, was passiert war, hielt sich dabei aber strikt an die Fakten und unterließ jede Anspielung auf die eigene Befindlichkeit. Solange Miss Blackett wie ein personifizierter Vorwurf dabeisaß und zuhörte, war es ratsam, das Gespräch so kurz und sachlich wie nur möglich zu halten. Die Einzelheiten konnten bis zu ihrem Abendtreff in der »Oase« warten.

»Ich hab' um 'ne Zulage gebeten«, sagte Mandy. »Und jetzt krieg' ich zehn Pfund mehr die Woche ... Ja, das hab' ich auch gedacht ... Nein, ich hab' gesagt, ich bleibe ... Ich komm' gleich nach der Arbeit in die Agentur, und dann können wir in Ruhe über alles reden.«

Sie legte auf. Ist doch bezeichnend für Miss Blacketts sonderbare Verfassung, dachte sie, daß sie mir nicht mal vorhält, daß ich vom Büro aus keine Privatgespräche führen soll.

Normalerweise waren vor zehn Uhr längst nicht so viele Leute in der Küche. Diejenigen, die es vorzogen, sich ihren Kaffee selbst zu kochen, statt einen wöchentlichen Obolus für Mrs. Demerys Gebräu zu entrichten, erschienen sonst selten vor elf. Als Mandy jedoch an diesem Morgen vor der Tür stehenblieb, konnte sie von drinnen leises Stimmengewirr hören. Das Gespräch verstummte schlagartig, sowie sie die Tür öffnete. Die drinnen hoben schuldbewußt die Köpfe, doch dann wurde Mandy erleichtert und mit schmeichelhafter Aufmerksamkeit begrüßt. Mrs. Demery war natürlich anwesend und außerdem Emma Wainwright, Miss Etiennes magersüchtige ehemalige Assistentin, die jetzt für Miss Peverell arbeitete, ferner Maggie FitzGerald und Amy Holden aus der Werbung, Mr. Elton von der Abteilung Rechte und Lizenzen und endlich Dave vom Lager, der unter dem fadenscheinigen Vorwand, daß ihnen drüben die Milch ausgegangen sei, von Nummer 10 herübergekommen war. Es duftete nach Kaffee, und irgendwer hatte auch Toast gemacht. In der Küche herrschte eine anheimelnd verschwörerische Atmosphäre, und doch konnte Mandy auch hier Angst und Furcht spüren.

»Wir dachten schon«, sagte Amy, »du würdest vielleicht heute gar nicht ins Büro kommen. Arme Mandy! Das muß ja einfach grauenhaft gewesen sein. Also ich an deiner Stelle, ich wär' gestorben. So was aber auch – kaum taucht eine Leiche auf dem Gelände auf, mußt du sie natürlich finden. Aber jetzt erzähl doch mal! Ist sie ertrunken, oder hat sie sich aufgehängt oder was? Von den Chefs will ja keiner mit der Sprache raus.«

Mandy hätte darauf hinweisen können, daß zumindest Gerard Etiennes Leichnam nicht sie gefunden hatte. Statt dessen schilderte sie bereitwillig, was sich am Abend zuvor zugetragen hatte, aber noch während sie sprach, wurde ihr klar, daß sie die anderen enttäuschte. Sie hatte sich so auf diesen Augenblick gefreut, doch jetzt, da sie tatsächlich im Mittelpunkt des Interesses stand, widerstrebte es ihr auf einmal merkwürdigerweise, die Neugier ihrer Zuhörer zu befriedigen, fast als sei es etwas Unanständiges, Mrs. Carlings Tod zum Thema eines Kaffeeklatschs zu machen. Das Bild dieses leblosen, triefnassen Gesichts mit dem aufgelösten Make-up, das so nackt und wehrlos aussah in seiner Häßlichkeit, dieses Bild schwebte beständig zwischen ihr und den gierigen Augen ihres Publikums. Mandy verstand selbst nicht, was da mit ihr vorging, warum ihre Gefühle auf einmal so durcheinander waren und so absolut verwirrend. Dabei stimmte es, was sie vorhin zu Miss Blackett gesagt hatte; sie hatte Mrs. Carling nicht einmal gekannt. Also konnte sie wohl auch keine Trauer empfinden. Und für Schuldgefühle hatte sie keinen Grund. Was also war los mit ihr?

Mrs. Demery war unerklärlich schweigsam. Sie stapelte ruhig Tassen und Untertassen auf ihren Teewagen, aber ihre scharfen Äuglein sprangen blitzschnell von einem zum anderen, als ob jedes Gesicht ein Geheimnis berge, das ihr durch die geringste Unaufmerksamkeit entgehen könnte.

Maggie fragte: »Und hast du den Abschiedsbrief gelesen, Mandy?«

»Nein, ich nicht, aber Mr. de Witt. Sie hat sich mächtig über die Chefs ausgelassen – wie schlecht die sie behandelt hätten und wie sie's ihnen heimzahlen würde. Sie wollte ihre Namen durch den Dreck ziehen, ja, ich glaube, so hat sie's geschrieben. Aber ganz genau erinnere ich mich nicht mehr.«

Mr. Elton sagte: »Sie haben sie doch besser gekannt als die meisten von uns, Maggie. Schließlich haben Sie vor achtzehn Monaten diese Mordslesereise mit ihr durchgezogen. Nun erzählen Sie uns doch mal, was sie eigentlich für ein Mensch war.«

»Ach, sie war nicht verkehrt. Ich bin jedenfalls ganz gut mit ihr klargekommen. Sie konnte zwar manchmal ein bißchen anstrengend sein, aber ich bin schon mit viel Schlimmeren unterwegs gewesen. Und sie hatte wirklich ein Herz für ihre Fans. Da war ihr nichts zuviel. Immer hatte sie ein aufmunterndes Wort für die, die um ein Autogramm anstanden, und sie hat jedes Buch mit einer individuellen Widmung versehen und den Leuten alles reingeschrieben, was die haben wollten. Kein Vergleich mit einem wie Gordon Holgarth. Alles, was die Leute von dem kriegen, ist eine unleserlich hingeschmierte Unterschrift, ein finsterer Blick und eine Wolke Zigarrenrauch ins Gesicht.«

»Aber was ist mit dem Selbstmord? Hätten Sie gedacht, daß Esmé der Typ dafür ist?«

»Ja, gibt's denn das überhaupt? Einen Selbstmordtyp? Ich weiß nicht, was das heißen soll. Aber wenn Sie mich fragen, ob es mich überrascht, daß sie sich umgebracht hat, dann lautet die Antwort, ja. Ich bin erstaunt. Baß erstaunt sogar.«

Endlich mischte Mrs. Demery sich ins Gespräch. »Wenn sie's denn getan hat.«

»Ja, aber das muß sie doch wohl, Mrs. Demery. Sie hat schließlich einen Abschiedsbrief hinterlassen.«

»Komische Art von Abschiedsbrief, wenn Mandy sich richtig

an das erinnert, was drinsteht. Ich müßte mir diesen Brief erst mal genau begucken, eh' daß ich mich damit zufriedengeben tät'. Und die Polizei traut dem Wisch ja wohl auch nich'. Warum sonst hätten sie die Fähre kassiert?«

»Ach, sind wir deswegen heute morgen mit dem Taxi von Charing Cross abgeholt worden?« fragte Maggie. »Und ich dachte schon, am Boot wär' was nicht in Ordnung. Fred Bowling hat kein Wort von der Polizei gesagt, als er uns abholen kam.«

»Dem ham sie bestimmt den Mund verboten. Aber die Fähre ham sie einkassiert, jawohl. In aller Herrgottsfrühe sind sie gekommen und ham sie abgeschleppt. Ich hab' mir schon so was gedacht, wie sie heute früh nich' da war, und da bin ich hin und hab' Fred gefragt. Sie liegt unten in Wapping vorm Revier.«

Maggie, die gerade heißes Wasser über das Kaffeepulver in ihrer Tasse goß, hielt mitten in der Bewegung inne. »Sie wollen doch nicht etwa sagen, Mrs. Demery, daß die Polizei meint, Mrs. Carling sei ermordet worden?«

»Ich weiß nich', was die Polizei denkt, aber was ich denk', das weiß ich. Sie war keine, die wo Selbstmord macht, Esmé Carling doch nich', nee.«

Emma Wainwright saß am Kopfende des Tisches und umschloß mit skelettartigen Fingern ihre Kaffeetasse. Sie machte allerdings keine Anstalten zu trinken, sondern starrte nur unentwegt und wie hypnotisiert vor Ekel auf die feine Spirale schäumender Milch hinunter.

Jetzt blickte sie auf und sagte mit ihrer schroffen, kehligen Stimme: »Das ist schon die zweite Leiche, die Sie gefunden haben, Mandy, seit Sie nach Innocent House gekommen sind. Davor hat's so was nie gegeben, hier bei uns. Bald wird man Sie nur noch Sensenmanns Tippse rufen. Und wenn Sie so weitermachen, werden Sie Mühe haben, eine neue Stelle zu finden.«

Wutentbrannt schleuderte Mandy ihr entgegen: »Aber bestimmt nicht soviel wie Sie. Denn ich seh' wenigstens nicht so aus, als wär' ich grade dem KZ entsprungen. Sie sollten sich mal im Spiegel angucken. Ekelhaft sehen Sie aus.«

Sekundenlang herrschte entsetztes Schweigen. Sechs Augenpaare streiften Emma mit raschem Blick und schauten gleich wieder weg. Die saß erst ganz still, sprang aber plötzlich ungelenk auf und schleuderte die Kaffeetasse in weitem Bogen bis ins Spülbecken, wo sie in tausend Stücke zerschellte. Dann gab Emma einen schrillen Klagelaut von sich, brach in Tränen aus und rannte aus der Küche. Amy schrie auf und wischte sich einen Spritzer heißen Kaffee von der Wange.

Maggie war schockiert. »Das hättest du nicht sagen dürfen, Mandy. Das war grausam. Emma ist doch krank, sie kann nichts dafür.«

»Und ob sie was dafürkann. Sie macht das doch bloß, damit die anderen sich gruseln. Außerdem hat sie damit angefangen. Sensenmanns Tippse hat sie zu mir gesagt. Aber ich bringe niemandem Unglück. Ist ja nicht meine Schuld, daß ich die beiden gefunden hab', das war doch keine Absicht.«

Amy sah Maggie an. »Was meinst du denn, soll ich ihr nachgehen?«

»Laß sie lieber erst mal allein. Du weißt ja, wie sie ist. Sie kränkt sich, weil Miss Claudia sich jetzt statt ihrer Blackie als Assistentin genommen hat. Nicht umsonst hat sie Miss Claudia gesagt, daß sie Ende der Woche gehen will. Wenn du mich fragst, dann hat sie ganz einfach Angst. Was ich ihr nicht verdenken kann.«

Hin und her gerissen zwischen zorniger Selbstrechtfertigung und Reuegefühlen, die um so unangenehmer waren, als sie höchst selten darunter litt, dachte Mandy, daß es auch ihr guttun würde, mit Geschirr zu schmeißen und eine Runde zu flennen. Was geschah nur mit allen hier in Innocent House, auch mit ihr? War das die Wirkung, die ein gewaltsamer Tod auf die Menschen hatte? Sie hatte sich einen angenehm prickelnden, aufregenden Tag vorgestellt, angefüllt mit spannendem Tratsch und Spekulationen, und im Mittelpunkt des Interesses sie, Mandy

Price. Statt dessen war es vom frühen Morgen an die reinste Hölle gewesen.

Die Tür ging auf, und Miss Etienne stand auf der Schwelle. Sie sagte kühl: »Maggie, Amy, Mandy, draußen wartet eine Menge Arbeit. Aber wenn Sie keine Lust drauf haben, wäre es besser, Sie sagen das freiheraus und gehen heim.«

55

Dalgliesh hatte alle Gesellschafter aufgefordert, sich um fünfzehn Uhr im Sitzungssaal einzufinden, und eigens darum gebeten, daß auch Miss Blackett zugegen sei. Keiner der vier erhob Einwände, weder gegen die Vorladung noch dagegen, Blackie in das Treffen mit einzubeziehen. Auch die Oberbekleidung, die sie getragen hatten, als Esmé Carlings Leiche gefunden wurde, hatten alle widerspruchslos und ohne Fragen zu stellen den Beamten von der Spurensicherung ausgehändigt. Aber schließlich, dachte Kate, haben wir es hier ja auch mit lauter intelligenten Menschen zu tun, die in so einem Fall nicht erst nach Gründen zu fragen brauchen. Es hatte auch keiner der Betroffenen den Wunsch geäußert, einen Anwalt hinzuzuziehen, und Kate überlegte jetzt, warum. Ob sie befürchteten, ein solches Ansinnen könne verdächtig vorschnell wirken? Oder vertrauten sie darauf, ihre Interessen selbst gebührend wahren zu können? Oder fühlten sie sich etwa durch die Gewißheit der eigenen Unschuld bestärkt?

Sie und Dalgliesh saßen auf einer Seite des Tisches, die Gesellschafter und Miss Blackett ihnen gegenüber. Bei ihrem letzten Zusammentreffen hier im Sitzungssaal hatte Kate seitens der vier Partner die unterschiedlichsten Gefühle wahrgenommen: Neugier, Schock, Trauer, Beklommenheit. Heute spürte sie nichts als Furcht. Die aber schien sich unter ihnen ausgebreitet zu haben wie eine Seuche, so daß man hätte meinen können, sie steckten sich gegenseitig an, ja infizierten sogar die Luft im Raum damit. Miss Blackett war freilich die einzige, die sich ihre Angst auch äußerlich anmerken ließ. Mit der behenden Anspannung eines gefangenen Tieres rutschte sie unablässig auf der Stuhlkante hin und her. Ihr Gesicht war kalkweiß, doch von Zeit zu Zeit brachen auf Stirn und Wangen hektische Flecken aus, wie die Male einer bösen Krankheit. Dauntsey, der auf einmal wie ein Greis wirkte, saß so resigniert da wie ein Patient in der Geriatrie, der nur noch auf seine Einweisung in ein Pflegeheim wartet. De Witt hatte sich dicht neben Frances Peverell gesetzt; seine Augen unter den schweren Lidern blickten wachsam. Frances Peverells Miene war angespannt, und sie fuhr sich ständig mit der Zunge über die Lippen. Claudia Etienne, die auf der anderen Seite neben ihr saß, war äußerlich noch am ehesten gefaßt. Sie bestach wie immer durch ihre vornehme Eleganz, und Kate, der auffiel, daß sie heute besonders sorgfältig geschminkt war, fragte sich, ob dies nun Trotzgebaren sei oder ein tapferer Versuch, dem psychologischen Chaos von Innocent House wenigstens im Kleinen den Stempel der Normalität aufzuzwingen.

Dalgliesh hatte Esmé Carlings letzte Botschaft auf den Tisch gelegt. Das Blatt war jetzt in eine Plastikhülle eingeschweißt. Mit fast ausdrucksloser Stimme las er den Text vor. Keiner sagte etwas dazu. Auch Dalgliesh gab keinen Kommentar ab, sondern erklärte ganz ruhig: »Inzwischen glauben wir, daß Mrs. Carling an dem Abend, als Mr. Etienne starb, in Innocent House gewesen ist.«

Claudia fragte in scharfem Ton zurück: »Esmé kam hierher? Und warum?«

»Vermutlich, weil sie Ihren Bruder sprechen wollte. Wäre das so unwahrscheinlich? Erst einen Tag vorher hatte sie erfahren, daß Peverell Press ihren neuen Roman nicht verlegen wollte. Sie hatte schon morgens versucht, Mr. Etienne zur Rede zu stellen, doch da hat Miss Blackett sie nicht vorgelassen.«

Blackie rief aufgebracht: »Aber er war in der Gesellschafterkonferenz! Und die unterbricht niemand! Ich hatte sogar Anweisung, nicht einmal dringende Telefonate durchzustellen.«

»Aber es macht Ihnen doch auch niemand einen Vorwurf, Blackie«, warf Claudia ungeduldig ein. »Natürlich war es ganz richtig von Ihnen, daß Sie die Person nicht vorgelassen haben.«

Als ob es gar keine Unterbrechung gegeben hätte, fuhr Dalgliesh fort: »Vom Verlag fuhr Mrs. Carling direkt zum Bahnhof Liverpool Street und von da weiter nach Cambridge, wo sie eine Signierstunde halten sollte. Doch am Veranstaltungsort angekommen, erfuhr sie, daß jemand von hier, von Peverell Press, diesen Termin per Fax abgesagt hatte. War da zu erwarten, daß sie ruhig heimgehen und nichts weiter unternehmen würde? Sie haben sie doch alle gekannt. Hätte es nicht viel eher zu ihr gepaßt, daß sie in den Verlag zurückkehrte und noch einmal versuchte, Mr. Etienne mit ihren Beschwerden zu konfrontieren, diesmal allerdings zu einer Zeit, da sie hoffen durfte, ihn allein und nicht von seiner Sekretärin abgeschirmt zu treffen? Und es scheint ja allgemein bekannt gewesen zu sein, daß Gerard Etienne donnerstags länger zu arbeiten pflegte.«

»Aber das haben Sie doch bestimmt längst nachgeprüft«, sagte de Witt. »Haben Sie Esmé denn nicht gefragt, wo sie an dem Abend gewesen ist? Wenn Sie ernsthaft glauben, daß Gerard ermordet wurde, ja, dann gehörte Esmé Carling doch zum Kreis der Verdächtigen.«

»Gefragt haben wir sie, ja. Und sie präsentierte uns ein überzeugendes Alibi – ein Kind, das behauptete, zwischen halb sieben und Mitternacht bei ihr in der Wohnung gewesen zu sein. Dieses Mädchen, es heißt übrigens Daisy, hat uns inzwischen aber die Wahrheit gesagt. Mrs. Carling hatte die Kleine dazu überredet, ihr ein Alibi zu geben, und sie hat Daisy auch erzählt, daß sie in Wirklichkeit in Innocent House war.«

»Und jetzt haben Sie die Güte, das auch uns mitzuteilen«, spottete Claudia. »Das ist ja ganz was Neues, Commander! Wird allerdings auch Zeit, daß wir endlich was Definitives zu hören kriegen. Gerard war mein Bruder. Sie haben von Anfang an durchblicken lassen, daß Sie seinen Tod nicht für einen Unfall halten, aber in der Frage, wie und warum er gestorben ist, sind Sie anscheinend keinen Schritt weitergekommen.«

De Witt versetzte ruhig: »Nun sei doch nicht naiv, Claudia. Der Commander hat uns das eben nicht aus Rücksicht auf deine schwesterlichen Gefühle anvertraut. Er will uns nur sagen, daß dieses Kind, diese Daisy, verhört wurde und alles, was sie weiß, ausgesagt hat, so daß es niemandem etwas bringen würde, die Kleine aufzuspüren, sie zu beeinflussen, zu bestechen oder auf irgendeine andere Art zum Schweigen zu bringen.«

Seine Rede war mehr als deutlich und implizierte eine so grauenhafte Theorie, daß Kate fast mit einem Chor empörter Protestrufe rechnete. Aber es kam nichts. Claudia wurde puterrot und sah aus, als wolle sie sich entrüstet gegen de Witts Unterstellung verwahren, aber dann besann sie sich doch eines Besseren. Ihre drei Partner erstarrten in eisigem Schweigen, und es schien, als meide einer den Blick des anderen. De Witts Bemerkung hatte offenbar eine ganze Phalanx derart unwillkommener und erschreckender Mutmaßungen eröffnet, daß man sich tunlichst gar nicht erst darauf einlassen mochte.

Dauntseys Stimme klang ein bißchen zu beherrscht, als er sagte: »Demnach haben Sie eine Verdächtige, die nachweislich am Abend, als Gerard ermordet wurde, hiergewesen ist, vermutlich sogar zur passenden Zeit. Aber nun frage ich Sie: Wenn Esmé Carling nichts zu verbergen hatte, warum hat sie sich dann nicht selbst bei Ihnen gemeldet?«

»Ja, wenn ich jetzt so drüber nachdenke, finde ich es auch merkwürdig, daß sie sich seither überhaupt nicht mehr gerührt hat«, sagte de Witt. »Du hast zwar vermutlich nicht mit einem Kondolenzbrief gerechnet, Claudia, aber irgendeine Äußerung ihrerseits hätte ich doch erwartet, und sei es auch nur ein neuerlicher Vorstoß, um uns ihren Roman anzudrehen.«

Frances sagte: »Wahrscheinlich wollte sie taktvoll sein und noch ein bißchen warten. Hätte doch ziemlich herzlos gewirkt, wenn sie uns so kurz nach Gerards Tod gleich wieder wegen ihres Buches zugesetzt hätte.«

Und de Witt fügte hinzu: »Auf jeden Fall wäre es ein sehr ungünstiger Zeitpunkt gewesen für den Versuch, uns umzustimmen.«

»Was ihr auch gar nicht gelungen wäre«, warf Claudia heftig ein. »Gerard hatte nämlich recht, das Buch taugt nichts. Es hätte unseren Ruf nicht gefördert, und ihren natürlich erst recht nicht.«

»Aber wir hätten ihr das freundlicher beibringen sollen«, wandte Frances ein. »Zumindest hätten wir mit ihr reden können und versuchen, es ihr zu erklären. Ich finde, das gebietet uns der Anstand.«

»Nun fang doch um Himmels willen nicht wieder mit dieser alten Leier an, Frances«, fuhr Claudia auf. »Wozu wär' denn das gut gewesen? Abgelehnt ist abgelehnt, basta. Und Esmé wäre uns böse gewesen, selbst wenn wir ihr die Entscheidung bei Champagner und Hummer Thermidor im *Claridge's* untergejubelt hätten.«

Dauntsey schien bislang seinen eigenen Gedanken nachzuhängen. Jetzt sagte er: »Ich kann mir nicht vorstellen, daß Esmé Carling etwas mit Gerards Tod zu tun hatte, aber es wäre wohl möglich, daß sie es war, die ihm die Schlange um den Hals gelegt hat. So was wäre auch eher ihr Stil.«

»Du meinst«, sagte Claudia, »sie hat die Leiche gefunden und beschlossen, gleichsam einen persönlichen Kommentar hinzuzufügen?«

Dauntsey fuhr unbeirrt fort: »Aber es paßt doch nicht, oder? Gerard muß ja noch am Leben gewesen sein, als sie hier ankam. Wahrscheinlich war er es sogar, der sie reingelassen hat.«

»Muß nicht sein«, sagte Claudia. »Er könnte an dem Abend die Tür auch offen- oder nur angelehnt gelassen haben. So eine Nachlässigkeit in Sicherheitsdingen sähe Gerard zwar nicht ähnlich, aber auszuschließen ist es nicht. Jedenfalls könnte Esmé sich auch, als Gerard schon tot war, noch irgendwie Einlaß verschafft haben.«

»Aber selbst wenn«, sagte de Witt, »warum sollte sie dann ausgerechnet ins kleine Archiv raufgehen?«

Momentan sah es so aus, als hätten sie Dalgliesh und Kate ganz vergessen.

»Na, um Gerard zu suchen«, sagte Frances.

»Aber hätte sie da nicht eher in seinem Büro auf ihn gewartet?« gab Dauntsey zu bedenken. »Sie hätte gesehen, daß er irgendwo im Haus war, denn seine Jacke hing ja noch über der Stuhllehne. Früher oder später mußte er also zurückkommen. Und dann die Schlange. Hätte Esmé Carling überhaupt gewußt, wo sie die findet?«

Nachdem er so mit wenigen Sätzen die eigene Theorie zunichte gemacht hatte, versank Dauntsey wieder in Schweigen. Claudia sah ihre Partner der Reihe nach an, als wolle sie stillschweigend ihr Einverständnis zu dem erbitten, was sie jetzt vorzubringen gedachte. Und dann wandte sie sich Dalgliesh zu.

»Ich begreife natürlich, daß diese neue Erkenntnis, wonach Esmé Carling am Abend von Gerards Tod in Innocent House war, ihren Selbstmord in einem ganz anderen Licht erscheinen läßt. Aber wie immer sie auch gestorben sein mag, von uns kann keiner die Hand im Spiel gehabt haben. Wir können alle nachweisen, wo wir gestern abend waren.«

Kate dachte: Sie möchte das Wort Alibi nicht in den Mund nehmen.

Claudia fuhr fort: »Ich war bei meinem Verlobten, Frances und James waren zusammen in Frances' Wohnung, Gabriel war mit Sydney Bartrum im Pub.« Und an Dauntsey gewandt sagte sie schroff: »Wie mutig von dir, Gabriel, so kurz nach dem Überfall allein und zu Fuß ins *Sailor's Return* zu gehen.«

»Ich bewege mich seit über sechzig Jahren allein auf meinen zwei Beinen durch meine Hauptstadt. Da wird ein Überfall mich nicht zwingen, meine Gewohnheiten zu ändern.«

»Und wie praktisch, daß du ausgerechnet um die Zeit hier weg bist, als Esmés Taxi ankam.«

De Witt sagte ruhig: »Nicht doch, Claudia, das war Zufall, weiter nichts.«

Doch Claudia sah Dauntsey an, als wäre er ein Fremder. »Und das Pub kann vielleicht sogar angeben, wann ihr dort eingetroffen seid, Sydney und du. Andererseits ist es natürlich so etwa die umtriebigste Kneipe diesseits der Themse, hat obendrein den längsten Tresen sowie einen Extrazugang vom Ufersteg aus, und dann seid ihr ja auch getrennt gekommen, nicht? Da bezweifle ich doch stark, daß sie präzise Angaben machen können, selbst wenn sich irgendwer an zwei bestimmte Gäste erinnern sollte. Und absichtlich werdet ihr doch wohl keine Aufmerksamkeit erregt haben, oder?«

Dauntsey entgegnete gleichmütig: »Dazu sind wir nicht hingegangen, nein.«

»Ja, warum wart ihr eigentlich da? Ich wußte gar nicht, daß du was fürs *Sailor's Return* übrig hast. Hätte auch nicht gedacht, daß du dich in so 'ner Pinte wohl fühlst. Ist doch viel zu rabaukig. Und daß ihr Kneipenbrüder seid, Sydney und du, also das war mir auch noch nicht aufgefallen.«

Es ist gerade so, dachte Kate, als würden sie einen Privatkrieg führen. Sie hörte Frances' leisen, qualvollen Zwischenruf: »Nicht doch, ich bitte euch, hört auf!«

De Witt fragte kühl: »Ist denn dein Alibi verläßlicher, Claudia?«

»Das gleiche könnte ich dich fragen!« fuhr sie ihn an. »Oder willst du etwa behaupten, Frances würde nicht für dich lügen?«

»Vielleicht würde sie das, ich weiß es nicht. Aber wie die Dinge liegen, hat sie keine Veranlassung dazu. Wir waren wirklich seit sieben Uhr zusammen.«

»Und ihr habt nichts bemerkt, nichts gesehen und nichts gehört, vor lauter trauter Zweisamkeit«, höhnte Claudia. Ehe de Witt etwas erwidern konnte, fuhr sie fort: »Schon merkwürdig, nicht, wie eine dumme Kleinigkeit sich zum bedeutsamen Ereignis auswachsen kann. Wenn nicht irgendwer dieses Fax geschickt und Esmés Signierstunde abgesagt hätte, dann wäre sie an dem Abend vielleicht gar nicht nach Innocent House zurückgekommen, hätte nicht gesehen, was sie hier sah, und wäre womöglich noch am Leben.«

Blackie ertrug es nicht länger, erst die kaum verhüllte Feindseligkeit der neuen Chefin und nun diese Greuelvorstellung. Sie sprang auf und schrie: »Aufhören, bitte hören Sie doch endlich auf! Das ist ja alles gar nicht wahr. Es war Selbstmord. Mandy hat sie gefunden. Mandy hat's doch gesehen. Sie wissen, daß sie von eigener Hand gestorben ist. Dieses Fax hat damit nichts zu tun.«

Claudia entgegnete hitzig: »Natürlich war es Selbstmord. Jeder andere Gedanke entspringt allein dem Wunschdenken der Polizei. Warum sich mit einem Selbstmord begnügen, wenn sich eine aufregendere Alternative bietet? Aber dieses Fax war vielleicht in Esmés Fall so was wie der berühmte Tropfen, der das Faß zum Überlaufen bringt. Wer immer es geschickt hat, ist mitschuldig an ihrem Tod.«

Sie starrte Blackie unverwandt an, und die anderen drehten die Köpfe, als ob Claudia an einem unsichtbaren Draht gezogen hätte.

Und dann rief Claudia plötzlich: »Sie sind's gewesen! Hab' ich mir doch gleich gedacht. Ja, Sie waren's, Blackie! Sie haben das Fax geschickt.«

Die anderen beobachteten entsetzt, wie Blackies Mund sich langsam öffnete, ohne daß ein Ton herauskam. Die Sekunden schienen sich zu Minuten zu dehnen, während sie den Atem anhielt, und dann, endlich, brach sie in haltloses Schluchzen aus.

Claudia stand auf, ging zu ihr und packte sie bei den Schultern. Einen Moment lang hatte es den Anschein, als wolle sie sie kräftig durchschütteln.

»Und was ist mit den übrigen Streichen? Mit den getürkten

Fahnenkorrekturen und dem verschwundenen Bildmaterial? Geht das auch auf Ihr Konto?«

»Nein! Nein, wirklich, ich schwöre es! Von mir stammt nur das Fax, sonst nichts. Sie ... sie hat so häßlich über Mr. Peverell gesprochen. Ganz furchtbare Dinge hat sie behauptet. Und es ist nicht wahr, daß er mich für eine Nervensäge hielt. Nein, er hatte mich gern. Und er hat sich voll auf mich verlassen. Ach Gott, ich wünschte, ich wäre tot, so wie er.«

Schwankend wandte sie sich um und stolperte unter heftigem Schluchzen zur Tür. Dabei hielt sie eine Hand weit ausgestreckt wie ein Blinder, der sich seinen Weg ertasten muß. Frances erhob sich halb, und de Witt war schon aufgesprungen, als Claudia ihn am Arm packte.

»Laß sie jetzt um Gottes willen in Ruhe, James. Wir sind nicht alle scharf drauf, uns an deiner Schulter auszuweinen. Einigen von uns ist es lieber, wenn wir unseren Kummer mit uns allein ausmachen können.«

James wurde rot, setzte sich aber abrupt wieder hin.

Dalgliesh sagte: »Ich denke, wir sollten hier abbrechen. Wenn Miss Blackett sich beruhigt hat, wird Inspector Miskin sich mit ihr unterhalten.«

»Kompliment, Commander«, sagte de Witt. »Wie clever von Ihnen, uns Ihre Arbeit machen zu lassen. Es wäre zwar barmherziger gewesen, Blackie allein zu verhören, aber das hätte länger gedauert, nicht wahr, und vielleicht auch nicht so schnell zum Erfolg geführt.«

Dalgliesh entgegnete ruhig: »Eine Frau mußte sterben, Sir, und meine Aufgabe ist es, herauszufinden, wie und warum. In einem solchen Fall steht Nachsicht leider nicht an erster Stelle.«

Frances schien dem Weinen nahe, als sie zu de Witt hinübersah. »Arme Blackie! Ach, mein Gott, die arme, arme Blackie. Was werden sie denn jetzt mit ihr machen?«

Claudia antwortete ihr. »Inspector Miskin wird sie trösten, und dann nimmt Dalgliesh sie in die Mangel. Oder wenn sie Glück hat, machen sie's umgekehrt. Aber du brauchst dich um

Blackie nicht zu sorgen. Wegen einem getürkten Fax kommt man schon nicht an den Galgen, vermutlich ist so was nicht mal strafbar.« Und dann wandte sie sich plötzlich impulsiv nach Dauntsey um. »Gabriel, bitte verzeih mir. Es tut mir furchtbar leid, ich kann dir gar nicht sagen, wie sehr. Ich weiß nicht, was plötzlich über mich gekommen ist. Mein Gott, wir müssen doch zusammenhalten, gerade jetzt.« Und als er keine Antwort gab, fuhr sie beinahe flehentlich fort: »Du glaubst doch nicht auch, daß es Mord war, oder? Esmés Tod, meine ich. Du denkst doch nicht, daß man sie umgebracht hat?«

Dauntsey versetzte ruhig: »Du hast ja gehört, wie der Commander ihre Schmähschrift gegen uns vorgelesen hat. Klang denn das für dich wirklich wie ein Abschiedsbrief?«

56

Mr. Winston Johnson war korpulent, schwarz, liebenswürdig, hatte offenbar keinerlei Hemmungen, ein Polizeirevier zu betreten, und trug den Verdienstausfall, der ihm möglicherweise durch den Termin in Wapping entstand, mit philosophischem Gleichmut. Er hatte eine tiefe, angenehme Baßstimme, doch was er sprach, war reinstes Cockney. Als Daniel sich dafür entschuldigen wollte, daß man ihn während seiner Arbeitszeit in Anspruch nehmen mußte, sagte er bloß: »Schätze, da entgeht mir nicht viel. Auf dem Weg hierher hab' ich zwei Typen aufgelesen, die zur Canary Wharf wollten. Warn amerikanische Touristen. Ham ordentlich Trinkgeld gegeben, die zwei. Deshalb komm' ich auch 'n bißchen spät.«

Daniel schob ihm ein Foto von Esmé Carling über den Tisch. »Das ist der Fahrgast, der uns interessiert. Donnerstag abend, zum Innocent Walk. Erkennen Sie die Dame wieder?«

Mr. Johnson nahm das Foto in die linke Hand. »Stimmt, die hab' ich gefahrn. Gegen halb sieben hat sie mich an der Hammersmith Bridge angehalten. Um halb acht, hat sie gesagt, will sie am Innocent Walk Nummer 10 sein. War kein Problem, Chef. Für die Strecke brauch' ich nich' ganz 'ne Stunde, außer es is' arg viel Verkehr, oder wir ham Bombenalarm und Ihre Jungs sperren die Straßen. Aber an dem Abend, da sind wir gut durchgekommen.«

»Sie meinen, Sie waren vor halb acht am Ziel.«

»Wärn wir gewesen, Chef, wärn wir. Aber wie wir am Tower vorbeikommen, da klopft die Lady an die Scheibe und sagt, sie will nich' zu früh dasein. Ich soll noch 'n bißchen in der Gegend rumfahrn und die Zeit totschlagen, sagt sie. Ich frag', wo sie denn längs will, und sie sagt: ›Egal, solange wir nur Punkt halb acht am Innocent Walk sind.‹ Also hab' ich sie rausgefahrn zur Isle of Dogs und bin da 'n bißchen rumgekurvt und dann übern Highway wieder retour. Hat natürlich 'n paar Shilling draufgehaun, der Umweg, aber ich glaub' nich', daß ihr das was ausgemacht hat. Stolze achtzehn Pfund hat sie blechen müssen, und trotzdem hab' ich noch 'n Trinkgeld gekriegt.«

»Wie sind Sie denn nun genau zum Innocent Walk gefahren?«

»Also erst links von The Highway runter auf die Garnet Street, dann rechts ab und die Wapping Wall lang.«

»Und Mrs. Carling, also, ich meine die Dame, die Sie gefahren haben – hat die sich auf der Fahrt mit Ihnen unterhalten?«

»Die hat nur gesagt, was ich Ihnen schon erzählt hab', daß sie nich' vor halb acht ankommen will und daß ich 'n bißchen rumfahrn soll, bis es soweit is', oder so ähnlich.«

»Und Sie sind sicher, daß die Dame zum Innocent Walk Nummer 10 wollte – nicht vielleicht nach Innocent House?«

»Nummer 10 hat sie verlangt, und bei Nummer 10 hab' ich sie abgesetzt. Vor dem Tor zur Innocent Passage. Weiter nach'm Innocent Walk rein wollte sie wohl nich'. Jedenfalls hat sie gleich, wie wir eingebogen sind, an die Scheibe geklopft und gesagt, hier wär's recht, weiter will sie nich'.«

»Und das Tor zur Innocent Passage – haben Sie gesehen, ob das offenstand?«

»Nee, das war nich' auf. Aber darum muß es noch nich' zugeschlossen gewesen sein.«

Bei der nächsten Frage kannte Daniel die Antwort schon im voraus, aber er brauchte sie fürs Protokoll. »Die Dame hat nicht zufällig erwähnt, warum sie zum Innocent Walk wollte? Ob sie beispielsweise mit jemandem verabredet war?«

»Geht mich doch nix an, wo die Leute hinwolln, Chef, oder?«

»Nein, wahrscheinlich nicht, aber Fahrgäste plaudern ja bekanntlich manchmal gern mit dem Taxichauffeur.«

»Ha, manche sogar ein ganzes Ende zuviel. Aber das war nich' so eine, ganz im Gegenteil. Die hat bloß still hintendrin gesessen und sich immerfort an ihrer Mordstrumm-Schultertasche festgehalten.«

Ein zweites Foto wanderte über den Tisch. »War es diese Schultertasche?«

»Möglich. Sieht so aus. Aber das sag' ich Ihnen gleich, Chef, beschwören könnt' ich's nich'.«

»Hatten Sie den Eindruck, daß viel drin war, in der Tasche? Ich meine, schien sie schwer zu sein, oder war sie ausgebeult, prall?«

»Da muß ich passen, Chef. Ich hab' nix weiter gesehn, als daß sie sie umgehängt hatte und daß sie reichlich groß gewesen is'.«

»Und Sie können beschwören, daß Sie die Dame hier auf dem Foto am Donnerstag von Hammersmith zum Innocent Walk gefahren und sie um neunzehn Uhr dreißig lebend am Eingang zur Innocent Passage abgesetzt haben?«

»Ja, tot war sie bestimmt nich', wie sie ausgestiegen is'. Gut, gut, ich kann's beschwören, ja. Wolln Sie jetzt auch noch 'n Protokoll?«

»Erst mal besten Dank, Mr. Johnson, Sie haben uns sehr geholfen. Ja, wir würden gern ein Protokoll aufnehmen. Das machen wir dann aber nebenan, bitte.«

Der diensthabende Polizist begleitete Mr. Johnson hinaus. Gleich darauf öffnete sich die Tür wieder, und Sergeant Robbins steckte den Kopf herein. Er versuchte gar nicht erst, seine Erregung zu kaschieren.

»Sir, eben kam ein Anruf vom Londoner Hafenamt! Sie wissen schon, die Antwort auf unsere Anfrage vor 'ner Stunde, wegen möglicher Augenzeugen auf der Themse. Also die *Royal Nore,* das Patrouillenboot von der Hafenbehörde, ist gestern abend an Innocent House vorbeigefahren. Der Amtsleiter hat an Bord eine Dinnerparty veranstaltet. Um acht wurde gegessen, aber drei der Gäste wollten unbedingt mal das berühmte Innocent House sehen und waren oben an Deck. Ihrer Schätzung nach muß das so gegen zwanzig vor acht gewesen sein. Und die drei beschwören, Sir, daß der Leichnam da nicht an der Uferlände hing und daß auch niemand auf der Terrasse war. Aber das ist noch nicht alles, Sir. Die Herrschaften sind sich ganz sicher, daß die Fähre links vom Steg lag und nicht rechts. Ich meine vom Fluß aus gesehen links, Sir.«

»Ach du Scheiße!« rief Daniel. »Dann hat AD also den richtigen Riecher gehabt. Die Carling ist tatsächlich auf der Fähre getötet worden. Der Mörder hörte das Patrouillenboot vom Hafenamt und hielt die Leiche so lange an Bord versteckt, bis die Luft rein war. Dann erst hat er die Tote an der Uferlände aufgeknüpft.«

»Aber warum auf der anderen Seite von der Treppe? Warum macht er sich die Mühe und manövriert eigens das Boot nach drüben?«

»Weil wir nicht merken sollten, daß der Mord auf der Fähre verübt wurde. Das letzte, was der Täter will, ist, daß die Spurensicherung auf dem Boot rumschnüffelt. Und noch was. Er muß die Carling hinter dem schmiedeeisernen Tor unten an der Innocent Passage getroffen haben. Er hatte einen Schlüssel und erwartete sie im Seiteneingang. Es war weniger gefährlich für ihn, wenn er sich strikt an diese Seite der Terrasse hielt, so weit wie möglich von Innocent House und von Nummer 12 entfernt.«

Robbins hatte noch einen Einwand. »Aber war es denn nicht

riskant, das Boot umzusetzen? Miss Peverell und Mr. de Witt hätten doch was hören können. Und wenn, dann wären sie doch bestimmt runtergekommen, um nachzusehen.«

»Die beiden behaupten aber, daß man von Miss Frances' Wohnung aus nicht mal einen Wagen vorfahren hört, es sei denn, er kommt bis auf das holprige Kopfsteinpflaster von der Innocent Lane. Wir können das natürlich noch mal überprüfen. Aber ich denke mir, selbst wenn sie einen Bootsmotor gehört haben, wird ihnen das nicht verdächtig vorgekommen sein. Auf der Themse sind schließlich immer wieder Fähren unterwegs. Und außerdem hatten sie die Vorhänge zugezogen. Allerdings gibt's da auch noch eine andere Möglichkeit.«

»Und die wäre, Sir?«

»Daß es die beiden waren, die das Boot versetzt haben.«

57

Es war gerade erst halb sechs, und das an einem Samstag, wo normalerweise viel los war, aber der Laden war abgesperrt, und ein Schild mit der Aufschrift »Geschlossen« hing hinter der Glasscheibe. Claudia drückte auf die Klingel neben dem Eingang, worauf binnen Sekunden Declans Silhouette erschien und die Tür entriegelt wurde. Kaum, daß sie über die Schwelle war, spähte er rasch die Straße hinauf und hinunter und schloß dann wieder hinter ihr ab.

»Wo ist Mr. Simon?« fragte sie.

»Im Krankenhaus. Ich komme gerade von ihm. Es geht ihm sehr schlecht. Er meint, es ist Krebs.«

»Und was sagen die Ärzte?«

»Die wollen erst noch verschiedene Untersuchungen durchführen. Aber sie denken auch, daß es ernst ist, das hab' ich ihnen angesehen. Heute morgen hab' ich Simon endlich dazu gekriegt, daß er seinen Hausarzt angerufen hat, Dr. Cohen, und der hat gleich gesagt: ›Mann Gottes, warum haben Sie mich denn nicht schon früher kommen lassen?‹ Der Alte glaubt nicht, daß er noch mal aus der Klinik rauskommt, das hat er mir gestanden. Aber laß uns doch nach hinten gehen, da ist es gemütlicher.«

Weder hatte er sie geküßt, noch berührte er sie.

Er spricht zu mir, als ob ich eine x-beliebige Kundin wäre, dachte Claudia. Irgendwas ist mit ihm geschehen, und es geht um mehr als die Krankheit vom alten Simon. Sie hatte ihn noch nie so gesehen. Er schien wie besessen von einer Mischung aus Erregtheit und geradezu panischer Angst. In seinen Augen lag etwas Gehetztes, und sein Gesicht glänzte vor Schweiß. Claudia konnte ihn direkt riechen, diesen fremdartigen, ja wilden Geruch. Sie folgte ihm in den Wintergarten. Alle drei Elemente des an die Wand montierten elektrischen Heizgerätes waren eingeschaltet, und es war sehr warm. Die vertrauten Gegenstände sahen auf einmal ganz seltsam aus, wie geschrumpft, gleichsam die belanglosen Überreste vergangenen Lebens, um das sich niemand mehr kümmerte.

Sie setzte sich nicht, sondern blieb stehen, um ihn zu beobachten. Declan schien es nicht an einem Fleck aushalten zu können und lief wie ein gefangenes Tier auf den wenigen Metern freien Raums auf und ab. Er war konventioneller gekleidet als sonst, doch das ungewohnte Jackett nebst Krawatte paßte nicht zu seiner schier zwanghaften Unrast und dem zerzausten Haar. Claudia fragte sich, wie lange er wohl schon trinken mochte. Zwischen all dem Durcheinander auf einem der Tische standen eine Weinflasche, die zu zwei Dritteln leer war, und ein benutztes Glas. Plötzlich unterbrach er sein rastloses Hin und Her, drehte sich zu ihr um und sah sie mit fast flehendem Blick an, einem Blick, hinter dem sie eine Mischung aus Scham und Furcht gewahrte.

»Die Polizei ist hiergewesen«, sagte er. »Hör zu, Claudia, ich mußte ihnen das mit Donnerstag sagen, du weißt schon, der Abend, an dem Gerard starb. Ich mußte ihnen sagen, daß du mich schon am Tower Pier abgesetzt hast und daß wir nicht die ganze Zeit zusammen waren.«

»Du mußtest?« fragte sie. »Was heißt das, du mußtest?«

»Sie haben es halt aus mir rausgequetscht.«

»Womit? Daumenschrauben und glühenden Zangen? Hat Dalgliesh dir die Arme ausgerenkt und dich geohrfeigt? Haben sie dich nach Notting Hill aufs Revier verschleppt und so clever zusammengeschlagen, daß man hinterher nichts davon sieht? Wir wissen ja, wie gut die Bullen in so was sind, nicht? Wir erleben's ja tagtäglich im Fernsehen.«

»Dalgliesh war gar nicht dabei. Dieser junge Typ mit dem jüdischen Namen und ein Sergeant haben mich verhört. Claudia, du weißt ja nicht, wie das ist. Und stell dir vor, die denken, daß Esmé Carling, eure Schriftstellerin, also daß die ermordet wurde.«

»Das können sie noch gar nicht wissen.«

»Aber sie nehmen es an, wenn ich's dir doch sage. Und sie wissen, daß ich ein Motiv hatte für den Mord an Gerard.«

»Falls es Mord gewesen ist.«

»Sie wissen, daß ich dringend Geld brauchte und daß du versprochen hast, mir welches zu beschaffen. Und was den Abend angeht, es wäre doch möglich gewesen, nicht? Wir hätten das Boot an Innocent House festmachen und ihn gemeinsam töten können.«

»Haben wir aber nicht.«

»Was nützt das, wenn die uns nicht glauben?«

»Haben sie dir irgendwas von dem, was du da erzählst, direkt auf den Kopf zugesagt?«

»Nein, aber das brauchten sie auch gar nicht. Ich hab' ihnen ja angesehen, was sie denken.«

Sie sagte geduldig: »Jetzt paß mal auf, wenn sie dich ernsthaft in Verdacht hätten, dann wärest du unter Hinweis auf deine Rechte auf einem Polizeirevier vernommen worden, und man hätte deine Aussagen aufgezeichnet. Haben sie das gemacht?«

»Nein, natürlich nicht.«

»Sie haben dich also nicht mit auf die Wache genommen und dir gesagt, daß du deinen Anwalt anrufen kannst?«

»Nichts dergleichen, du hörst doch. Aber zum Schluß, da haben sie gesagt, ich müsse in den nächsten Tagen nach Wapping kommen und ein Protokoll unterzeichnen.«

»Aha. Und was haben sie dich nun konkret gefragt?«

»Sie wollten dauernd wissen, ob ich mir wirklich sicher sei, daß wir die ganze Zeit zusammen waren und daß du mich von Innocent House hier zu mir nach Hause gefahren hast. Ich sage dir, es war das einzig Vernünftige, endlich die Wahrheit zu sagen. Der Inspector hat sogar von ›Beihilfe zum Mord‹ gesprochen – ehrlich, ich bin sicher, das waren genau seine Worte.«

»Ja, hast du dich denn an irgendwas mitschuldig gemacht? Ich nicht.«

»Jedenfalls habe ich ihnen jetzt gesagt, wie es wirklich war.«

Sie sprach ruhig, aber sie hatte nicht das Gefühl, daß es ihre Lippen waren, die sich dabei bewegten. »Ist dir auch klar, was du da getan hast? Falls Esmé Carling ermordet wurde, dann gilt das wahrscheinlich auch für Gerard, und wenn das so ist, dann kommt für beide Fälle nur ein und derselbe Täter in Frage. Denn daß wir in unserem Verlag gleichzeitig zwei Mörder hätten, das wäre ja wohl zu abenteuerlich. Und alles, was du erreicht hast, ist, daß man dich jetzt statt des einen gleich zweier Kapitalverbrechen verdächtigt.«

Er war den Tränen nahe. »Aber als Mrs. Carling ums Leben kam, da sind wir doch beide hiergewesen. Du bist direkt vom Büro aus zu mir gekommen. Ich hab' dich reingelassen, und wir waren den ganzen Abend zusammen. Wir haben miteinander geschlafen. Auch das hab' ich denen gesagt.«

»Aber Mr. Simon war nicht da, als ich kam, stimmt's? Außer dir hat mich keiner gesehen. Wie willst du deine Aussage also beweisen?«

»Aber wir waren doch zusammen! Wir haben ein Alibi – beide haben wir ein Alibi!«

»Fragt sich nur, ob die Polizei uns das jetzt noch abnehmen

wird. Du hast zugegeben, daß du gelogen hast, als es um die Nacht ging, in der Gerard starb. Warum solltest du da nicht auch im Fall Esmé Carling lügen? Du warst so darauf erpicht, die eigene Haut zu retten, mein Lieber, daß du gar nicht gemerkt hast, wie du dich immer tiefer in die Scheiße reinreitest.«

Er wandte sich ab und goß Wein in das Glas auf dem Tisch. Dann hob er die Flasche gegen das Licht und fragte: »Möchtest du auch einen Schluck? Ich hol' dir ein Glas.«

»Nein, danke.«

Wieder drehte er sich von ihr weg. »Hör mal«, sagte er, »ich finde, wir sollten uns nicht mehr treffen. Jedenfalls eine Zeitlang nicht. Ich meine, es ist bestimmt nicht gut, wenn man uns zusammen sieht, solange diese ganze Geschichte nicht geklärt ist.«

»Da ist doch noch was passiert, nicht?« fragte sie. »Es geht nicht bloß um das Alibi.«

Fast war es zum Lachen, wie sein Gesicht sich veränderte. Scham und Furcht wichen einer Welle der Erregung, einem verschlagenen Blick voll satter Zufriedenheit. Was für ein Kind er doch noch ist, dachte sie und überlegte, welch neues Spielzeug ihm wohl diesmal in die Finger geraten war. Gleichwohl wußte sie, daß die Verachtung, die sie empfand, mehr ihr selbst galt als ihm.

Eindringlich, wie um Verständnis heischend sagte er: »Ja, gut, da ist noch was anderes. Etwas wirklich Erfreuliches, wirst sehen. Es handelt sich um Simon. Er hat nach seinem Anwalt geschickt, und er will ein Testament machen, in dem er mir alles vererbt, das Geschäft und das Haus. Tja, er hat ja sonst auch niemanden, dem er's hinterlassen könnte, nicht? Verwandte hat er keine mehr. Und mit seinem Traum von einem Lebensabend in der Sonne ist es ja nun wohl auch aus. Also kann genausogut ich ihn beerben. Er sagt, lieber gibt er's mir als dem Staat.«

»Verstehe«, sagte sie. Und sie verstand nur zu gut. Er brauchte sie nicht mehr. Das Geld, das sie von Gerard geerbt hatte, wurde nicht mehr benötigt. Sie sagte mit mühsam beherrschter Stimme: »Falls die Polizei dich ernsthaft in Verdacht hat, was ich übrigens stark bezweifle, dann ändert sich daran auch nichts, wenn wir ab jetzt getrennte Wege gehen. Das macht sie höchstens noch mißtrauischer. Genauso würden sich nämlich zwei Menschen, die sich schuldig fühlen, benehmen. Aber du hast trotzdem recht. Du brauchst mich nicht, und ich brauche dich erst recht nicht. Du hast zwar einen gewissen urwüchsigen Charme und auch einigen Unterhaltungswert, aber als Liebhaber bist du ja wohl kaum Weltklasse, oder?«

Sie war überrascht, daß sie es, ohne über die eigenen Füße zu stolpern, bis zur Tür schaffte; dort kam sie allerdings mit den Schlössern nicht ganz zurecht. Er war dicht hinter ihr. Seine Stimme klang wieder fast flehend, als er sagte: »Aber du mußt doch einsehen, wie sonderbar das gewirkt hat. Du hattest mich gebeten, mit dir diese Bootsfahrt zu machen. Du sagtest, es sei sehr wichtig.«

Sie drehte sich zu ihm um. »War es auch. Ich wollte nach der Gesellschafterkonferenz mit Gerard sprechen, erinnerst du dich? Und ich dachte, ich könnte dir hinterher vielleicht eine erfreuliche Mitteilung machen.«

»Ja, und dann hast du mich um ein Alibi gebeten. Ich sollte sagen, wir seien bis zwei Uhr früh zusammengewesen. Du hast mich eigens vom Archiv aus angerufen, sobald du mit der Leiche allein warst. Du hattest nur einen winzigen Augenblick Zeit. Und das erste, was dir in den Sinn kam, war dein Alibi. Du hast mir eingebleut, was ich sagen sollte. Du hast mich zum Lügen gezwungen.«

»Und auch das hast du natürlich jetzt der Polizei erzählt.«

»Ich hab' ja gemerkt, wie das auf sie gewirkt hat, und nicht nur auf sie, jeder andere wird es genauso sehen. Und in Wahrheit war es doch so, daß du ohne mich mit dem Boot zurückgefahren bist. Du warst ganz allein mit Gerard in Innocent House. Und jetzt hast du alles geerbt, seine Wohnung, seine Aktien, das Geld von seiner Lebensversicherung.«

Sie spürte die schwere Türfüllung in ihrem Rücken. Als sie jetzt zu ihm aufblickte, sah sie schon bei ihren ersten Worten die Furcht in seinen Augen aufglimmen.

»Und da hast du jetzt gar keine Angst, hier mit mir allein zu sein? Ich hab' schon zwei Menschen umgebracht, warum sollte ich da vor einem dritten Mord zurückschrecken? Wer weiß, vielleicht bin ich ja so eine Art Triebtäterin, eine Wahnsinnige im Mordrausch, kann man doch nicht wissen, oder? Mein Gott, Declan! Glaubst du denn allen Ernstes, ich hätte Gerard getötet, einen Mann, der zehnmal soviel wert war wie du, bloß um dir den Laden hier zu kaufen und diesen jämmerlichen Haufen Ramsch, den du so emsig zusammenträgst, weil du nicht weißt, wie du dir sonst beweisen sollst, daß dein Leben einen Sinn hat, daß du ein Mann bist?«

Sie konnte sich nicht erinnern, daß sie die Tür geöffnet hatte, hörte sie jetzt aber laut und vernehmlich hinter sich ins Schloß fallen. Die Nacht erschien ihr plötzlich sehr kalt, und sie merkte, daß sie heftig zitterte. Nun ist es also aus, dachte sie, zu Ende gegangen im Bösen, mit bitteren Vorwürfen, billigen, ordinären Beleidigungen und mit Demütigungen auf der ganzen Linie. Aber endet es nicht eigentlich jedesmal so? Sie schob die Hände tiefer in die Manteltaschen und ging, die Schultern hochgezogen und den Hals tief im wärmenden Kragen verborgen, mit raschen Schritten auf ihren Wagen zu.

FÜNFTES BUCH

ÜBERFÜHRT

58

Am Montag saß Daniel gegen Abend allein im Archiv und arbeitete. Er wußte selbst nicht recht, was ihn zu diesen vollgestopften, muffig riechenden Regalen zurückgeführt hatte, es sei denn der unbewußte Drang, eine selbstauferlegte Buße zu erfüllen. Anscheinend konnte er an überhaupt nichts anderes mehr denken als an seinen Schnitzer mit Esmé Carlings Alibi. Aber Daisy Reed war ja nicht die einzige gewesen, die ihn getäuscht hatte; auch Esmé Carling selbst hatte ihn an der Nase herumgeführt, und sie hätte er durchaus noch härter in die Mangel nehmen können.

Dalgliesh hatte den Fehler nicht mehr erwähnt, doch vergessen würde er einen solchen Mißgriff wohl kaum. Daniel wußte nicht, was schlimmer war, Dalgliesh' Nachsicht oder Kates taktvolles Schweigen.

Er arbeitete sich stur weiter vor, indem er jeweils einen Stapel von etwa zehn Akten zur Durchsicht ins kleine Archiv hinüber trug. Hier hatte er es einigermaßen warm, denn man hatte ihm ein kleines elektrisches Heizgerät hereingestellt. Trotzdem fühlte er sich nicht wohl in dem Raum. Ohne das Heizgerät wurde es schlagartig so kalt und eisig, daß es ihm schon unnatürlich vorkam, und wenn er es anstellte, war die Luft in dem kleinen Zimmerchen bald so unangenehm trokken, daß er kaum noch atmen konnte. Daniel war nicht abergläubisch; er hatte also nicht das Gefühl, daß womöglich die ruhelosen Geister der Toten über seine einsame, methodische Suche wachten. Und der Raum war auch so kahl, so unpersönlich und alltäglich, daß er höchstens ein vages Unbehagen hervorrief, das aber paradoxerweise nicht auf schaurigen Schreckensvisionen beruhte, sondern gerade auf deren Ausbleiben.

Er hatte eben den nächsten Aktenstoß von einem oberen Bord heruntergenommen, als er dahinter ein kleines Päckchen gewahrte, das in braunes Papier eingeschlagen und mit einem alten Bindfaden umwickelt war. Daniel holte es herunter, nahm es mit hinüber zum Tisch, und nachdem er eine Weile mit den Knoten gekämpft hatte, kriegte er sie schließlich auf. Zum Vorschein kam eine alte, ledergebundene Ausgabe des Common Prayer Book, des Gebetbuches der anglikanischen Kirche. Es maß etwa fünfzehn mal zehn Zentimeter, und vorn auf dem Deckel waren die Initialen F. P. in Gold eingraviert. Das Buch war offenbar rege in Gebrauch gewesen, denn die Inschrift war kaum noch zu entziffern. Daniel schlug es auf, befühlte das feste, vergilbte Deckblatt und las das Impressum: »Mit allergnädigsten Privilegien Seiner Erhabenen Majestät erschienen bei John Baskett, Nachfolger der Kgl. Hofdruckerei Thomas Newcomb und Henry Hills, verst. – London 1716.« Daniels Interesse war geweckt, und er blätterte weiter. Feine, rotgestrichelte Linien markierten beide Ränder und die Mitte jeder Seite. Er wußte wenig von der Bekenntnisgrundlage der anglikanischen Kirche, aber er überflog die steifen, vergilbten Blätter aufmerksam, las hier und da einen Absatz und stellte zum Beispiel fest, daß es ein besonderes Gebet im Psalmenkreis gab, »zu erneuern alljährlich am fünften November im Gedenken an die glückliche Errettung Seiner Majestät, James I., und unseres ruhmreichen Parlaments vor dem höchst ruchlosen und verräterischen Attentate mittels Schießpulver«. Daniel bezweifelte jedoch, daß dieses Dankgebet immer noch Teil der anglikanischen Liturgie war.

Gerade, als er das Buch zuklappen wollte, fiel ein Blatt Papier aus dem hinteren Einband. Es war einmal gefaltet, noch nicht so vergilbt wie die Seiten des Gebetbuchs, aber ebenso dick. Der Text, der keine Überschrift trug, war mit schwarzer Tinte geschrieben, und auch wenn der Verfasser offenbar keine ruhige

Hand mehr gehabt hatte, lasen sich die Worte doch noch so deutlich und klar wie am Tag ihrer Niederschrift:

Ich, Francis Peverell, schreibe dies mit eigener Hand am 4. September 1850 zu Innocent House, im Angesicht des Todes. Die qualvolle Krankheit, die mich seit achtzehn Monaten in ihren Fängen hält, wird ihr Werk bald vollendet haben, und dann werde ich, durch die Gnade Gottes, endlich frei sein. ›Durch die Gnade Gottes‹, da steht es, geschrieben von meiner Hand, und ich werde diese Worte auch nicht wieder streichen. Ich habe weder die Kraft noch die Zeit, um noch einmal neu zu beginnen. Doch das Höchste, was ich von Gott erwarten kann, ist die Gnade der Vernichtung. Ich hoffe weder auf den Himmel, noch fürchte ich mich vor den Qualen der Hölle, denn ich habe meine Hölle seit fünfzehn Jahren hier auf Erden erduldet. Jedes Schmerzmittel zur Linderung meines Todeskampfes habe ich abgelehnt. Und das Laudanum des Vergessens, ich habe es nicht angerührt. Ihr Tod war barmherziger als der meine. Dieses mein Geständnis kann weder Seele noch Leib Erleichterung schaffen, denn weder habe ich um die Absolution gebeten, noch auch nur einem Menschen auf Erden meine Sünde gebeichtet oder gar Wiedergutmachung geleistet. Was könnte ein Mann auch tun, um den Mord an seiner Frau wieder gutzumachen?

Ich schreibe dies nieder, weil die Würdigung ihres Andenkens es verlangt, daß die Wahrheit ans Licht kommt. Gleichwohl kann ich mich immer noch nicht dazu überwinden, ein öffentliches Geständnis abzulegen und ihren Namen von der Schmach der Selbsttötung reinzuwaschen. Ich habe sie getötet, weil ich ihr Geld brauchte, um die Arbeit an Innocent House zu beenden. Ihre Mitgift hatte ich bereits aufgebraucht, aber sie besaß noch festangelegtes Kapital, das mir zu ihren Lebzeiten verweigert war, bei ihrem Tode jedoch an mich fallen würde. Sie liebte mich, das Geld aber wollte sie mir nicht übereignen. In ihren Augen war meine Liebe zu dem Haus zwanghaft und sündig zugleich. Sie dachte, ich hinge mehr an Innocent

House als an ihr oder unseren Kindern, und sie hatte recht damit.

Die Tat hätte leichter nicht sein können. Sie war eine zurückhaltende Frau, die aufgrund ihrer Schüchternheit und Menschenscheu keine engen Freundschaften pflegte. Und von ihrer Familie war niemand mehr am Leben. Die Dienerschaft sah in ihr schon seit langem ein unglückliches Geschöpf, und um den Boden für meine Tat zu bereiten, vertraute ich einigen Kollegen und Freunden an, daß ich um ihre Gesundheit und um ihren Geisteszustand besorgt sei. Am Abend des 24. September, einem lauen Frühherbsttage, rief ich sie hinauf zum dritten Stock, unter dem Vorwand, daß ich ihr etwas zeigen wolle. Bis auf die Dienstboten waren wir allein im Haus. Sie kam ganz zutraulich hinaus zu mir auf den Balkon. Sie war eine zierliche Person, und es war das Werk von Sekunden, sie gewaltsam emporzuheben und in den sicheren Tod zu stürzen. Als das getan war, ging ich ohne jede Hast hinunter in die Bibliothek, und dort saß ich still für mich über ein Buch gebeugt, als man mir die furchtbare Kunde überbrachte. Nie fiel auch nur der leiseste Verdacht auf mich. Und wie konnte es auch anders sein? Einem ehrbaren Manne traut man es nicht zu, daß er die eigene Frau ermordet.

Ich habe für Innocent House gelebt, und ich habe dafür gemordet, aber seit ihrem Tode hat das Haus mir keine frohe Minute mehr geschenkt. Ich hinterlasse dieses Geständnis meinen Nachfahren und bestimme hiermit, daß es von Generation zu Generation an den ältesten männlichen Sproß weiterzugeben ist. Und alle, die es lesen, bitte ich inständig, mein Geheimnis zu wahren. Es geht zunächst an meinen Sohn, Francis Henry, und, wenn die Zeit gekommen ist, weiter an dessen Sohn und so immer fort an alle meine Nachkommen. Mir bleibt keine Hoffnung mehr, weder in dieser noch in der nächsten Welt, und so kann ich denen, die mir folgen, auch keine Botschaft mit auf den Weg geben. Ich habe dies niedergeschrieben, weil es mich drängt, die Wahrheit zu offenbaren, bevor ich sterbe.

Darunter hatte er mit seinem Namen gezeichnet und noch einmal das Datum vermerkt.

Nachdem er das Geständnis gelesen hatte, saß Daniel volle zwei Minuten still und in Gedanken versunken am Tisch. Er fragte sich, woran es wohl liegen mochte, daß diese Worte, die aus einer Distanz von anderthalb Jahrhunderten zu ihm sprachen, ihn derart betroffen machten. Und sein Gefühl sagte ihm, er habe kein Recht, diese Zeilen zu lesen; das einzig Richtige sei es, das Blatt zurückzulegen, das Gebetbuch wieder einzuschlagen, wie er es vorgefunden hatte, und ins Regal zu stellen. Aber ich sollte doch wenigstens AD verständigen, dachte er. Ob das Geständnis der Grund dafür war, daß Henry Peverell sich so gegen die Aufarbeitung des Archivs gesträubt hatte? Er mußte schließlich von diesem Dokument gewußt haben. Ob man es ihm zu lesen gegeben hatte, als er volljährig wurde? Oder war es da schon längst verlegt und Teil der Familiensaga geworden, eine Geschichte, über die man hinter vorgehaltener Hand tuschelte, freilich ohne mehr zu wissen, ob sie der Wahrheit entsprach? Hatte auch Frances Peverell diese Beichte gelesen, als sie volljährig wurde, oder hatte man die Klausel vom »ältesten Sohn« stets wörtlich genommen? Aber für den Mord an Gerard Etienne war das Schriftstück bestimmt nicht relevant. Dies war eine Tragödie der Peverells, eine Familienschmach, so alt wie das Papier, auf dem ihr Urheber sie gebeichtet hatte. Daniel konnte es der Familie nachfühlen, daß sie den Fall geheimhalten wollte. Es wäre mehr als unangenehm, jedesmal, wenn das Haus bewundert wurde, zugeben zu müssen, daß es um den Preis eines Mordes erbaut worden war. Nach kurzem Besinnen steckte er das Blatt zurück, wickelte das Gebetbuch sorgsam wieder ein und legte es auf die Seite.

Plötzlich näherten sich vom Vorraum her Schritte, leicht und dennoch fest. Und beim Gedanken an jene ermordete Frau eines früheren Peverell wurde Daniel doch noch von einem leichten Schauder abergläubischer Furcht gepackt. Aber schon im nächsten Moment siegte wieder die Vernunft. Dies waren die Schritte einer Lebenden, und jetzt wußte er auch, wer da kam.

Claudia Etienne stand in der Tür. Ohne jede Einleitung fragte sie: »Brauchen Sie noch lange?«

»Nicht sehr lange, nein. Etwa eine Stunde, vielleicht auch weniger.«

»Schön, ich gehe um halb sieben. Ich lösche dann, bis aufs Treppenhaus, überall das Licht. Sind Sie so gut und kümmern sich darum, wenn Sie hier fertig sind? Ach, und schalten Sie auch die Alarmanlage ein, ja?«

»Wird gemacht.«

Er schlug die nächstliegende Akte auf und tat so, als begänne er zu lesen. Er wollte nicht mir ihr reden. Es wäre unklug, sich jetzt, ohne Anwesenheit eines Dritten, in ein Gespräch hineinziehen zu lassen.

Sie sagte: »Es tut mir leid, daß ich gelogen habe, als es um mein Alibi für den Abend ging, an dem Gerard starb. Ich tat es zum Teil aus Angst, aber in der Hauptsache, weil ich Schwierigkeiten aus dem Weg gehen wollte. Doch ich habe meinen Bruder nicht getötet. Von uns ist es überhaupt keiner gewesen.« Er antwortete nicht, sah sie nicht einmal an. Als sie weitersprach, kroch Verzweiflung in ihre Stimme: »Wie lange soll das denn noch so weitergehen? Können Sie mir das nicht sagen? Haben Sie denn gar keinen Anhaltspunkt? Die Gerichtsmedizin hat noch nicht mal den Leichnam meines Bruders zur Beerdigung freigegeben. Ja, verstehen Sie denn nicht, wie mich das mitnimmt?«

Und da schaute er doch zu ihr hoch. Wäre er imstande gewesen, Mitleid mit ihr zu haben, dann hätte er es jetzt, beim Anblick ihres Gesichts, empfunden. »Bedaure«, sagte er, »aber darüber darf ich im Moment noch keine Auskunft geben.«

Ohne ein weiteres Wort drehte sie sich auf dem Absatz um und ging. Er wartete, bis die Schritte verklungen waren, dann ging er hinaus und schloß die Tür zum Hauptarchiv ab. Er hätte beizeiten daran denken sollen, daß Dalgliesh verlangt hatte, diesen Eingang rund um die Uhr gegen unbefugtes Betreten zu sichern.

59

Um fünf vor halb sieben schloß Claudia die Akten weg, an denen sie den Nachmittag über gearbeitet hatte, und ging nach oben, um sich die Hände zu waschen und ihren Mantel zu holen. Das Haus war hell erleuchtet. Seit Gerards Tod ertrug sie es nicht mehr, allein im Dunkeln zu sein. Und so erstrahlten denn jetzt die Pracht des illuminierten Deckengemäldes, die kunstvollen Holzschnitzereien und die farbigen Marmorsäulen im Schein von Kronleuchtern, Wandleuchten und der großen Kugellampen am Fuß der Treppe. Inspector Aaron konnte die Lichter löschen, wenn er nachher herunterkam. Nachträglich wünschte Claudia, sie hätte dem Impuls, ihn oben im kleinen Archiv aufzusuchen, nicht nachgegeben. Getan hatte sie es in der Hoffnung, ihn in einem Gespräch unter vier Augen vielleicht ein paar Informationen über den Fortgang der Ermittlungen zu entlocken und einen Anhaltspunkt dafür zu bekommen, wann der ganze Spuk denn wohl zu Ende sein würde. Aber der Gedanke war töricht, das Ergebnis demütigend gewesen. Sie existierte überhaupt nicht für ihn. Er sah in ihr nicht den Menschen, nicht die Frau, die auf einmal ganz allein dastand und Angst hatte, nicht zuletzt vor der drückenden Last unerwarteter und beschwerlicher Pflichten. Nein, für ihn wie für Dalgliesh und Kate Miskin war sie nur eine mutmaßliche Täterin, ja vielleicht sogar die Hauptverdächtige. Sie hätte gern gewußt, ob ein Mordfall immer alle, die darin verwickelt waren, derart entmenschlichte.

Die meisten Angestellten parkten ihre Autos hinter dem verschlossenen Tor in der Innocent Passage. Claudia benutzte als einzige die Garage. Sie hatte eine Schwäche für ihren Porsche

911; der Wagen war inzwischen sieben Jahre alt, aber sie dachte gar nicht daran, ihn gegen einen neuen einzutauschen. Und weil sie so an ihm hing, ließ sie ihn nur ungern im Freien stehen. Jetzt schloß sie die Tür zu Nummer 10 auf, überquerte den schmalen Gang zwischen Haus und Garage und öffnete das Garagentor. Mit einer Hand tastete sie nach dem Lichtschalter und knipste ihn an. Es blieb dunkel; offenbar war die Birne kaputt. Und dann, während sie noch unschlüssig überlegte, was jetzt zu tun sei, hörte sie plötzlich leise Atemzüge und wußte schlagartig, daß irgendwo in der Dunkelheit jemand stand und wartete. Fast im gleichen Moment glitt die Lederschlinge über ihren Kopf und straffte sich um ihren Hals. Sie wurde heftig nach hinten gerissen, spürte den Aufprall, als sie auf den Beton hinschlug und fühlte, obwohl sie sekundenlang ganz benommen war, wie sie mit dem Hinterkopf über den harten Boden schrammte.

Es war ein ziemlich langer Riemen. Entschlossen, sich zu wehren, versuchte sie, mit ausgestreckter Hand nach demjenigen zu greifen, der ihn hielt, aber jedesmal, wenn sie einen Ausfall machte, wurde die Schlinge noch straffer gezogen, und ihre Sinne taumelten durch einen Strudel von Schmerz und Angst in eine neuerliche kurze Ohnmacht. Wie ein sterbender Fisch an der Angel zappelte sie schwach am Ende des Gurts, indes ihre Füße auf dem rohen Beton vergeblich nach einem Halt tasteten.

Und dann hörte sie seine Stimme. »Bleib ganz still liegen, Claudia, und hör mir zu. Solange du dich ruhig verhältst, wird dir nichts geschehen.«

Sie gab den Kampf auf, und sofort ließ auch das schreckliche Würgen nach. Seine Stimme war ruhig und eindringlich. Sie hörte sich an, was er zu sagen hatte, und endlich fing ihr halb betäubtes Hirn an zu verstehen. Er belehrte sie darüber, daß sie sterben müsse, und warum.

Sie wollte aufschreien, laut beteuern, daß das Ganze ein furchtbarer Irrtum und alles nicht wahr sei, aber ihre Stimme gehorchte ihr nicht, und sie wußte, daß sie nur dann am Leben bleiben würde, wenn sie sich mucksmäuschenstill verhielt. Er erläuterte gerade, daß es nach Selbstmord aussehen würde. Den Riemen würde man am blockierten Lenkrad ihres Wagens festgeknotet finden, und der Motor würde laufen. Sie wäre dann zwar schon tot, aber es sei wichtig, daß die Garage, wenn man sie fand, mit tödlichen Auspuffgasen erfüllt war. Das alles erklärte er ihr ganz geduldig, ja fast freundlich, als ob es ihm wichtig wäre, daß sie es auch verstand. Dann setzte er ihr noch auseinander, daß sie nach Meinung des Commanders für keinen der beiden Morde ein Alibi hatte. Die Polizei würde denken, sie hätte sich aus Angst vor Entdeckung oder aus Reue umgebracht.

Und jetzt war er mit seiner Lektion zu Ende. Sie dachte: Ich werde nicht sterben. Ich werde nicht zulassen, daß er mich umbringt. Nein, ich werde nicht sterben, nicht hier, nicht so, auf diesem elenden Garagenboden herumgezerrt und gebeutelt wie ein Tier. Sie bot all ihre Willenskraft auf. Ich muß mich totstellen, dachte sie, muß so tun, als wäre ich ohnmächtig, schon halb hinüber. Wenn es mir gelingt, ihn zu überrumpeln, dann kann ich mich umdrehen und den Riemen zu fassen kriegen. Bestimmt kann ich ihn überwältigen, wenn es mir nur gelingt, auf die Füße zu kommen.

Sie mobilisierte all ihre noch verbliebene Kraft für diesen entscheidenden Schachzug. Aber genau darauf hatte er gewartet, und er war bereit. Kaum daß sie sich rührte, wurde die Schlinge wieder straff gespannt, und diesmal lockerte sie sich nicht mehr.

Er wartete, bis die entsetzlichen Zuckungen des Körpers endlich aufhörten und das letzte gurgelnde Wimmern verstummt war. Dann ließ er den Riemen fallen, beugte sich nieder und lauschte dem versiegenden Atem nach. Als alles still blieb, stand er auf, holte die Glühbirne aus der Tasche, reckte sich und schraubte sie wieder in die Fassung an der niedrigen Decke. Das Licht ging an, und er konnte bequem die Schlüssel aus ihrer Handtasche suchen, den Wagen aufschließen und das Ende des Gurtes ans Lenkrad binden. Seine behandschuhten Finger arbeiteten flink und sicher. Zum Schluß startete er den Motor. Ihr Leichnam lag ausgestreckt da, als ob sie sich mit Schwung aus der offenen Wagentür gestürzt hätte, wohl wissend, daß entweder die Schlinge um ihren Hals oder die tödlichen Auspuffgase ihr den Rest geben würden. Er wandte sich dem Ausgang zu. Und just in dem Moment hörte er die Schritte auf die Garagentür zukommen.

60

Es war drei vor halb sieben. In Frances Peverells Wohnung läutete das Telefon. Sowie James ihren Namen sagte, wußte sie, daß etwas nicht in Ordnung war.

»James, was ist los?« fragte sie ängstlich.

»Rupert Farlow ist tot. Er ist vor einer Stunde in der Klinik gestorben.«

»Ach, James, es tut mir furchtbar leid. Warst du bei ihm?«

»Nein. Ray war dort. Er wollte niemanden bei sich haben, außer Ray. Aber es ist so merkwürdig, Frances. Als er noch hier lebte, da konnte ich das Haus fast nicht ertragen. Manchmal habe ich mich regelrecht davor gefürchtet, heimzukommen in dieses Durcheinander mit all den befremdlichen Gerüchen und den ewigen Störungen. Aber jetzt, wo er tot ist, wünsche ich mir plötzlich, es würde hier wieder genauso aussehen wie zu seiner Zeit. Ich hasse das Haus, so wie es jetzt ist – so schrecklich brav und bieder und langweilig, nichts weiter als ein Vorzeigeheim für jemanden, der innerlich längst abgestorben ist. Am liebsten würde ich alles kurz und klein schlagen.«

»Würde es dir helfen, wenn ich rüberkomme?« fragte sie.

»Ach, Frances, würdest du das tun?« Sie hörte die Erleichterung aus seiner Stimme heraus und freute sich. »Macht es dir auch bestimmt nicht zuviel Mühe?«

»Aber nein, natürlich nicht. Ich komme gleich. Es ist erst kurz vor halb sieben, da hab' ich vielleicht Glück, und Claudia ist noch im Verlag. Wenn ja, dann lass' ich mich von ihr an der Bank of England absetzen und nehme von dort die U-Bahn. Das geht am schnellsten. Und sollte Claudia schon weg sein, dann rufe ich mir eben ein Taxi.«

James war mit allem einverstanden, und sie legte auf. Es tat ihr leid um Rupert, den sie freilich nur ein einziges Mal getroffen hatte, als er, das mußte jetzt Jahre hersein, einmal nach Innocent House gekommen war. Und für Rupert selbst war dieser lang erwartete Tod, dem er in so klaglos ertragenem Schmerz entgegengesehen hatte, gewiß fast eine Erlösung gewesen. Aber James hatte sie gerufen, er brauchte sie, wollte sie bei sich haben. Sie war ganz außer sich vor Freude. Hastig riß sie Jacke und Schal von der Flurgarderobe, rannte die Treppe hinunter und auf die Innocent Lane hinaus. Aber die Tür von Innocent House war verschlossen, und durchs Fenster zum Empfang schien auch kein Licht mehr. Claudia war also schon fort. Frances lief hinaus auf den Innocent Walk, in der Hoffnung, sie vielleicht noch an der Garage abzufangen, aber dort angekommen, sah sie, daß das Tor geschlossen war. Zu spät, sie hatte Claudia verpaßt.

Frances beschloß, gleich vom Wandtelefon im Flur von Nummer 10 aus den nächsten Taxistand anzurufen. So sparte sie sich wenigstens den Weg zurück in ihre Wohnung. Sie rannte eben am Garagentor vorbei, als sie von drinnen das Geräusch eines laufenden Motors hörte. Verdutzt und beunruhigt blieb sie stehen. Claudias Porsche, ihr geliebter 911er, hatte noch nicht mal einen Katalysator. Claudia mußte doch wissen, wie gefährlich es war, in einer geschlossenen Garage den Motor anzulassen? Ein solcher Leichtsinn sah ihr gar nicht ähnlich.

Die Tür von Nummer 10 war abgeschlossen. Das war nicht weiter verwunderlich, denn Claudia kam immer auf diesem Weg in die Garage und schloß, ehe sie ging, wieder hinter sich ab. Merkwürdig war nur, daß im Durchgang noch Licht brannte und daß der Seiteneingang zur Garage einen Spaltbreit offenstand.

Laut Claudias Namen rufend, stürzte sie auf die Tür zu und riß sie auf.

Das Licht brannte, ein grelles, grausames, nacktes Licht. Sie blieb wie angewurzelt stehen, jeder Nerv und jeder Muskel gelähmt von blitzartiger Erkenntnis und blankem Entsetzen. Er kniete neben der Leiche am Boden. Doch jetzt richtete er sich auf, kam ruhig auf sie zu und stellte sich zwischen sie und den rettenden Ausgang. Sie sah ihm in die Augen. Es waren noch immer die gleichen weisen, ein wenig müden Augen, die viel zuviel gesehen hatten, und das seit langer, langer Zeit.

»O nein!« flüsterte sie. »Gabriel, nicht du. O nein.«

Sie schrie nicht. Sie war ebenso unfähig zu schreien wie sich zu bewegen. Als er sprach, vernahm sie die gleiche sanfte Stimme, die ihr seit all den Jahren vertraut war.

»Es tut mir leid, Frances, aber du begreifst doch, daß ich dich jetzt nicht gehen lassen kann, nicht wahr?«

Und dann schwankte sie und spürte nur noch, wie sie hinabsank in eine barmherzige Dunkelheit.

61

Oben im kleinen Archiv sah Daniel auf seine Armbanduhr. Punkt sechs. Er saß jetzt seit zwei Stunden hier. Aber es war kein vertane Zeit gewesen. Etwas hatte er wenigstens gefunden. Die Suche hatte sich also gelohnt. Seine Entdeckung war vielleicht nicht relevant für die Ermittlungen, aber interessant war sie gewiß. Sobald er dem Team das Geständnis zeigte, würde AD möglicherweise seine Ahnung bestätigt finden, wenn auch nicht ganz in dem Sinne, wie er gehofft hatte, und würde die Suche abblasen. Es gab also keinen Grund, warum er jetzt nicht Feierabend machen sollte.

Allein, der unverhoffte Fund hatte sein Interesse wieder angefacht, und außerdem war er mit der Reihe beinahe durch. Da konnte er auch noch die letzten rund dreißig Akten auf dem oberen Bord einsehen. Er zog es vor, eine Aufgabe klar und sauber zu Ende zu führen, und es war schließlich noch früh. Wenn er jetzt aufhörte, würde er sich verpflichtet fühlen, nach Wapping aufs Revier zurückzufahren. Und im Moment stand ihm nicht der Sinn nach Kates verständnisvollem Mitleid. Also schob er die Trittleiter ans untere Ende des Regals und stieg wieder hinauf.

Die Akte, die ziemlich prall und sperrig war, klemmte zwischen zwei anderen Ordnern fest, und als er daran zog, rutschte der ganze Stoß vom Brett. Ein paar einzelne Blätter segelten wie schweres Laub über seinen Kopf. Vorsichtig stieg er von der Leiter und sammelte sie auf. Die übrigen Papiere waren anscheinend nach Datum geordnet und zusammengeheftet. Zwei Dinge machten ihn stutzig. Der Aktendeckel war aus dicker Manilapappe und augenscheinlich sehr alt, wohingegen einige der Papiere noch so frisch und hell aussahen, als seien sie höchstens während der letzten fünf Jahre abgelegt worden. Der Ordner war unbeschriftet, aber auf den ersten Blättern, die er einsammelte, sprang ihm wieder und wieder das Wort »Jude« ins Auge. Er nahm die Akte und trug sie hinüber zu dem Tisch im kleinen Archiv.

Die Blätter waren nicht paginiert, und er konnte nur hoffen, daß er sie in der richtigen Reihenfolge aufgelesen hatte. Ein undatiertes Schriftstück fiel ihm besonders auf. Es war ein Romanangebot für einen Verleger, ein ungelenk getipptes Konzept ohne Autorenangabe. Die Titelzeile lautete lapidar *Entwurf für Peverell Press.* Daniel las:

Hintergrund und übergreifendes Thema dieses Romans mit dem Arbeitstitel Wer sein Haus auf Sünden baut *ist die Mitwirkung des Vichy-Regimes bei der Judendeportation aus Frankreich zwischen 1940 und 1944. Allein in diesen vier Jahren wurden fast 76 000 Juden verschleppt, von denen die meisten in den Konzentrationslagern Deutschlands und Polens den Tod fanden. Im*

Mittelpunkt des Buches wird die Geschichte einer Familie stehen, die durch den Krieg auseinandergerissen wurde. Die junge Ehefrau, eine Jüdin, und ihre vier Jahre alten Zwillinge werden in Frankreich von der Invasion überrascht, von Freunden versteckt und mit gefälschten Papieren ausgestattet, später aber dennoch verraten, nach Auschwitz verschleppt und dort ermordet. Der Roman macht es sich zur Aufgabe, die Auswirkungen dieses Verrats – am Beispiel einer kleinen Familie unter Tausenden von Opfern – auf den Ehemann der Frau zu untersuchen sowie die Folgen für Verratene und Verräter auszuloten.

Daniel blätterte weiter, konnte aber keine Stellungnahme zu dieser Offerte entdecken, ja es fand sich überhaupt keine Antwort seitens Peverell Press. Die Akte enthielt offenbar nur Arbeitsgrundlagen, Exzerpte und Forschungsergebnisse. Der Roman war sorgfältig recherchiert worden, gründlicher, als das bei einem belletristischen Werk normalerweise der Fall war. Der Autor hatte im Lauf der Jahre eine erstaunliche Anzahl nationaler und internationaler Organisationen angeschrieben und in manchen Fällen sogar persönlich aufgesucht. So die Archives Nationales in Paris und Toulouse, das Centre de Documentation Juive Contemporaine in Paris, die Harvard University, das britische Nationalarchiv sowie das Royal Institute of International Affairs in London und das Bundesarchiv in Koblenz. Daniel fand außerdem Auszüge aus verschiedenen Publikationen der Résistance, wie *L'Humanité, Témoignage Chrétien* und *Le Franc-Tireur,* und Gerichtsprotokolle von Präfekten aus der unbesetzten Zone. Er überflog alles Blatt für Blatt, Briefe, Nachrichtentexte, Exzerpte amtlicher Dokumente, Protokollabschriften und Augenzeugenberichte. Die Aufzeichnungen waren teils allgemein informativ gehalten, teils auffallend präzise. Er fand Angaben über die Zahl der Deportierten, Zugfahrpläne, Notizen zur Politik Pierre Lavals und seiner Rolle im Intrigenspiel der Kollaborateure, ja sogar Kommentare zum Machtwechsel unter den deutschen Besatzern Frankreichs im Frühjahr und Sommer 1942. Und es zeigte sich rasch, daß der emsige Forscher peinlich darauf bedacht gewesen war, daß sein Name nirgendwo auftauchte. Bei seinen eigenen Briefen waren Unterschrift und Adresse entweder herausgeschnitten oder geschwärzt worden, und Briefe, die an ihn gerichtet waren, wiesen zwar Namen und Anschrift des Absenders auf, aber alles, was den Adressaten hätte verraten können, war wiederum sorgsam getilgt oder unkenntlich gemacht. Auch fehlte jeder Hinweis darauf, ob die Recherchen bereits benutzt und ausgewertet, ob also das angekündigte Buch schon begonnen, geschweige denn beendet worden war.

Bald stellte sich immer klarer heraus, daß der Autor sich ganz gezielt für eine Region und für ein bestimmtes Jahr interessiert hatte. Der Entwurf des Romans, so es denn einer war, konzentrierte sich mehr und mehr auf diesen Ort und diese Zeit. Es schien, als wäre ein Bündel Suchscheinwerfer über ein weites Terrain geschwenkt, hätte hier einen besonderen Vorfall markiert, dort einen interessanten Aspekt hervorgehoben, mal eine einzelne Gestalt oder einen fahrenden Zug eingefangen, dann aber all seine Strahlen gesammelt, um nur noch dieses eine Jahr zu beleuchten: 1942. Es war das Jahr, in dem die Deutschen die Deportationsquote aus der unbesetzten Zone beträchtlich heraufgeschraubt hatten. Die Juden wurden, nachdem man sie aufgespürt und zusammengetrieben hatte, entweder ins Vél d'hiv', das Pariser Radstadion, oder nach Drancy gebracht, einem weitläufigen Wohnviertel in einem Vorort nordöstlich von Paris. Dieses Lager diente als Zwischenstation auf dem Wege nach Auschwitz. Die Akte enthielt drei Augenzeugenberichte. Einer stammte von einer französischen Krankenschwester, die vierzehn Monate lang mit einem Kinderarzt in Drancy gearbeitet hatte, bis sie das Elend im Lager nicht mehr ertrug, die beiden anderen hatten Überlebende verfaßt, offenbar als Antwort auf eine persönliche Anfrage seitens des Autors. Eine Frau schrieb:

Am 16. August 1942 wurde ich von den Gardes Mobiles abgeholt. Zunächst war ich nicht sonderlich beunruhigt, denn sie waren ja

Franzosen und verhielten sich bei meiner Festnahme auch sehr korrekt. Ich wußte damals nicht, was mit mir geschehen würde, aber ich erinnere mich, daß ich keine allzu großen Befürchtungen hegte. Man sagte mir, was ich von meinen Habseligkeiten mitnehmen dürfe, und bevor ich ins Durchgangslager kam, wurde ich ärztlich untersucht. Man schickte mich nach Drancy, und dort traf ich dann auch die junge Mutter mit ihren Zwillingen. Sie hieß Sophie. An die Namen der Kinder erinnere ich mich nicht mehr. Sie war zuerst im Vél d'hiv' gewesen, dann aber nach Drancy verlegt worden. Ich erinnere mich gut an sie und die Kinder, auch wenn wir nicht sehr oft miteinander gesprochen haben. Sie erzählte nicht viel von sich, eigentlich erfuhr ich nur, daß sie unter falschem Namen in der Nähe von Aubière gewohnt hatte. Ihre ganze Sorge galt den Kindern. In Drancy waren wir zusammen mit etwa fünfzig anderen in derselben Baracke untergebracht. Die Zustände, unter denen wir dort hausten, waren einfach unbeschreiblich. Es gab nicht genügend Betten, statt der Matratzen nur Strohsäcke, zu essen nichts als Kohlsuppe, und wir hatten fast alle die Ruhr. Viele Insassen starben in Drancy, ich glaube, allein in den ersten zehn Monaten waren es schon über vierhundert. Nachts höre ich manchmal immer noch das Geschrei der Kinder und das Stöhnen der Sterbenden. Für mich war Drancy genauso schlimm wie Auschwitz. Ich bin nur von einer Höllenkammer in die andere übergewechselt.

Die zweite Überlebende aus demselben Lager beschrieb das gleiche Schreckensszenario, nur noch drastischer, konnte sich aber nicht mehr an die junge Mutter und ihre Zwillinge erinnern.

Wie in Trance blätterte Daniel weiter. Er wußte jetzt, wohin der Weg führte, und dann hielt er endlich auch den Beweis in Händen: den Brief einer gewissen Marie-Louise Robert aus Quebec. Das Original war handgeschrieben und auf französisch, aber es lag eine getippte Übersetzung bei.

Mein Name ist Marie-Louise Robert, und ich bin kanadische Staatsbürgerin, die Witwe von Emil Edouard Robert, einem Frankokanadier. Wir haben uns 1958 in Kanada kennengelernt und noch im selben Jahr geheiratet. Mein Mann ist vor zwei Jahren gestorben. Ich bin 1928 geboren, war 1942 also gerade vierzehn Jahre alt. Damals lebte ich mit meiner verwitweten Mutter beim Großvater auf dessen kleinem Hof im Departement Puy-de-Dôme, außerhalb von Aubière, einem Städtchen südöstlich von Clermont-Ferrand. Sophie und die Zwillinge kamen im April 1941 zu uns. Es fällt mir schwer, mich jetzt im Alter zu erinnern, wieviel ich bereits damals gewußt und was ich erst später erfahren habe. Doch ich war ein wißbegieriges Kind, und es ärgerte mich immer schon, wenn die Erwachsenen Heimlichkeiten vor mir hatten und mich ständig aussperrten, weil ich angeblich noch zu klein war, als daß sie mir ihre Geheimnisse hätten anvertrauen können. Daß Sophie und ihre Kinder Juden waren, hat man mir damals nicht gesagt, aber später erfuhr ich es natürlich. Während des Krieges gab es in Frankreich viele Menschen und auch Organisationen, die, unter erheblicher Gefahr für das eigene Leben, Juden Schutz gewährten und ihnen weiterhalfen, und solch ein christlicher Verband war es auch, der Sophie und die Zwillinge zu uns schickte. Mir sagte man damals bloß, sie sei eine Freundin der Familie, die sich wegen der Bombenangriffe aus der Stadt zu uns geflüchtet habe. Mein Onkel Pascal arbeitete in einem Verlag mit angegliederter Druckerei in Clermont-Ferrand, deren Inhaber ein gewisser Monsieur Jean-Philippe Etienne war. Ich glaube, ich wußte schon damals, daß mein Onkel der Résistance angehörte, aber ich bin mir nicht sicher, ob ich auch gewußt habe, daß Monsieur Etienne in unserem Departement der Chef der Organisation war. Im Juli 1942 kam die Polizei zu uns und nahm Sophie und die Zwillinge mit. Gleich, als sie anrückten, schickte meine Mutter mich aus dem Haus und schärfte mir ein, ich solle in der Scheune bleiben, bis sie mich rufen würde. Ich gehorchte und lief in die Scheune, aber nach einer Weile schlich ich mich heimlich zurück und lauschte. Ich hörte lautes Schreien, und dann weinten die beiden Kleinen. Schließlich fuhr ein Auto weg und gleich darauf ein Lieferwagen. Als ich wieder ins Haus durfte, weinte meine Mutter auch, wollte mir aber nicht sagen, was passiert war.

An diesem Abend kam Onkel Pascal zu uns, und ich schlich mich leise die Treppe hinunter und belauschte die Erwachsenen in der Küche. Meine Mutter war furchtbar böse auf Pascal, aber der beteuerte immer wieder, er hätte Sophie und die Zwillinge nicht verraten, schon weil er damit ja auch meine Mutter und den Großvater in Gefahr gebracht hätte. Und dann sagte er, es könne nur Monsieur Etienne gewesen sein. Ach, ich vergaß zu erwähnen, daß es Pascal war, der die gefälschten Papiere für Sophie und die Zwillinge besorgt hatte. Das gehörte zu seinen Aufgaben bei der Résistance; ich weiß allerdings nicht, ob mir das damals schon bekannt war. Er beschwor meine Mutter, den Mund zu halten und nichts zu unternehmen. Solche Dinge, sagte er, geschähen nicht ohne Grund, und der Chef wisse schon, was er tue. Meine Mutter ging aber trotzdem am nächsten Tag zu Monsieur Etienne, und als sie zurückkam, beriet sie sich mit meinem Großvater. Ich glaube, in dem Moment war es ihnen gleich, ob ich zuhörte oder nicht. Jedenfalls saß ich still mit einem Buch dabei, während sie sich unterhielten. Meine Mutter sagte, Monsieur Etienne habe zugegeben, daß er es war, der Sophie an die Behörden verraten hatte. Aber er hätte ihr auch versichert, daß das unbedingt nötig gewesen sei. Nur weil man ihm vertraute und auf seine Freundschaft Wert legte, so hatte er meiner Mutter erklärt, würde sie nicht dafür bestraft werden, daß sie Juden Unterschlupf gewährt hatte. Und allein dank seiner guten Beziehungen zu den Deutschen sei Pascal nicht zur Zwangsarbeit deportiert worden. Er hatte meine Mutter gefragt, was ihr wichtiger sei: die Ehre Frankreichs, die Sicherheit ihrer Familie oder drei Juden. Von da an sprach bei uns niemand mehr über Sophie und die Zwillinge. Ja, es war, als hätte es die drei nie gegeben. Und wenn ich nach ihnen fragte, dann antwortete meine Mutter

nur: »Das ist vorbei. Denk nicht mehr daran.« Die Zahlungen von der Organisation, die Sophie zu uns geschickt hatte, liefen weiter, auch wenn es nicht sehr viel Geld war, und mein Großvater meinte, wir sollten es behalten. Wir waren damals nämlich sehr arm. Ich glaube, so etwa achtzehn Monate, nachdem man Sophie und die Kinder abgeholt hatte, kam ein Brief, in dem man sich nach ihnen erkundigte, aber meine Mutter schrieb zurück, daß die Behörden mißtrauisch geworden seien, weshalb Sophie vorsichtshalber zu Freunden nach Lyon gezogen sei, und es täte ihr leid, aber sie kenne die Adresse nicht. Von da an blieben die Geldsendungen aus.
Von meiner Familie ist außer mir niemand mehr am Leben. Mein Großvater starb bereits 1946, meine Mutter ein Jahr später an Krebs. Pascal kam 1954 bei einem Motorradunfall ums Leben. Nach meiner Heirat bin ich nie wieder nach Aubière zurückgekehrt. Was Sophie und die Kinder angeht, so erinnere ich mich an nichts weiter, außer, daß mir die Zwillinge sehr fehlten, nachdem man sie fortgeholt hatte.

Der Brief war auf den 18. Juni 1989 datiert. Dauntsey – denn niemand anders konnte diese Dokumente zusammengetragen haben – hatte über vierzig Jahre gebraucht, um Marie-Louise Robert zu finden und mit ihr den letzten, den unumstößlichen Beweis. Aber er war sogar noch weitergegangen. Das letzte Dokument in der Akte war ein Brief in deutscher Sprache vom 20. Juli 1990, dem wiederum eine Übersetzung beilag. Dauntsey hatte einen der deutschen Offiziere aufgespürt, die seinerzeit in Clermont-Ferrand stationiert gewesen waren. In knappen Sätzen und dürrer Amtssprache hatte ein alter Mann, der seit seiner Pensionierung in Bayern lebte, sich noch einmal einen kleinen Vorfall aus einer schon halb vergessenen, fernen Vergangenheit ins Gedächtnis gerufen. Seine Aussage lieferte die endgültige Bestätigung des Verrats.

Der Ordner barg darüber hinaus noch ein letztes Zeugnis, das sorgfältig in einem eigenen Umschlag aufgehoben war. Daniel öffnete das Kuvert und entnahm ihm eine Schwarzweißfotografie. Die über fünfzig Jahre alte Aufnahme vergilbte zwar schon allmählich, war aber noch klar zu erkennen. Offenbar hatte ein Amateur das Foto gemacht, auf dem ein lächelndes, dunkelhaariges Mädchen mit sanften Augen seine zwei Kinder im Arm hielt. Die beiden schmiegten sich mit ernsten Gesichtern an die Mutter und schauten mit großen Augen in die Kamera, gleichsam, als wüßten sie um die Bedeutung dieses Augenblicks und hätten begriffen, daß mit dem Klicken des Auslösers ihr schwaches kleines Leben zum letztenmal im Bild festgehalten werden würde. Daniel drehte das Foto um und las: »Sophie Dauntsey, 1920–1942. Martin und Ruth Dauntsey, 1938 bis 1942.«

Er klappte den Ordner zu und saß einen Moment lang so still und reglos da, daß man ihn leicht hätte mit einer Statue verwechseln können. Dann stand er auf, ging hinüber ins Hauptarchiv, wo er rastlos zwischen den Regalen auf und ab lief oder, wenn er einmal innehielt, mit der flachen Hand gegen die Metallstreben schlug. Er war wie besessen von einem stürmischen, einem leidenschaftlichen Gefühl, das er schon als Zorn erkannte, nur hatte er noch nie zuvor einen derartigen Zorn verspürt. Und er hörte sonderbare, schier unmenschliche Laute, die dennoch aus seiner eigenen Kehle kamen; er stöhnte vor Entsetzen über diese seine furchtbare Entdeckung. Die Beweise vernichten konnte und durfte er nicht, und er spielte auch nicht einmal eine Sekunde lang mit dem Gedanken. Aber er konnte Dauntsey warnen, ihn wissen lassen, daß sie ihm bereits dicht auf den Fersen waren und endlich das fehlende Motiv gefunden hatten. Einen Moment lang wunderte er sich, wieso Dauntsey die Papiere nicht längst zurückgeholt und in den Reißwolf gesteckt hatte. Er brauchte sie doch jetzt nicht mehr. Kein Gericht würde sie je zu sehen bekommen. Sie waren ja ohnehin nicht über ein halbes Jahrhundert lang mit dieser akribischen Geduld und Gründlichkeit zusammengetragen worden, um am Ende einem Gerichtshof vorgelegt zu werden. Nein, Dauntsey war selbst Richter und Geschworenentribunal gewesen, Staatsanwalt und Kläger in einer Person. Vielleicht hätte er die Akte auch vernichtet, wenn das Archiv nicht immer abgeschlossen gewesen wäre, weil Dalgliesh von Anfang an ahnte, daß das Motiv für dieses Verbrechen in der Vergangenheit lag und daß die fehlenden Beweise womöglich schriftliche Zeugnisse waren.

Plötzlich klingelte das Telefon, schrill und hartnäckig wie eine Alarmglocke. Daniel unterbrach sein hektisches Auf und Ab und blieb wie angewurzelt stehen, fast als fürchte er sich, den Hörer abzunehmen und dadurch vielleicht den eben erst erlangten, erhellenden Einblick in das belanglose Treiben der Welt, mit einem Schlage wieder zu verlieren. Aber das Telefon schrillte beharrlich weiter. Endlich ging er doch an den Wandapparat im Vorraum und hörte, kaum daß er sich gemeldet hatte, Kates aufgeregte Stimme.

»Na, das hat aber lange gedauert!«

»Entschuldige, ich stand gerade auf der Leiter und hab' Akten sortiert.«

»Daniel, sag mal, fehlt dir was?«

»Nein, nein, alles in Ordnung.«

»Du, wir haben Nachricht vom Labor. Die Fasern passen tatsächlich zusammen. Die Carling ist also auf dem Boot getötet worden, wie wir's vermutet hatten. Aber an den Kleidungsstükken der Verdächtigen lassen sich nirgends entsprechende Faserspuren finden. Wär' ja auch zu schön gewesen! Damit sind wir also ein Stückchen weitergekommen, aber viel bringt's leider doch nicht. AD spielt mit dem Gedanken, Dauntsey morgen zu verhören – mit Tonbandprotokoll, Rechtsbelehrung und allem Drum und Dran. Das wird zwar auch nicht viel nützen, aber versuchen müssen wir's wohl. Doch ich wette, der bricht nicht zusammen. Genausowenig wie die anderen.«

Zum erstenmal hörte er in ihrer Stimme jenen leise fragenden Ton, der ihm verriet, daß sie nahe daran war aufzugeben. »Und du?« erkundigte sie sich. »Hast du was Interessantes ausgegraben?«

»Nein«, sagte er. »Nichts, was uns weiterhelfen würde. Aber ich hab' jetzt auch genug. Ich mach' Schluß und fahr' nach Hause.«

62

Daniel steckte das Foto in den Umschlag zurück und schob ihn in seine Tasche, dann stellte er alle Akten wieder ins Regal und quetschte den braunen Ordner unauffällig dazwischen. Er löschte das Licht, sperrte die Tür auf und schloß hinter sich gleich wieder ab. Claudia Etienne hatte im Treppenhaus alle Lampen brennen lassen, und nun machte er im Hinuntergehen eine nach der anderen aus. Unten angekommen schaltete er die Deckenbeleuchtung ein, um sich bis zum Ausgang zurechtfinden zu können. Jeden Handgriff führte er bewußt aus, mit einem fast feierlichen Ernst, gerade so, als hätte jeder seinen einzigartigen Wert. Nach einem letzten Blick auf die prächtige, kuppelförmige Decke ließ er die Halle wieder in Dunkelheit versinken, schaltete die Alarmanlage ein, löschte zum Schluß auch noch das Licht am Empfang, verließ das Verlagsgebäude und schloß sorgfältig hinter sich ab. Er fragte sich, ob er Innocent House wohl jemals wieder betreten würde und lächelte selbstironisch bei dem Gedanken, daß er, obwohl entschlossen zur unverzeihlichen Perfidie, gewissermaßen zum großen Bildersturm, es trotzdem mit Nebensächlichkeiten immer noch so genau nehmen konnte.

Hinter den kleinen Seitenfenstern von Nummer 12 regte sich nichts. Den Blick auf die dunklen Scheiben gerichtet, drückte er Dauntseys Klingel. Keine Reaktion. Vielleicht war er ja bei Frances Peverell. Daniel lief die Gasse entlang zum Innocent Walk, und es war eher Zufall, daß er an der Ecke einen Blick nach links warf und gerade noch sah, wie Dauntseys cremefarbener Rover vor der Garage zurücksetzte. Instinktiv rannte er los, begriff aber gleich, daß es keinen Sinn hatte, hinter dem Wagen herzurufen.

Über die Motorengeräusche und das Quietschen der Räder auf dem Kopfsteinpflaster hinweg würde Dauntsey ihn unmöglich hören können.

Daniel stürzte zurück zur Innocent Lane, wo sein Golf GTI stand, und nahm die Verfolgung auf. Er mußte Dauntsey unbedingt heute abend noch sprechen. Morgen war es vielleicht schon zu spät. Dauntsey hatte zwar nur eine halbe Minute Vorsprung, aber die konnte den Ausschlag geben, vorausgesetzt, er hatte oben an der Garnet Road, bei der Auffahrt zu The Highway, freie Fahrt. Doch Daniel hatte Glück. Er schaffte es gerade noch rechtzeitig, um zu sehen, daß der Rover nach rechts abbog, also ostwärts in die Essexer Vororte fuhr und nicht Richtung Innenstadt.

Auf den nächsten paar Kilometern gelang es ihm, Dauntseys Wagen fast immer im Blickfeld zu behalten. Es herrschte immer noch dichter Feierabendverkehr, die glänzende, zähe Blechlawine vor und neben ihm schob sich nur schwerfällig voran, und selbst mit geschicktem Kolonnenspringen und einer eher egoistischen als vorschriftsmäßigen Fahrweise kam man nur sehr langsam voran. Von Zeit zu Zeit verlor er den Rover auch aus den Augen, aber wenn der Verkehr wieder etwas überschaubarer wurde, konnte er jedesmal erleichtert feststellen, daß sie immer noch auf derselben Straße waren. Und inzwischen ahnte Daniel auch, wo Dauntsey hinwollte. Mit jeder Meile wurde seine Vermutung mehr zur Gewißheit, und als sie sich endlich der A 12 näherten, gab es für ihn keinen Zweifel mehr. Und nun konzentrierten sich seine Gedanken an jeder Ampel, bei jedem Halt und auf jedem Stück freier Fahrbahn auf die beiden Morde, die ihn zu dieser Verfolgungsjagd, zu dieser jähen Lösung des Falles geführt hatten.

Er sah jetzt den ganzen brillanten Plan in seiner bestechenden Einfachheit vor sich. Der Mord an Etienne war als Unfall inszeniert und wochen-, ja wahrscheinlich sogar monatelang in allen Einzelheiten geplant worden. Geduldig hatte der Täter den idealen Zeitpunkt abgewartet. Die Polizei hatte Dauntsey natürlich von Anfang an in Verdacht gehabt. Niemand konnte ja so leicht und ungestört wie er im kleinen Archiv seine Vorbereitungen treffen. Vermutlich hatte er die Tür abgeschlossen, während er den Gasofen auseinandernahm, die Schlacke aus der Kaminauskleidung losklopfte und den Ofen dann, als der Abzug wunschgemäß blockiert war, wieder zusammensetzte. Die Zugschnur am Oberlicht hatte er wohl in wochenlanger Kleinarbeit aufgerauht und beschädigt. Und er hatte den günstigsten Abend für den Mord gewählt, einen Donnerstag, an dem Etienne, wie allgemein bekannt, länger arbeitete und in der Regel allein im Verlag war. Um halb acht hatte er zuschlagen wollen, unmittelbar vor seinem Aufbruch ins *Connaught Arms.* War der Termin der Dichterlesung eigentlich zufällig, durch einen glücklichen Umstand mit dem Mordtag zusammengefallen? Oder hatte Dauntsey sich den Abend gerade wegen dieser Veranstaltung ausgesucht? Es wäre sicher ein leichtes gewesen, eine andere Verabredung zu arrangieren, und Dauntseys überraschende Teilnahme an der Lesung hatte AD und sein Team sogar von Anfang an stutzig gemacht. Denn außer Dauntsey war kein bekannter Lyriker unter den Vortragenden gewesen, und literarisch war der Abend wohl kaum von Bedeutung. Dauntsey hatte vermutlich den geeigneten Moment abgepaßt, war, sobald alle außer Etienne den Verlag verlassen hatten, unbemerkt nach Innocent House zurückgekehrt und hatte sich leise ins kleine Archiv hinaufgeschlichen. Doch selbst wenn Etienne unverhofft aus seinem Büro gekommen wäre und ihn gesehen hätte, wäre er wohl nicht mißtrauisch geworden. Warum auch? Dauntsey hatte einen Hausschlüssel, er war Mitgesellschafter und konnte kommen und gehen, wie es ihm beliebte. Etienne hätte einfach angenommen, er ginge hinauf in sein Büro im dritten Stock, um noch ein paar wichtige Unterlagen für die Lesung im *Connaught Arms* zu holen.

Und wie ging es dann weiter? Die letzten Vorbereitungen waren vermutlich schon eine Stunde früher getroffen worden. Daniel konnte den Tathergang jetzt Schritt für Schritt rekonstruieren. Dauntsey hatte Tisch und Stuhl hinausgetragen und in dem kleinen Vorraum abgestellt; Etienne durfte ja keine Möglichkeit haben, ans Oberlicht zu gelangen. Dann wurde gründlich gesaugt, damit kein Staub übrigblieb, in den Etienne den Namen seines Mörders hätte kritzeln können. Den Terminkalender mit dem daran befestigten Bleistift hatte Dauntsey ihm bereits vorsorglich gestohlen. Als nächstes schaltete er den Gasofen an und stellte ihn auf die höchste Stufe, ehe er den Hahn abschraubte, denn die Dämpfe sollten schon austreten, bevor sein Opfer heraufkam. Und dann mußte nur noch das Diktiergerät auf den Boden gestellt und angeschlossen werden. Etienne sollte wissen, daß seine Todesstunde gekommen war, daß es kein Entrinnen für ihn gab, weil in dem freistehenden, leeren Gebäude weder Hilfeschreie noch verzweifeltes Hämmern gegen die Tür gehört werden könnten, Anstrengungen, mit denen Gerard sein Ende höchstens beschleunigt hätte. Sein Tod war so unabwendbar, als ob er in Auschwitz in der Gaskammer gelandet wäre. Vor allem aber kam es Dauntsey darauf an, daß Etienne erfuhr, warum er sterben mußte.

Damit war das Mordszenario eingerichtet. Und dann hatte Dauntsey um kurz vor halb acht von dem Telefon neben der Tür zum kleinen Archiv aus unten in Etiennes Büro angerufen. Was mochte er wohl gesagt haben? »Bitte, komm doch rasch mal hoch, ich bin hier auf etwas Wichtiges gestoßen.« Etienne war dem Ruf natürlich gefolgt. Warum auch nicht? Vielleicht hatte er sich, während er die Treppe hinaufging, gefragt, ob Dauntsey auf einen Hinweis gestoßen sei, der endlich zur Entlarvung des lästigen Witzbolds führen würde. Aber eigentlich war es ziemlich egal, was er dachte. Denn der Anruf kam von einem Mann, dem er vertraute und den zu fürchten er keinen Grund hatte. Die Stimme hatte gewiß dringlich geklungen und die Nachricht so, daß sie ihn neugierig machte. Selbstverständlich war er hinaufgegangen.

Die Todeszelle war präpariert, gesäubert und leergeräumt. Und dann? Wie weiter? Dauntsey wartete an der Tür. Wahrscheinlich hatte nur ein ganz kurzer Wortwechsel stattgefunden.

»Na, was gibt's denn, Dauntsey?« Ob seine Stimme ungeduldig geklungen hatte, vielleicht sogar ein bißchen arrogant?

»Gleich hier drin, Gerard, im kleinen Archiv. Am besten, du machst dir selbst ein Bild. Ach, und auf dem Diktiergerät findest du eine Nachricht. Hör das Band ab, dann wirst du alles verstehen.«

Und Etienne war, verdutzt, aber immer noch arglos, hineingegangen und dem Tod direkt in die Arme gelaufen.

Rasch hatte Dauntsey die Tür zugemacht, abgeschlossen und den Schlüssel abgezogen. Hissing Sid lag bereits in einem Versteck zwischen den Akten vorn im Hauptarchiv bereit. Jetzt legte Dauntsey die Schlange vor die Türschwelle und drückte sie fest, damit selbst dieser winzige Belüftungsspalt blockiert war. Mehr gab es im Augenblick nicht zu tun. Dauntsey konnte in aller Ruhe zu seiner Lesung gehen.

Er hatte vorgehabt, gegen zehn zurück zu sein, um sein Werk zu vollenden. Dann hätte er alles in Ruhe ordnen können. Die Tür würde ein paar Minuten offenbleiben müssen, damit die Dämpfe entweichen konnten. Dann würde er den Gashahn wieder anschrauben und den Raum in seinen ursprünglichen Zustand zurückversetzen. Tisch und Stuhl mußten wieder hineingeschafft und die Ablagekörbe auf dem Tisch zurechtgerückt werden. Ob ihm sonst noch etwas eingefallen war? Es wäre klug gewesen, dem ursprünglichen Aktenstoß noch einen Ordner hinzuzufügen, den Etienne selbst hätte entdeckt haben können, eine Akte, die ihn mutmaßlich ins Archiv hinaufgeführt hatte; ein alter Vertrag vielleicht, beispielsweise eine Abmachung, die Esmé Carling betraf. Dauntsey hätte den Kontrakt schon früher heraussuchen und, zwischen anderen Papieren versteckt, in Bereitschaft halten können. Sobald alle Requisiten richtig plaziert waren, wäre er gegangen, freilich nicht ohne sich zu vergewissern, daß der Schlüssel jetzt von innen steckte. Die Schlange hätte er natürlich wieder mitgenommen.

Er hätte ohne jede Eile zu Werk gehen können. Vielleicht wäre er mit einer Taschenlampe nach Innocent House zurückgekommen, aber oben im kleinen Archiv konnte er dann gefahrlos das Licht anschalten. Er hätte Etiennes Jackett und seine Schlüssel aus Gerards Büro geholt und nach oben geschafft, die Schlüssel auf den Tisch gelegt und die Jacke über die Stuhllehne gehängt. Natürlich konnte er den Staub auf Kaminsims und Fußboden nicht wieder herbeischaffen, aber hätte wirklich jemand die penible Sauberkeit im Raum bemerkt, wenn Etiennes Tod glaubhaft nach einem Unfall ausgesehen hätte?

Und das Szenarium hätte für sich gesprochen. Etienne war ins Archiv gegangen, um eine Akte einzusehen, die ihn offenbar sehr interessierte. Anscheinend hatte er geraume Zeit oben arbeiten wollen, denn er hatte sein Jackett und die Schlüssel mitgebracht und das Gas angedreht. Beim Schließen des Oberlichts war ihm die Zugschnur gerissen. Wahrscheinlich hätte man den Leichnam entweder über dem Tisch zusammengesunken gefunden oder mit dem Gesicht nach unten am Boden, als ob er noch mit letzter Kraft versucht hätte, zum Ofen hinzukriechen. Rätselhaft wäre nur eines gewesen, nämlich warum Etienne nicht begriffen hatte, in welcher Gefahr er schwebte, und schleunigst die Tür öffnete. Aber zu den ersten Symptomen bei einer Kohlenmonoxydvergiftung gehörte nun einmal Desorientierung. Mit der Erklärung hätten sich die Ermittler vermutlich zufriedengegeben. Denn es hätte ja keine gebrochene Leichenstarre im Kinnbereich gegeben, keine Notwendigkeit, dem Toten den Schlangenkopf in den Mund zu stopfen. Nein, es wäre ein fast perfekter, ein geradezu mustergültiger Unfalltod gewesen.

Doch dann hatte Dauntsey fürchterliches Pech gehabt. Der Überfall, die lange Wartezeit in der Ambulanz, die viel zu späte Heimkehr, all das hatte seinen vorbildlich ausgeklügelten Plan über den Haufen geworfen. Und als er endlich nach Hause kam, wartete Frances bereits auf ihn, und er mußte, obwohl er durch den Zusammenstoß mit den drei Gangstern körperlich arg geschwächt war, blitzschnell, ja überstürzt handeln. Aber sein Verstand funktionierte noch reibungslos. Also drehte er den Wasserhahn der Badewanne gerade so weit auf, daß die Wanne voll sein würde, wenn er von drüben zurückkam. Vermutlich hatte er sich auch rasch noch der Kleider entledigt und nur einen Morgenrock übergeworfen; jedenfalls wäre es von Vorteil gewesen, das überhitzte kleine Archiv praktisch nackt zu betreten. Und hinein mußte er noch einmal, und zwar noch in dieser Nacht. Denn nach dem Unfall wäre es höchst verdächtig, wenn ausgerechnet er am nächsten Morgen als erster in Innocent House erschiene. Aber es war unerläßlich, daß er das Tonband wieder an sich brachte, das belastende Tonband mit dem Mordgeständnis.

Etienne hatte das Band abgehört; diese Genugtuung war Dauntsey immerhin zuteil geworden. Sein Opfer hatte gewußt, daß es verurteilt war, und warum. Aber Etienne hatte sich zum Schluß seinerseits einen brillanten kleinen Racheakt ausgedacht. Er wollte dafür sorgen, daß der entscheidende Beweis gegen seinen Mörder gefunden wurde, und hatte sich die kleine Kassette kurzerhand in den Mund gesteckt. Und dann, als sein Verstand schon nicht mehr klar arbeitete, war er offenbar auf die Idee verfallen, mit seinem Hemd die Gasflamme zu ersticken, weshalb er noch halbnackt über den Boden robbte, ehe er das Bewußtsein verlor. Wie lange mochte Dauntsey gebraucht haben, bis er das Tonband entdeckte? Offenbar nicht sehr lange. Aber er mußte die Leichenstarre der Kinnpartie brechen, um es wieder an sich zu bringen, und damit war der Plan, den Mord als Unfall zu tarnen, verdorben. Hatte er darum später der Polizei so geflissentlich in die Hände gearbeitet, von sich aus ihre Aufmerksamkeit auf das verschwundene Diktiergerät gelenkt, ja sie sogar eigens auf die verdächtig staubfreien Flächen hingewiesen? Fakten wie diese hätte die Spurensicherung über kurz oder lang ohnehin herausgebracht, da war es nur klug, sie als erster zu offenbaren. Dauntsey war so in Zeitnot gewesen, daß er Tisch und Stuhl nur hastig ins Zimmer zurückschaffen, aber nicht darauf achten konnte, sie wieder genau an ihren Platz zu rücken. Darum geriet der Tisch mit der falschen Seite an die Wand, so daß die Ablagekörbe verkehrt herum standen, und ein kleiner Schatten an der Wand verriet, daß der Tisch um etliche Zentimeter verschoben worden war. Und Etiennes Jackett nebst seinen Schlüsseln hatte er auch nicht mehr heraufholen können.

Doch wie sollte er den klaffenden Mund seines Opfers kaschieren? Hissing Sid, das Verlagsmaskottchen, lieferte ihm den rettenden Einfall. Die Schlange war ja bereits zur Hand, er brauchte also keine Zeit mit Suchen zu vergeuden. Alles, was er tun mußte, war, Etienne den samtenen Schlangenleib um den Hals zu wickeln und ihm den Kopf in den Mund schieben. Dauntsey hatte damit an die mutwilligen Streiche angeknüpft, unter denen Peverell seit Monaten zu leiden hatte, um die Polizei auf eine falsche Fährte zu locken, falls Etiennes Tod nicht als Selbstmord durchgehen sollte. Wahrscheinlich hatte er nicht geahnt, welch wichtige Rolle dieser Trick später in den Ermittlungen spielen würde.

Als er das Haus wieder verlassen wollte, war ihm plötzlich Esmé Carlings blau gebundenes Manuskript auf dem niedrigen Tisch am Empfang aufgefallen, und er hatte auch ihren Anschlag am Schwarzen Brett gesehen. Bestimmt hatte ihn diese Entdeckung im ersten Moment in Panik versetzt, doch ein Stratege wie Dauntsey hatte sich gewiß rasch wieder gefangen. Esmé Carling hatte Innocent House aller Wahrscheinlichkeit nach bereits verlassen, als er Etienne nach oben bestellte. Vielleicht hatte Dauntsey einen Moment lang trotzdem erwogen, nachzusehen, es dann aber als zwecklos verworfen. Nein, die Carling hatte ganz offensichtlich Manuskript und Pamphlet hier deponiert, um ihre Entrüstung im ganzen Verlag publik zu machen. Jetzt kam es darauf an, ob sie der Polizei sagen würde, daß sie im Haus gewesen war, oder ob sie den Mund hielt. Dauntsey tippte eigentlich eher auf letzteres. Aber zur Vorsicht hatte er Manuskript und Schmähschrift doch lieber an sich genommen.

Gabriel Dauntsey war ein Mörder, der vorausdachte, sogar so weit, daß er die Notwendigkeit eines zweiten, eines völlig unschuldigen Opfers gleich einkalkulierte.

63

Frances verlor wiederholt für kurze Zeit das Bewußtsein, erinnerte sich, wenn sie zu sich kam, verschwommen an das, was geschehen war, und flüchtete, kaum daß ihr Verstand die grausame Wahrheit fassen wollte, entsetzt wieder in gnädiges Vergessen. Als sie endlich doch wieder ganz bei Bewußtsein war, lag sie die ersten paar Minuten vollkommen still und überdachte, kaum atmend, in winzig kleinen Schritten ihre Lage, als ob diese stufenweise Annäherung die Realität erträglicher machen könnte. Sie war noch am Leben. Sie lag, auf der Seite, am Boden eines Autos und hatte eine Decke über sich. Ihre Füße waren an den Knöcheln gefesselt, die Hände auf dem Rücken zusammengebunden. Im Mund hatte sie einen weichen Knebel, wahrscheinlich, so vermutete sie, war es ihr Seidenschal. Das Auto fuhr ziemlich ruckhaft, und einmal, als es anhielt, spürte sie die leichte Erschütterung, als die Bremse angezogen wurde. Offenbar standen sie an einer Verkehrsampel. Sie überlegte, ob es ihr durch Zappeln und Strampeln gelingen würde, die Decke abzuschütteln, mußte aber bald feststellen, daß sie mit ihren gefesselten Händen und Füßen nicht genug Bewegungsfreiheit hatte, um sich davon zu befreien. Doch zumindest gelang es ihr, den Rumpf heftig hin und her zu bewegen. Falls sie auf einer belebten Straße unterwegs waren, konnte es ja sein, daß ein anderer Autofahrer beim Überholen zufällig durchs Fenster sah und angesichts der beweglichen Decke stutzig wurde. Kaum, daß ihr der Einfall gekommen war, fuhr der Wagen wieder an und setzte in ruhigem Tempo seine Fahrt fort.

Sie war noch am Leben. An diese Tatsache mußte sie sich

klammern. Gabriel wollte sie vielleicht töten, aber warum hatte er es dann nicht getan, als sie ohnmächtig in der Garage lag? Da wäre es doch ganz leicht gewesen. Aus Barmherzigkeit hatte er sie gewiß nicht verschont. Oder hatte er etwa mit Gerard Erbarmen gezeigt, mit Esmé Carling und Claudia? Nein, sie befand sich in der Gewalt eines Mörders. Das Wort pochte in ihrem Hirn und weckte jene panische Angst, die dämmernd auf der Lauer lag, seit sie das Bewußtsein wiedererlangt hatte. Und jetzt fiel diese Angst über sie her, primitiv und unkontrollierbar, eine niederschmetternde Sturzflut, die Verstand und Willenskraft lahmlegte. Sie wußte jetzt, warum er sie nicht schon in der Garage umgebracht hatte. Der Mord an Claudia sollte, genau wie die beiden anderen, als Unfall oder Selbstmord eingestuft werden. Dazu durften aber keine zwei Leichen in der Garage gefunden werden. Gabriel mußte auch sie loswerden, gewiß, aber auf andere Art. Was hatte er vor? Wollte er sie spurlos verschwinden lassen? Einen Mord inszenieren, den selbst Dalgliesh nicht würde aufklären können, weil nicht einmal eine Leiche vorhanden war? Frances erinnerte sich, daß sie irgendwo gelesen hatte, es sei nicht zwingend notwendig, eine Leiche vorzuzeigen, um einen Mord nachweisen zu können, aber vielleicht wußte Gabriel das ja nicht. Er war wahnsinnig, eine andere Erklärung gab es nicht. Womöglich bastelte, tüftelte und feilte er genau in diesem Augenblick an einem Plan, um sich ihrer zu entledigen. Was wäre besser, als bis hart an den Rand einer Klippe zu fahren und sie ins Meer zu stürzen; sie gefesselt, wie sie war, in einem Graben zu verscharren; oder sie in einen alten Bergwerksschacht zu werfen, wo sie mutterseelenallein und elend verhungern und verdursten würde? All diese Schreckensbilder jagten einander, eins furchtbarer als das andere: der entsetzliche Sturz durch die Finsternis in die schäumende Brandung, das nasse Laub und die glitschige Erde, die ihr Augen und Mund verstopfte, bis sie langsam und qualvoll erstickte, der senkrecht abfallende Tunnel der Mine, in dem sie in klaustrophobischer Enge dem Hungertod entgegensehen würde.

Der Wagen fuhr ruhig und zügig weiter. Offenbar hatten sie die letzten Ausläufer Londons hinter sich gelassen und waren jetzt draußen auf dem Land. Frances zwang sich zur Ruhe. Sie war noch am Leben. Daran mußte sie sich einfach festhalten. Noch bestand Hoffnung, und falls sie wirklich sterben mußte, dann würde sie versuchen, tapfer in den Tod zu gehen. Gerard und Claudia, beides Agnostiker, waren bestimmt mutig gestorben, auch wenn ihnen kein würdiger Tod vergönnt gewesen war. Sie selbst war gläubig, aber was war dieser Glaube denn wert, wenn er ihr nicht wenigstens half, es den beiden gleichzutun?

Sie sprach ein Bußgebet, dann eine Fürbitte für die Seelen von Claudia und Gerard, und ganz zum Schluß betete sie auch für sich und die eigene Errettung. Mit den altvertrauten, tröstenden Worten kam die Gewißheit, daß sie nicht allein sei. Frances begann zu planen. Da sie nicht wußte, was Gabriel mit ihr vorhatte, war es schwer, Gegenmaßnahmen zu ersinnen, aber in einem Punkt wenigstens war sie sich ganz sicher. Er war bestimmt nicht stark genug, um sie ohne Hilfe über eine größere Strecke zu tragen. Das bedeutete, er würde ihr zumindest die Beinfesseln lösen müssen, wenn sie am Ziel waren. Sie war jünger und kräftiger als er, und wenn sie auch nur die kleinste Chance bekam, würde sie um ihr Leben rennen. Doch wie immer es auch ausgehen mochte, sie würde nicht um Gnade betteln.

Fürs erste aber mußte sie dafür sorgen, daß ihre Glieder nicht steif wurden. Ihre Hände waren mit etwas Weichem zusammengebunden, vielleicht mit Gabriels Krawatte oder einem Socken. In der Garage war er ja bestimmt nur auf ein Opfer vorbereitet gewesen. Trotzdem hatte er ganze Arbeit geleistet. Sie konnte die Handgelenke nicht aus den Fesseln befreien. Die Füße waren genauso fest, wenn auch weniger schmerzhaft zusammengebunden. Immerhin konnte sie ihre Beinmuskeln trotz der Fesseln anspannen und wieder lockern, und schon diese kleine Vorbereitung auf die geplante Flucht gab ihr Kraft und Mut. Frances sagte sich auch, daß sie die Hoffnung auf Rettung nicht aufgeben dürfe. Wie lange würde James warten, bevor er sie als vermißt meldete?

In der ersten Stunde würde er vermutlich nichts unternehmen, sondern einfach denken, sie sei im Verkehr steckengeblieben, oder die U-Bahn hätte Verspätung. Aber dann würde er Nummer 12 anrufen und es, wenn sich dort niemand meldete, in Claudias Wohnung im Barbican versuchen. Selbst dann würde er sich vielleicht noch nicht ernsthaft Sorgen machen. Aber länger als anderthalb Stunden würde er bestimmt nicht warten. Vielleicht nahm er sich dann ein Taxi zu ihrer Wohnung, und wenn sie Glück hatte, hörte er womöglich den laufenden Motor in der Garage. Sobald man Claudias Leiche entdeckt und Dauntseys Verschwinden bemerkt hatte, würden alle Polizeistreifen alarmiert und auf seinen Wagen angesetzt werden. An diese Hoffnung mußte sie sich klammern.

Er fuhr und fuhr. Da sie nicht auf die Uhr sehen konnte, war Frances allein auf ihr Zeitgefühl angewiesen, und die Fahrtrichtung konnte sie schon gar nicht erraten. Auf die Überlegung, warum Gabriel wohl zum Mörder geworden war, verschwendete sie keine Kraft. Es war zwecklos, darüber nachzudenken; die Frage konnte nur er selbst ihr beantworten, und vielleicht würde er das am Ende ja auch tun. Statt dessen dachte Frances über ihr eigenes Leben nach. Ein lange Reihe von Kompromissen, etwas anderes war es nicht gewesen. Was hatte sie ihrem Vater anderes entgegengebracht als ergebenen Gehorsam, der sein Unverständnis und seine Verachtung ihr gegenüber nur noch verstärkte? Warum war sie auf sein Geheiß so lammfromm in den Verlag eingetreten und hatte sich zur Leiterin der Abteilung Rechte und Lizenzen ausbilden lassen? Der Arbeit war sie durchaus gewachsen; sie war gewissenhaft und gründlich und nahm es selbst mit Kleinigkeiten sehr genau. Nur hatte sie sich ihr Leben eigentlich ganz anders vorgestellt. Und Gerard? Im Innern hatte sie immer gewußt, daß er sie bloß ausnutzte. Er hatte sie so verächtlich behandelt, weil sie sich verachtenswert benahm. Wer war sie? Und was? Frances Peverell, eine zuvorkommende, sanfte, duldsame graue Maus, Anhängsel ihres Vaters, ihres Liebhabers, des Verlags. Jetzt, wo ihr Leben vielleicht zu Ende ging, konnte sie wenigstens sagen: »Ich bin Frances Peverell. Ich bin, was ich bin.« Und falls sie am Leben blieb und James heiraten würde, dann konnte sie ihm nun zumindest eine ebenbürtige Partnerschaft anbieten. Sie hatte den Mut gefunden, sich dem Tod zu stellen, aber das war ja eigentlich gar nicht so schwer. Tausende von Menschen, darunter sogar Kinder, taten das, jeden Tag. Es war an der Zeit, daß sie dem Leben gegenüber den gleichen Mut aufbrachte.

Seltsamerweise war sie auf einmal ganz ruhig. Von Zeit zu Zeit sprach sie noch ein Gebet, rief sich die Verse eines ihrer Lieblingsgedichte in Erinnerung und blickte in Gedanken auf besonders schöne und glückliche Momente zurück. Ja, sie versuchte sogar, ein bißchen zu schlafen, was ihr vielleicht auch gelungen wäre, wenn ein plötzliches Holpern des Wagens sie nicht wachgerüttelt hätte. Gabriel fuhr jetzt offenbar durch unwegsames Gelände. Der Wagen ruckelte, schlingerte, holperte durch Schlaglöcher, kippte von einer Seite auf die andere, und sie mit. Dann wurde der Untergrund wieder ebener; wahrscheinlich, dachte sie, sind wir jetzt auf einem Feldweg. Und dann hielt der Wagen, und sie hörte, wie Gabriel seine Tür aufstieß.

64

In Hillgate Village sah James auf die Stiluhr auf dem Kaminsims. Es war neunzehn Uhr zweiundvierzig. Seit seinem Anruf bei Frances war bereits etwas über eine Stunde vergangen. Eigentlich müßte sie jetzt schon hiersein. Noch einmal überschlug er rasch die Kalkulation, die er während der letzten sechzig Minuten immer wieder aufgestellt hatte. Es waren zehn U-Bahn-Stationen zwischen Bank of England und Notting Hill Gate. Er rechnete zwei Minuten pro Haltestelle, etwa zwanzig Minuten für die Fahrt und eine Viertelstunde für den Weg bis zum Bahnhof der Central Line an der Bank. Aber vielleicht hatte Frances

Claudia verpaßt und sich ein Taxi rufen müssen. Doch selbst dann hätte die Fahrt keine volle Stunde gedauert, nicht einmal während der Rush-hour und im Zentrum von London, außer vielleicht bei so ungewöhnlichen Verzögerungen wie Straßensperren oder Bombenalarm. James wählte noch einmal Frances' Nummer. Erwartungsgemäß nahm niemand ab. Dann versuchte er es ein weiteres Mal bei Claudia, auch dort ohne Erfolg, was ihn freilich nicht verwunderte. Sie war vielleicht direkt vom Büro aus zu Declan Cartwright gefahren, oder womöglich hatte sie auch eine Verabredung zum Abendessen oder ging ins Theater. Jedenfalls gab es keinen Grund, warum Claudia hätte daheim sein sollen. Er stellte das Radio an und suchte den Londoner Lokalsender. Zehn Minuten mußte er warten, bevor das nächste Nachrichtentelegramm kam. U-Bahn-Benutzer wurden um Verständnis für die Verspätung bei der Central Line gebeten. Ein Grund wurde nicht bekanntgegeben, was in der Regel IRA-Alarm bedeutete, aber der Sprecher teilte mit, daß zwischen Holborn und Marble Arch vier Stationen geschlossen seien. Aha, das war die Erklärung. Nun konnte es gut und gern noch einmal eine Stunde dauern, bis Frances kam. Ihm blieb nichts weiter übrig, als sich in Geduld zu üben und abzuwarten.

Rastlos ging James im Wohnzimmer auf und ab. Frances neigte ein wenig zur Klaustrophobie. Er wußte, wie ungern sie den Fußgängertunnel in Greenwich benutzte. Und eigentlich hatte sie auch eine Abneigung gegen die U-Bahn. Sie säße jetzt nicht da unten fest, wenn sie sich nicht so beeilt hätte, nur um ihm beizustehen. Hoffentlich brannte in den Zügen im Tunnel wenigstens Licht und sie hockte nicht womöglich schutzlos in völliger Finsternis. Ganz plötzlich hatte er eine ebenso lebhafte wie erschreckende Vision: Er sah Frances, allein, verlassen, dem Tode nahe, in einem engen, finsteren Tunnel irgendwo weit weg von ihm, unerreichbar und abgeschnitten von aller Welt. James schalt sich selbst einen Phantasten mit Hang zum Morbiden, verscheuchte das grauenvolle Bild und sah abermals nach der Uhr. Er würde noch eine halbe Stunde warten und dann die

Londoner Verkehrsbetriebe anrufen und sich erkundigen, ob die Strecke wieder frei beziehungsweise wie lange noch mit Verzögerungen zu rechnen sei. Er trat ans Fenster, stellte sich hinter die Gardine, blickte auf die erleuchtete Straße hinunter und wünschte sich, er könnte Frances herzaubern.

65

Daniel war nun endlich auf der A 12, und der Verkehr ebbte langsam ab. Gleichwohl hielt er sich streng an die Geschwindigkeitsbegrenzung; es wäre katastrophal gewesen, sich jetzt von einer Polizeistreife erwischen zu lassen. Dauntsey würde genauso darauf bedacht sein, nicht aufzufallen und nicht angehalten zu werden, insoweit fuhren sie also beide unter gleichen Bedingungen, doch Daniel hatte den schnelleren Wagen. Er überlegte sich, wie er es anstellen könne, sich vor den Rover zu setzen, sobald er entsprechend aufgeholt hatte. Normalerweise würde Dauntsey seinen Golf bestimmt auf Anhieb erkennen und ihn, den Fahrer, natürlich genauso, aber zum Glück rechnete er wohl nicht damit, daß man ihn bereits verfolgte, und so würde er denn auch kaum auf andere Fahrzeuge achten. Das beste wäre wohl, dachte Daniel, ich warte ab, bis der Verkehr sich wieder etwas belebt. Dann konnte er die Chance nutzen, den Rover im Pulk mit anderen schnellen Wagen zu überholen.

Und jetzt fiel ihm zum erstenmal Claudia Etienne ein. Er war entsetzt, daß er in seiner Sorge, Dauntsey noch zu erreichen, um ihn zu warnen, gar nicht bedacht hatte, in welcher Gefahr sie womöglich schwebte. Aber es war ja noch einmal gutgegangen. Als er sie zuletzt gesehen hatte, wollte sie gleich heimfahren, und jetzt war sie gewiß längst in Sicherheit. Dauntsey und der Rover waren noch ein ganzes Stück vor ihm. Riskant wäre es höchstens, überlegte er weiter, wenn sie auf die Idee gekommen ist, ihren Vater zu besuchen und sich womöglich ebenfalls auf dem Weg nach Othona House befindet. Ein Grund mehr für ihn, als erster dort anzukommen. Es hatte keinen Sinn, Dauntsey unterwegs zu stoppen. Der Alte würde ohnehin nur unter Zwang anhalten, und Daniel mußte mit ihm reden, ihn warnen. Das konnte aber nur in Ruhe geschehen und nicht, indem er seinen Wagen rammte und ihn gewaltsam stoppte. Die letzte Szene dieser Tragödie sollte wenigstens friedlich verlaufen.

Und dann hatte er den Rover endlich genau im Blick. Sie näherten sich jetzt der Umgehungsstraße nach Chelmsford, und der Verkehr wurde wieder dichter. Daniel wartete den günstigsten Moment ab, dann fädelte er sich in die Überholspur ein und brauste vorbei.

Esmé Carling mußte ein paar sehr ungemütliche Tage verbracht haben, nachdem Gerard Etiennes Leiche gefunden worden war. Sicher hatte sie jeden Moment damit gerechnet, daß die Polizei auftauchen und sich nach ihrem Pamphlet am Schwarzen Brett und nach dem so ostentativ im Verlag deponierten Manuskript erkundigen würde. Aber dann waren Daniel und Robbins nur mit ihren harmlosen Fragen nach einem Alibi gekommen, und sie hatte ihnen eines geliefert. Die Nervenprobe hatte sie glänzend bestanden, das mußte man ihr lassen. Er, Daniel, hatte nicht eine Sekunde lang geahnt, womit sie in Wahrheit hinter dem Berg hielt. Und dann, nach dem Verhör? Was war ihr da durch den Kopf gegangen? Hatte Dauntsey sie zuerst angerufen, oder hatte sie sich mit ihm in Verbindung gesetzt? Höchstwahrscheinlich letzeres. Dauntsey hätte sie nicht zu töten brauchen, wenn sie ihm nicht erzählt hätte, daß sie ihn mit dem Staubsauger auf der Treppe gesehen hatte. Gewiß war das auch für ihn eine bange, spannungsgeladene Zeit gewesen. Aber auch er hatte die Nerven behalten. Esmé Carling hatte Stillschweigen bewahrt, und Dauntsey wähnte sich wohl schon in Sicherheit.

Und dann war vermutlich der Anruf gekommen, das Telefonat mit dem Vorschlag, sich doch einmal zu treffen, und mit der impliziten Drohung, daß sie zur Polizei gehen würde, falls Peverell ihr Buch nicht doch noch ins Programm nahm. Die Drohung war natürlich nur Bluff. Die Carling konnte nicht zur Polizei gehen, ohne einzugestehen, daß auch sie am fraglichen Abend in Innocent House gewesen war. Und ihr Motiv für den Mord an Etienne war nicht minder stark als das der anderen Verdächtigen. Aber sie war ein Mensch, dessen Verstand, so findig, durchtrieben, ja verschlagen sie auch war, doch seine Grenzen hatte. Weder dachte sie klar logisch, noch war sie sehr intelligent.

Wie mochte Dauntsey sie wohl zu jenem Treffen überredet haben? Ob er behauptet hatte, Etiennes Mörder zu kennen oder zumindest einen bestimmten Verdacht zu hegen, einen, dem sie gemeinsam nachgehen könnten, um, wenn der Fall gelöst war, auch einen gemeinsamen Triumph zu feiern? Hatten sie vielleicht eine vorläufige Abmachung getroffen und sich darauf geeinigt, daß Esmé weiterhin Stillschweigen bewahren und daß er ihr Manuskript und Brief zurückgeben und dafür sorgen würde, daß der Verlag ihr Buch druckte? Immerhin hatte sie ja der kleinen Daisy Reed erzählt, Peverell müsse ihren neuen Roman nun doch verlegen. Wer, wenn nicht einer der Gesellschafter hätte ihr eine solche Zusicherung geben können? Hatte Dauntsey sich bei jenem Telefonat als ihr Ritter und Retter aufgespielt, oder hatte er den Mitverschwörer gemimt? All das würden sie nie erfahren, es sei denn, Dauntsey selbst erzählte es ihnen.

Eines war indes sicher: Esmé Carling war ganz arglos zu der Verabredung gefahren. Sie hatte keine Ahnung, wer Etiennes Mörder war, aber sie war der Überzeugung, daß sie wisse, wer zumindest nicht als Täter in Frage kam. Sie war ja in Etiennes Büro gewesen, als der telefonisch ins Archiv bestellt wurde, und nachdem Gerard hinaufgegangen war, hatte sie vermutlich zunächst auf ihn warten wollen. Erst als er gar zu lange wegblieb, war sie ungeduldig geworden und beschloß, selbst nachzusehen. Und just in dem Moment, als sie aus Miss Blacketts Vorzimmer kam und zur Treppe wollte, entdeckte sie Dauntsey, wie der mit dem Staubsauger davonhuschte. Oben vor dem Eingang zum Archiv hatte sie dann die Schlange liegen sehen und durch die Tür eine Stimme gehört. Drinnen sprach jemand, kein Zweifel. Die Tür war nicht sonderlich dick, und vermutlich erkannte sie, daß es nicht Etiennes Stimme war. Und als die Leiche gefunden wurde, stand für sie fest, daß zumindest Dauntsey unschuldig war. Sie hatte ja mit eigenen Augen gesehen, wie er die Treppe herunterkam, als Etienne noch am Leben war und oben im kleinen Archiv mit seinem Mörder sprach.

Und wie hatte Dauntsey sich das Alibi für den Mord an Esmé Carling beschafft? Aber ja, natürlich! Er und Bartrum waren ein paar Minuten allein mit der Leiche gewesen, bevor die Polizei erschien. War es nicht sogar Dauntsey gewesen, der vorgeschlagen hatte, de Witt solle die Frauen ins Haus begleiten, während er und Bartrum bei der Toten warten würden? Und in der kurzen Zeit mußte er sich dann sein Alibi gesichert haben. Verwunderlich war bloß, daß Bartrum sich darauf eingelassen hatte. Ob Dauntsey ihm versprochen hatte, sich dafür einzusetzen, daß er seine Stellung behielt? Hatte er ihm gar eine Beförderung in Aussicht gestellt? Oder war da eine frühere Gefälligkeit im Spiel, für die er bei Bartrum noch etwas guthatte? Was auch immer der Grund sein mochte, Bartrum hatte ihm jedenfalls sein Alibi geliefert. Und das Pub, in dem sie sich in Wahrheit eine halbe Stunde später getroffen hatten, als sie der Polizei zu Protokoll gaben, war für Dauntseys Zwecke trefflich gewählt. Niemand im *Sailor's Return* war imstande gewesen, präzise Angaben darüber zu machen, wann zwei bestimmte Gäste die weitläufige, überfüllte und ohrenbetäubend laute Kneipe betreten hatten.

Der Mord an sich hatte vermutlich kaum Schwierigkeiten bereitet, und gefährlich war für den Täter eigentlich nur der Moment, in dem er die Fähre umsetzen mußte. Aber das war nun einmal unumgänglich. Er brauchte das Boot, denn nur im sicheren Schutz der Kabine konnte er sein Opfer unbeobachtet von Fluß und Land aus töten. Esmé Carling war eine zierliche Person und sicher nicht schwer gewesen, aber Dauntsey war ein Mann von sechsundsiebzig Jahren, und für ihn war es allemal leichter, sein Opfer von der Fähre aus zu erhängen, als es, tot oder lebendig, die schlüpfrige, von der Flut überspülte Ufertreppe hinunterzuschleppen. Und solange er den Motor drosselte, war auch das Bootsmanöver einigermaßen ungefährlich. Schließlich wohnte nur Frances in der Nähe, und Dauntsey wußte aus eigener Erfahrung, wie wenig man von ihrem Wohnzimmer aus hören konnte, wenn Vorhänge und Fensterläden geschlossen waren. Und selbst wenn sie einen Bootsmotor gehört hätte, wäre sie dann tatsächlich hinuntergelaufen, um nachzusehen? Schließlich war es nichts Ungewöhnliches, auf der Themse das Tuckern einer Fähre zu hören. Aber nach der Tat mußte Dauntsey das Boot wieder an seinen Platz zurückbringen, schon deshalb, weil er nicht sicher sein konnte, daß in der Kabine nicht irgendeine Spur seines Opfers, und sei sie noch so unbedeutend, zurückgeblieben war; besonders dann nicht, wenn Esmé Carling sich vielleicht gewehrt hatte und es zum Kampf gekommen war. Sein Plan stand und fiel aber damit, daß niemand die Fähre mit dem Tod der Schriftstellerin in Verbindung brachte.

Sie war mit dem Taxi zu dieser letzten verhängnisvollen Verabredung gekommen. Bestimmt hatte Dauntsey ihr das vorgeschlagen, und sicher stammte von ihm auch der Rat, sich am Ende der Innocent Passage absetzen zu lassen. Dort hatte er dann, im Schatten des Eingangs, auf sie gewartet. Was hatte er ihr wohl erzählt? Daß sie sich ungestörter unterhalten könnten, wenn sie aufs Boot hinuntergingen? Sicher hatte er das Manuskript und ihren Brief an die vier Gesellschafter schon vorher in der Kabine bereitgelegt. Was mochte er sonst noch dort deponiert haben? Einen Strick, um das ahnungslose Opfer zu erdrosseln, oder einen Schal, einen Gürtel? Aber wahrscheinlich hoffte er darauf, daß sie wie üblich ihre Schultertasche mit dem kräftigen langen Riemen dabeihaben würde, die Tasche, mit der er sie gewiß oft genug gesehen hatte.

Und jetzt malte sich Daniel, den Blick auf die Fahrbahn gerichtet und die Hände locker auf dem Lenkrad, im Geiste die Szene in der engen Kabine aus. Wie lange mochten sie wohl geredet haben? Vielleicht überhaupt nicht. Daß sie ihn in Innocent House gesehen hatte, wie er mit dem Staubsauger die Treppe hinunterkam, das mußte die Carling Dauntsey schon am Telefon erzählt haben. Das war ihr ja gerade zum Verhängnis geworden. Und es genügte. Weiter brauchte er nichts von ihr zu wissen. Das leichteste und auch sicherste wäre gewesen, keine Zeit mit Reden zu verlieren. Daniel sah förmlich, wie Dauntsey ein wenig beiseite ging, um ihr höflich den Vortritt in die Kabine zu lassen. Sie trug die Tasche über der Schulter. Ein rascher Griff, ein kräftiger Ruck, und er hatte den Riemen als Schlinge in der Faust. Dann der Sturz und der zappelnde, zuckende Körper auf dem Kabinenboden, die alten welken Finger, die sich nutzlos an die Lederschlinge klammerten, während Dauntsey sie mit beiden Händen unerbittlich festzurrte. Wenigstens eine Sekunde lang würde ihr die fürchterliche Erkenntnis gedämmert haben, bevor eine gnädige Ohnmacht ihren Geist für immer in schwarze Nacht tauchte.

Und der das getan hatte, war der Mann, hinter dem er jetzt herfuhr, um ihn zu warnen, nicht, weil es etwa noch eine Rettung für ihn gab, sondern weil selbst der grausame Tod Esmé Carlings ihm nur als ein kleiner, ja vielleicht sogar unvermeidlicher Teil einer großen, allumfassenden Tragödie erschien. Ihr Leben lang hatte diese Frau Kriminalgeschichten fabriziert, hatte sich ungeniert den Zufall zunutze gemacht, Fakten so arrangiert, daß sie mit der Theorie übereinstimmten, hatte ihre Figuren manipuliert und vom Schreibtisch aus ihre vermeintliche Macht über das Schicksal genossen. Esmé Carlings Tragik war es gewesen, daß sie am Ende die fiktive mit der realen Welt verwechselt hatte.

Daniel hatte die Ortsausfahrt von Maldon längst hinter sich und war schon vor einer ganzen Weile von der B 1018 nach Süden abgekommen, als er merkte, daß er sich verfahren hatte. Zuvor hatte er kurz auf einem Parkplatz gehalten und hastig, um nur ja keine wertvolle Zeit zu verlieren, auf der Karte nachgesehen. Der kürzeste Weg nach Bradwell-on-Sea führte über die B 1018, mit einem Abzweig nach links und durch die Dörfer Steeple und St. Lawrence. Rasch hatte er die Karte wieder zusammengefaltet und war weiter durch die vom Dunkel verhüllte trostlose Landschaft gefahren. Aber die Straße, die im übrigen breiter war als erwartet, hatte zwei Abzweigungen nach links, woran er sich von der Karte her nicht erinnerte, und das erste Dorf kam und kam nicht in Sicht. Ein Instinkt – einer, der ihm seit jeher rätselhaft war – sagte ihm schließlich, daß er nach Süden statt, wie es richtig gewesen wäre, nach Osten fuhr. Er hielt an einer Kreuzung, um sich anhand des Wegweisers zu orientieren, und las im Scheinwerferlicht den Namen Southminster. Also doch! Irgendwie war er irrtümlich auf eine nach Süden führende Parallelstraße geraten und hatte nun einen ärgerlichen Umweg gemacht. Es war inzwischen stockfinster und die Dunkelheit undurchdringlich wie Nebel. Doch dann brach der Mond durch die Wolken, und er sah am Straßenrand ein Pub, außer Betrieb und halb verfallen, zwei Backstein-Cottages, aus deren Fenstern schwaches, durch die Gardinen gedämpftes Licht fiel, und einen windschiefen Baum. An dessen Stamm hing ein weißer Fetzen Papier, vermutlich der Rest eines früher dort angeschlagenen Plakats, und flatterte so traurig wie ein gefangener Vogel. Zu beiden Seiten der Fahrbahn dehnte sich das öde Land windgepeitscht und unheimlich im kalten Mondlicht.

Er fuhr weiter. Die Straße mit ihren vielen Kurven und Kehren schien ihm endlos lang. Der Wind frischte jetzt erst recht auf und begann unsanft an der Karosserie zu rütteln. Doch da kam endlich auf der rechten Seite die Abzweigung nach Bradwell-on-Sea, und gleich darauf fuhr er auch schon an den ersten, dem Dorf vorgelagerten Gehöften vorbei und sah vor sich den gedrungenen Kirchturm und die Lichter des Pubs. Noch eine letzte Kurve, und nun steuerte er auf den Streifen Sumpfland zu, hinter dem das offene Meer lag. Dauntseys Wagen war nirgends zu sehen, und Daniel hatte keine Ahnung, wer von ihnen als erster in Othona House ankommen mochte. Er wußte bloß, daß die Fahrt dort für sie beide zu Ende sein würde.

66

Dauntsey öffnete die Tür zum Rücksitz. Nach der beklemmenden Dunkelheit, dem Benzingestank, der muffigen Decke und nicht zuletzt dem Geruch ihrer eigenen Angst war es für Frances eine Wohltat, die frische, mondklare Luft im Gesicht zu spüren. Sie hörte nichts außer dem Ächzen des Windes und sah nur die dunkle Gestalt, die sich jetzt über sie beugte. Gabriels Hände streckten sich ihr entgegen, und während er sie von dem Knebel befreite, streiften seine Finger flüchtig ihre Wange. Dann bückte er sich und nestelte den Riemen auf, mit dem ihre Füße gefesselt waren. Es schienen ganz einfache Knoten zu sein, die sie leicht selbst hätte lösen können, wenn sie nur die Hände frei gehabt hätte. Jedenfalls brauchte er den Gurt nicht durchzuschneiden. Oder hatte er vielleicht gar kein Messer dabei? Aber sie bangte eigentlich ohnehin nicht mehr um ihr Leben. Sie wußte jetzt, daß er sie nicht hierhergebracht hatte, um sie zu töten. Er hatte etwas anderes im Sinn, etwas, das ihm wichtiger war als sie.

Als er sie ansprach, war seine Stimme so normal und freundlich wie die, die Frances seit Jahren kannte, der sie vertraut und die sie so gern gehört hatte. »Wenn du dich umdrehst«, sagte er, »dann komme ich leichter an deine Hände dran.«

Es hätte ihr Erretter sein können und nicht ihr Wärter, der zu ihr sprach. Sie wälzte sich herum, und er brauchte wirklich nur ein paar Sekunden, um sie auch von der letzten Fessel zu befreien. Sie versuchte, die Beine aus dem Wagen zu strecken, aber die waren ganz steif und taub und gehorchten ihr nicht. Als Gabriel das sah, wollte er ihr hilfsbereit die Hand reichen.

»Rühr mich nicht an!« sagte sie.

Sie brachte die Worte nur undeutlich heraus. Der Knebel war doch fester gewesen, als sie gedacht hatte, und jetzt konnte sie die Kiefer nur unter großen Schmerzen bewegen. Aber er hatte sie wohl doch verstanden, denn er trat sofort zurück und beobachtete still, wie sie mühsam aus dem Wagen rutschte, sich aufrichtete und Halt suchend gegen die Karosserie lehnte. Das war der Moment, auf den sie hingearbeitet hatte, ihre Chance, ihm zu entfliehen, egal wohin. Aber er hatte sich abgewandt, und sie wußte, daß sie nicht mehr wegzurennen brauchte, ja, daß ein Fluchtversuch ganz sinnlos gewesen wäre. Er hatte sie notgedrungen hierher mitgenommen, aber jetzt war sie ihm nicht mehr gefährlich, war bedeutungslos für ihn, denn seine Gedanken waren längst woanders. Sie konnte natürlich immer noch versuchen, auf ihren halb tauben Beinen davonzuhumpeln, aber er würde sie weder daran hindern noch ihr folgen. Er entfernte sich ein paar Schritte vom Wagen und hielt den Blick wie gebannt auf die dunklen Umrisse eines Hauses gerichtet. Für ihn war dies das Ende einer langen, langen Reise.

»Wo sind wir hier?« fragte sie. »Was ist das für ein Anwesen?«

Und mit sorgsam beherrschter Stimme antwortete er: »Othona House. Ich bin gekommen, um Jean-Philippe Etienne zu sprechen.«

Gemeinsam gingen sie die Auffahrt entlang bis zum Eingang. Gabriel läutete. Selbst durch die starken Eichenbohlen konnte sie die Klingel drinnen anschlagen hören. Sie brauchten nicht lange zu warten. Frances hörte die Kette rasseln, das Knirschen, mit dem sich der Schlüssel im Schloß drehte, und dann öffnete sich die Tür. Eine stämmige, schwarzgekleidete alte Frau zeichnete sich als dunkle Silhouette vor dem hellen Dielenlicht ab.

Sie sagte ganz einfach: »Monsieur Etienne erwartet Sie.«

»Ich glaube nicht«, sagte Gabriel, an Frances gewandt, »daß du Estelle schon kennst. Sie ist Jean-Philippes Haushälterin. Im übrigen hast du jetzt nichts mehr zu befürchten, meine Liebe. In ein paar Minuten kannst du die Polizei verständigen. Estelle wird sich solange um dich kümmern, wenn du sie begleiten magst.«

»Um mich braucht sich niemand zu kümmern«, versetzte Frances. »Ich bin doch kein Kind mehr. Du hast mich gegen meinen Willen hierhergebracht. Und jetzt, wo ich einmal da bin, bleibe ich auch bei dir.«

Estelle führte sie durch einen langen gefliesten Korridor in den rückwärtigen Teil des Hauses, wo sie vor einer Tür stehenblieb und ihnen bedeutete, einzutreten. Der Raum, offenbar ein Arbeitszimmer, war dunkel getäfelt, und in die verbrauchte Luft mischte sich der durchdringend süßliche Geruch eines Holzfeuers. Die Flammen im gemauerten Kamin schlugen hoch wie gierige Zungen, die Scheite knackten und prasselten. Jean-Philippe Etienne saß in einem Ohrensessel rechts neben dem Feuer. Er erhob sich nicht, als die beiden eintraten. Vor dem Fenster, aber mit dem Gesicht zur Tür, stand Inspector Aaron. Er trug eine unförmige Schaffelljacke, in der seine stämmige Gestalt noch bulliger wirkte als sonst. Sein Gesicht war auffallend blaß, aber als ein berstender Holzscheit die Flammen jäh auflodern ließ, übergoß der Widerschein des Feuers seine Züge sekundenlang mit frischem Rot. Er hatte sich nicht einmal die Zeit genommen, sein windzerzaustes Haar zu kämmen. Wahrscheinlich, dachte Frances, ist er nur knapp vor uns angekommen. Seinen Wagen hatte er vermutlich in einiger Entfernung vom Haus geparkt, denn sie hatte draußen kein zweites Auto gesehen.

Ohne von ihr Notiz zu nehmen, wandte Aaron sich direkt an Dauntsey. »Ich bin Ihnen gefolgt, Sir. Ich muß Sie dringend sprechen.«

Er zog ein Kuvert aus der Tasche, entnahm ihm ein Foto und legte es schweigend, aber ohne Dauntseys Gesicht aus den Augen zu lassen, auf den Tisch. Die anderen rührten sich nicht.

»Ich weiß, was Sie mir sagen wollen«, versetzte Dauntsey. »Aber Ihre Redezeit ist abgelaufen, mein Junge. Jetzt werden Sie mir zuhören.«

Und da schien Daniel endlich auch Frances wahrzunehmen. Barsch, ja fast vorwurfsvoll fragte er: »Was machen Sie denn hier?«

Frances' Kiefergelenke schmerzten immer noch, aber ihre Stimme war klar und fest. »Ich wurde gewaltsam hierhergeschleppt. Gabriel hat mich an Händen und Füßen gefesselt und geknebelt. Er hat Claudia umgebracht. In der Garage von Innocent House hat er sie erdrosselt. Ich habe ihre Leiche gesehen.

Ja, was ist, wollen Sie ihn denn nicht festnehmen? So begreifen Sie doch: Er hat Claudia getötet und die beiden anderen auch.«

Etienne war unterdessen aufgestanden, aber jetzt stieß er einen sonderbaren Laut aus – halb Stöhnen, halb Seufzer – und ließ sich wieder in seinen Sessel fallen. Frances eilte zu ihm. »Ach, es tut mir ja so leid, bitte verzeihen Sie! Wie herzlos von mir! Ich hätte Ihnen das viel schonender beibringen müssen.« Ihr ratloser Blick blieb an Inspector Aarons entsetztem Gesicht hängen.

Daniel wandte sich an Dauntsey und sagte fast flüsternd: »Dann haben Sie es also zu Ende geführt.«

»Machen Sie sich keine Vorwürfe, Inspector. Sie hätten sie nicht retten können. Sie war schon tot, als Sie Innocent House verließen.« Und an Jean-Philippe Etienne gewandt fuhr er fort: »Steh auf, Etienne. Ich will, daß du mir Auge in Auge gegenüberstehst.«

Etienne erhob sich langsam und griff nach seinem Stock, mit dessen Hilfe er sich zu seiner vollen Größe aufrichtete. Doch kaum daß er, offensichtlich unter qualvoller Anstrengung, frei zu stehen versuchte, da taumelte er auch schon zur Seite und wäre womöglich gestürzt, wenn Frances ihm nicht beigesprungen wäre und ihn mit beiden Armen um die Taille gefaßt hätte. Etienne sagte nichts, sondern sah Dauntsey nur an.

»Stell dich hinter deinen Stuhl«, befahl Dauntsey. »Du kannst dich ja auf die Lehne stützen.«

»Ich brauche keine Stütze.« Entschieden schob der Alte Frances beiseite. »Ich war nur im Moment etwas steif vom langen Sitzen. Und ich denke nicht daran, mich hinter den Stuhl zu stellen, wie ein Angeklagter im Gerichtssaal. Falls du als Richter gekommen bist, Dauntsey, dann solltest du auch wissen, daß es üblich ist, zuerst die Plädoyers zu hören und das Urteil erst dann zu fällen, wenn die Geschworenen auf schuldig erkennen.«

»Oh, der Prozeß hat bereits stattgefunden. Den habe ich über vierzig Jahre lang geführt. Jetzt verlange ich nur noch dein

Geständnis. Gibst du zu, daß du meine Frau und meine Kinder den Deutschen ausgeliefert hast, ja, daß im Grunde du es warst, der sie nach Auschwitz und in den sicheren Tod geschickt hat?«

»Nenn mir die Namen.«

»Sophie Dauntsey war meine Frau, und Martin und Ruth hießen die Zwillinge. Aber damals lebten sie unter dem Namen Loiret. Sie hatten gefälschte Papiere. Und du warst einer der wenigen, die das wußten, die wußten, daß die drei Juden waren und auch, wo sie Unterschlupf gefunden hatten.«

Etienne versetzte ruhig: »Die Namen sagen mir gar nichts. Aber wie kannst du auch erwarten, daß ich mich heute noch daran erinnere? Das waren ja nicht die einzigen Juden, die ich beim Vichy-Regime und bei den Deutschen angezeigt habe. Wie sollte ich mich heute noch an einzelne Namen oder Familien erinnern? Seinerzeit habe ich getan, was ich tun mußte. Schließlich war ich verantwortlich für das Leben vieler meiner Landsleute. Und ich war auf das Vertrauen der Deutschen angewiesen, damit man mir weiter die Papierzuteilung bewilligte und alles, was ich sonst noch für meine Untergrundzeitung brauchte. Aber davon einmal abgesehen – wie kannst du ernsthaft erwarten, daß ich mich nach fünfzig Jahren noch an eine bestimmte Frau und ihre zwei Kinder erinnere?«

Dauntsey sagte: »Ich erinnere mich an sie.«

»Und jetzt bist du also gekommen, um Rache zu nehmen, ja? Rache ist süß, ich weiß, aber glaubst du wirklich, daß das auch noch nach fünfzig Jahren gilt?«

»Hier geht es nicht um Rache, Etienne, sondern um Gerechtigkeit.«

»Aber mach dir doch nichts vor, Gabriel. Natürlich willst du dich rächen. Wenn du Gerechtigkeit wolltest, dann bräuchtest du doch nicht dieses theatralische Finale zu inszenieren und mir deine Greueltaten zu offenbaren. Aber bitte, wenn es dein Gewissen beruhigt, dann nenn es meinetwegen auch Gerechtigkeit. Nur ist das ein großes Wort, Gerechtigkeit – hoffentlich weißt du auch, was es bedeutet. Ich für meinen Teil bin mir da nicht so sicher. Aber vielleicht kann uns der Vertreter des Gesetzes ja weiterhelfen.«

Daniel sagte tonlos: »Es bedeutet Auge um Auge, Zahn um Zahn.«

Dauntsey sah Jean-Philippe unverwandt an. »Ich habe nicht mehr genommen als du, Etienne. Einen Sohn und eine Tochter für einen Sohn und eine Tochter. Du hast auch noch meine Frau ermordet, doch deine war schon tot, als ich die Wahrheit erfuhr.«

»Ja, sie war vor deiner Bosheit sicher. Und vor der meinen.«

Die letzten Worte hatte er so leise gesprochen, daß Frances nicht sicher war, ob sie sie tatsächlich gehört hatte.

Gabriel fuhr unbeirrt fort. »Du hast meine Kinder getötet; ich tötete die deinen. Ich habe keine Nachkommen; nun wirst du auch keine haben. Nach Sophies Tod konnte ich keine andere Frau mehr lieben. Ich glaube nicht an den Sinn des Lebens oder daran, daß es nach dem Tode irgendwie weitergeht. Und da es nach meiner Überzeugung keinen Gott gibt, kann es auch keine göttliche Gerechtigkeit geben. Wir müssen uns unsere eigene Gerechtigkeit schaffen, und zwar hier im Diesseits. Ich habe fast fünfzig Jahre dazu gebraucht, aber jetzt habe ich meine Gerechtigkeit bekommen.«

»Nur wäre es wirkungsvoller gewesen, wenn du schon früher gehandelt hättest. Mein Sohn hatte immerhin seine Jugend. Er hatte Erfolg, erfuhr die Liebe der Frauen. Das alles konntest du ihm nicht wegnehmen. Deine Kinder aber hatten nichts dergleichen. Gerechtigkeit sollte ebenso rasch wie wirkungsvoll sein. Die wahre Gerechtigkeit wartet keine fünfzig Jahre.«

»Was hat denn Zeit mit Gerechtigkeit zu tun? Die Zeit raubt uns unsere Kraft, unser Talent, die Erinnerungen und Freuden, ja irgendwann sogar die Fähigkeit zu trauern. Warum sollten wir uns da auch noch das Verlangen nach Gerechtigkeit von ihr nehmen lassen? Ich mußte mir meiner Sache erst ganz sicher sein, auch das gehört zur Gerechtigkeit. Es hat mich allein zwanzig Jahre gekostet, zwei der wichtigsten Zeugen ausfindig zu machen. Doch selbst dann hatte ich keine Eile. Zehn oder mehr Jahre in Haft, das hätte ich nicht ausgehalten, und jetzt brauche ich mir darum keine Gedanken mehr zu machen. Mit sechsundsiebzig kann man allem, was kommt, gefaßt ins Auge sehen. Eigentlich war es die Verlobung deines Sohnes, die mich schließlich zum Handeln zwang. Nach seiner Heirat hätte er ein Kind zeugen können. Die Gerechtigkeit aber verlangte, daß nur zwei deiner Nachfahren starben.«

Etienne fragte unvermittelt: »Hast du etwa darum '62 den Verleger gewechselt und bist zu Peverell Press gekommen? Hattest du mich damals schon in Verdacht?«

»Ich war dir auf der Spur, ja. Die einzelnen Fäden meiner Ermittlungen woben sich langsam zu einem Netz zusammen, und es schien mir klug, dich aus der Nähe zu beobachten. Im übrigen erinnere ich mich noch gut, daß wir dir sehr willkommen waren, ich und mein Geld.«

»Natürlich, Henry Peverell und ich, wir dachten ja damals auch, daß wir mit dir ein großes Talent ins Haus bekämen. Ach, Gabriel, du hättest deine Begabung weiter auf deine Lyrik konzentrieren sollen, statt sie an eine fruchtlose, aus deinem eigenen Schuldkomplex geborene Zwangsvorstellung zu vergeuden. Dabei war es doch wohl kaum deine Schuld, daß deine Familie in Frankreich vom Einmarsch der Deutschen überrascht wurde. Sicher, es war leichtsinnig von dir, sie in so einer Zeit allein zu lassen, mehr aber auch nicht. Du warst nicht bei ihnen, und sie mußten sterben, aus. Warum versuchst du nun, deine Schuld dadurch zu büßen, daß du unschuldigen Menschen das Leben raubst? Aber Unschuldige zu töten, das ist ja deine Stärke, nicht? Du hast doch auch an der Bombardierung von Dresden teilgenommen. Nichts von dem, was ich je getan habe, kann sich mit dem Ausmaß dieser Greueltat messen.«

Daniels Stimme war fast nur noch ein Flüstern. »Das war etwas anderes. Das war die grausame Notwendigkeit des Krieges.«

»Und genau der habe auch ich gehorcht!« fuhr Etienne ihn an. »Der grausamen Notwendigkeit des Krieges.« Er stockte, und als er weitersprach, konnte Frances den kaum verhohlenen Triumph aus seiner Stimme heraushören. »Wenn du dich als allmächtiger Gott aufspielen willst, Gabriel, dann solltest du dich vorher vergewissern, daß du auch Gottes Weisheit besitzt. Siehst du, ich habe nie ein Kind gehabt. Ich hatte mit dreizehn eine Virusinfektion und bin absolut zeugungsunfähig. Meine Frau wollte unbedingt einen Sohn und eine Tochter, und um ihren Mutterschaftswahn zu befriedigen, habe ich mich bereit erklärt, ihr zu Kindern zu verhelfen. Gerard und Claudia haben wir in Kanada adoptiert und später mit nach England gebracht. Die beiden sind weder untereinander noch mit mir verwandt gewesen. Ich hatte meiner Frau versprochen, daß die Wahrheit nie publik werden würde, aber Gerard und Claudia haben wir über ihre Herkunft aufgeklärt, als sie vierzehn waren. Für Gerard war das sehr schlimm. Wahrscheinlich hätte man beide Kinder schon viel früher einweihen sollen.«

Frances wußte instinktiv, daß Gabriel nicht nachzufragen brauchte, ob Etiennes Behauptung wirklich wahr sei. Sie sah förmlich, wie er in sich zusammenfiel, ja es war, als ob die Muskeln seines Gesichts und seines Körpers sich vor ihren Augen aufzulösen begännen. Gewiß, er war auch vorher schon ein alter Mann gewesen, aber einer mit Kraft, Intelligenz und Willensstärke. Jetzt schwand alles, was ihn am Leben gehalten hatte, buchstäblich dahin. Sie machte rasch einen Schritt auf ihn zu, aber er gebot ihr mit einer Geste Einhalt. Langsam und qualvoll richtete er sich zu seiner vollen Größe auf. Er wollte etwas sagen, aber seine Stimme gehorchte ihm nicht. Dann wandte er sich um und ging zur Tür. Wortlos folgten sie ihm hinaus in die Nacht und beobachteten, wie er langsam auf das schmale Felsriff am Rand des Sumpfgeländes zutappte.

Frances rannte ihm schließlich doch nach, holte ihn ein und packte ihn am Ärmel. Er versuchte sie abzuschütteln, aber sie klammerte sich hartnäckig fest, und seine Kräfte schwanden rasch. Doch da umschlang Daniel, der ihr gefolgt war, sie mit beiden Armen und zog sie fast gewaltsam von ihm fort. Sie gab sich zwar alle Mühe, sich freizustrampeln, doch seine Arme umklammerten sie wie Stahlringe. Hilflos mußte sie mit ansehen, wie Gabriel weiter ins Moor hinausschritt.

»Lassen Sie ihn«, sagte Daniel nur, »so lassen Sie ihn doch.«

Verzweifelt drehte sie sich nach Jean-Philippe Etienne um und rief: »So gehen Sie ihm doch nach! Halten Sie ihn auf! Holen Sie ihn zurück!«

»Wozu sollte er denn zurückkommen«, fragte Daniel ruhig, »wozu?«

»Aber er schafft es doch nie bis runter ans Meer.«

Plötzlich stand Etienne neben ihr. »Das braucht er auch nicht. Das Moor hat überall Untiefen. Außerdem kann ein Mensch sogar in einem seichten Wasserloch ertrinken, wenn er unbedingt sterben will.«

Sie standen reglos da und sahen ihm nach. Daniel hielt Frances immer noch mit beiden Armen umschlungen. Plötzlich spürte sie das dumpfe Pochen seines Herzens neben dem eigenen. Die hagere Gestalt draußen im Moor zeichnete sich düster und schwankend vor dem Nachthimmel ab. Dauntsey straffte sich, stürzte, richtete sich aber gleich wieder auf und taumelte verbissen weiter. Wieder lichteten sich die Wolken, und sie konnten ihn im Mondschein deutlicher sehen. Er fiel ein ums andere Mal hin, rappelte sich aber immer wieder hoch und stand dann mächtig wie ein Riese mit erhobenen Armen da, als schleudere er einen Fluch oder eine flehende Bitte gen Himmel. Frances wußte, warum er so verbissen kämpfte. Er wollte das offene Meer erreichen, sehnte sich danach, hinauszuwaten in die kalte Unendlichkeit, immer weiter und tiefer, bis er sich schließlich fallen lassen konnte ins letzte, selige Vergessen.

Jetzt war er wieder gestürzt, und diesmal stand er nicht mehr auf. Frances glaubte das Mondlicht auf dem Priel glitzern zu sehen. Und es kam ihr vor, als ob sein Körper schon fast ganz vom Wasser überspült wäre. Aber in Wahrheit konnte sie ihn gar nicht mehr deutlich erkennen. Da draußen war nur noch ein dunkler, niedriger Buckel, einer von vielen, der sich kaum mehr von all den erhöhten Riedgrasbüscheln im überschwemmten Ödland unterschied. Die drei warteten schweigend, aber draußen im Sumpf rührte sich nichts mehr. Er war eins geworden mit Nacht und Moor. Daniel ließ sie endlich los, und sie ging ein paar Schritte abseits. Der Wind hatte sich gelegt, und es war jetzt vollkommen still. Auf einmal aber hatte sie das Gefühl, sie könne das Meer hören. Jedenfalls drang ein schwaches Säuseln an ihr Ohr, das freilich kaum ein wirklicher Ton war, sondern eher der Pulsschlag der unbewegten Nachtluft.

Sie wandten sich eben zum Haus zurück, als die nächtliche Stille von einem grellen, metallischen Kreischen zerrissen wurde, das sich rasch zu einem ohrenbetäubenden Knattern verdichtete. Über ihnen blinkten die Positionslichter eines Hubschraubers. Dreimal kreiste der Pilot über dem Wiesengrund neben Othona House, ehe er zur Landung ansetzte. Also haben sie Claudias Leiche gefunden, dachte Frances. James hatte sich wohl Sorgen um sie gemacht und war schließlich nach Innocent House gefahren, um nachzusehen, was mit ihr sei.

Vom Rand der Freifläche aus und immer noch ein wenig abseits von den anderen beobachtete sie, wie die drei Gestalten gebückt unter den riesigen Rotoren entlangrannten. Dann richteten sie sich auf und kamen durchs windgepeitschte Gras auf sie zu. Commander Dalgliesh, Inspector Miskin und James. Etienne ging ihnen als einziger entgegen. Die vier blieben auf gleicher Höhe stehen und besprachen sich. Gut, dachte sie, soll Etienne es ihnen erzählen. Ich werde warten.

Dann löste Dalgliesh sich aus der Gruppe und kam auf sie zu. Er berührte sie nicht, neigte sich aber bis auf Augenhöhe zu ihr hinunter und sah sie forschend an.

»Alles in Ordnung mit Ihnen?«

»Jetzt schon, ja.«

Er lächelte. »Wir werden nachher miteinander reden. De Witt bestand so hartnäckig darauf, mitzukommen, daß es schließlich einfacher war, ihm seinen Willen zu lassen.«

Damit drehte er sich um und ging hinter Etienne und Kate aufs Haus zu.

Frances dachte: Endlich bin ich ganz ich selbst. Jetzt kann ich ihm etwas geben, wofür das Warten sich gelohnt hat. Doch sie rannte ihm nicht entgegen, ja sie rief nicht einmal seinen Namen. Langsam, dafür aber mit aller Inbrunst, deren sie fähig war, schritt sie über das windzerzauste Gras direkt in seine wartenden Arme.

Daniel hatte den Hubschrauber natürlich auch gehört, aber er drehte sich nicht um. Er blieb auf dem schmalen Felsriff stehen und blickte übers Watt hinaus aufs offene Meer. Einsam und geduldig wartete er, bis er die Schritte vernahm und Dalgliesh neben ihn trat.

»Hatten Sie ihn schon verhaftet?« fragte der Commander.

»Nein, Sir. Ich bin auch gar nicht hergekommen, um ihn festzunehmen. Ich wollte ihn warnen. Ich habe ihn auch nicht über seine Rechte belehrt. Gesprochen habe ich mit ihm, das schon, aber nicht so, wie Sie mit ihm geredet hätten. Ich habe ihn laufenlassen.«

»Mit Absicht? Er ist nicht geflohen? Hat sich nicht selbst befreit?«

»Nein, Sir, hat er nicht.« Und so leise, daß er nicht sicher war, ob Dalgliesh ihn verstand, setzte Daniel hinzu: »Aber jetzt, jetzt ist er frei.«

Dalgliesh wandte sich ab und ging zum Haus zurück. Er hatte alles Nötige erfahren. Niemand sonst kam in Daniels Nähe. Er fühlte sich isoliert, wie in moralischer Quarantäne, als er da am Rand des Moores stand, am Rand der Welt. Ihm war, als sähe er ein flackerndes Licht, hell wie Phosphor, zwischen den Dünengrasbuckeln und den schwarzen Brackwassertümpeln hin und her hüpfen. Er konnte nicht erkennen, wie die Brandungswellen sich an der Küste brachen, aber er hörte das Meer, ein leises, ewiges Seufzen wie von allumfassender Trauer. Und dann riß die Wolkendecke abermals, und der Mond, der fast voll war, ergoß sein kaltes Licht über das Sumpfland und die ferne, zusammengebrochene Gestalt weit draußen. Er spürte, wie jemand auf ihn zukam. Als er sich umdrehte, stand Kate vor ihm. Überrascht und mitleidig sah er, daß sie geweint hatte.

»Ich hatte nicht vor, ihm zur Flucht zu verhelfen«, sagte er. »Ich wußte ja, daß es für ihn kein Entrinnen gab. Aber ich konnte den Gedanken nicht ertragen, daß man ihn in Handschellen abgeführt und ins Gefängnis gesteckt hätte. Ich wollte ihm wenigstens die Chance geben, seinen eigenen Weg nach Hause zu finden.«

»Daniel, du Idiot«, sagte sie. »Du verdammter Idiot.«

»Was wird er jetzt machen?«

»AD? Was glaubst du wohl? Ach Gott, Daniel, du hättest so gut sein können! Nein, du warst es schon.«

»Etienne konnte sich nicht mal an ihre Namen erinnern. Er wußte kaum noch, was er getan hatte. Keine Schuldgefühle, keine Reue, nichts. Eine Mutter und zwei kleine Kinder. Für ihn existierten sie überhaupt nicht. Als ob sie keine Menschen gewesen wären. So gedankenlos hätte er nicht mal einen Hund erschossen. Aber er hat sie eben nicht als Menschen betrachtet. Sie waren überflüssig. Sie zählten nicht. Es waren halt nur Juden.«

»Und Esmé Carling?« rief sie beschwörend. »Eine einsame alte Frau, häßlich, kinderlos. Keine besonders gute Schriftstellerin. War sie deshalb überflüssig? Zugegeben, viel hatte sie nicht. Eine Wohnung, das Kind einer anderen Frau, mit dem sie die Abende verbrachte, ein paar Fotos, ihre Bücher. Aber wer gab ihm das Recht zu entscheiden, daß ihr Leben nicht zählte?«

Er versetzte bitter: »Du bist dir so sicher, nicht wahr, Kate? So überzeugt davon, daß du weißt, was richtig ist. Es muß schön sein, moralisch nie in die Zwickmühle zu geraten. Das Strafrecht und die Dienstvorschriften – die geben dir alles, was du brauchst, stimmt's?«

»Bei ein paar Dingen bin ich mir sicher, ja«, sagte sie. »Zum Beispiel wenn es um Mord geht. Wie könnte ich sonst auch Polizistin sein?«

Dalgliesh kam noch einmal zurück. Mit einer Stimme, so ruhig und gelassen, als handele es sich um ein kollegiales Gespräch in der Einsatzzentrale in Wapping, sagte er: »Die Essexer Polizei wird vor Tagesanbruch nichts unternehmen, um die Leiche zu bergen. Ich möchte, daß Sie Kate nach London zurückfahren. Trauen Sie sich das zu?«

»Ja, Sir. Ich bin absolut fahrtauglich.«

»Schön, andernfalls lassen Sie sich von Kate ablösen. Mr. de Witt und Miss Peverell nehme ich im Hubschrauber mit zurück. Die beiden wollen sicher so rasch wie möglich heim. Euch erwarte ich dann später in Wapping.«

Er stand mit Kate am Rande der Wiese, bis die drei Gestalten zu dem Piloten in den Hubschrauber geklettert waren. Der Motor heulte auf, und die Rotorblätter setzten sich schwerfällig in Bewegung. Erst drehten sie sich langsam, wurden aber rasch schneller, so daß man bald bloß noch schattenhaft ihre Umrisse erkennen konnte, und endlich waren sie nur mehr ein schemenhaftes Flirren in der Luft. Torkelnd erhob sich der Helikopter vom Boden und schraubte sich in den Himmel. Auf einmal standen auch Etienne und seine Haushälterin am Rand der Freifläche und blickten der rasch kleiner werdenden Maschine nach. Daniel dachte verbittert: Sie sehen aus wie Touristen. Ein Wunder, daß sie nicht hinterherwinken.

»Ich hab' drinnen was liegengelassen«, sagte er zu Kate.

Die Haustür stand offen. Sie ging mit ihm über den langen Korridor bis ins Arbeitszimmer, hielt sich aber ein paar Schritte zurück, damit er sich nicht wie ein Häftling unter Bewachung vorkam. Im Zimmer brannte kein Licht, doch das Kaminfeuer, das tanzende rote Flammenschatten auf Wände und Decke warf, übergoß auch die glänzende Tischplatte mit purpurnem Widerschein; es sah aus, als ob der Tisch mit Blut beschmiert wäre.

Die Fotografie lag tatsächlich noch an derselben Stelle. Im ersten Moment war Daniel überrascht, daß Dalgliesh sie nicht an sich genommen hatte, aber dann begriff er. Das Bild interessierte den Commander nicht. Es würde keinen Prozeß geben, und folglich brauchte man auch keine Beweise mehr zu sammeln, um sie später dem Gericht vorzulegen. Das Foto wurde nicht mehr benötigt. Es war wertlos.

Er ließ es auf dem Tisch liegen, wandte sich nach Kate um und ging schweigend mit ihr hinaus zum Wagen.

»Jede Geschichte ist ein wohldurchdachtes kleines Meisterwerk.«

KIRKUS REVIEW

Den armen Schlucker und den reichen Banker, die gebildete Dozentin und die einfache Putzfrau, die hochnäsige Adlige und den unschuldig wirkenden Geistlichen: Sie alle verbindet eines in dieser Krimisammlung – der Hang zum Verbrechen. Denn Mord hat viele Zungen, und hier werden Mordsgeschichten gekonnt von Meistern ihres Fachs erzählt. Die Anthologie enthält unter anderem Originalbeiträge von ELIZABETH GEORGE, ANN PERRY, AMANDA CROSS, EDNA BUCHANAN, ELMORE LEONHARD, ED McBAIN, JOYCE CAROL OATES und ERIC VAN LUSTBADER.

ISBN 3-404-14641-7

BASTEI LÜBBE

Neuer Lesestoff für alle MARTHA GRIMES Freunde!

Der verkrümmte Leichnam einer Siam-Katze und die des dazugehörigen Besitzers. Das ist Meredith Mitchells erster Eindruck von dem kleinen Städtchen Westerfield, wo sie eigentlich nur an der Hochzeit ihrer Nichte teilnehmen wollte; nun aber wird sie in einen komplizierten Mordfall verwickelt und beginnt auf eigene Faust zu ermitteln – sehr zum Mißfallen von Inspektor Markby, einem geschiedenen Mann mittleren Alters, der sich nicht nur beruflich für Meredith interessiert.

MORD IST ALLER LASTER ANFANG ist der Auftakt einer Reihe von Kriminalromanen im klassisch englischen Stil um das liebenswert-exzentrische Detektivpaar Meredith Mitchell und Alan Markby.

ISBN 3-404-12966-0

BASTEI LÜBBE

Keine Frau mit Selbstbewusstsein würde es soweit kommen lassen wie Sarah Booth: Sie ist unverheiratet, ohne Arbeit und über dreißig, und sie steht kurz davor, Dahlia House, den angestammten Familienbesitz, zu verlieren. Zudem wird sie noch von Jitty, dem Geist einer Bediensteten ihrer Urgroßmutter heimgesucht, die – bildlich gesprochen – mit beiden Beinen fester auf dem Boden steht als Sarah. In ihrer Not entführt sie sogar einen Hund und erpresst Lösegeld. Was letztendlich zur Folge hat, dass sie in einen handfesten Mordfall gerät: Nach über zwanzig Jahren kehrt Hamilton Garrett V. in sein Elternhaus zurück, wo er als Kind seine Mutter getötet haben soll. Hat er es tatsächlich getan? Und ist es vernünftig, dass Sarah sich in den mutmaßlichen Mörder verliebt? Als sie zuviele Fragen stellt und eine weitere Leiche auftaucht, wird sie selbst plötzlich zur Verdächtigen – und muss feststellen, dass derjenige, der die Toten stört, sehr schnell selbst mit einem Fuß im Grabe steht.

ISBN 3-404-14462-7

BASTEI LÜBBE